読者へ。
ただこのひとこと、ありがとう。

読む時間がなければ、
書く時間（あるいは資質）もない。
これは自明の理だ。
——スティーヴン・キング

目次

DETAIL OF PHOTOGRAPH © ROBERT MICHAUD/SHUTTERSTOCK

DON WINSLOW

BROKEN

壊れた世界の者たちよ

壊れた世界の者たちよ

この世では誰もが壊される。
が、壊された場所でより強くなる者も少なくない。
――アーネスト・ヘミングウェイ『武器よさらば』

世界は壊れた場所だ、などとエヴァにわざわざ教える必要はない。ニューオーリンズ市警の夜勤の通信係エヴァ・マクナブは週に五夜、八時間連続で壊れた世界の日常に耳を傾けているのだから。シフトを二夜連続でこなしたときにはことさら。自動車事故、強盗、発砲、殺人、傷害、死亡の通報に耳を傾ける。恐怖、パニック、怒り、逆上、混乱を聞き取り、男たちを現場に急行させる。

そう、人員は大半が男だが、全員ではない――女性警官も増えている――それでもエヴァは全員ひっくるめて、うちの連中《ガイズ》、うちの子たち《ボーイズ》と思っており、そんな彼らを壊れた世界に送り出しては、全員が無傷で帰ってくることを祈っている。

たいていは無事に帰ってくる。が、そうでないこともある。そういうことがあると、エヴァはうちの連中、うちの子たちをさらに壊れた世界に送り出すことになる。

うちの連中、うちの子たちというのが文字どおりのこともある。彼女の夫はかつて警察官で、大人になった息子たちはふたりとも現職の警察官だからだ。

つまり、彼女はそういう生活を知っているということだ。

そういう世界を。

人はそういう世界から出てこられるものだと、エヴァは知っている。同時に常に〝壊れて〟出てくるものだということも。

月明かりのもとでさえ川は汚れて見える。

ジミー・マクナブはむしろそのことを好ましく思っている。汚れたわが街の汚れたわが川を愛している。

ニューオーリンズ。

彼はアイリッシュ・チャンネルに生まれ育ち、今もそこに住んでいる。今、立っているのは、ファースト通り埠頭《ふとう》付近の駐車場に停めた覆面パトカーの背後で、彼の住まいはそこからほんの数ブロック先にある。

彼、アンジェロ、班の残りのメンバーは今、装備を整えている——防弾ヴェストにヘルメットにショットガンに閃光音響手榴弾。特殊部隊《SWAT》さながら。ただし、ＳＷＡＴをこのパーティに誘うのは忘れた。水上警察もほかのどの部署も。特捜部麻薬課の彼の班員以外、あえて誰も誘っていない。

これはプライヴェートなパーティだからだ。

ジミーのパーティだからだ。

「水上警察は怒るだろうな」とアンジェロが防弾ヴェストをすばやく着込んで言う。

ジミーは言う。「あと片づけには参加してもらおう」

「使い走り扱いしたら嫌がるだろうけどな」とアンジェロはヴェルクロの面ファスナーで胸のまわりを締めながら言う。「こういうのを着けるといつも馬鹿みたいな気分になる」

「それは気のせいじゃない。実際、そう見えてる」とジミーは言う。不恰好な防弾ヴェストのせいで、相棒はまさにミシュランマンだ。アンジェロはむしろひょろりとした体躯《たいく》なのに。警察官採用試験の身体検査に備えてバナナ・ミルクシェイクをしこたま飲んで、間に合わせに増量したものの、それ以来、体重は一ポンドたりとも増えていない。『スター・ウォーズ』のランド・カルリジアン役のビリー・ディー・ウィリアムズ気取りの細い口ひげを生やしているが、ウィリアムズに似ているわけではない。キャラメル色の肌に目鼻立ちのはっきりしたアンジェロ・カーターは黒人居住区の第九区育ちで、正真正銘の黒人だ。

ジミーのほうは防弾ヴェストがきつい。大男なので――身長六フィート四インチ、胸板の厚さと肩幅の広さは、つるはしとシャベルで運河の水門を掘るためにアイルランドからニューオーリンズにやってきた祖先譲りだ。街を巡邏《じゅんら》する制服警官だった頃、めったなことでは相手を怒鳴りつけさえしなかったのは――フレンチ・クウォーターを巡回するときでさえ――その体格と眼つきだけで、始末に負えない酔っぱらいも怖気《おじけ》づかせ、瞬時に心を入れ替えさせることができたからだ。

ただ、ジミーが前面に出てしまったときには、そのあと班のメンバー総出で彼を現場から引き離さなければならなくなった。実際、こんなこともあった。バトンルージュからやってきた白人の一団を文字どおり破壊したのだ。彼の地元の酒場〈スウィーニーズ〉で粗暴な振る舞いをしたそいつらをひとり残らず。その一団は店に騒々しくやってきたときには自分の足で歩いていたが、出ていくときには無言で横になって出ていった。

まさにジミー・マクナブは街のタフなお巡りだった。ジミーよりまえに彼の父親がそうであったように。

ビッグ・ジョン・マクナブはこれぞ伝説だった。

そんな男のふたりの息子は警察官になるよりほかに道がなかった。そもそもほかになりたいものもなかった。

今、ジミーは班員の顔に眼をやる。みな強《こわ》ばった顔をしているが、がちがちに緊張しているわけではない。ほどよい刺激を受けている。

その刺激が欠かせない。

ジミー自身感じている。アドレナリンが徐々に血中を駆けめぐりだす。

それがたまらない。

彼の母親エヴァは彼のことをこう言う――あの子は昔から刺激が好きなのだと。アドレナリンであれ、ビールであれ、ウィスキーであれ、あるいはジェファーソンダウンズの競馬であれ、警察リーグの九回裏の打席であれ――「ジミーは刺激が好きなのよ」。

そのとおりだとジミーも思う。

おふくろはいつでも正しい。

だから、おふくろ自身もそう思っている。

おふくろ自身もそう思っている。

だから、ジミーと彼の弟には決まり文句がある――〝最後にエヴァがまちがっていたのは、あれは……〟というやつだ。

たとえば最後にエヴァがまちがっていたのは、あれは〝恐竜が地球を歩きまわっていた頃〟だとか、最後にエヴァがまちがっていたのは、あれは〝神が第七日目を休みにした頃〟だとか。ダニーのお気に入りはこれだ。最後にエヴァがまちがっていたのは、あれは〝ジミーにステディなガールフレンドがいた頃〟。

つまりあれは、そう、八年生のときだ。

「ジミーはピッチャーなのに」エヴァは一度こんなことを言った。「守備範囲が広いのよ」

うまいことを言う、とジミーは今でも思う。

エヴァ、あんたは面白い人だよ。

彼とダニーは自分たちの母親のことをいつも〝エヴァ〟と呼ぶ。呼ぶと言っても第三者として指すときだけで、面と向かっては決して呼ばない。ふたりが父親を〝ジョン〟と呼ぶのと同じだ。それが始まったのは確かジミーが七歳の頃のことで、野球のボールと割れた窓ガラスがからんだ出来事のお仕置きとして、ジミーとダニーは〝閉じ込め〟の罰を受け、そのときジミーが言ったのだ。「ああ、エヴァがかんかんだ」そのあとその呼び名が定着した。

今、ジミーはウィルマーのほうをちらりと見て、様子をうかがう。ウィルマー・スアソは眼を剝いているように見える。が、だいたいいつもこのホンジュラス人は気を昂《たかぶ》らせている。また、ジミーはホンジュラス人と呼んでいるが、ウィルマーも生まれ育ちはアイリッシュ・チャンネルだ。レンピラ地区と呼ばれるスペイン語圏出身者が集まる一画で、その場所はジミーが生まれるまえからそこに存在していた。

背が低くて横幅がある冷蔵庫体型のウィルマーはニューオーリンズっ子で、ほかのメンバーと同じニューオーリンズ訛《なま》りでしゃべる地元民だが、近頃は班にヒスパニック系がいると何かと都合がいい。ハリケーン・カトリーナ以降、復興のために多くのホンジュラス人やメキシコ人がやってきたのだが、当時、グリーンカードを見せろとは誰も言わなかった。

今夜はことさらウィルマーがいることが好都合だ。

ターゲットがホンジュラス人だからだ。

ジミーはウィルマーにウィンクする。「トランキーロ、マーノ」

落ち着け、兄弟。

ウィルマーは返事のかわりにうなずく。

ハロルド――〝ハリー〟と呼んではいけない――は決して熱くならない。

そもそもこいつに心臓があるのだろうか。ジミーはよくそう思う。ハロルド・グスタフソンは常に実に悠然と構えている。一度など命を落としかねない危険な手入れに向かう途中、後部座席で眠りこけていた。そんなハロルドはジミーにとっては〝ヴァニラ・ミルクシェイク〟だ――あたりさわりなく、おだやかで、肌は抜けるように白い。ブロンドの髪、淡いブルーの眼、教会の助祭を絵に描いたような男。それがハロルドだ。ウィルマーでさえハロルドのまえではことばを慎む。ウィルマーのことばづかいは発展途上国の野外便所並みに汚い。なのにハロルドがいるところではスペイン語で悪態をつく。ひとことも通じないと信じて。それはまちがってはいない。

ジミーも大男だが、ハロルドはさらに大男だ。

「国境の壁なんか造らなくていい」とジミーは持論を述べた。「ハロルドを寝かせておけばいいんだ」

あるとき賭けをして（ジミーとハロルドがしたのではない。ハロルドはギャンブルをしない）ハロルドはジミーをバーベルがわりに持ち上げた。

十回。

ジミーは五十ドルすったが、あれはなかなかの見物《みもの》だった。

おれのチームはいいチームだ。ジミーはそう思う。

目端が利いて、勇敢で（といっても、怖いもの知らずではない。怖いもの知らずというのは愚かということだ）それぞれの強さと弱さと才能が申し分なく融合している。ジミーがこの班の面々を束ねてかれこれ五年が経つ。班員同士、相手の動きを自分の動きのように心得ている。

今夜はそれらすべてが必要になる。

船のガサ入れはこれが初めてだ。

高層ビルのヘロイン工場、ショットガンハウスのクラックコカイン密売所、バイク乗りの溜まり場、ギャングの隠れ家——そういうところは何度もやった。

だけど、貨物船は？

初めてだ。

オスカー・ディアスが大量のメタンフェタミン《メス》の水揚げに利用するのが貨物船なのだ。

ジミーたちはこれからそこへ乗り込もうとしている。

このホンジュラス人をジミーたちはここ何ヵ月も追いかけてきた。

これまで下手に接近はしなかった。

ケチな取引きはあえて見逃し、ディアスが大勝負に出るまで泳がせた。

そして、いよいよそのときが来たのだ。

「さあ、あれをやろうぜ」とジミーは言って車の中に手を伸ばし、すり切れた古い〈ローリングス〉のグラヴを取り出す。高校時代から愛用しているやつで、使い古しのボールが親指と人差し指のあいだの革ひものところにはさまっている。

ほかの者たちもそれぞれグラヴを取り出し、数フィートずつ間隔を空けて広がり、内野の守備練習のようにボールをまわす。防弾ヴェストにヘルメットという恰好だから滑稽《こっけい》と言えば滑稽ながら、これは儀式だ。ジミー・マクナブは儀式を大切にする。

作戦まえにボールを投げ合い、これまでメンバーはひとりも欠けなかった。ジミーとしては今度もひとりの人員も失うつもりはない。

が、これには暗黙の注意事項がある――ボールを落としてはならない。

二、三巡、ボールをまわすと、ジミーはグラヴをはずして言う。「レッセ・レ・ボントン・ルレ」

愉しくやろうぜ。

エヴァ・マクナブは電話をかけてきた子供の声に耳を傾ける。

DV、家庭内暴力の通報だ。

幼い男の子は怯えている。

ビッグ・ジョン・マクナブと結婚して四十年になるエヴァ自身――身長六フィート四インチの夫に対して、彼女は五フィート三インチ――DVを知らないわけではない。今はもうジョンに殴られることはないが。それでもジョンは短気で、酒癖が悪く、仕事を辞めてからはさらによく飲むようになった。今のジョンはグラスやボトルを投げつけ、壁を殴って穴をあける。

だからエヴァはDVのことを知っている。

ただ、これは別格だ。

DVはどれもよくないけれど、これはことさらひどい。

それは少年の声でわかる。背後の叫び声で、悲鳴で、電話越しに聞こえてくる殴打の鈍い音でわかる。最初からひどい状況だ。エヴァとしてはこれ以上悪化することなく収まるよう、やることをやるしかない。

「ねえ、坊や」と電話の向こうにやさしく話しかける。「聞こえる？　わたしの声が聞こえるかしら、坊や？」

男の子の声は震えている。「うん」

「よかった」とエヴァは言う。「あなたの名前は？」

「ジェイソン」

「そう、ジェイソン、わたしはエヴァよ」と彼女は言う。名前を教えるのは規則違反だが、規則なんてくそくらえ、とエヴァは思う。「いい、ジェイソン、お巡りさんがもうそっちに向かってるけれど――だからもうすぐそっちに着くけど――お巡りさんたちが来るまで……ねえ、おうちに洗濯乾燥機はある？」

「あるよ」

「よかった」とエヴァは言う。「じゃあ、ジェイソン、お願いがあるの。その乾燥機の中にはいってもらいたいの。いい？　わたしのお願いを聞いてくれる、坊や？」

「うん」

「よかった。じゃあ、今すぐお願いね。電話は切らないでいるから」

少年が動く物音が聞こえる。さらなる悲鳴、さらなる怒号、さらなる悪態が聞こえる。

ややあってエヴァは尋ねる。「乾燥機にはいった、ジェイソン？」

「うん」

「いい子ね。今度のお願いはそこのドアを閉めてほしいの。やってくれる？　怖がらないで、坊や、わたしがここにいるから」

「閉めたよ」

「ほんとにいい子ね。これでもうそこにじっとしていればいいのよ。警察が来るまでおしゃべりしましょう。いい？」

「いいよ」

「あなたはきっとビデオゲームが好きなんじゃないかしら。どんなゲームで遊ぶのが好き？」

エヴァは短い黒髪に指を走らせ――神経質になっているときに出る唯一の癖だ――少年が〈フォートナイト〉と〈オーバーウォッチ〉と〈ブラックオプス3〉の話をするのを聞く。正面の画面を見ながら、パトカーの位置を示す点滅ランプがアルジェに住む少年の家のほうへ動くのに眼を凝らす。

ダニーはその地域を管轄する四分署で無線搭載パトカーに乗っているが、このランプはダニーの車ではない。

エヴァは安堵《あんど》する。

自分の息子はどちらも守ってやりたいが、弟のダニーは繊細なタイプで〈ジミーの繊細さはメリケンサックと変わらない）おだやかな性格だ。エヴァはあの家にはいった警察官がおそらく眼にする光景をダニーには見せたくないと思っている。

　今やパトカーはすぐ近くまで来ており、ほんの一ブロック手前で、ほかの二台――どちらもダニーの車両ではない――をうしろにつかせる。現場には子供もいる。三台ともにそう伝えてある。

　現場に急行せよ、とエヴァ・マクナブに言われたら、取るものも取りあえず急行したほうがいい。そんなことは分署の警察官全員が心得ている。さもないと、ただではすまされない。そんな目には誰もあいたくない。

　電話越しにサイレンの音がエヴァの耳に届く。

　そして次の瞬間、銃声が聞こえる。


　その銃弾はジミーの頭をかすめ、金属の隔壁にあたると、不規則に跳ね返る。アンジェロが甲板に手足を広げて倒れ込む。

　一瞬、ジミーはアンジェロが撃たれたのかと思う。が、アンジェロは甲板の上を転がると、隔壁にぴたりと身を寄せ、ジミーに親指を立てて見せる。

　とはいえ、これはいいニュースではない。ホンジュラス人たちが徹底抗戦を望んだというのは。弾丸《たま》が不気味な音を響かせて鋼板に弾《はじ》け、宝くじ抽選機のボールのように跳ねまわっている。ジミーたちは狭い通路で身動きが取れなくなっている。

SWATを連れてくるべきだったかもしれない、とジミーは思う。弾丸《たま》は通路の三十フィート先の開いたハッチから飛んできている。誰かがまずはその昇降口を降りていかなければならない。さもないと、尻尾《しっぽ》を巻いて、こそこそ船から撤退する破目になる。

その誰かはおれだろう。ジミーはそう思う。ベルトに取り付けていた閃光手榴弾をはずし、オーヴァースローでハッチに投げ込む。小細工は使わず、スピンもかけず、まっすぐの速球をホームベースの真ん中に投げ込む。

白い光が炸裂する。向こうの銃撃者たちは眼がくらんでいるはずだ。

ジミーは光の裏側に駆け込み、正面向けて発砲する。

何発か撃ち返され、鋼甲板を走る足音が聞こえる。

「ニューオーリンズ市警だ！　武器を捨てろ！」とジミーは叫ぶ。銃器取扱審査委員会向けに言うだけは言っておく。

大きな足音が正面から聞こえ、今度は背後からも聞こえる。振り返るまでもない。アンジェロとウィルマーとハロルドがすぐうしろにやってきている。正面に男がひとり現われる。と思ったときにはもう姿を消している。梯子《はしご》を降りたのだ。

梯子のてっぺんまで行くと、男が梯子段を降りるのが見える。しかし、ジミーはあとは追わない。片手を手すりに置いて飛び降り、男のまんまえに着地する。

男は銃を上げようとするが、ジミーのほうが速い。左フックで麻薬の売人を床に殴り倒す。ついでに顔を踏みつける――麻薬課の刑事に向けて武器を抜いたらどうなるか、教訓の意味も込めて。

そこで眼のまえが真っ暗になる。

ダニー・マクナブは深夜勤務についている。

それは別にかまわない。動きがあるのはたいてい真夜中だ。昇進するつもりなら、二年目のパトロール警察官に必要なのは行動力だ。それに四分署――アルジェ――での任務が気に入っている。アルジェ――厳密にはニューオーリンズの一部――は独特の世界だ。〝ワイルド・ワイルド・イースト〟と呼ばれる地区。

パトロール警官を忙しくさせる地区。ダニーは忙しくしているのが好きだ。ただ、今はここ数時間ずっと車中に坐りっぱなしで長い脚が痙攣《けいれん》を起こしかけている。

兄のジミーが雄牛なら、ダニーはサラブレッドだ。

背が高く、ひょろっと痩せている。

ジミーより背が高くなった日のことをダニーは今でも覚えている。兄弟の頭のてっぺんの位置がわかるよう寝室のクロゼットのドア枠に母親がしるしをつけたのだ。ジミーは腹を立て、しきりと喧嘩を吹っかけてきた(〝背は追い越されたかもしれないが、腕力ならおまえに負けない〟)。取っ組み合いの喧嘩はエヴァが絶対許さなかったが。

ナイトゲームを見に野球場へ出かけたときのことだ。その道すがら、ジミーが大真面目

で言った。「おまえはおれよりでかくなったかもしれないが、今でもおれの弟だ。これか

らもずっとちびすけだ。わかったな？」

「わかった」とダニーは言った。「だけど、ルックスはおれのほうが上だな」

「ああ、確かにな」とジミーは言った。「だけど、ちんぽこがミニサイズなのは、ほんと

に可哀そうにな」

「そっちも測る？」

「おいおいおい」とジミーは言った。「弟がオカマだったとは」

その話を相棒のロクセインに聞かせたときには、ダニーは〝ゲイ〟と言い換えた。その

ため可笑《おか》しさは半減したが、ロクセインはレズビアンなので、〝オカマ〟ということばは

気に入らないだろうと思ったのだ。もっとも、ジミーには他意がないこともわかっていた

が。ジミーはゲイが嫌いなわけではない——ジミーは人間そのものが嫌いなのだ。

ジミーがいつものように卑語を吐いたときのことだ。ダニーは尋ねた。「誰のことも嫌

いなのか？」

「うーん、そうだな」とジミーは言った。「ゲイ、レズビアン、異性愛者《ストレート》、黒人、ヒスパ

ニック、白人……このあたりにいるなら、アジア人……ああ、そのとおりだ、どいつもこ

いつもおれは嫌いだ。だけど、おまえもそうなるさ、あと二、三年もこの仕事をしてた

ら」

母親からも父親からもほぼ同じことを聞いていた——警察業務についてまわるマイナス

ポイントの最たるものは、警官仲間以外は誰も彼も嫌いになることだ。ただ、ダニーはそんなことは信じていない。むしろ警察官は対人経験が大いに偏っているのではないかと思っている。人間の悪い面ばかり見せられるので、人間にはよい面もあることを忘れてしまうのではないかと。

エヴァはダニーに警察官になってほしくなかった。

「母さんの夫は警官で」とダニーは言った。「もうひとりの息子も警官じゃないか」

「あなたはあのふたりとはちがう」とエヴァは言った。

「ちがうって？」

「いい意味で」とエヴァは言った。「お父さんのような末路をたどってほしくないのよ」

彼らのお父さんは怒りっぽくて恨みがましい飲んだくれだ。

それを仕事のせいにする。

親父はそういう男だ。でも、おれはそういう男じゃない。ダニーはそのときそう思った。

あんなふうには絶対にならない。

実際、ダニーは愉しい生活を送っている。

やり甲斐のある仕事、アイリッシュ・チャンネルにある狭いながらも快適なアパートメント、愛するガールフレンド。ジョリーンはトーロ病院の看護師で夜勤担当だから、デートの予定も立てやすい。長い黒髪に菫《すみれ》色の眼をした心やさしい女性で、ユーモアのセンスも抜群だ。

人生はすばらしい。

パトカーは聖母マリア教会の向かい側、マクドノ記念公園沿いのヴェレット通りに停まっている。真夜中すぎに公園をうろつく〝変質者〟がいると神父が分署長に苦情を申し立ててきたのだ。

神父が変質者について苦情を申し立てる？　ダニーは内心そんなことを思う。

彼も十三歳のときまではエヴァの言いつけで礼拝にかよわされていた。ただ、エヴァ自身は決して教会に行かなかった。ダニーとジミーはアーチビショップ・ルンメル高校までカソリックの学校にかよっており、ジミーはよくこんなことを言っていた――カソリック校の生徒には二種類ある。〝頭の回転が速いやつ〟か〝頭のおかしなやつ〟か。

ジミーもダニーも頭の回転の速い部類だった。

それはともかく、ダニーとロクセインは今週ずっとここに車を停めて張り込みを続けている。それで神父を満足させることはできているものの、変質者らしい男などひとりも見かけない。ダニーは退屈しきっている。

暗がりの車の中にただ坐っているというのは退屈きわまりない。

誰かが明かりを消す。

今ジミーに見えるのは赤いライトだけだ。あのくだらない赤外線レーザー銃を使ったシューティングゲームの遊戯室さながら、闇の中を赤いライトが動きまわっている。ただ、これは現実だ。銃弾は実弾で、命中すれば人がほんとうに死ぬ。

光の点が胸でとまり、ジミーは甲板に伏せて叫ぶ。

「伏せろ！　伏せろ！　全員、伏せろ！」

仲間たちが床に伏せる物音がする。

赤い点が彼らを探している。

ジミーは懐中電灯を取り出し、明かりをつけ、左側に転がす。それで相手の攻撃を誘発させ、火花を放つ銃口に狙いをつけ、発砲する。アンジェロとウィルマーもそれに倣《なら》う。

ハロルドのショットガンが轟《とどろ》く音が聞こえる。

そのあとうなり声と苦痛のうめき声が聞こえてくる。

「もうやめろ！」とジミーは怒鳴る。「武器を捨てろ！　やつらに言ってやってくれ、ウィルマー！」

ウィルマーは大声をあげ、スペイン語でメッセージを伝える。

返事は銃声だ。

くそ、とジミーは胸につぶやく。

いや、くそくそくそ、だ。

次の瞬間、エンジンがかかる音が聞こえる。

なんだ……？

明かりがつく。

ヘッドライトだ。

左のほうを見ると、ハロルドがフォークリフトを運転して、自分たちのほうにやってくるのが見える。フォークにはずっしり重そうな木箱がふたつ載っていて、ハロルドはそれを宙に上げて盾のようにすると、叫ぶ。「乗れ！」

班員全員が戦車に乗り込む兵士さながらフォークリフトに飛び乗り、木箱のうしろから発砲する。ハロルドはヘッドライトで照らされた銃撃者たちに向かって重機を右に突進させたあと、隔壁のほうへバックする。逃げ場はない。

向こうは四人。

迫りくるフォークリフトから這って逃げようとする、負傷したふたりを数に入れなければ。

クソども、とジミーは思う。

うまくいくときには、うまくいく。

うまくいかなければ……しかたがない。

所詮、こいつらはゴキブリだ。

ジミーは身を乗り出す。売人のひとりがあとずさりながらカラシニコフ自動小銃《AK》を掲げるものの、それからどうしたものか決めかねている。

そいつをどうするか、ハロルドのほうが心を決める。フォークリフトでその男の真正面に突っ込み、男を隔壁に押しつける。ほかの三人は銃を捨て、両手を上げる。

ジミーはフォークリフトから飛び降りると、ひとりの横っつらを張る。「やろうと思えば二十分まえにできたことだろうが。そうすれば、大騒ぎにならずにすんだだろうが」

アンジェロが照明のスウィッチを見つけ、明かりをつける。

「これはこれは」とジミーは言う。

彼が目にしているのはメタンフェタミン《メス》だ。

黒いビニールにくるまれた四角い包みが床から天井まで山積みにされている。

「三トンはあるな」とアンジェロが言う。

落ち着け、とジミーは胸につぶやく。

オスカー・ディアスにとって二、三百万ドルの損失。手下どもが徹底抗戦の構えを見せたのもうなずける。

ディアスは喜ばない。

ウィルマーとアンジェロは容疑者一味にプラスティック製の手錠をかける。ハロルドはまだAK小僧を壁に押しつけている。アサルトライフルはすでに音を立てて甲板に落ちていたが。

ジミーはそのAK小僧のところへ行く。「どつぼにはまっちまったな、ええ?」

AK小僧はもがいている。

「さて、おまえをどうするか。ダニが破裂するのを見たことあるか? ほら、血を吸ってぱんぱんにふくらんだダニを押しつぶしたら、ぷちんと弾けるだろ? おれがハロルドにアクセルを踏み込めって言ったら……おまえはぷちんだ」

「やめてくれ。頼む」

「やめてくれだと？」とジミーは言う。「さっきはおれを殺そうとしたのにか？」

「救急車を呼ぶか？」とアンジェロが尋ねる。「連中は出血多量で死ぬかもしれない」

「少し考えさせてくれ」とジミーは言う。

彼とハロルドはAK小僧を甲板に連れていく。

川は依然として濁っている。

ただ、流れは速い。

「名前は？」とジミーがAK小僧に訊《き》く。

「カルロス」

「よし、カルロス、泳げるか？」

「少しなら」

「そう願いたいね」とジミーは言ってカルロスを手すりの上に抱え上げる。「オスカー・ディアスに伝えろ。ジミー・マクナブがよろしく言ってたってな」

ジミーはカルロスを舷側《げんそく》から突き落とす。そして言う。

「さて、通報だ」

三十分後、船は略称だらけの機関《アルファベット・スープ》に浸かっている。ニューオーリンズ市警《NOPD》、特殊部隊《SWAT》、麻薬取締局《DEA》。病院勤務医《HP》、救命士《EMT》、ルイジアナ州警察もいる。ニューオーリンズ麻薬取締り史上最大規模の麻薬の手入れになろうかという案件に誰もが一枚加わりたがっている。

メスの押収量が史上最大量になることはまちがいない。

メディアも波止場に集まりはじめている。

ジミーは煙草に火をつけ、アンジェロの煙草にも火をつけてやる。

アンジェロは煙草を深く吸い、尋ねる。「ボスはなんて言うかな?」

「新聞の大見出し、夜のニュース番組、怪我人はなし」とジミーは言う。「ランドローがなんて言うか? 〝おめでとう〟だろうな」

「でも、今頃は怒りまくってるだろうよ」

ランドローは怒りまくっている。ジミーもそう思う。SWATも怒りまくっている、DEAも水上警察も――しかし、ジミーはそんなことは気にしない。一番怒りまくっているのは誰よりなにより……

……オスカー・ディアスに決まっているからだ。

実際、怒りまくっている。が、それは濡れドブネズミ野郎に自宅の床を汚されたからではない。

彼のコンドミニアムは対岸のアルジェポイントにある。ディアスはそこのペントハウスを所有し、テラスからはミシシッピ川、その先にはフレンチ・クウォーターからマリニー、バイウォーターまで、ニューオーリンズのダウンタウンが見渡せる。が、今の彼はそんな景色に眼を向けてはいない。濡れドブネズミ野郎、カルロスに――この物件に支払った金額以上の損害をもたらした手下に――向けている。

いや、損害はもっと深刻だ。

金だけの問題ではないからだ。

今回の件はディアスにしても一世一代の大仕事だった――これで二流の売人から抜け出してトップクラスに躍り出る予定だった。つまるところ、大きなチャンスだったのだ――大量のブツを川を遡《さかのぼ》ってセントルイスとシカゴに運ぶ。ニューオーリンズが物流拠点になりうることを実証する大チャンスだったのだ。川と港を利用して積荷を運び入れ、トラックに移し替え、高速道路を走って運ぶ。今度の件が成功していれば、メキシコのシナロア・カルテルの連中もメスの出荷量を増やしてくれていただろう。そうなれば、ニューヨークやロスアンジェルスに進出するのも夢ではなかったのだ。

これではシナロアのやつらに役立たずだと思われてしまう。ニューオーリンズは危険すぎると思われてしまう。これから電話をかけて、積荷の麻薬を失ったと報告しなければならない。向こうが電話に出てくれるのもこれが最後だ。それはディアスにもわかっている。

これで麻薬も金もチャンスも消えてしまった。これで、このあとも最低五年はミシシッ《バイ》ピ川《ュ》下流《ー》域の貧乏白人相手の売人を続けるしかなくなってしまった。

テラスから屋内に戻り、居間にはいり、水槽のまえで足を止める。レッドシー社のリーファー350、九十一ガロンの水槽に彼の生きがいが収められている——美しい、鮮やかな黄色のネプチューングルーパー（六千ドルの出費）、赤とシルヴァーの小型魚ブレードフィン・バスレット（一万ドル）、エレクトリックブルーの縞模様がはいった黄金色のクラリオン・エンゼルフィッシュ（カルテルからの贈りものだから無料）、それについ最近手に入れた自慢の魚、三万ドルのブルーのクイーン・エンゼルフィッシュ。その豪華な魚は深海の洞窟に棲《す》んでいるのでことさら金がかかる。

ディアスは高価な美しいサンゴをあしらった水槽に、時間と労力と金と愛を注ぎ込んでいる。水槽の蓋を開け、乾物のフレークを少々撒いて、生のアサリの小さな塊がはいったプラスティック容器を開けると、その中身も水槽に放り込む。

「おまえはおれの魚たちにストレスを与えてる」とディアスはカルロスに言う。「おれの魚はストレスを感じやすいんだよ。今はおまえからストレスを受けてる」

「すみません」

「まあ、いい」とディアスは言う。「さて。おれによろしく伝えろと言ったのはどこのどいつだ？」

「ジミー・マクナブって名乗ってました」とカルロスは言う。

「麻薬取締局のやつか？」

「市警の刑事です」とカルロスは言う。「麻薬課の」

「その刑事がおれに伝言させるためにおまえを船から放り出した」

「そうです」

ディアスはリコのほうを向く。「カルロスを外に連れ出して始末しろ」

カルロスは青くなる。

「冗談だよ、冗談」ディアスはそう言って笑い、振り向いてリコに言う。「うちの坊やに熱いシャワーを浴びさせてやって、着替えを出してやれ。あの罰あたりな川は汚いからな。わかったよな、リコ?」

リコはわかっている。要するに、カルロスを外に連れ出して殺せということだ。

リコとカルロスがさがると、ディアスはまたテラスに出て、市《まち》を眺める。

ジミー・マクナブ。

いいか、ジミー・マクナブ、おまえはこの件に私情をはさんだ。そういうことだ。

私情をはさみ、おれから大事なものを奪った。

今度はおれがおまえから奪う番だ。

おまえが大切にしているものをな。

DV案件を処理した警察官があとから個人的にエヴァに会いにくる。

エヴァは一部始終を無線で聞いていた。それでも、その警察官としては彼女に敬意を示したかったのだろう。「ほぼあんたの読みどおりになったよ。犯人は女を撃ったあと、自分で自分を撃った」

「子供はどうなった？」

「洗濯乾燥機の中にいた」と警察官が言う。「しっかりしてた」

父親が母親を射殺した銃声を聞いた小さな男の子のわりには。エヴァはそんなことを思う。

「ある意味、よかったわね、犯人が自分で始末をつけてくれて」と彼女は言う。「裁判の手間が省けた」

「ああ」

「子供は施設に預けられるんでしょうね」とエヴァは言う。

でも、エヴァは泣かない。

泣きたくなる。

警官のまえでは意地でも泣かない。

リコはディアスの話にとくと耳を傾け、そのあと首を振って言う。「お巡りに手を出すのは無茶ですよ」

ディアスはその意見を一度は受け入れ、そのあと思い直す。「無茶だと誰が決めた？」

ダニーとロクセインはまだ公園で張り込んでいる。一向に姿を現わさない変質者を待つ三日目の夜。

「よし」考えた末にダニーが言う。「ヤるならレイチェル、結婚するならモニカ、殺したいのはフィービーだ」（テレビドラマ「フレンズ」の登場人物）

「可哀そうなレイチェル」とロクセインは言う。「いつもヤられるだけで、結婚できないんだから」

「いや、ロスとヴェガスで結婚してるよ、覚えてない？」

「ああ、そうだったわね、でも、酔ってたから、でしょ？」

「それでも、数にはいる」とダニーは言う。「きみのほうは？」

ロクセインは答える。「殺したいのはモニカ、結婚するならレイチェル、ヤるならフィービー」

「考えるまでもない？」

「今までさんざん考えてきたことなのよ」とロクセインは言う。「フィービーとヤってみたいってずっと思ってた。シーズン１から」

「それはびっくりだな。だってきみはいくつだった、七歳？」

「おませなレズビアンだったの」とロクセインは言う。「バービー人形で遊んでた」

「女の子はみんなバービー人形で遊ぶけど」

「ちがうの、ダニー」と彼女は言う。「バービー人形でいいことをしてたの」

「そっちか」

そのときロクセインの血と脳味噌がダニーの顔に飛び散る。

まさに一瞬の出来事。

そのあと何者かの手がロクセインの短い髪をつかんで彼女を外に引きずり出す。

車の窓が粉々に割れている。

ダニーは銃に手を伸ばすが、そのときにはもう口と鼻に布をかぶせられている。床を蹴り、逃れようとしてももう遅い。

パトカーから引きずり出されたときには意識を失っている。

サイレンが猟犬のうなり声のように響き渡る。

まず一台、もう一台、そして四台、五台と、十台以上の警察車両がマクドノ記念公園に集まってくる。アルジェじゅうから集まってくる。四分署外からも対岸の八分署からも集まってくる。

コード10－13に応じて。

応援頼む。

ぞっとするようなサイレン音が響いている。

警報の大音声。

アルジェじゅうに鳴り響いている。

打ち上げ会場は〈スウィーニーズ〉だ。もちろん。

ほかの場所であるはずがない。ジミーが子供の頃からかよっている店なのだ。ことばのあやではなく――まだ子供だった十一、二歳の頃、この店にはいってよく父親を連れ出したものだった。

あるいは、連れ出せないまでも親父が全部飲み代に使ってしまわないうちに給料支払小切手をもらいに。

今やここはジミーの行きつけのバーで、彼の父親は家で飲んでいる。

その夜、大規模な手入れのあと、みんなが〈スウィーニーズ〉に集まって祝勝会を開いたのは当然の流れだ。

言うまでもなく班員――アンジェロ、ウィルマー、ハロルド――は全員出席、麻薬課のほかの面々も顔をそろえ、科学捜査課からも五、六人、四分署と八分署、地元の六分署の制服組と刑事もそれぞれ何人か来ている。

ランドローも形だけ顔を出して一杯だけつきあった。地方検事と連邦検事も数名立ち寄り、麻薬取締局の地元支局の職員も二名、班に敬意を表してカウボーイハットをかぶって姿を見せ、乾杯の音頭を取った。「われわれはマクナブのあそこのようなもんだ――悪気があって言ってるんじゃないからな」

しかし、客のほとんどは早々と帰り、今は班員と麻薬課の刑事が数名、さまざまな時期にジミーたちと同僚だった者だけが残っている。店内に居合わせた何人かの一般市民は、よけいな首を突っ込むものではないとわきまえており、面白可笑しく語られるお巡りの裏話に聞き耳を立ててひそかに愉しんでいる。

「それで、おれはそこで身を伏せてたわけだ」とジミーは言う。「チビりながら、これはドジったなと思ってたら、そこへハロルドが……ハロルドが轟音とともに登場だ、なんとフォークリフトに乗って……」

やんやの喝采が湧き起こる。「ハーロルド！ ハーロルド！ ハーロルド！」

ハロルドはマイクを手に小さなステージに上がり、漫談を一席試みる。「というわけで、おれは肛門科の医者を訪ねる。医者はおれの尻の穴を一目見て、こうのたまう。〝ジミー・マクナブか？〟」

「愛してるよ、ハロルド」とジミーは上機嫌で言う。「あくまでも異性愛者として、男らしく、キリスト教的な意味で……」

「ハーロルド！ ハーロルド！ ハーロルド！」

ハロルドはマイクを軽く叩く。「これ、はいってるか？」

「……イエスが愛したように……」

「ユダか」とウィルマーが言う。

「いや、もうひとりのほうだ」

「ペテロ」

「ペテロかパウロ……もしくはチョコレートバーか」とジミーは言う。「いずれにしろ……なんの話だっけ？」

「警官は誰しもリーダーには勇敢で名誉を重んじる人格者を望む」とハロルドは言う。「でも、おれたちの班長はジミー・マクナブだ。つまり〝簡単に手に入れたんだから、簡単に失っても平気さ〟ってタイプだ」

アンジェロは足をよろめかせて立ち上がり、テーブルを叩く。「アンジェロはセックスしたい！　アンジェロとやりたい人は？」

「ジミーがやりたいって」とウィルマーが言う。

八分署のヴェテラン女刑事、ルーシー・ウィルメットが手を上げる。「アンジェロとお手合わせ願います」

「言ってみるもんだな」とアンジェロは言う。「ほかにはいないかな？」

「〝ほかには〟って？」とルーシーが訊き返す。「ちょっとちょっと、どういうこと、アンジェロ」

エヴァは画面上の光の点を見つめている。巣に戻る蜂の群れのようだ。

エヴァは無線の通信に注意を向ける。

〝警官、被弾……路上に倒れている……救急車、出動要請……救急車出動要請を確認……

警官、応答中……警官、応答中……警官、応答中……240D号車……もうひとりの警官の所在は？……なぜ応答しない？……銃声が聞こえたとのこと……現場に目撃者あり……まいったな、目撃者は子供だ……くそっ、救急車はどこだ……女性警官は出血多量……脈がない……ショーン、彼女は死亡した……相棒はどこだ？　ちくしょう、彼女の相棒はいったいどこなんだよ⁉〟

240D号車。

ダニーの車両。

エヴァは左手でジミーの短縮番号を押す。

留守番電話に直接つながる。

ジミーは打ち上げ中だ。

〈スウィーニーズ〉で。

ジミー、電話に出て！

弟の一大事よ。

「おまえは手を出すのは無茶だっていうお巡りのひとりか？」とディアスは尋ねる。

ダニーはアルジェポイントの波止場近くの倉庫のコンクリートの床に置かれたスティール製の椅子に坐らされている。手錠をかけられ、足首にも椅子の脚につながれた手錠をかけられている。

「起こせ」とディアスは言う。

リコは意識が戻るまでジミー・マクナブの弟に平手打ちを食らわす。

「ジミー・マクナブの弟」とディアスは言う。

ダニーはまばたきをする。丸顔のヒスパニック系の男が眼のまえにいる。「誰だ?」

「おまえを痛めつける人間だ」とディアスは答える。

そう言って、アセチレン・バーナーに点火する。

青い炎が燃え上がる。


ジミーはピッチャーを掲げる。「乾杯! やつらをとことんとっちめたことに!」

ピッチャーに口をつけて、ビールを咽喉《のど》に流し込む。

「ジミー! ジミー! ジミー!」

ジミーは中身を空けたピッチャーをおろし、手の甲で口元を拭って言う。「真面目な話
——」

「真面目な話」とウィルマーが復唱する。

「——麻薬を通りから排除し、銃を市《まち》から排除し、悪党を群れから排除することに。世界最強のお巡り集団に幸あれ。愛してる。おまえたちみんなを愛してる。みんなおれの身内だ。愛してる!」

ジミーは椅子にどすんと腰をおろす。

「あのジミー・マクナブがいったいどういう風の吹きまわし?」とルーシーが尋ねる。

「酔った勢いってやつさ」とウィルマーは答える。

四分署の巡査部長ギブソンが〈スウィーニーズ〉にやってくる。まさに宴たけなわだ。パーティ参加者のいくつかの頭越しに、ジミー・マクナブがステージの上でカラオケで『涙のサンダーロード』を調子はずれに歌っているのが見える。

ギブソンはアンジェロ・カーターを捜す。アンジェロはカウンターのそばに立っている。

「ちょっといいか?」とギブソンはアンジェロに言う。「外で」

「マジかよ」とアンジェロは言う。「ダニーが?」

知らせを聞くなり、酔いが覚める。ダニーのことは子供の頃から知っている。金魚の糞のように兄貴のジミーについてまわり、ジミーを崇《あが》め、警察にはいりたがっていた頃から。

そのダニーが死んだ?

「死に方がひどい」とギブソンは言う。「遺体はアルジェポイントの埠頭のそばで見つかったんだが、拷問されてた」

焼き殺されていた。

全身の骨という骨が折られていた。

ギブソンは言う。「ジミーに知らせないと」

「逆上するぞ」

ジミー・マクナブがこの世で愛しているのは班員と家族だけだ。ダニーの死を知ったら、暴れまくるにちがいない。

店をめちゃめちゃにしかねない。

人に危害を加え、自分も大怪我をするかもしれない。

この件はうまく対処しなければならない。

「こうしよう」


まずアンジェロが店に戻る。

そのあとに続くのはウィルマー、ハロルド、ギブソン。アンジェロが六分署で見つけてきたいちばん大柄な制服警官三人、マリリン・モンローに瓜ふたつの容貌を売りに一回千ドルのコールガール稼業で荒稼ぎしているソンドラ・D。〈ローズヴェルト・ホテル〉で金払いのいい観光客を相手に、それだけの金を稼ごうとしていたら、アンジェロから電話がはいったのだ。

店内のすべてが止まる。

ソンドラが部屋にはいると、たいていすべてが止まる。

スパンコールのシルヴァーのドレス。

プラチナブロンドの髪。

「ジミー！」とアンジェロが叫ぶ。「おまえに会いにきた人がいる」

ジミーはステージ上から見下ろし、相好を崩す。

ソンドラは顔を上げ、ジミーを見つめて言う。「ソンドラ巡査部長よ。所属は……内部調査室……」

それを聞いて、一同から笑いが起きる。

ジミーも一緒に笑っている。

「わるうううぃお巡りさんね、あなたって」ソンドラは実によく似たマリリン・モンローの声色でそう言うと、深い襟ぐりの胸元から手錠を取り出し、右手に持ってぶら下げる。

「さあ、逮捕するわ」

ハロルドとウィルマーがステージに上がり、ジミーの両肘をつかみ、ステージの下のソンドラのもとに連れていく。

「うしろを向いて」とソンドラは言う。「両手を背中にまわしてちょうだい」

「おれに手錠をかけるのか？」とジミーは尋ねる。

「そうよ、まず手始めに」

「レディに言われたとおりにするんだ」とアンジェロが言う。

ジミーは肩をすくめる。「逆らうつもりは……」

そう言って、うしろを向くと手を背中にまわす。ソンドラがそんなジミーに手錠をかける。

アンジェロは手錠がしっかり施錠されたのを確かめると、ジミーをそっとカウンターに寄りかからせ、隣に身を寄せて言う。「ジミー、話がある」

エヴァの叫び声は建物の外まで聞こえた、と通信指令室の連中はのちに語っている。事実かどうかはわからない。

が、いずれにしろ、エヴァはその夜を境に声が嗄《か》れ、囁《ささや》くようにしかしゃべれなくなった。わかっているのはそれだけだ。

ジミーは暴れだす。

棍棒《こんぼう》のように頭を振り、アンジェロを突き飛ばし、逆方向に頭を振って、ウィルマーに頭突きを食らわせる。ついでラバさながら脚をうしろに蹴り出し、制服警官をひとり床に転倒させる。

そのあと自分の頭をカウンターに打ちつけはじめる。

一度、二度。

三度と。

思いきり。

アンジェロがジミーの肩をつかもうとする。が、ジミーは血を流している頭を起こし、体の向きを変えると、雄牛のような勢いでアンジェロをテーブルに押しやり、そのままテーブルをひっくり返す。酒瓶とグラスが宙に飛び、アンジェロは床に倒れる。

ジミーは振り向きざま、警察官の腹に蹴りを入れる。

体をひねり、別の警察官の膝にも蹴りを浴びせる。

ほかの警官が駆け寄り、ジミーを押さえようとする。が、鼻に頭突きを食らい、思わず手を放す。

ハロルドはジミーを羽交い締めにして両腕を押さえ、体を持ち上げる。ジミーはハロルドの足首に左足を引っかけ、右の踵《かかと》をハロルドの股間にめり込ませる。ハロルドはそれでも手を放さない。ただ、ジミーを背後から抱きかかえていた腕の力がゆるみ、その隙にジミーは右腕をよじって、ハロルドの腕からすり抜け、ハロルドの咽喉を狙う。たいていの男なら首の骨が折れるまえに降参するが、ハロルドは並大抵の男ではない。その首は雄牛顔負けに頑丈で、しっかりと持ちこたえる。「あんたに怪我をさせたくないんだよ、ジミー」

ジミーはハロルドの睾丸に二度膝蹴りを入れる。

そこに筋肉はない。

ハロルドは手を放す。

ジミーはまた別のテーブルを蹴り倒し、椅子二脚も道づれにすると、壁に体あたりし、頭を打ちつけ、膝で蹴り、壁の漆喰《しっくい》に穴をあける。

アンジェロは借りた警棒をジミーの後頭部に叩きつける。

熟練した、巧みな一撃。

ジミーは意識を失い、壁にもたれながらずるずるとすべり落ちる。

四人がかりでジミーを外に運び出し、パトカーの後部座席に押し込む。

そして、六分署まで連れていき、留置場に入れる。


ランドロー警部はジミー・マクナブが好きではないが、部下が留置場の壁に背をつけて、床に坐り込んでいる姿を見るのも好きではない。

「さっさと出してやれ」とランドローは言う。「今すぐ」

扉が開き、ジミーは腰を上げ、房から出ていく。

班員たちが刑事部屋で待っている。制服警官がふたり携帯電話を見ている。ふたりとも顔が青ざめている。ジミーに気づき、警官ふたりは見るのをやめ、携帯電話をおろす。

「なんだ?」とジミーは尋ねる。「あいつらは何を見てる?」

「見ないほうがいい」とアンジェロが言う。

「何を見てるんだ?」とジミーは二人組の制服警官の片方、びくびくした新米に尋ねる。

新米警官は返事をしない。

「何を見てるかって訊いてるんだ」

新米はアンジェロのほうを見る。どうすればいいですか、と泣きつくような顔で。相手はジミー・〝くそったれ〟・マクナブだ。

「なんでアンジェロを見る?」とジミーは訊く。「おまえに話しかけてるのはこのおれだ。そのクソ携帯を寄こせ」

「見ないほうがいい、ジミー」とアンジェロは言う。

「何を見て何を見ないか、それはおれが自分で決めることだ」とジミーは言い返すと、振り返って新米警官のほうを向く。「いいから寄こせ」

新米は携帯電話を差し出す。

画面に動画が出ている。ジミーは再生ボタンを押す。

動画を見る——

咽喉を嗄らして叫ぶダニー。

ねじ巻き式のおもちゃのウサギみたいに椅子ごと飛び跳ねている。

「見ろよ、こいつ、飛んでやがる!」と誰かが言う。

別の声が聞こえる。「もう一度火をつけろ」

「死ぬかもしれないぜ」と三人目の声。

「死なせるな」と二番目の男は言う。「まだ駄目だ」

動画にずれがある。画面が切り替わる——

ダニーの大きく開いた口。

体は焼け焦げている。

骨は折れている。

全身の主な骨という骨が折れている。

「全部撮ったか？」と二番目の男の声がする。

「きっとバズるぞ」と新たな声が言う。

「これも食らいやがれ」と二番目の男が言う。

そう言って、ダニーの頭を狙って野球のバットを振る。「ティーボールだ」

また画面が切り替わる――

黒焦げになったダニーの焼死体。胎児を思わせる体勢で、黒い鉤爪《かぎづめ》のような拳を顔のほうに上げ、ゴミが散乱する川沿いの高く茂った草むらに横たわっている。

画面の下にテロップが流れる。


ディアスからよろしく。


〝胸が張り裂ける思い〟などというのは、ただの比喩だとジミー・マクナブはずっと思っていた。

そうではないことが今わかる。

ジミーには自分の胸が張り裂けたのがわかる。

自分が壊れてしまったことがよくわかる。

ガーデン地区北側のラファイエット墓地第二区の墓所にダニーは埋葬される。

遺体の状態は見るに忍びなく、最後の対面でも棺《ひつぎ》の蓋は閉じられたままだった。アイルランド式の通夜振る舞いはおこなわれない。談笑したいと思う者などひとりもいない。笑う気になれることなどひとつもない。ダニーの一生は短すぎて、語り合える昔話も多くはない。ジョン・マクナブはすでに酔っぱらっている――相も変わらず。ただ、普段よりさらに怒りっぽく、普段よりさらに無表情で、普段よりさらに恨みがましく、普段よりさらに口数が少なくなっている。

そんな彼は彼の妻にとっても彼の息子にとっても慰めにはならない。

いや、慰めになるものなどそこにはそもそも何もない。

白い手袋をはめた正装姿の警察官――ジミーもそのひとりだ――が棺を墓所に運ぶ。

ライフルの銃声が響き、バグパイプが『アメイジング・グレイス』を奏でる。

エヴァは泣かない。

黒い服に身を包んだ小柄な彼女は今やひとまわり小さくなり、折りたたみ椅子に腰かけ、まっすぐまえを見すえている。

折りたたまれた国旗を受け取り、膝にのせる。

ダニーの恋人のジョリーンは泣いている――肩を震わせ、両親に体を支えられ、すすり泣いている。

バグパイプが『ダニー・ボーイ』を奏でる。

ジミーの実家はニューオーリンズの昔ながらのショットガンハウスで、二丁目通りからアナンシエーション通りにはいったところにある。芝のまばらな地面が剝き出しになった小さな前庭が、ひび割れた歩道沿いの金網フェンスの向こうに見える。

ジミーは玄関を通り抜け、居間にはいる。

彼の父親は安楽椅子に坐っている。

左手にグラスを持ち、窓の外を眺めている。ジミーに挨拶もしない。

ジミーが十八歳前後の頃から――とうとうビッグ・ジョンの体格を超えた頃から――互いに言うべきことばがなくなった。泥酔した父親を彼がキッチンの壁に押しつけ、こう言ったときから――「今度一度でも母さんを殴ったら、殺すからな」。

ビッグ・ジョンはそのとき失笑した。「その心配は要らない。今度一度でもおれがあいつを殴ったら、あいつがおれを殺すだろうよ」

要するにこういうことだった。小型の拳銃グロック19を自分で買ったエヴァがすでにビッグ・ジョンにこう言い渡していたのだ――「もういっぺんでもわたしに手を上げたら、主のもとへ送り込んでやるから」。

ビッグ・ジョンはそのことばを疑わなかった。

で、それからあとは殴る対象は壁とドアにかぎられるようになった。

今、ジミーは父親のまえを素通りし、両親の寝室も通り抜け、ダニーと共有していた子供部屋にはいる。

その部屋に長くはいられない。

ビッグ・ジョンとエヴァの夫婦喧嘩が始まると、ジミーはよくダニーの耳をふさいだものだ。そんなことを今思い出す。そういうとき、ダニーはよく訊いてきた。「またジョンがエヴァをぶってるの？」

「ちがうよ」とジミーはたいてい言った。「ふたりで遊んでるだけさ」

もちろん、ダニーにもわかっていた。

ジミーはその頃からいつもダニーを守ろうとしていた。が、あのことからだけは守ることができなかった。

いや、誰より必要とされたときにおまえを守ってやれなかった。そんなことを胸につぶやき、ジミーは部屋の中を見まわす——古い野球のグラヴ、端がめくれて黄色くなったマスキングテープが貼られたジェシカ・アルバのポスター、夜こっそり抜け出して、ジミーが公園に隠しておいたビールを飲みにいくときにふたりでよく出入りした窓。

キッチンにはいると、エヴァがカウンターのまえに立ち、チコリ入りの濃いコーヒーをマグに注いでいる。

チキンガンボの鍋がコンロで煮立っている。

その鍋はジミーが物心ついたときからずっとコンロにのっていて、エヴァはジミーが物心ついたときからずっとその鍋に水を足したり、新しい材料を加えたりしている。それだけは誓って言える。

エヴァは黒いドレスからダークブルーのブラウスとジーンズに着替えており、コーヒーポットをジミーに掲げてみせる。ジミーは首を振る。

「だったら、お酒？」

「いや、いい」

「ジョリーンの様子を見にいってあげないと」とエヴァは言う。「とことんまいってたじゃないの」

「そうするよ」

エヴァはジミーの頭から足先までしげしげと眺め、とくと見定めてから言う。「おまえは怒れる男だね、ジミー。子供の頃も怒れる少年だった」

ジミーは肩をすくめる。

そのとおりだ。

「おまえは憎むために憎む」

これもまたそのとおりだ、とジミーは思う。

「わたしはおまえのその憎しみも愛そうとした」とエヴァは言う。「でも、おまえは憎しみの虜《とりこ》になってしまっていた。それは父親のせいだったのかもしれない。わたしのせいだったのかもしれない。ただ単におまえの気性のせいだったのかもしれない。なんであれ、わたしにはおまえの心を動かすことはできなかった」

ジミーは何も言わない。

エヴァのことはよくわかっている。彼女の話はまだすんでいないことも。

「ダニーはそんなふうじゃなかった」とエヴァは言う。「あの子は愛にあふれた子供で、そのまま愛にあふれた大人になった。あの子はうちでいちばん善良な人間だった」

「知ってる」

エヴァはまたジミーをとくと眺め、また見定め、そのあとジミーの左右の手首を両手でつかんで言う。「わたしが愛そうとしたおまえの心にあるものすべてを離さないでほしい。憎しみも。おまえの弟の仇《かたき》を討ってほしい」

エヴァは眼を上げ、ジミーの痣《あざ》のできた、切り傷のある顔をのぞき込む。青痣ができた、瞼《まぶた》の腫れた眼を見て言う。

「やってくれるね？　わたしのためにやってくれるね？　おまえもダニーを大事に思ってたんだから。弟を大事に」

ジミーは黙ってうなずく。

「全員殺して」とエヴァは言う。「わたしのダニーを殺した者どもをひとり残らず」

「やるよ」

エヴァはジミーの手首から手を離す。

「そのときは苦しませて」

その隠れ家はフレンチ・クウォーターにある。ドフィネ通りの古い建物の二階に。

そこは実のところ、手広く商売をしていたマリファナの売人のアパートメントなのだが、その売人は今はアボイルズで八年のお務めをしている。ただアンゴラの刑務所ではなく、矯正施設で服役しているのは、ジミー・マクナブが彼に借りのある判事に口添えをしたからだ。

彼の班がクラブやバーが並び、女の観光客がよく来るフレンチ・クウォーターに、そこに集まることで売人の留守を守ることにもなる隠れ家を持っているのはそのためだ。

しかし、今は呑気《のんき》に留守番をしているときではない。

ジミーはそのアパートメントの居間の真ん中に立って言う。

「例の動画には四人の声がはいってた。そのうちのひとりはもちろんオスカー・ディアスだ。ほかの三人の身元は判明してない」

「こないだの手入れのときにおまえが川に投げ込んだ若いやつの死体が発見された」とアンジェロが言う。「後頭部に一発撃ち込まれてた。だからそいつからはもう話は聞けない」

「逮捕したやつらは？」とジミーは尋ねる。

ホンジュラス人のウィルマーが引き継ぐ。

「ひとりはオーリンズで刺された」〝オーリンズ〟とは市の中央拘置所のことだ。「刑務官が駆けつけたときにはもう出血多量で死んでた。あとのふたりは保釈金を払って保釈された」

「嘘だろ」

「でもって、姿を消した」とウィルマーは言う。「おそらくおれたちからというより、オスカーから必死で逃げてるんだろう」

「オスカーは?」

「レンピラ地区ならよくわかる」ウィルマーが言ったのは、近頃はホンジュラスからの移民が多く集まる最大規模の地域だ。「アビラの聖テレサ教会にも行ったけど、オスカーがどこに身をひそめているのか、誰も知らない」

「あるいは、知っていても突き出すつもりはないのか」とアンジェロは言う。

ウィルマーは首を振る。「いや、それはない。友達や親戚や家族に話を聞きにいったけど、ダニーの身に起きたことにはコミュニティ全体が怒ってる。このクソ野郎は新参者だ。身内はひとりもいない。あの男を知る者は誰もいない」

「誰かしらいるはずだ」とジミーは言う。「誰かしら知り合いはいるものだ。また戻って、揺さぶりをかけてみてくれ」

「ほぼ不可能だよ」とハロルドが言う。「四人全員を見つけだすのは」

「四人とも見つける必要はない」とジミーは言う。「最初のひとりを見つけりゃいい」

ジミーとアンジェロは車でジェファーソン郡のハイウェー六一号線をはさんだ反対側に

あるメテリー地区に向かう。

　緑豊かな郊外だ。

「昔はおれたち黒人にはこのあたりの家は買えなかった」とアンジェロが言う。「おまえたちがメテリーに来るのはトイレ掃除をするためだけだって言われてた」

「何が変わったんだ？」

「ハリケーン・カトリーナさ」とアンジェロは言う。「人々には家が必要で、住宅市場はそれに逆らえなかった」

「ここに住みたかったのか？」とジミーは尋ねる。

「まさか」

「だったら、どうしてそんなこと気にする？」

「別に」とアンジェロは言う。「ただの世間話だ」

　アンジェロはノースライン通りからナッソー・ドライヴに車を走らせる。カントリークラブに隣接する、広い芝生の庭とプール付きの豪邸が建ち並ぶ、カーヴした通りだ。

　チャーリー・コレロの赤い瓦《かわら》屋根の家は六番ティーグラウンドから少し離れたところにある。アンジェロは曲線を描く私道に車を停め、ジミーと玄関先まで歩き、呼び鈴を鳴らす。メイドが出てきて、塀に囲まれた中庭にあるプールへふたりを案内する。

　上半身裸で、日焼けした肌に日焼け止めをたっぷりと塗り込んだチャーリーは、パラソルの下の錬鉄製のテーブルについて坐り、アイスティを飲みながらノートパソコンの画面を見ている。腰を上げ、ジミーの肩に手を置いて彼は言う。「ことばもないよ、ジミー」

「どうも」

「かけてくれ」チャーリーは二脚の椅子に手を差し向ける。「会えて嬉しいよ、アンジェロ。ふたりとも、何か飲みものは？」

「いや、けっこうだ」

チャーリー・コレロのふさふさした髪と胸毛は雪のように白く、五年ほどまえ、ジミーが最後に会ってから目方はおそらく数ポンド増えている。その昔、チャーリーの祖父はニューオーリンズ一帯を牛耳《ぎゅうじ》っていた。いや、それどころの話ではない。ルイジアナ州全域を牛耳り、実のところ、アメリカの大部分の地域を牛耳っていた。

チャーリーの祖父がケネディ大統領暗殺の黒幕だと囁く者もいる。

コレロ一家に往時の面影こそないものの、それでもチャーリーはニューオーリンズの顔役だ。麻薬、売春、恐喝、用心棒——お決まりのマフィアの営業特権を握っている。

カントリークラブのパラソルの下に坐りたければ、チャーリーに金を払う。そういう仕組みだ。

「今度の一件をエヴァはどう受け止めてる？」とチャーリーが尋ねる。

「たぶんあんたの想像どおりだ」

「よろしく伝えてくれ」

「ああ」

「手を貸せることはないか?」とチャーリーは尋ねる。

「ホンジュラス人と仕事は?」とジミーは尋ねる。

「これはオフレコだよな?」とチャーリーは言う。「ボディチェックで盗聴器を調べたりしなくてもいいんだよな?」

「おれはどういう人間か。それはあんたもよくわかってるはずだ」

それはそのとおりだ。チャーリーとジミーが取引きを始めたのはジミーが警邏《けいら》巡査だった頃に遡《さかのぼ》る。その後、悪徳刑事になってからも続き、ジミーはクリスマスのたびに封筒を受け取った。チャーリーのほうはジミーに、手下が娼婦に暴力を振るったり、子供に麻薬を売りつけたりしないことを保証した。

そして、互いに約束を守った。

ジミーは麻薬課に異動してからは封筒を受け取っておらず、チャーリーの仕事仲間を何人か逮捕したこともある。しかし、メテリーにつながる事件は決して担当しなかった。

「ブツはホンジュラス人から仕入れてる」とチャーリーは言う。「ただし、この腐れディアスからじゃない」

「ということは、どうすればこいつを見つけだせるかは知らないってことか?」

「うちの連中に探らせるよ」とチャーリーは応じる。「何かわかったら、真っ先におまえさんに知らせるよ」

「助かる」とジミーは言う。「ただひとつ、あんたにまえもって伝えておきたいことがある。おれはこれから密売ルートを徹底的に追う。今回はどこまでも追う。それがどこにつながろうと。このジェファーソン郡につながろうと。いいな、コレロ《カピーシュ》?」

「脅しはよしてくれ、ジミー」とチャーリーは言う。「長いつきあいじゃないか、おれたちの親父同士もつきあいがあった。おれのところへは友人として来てくれよ」

「だったら友人として言っておくよ」とジミーは言う。「ダニーが殺された部屋には四人の男がいた。おれはそのうちの誰かひとりを絶対に捕まえる」

チャーリーはアイスティを飲み、しばらくゴルフコースに眼を向ける。その視線の先では四人の酔っぱらった白人男が六番グリーンに向かっている。彼はジミーのほうに向き直ると言う。「名前をひとつ教えるよ」


ウィルマーとハロルドはバッジを掲げて、レンピラ地区の小さなクラブにはいっていく。昼日中《ひなか》に十人前後の客がカウンターとテーブルについている。大半が男で、全員がホンジュラス人。警官の登場を喜ぶやつはひとりもいない。

「調子はどうだ!」とウィルマーが言う。「ニューオーリンズ市警の親善訪問だ!」

不平、不満、悪態。

男がひとり通用口へ駆けだす。が、ハロルドは巨体のわりにすばしこい。男のシャツのうしろをつかみ、捕まえると、壁に叩きつける。

「ポケットの中身を出せ!」とウィルマーが言う。「カウンターかテーブルの上に全部!

隠すなよな。見つけたら、ひとつでもふたつでも三つでもそのブツをおまえの口に突っ込むか、ケツの穴に突っ込んでやるよ。どっちになるかは変わりやすいおれの気分次第だ！　やれ《アスロ》！」

手がポケットに差し込まれ、くしゃくしゃの紙幣、小銭、鍵、携帯電話、マリファナの小袋、数種類の錠剤、それに注射針とスプーンが一本ずつ出てくる。

さらにボディチェックをして、折りたたみナイフ、マリファナのはいった袋、丸めた紙幣の束、メスを取り出して、ハロルドが言う。「おや、おや、おや、こいつはなんだ？」

「おれのじゃない」

「珍しいことを言うんだな。そんな台詞《せりふ》、生まれて初めて聞いたよ」ハロルドは男のズボンの尻ポケットから財布を引っぱり出し、運転免許証を見つけると言う。「マウリシオ・メンデス、おまえのことを調べたら、あれこれ出てくるんだろうか。未処理の令状とか。嘘はつくなよ」

「つかないよ」

「なあ、今おれは嘘はつくなと言ったんだがな」

カウンターの中で店主が渋い顔をしてウィルマーを見ている。

それに気づいてウィルマーは言う。「おれのケツ狙ってんのか、この野郎《カブロン》？　何か文句でもあるのか？」

店主は〝同胞〟なのに、とかなんとかつぶやく。

ウィルマーは店主に近づき、胸倉をつかみ、カウンターの上に上半身を引っぱり上げる。

「きっちりさせとこう。おまえらは同胞じゃない。おれの同胞はみんな仕事をしてる。昼間っからしけた酒場で酒なんかかっくらってないで、ちゃんと働きに出てる」

ウィルマーは店主をさらに引き寄せる。「まだおれに言いたいことがあるか、大将？ それより歯はやっぱりちゃんとそろえておきたいか？」

店主は眼を伏せてカウンターを見下ろす。

ウィルマーは身を寄せて、声をひそめて言う。「毎日だ、カブロン。あのゴキブリ《クカラーチャス》どもがここに来るのをやめるまで、おれは毎日戻ってくる。消防検査官も衛生検査官も毎日ここにかよう。二十ドルの袖の下じゃ、もう違反を見逃しちゃくれなくなる」

「何が望みだ、金か？」

「ビンタでもされたいか？ それがおまえの望みか？」とウィルマーは言う。「金めあてじゃないよ、カブロン、おれが欲しいのは名前だ。オスカー・ディアスを知ってるやつか、オスカー・ディアスを知ってるやつを知っているやつか、そういうやつを知ってるやつでもいい」

ウィルマーは店主を放し、ストゥールに腰かけている若い男を振り返る。「ボディチェックだ、坊や《ミ・イホ》」

「おれはおまえの子供じゃない」

「それはおまえが知らないだけだ」とウィルマーは言う。「なんと言っても、おれは社交的で知られてるんでな。カウンターに手をのせろ」

　若い男はカウンターに両手を突く。ウィルマーは服の上から男の体を叩き、ジーンズのポケットにマリファナの袋を見つける。「さっきおれはなんて言った？　なあ？　なんて言った？」

　ウィルマーは袋を破いてマリファナを取り出し、若い男の口元に持っていく。「さあ、召し上がれ《ボナペティ》」

　若い男は首を振り、口を結ぶ。

「口じゃなくてケツ《クーロ》に入れてほしいか？」とウィルマーは言う。「それならそうしてやろう。そのあと連行する。それが嫌なら食うんだ」

　若い男はマリファナを口に押し込む。

　ウィルマーはほかの者に言う。「鍵と金をポケットに戻せ！　あとは全部おれのものだ。若い警察官がどんなことをされたのか、それはみんな知ってるよな？　あの事件はおれのコミュニティの面《つら》汚しだ。誰でもいい。おれに名前を教えろ。さもないと、昼間の溜まり場がなくなるぞ。どこへ行こうと逃げられると思うな！」

　ハロルドが尋ねる。「こいつはどうする？」

「連れて帰ろう」

　ふたりは若い男を店外に引きずり出し、車のところまで引っぱっていって後部座席に押し込む。ハロルドは男の情報をシステムで調べ、仮釈放規定違反と違法薬物を販売目的で所持していた件に関する未処理の令状を見つける。「おれに嘘をついたらどうなるか、さっきおれはなんて言った？」

「わかったよ、令状は出てる」とマウリシオは言う。

「これでおまえにとっちゃ令状どころの騒ぎじゃなくなったな」とウィルマーが言う。

「ジミー・マクナブに引き合わせてやる」

二台の車が対岸のアルジェの路地に停まっている。

ジミーがマウリシオをフロントフェンダーに押しつける。

アンジェロはボンネットに腰かけ、マウリシオの携帯電話を見る。「パスコードは？」

「教えなきゃならない義務なんかおれにはないんだよ」とマウリシオは言う。「おれだって自分の権利ぐらい知ってる」

「この男は自分の権利ぐらい知ってるんだそうだ、ジミー」とアンジェロは言う。

「だったら聞かせてくれ」とジミーはマウリシオに言う。

「えっ？」

「権利についてだ」とジミーは言う。「言ってみろ」

「黙秘する権利がある……」

「それから……？」

「弁護士を雇う権利がある」とマウリシオは言う。「雇う金がなければ、公選弁護人をつけてもらえる」

「雇う金はあるのか？」とジミーは尋ねる。

「ない」

「だったら、おれがおれに務めさせよう」とジミーは言う。「弁護人として言ってやる。パスコードはおれたちに教えるほうが得策だって。そこのハロルドにおまえの手だけ車の中に入れさせて、そのあとおれがドアを蹴って閉めるまえに。弁護人の忠告は聞くもんだ、マウリシオ」

「マジで言ってんじゃないよな？」

「マスをかくときどっちの手でかく、マウリシオ？」とアンジェロが横から言う。「どっちにしろ、逆の手を教えたほうがいい。やると言ったらジミーはやるから」

「1、2、3、4、5、6」とマウリシオは答える。

「ほんとか？」とジミーは尋ねる。

「覚えやすいから」

「これだからな、ジャンキーは」とジミーは言う。「おまえらは底抜けのアホだな」

「合ってる」とアンジェロが言い、携帯電話の中身を調べる。「どうやらマウリシオが頭をひねってつけたメスの符牒は〝タキートス（小さめのタコス）〟みたいだな。〝金《ディネロ》〟もある。〝タキートス二十五ポンド買いにいく〟」

「小腹が空いてきた。タキートスを食いにいくのも悪くない」とジミーは言う。「マウリシオ、おまえの売人にメールを打って、会う約束を取りつけてもいいかな？　おまえの利権を侵害してないよな？」

マウリシオは口をとがらせて言う。「もう打ってやがるくせして」

アンジェロが言う。「もう返信が来た。〝いつもの場所で〟だそうだ。どこのことだ？」

マウリシオは答えない。

「ドアを開けろ」とジミーは言う。

マウリシオはアルジェのスライデル通りの所番地を教える。

「名前は？」とジミーは言う。

フィデル。

スライデル通りに車で向かう途中、ジミーの携帯電話が鳴る。

「マクナブだ」

「あんたはおれを知らないと思うが」男の声だ。「チャーリーのところの者だ。あんたが捜してる男はホセ・キンテーロというやつだ。あの場にいた」

「どこにいるかわかるか？」

「悪いが、わからない」

「チャーリーに伝えてくれ、おれが感謝してたと」とジミーは言う。「友人として」

ウィルマーはフィデルの家のドアを叩く。

「誰だ《キエン・エス》?」

「マウリシオだ《エス・マウリシオ》」

ドアが開く。が、チェーンがかかっている。

ハロルドがドアを蹴り開ける。

ジミーが先にドアを通り抜ける。フィデルは仰向《あおむ》けに倒れており、起き上がろうとしている。ジミーはそれを許さず、顎に蹴りを入れ、フィデルをもう一度転倒させる。

それでフィデルは気絶する。

やがてフィデルの意識が戻る。ジミーとウィルマーはソファに坐り、勝手にビールを飲んでいる。アンジェロはフィデルと隣りの部屋のあいだに立っている。ハロルドは玄関のドアのまえに立ちはだかっている。

拳銃——二五口径のどえらく古いやつ——がコーヒーテーブルの上にある。

「お目覚めの時間か」とジミーが言う。「ここにあるメスの量じゃおまえを十五年から三十年しかぶち込めない。だがな、フィデル、ここは小学校から二ブロックしか離れてない。それはつまり、ＬＷＯＰに持ち込めるってことだ。仮釈放なしの終身刑《ライフ・ウイズアウト・パロール》にな」

「この野郎、はめやがって!」

「ああ、そうとも」とジミーは言う。「だけど、陪審員はどういう評決をくだすだろうな。ただし、おれたちは何もしないでこのまま立ち去って、この不愉快な出来事はなかったことにしてやってもいい」

「何が望みだ?」とフィデルは尋ねる。

「ホセ・キンテーロ」

「刑務所《ムショ》のほうがましだ」

「ああ、その答はおれも予想してたよ」とジミーは言う。「オスカーに何をされるか、そっちのほうを怖がるんじゃないかってな。それはおまえだけじゃない。おまえの家族も含まれる。テーブルの上の拳銃にはすでにおまえの指紋がついてる。おまえの頭に弾丸《たま》をぶち込んで、おまえが死んだあと、銃を握らせることにするよ。冷たくなったおまえの手に」

「はったりは誰でも言える」

「おれはダニー・マクナブの兄貴なんだよ」

フィデルの眼が見開かれる。

「そうか、名前に心あたりがあるわけだ」とジミーは言う。「まだはったりだと思うか?」

「これはほんとだ」とフィデルは言う。「おれはあんたの弟に指一本触れてない。おれはただ撮ってただけだ」

「それだけか?」とジミーは尋ねる。「だけど、まさか現場にいたとは知らなかったよ、このクソぼけ」

「ほんとだって!」

「そうか、それだけなら」とジミーは言う。「どこに行けばキンテーロを見つけられるか教えてくれるだけでいい」

フィデルは教える。

ジミーは二五口径の銃をテーブルから取り上げると、フィデルの頭を撃って言う。

「麻薬取引きがこじれた事件がまたも発生」

彼らはフィデルの家を立ち去る。

ワンアウト。

ジョリーンはアイリッシュ・チャンネル地区のコンスタンス通りに住んでいる。職場の病院までは歩いてかよえる距離だ。洗った髪をタオルで拭きながら、バスローブ姿で玄関先に出てくる。

典型的なケイジャン――艶のある長い黒髪。眼は菫色だとはっきり言える。

相変わらずきれいだ。

「ちょうどシャワーを浴びたところなの」と彼女は言う。「はいって」

ジミーは敷居をまたぐ。

正面の部屋は小さなキッチンだ。

「エヴァに頼まれたんだ」とジミーは言う。「どうしているか、様子を見にいってくれって」

ジョリーンは笑う。「どうしてると思う? 廃人になってる。すっかりまいってる。お酒か何か飲む?」

「午前十時だ」

「そうね。でも、うちにも時計はあるのよ、ジミー」とジョリーンは言って、流し台の上の食器棚の扉を開け、ジムビームのボトルを取り出す。「二時間まえに仕事を上がったところ。ゆうべの救急救命室は忙しかったわね。刺された患者がふたりに、撃たれた患者がひとりに、母親の男友達に振りまわされて怪我をした二歳児。飲むの、飲まないの?」

「だったら一杯もらおう」

ジョリーンはバーボンをローグラスに指幅二本分《トゥーフィンガーズ》注ぎ、同じ分量を自分にはジャムの空き瓶に注ぐ。そして、ジミーにグラスを手渡し、キッチンのテーブルにつく。

ジミーは向かい側に坐る。

「ダニーはわたしたちのこと、知っていたかしら?」とジョリーンは尋ねる。

「きみとダニーがつきあいはじめたとき、おれたちはとっくに別れてた」

「高校時代の恋人同士」

「そういう関係だったっけ?」とジミーは訊き返す。

「ううん、どちらかといえばセックスフレンドね」とジョリーンは言う。「それに、高校時代に終わったわけでもなかった」

「ダニーは知らなかったはずだ」とジミーは言う。「もし知ってたら絶対……」

彼はことばを濁す。

「兄貴がイれてたところにイれられるわけがない？」とジョリーンが言う。

「おいおい、ジョー」

ジョリーンはバーボンを飲んで言う。「ねえ、ダニーはあなたのようになりたかったのよ。でも、わたしとしてはよかった、ダニーはあなたのようじゃなくて……もしダニーとわたしが結婚してたら、式に参列してくれた？」

「花婿介添人を務めてたよ」

「弟の脇に立って、わたしの父さんがわたしとヴァージンロードを歩いて、わたしを弟に引き渡すのを見守った？」

「ああ」ことさら珍しいことではない。ジョリーンとダニーの出会いの場面をジミーは思い出す。〈スウィーニーズ〉で開かれたダニーの誕生パーティの席だった。よくあるひと目惚れだ。ダニーの眼を見ればわかった。ジョリーンの眼を見てもわかった。ジミーはジョリーンを見て、眼で訴えた。さあ、ダーリン、次に行けよ。どっちみちおれたちは真剣につきあってたわけじゃない。

「わたしたちはただのクズよ」とジョリーンは言う。「ニューオーリンズの貧乏白人。ダニーはそれよりましだった。彼はわたしたちよりいい人間だった」

「ああ、そうだ」

ジョリーンは酒を飲み干して椅子から腰を上げる。

「してよ、ジミー」

「ええ？」

ジョリーンはジミーの膝にまたがり、バスローブのひもをほどく。ローブのまえがはだける。「ファックして。激しくやられたいの」

「やめろ」

ジョリーンは手を下に伸ばし、ジミーのズボンのファスナーをおろす。「何がいけないの？　まさかできないの？　罪悪感のせいで？」

「馬鹿を言え」

「それでこそわがジミーよ」

ジミーはジョリーンの中に突き入れる。

手加減なしで。

中に入れたままジョリーンを抱え上げ、壁に押しあて、彼女をファックする。テーブルが音をたてて揺れる。ジャムの瓶が床に落ちて割れる。

ジョリーンはジミーの背中にしがみつく。爪を立て、イった瞬間に叫ぶ。

そして、壁に押しつけられたまま、ジミーの首に顔を埋めてすすり泣く。

しばらくしてジョリーンを床におろして、ジミーが言う。「気をつけろ。裸足だろ。ガラスの破片で足を切るぞ」

出勤すると、ジミーはランドローに呼び出される。

「坐れ」とランドローはジミーに言う。

「せっかくですが、このままで」とジミーは答える。

「だったら好きにしろ。殺人課の連中がスライデルでホンジュラス人のメスの売人の死体を発見した。自殺のようだが、介助者がいた可能性もある」

「なるほど」

「何か知ってるわけじゃないだろうな?」とランドローは尋ねる。「フィデル・マンティラというやつだ」

「ゴミがゴミ出ししてるだけのことです」とジミーは言う。「ゴミが自分で自分を始末してくれれば、それに越したことはありません。いずれにしても、NHIでしょう」

人的被害なし《ノー・ヒューマン・インヴォルヴド》（麻薬常用者、前科者等、好ましからざる人物が関与した事件を指す警察用語）。

ランドローはデスクに眼を落とし、ややあって尋ねる。「最近どうだ、ジミー?」

「元気です」

「弟を亡くしてということだ」

「それを言うなら、弟を殺されて、でしょ?」とジミーは言う。

「まあ、そうだ」

「おれは大丈夫です」ジミーはそう言ってランドローをじっと見る。ランドローはランドローでじっと見返す。

フィデル・マンティラを殺したことをボスは知っている。

それを証明できないことも知っている。

「そうか、何か耳に入れたら」とランドローは言う。「殺人課と情報を共有しろ」

「了解」とジミーは答える。


その夜、ジミーの電話が鳴る。

アンジェロからだ。

キンテーロを捕まえた。

すぐにそっちへ行く。

ジミーはレンピラ地区のリサイクル・センターでアンジェロたちと落ち合う。その工場はウィロー通りとエラト通りの角の近くにある。チャーリー・コレロの仕事仲間が所有する施設だ。

アンジェロは車のトランクを開ける。

中にキンテーロがいる。両の手首と足首に手錠をかけられ、猿ぐつわを嚙ませられている。黒髪を長く伸ばした、痩せぎすの若い男だ。

「出せ」とジミーは言う。

ハロルドとウィルマーが体をつかみ、キンテーロをトランクから引っぱり出して、ジミーのまえに立たせる。

「おれはダニー・マクナブの兄だ」とジミーは言う。「だからおまえと愉しく遊ぼうってわけじゃないのはわかるよな?」

キンテーロの眼には当然の恐怖が浮かんでいる。

敷地の裏手へキンテーロを引きずっていく。産業廃棄物用圧縮機——大型の不恰好な緑色の機械——がフェンスぎわに設置されている。ジミーは空き缶入れを見つけ、空き缶をいくつか圧縮機に投げ入れる。「見てろよ、ホセ」

ジミーはスウィッチを入れる。

圧縮機は空き缶を平らに押しつぶす。たっぷり十秒続く、缶がつぶれる耳ざわりな金属音。

「そいつを入れろ」とジミーが言う。

キンテーロはあがき、身をよじり、うめき声を洩らす。ハロルドとウィルマーはそんなキンテーロをふたりがかりで抱え上げ、圧縮機に放り込む。

「ダニーが拷問にかけられたとき、おまえもそこにいたことはわかってる」とジミーは言う。「もうひとりとディアスがいたことこともな。ただ、おまえが命令をくだしたわけじゃないってこともおれは知ってる。だから、おまえにひとつだけチャンスをやる——名前と居所を言え」

そう言って、キンテーロの口から猿ぐつわをはずす。

「知らねえよ、ディアスがどこにいるかなんて」

キンテーロは泣いている。

「だったらもうひとりの名前を教えろ」とジミーは言う。「最後のチャンスだ」

「リコ」とホセ・キンテーロは言う。「リコ・ピネダ」

「そいつはどこにいる？」

「知らない」

「そうか、じゃあな」とジミーは言う。

「リコには黒人の女がいる！」とキンテーロは言う。「ケイシャ。〈ゴールデン・ドア〉のダンサーだ。第九区の」

「知ってるか？」ジミーはアンジェロに尋ねる。

「ああ」

ジミーは首を振る。「おれがどう思ってるかわかるか？　おまえは嘘をついてると思ってる。助かりたくてつくり話をしてるんだとな。あばよ《アディオス》、ホセ」

「ちがう！」キンテーロは言う。「おれはいた！　嘘じゃない！」

「だったら証明してみろ」

キンテーロは喘ぎ、浅い息をしながら言う。「あんたの弟は首にチェーンのネックレスをかけてただろ、メダルのついた？　聖人のメダルの」

「聖人の名は？」とジミーは尋ねる。

「聖ユダだ！」

「やっぱりおまえは事実を話してるようだな」とジミーは言う。「おまえは確かにその場にいたみたいだ」

スウィッチを入れる。

キンテーロは絶叫する。

ジミーは車に戻る。

ツーアウト。そう胸につぶやく。

アンジェロはカウンターについて坐り、ケイシャがステージで身をくねらせるさまをとくと眺める。

きれいな女だ。

しかもまだ若い。十九歳か。

リコよりずっと若い。

リコのことはもう調べがついている――警察記録によれば、年齢は三十八歳。ハリケーン・カトリーナ以降、乾式工法の壁づくりの職人として流れてきて、強盗や恐喝のほうが儲かると気づいた。アンゴラの刑務所で五年の禁固刑を務めたあと、一年まえに出所。その後、用心棒としてディアスに雇われたらしい。

ジミーは自分でここに来たがった。アンジェロはそんな彼を説得した。それはやめておいたほうがいいと。

「おまえは白いんだから」

「そうか？」

「そうさ。白人警官が第九区のストリップバーに行く？　一発で正体を見破られる。おれに探りを入れさせてくれ」

アンジェロはケイシャに微笑《ほほえ》みかける。ケイシャは身をくねらせて彼のほうに近づき、腰をかがめる。アンジェロが五ドル札をバタフライにはさんでやると、ケイシャは踊りながらその場を離れる。しかし、アンジェロはほかのストリッパーには眼もくれず、ケイシャだけに視線を注ぐ。曲が終わると、ケイシャはステージを降り、ストゥールに坐っているアンジェロのところにやってきて尋ねる。

「VIPルームに行きたいんじゃない、お兄さん？」

「いくらだ？」

「五十ドルとチップ、うんといいことしてあげたときにはね」

「どれくらいいいことだ？」とアンジェロは尋ねる。

「ううんとよ。個室もあるの」とケイシャは言う。

「じゃあ、行くか」アンジェロは二十ドル札を三枚ポケットから抜き出す。「手つけだ」

ケイシャはアンジェロを階上《うえ》に連れていき、VIPルームに通し、椅子に坐らせると、膝に乗って腰を使う。

「大きいのね」と彼女は言う。

「もっとデカくなるよ、可愛い子ちゃん」とアンジェロは言う。「個室があるって言ったよな？」

「追加で百ドル」

アンジェロは言われるまま代金を支払う。ケイシャは立ち上がり、カーテンで仕切られた個室のほうに行って振り返り、手招きをする。アンジェロはケイシャについて狭い部屋にはいると、長椅子に腰をおろす。ケイシャはアンジェロのまえにひざまずく。

アンジェロは身をかがめ、ケイシャの顎を持ち上げ、バッジを見せる。

「嘘でしょ」とケイシャは言う。「ねえ、見逃して。またパクられたら困る」

「そういうことじゃない、ケイシャ」

「どうしてあたしの名前を知ってるの？」

「おまえのことは全部知ってる」とアンジェロは言う。「前科《まえ》が二件あることも知ってれば、エガニア通りに住んでることも、そこに男が身をひそめてることも知ってる。リコ・ピネダだ」

ケイシャはアンジェロから逃れようとする。アンジェロはケイシャの手首をつかむ。

「警察はリコを捕まえる。おまえの協力がないと、逮捕は手荒になってリコは死ぬ。おまえが協力してくれれば、穏便に身柄を確保できる。その場合、リコは死なない」

「無理だよ、そんなの。あたし、あの人を愛してるんだもん」

「娘よりも?」とアンジェロは訊く。「おまえの三歳の娘は重罪犯と認定される男と暮らしてる。家にはドラッグがある。児童保護局《CPS》の職員を同行させれば、ディアンはおまえから引き離される、施設送りになる」

「このクソ野郎」

「ああ、そのことはちゃんと覚えておくことだ」とアンジェロは言う。「手を貸してくれたら、バトンルージュ行きのバス代をやる。おまえとディアンの分を出してやる。しばらくおふくろさんのところに身を寄せてりゃいい。だけど、このことは今ここで決めないとな。どっちに転んでもおれたちはリコを捕まえる」

　アンジェロはそう言ってつかんでいたケイシャの手首を放す。

　ジミーは振り返り、後部座席のケイシャを見やる。午前三時、彼らはケイシャが借りているショットガンハウスの一ブロック先に停車した車の中にいる。

「これからやることをもう一度おさらいだ」とジミーは言う。

「あたしはうちに帰る」とケイシャは言う。「あの人はたぶん奥の部屋のベッドにいる。いなかったら、そこに連れていく」

「それから……」

「玄関の鍵はかけないでおく」

「ディアンはどこで寝てる?」とアンジェロが訊く。

「正面の居間のソファ」

「ディアンを怖がらせたりはしないよ」とアンジェロは言う。

「持ち時間は五分」とジミーは言う。「五分経ったら、突入する」

「ケイシャ」とアンジェロは言う。「おまえがリコにこっそり伝えて、リコが逃げたらおれたちは裏にまわってリコを撃ち殺す。その場合、おまえは娘にさよならのキスをすることになる。二度と会えないからだ」

「わかってる」

「リコはいつも銃をどこに置いてる?」とアンジェロが尋ねる。

「枕の下」

「銃に手を伸ばしたら、リコは死ぬ」とジミーは言う。

「あたしが止める」とケイシャは言う。「でも……」

「なんだ?」とジミーは尋ねる。

「あんたたち、あの人を痛めつけるわけじゃないよね?」とケイシャは訊く。

「ああ」とアンジェロは答える。「話を聞きたいだけだ」

　ケイシャは車を降りる。

「あの女を信用してるのか?」とジミーはアンジェロに尋ねる。

「まさか。おれはおまえのことだって信用してないんだから」とアンジェロは答える。

「忘れるなよ」とジミーは言う。「リコは生け捕りだ」

彼らは五分待ち、行動に出る。

玄関は施錠されていない。

ジミーがさきに中にはいる。小さな女の子がソファの上でピンクの象のぬいぐるみを抱えてすやすやと眠っている。

ジミーは銃を抜き、奥の部屋へ向かう。

アンジェロは反対側の壁沿いを進む。

ウィルマーは玄関をふさぎ、ハロルドは家の裏で待機する。

寝室のドアは少し開いている。

ジミーはさらに広く開ける。

リコは裸でベッドで寝ている。腕と胸にタトゥーを入れた巨漢だ。囚人スタイルの眠り方で、わずかな物音で眼を覚ます。そして、銃に手を伸ばす。

ケイシャが銃を握りしめる。

「ちくしょう。このあばずれ《ブータ》が」

「うつ伏せになれ」とジミーは言う。「両手を背中にまわせ」

リコは言われたとおりにする。ケイシャに眼を据えたまま。ジミーに手錠をかけられながら、リコはケイシャに言う。「おまえを殺すからな。あのくそガキも一緒に」

「口は閉じてろ」

アンジェロはそう言って、リコの下着の中を調べ、携帯電話を手に取り、ケイシャから銃を受け取る。

ジミーとふたりでリコの前腕をつかんで、立ち上がらせる。

「せめて服くらい着させろよ」とリコは言う。

「服は要らない」とジミーは言う。

ふたりはリコを引っ立てて居間を抜ける。

ディアンは体を起こし、象のぬいぐるみを抱きしめ、頰を涙で濡らしている。怯えている。

「大丈夫だ、お嬢ちゃん」とアンジェロが言う。「怖い夢を見ただけだ。いいからおやすみ」

ジミーとウィルマーがリコを車に連れていく。アンジェロはあとに残り、ケイシャに百ドル札を二枚手渡して言う。

「一時間後に出るバスがある。娘とそのバスに乗れ」

夜が明けるまえにニューオーリンズを離れるんだ。

「どこに連れていく気だ？」車の後部座席に押し込まれ、リコは尋ねる。

「おまえらがおれの弟を連れていった場所だ」とジミーは答える。

その古い倉庫はシャルメットにほど近い、アラビの川のほとりに建っている。

ハリケーン以来、空き倉庫になっている。

リコはうしろ手に手錠をかけられ、鋼の支柱にくくりつけられている。ジミーを見て言う。「で、なんの用だ？」

「動画からおまえの声が判明した」とジミーは答える。「おまえはおれの弟のことを話してた――〝見ろよ、こいつ、飛んでやがる〟ってな。おまえは面白がってた」

「ああ、傑作だったぜ」とリコは言う。「腹の皮がよじれるほど笑ったよ。おれを殺すんだろ？ さっさとやれよ。何をぐずぐずしてる？」

ジミーはメリケンサックを右手の指にはめて仲間に言う。「抜けたいなら今のうちだ。抜けてもおれは恨まない」

誰も出ていかない。

ウィルマーは積んだ木箱の上に腰をおろす。

ハロルドは別の支柱にもたれる。

アンジェロは煙草に火をつける。

ジミーは左手にもメリケンサックをはめ、ひとつ大きく息を吐き、リコを片づけにかかる。

まるでサンドバッグでトレーニングをしているみたいだ。が、叩かれているのは生身の人間だ。

ジミーは左右の拳を骨が折れるほど強くリコの脇腹に叩き込み、いったんうしろに下がって、次に右ストレートを肝臓に浴びせる。

リコはうなり声を洩らす。

ジミーは左肩を入れ、リコの頬にフックを見舞う。そのあと右のアッパーカットを顎にめり込ませ、その右手を引くと、次に鼻柱を打ち砕く。

血がジミーの顔に飛び散る。

が、ジミーは気づかない。

汗が噴き出し、息も荒い。またまえに出てくると、拳をまた肋骨に叩き込む。リコの体の向きが変わると、今度は腎臓を強打し、向きが変わると、強烈なアッパーを睾丸に見舞わせる。

リコはうなだれる。

タトゥーが血にまみれる。

「もう充分だろう」とアンジェロが言う。

「充分じゃない」ジミーは胸を上下させながら言う。「充分にはほど遠い」

「口を割らせないと」とアンジェロは言って、ジミーとリコのあいだに割ってはいる。

「どこに行けばディアスに会える?」

「おまえらは会えない」

ウィルマーが木箱から腰を上げて言う。「おれにやらせてくれ」

そう言って、リコの耳元に近づくとスペイン語で囁く。「おまえを殴ってるあの男は〝エル・カデホ〟だ」

悪魔につくられた黒い犬と、神につくられた白い犬にまつわるホンジュラスの古い民間伝承だ。

「あの男の中じゃ黒い犬と白い犬がいつも闘ってる」とウィルマーは続ける。「で、目下、黒い犬が優勢だ。それはおまえにとっちゃよくないことだ。白い犬を勝たせたいなら、おれたちが知りたがってることを話せ」

「おれの中でも黒い犬と白い犬が闘ってる」

「知ってるよ」とウィルマーは言う。「おまえのしたことは非道のきわみだ。だから、おまえは死ぬ。死んだら、地獄に落ちる。だけど、白い犬を勝たせたら、神に赦《ゆる》されるかもしれない」

「神なんていやしない」

「だけど、いたほうがいいだろ、兄弟《マーノ》」とウィルマーは言う。「ほかには黒い犬しか選べないんだから」

リコは頭を垂れる。苦痛にうめく。やがて顔を上げて言う。「くたばりやがれ」

「みんな席をはずしてくれ」とジミーが言う。

ジミーを残して全員外に出る。

ジミーは倉庫の中を歩きまわり、床に落ちていた長さ三フィートの鉄パイプを見つける。

そしてそれを拾い上げ、重さを確かめながらリコのところに戻って言う。

「おまえたちは体じゅうの骨をへし折ってから弟を焼き殺した。おまえに悪いニュースだ、リコ。勝ったのは黒い犬だ」

ジミーはもうこれ以上は振れない力の限界が来るまで鉄パイプを振りおろす。

スリーアウト。

あとひとり。

「口を割ったか？」とアンジェロが訊く。

「いや」

車を出しながらアンジェロはさらに尋ねる。「まちがったことをしてるんじゃないかって思ったりしてないか？」

「ないね」とジミーは答え、二、三分経ってからつけ加える。「やつらは自業自得だ」

「おれが心配してるのはあいつらのことじゃない」とアンジェロは言う。「おまえのことだ」

「それはどうも」

「おまえの向かってる先は」アンジェロはそこまで言いかけ、しばらく間《ま》を置いてから尋ねる。「つまり、それってダニーがほんとうに望むことかな？」

「さあな」とジミーは言う。「あいつにはもう訊けない」

さらに数ブロック過ぎてからジミーは言う。「わかってるさ、おれの中で何かが壊れたってのは。それはわかってる。この列車から降りたいのなら、アンジェロ、飛び降りろ。それでもおまえはおれの友達だ」

「おまえは友達じゃない、相棒だ」とアンジェロは言う。「終点までつきあうよ」

ここがもう終点かもしれない。ジミーはそう思う。リコは口を割らなかった。オスカー・ディアスの居場所を突き止める手だてはない。

おれは頭に血がのぼり、理性を失った。もう弟の仇は討てない。

これで終わりだ。

殺人課のふたりの刑事——ガロファロとペレス——は支柱に手錠をかけられた男の死体を調べる。その人物——あるいは人間のなれの果て——は殴り殺されている。

ひかえめに言って。

腕と脚の骨が皮膚から突き出ている。顔はパテをなすりつけたような状態になるまで叩きつぶされている。

「これはよくある麻薬がらみの処刑じゃない」とガロファロは言う。「私的怨恨《えんこん》による事件だ」

ふたりとも思いつくことは同じだ。

ジミー・マクナブ。

ジミーは酒を呷《あお》っている。

胸の奥におとなしくひそんでいてくれない痛みをまぎらわそうと飲んでいる。嵐のあと通りに散乱する残骸のように心に浮かぶダニーの思い出。

三丁目通りを歩く兄弟。グレイス＆グローリー教会から聞こえてくる聖歌隊の歌声に合わせて弟は歌っている。

夜、それぞれのベッドに横たわる兄弟。勤務を終えて帰宅した父親が家具にぶつかる音が聞こえる。ダニーは怯えきった顔でジミーを見る。ジミーは言う。「大丈夫だ。おれがついてる」

おれがおまえを守ってやる。

あるいは、ポーボーイ・サンドウィッチのことで言い争う兄弟。パンにはさむ具はどっちが旨いか。ローストビーフか牡蠣《かき》か。ダニーは言う。「牡蠣なんか鼻水みたいじゃないか、味もおんなじだよ」

「おまえは鼻水の味をよく知ってるからな。鼻くそばっかり食ってるチビなんだからな」

「まあ、自分のは食べてるけど」

そのあとふたりはそれこそクリームソーダみたいな鼻水が出るまで笑い転げる。

ジミーはアイリッシュ・チャンネルの自宅アパートメントにいる。椅子に坐っている。

自分の手を見る。切り傷があり、腫れている。指関節が紫色になっている。

痛みが快感に思える。

もっと痛くなるといいと思う。

ジミーは痛みに飢えている。

マクナブは棺桶の数を数えている、という噂が警察署の更衣室で囁かれる。

「いい加減なことを言うんじゃない」とひとりの警官が言う。

「そうかな?」と別の警官が言う。「考えてみろよ。例の動画の撮影現場には四人の男がいた。ひとりはディアスだった。おそらくほかのふたりはマンティラとピネダだ」

「このまえの夜、通信指令室に通報があった」とまた別の警官が言う。「ウィロー通り近くのリサイクル・センターから悲鳴が聞こえたらしい」

「ホンジュラス人が住んでるあたりだな」

そんな噂話で盛り上がっている更衣室にアンジェロがはいってくる。

「おれに話したいことがあるんじゃないか?」と彼はみんなに言う。

更衣室はしんとする。

「話はないのか?」

誰からも話はない。

「よし」とアンジェロは言う。「だったら、そのままそうしてろ」

アンジェロが仕事の道具を取り出して出ていくまで、更衣室は静まり返ったままになる。

玄関のドアがノックされる音でジミーは眼を覚ます。

まだ椅子に坐っている。

銃に手を伸ばし、背後に隠し持つと、玄関に行ってドアを開ける。

「セニョール・マクナブ？」

四十がらみの男はヒスパニック系で、頑丈そうな体つきをしている。カーキ色の麻のスーツに襟元を開けたブルーのシャツ。身なりはこざっぱりしている。

「なんの用だ？」とジミーは尋ねる。

「内々に話し合わなきゃならないことがある」と男は言う。「はいってもいいか？」

ジミーは男を中に入れながらもわざと銃が男の眼につくようにする。

「それは不要だと約束するよ」と男は言う。

「誰だ、あんた？」とジミーは尋ねる。

「おれの名前は知らなくてもいいことだ」

「おれが何を知るべきか、どうしてわかる？」

「オスカー・ディアスの居所を知りたがってることはわかってる」と男は言う。「おれははるばるメキシコのシナロア州クリアカンからやってきた。あんたに必要な情報を持ってるな」

「シナロア・カルテルがなんでそんなことをする？」

「ディアスは一線を踏み越えたからだ」と男は言う。「アメリカ合衆国でアメリカ人の警察官を殺したんだからな。それもひどく残忍な手口で。われわれはこの地でビジネスをしたいと思ってる。警察とは通常の敵対関係でビジネスをしたい。私情をはさんで激化した、無意味な敵対関係じゃなくてな」

「そんなにディアスを排除したいなら」とジミーは言う。「自分でやりゃいい」

「そっちが希望するなら、こっちでやるよ」と男は言う。「だけど、あんたは自分の手でけりをつけたいんじゃないのか。われわれはそう思った。われわれは血のつながり《サングレ》——家族の意義を理解してる。それに、あんたの能力も買ってる——ディアスはリストに残った最後のひとりだろ？ マンティラ、キンテーロ、ピネダ……」

「見返りに何を？」

「さっき言ったとおり、通常の関係だ」と男は言う。

「いつもどおりのビジネス」

「そうだ。いつもどおりのビジネスだ」

「あいつはどこにいる？」

男はアルジェポイントの高層建築の住所を書いた紙切れをジミーに手渡す。

「ディアスは軍隊並みの護衛集団をつけてペントハウスにこもってる」と男は言う。「震え上がって焦ってる」

「おまえがヤクにからんでるのがわかったら、やっぱり今後も逮捕することになる」

「ああ、よけいな期待はしてないよ」と男は言う。「もっとも、おれは経営部門の人間だからな。商品に手をつけたことはない。じゃあ、グッドラック、セニョール・マクナブ。成功を祈る。ディアスは筋金入りの腐れ外道だ」

男は玄関を出て自分でドアを閉める。

ランドローはデスクの向かい側に坐っている殺人課課長のヘンドリクスを見やる。

「問題がある」とヘンドリクスは言う。

「いつものことだ」

「おたくの部下が三件の殺人事件の重要参考人として浮上してる」

「マクナブか」

「おれだって、ロクセイン・プラスキとダニエル・マクナブを殺害したやつらに法の裁きを受けさせたいよ」とヘンドリクスは言う。「だけど、麻薬課の刑事が死刑を執行してまわるというのはまずいよ」

「証拠はあるのか？」

「あったら」とヘンドリクスは言う。「今頃マクナブは留置されてる。ほかの班員も」

「立証できたら、全員逮捕してくれ」とランドローは言う。「それまでは……」

ヘンドリクスは立ち上がる。「われわれは古い友人だ、アダム。おれたちはいつも協力し合ってきた。だから、おれとしちゃあんたに警告しておきたかっただけだ。来年、本部長が退職する。後任の最終候補者リストにあんたの名前がはいってるという噂がある。だから、おれとしてはこういう形であんたが――」

「ご忠告をどうも、クリス」

ヘンドリクスは立ち去る。

ランドローは課内の別の班に電話をかけ、マクナブの動向を見張れと指示を出す。

そのコンドミニアムは十階建てで、アルジェポイントから川を見渡す位置にある。

今、班員たちは隠れ家に集合し、アンジェロが都市計画委員会から入手してきた見取り図を検討している。

ロビーは一階。ドアマンはいないが、監視カメラがある。

「ディアスは自宅にモニターを置いてるだろう」とジミーは言う。「だから、中にはいったらすぐ気づかれる」

エレヴェーターは二基並んでいるが、ペントハウスまで上がるのは右側のエレヴェーターだけで、それを利用するにはカードキーが要る。

「これはどうにかできるか？」ジミーはハロルドに訊く。

「電動ドリルだな」

エレヴェーターはペントハウス内部でドアが開く。

「食料品の買い出しには便利だ」とアンジェロが言う。

　もう一基のエレヴェーターは九階までしか行かない。「規定上」

「屋内に階段があるはずだ」とジミーは言う。

「ここだ」ウィルマーが指を差す。

　見取り図によれば、階段は屋上から地階まで通じていて、ひとつはコンドミニアムの西側、もうひとつは東側にある。屋外の非常階段は屋内の階段と並行している。つまり、中からあがるか、外からあがるか、選択の余地がある。

「外のほうが楽だ」とアンジェロが言う。「ペントハウスまであがると、テラスがある」

　テラスはペントハウスの三方を囲み、居住者はアルジェ地区とミシシッピ川とその向こうの市《まち》を一望できることが図面から見て取れる。

「第九区にもテラスなんてあったのか?」ジミーはアンジェロに訊く。

「おれたちは〝ポーチ〟って呼んでたな」とアンジェロは言う。「カトリーナのあとはあそこからも川が見えた。テラスの下からでも」

「ディアスは屋上に見張りを置いてるだろう」とウィルマーが言う。「非常階段をのぼっていったら、見張りに見つかる」

　見つかると言うなら、クソ世界じゅうのクソやつら全員に見つかる。ジミーはそう思う。六階にたどり着くまえに、カメラを搭載した警察のヘリコプターが現場にやってくるだろう。あるいは、携帯電話を持った一般市民に出くわすか。そんな録画ビデオを法廷で見る破目にはなりたくない——襲撃から生きて帰れても、ほぼ確実に殺人罪で起訴されるだけだ。

「階上《うえ》へは屋内から行く」とジミーは言う。

もちろん、それにはそれで問題がある。建物の入居率は九割。つまり、ロビーやエレヴェーターや廊下にたぶん居住者がいる。それらの居住者は目撃者になりうるだけでなく、彼ら自身、身の危険にさらされるおそれがある。ジミーとしては〝巻き添え被害による死傷者〟など絶対に出したくない。

本来なら、SWATやDEA、連邦保安官、制服警官を結集した圧倒的な武力で突入し、建物を囲んでバリケードを張り、一般市民を現場から遠ざけ、ヘリコプターを飛ばして屋上に人員を降ろし、ヘリコプターはそのまま空中に待機させて万全を期す。それが取られてしかるべき措置だ。

それこそ自分たちのやるべきことだ、とはジミーも思う。

ランドローならゴーサインを出すだろう。ほかの部局も先を争って協力してくれるだろう。これは夜十時のニュースにすばらしい映像を提供でき、署長も市長も大いに喜ばせられる案件だ。

ただ、問題がある。そんなふうにやろうとすれば、判事のもとへ出向いて令状を取ってこいとランドローに命じられる。でもって、返答に窮する質問を判事から受けることになる。ディアスの居所をいかに知りえたのか、どのような経緯でディアスは警官殺しを命じるほどの怨恨を抱くようになったのか。

「それはですね、判事、知り合いのマフィアを訪ねまして、そのあとその男をゴミ圧縮機に入れまして……」

さらに言えば、たとえ手入れの手続きが書類上整ったとしても、目的はディアスの逮捕になる。両手を上げたディアスのカメラのまえでの連行――法と秩序の力を誇示する新たなる勝利。そういう見映えのいいものにしなければならない。しかし、ジミーにはディアスを生きたままコンドミニアムから出すつもりはない。あまつさえ、ディアスの息の根を止めるのは自分であることを望んでいる。ランドローならおそらく真っ先に突入するチャンスをジミーに与えてくれるだろう。が、ＳＷＡＴの狙撃手が一発でディアスの頭に弾丸《たま》を命中させ、きれいに仕留めてしまわないともかぎらない。そんな危険は冒せない。それにそもそも仕留めるのはおれでなくてはならない。きれいにあっけなく仕留めさせるなどあってはならない。

問題はいかにそれを実現させるか。

「業務用エレヴェーターがあるはずだ」とアンジェロが言う。「金持ちには出入り業者がつきものだ。でもって、金持ちはそうした下層階級に入居者用エレヴェーターを使わせて汚されるのを好まない。たとえばディアスが業者に、そうだな、五万ドルの高級ソファを配達させようとした場合……」

図面にあった。屋上まで通じる業務用エレヴェーターが北側に設置され、ペントハウスの外側に出入口がある。

「ここでもカードキーの問題がある」とウィルマーが言う。

「それは問題ない」とハロルドが請け合う。「だけど、そのエレヴェーターに乗っても、どのみちペントハウスの外側に着くだけだ。裏口のドアのまえに。そのドアには当然鍵がかかってる」

「クレジットカードでこじ開ける？」とジミーは尋ねる。

「ショットガンで突破だ」とハロルドは答える。

「おれたちは空調設備の業者としてコンドミニアムにはいる」とジミーは言う。すでにメンテナンス業者の作業着が用意されている。エアコンの修理に来た人間を追い返す者などニューオーリンズにはまずいない。「つなぎで銃は隠れる。防弾ヴェストも」

話し合った末、ジミーとハロルドが業務用エレヴェーターで階上《うえ》に行くことになる。ハロルドがドアを吹き飛ばし、ジミーがさきにペントハウスにはいることに。ウィルマーは館内の階段をのぼっていく。ディアスが裏から逃走を図る場合に備えて、アンジェロは非常階段を受け持つ。

「姿を見られるかもしれない」とジミーは言う。

「でかい建物にたったひとりなんだぜ」とアンジェロは言う。「大丈夫だ」

「ディアスは建物全体に手下を配してるはずだ」とウィルマーが言う。「だからきっと〝もぐら叩き〟みたいになるだろう。どこかで発砲が起きたらすぐに次に備えるみたいな」

「行きたくない者がいてもおれはかまわない」とジミーは言う。「突入したら、そのあと出てこられる保証はない。たとえ出てこられてもキャリアを棒に振る」

そういうことはみなすべてわかっている。

保証などあるわけがないことぐらい。

仕事を失い、バッジを失い、おそらく刑務所行きになることも。

行き着く先がアンゴラか棺桶であってもおかしくないことも。

「アンジェロ？」

「いちいち訊くな、ジミー」

「ウィルマー？」

ウィルマーは言う。「これは名誉の問題だ」

「ハロルド？」

班員の中で誰より率直で、抜けたがるやつがいるとしたら、それはハロルドだ。そのハロルドが立ち上がり、天井板を押し上げてはずすと、手を伸ばし、備蓄してあった武器を降ろす――短機関銃のH&K MP5K、ステアーの機関拳銃、九ミリ口径のグロック、ベネリの半自動式散弾銃M-4スーパー90、肩撃ち式の擲弾筒《てきだんとう》GS-777、対人地雷M16。

それらはすべて長年のあいだに麻薬の売人から没収して隠匿した武器だ。こういうこともあろうかと――警察から支給される火器以上の火力を必要とする日が来ることもあろうかと――隠れ家に隠してあった、足のつかない武器だ。

ジミーは思う、ディアスには軍隊並みの護衛がいるのか？

上等だ。

こっちも軍隊なんだから。

全員が作業着に着替え、武器をダッフルバッグに詰め、外に停めてある車に向かう。

ランドローのもとに連絡がはいる。

「当該班がフレンチ・クウォーターを出発しました」

「最新情報を逐一報告しろ」

今夜もいつもと変わらない夜だ、だろ？
いつもの蒸し暑い、蓋を閉めた圧力鍋のようなニューオーリンズの夜。でも、今にも
……
……蒸気が噴き出すかもしれない。
トランペットのリフに乗って現われるかもしれない。
よくない顔が、あるいは不適切なことばが。
刃が抜かれ、銃が抜かれる。
眼を伏せ、聞き耳を立て、口は閉じておいたほうがいい類《たぐ》いの夜。
そういう夜になるだろう。

ジミーの班はセント・フィリップ通りからディケイター通りへ車を走らせる。さらにディケイター通りからカナル通りへ。カナル通りからはチャピトゥーラス通りへ。橋にぶつかり、川を渡る。

「アルジェに向かっています」

ジミーたちは高層コンドミニアムから一ブロック離れたパターソン通りに車を停めて、ハロルドが戻るのを待つ。

二十分後、戻ってきたハロルドが言う――うまく地階に降りられ、空調装置を停止させることができた。

「誰かに見られなかったか？」とジミーは尋ねる。

「監視カメラはあったけどな」

「グスタフソンが建物にはいり、そこからまた出てきました」

「はいって出てきただけか？」とランドローは尋ねる。

「建物内には十五分ほどいました」

どういうことか、とランドローは思う。「監視続行だ」

ジミーたちは野球のボールを投げ合う。伝統と呼んでもいいし、験担《げんかつ》ぎと呼んでもいい。いつもそれをやる。オールスターゲームで守備練習をする内野手さながらボールを投げ合う。

「ボール遊びをしています」

「なんだって？」とランドローは訊き返す。

「班員全員でキャッチボールをやっています」

ランドローはそれがジミーたちの突入間近を意味する行為だということを知っている。

あろうことか、ジミーがボールを取りそこなう。

すべてが止まる。一同がその場に凍りつく。

ジミーはボールを拾い、グラヴに押し込み、そのグラヴを小脇に抱える。「くそ。愉し《レッセ・》くやろうぜ《レ・ボントン・ルレ》」

彼らはコンドミニアムに向かう。

オスカー・ディアスは滝のような汗をかいている。

「どうしちまったんだ、くそ《ピンチェ》エアコンは？」と彼はわめく。

「階下《した》に電話しました」とホルへが答える。

ホルへはリコの後釜で、リコほどタフではないが、ハイテク機器に強く、その点は役に立つだろうとディアスに見込まれたのだ。

「もう一度電話しろ！」とディアスはわめく。不快だからというだけでなく、ここまで室温が上がると、魚たちにストレスを与える怖れがある。環境の変化にすこぶる敏感なのだ。

「いや、もう来てます」ホルへはモニターを見ながら言う。「つなぎ姿の作業員が三人」

「マクナブとスアソとグスタフソンが館内にはいりました。カーターは外にいます。全員、空調修理の作業員のような服装です」

ランドローは状況を把握する。

「ボス、彼らの身柄を確保しましょうか？」

ランドローはすぐには答えない。ジミー・マクナブは自殺行為に走るつもりだ。命を、あるいはキャリアを捨てる覚悟でいるのだろう。おれを道づれに——ランドローはそう思う。彼らが想定内の行動に出るのをおれは放置している。このまま放置したら、アラバマののどかな田舎のショッピングモールの警備員の職ぐらいしか、もうあてにできなくなるかもしれない。「待機しろ」

ランドローはアルジェの管区である四分署の分署長に電話をかける。

「当該建物の周囲にバリケードを張っていただきたい。建物への出入りをすべて規制していただきたい。ただサイレンは鳴らさないでほしい」

「いったい――」

「マクナブが弟殺しの首謀者を追いつめてるんです」

エヴァはアルジェポイントに向かう車の輝点の動きを眼で追う。

無線を装備した四分署の全車両が移動しているかのように見える。

指令に耳を傾ける。「コンドミニアムの周囲にバリケードを張れ。一切の出入りを規制
……ダニー……ロクセイン殺害の……」

胸が締めつけられる。息ができない。

「ジミー・マクナブが……」

ヘンドリクスがランドローのオフィスに飛び込んでくる。「いったいどういうつもりだ⁉」

「口を出さないでくれ」

「殺人の従犯者になるつもりか！」

「だったらおれを逮捕しろ」

「おれは部下を送り込んだからな」とヘンドリクスは言う。

「四分署の連中が通してくれないよ」

「正気じゃない」とヘンドリクスは言う。「この件は本部長に上げるからな」

　その必要はない。本部長はもう戸口に姿を現わしている。「何が起きてるか、誰か説明してくれないか?」

　ヘンドリクスが説明する。

　本部長は耳を傾け、うなずいて言う。「その建物にいるのはわれわれの女性警官を殺し、別の警官を拷問にかけた男だ。だからこうしよう——コンドミニアム周囲のバリケードはそのままだ。無線は故障する。きみは家に帰り、ビールでも飲んで、テレビで野球の試合でも見てるんだな」

「見て見ぬふりをしろと⁉」とヘンドリクスは大声をあげる。

「きみに目隠しをしなきゃならないようなことだけはさせないでくれ」と本部長は言う。「そうなると、少々手荒なことになりかねないからな。この場で全員の理解が得られたものとする」

　そう言って、本部長は部屋を出ていく。

　屋上の見張り役には自分が今見ているものが信じられない。

　しかし、市《まち》のパトカーというパトカーがコンドミニアムに向かってきているように見える。やがて、車の川の流れは岩にぶつかり、コンドミニアムのまわりで渦を巻く。

　見張り役は思う——おれたちは包囲されてる。

携帯電話を使い、階下《した》に連絡する。

「出られないとはどういうことだ！」とディアスはわめく。

ホルヘはほとほとうんざりし、叫び返す。「どういうこともこういうこともないでしょうが。おれたちは包囲されちまったんです！　市《まち》じゅうのお巡りがあと五分かそこらで突入してくるってことです！」

騒音に敏感なブレードフィン・バスレットが水槽内を忙《せわ》しなく泳ぎまわりはじめる。ブルーのクイーン・エンゼルフィッシュは小さな洞窟にそそくさと逃げ込む。

「刑務所《ムショ》にはいるつもりはない」とオスカー・ディアスは言う。刑務所《ムショ》暮らしはホンジュラスでもう経験している。ああいうものはおよそいい経験とは言えない。「みんなに伝えろ。徹底抗戦だ。おまえ、『スカーフェイス』見たか？」

ああ、あのくそつまらねえ映画なら見たよ、とホルヘは心の中でつぶやく。「ええ、すごい映画ですよ、あれは！」

「電話しろ！　デフコン4だ！（米軍内の防衛態勢レヴェル。五段階中下から二番目）」

ホルヘは電話をかける。二個所に。手下は四階と六階にもいる。九階には大部隊が待機している。

ディアスは〈ヘンレドン〉のグレーのソファからクッションを剝ぎ取り、ＡＫ－47を取り出す。おめおめと軍門にくだる気はない。

見張り役からホルへに連絡がはいる。

「なんだって⁉」とホルへは大声をあげる。

「警察は来ない」

「どういう意味だ⁉」

「だから警察は館内にはいってこないんですよ」と見張り役は言う。「車のまわりに突っ立って、あさってのほうを向いてやがるんです」

ディアスは急いでテラスに出る。

パトカーが数珠《じゅず》つなぎになってコンドミニアムを取り囲んでいるのが見える。

やつらは何をしてる？　ディアスは首をひねる。

どうして突入してこない？

ジミーとハロルドは業務用エレヴェーターに乗り込む。

ハロルドは電池式ドリルを道具箱から取り出し、ボタンが並ぶパネルを開けると、ざっと見てから電線を一本、切断し、別の電線に触れる。まるで車でも盗もうとしているかのように。

ジミーは〝P〟と表示されたボタンを押す。エレヴェーターは上昇を始める。

ホルへは作業員がエアコンの修理に来ることを思い出し、モニターのところに戻ると、業務用エレヴェーターの画像をクリックする。二名の作業員がパネルをはずしている様子が表示される。

「オスカー、こっちへ来て、これを見てもらえませんか?」

ディアスはモニターのまえに来て、確認する。

ディアスたちが飛び跳ねさせた警官によく似た男が映っている。

ジミー・マクナブ。

そういうことか、とディアスは悟る。

ホルへはすでに電話をかけている。

エレヴェーターのドアが四階で開く。

ハロルドはショットガンを腰の位置で構えている。

ドアのまえにいた男が発砲しようとする。が、ハロルドのショットガンに壁に吹き飛ばされる。

ドアが閉まる。

「階上《うえ》にまいります」とジミーが言う。

ウィルマーは建物内の階段をのぼりはじめる。

体の正面でステアーの機関拳銃を構えて。

三階までは静かだ。しかし四階手前に来ると、頭上でドアが開く音がする。

さらに踊り場に降りてくる足音。

ウィルマーはさらに二段、階段をのぼり、声をかける。「エスタ・ビエン・オスカー?」

オスカーは大丈夫か?

踊り場まで降りてきた男は九ミリ口径のグロックを手にしている。

ウィルマーがさきに撃つ。

相手は撃ち返せない。


アンジェロは非常階段をのぼっている。

ステアーが炸裂する音が建物の中から聞こえ、ショーが開幕したことがわかる。

外では驚くべき光景が繰り広げられている。警察車両によるバリケードを目にしたときには、先手を打たれてショーは阻止されたと思った。が、警官たちは車内に腰を落ち着けたままか、あるいは車から降りてもただその場で突っ立っている。コンドミニアムの住民の中には異常事態に気づいた者もいて、外に出てきている。そうした住民たちを警官はバリケードの外に誘導している。

しかし、誰ひとりとして建物の中にはいってこない。

ジミーの好きにさせている。

アンジェロは階段をのぼりつづける。

そして六階まで来たとき、被弾する。

六階でまたエレヴェーターのドアが開く。

すぐにはエレヴェーターの中に誰の姿も見えない。ディアスの手下は中をのぞく。

ジミーがその頭を吹き飛ばす。

ドアが男の死体にぶつかる。

ジミーは死体を蹴り出す。ドアが閉まる。


現実とは思えない物音。

六階からの銃声が階段に響く。ウィルマーは腹這いになり、スリンキー（バネ仕掛けのおもちゃ）よろしくじりじりと階段をのぼっていく。

階上《うえ》に行くしかない。

発砲し、這って進み、発砲する。壁を撃つと、弾丸《たま》は跳飛して、角をまわったあたりに飛んでいく。

それで向こうからの銃撃がやんだところを見ると、どうやら名案だったらしい。

アンジェロは胎児のような恰好で非常階段の床に倒れている。手すりに背中を押しつけ、体を丸めている。

売人が窓辺に姿を現わし、アンジェロの頭部を狙って撃とうとする。

アンジェロは腕の下から発砲し、逆に売人の頭部に命中させる。

そして、立ち上がり、また階段をのぼりはじめる。防弾ヴェストを着用させてくれた神とジミーに感謝しながら。

エレヴェーターのドアは七階では開かない。

ジミーとハロルドは八階で降りる。

九階まで乗っていけば、エレヴェーターがふたり用の縦型の動く棺桶と化すことはまちがいない。

実際、九階でドアが開きかけるなり、ディアスの手下たちがAKとイングラムM－10を乱射し、エレヴェーターはめちゃめちゃに破壊される。が、死体は見あたらない。

手下たちが目にするのは爆発して飛んでくるM16地雷の数千もの破片だ。

ウィルマーは八階と九階のあいだで身動きが取れなくなっている。

防弾ヴェストに二発食らい、左手も撃たれている。頭を撃たれるのはもう時間の問題だ。

それもそうさきのことではない。ディアスの手下たちはウィルマーに向かってわめき、罵り、挑発している。

バモス、スベ、カブロン！　ポルケ・ノー・スベス?!

〝さあ、あがってこいよ、くそ野郎が！　なんで来ねえ?!〟

やがて別の声が聞こえてくる。ジミーの声だ。「ウィルマー、階下《した》にいるのか？　一階下に降りろ！　今すぐ！」

ウィルマーは階段を転がり降り、血の跡を残す。ジミーの叫び声が聞こえる。「頭を守れ！」

ウィルマーは両腕で頭を抱える。

ハロルドは九階の部屋の玄関ドアのまえに立ち、擲弾筒を担ぐ。そして、銃身をさげて階段に向け、引き金を引く。

すさまじい爆音が鳴り響く。

口汚いわめき声が途絶える。

うめき声はいくらか聞こえるが、もうわめき声はしない。

「ウィルマー、大丈夫か？」とジミーが大声で言う。

ウィルマーには何も聞こえない。

ひどい耳鳴りがするだけだ。

立ち上がり、死体の山を越えて階段をのぼり、九階に向かう。階段は血やら何やらでぬるぬるしている。

ジミーとハロルドがウィルマーを玄関のまえに引き入れる。

「撃たれたのか」とジミーは言う。

「階段で行くかエレヴェーターで行くか？」とウィルマーは尋ねる。

「エレヴェーターはもう動かない」とジミーは言う。「おまえは階段にいろ。誰も階下《した》に通すな」

「おれも一緒に――」

「おまえの気持ちはわかってる」とジミーは言う。「階段に残ってくれ」

ジミーとハロルドはペントハウスへ向かって階段をのぼりはじめる。


警察無線は鳴りをひそめている。が、エヴァのまえの制御盤はコカインでハイになったクリスマスツリーのように点灯しつづけている。不安を覚えた市民からの通報だ――銃声が……爆発が……叫び声が……いったい何が……また爆発が……

エヴァは心から悔いている。あんなことは言うべきではなかった。こんな聖戦にあの子を送り込むなんて。

あなたはすでに息子をひとり失った、と彼女は自分に語りかける。それで今度はもうひとりの息子をけしかけて死に追いやろうとしたの？　エヴァの母親はギャンブラーだった。そんな母に幼い頃から教え込まれてきたことがある。すったときに深追いしては駄目、と。回収なんてできないの、負けを取り戻すことなんてできやしないんだから。

今は電話も取らず、エヴァは祈っている。

お願いです、神さま、マリアさま、絶望と敗北の守護聖人、聖ユダさま、どうか息子をわたしのもとへお返しください。

爆発の衝撃でディアスは揺さぶられる。

文字どおり体が揺れる。

壁が振動し、水槽では小型の津波が発生し、グルーパーが慌てふためいている。

ホルへも似たようなものだ。

だからモニターの映像を見て――壁に飛び散った仲間のなれの果てを見て――彼は言う。人間の予備の部品が詰め込まれた箱が天井から落ちてきたかのように、人間の身体の部位が散乱しているのを見て。「自首します」

「馬鹿なことを言うな」とディアスは言う。

「いや、本気だよ」そう言って、ホルへは玄関へ向かう。

ディアスはクリップが半分空《から》になるまでホルへの背中に銃弾を撃ち込む。そして、最後の抵抗のためにペントハウスに集まっていた八名の手下に眼をやる。「ほかに自首したいやつは？」

誰もいない。

「こっちは九人で、向こうは四人だ」とディアスは言う。「取るべき行動は三つだ。ここであの馬鹿ども《ペンデホス》を片づけて、地下に降りて、脱出する。まだチャンスはある。さあ、手分けして、玄関と裏口とテラスの守りにつけ」

ディアスは居間の中央に移って思う。

おれに用があるなら、ジミー・マクナブはこいつらを突破しなければならない。

〝こいつら〟の中のふたりは〝こいつら〟に属さない。

テラスを見張るはずなのに非常階段を降りはじめる。ディアスが見えなくなったら、両手を上げて警察に投降することにする。

が、階段をあがってきたアンジェロと八階で鉢合わせしてしまう。

三人の銃が一斉に火を噴く。

ハロルドは裏口の脇に立ち、ショットガンの銃口を四十五度の角度でドアの錠前に向けている。

ジミーは錠に近いほうのドア脇の壁にぴたりと背をつけ、突入の準備にはいる。

一番に突入するのはいつも彼だ。

ハロルドは錠を撃つと、うしろに飛びのく。

ドアが開く。

銃弾が雨霰《あめあられ》と飛んでくる。

今日のジミーはすぐさま突入はしない。

かわりに手榴弾を投げ込む。

サイドスローで裏口に投げ入れる。

まずは眼もくらむ閃光。

続いて、殺傷力のある破片の飛散。

ジミーはそのあとようやく突入する。


息子たちがキッチンを散らかすと、ハリケーンに直撃されたみたいだ、とエヴァはよく言ったものだ。

が、ここのキッチンはまるでハリケーンに顔面を殴られたかのようなありさまだ。

汚れよけのパネルは血で汚れ――

ステンレスの冷蔵庫には染みが飛び――

オーヴンのドアは蝶番《ちょうつがい》が片方曲がって垂れ下がり、顎でもはずれたかのようにだらりと開いている。

死んだか、あるいは死にかけている男が三人――床にふたり、カウンターに身を乗り出しているのがひとり。難を逃れた男がキッチンの真ん中の肉切り台の陰に身を屈めている。

その男がいきなり立ち上がり、ジミーを狙って撃つ。が、弾丸《たま》ははずれ、ハロルドに命中する。

まともに額に。

大男は膝から崩れ、肉切り台に倒れかかり、台からすべり落ち、死んでいく。

復讐には常に犠牲がつきまとう。

ジミーは短機関銃《H&K》を振りおろし、銃尾で銃撃者の頭蓋を叩きつぶすと、キッチンを横切る。ハロルドは死んだ。してやれることはもう何もない。できることは死を悼むことだけだ。が、それはあとだ。

今は悲しんでいるときではない。あるいは、悔いているときでも。

あとだ、全部あとだ。

ジミーは自分にそう言い聞かせ、H&Kを肩にかけ、クリップが空《から》になるまでまえに向けて撃ちまくる。


アンジェロは眼から血を拭う。

頭の傷口から血が流れている。狂ったように。

かすった銃弾が鋤《すき》で畝《うね》をつくったような痕《あと》を皮膚に残してくれている。醜い傷痕になるだろう。が、撃ってきた男とその相棒とはちがい、こっちは生きている。そのふたりはスラムの洗濯物のように非常階段の手すりにもたれかかっている。

脳震盪《のうしんとう》のせいでめまいと吐き気を覚えながら、アンジェロは階段をのぼる。

階段に残れ、だ？

階段なんぞに居残るつもりはない。

くそったれ《ケ・カラホ》。

ジミーの命令であれ、なんであれ。

白い犬であれ、黒い犬であれ、犬は犬だ。

ウィルマーは怪我をしていないほうの手でグロックをつかみ、階段をのぼり、ペントハウスのロビーにはいる。

玄関のドアは開いている。

銃声が聞こえる。彼は玄関に足を踏み入れる。

ジミーは向きを変える。

背後に味方はいないはずだ。

即座に発砲する。

弾丸《たま》は一インチの差でウィルマーの頭からそれる。

ウィルマーはほっとして顔をほころばせる。

次の瞬間、咽喉に銃弾を食らう。二発目は口に飛び込み、三発目は眉間にあたる。そんなふうにしてウィルマーはこの世を去る。

ジミーは振り向きざまに発砲する。

ウィルマーを撃った男は咽喉をぜいぜい言わせて倒れる。

悔いる暇も、悲しむ暇もない。

あとだ、あとだ、あとだ、すべてあとだ。

ジミーは居間にはいっていく。

腰の位置に構えた銃を右から左へ動かして撃つ。椅子やソファ、テーブル、窓ガラス、水槽に銃弾を浴びせる。銃痕のレース模様をつくる。九十一ガロンの水がこぼれ、鑑賞魚が絨毯《じゅうたん》の上でばたばたと跳ねる。

クリップが空《から》になると、ジミーはH&Kを捨て、九ミリ口径のグロックを抜き、室内を見まわす。

ディアスはどこだ？

ディアスはソファの陰で腹這いになり、可愛がっていたブルーのクイーン・エンゼルフィッシュが空気を求め、口をぱくぱくさせ、その美しい空色の鱗《うろこ》がきらめくさまを見つめている。

腸《はらわた》が煮えくり返っている。

今はすっくと立ち上がりたい。愛魚を死なせ、人生をめちゃめちゃにしてくれた男を撃ち殺してやりたい。が、ディアスは小心者だ。そうしたくてもできない。で、どうしたか？　彼は腹這いになってテラスのほうへ移動する。

ジミーはディアスがガラスの砕けた引き戸を這って通り抜けようとしたところで気づく。そしてそっちに走り、ディアスの腰のうしろのくぼみを足で押さえる。

「どこへ行くつもりだ、ディアス？」ジミー・マクナブは大男だ。当然足も大きい。そんな足を何度も振り上げ、ディアスの背骨を折らんばかりの勢いで何度も振りおろす。「駄目だ、駄目だ、ディアス、おまえとはデートの約束をしてただろ？　デートの」

ジミーはディアスの背中を踏みつけ、脚を踏みつけ、くるぶしを踏みつけ、足を踏みつける。「これはダニーの分だ。弟のな。おふくろの分も加えよう。親父の分も」

エヴァの声が聞こえる――

〝わたしが愛そうとしたおまえの心にあるものすべてを離さないでほしい。憎しみも。おまえの弟の仇を討ってほしい〟

ディアスは痛みにうめきを洩らす。ＡＫをまだ握っているが、ジミーはディアスの指を踏みつけ、何本かはへし折り、何本かはひねり、何本かは痣ができるほど強く踏みつける。そして、片手を踏みつけたまま、顔に蹴りを入れる。

〝やってくれるね？　わたしのためにやってくれるね？　おまえもダニーを大事に思ってたんだから。弟を大事に〟

ジミーはディアスの口を蹴り、歯をへし折る。

〝全員殺して。わたしのダニーを殺した者どもをひとり残らず〟

後頭部を踏みつける。

〝やるよ〟

こめかみを蹴りつける。

〝そのときは苦しませて〟

ジミーは蹴るのをやめる。「まだ終わりじゃないからな、ディアス。気絶はさせないよ。寝るんじゃないぞ。おまえに火をつけて手すりから放り捨ててやる。ゴミみたいなおまえにふさわしいことをしてやるよ。おまえは焼かれて捨てられる。おまえがおれの弟にやったみたいに――」

うなじを殴られ、ジミーは体が泳いだようになる。ディアスから足が離れる。そのあと咽喉に腕をまわされ、背後から首を絞め上げられる。

キッチンのカウンターに倒れ込んだ男か。

息ができない。

気が遠くなりかける。

銃を捨て、手をうしろに引き、男の眼を指で突く。咽喉にかかっていた力がいくらかゆるみ、ジミーは息を吸うと、首にまわされた腕の内側に片手を差し込み、頸動脈への圧迫を弱め、よろめきながらテラスに出て、へりまでよろよろと歩く。

男は渾身の力で身をそらし、ジミーの首をへし折ろうとする。ジミーは右手で男の指をつかんで指の骨を折る。男は悲鳴をあげる。ジミーは指をつかんだまま体の向きを変え、男と向き合うと、体を持ち上げ、テラスのへりの向こうに男を放り投げる。男は宙に投げ出され、空を蹴り、腕を泳がせ、悲鳴をあげながら、たっぷり十階分落下していく。

ジミーは必死に息を吸う。

立ち上がったディアスがよろめきながら非常階段へ向かう姿が潤んだ眼に映る。ディアスの行く手をさえぎれるのは――

アンジェロだけだ。が、ちょうどペントハウスまでのぼってきたアンジェロは顔を血だらけにして、脚をふらつかせている。

ディアスが銃を撃つ。

弾丸《たま》はアンジェロの防弾ヴェストの下の太腿にあたり、ホースから水が噴き出すように動脈から血が噴き出す。ディアスはアンジェロにつまずきながらも非常階段にたどり着く。

ジミーは選択を迫られる。

ディアスを殺すか、アンジェロを助けるか。

アンジェロは叫ぶ。「あいつをやれ」

ジミーはアンジェロのそばにしゃがみ込む。

「あいつを仕留めるんだ」とアンジェロは弱っていく声で言う。

「いや、いいんだ」とジミーは言う。「おまえを取る」

傷口をしっかりと押さえ、出血を止める。そうしながら、もう一方の手を服の内側に入れて携帯電話を取り出し、出動要請をする。

この要請がエヴァの耳に届く。「警官、被弾。アルジェ、モーガン通り二二〇三番のペントハウス。救急車の出動を要請」

救急車の手配をし、エヴァは神に感謝する。

「おれがついてる」とジミーは言う。「おまえは助かる。もうひとふんばりだ」

「逃げられる――」

「いいんだ」

ときに人は壊され、粉々に壊され、自分を見失う。それでもふと自分を取り戻すことがある。だからこそ人はさらに強くなるのだ。すべての怒りと憎しみと憤《いきどお》りを受け入れ、流れる血を止められるほど強く。

人は自らが壊された場所で強くなる。

ディアスはなんとか非常階段を降りる。

そして、痣だらけの折れた足をひょこひょこ引きずりながら、川へ向かう。

五十八名の警察官が銃弾を浴びせ、ニューオーリンズの夜を照らす。

ジミー・マクナブは救急隊員がアンジェロをストレッチャーにのせるそばに立っている。

救急隊員は言う、アンジェロは助かるだろうと。
しかし、ハロルドは助からなかった。ウィルマーも。
ふたりは命を落とした。ダニーのように。それだけの価値があったことなのかどうか。
ジミーは振り向いて、市《まち》を見渡す。
月明かりのもとでさえ川は汚れて見える。

世界は壊れた場所だ、などとエヴァにわざわざ教えることはない。
彼女は人生というものを知っている。世界というものも。
その世界にいかに生を受けようと、人は壊れてその世界を出ていくのだ。

犯罪心得《クライム》一の一《101》

ミスター・スティーヴ・マックイーンに

犯罪心得一の一《クライム101》。何事もシンプルに。

ハイウェー一〇一号線。

またの名をパシフィック・コースト・ハイウェー。

略してP・C・H。

優美な首すじを伝うひとつながりの宝石のように、カリフォルニア州の海岸に沿って走る道。

デーヴィスはこの道をこよなく愛している。男が女を愛するように。

明けても暮れてもずっと走りつづけていられるほどに。

デーヴィスは運転席に坐っている。黒のマスタング・シェルビーGT500。ハードトップで、リアスポイラーとガーニーフラップ（どちらも気流や空気抵抗を調整するエアロパーツ）を装備し、最高出力は五百五十馬力、最高トルクは五百十フィート・ポンド。

犯罪心得一の一。立ち去るときはすみやかに。

彼は海岸沿いに延びる道を北上する。海の上ではオレンジの真っ赤な果肉がつぶれるように、太陽が雲の向こうに沈んでいく。

彼の左側ではトーリー・パインズ・ステート・ビーチに波が打ち寄せている。右側では線路がロスペナスキートス川を突っ切り、ロスペナスキートス・ラグーンの北側の境界に沿ってカーメル・ヴァレー通りが走っている。そこにある古い自動車修理店からは海岸の絶景が望める。ピザ屋はデーヴィスが思い出せるかぎりはるか昔からある。

気分が変わりやすい女さながら、ハイウェー一〇一号線はころころと名前を変える。今はノース・トーリー・パインズ通りだが、数ヤードも行けばサウス・カミノ・デル・マーになる。

しかし、デーヴィスにとってこの道はいつでも一〇一号線だ。

デーヴィスは白いメルセデス５００ＳＬのあとを尾《つ》けて丘をのぼり、デル・マーにはいる。

ベン・ハダードが商品見本のはいったケースを持って、ラ・ホーヤにあるサム・カッセムの店から出てくるのを彼は見ていた。

ハダードがカッセムの店から出てくるのはこれまで何度も見ている。それでも、膝にのせたｉＰａｄに視線を落とし、毎年おこなわれるラスヴェガスのジュエリーショーで撮られたハダードの写真を確認する。ハダードの写真は何枚か持っている。そのラスヴェガスのショーの写真、トゥーソンのショーの写真、デル・マーで開催された〈ジェム・フェア〉で撮られた写真。

最後の一枚は〈レッド・トラクトンズ〉のパーティで撮られたもので、サム・カッセムとカッセムの妻、それにハダードの妻も一緒に写っている。四人とも坐ったままマティーニのグラスを掲げ、笑顔でカメラのほうを見ている。

この写真は〈ジェム・フェア〉のウェブサイトに掲載されていた。

デーヴィスは、ハダードが六十四歳で、既婚者で、娘が三人いて、末の娘はカリフォルニア大学サンタバーバラ校の一年生だということを知っている。また、ハダードは野球が好きで、おもにつきあいでゴルフをし、医者にも妻にも誓ったにもかかわらず禁煙していないことも。完全補償の保険にはいっていて、銃器は絶対に携帯しないことも知っている。

今、デーヴィスは〝後続車〟がいる場合に備えて数台あけて尾行している。これまでハダードに〝後続車〟がついていたことはないが、万が一ということもある。いずれにしろ、デーヴィスはハダードの近くにいる必要はない。どこへ向かっているかはわかっているのだから。

デーヴィスはサム・カッセムとデル・マーの宝石店主ジョン・ホートンのメールのやりとりを見た。

ハダードは今、そちらに向かっている。

〈ホートン・ファイン・ジュエリー〉のまえでメルセデスが右に寄る。

そのあとハダードはいつもすること――用心深い運搬人なら必ずそうすると彼が信じていること――をする。店のまえの路上に車を停めるのではなく、裏の狭い駐車場にはいる。デーヴィスもその手順を心得ている。窃盗団は店の正面を見張るものだというのが宝石の運搬人とセールスマンの金科玉条《きんかぎょくじょう》だ。

今もハダードは裏にまわり、ホートンに電話して、今着いたと伝える。

ホートンは店の正面入口から彼を招き入れる。

そこが変則的なところだ。運搬人と店主の思惑がぶつかり合った結果、決められたことだ。運搬人は商品を守りたい。一方、店主が守りたいのは店だ。店にとって一番貴重な在庫はたいてい店内とは別のところに置かれる。鍵がかかったバックルームに。当然、金庫はそこにある。

窃盗団が運搬人（もしくは外まわりのセールスマン）のあとを尾《つ》けてきた場合、店主としては店の裏から押し入られてほんとうに貴重な商品を盗まれたり、金庫を開けろと脅されたりする事態は避けたい。

店の裏に車を停めた運搬人が正面入口へまわるのはそういうわけだ。

そして、そこにほころびがある。

ひび割れがある。

デーヴィスが常に求める勝ち目がある。

それがなければ、彼は仕事をしない。

それが犯罪心得一の一。

それと煙草。

デーヴィスはハダードがホートンに電話して、こう伝えるのを聞く。「ちょっと一服してから行きます」

ハダードが乗っているのは自家用車で、車内で煙草を吸ったら妻のダイアナににおいを嗅ぎつけられてどやされる。今日の立ち寄り先はここが最後だから、ダイアナがクラブの会合か何かで外出していないかぎり、彼にとってこれが今日最後の一本になる。

だからハダードはいつもと同じように、ホートンに電話して、ちょっと一服してから店にはいると伝える。

といっても、ほんの数回吸い込むだけで、一本まるまる吸いおえることはない。だからデーヴィスが使える時間はせいぜい一分。さもないと運搬人がなかなか現われないのを不思議に思って、ホートンが様子を見に出てくる。ホートンも完全補償の保険に加入しているが、こちらは銃を携帯している。ＥＡＡウィットネスの十ミリオートを。

もっとも一分は充分すぎるほどの時間だ。

犯罪心得一の一。手早く片づけられない仕事には、そもそも手を出してはいけない。

ハダードは車を降り、煙草に火をつけ、何回か吸って、貴重な至福のときを味わい、吸い殻を足で踏んで揉み消す。

デーヴィスはエンジンをかける。

そして、センターコンソールからシグ・ザウエルP239を取り出して右手に持ち、左手でハンドルを握る。

頭の中の時計がカウントダウンを始める。駐車場にはいり、車から降りる。全身黒ずくめ――薄手の黒いセーター、黒いジーンズ、黒い靴、黒い手袋、ロゴのはいっていない黒い野球帽。

ハダードは舗装された路面に捨てた煙草の吸い殻を靴で揉み消している。デーヴィスは腰のあたりにシグ・ザウエルを構えてその背後に忍び寄り、うしろから耳に銃を押しあてて言う。「そのままえを見てろ」

ハダードは振り返らず、商品見本のケースをデーヴィスに渡して言う。「これを持ってさっさと行け」

完全補償の保険。

その見本は保険をかける価値もない代物だ。

そいつを持って神と一緒にどこへでも行け。

ケースを受け取るかわりにデーヴィスは言う。「そんな安物に用はないよ、ベン。足首に巻いたポーチにはいってる〝本物〟を寄こせ。紙の包みのほうを」

デーヴィスにはハダードのためらいがわかる。しかし、ここで歯車が狂うと、事態は悪いほうに向かいかねない。八年から三十年の強盗の刑が仮釈放なしの終身刑に変わりかねない。そんな真似をハダードにさせるわけにはいかない。

「こっちとしてはあんたを無事にダイアナのもとに帰してやりたいんだよ」とデーヴィスは言う。「娘のリアとヴァージンロードを歩かせてやりたいんだよ……式は三週間後だっけ？」

ハダードも歩きたい。彼は屈んで足首にヴェルクロの面ファスナーでとめてあるポーチをはずして肩越しに渡す。

「電話もだ」とデーヴィスは言う。

よぶんにたった数秒稼げるだけにしろ、その数秒がものを言うこともある。

ハダードはデーヴィスに携帯電話を渡す。デーヴィスは電話のバッテリーを抜いて駐車場の奥の茂みに投げ捨て、電話をハダードに返す。大事な連絡先や家族との思い出の写真まで奪うろくでなしになる必要はない。

「振り向いたら」とデーヴィスは言う。「頭に弾丸《たま》がめり込む瞬間を見ることになる。おれなら保険会社のために死を選んだりはしない」

ハダードは振り向かない。

デーヴィスは車に戻り、走り去る。

所要時間――四十七秒。

北へ三ブロックだけ走り、別荘用に貸し出されているコンドミニアムの地下駐車場にはいる。駐車位置は一八二番。一ヵ月借りてあり、そこには二台分のスペースがある。

その半分のスペースにシルヴァーのシボレー・カマロZL1が停まっている。

六・二リッターのスーパーチャージャーV8エンジン搭載。

イートン社製の四葉スーパーチャージャーだ。

マグネティックライド（乗り心地と走行性能を調整する減衰力制御システム）も装備されている。

駐車場は半分ほど車で埋まっている。

いつもそうだが、車はあっても人はいない。

デーヴィスは車を降り、盗んだナンバープレートをマスタングからすばやくはずして前後とも本物につけ替える。足首用のポーチから宝石のはいった紙の包みを取り出し、ポーチはゴミ箱に捨てると、マスタングに置いたままのシグ・ザウエルを手に取り、カマロに乗って一〇一号線に出る。

逃走した車を探す者がいたとしても、彼らが探しているのは黒のマスタングだ。その車は今、文字どおり地下にある。

彼と車を結びつけるものは何もない。

たとえ車を見つけられたとしても、そこで行き止まりだ。

デーヴィスは現金でその車を買い、偽名で登録していた。車が見つかっても明らかになる情報はサン・ルイス・オビスポの私書箱の住所だけだ。彼がそこに戻ることは二度とない。

車は失うことになる。もちろん。が、悪い取引きではない。

刑務所行きになったら、どのみち乗れないのだから。

デーヴィスは駐車場を出て一〇一号線を北に走る。

デル・マーを抜け、競馬場のそばを通り過ぎる。

フレッチャー・コーヴ・ビーチ・パーク沿いを走り、〝ソラーナ・ビーチ〟と高らかに宣言しているピンク色のネオンのまえを通過する。〈タイドウォーター・バー〉を過ぎ、〈ピッツァ・ポート〉を過ぎ、〈ミッチズ・サーフショップ〉も過ぎ、バイク修理店の〈モールランド・チョッパーズ〉も通り過ぎる。丘をくだってカーディフの細長い海岸沿いを走り、また上がってスワミ・ビーチとエンシニータス、ムーンライト・ビーチ、歴史あるラ・パロマ・シアターを過ぎて、一〇一号線の頭上にアーチ状に架けられた〈エンシニータス〉という町名の下を通過する。

　さらに線路に沿って進み、いかした町ルーケイディアのユーカリ並木のあいだを抜けて、カールスバッドの昔ながらの町まで来ると古い火力発電所がある。その煙突を見ているとブルース・スプリングスティーンとトミー・ブレイクを思い出す。

　一〇一号線を行けるところまで行き、オーシャンサイド通りでやむなく東に折れて州間高速道路五号線にはいり、北上する。海兵隊の駐屯地キャンプ・ペンドルトンが道を分断していて、迂回《うかい》するしかないのだ。できるだけ早く、サンクレメンテのロス・クリスティアニトスで五号線を離れ、古くからサーフィンの盛んな町を抜けてカピストラーノ・ビーチに出る。それからデイナポイント、ラグナニゲル、サウス・ラグナを経てようやくラグナ・ビーチにたどり着く。

この道は何度ドライヴしても飽きることはない。変わることのない、それでいて変わりつづける太平洋にも、数々のランドマークにも、彼にとってのその土地土地の小さな神々にも。

最後に、一〇一号線の東側、メイン・ビーチとラグナ美術館を見渡せるコンドミニアムの駐車場にはいる。

フロントガラスのサンバイザーに取り付けてあるボタンを押すと金属製の扉が横にスライドして開く。コンクリートの地下駐車場にはいると、壁に〝四号室〟と書かれた二台分のスペースに駐車する。

隣りには二〇一一年式のダッジ・チャレンジャーSRT8が停めてある。

V8ヘミエンジン搭載。

チンスポイラー（フロントバンパーの下端につけるエアロパーツ。高速走行中に車体下への空気の流入を抑え揚力を低減する効果がある）装着。

可変カムシャフトタイミング（吸排気バルブの開閉タイミングを固定ではなく可変で制御する機構）装備。

デーヴィスはアメリカ車が好きだ。速くてパワフルだから。

デーヴィスはカマロから降りると、小さなエレヴェーターに乗って三階まで行き、四号室にはいる。

室内はコンドミニアムの典型的な広々とした間取りで、片側に小さなキッチンとカウンターバーがあり、居間の先にあるガラスのスライドドアから小さなバルコニーに出られる。バルコニーにはテーブルと椅子とバーベキュー用のグリルがある。室内の南側には廊下があり、その先に来客用の寝室、バスルームがふたつ、そして海を見渡せる主寝室がある。この部屋を買うとしたら、百万ドルはくだらないだろう。

デーヴィスは買わない。彼は所有しない。

どんな場所も。

彼は借りる。

家具付きで、別荘用に貸し出されている賃貸物件を。そこにはなんでもそろっている――テレビ、ステレオ、鍋、フライパン、食器、グラス、カップ、コーヒーメーカー、トースター、フォークやナイフ、タオル、フェイスタオル、それに石鹸まで完備している。デーヴィスはそうした部屋をそれぞれ異なる偽名で借り、必ず現金で支払う。

前払いで。

犯罪心得一の一。人はいったん金が手にはいれば、よけいな詮索はしない。

つまりこういうことだ。

一〇一号線沿いには北にも南にもこういうコンドミニアムがそこらじゅうにある。購入しても一年じゅうそこに住んでいる人はほとんどいない。たいていのコンドミニアムが夏に家族で集まって一緒に過ごすか、冬のあいだ極寒の州から逃げてきた人々が過ごす場所になっている。それ以外の時期は誰も使わないから、所有者はローン返済のために部屋を貸す。

とはいえ、自分で手続きするのは面倒なので、ほとんどの所有者は手数料を支払って管理会社に委託する。

賃貸契約は月極のこともあれば、海岸がすぐ眼のまえに見える物件は週単位や一日単位で貸し出されることもあり、一度管理会社と信頼関係を築いてしまえば、いくらでも好きなコンドミニアムに住み替えられる。

この手の高級コンドミニアムの住人は短期滞在者がほとんどで、お互い誰だかわからない。ミネソタ州やウィスコンシン州の寒い冬から逃れてきた人もいれば、最近家を売るか買うかして、エスクロー期間（アメリカの不動産売買で第三者が仲介して契約や決済をする制度における期間）が終わるのを待っている人もいる。離婚したばかりで〝移行期間中〟の人、ただ海辺に住むのが好きな人もいる。そういう人々が出たりはいったりする。何年もそこに暮らしていても一度も隣人に会わないこともある。駐車場やプールで軽く挨拶することはあるかもしれないにしろ。

この仕組みはデーヴィスにとってすこぶる都合がいい。彼はそれぞれ異なる名義で五つの管理会社と契約している。一個所に滞在するのは長くて数ヵ月で同じ場所に戻ることはめったにない。

彼の学んだ教訓はこうだ。

あらゆる場所に住んでいれば、どこにも住んでいないのと同じこと。

住所は一〇一号線。

デーヴィスは冷蔵庫からサンペレグリーノのボトルを取り出す。それからソファに腰かけ、ポケットから紙の包みを出して開ける。

きれいにたたまれた白い薄紙の包みが五つ。白い紙の中にさらに青い紙。それぞれの青い紙の中身はエメラルドカットのダイヤモンド。

総額――

百五十万ドル。

デーヴィスは立ち上がり、バルコニーに出て、海と一〇一号線を眺める。

ロナルド・〝ルー〟・ルーベスニック警部補は〈ホートン・ファイン・ジュエリー〉の裏の駐車場でベン・ハダードを見ている。

「私が言いたいのはこういうことです」とルーは繰り返して言う。「おたくはラ・ホーヤにあるサムの店とここをひと月に何十回も行き来してる。ほとんどの場合、数千ドル程度の商品を運ぶために。ところが、ある晩たまたま百五十万ドルもする宝石を運び、その日にかぎって強盗にあった？」

ルーは肩をすくめる。

相棒のマグワイアが思わず笑みをこぼす。肩をすくめるのはみんながよく知るルーの癖だ。強盗課ではルーはことばよりもっぱら肩で多くを語ると言われている。それはつまりその仕種をしょっちゅうやるということだ。でもって、ルーはよくしゃべる。

今もそうだ。ルーは言う。「つまり、この件が〝内部犯行〟じゃないと証明できるものが何かあるのかってことです。その強盗犯がたまたま幸運だったんですか？」

「私はあの男に何ひとつ情報を洩らしていません」とハダードは頑なに言う。

ふたりは最初からまた繰り返す。

ホートンは宝石をいくつか見たいと顧客に言われた。ホートンの手元にはちょうどいい宝石がなかったが、サム・カッセムの店にはあった。サムはその客のために、ラ・ホーヤの彼の店にある宝石を五つ、見本として選んだ。ハダードはその見本を運び、ホートンの店の駐車場で強盗に襲われた。その強盗犯は明らかに知っていた。見本のケースにはいっているのは偽物で、本物は足首につけたポーチの中にあることを。

ハダードには何も証言できない。犯人の顔も、車のナンバーも、車種も。車の色や外見さえわからない。

「どこからともなくいきなり現われたんです」とハダードは言う。「それで、振り向くなと言われたんです」

「おたくは正しいことをしましたよ」とルーは言う。彼は殺人より重窃盗の捜査のほうがずっと好きだ。サンディエゴ市警の殺人課で五年勤めたあと、今の部署に異動した。殺人課時代、一番辛かったのは家族に伝えるときだった。

「なんとなくでもわかりませんかね。身長はあんたと同じくらいだった？」とルーは尋ねる。

「もっと高かったかもしれません」

「訛《なま》りは？」

「ありませんでした」

「誰にでも多かれ少なかれ訛《なま》りはあるもんです」とルーは言う。「でも、ということは黒人でもスペイン系でもなかったということかな？」

「そうですね」

ルーの話がどこへ向かうか、マグワイアは知っている。国内で発生する宝石強盗はほぼすべて麻薬カルテルの息がかかったコロンビア人の窃盗団によるものだ。一年ほどまえ、その窃盗団は〈チャッキーチーズ〉（子供向けのゲームセンターとレストランが併設されたチェーン店）でもぐら叩きゲームをする十歳の子供みたいに東海岸で暴れまくっていた。そういうやつらが今度は西にやってきたのだとしたら、とても悪いニュースだ。

ルー・ルーベスニックとビル・マグワイアは妙な組み合わせに見える。ルーは身長五フィート十インチ、インクのように真っ黒な髪のところどころに白いものが交じり、腹がベルトの上にやや出はじめている。マグワイアは六フィート四インチ、痩せっぽちで赤毛でそばかすがあり、針金のハンガーのような体型をしている。

一緒にいると、ふたり組の刑事というよりコメディアンのコンビに見えるが、ルーベスニックとマグワイアのコンビを見て可笑《おか》しいなどと思う者は署内にはまずいない。ルーが強盗課の主任刑事になり、ほかのヴェテラン刑事五人を部下に持つようになった今ではなおさら。

今このときにもチームの数人は何か見た者がいないかどうか近隣の訊《き》き込みにまわり、

残りのメンバーは駐車場でタイヤ痕や足跡を調べている。ルーは今度はホートンに注意を向けて尋ねる。「まわりをうろついたり、店をのぞいたりしている人がいたことは？」

「そのことはさきに話しておけばよかったですね」ルーは皮肉には一切反応しない。まったく聞こえていないかのように振る舞う。「店にはいってきて、商品を見て、何も買わずに帰った客は？」

「そんな客は毎日いますよ」とホートンは答える。「この景気ですからね、ひやかしの客ばかりです」

〝ひやかしの客〟ということばに軽侮《けいぶ》の念が込められている。

「でも、特にこれという人物はいなかった。そういうことですか？」とルーは尋ねる。ホートンは黙ってうなずく。悪くないうなずき方だ――でかい頭とたっぷりした顎を思うと。肌もミルクみたいに真っ白だが、これも悪くない――海岸からほんの数百メートルしか離れていない場所で商売をしていることを考えれば。

「防犯カメラのテープを見せてください」とルーは言う。

彼らは店内に移動し、防犯カメラの映像を見る。もっとも、昨今はあらゆるものがそうであるように、防犯カメラの映像ももはやビデオテープではなくコンピューターに記録されたデジタルデータだが。ホートンの店は正面入口と店内、裏口にカメラがあるが、店の裏の駐車場には取り付けられていない。

「どうして？」とルーは尋ねる。

「これまで駐車場で何かが起きたことはないからです」とホートンは答える。

ルーは肩をすくめる。

しかし、今回そこで何かが起きた。

ルーは落ちている煙草の吸い殻を見る。そして、顔を起こしてハダードに尋ねる。

「おたくの？」

「そういうことも調書に記録しなければいけないんですか？」とハダードは訊き返す。

ルーは首を横に振る。

彼も結婚している身だ。


マグワイアはルーの車の助手席に乗り込むと言う。「サム・カッセムが六週間以内にブラジルで宝石をさばくほうに二十ドル」

「サム・カッセムが中東の人間じゃなかったとしても、おれたちはそう考えるか？」ACLU（アメリカ自由人権協会。米国最大の人権擁護団体）に寄付をするサンディエゴ市警の警察官はルーひとりではないが、寄付していることを認めるのは彼だけだろう。「彼らを見るおれたちの眼が辛辣《しんらつ》じゃないとは言えない」

「宝石が運ばれることを知ってたのは？」とマグワイアは言う。「サム、ハダード、ホートン。今わかってることから考えると、ホートンが犯人かもしれない。業績が悪いと自分で言ってた。窃盗団にひそかに情報を流して、分けまえを得たのかもしれない」

「窃盗団？　複数犯か？」

窃盗団ならこんなやり方はしない。ルーはそう思う。連中はショーウィンドウを壊して商品をかっさらう。運搬人の車の窓ガラスを文字どおり割って、車内に手を突っ込み、商品を奪う。そして、仕事の半分で相手を殴るか、刺すか、撃つ。

窃盗団は狂暴だ。

今回の犯人は携帯電話を返している。

「やめろ」とマグワイアが言う。

「何を？」とルーは尋ねる。答は知っているのだが。

「ローン・レンジャーごっこはやめろ」

それでもルーはひとり考える――高価な宝石強盗をたったひとりで何件もやってのけたやつがいる。

この十年で十一回。

そいつの手口には一貫性がある――常に貴重品を運んでいる運搬人かセールスマンを狙う。

実に手ぎわがいい――またたくまに現われて消える。たとえ目撃者がいたとしてもみな何を目撃したのかすらわからない。

辛抱強い――盗まれた商品が闇市場に持ち込まれるのは数ヵ月経ってからだ。それも持ち込まれるとすればの話だ。この犯人には急いで金に換える必要がないのだろう。慎重――名前のわかっている故買屋でこの犯人を知る者はひとりもいない。そして手を汚さない――一連の強盗事件を全部足しても、子供のサッカーの試合のほうが多くの血を流している。

当初、これらの窃盗事件には関連があると考える者は誰もいなかった。複数の異なる管轄――サンディエゴ、ロスアンジェルス、オレンジ郡、メンドシーノ郡――で発生していたこともある。だから連続事件だとは誰も思わなかった。情報が州をまたいで共有されることがなかった。

ある〝窃盗団〟の仕業だというのが通説だった（検事はみな窃盗団が大好きだ。窃盗団は数々の華麗な写真とともに新聞の見出しを飾るから）。

保険会社の統計を調べてそれらの事件の関連性を見つけたのがルーだった。追うべきはひとりの人物であるという仮説を持ち込んだのも。

「一匹狼」最初にその説を話したとき、上司はルーにそう言った。

「名づけるとしたら」とルーは言った。

「ばかばかしい」と上司は言った。

窃盗団の仕業なら今頃誰かが尻尾を出しているはずだ。ルーはそう主張した。クラブで自慢げに吹聴したり、女房を怒らせたりしているはずだと。あるいは、ほかの罪で逮捕され、情報提供と罪状軽減の取引きがなされていてもおかしくない。

しかし単独犯なら、誰にも何も打ち明けず、警察の厄介にもならずにいられる。

逮捕につながる情報を何ひとつ与えずにいられる。

それがこの一〇一号線の犯罪《クライム101》だ。

この単独犯という持論のせいでルーは小馬鹿にされている。

上司と保険会社から。彼のチームのメンバーでさえ彼をからかう――少年がヒーローに憧れるみたいにルーがその単独犯に――昔の宝石強盗の映画にからめて〝泥棒猫ロビー〟に――ご執心なことに。

そう言えば――ルーはふと思う――あれはなんという映画だったか？

『泥棒成金』。それだ。

そう、とルーは思う。『泥棒成金《トゥー・キャッチ・ア・シーフ》』。

泥棒《シーヴズ》たちではない。

泥棒《ア・シーフ》。

単数形だ。

「もしほんとうに強盗だったとしたら」とマグワイアはさらに言う。「おれは強盗だとは思わないけどな。でも、もしそうだとしたら、犯人はたぶんコロンビア人だろう。どうしてかって言うと、それはほとんどいつもそうだからだ」

「どうしてそう言える？」とルーは言う。

マグワイアは問答好きなラビみたいになったルーが苦手だ。「どうしてって何が？」

「どうしてほとんどいつもコロンビア人だってわかる？」とルーは問題点をはっきりさせて訊き直す。そして——マグワイアの予想どおり——自分で自分の質問に答える。「なぜならやつらは捕まるからだ」

「だから？」

だから、今回の犯人は捕まらない。ルーはそう思う。

デーヴィスは〈クリフ〉の店にはいる。白いドレスシャツ（オーダーメイドだが、イニシャルははいっていない）にカフスボタン、〈ヒューゴボス〉のウールギャバジンの三つボタンのスーツ。

靴は〈チャーチ〉の黒いオックスフォード。

デーヴィスは服をあまり持っていない。が、その数少ない服はどれも高級品だ。

一流。

万能。

ややレトロ趣味。

デーヴィス本人さながら。

茶色い髪は、ビートルズが世に出るまえの六〇年代の髪型のように短く切りそろえられている。まるでケネディの選挙演説か平和部隊から抜け出してきたかのよう。

あるいはスティーヴ・マックイーンの映画から。

デーヴィスはスティーヴ・マックイーンの映画をすべて見ている。そのほとんどの映画を何度も見ている。スティーヴ・マックイーンがスティーヴ・マックイーンでなかったら、自分こそスティーヴ・マックイーンだっただろう。ほかの誰かであるなどありえない。デーヴィスにとって、マックイーンはカリフォルニアのクールガイの生きた手本だ。一〇一号線が俳優になっていたら、それはきっとスティーヴ・マックイーンだったにちがいない。

肩にかかる長さの茶色い髪をしたその女がレストランにいる中で一番いい女だ。

それは何かを意味している。

トレンディなこのレストランのカウンターバーで白ワインかダーティマティーニを飲んでいる十人そこらの女は、みな魅力的だが。いかにもヨガやクロストレーニング（複数のスポーツのトレーニングをすること）やスピンクラス（アップテンポの曲をかけながらインストラクターの指示に合わせてエアロバイクを漕ぐトレーニング）に励んでいそうな連中だ。そういうことをやっているおかげで、こういう店のドアを通る気にもなるのだろう。

デーヴィスはゆっくりと彼女の隣りへ移動して声をかける。「相当なプレッシャーがあるだろうね、大勢の中でいつも一番美しい女性でいるというのは」

彼女は彼のほうを向いて答える。「今までずっとどこにいたの？」

「席を予約してある」とデーヴィスは言う。「ここでいいかな？　それともどこかほかの店がいい？」

「わたしが誰かほかの人と待ち合わせをしていないってどうしてわかるの？」とトレイシーは尋ねる。

「それはわからない」とデーヴィスは答える。「ただ、そうでなければいいと願ってはいるけど」

「で、もしそうだったら」と彼女は感情のかけらもなく言う。「どうせほかの痩せぎすのあばずれ女を誘うんでしょ？」

「ひとりで食事をするのが嫌いなだけだ」

数秒後、店のマネージャーのデリーがやってきて言う。「ミスター・ディレイニー、お席の用意ができました。こんばんは、トレイシー」

デーヴィスは握手に見せかけてマネージャーに五十ドルを握らせる。ふたりは用意されたテーブルにつく。

トレイシーは小ぶりな前菜が数皿だけのディナーを食べおえる――サラダに魚にチキン。彼女の体に脂肪を一オンスももたらさないものばかりだ。

「それで、今までどこにいたの？」トレイシーはチキンサテ（肉を串に刺して焼いた料理）の串をくわえたまま尋ねる。「かれこれ……そう、二ヵ月くらいになるかしら」

「そんなものだろう」とデーヴィスは答える。「コンサルティングの仕事で街を離れてたんだ」

「仕事はうまくいったの？」

「まあね」

マイケルは仕事の話をしたがらない。それはトレイシーもよく知っている。音学、映画、スポーツ、ニュース、車、芸術、サーフィン、ヨガ、トライアスロン、食べもの、自転車。そういうことを話すのは好きだが、仕事の話は好まない。だから話題を変えて、今はスプリント鉄人レース（通常の約半分の距離でおこなわれるトライアスロン）に向けてトレーニングしていると話す。

勘定書を受け取ると、デーヴィスは二十ドル札を数枚フォルダーにはさむ。

「どうしていつも現金で払うの？」とトレイシーは尋ねる。

「あとから請求されるのが嫌いなんだ」

「ひとりで食事をするのと同じくらい？」

「まあね」

「ひとりで寝るのも嫌いなんでしょ？」とトレイシーは言う。そう言って、一生に一度でも見られるなら男たちは千ドルだって払うだろうと思わせるような眼で彼を見つめる。

〈日々の笑み《ディリー・グリン》〉が営業しているのを見て、ルーは嬉しくなる。

この店は営業時間が不規則なのだ。

ロマス・サンタフェ・ドライヴと一〇一号線の交差点近くの駐車場の空きスペースでホットドッグを売るこの移動販売車のほんとうの名前は〈日々のつまらない仕事《ディリー・グラインド》〉なのだが、

誰かが面白がって最後の〝d〟を省いて呼び、そのうちその名前が定着したのだ。

ルーはホンダのシビックを狭い駐車スペースに停める。

この車に乗るのは常に難行苦行だ。

「どうして新しい車を買わないんだ？」とマグワイアに一度ならず尋ねられたことがある。

「どうして？」とルーはそのとき訊き返した。

「もう十二年も乗ってるんだろ？」とマグワイアは言った。

「おまえの娘と同い年だ」とルーは言った。「おまえは娘を下取りに出すのか？」

「リンジーは二十万マイルも走ってない」とマグワイアは言った。

「二十万と三十七マイルだ」とルーは言った。「三十万はいけると思う。ちゃんとオイルを差してやれば、永久に走りつづけるだろうよ」

だけど見栄えが悪い、とマグワイアは思っている。サンディエゴ市警の警部補が、ルーフに〈ドミノピザ〉の看板をのせたほうがしっくりくるような車に乗っているなどというのは。車内もひどいありさまだ。座席はすり切れ、日に焼けている。いくつもある行きつけの店（〈イン・アンド・アウト・バーガー〉、〈ルビオ〉、〈ジャック・イン・ザ・ボックス〉）で買った食事の食べかすが隙間という隙間にはいり込んでいる。ダッシュボードはネアンデルタール人並みに時代遅れの代物だ。ハンズフリーの電話も、シリウス社製のカーラジオも、カーナビもない。

「おれは生まれてこの方ずっとサンディエゴに住んでる」あるときルーは言った。「どこに行くにも道は全部知ってる」

「サンディエゴの外に出るときは？」とマグワイアは訊いたものだ。「自動車で旅行するときとかは？」

「この車で？」

アンジーはシビックに乗るのを断固拒否している。ごくたまにふたりで一緒に出かけるときには、たいてい彼女のプリウスを使う。

ルーはホットドッグの販売車のところへ行くと、厚紙に手書きされた蘊蓄《うんちく》クイズを見る。

「アラスカ」とルーは言う。

「はい？」

「蘊蓄クイズの答だ」とルーは言う。「地表水が一番多い州。賞品は何かな？」

「ホットドッグにマスタードを無料でつけます」

「今日はついてる」とルーは言う。「チリドッグひとつ。脇に血管を描いて」

「わかりました。そんなの聞いたことないけど」

「それからコーラ」とルーは言う。「いや、ダイエット・コーラ。いや、やっぱりコーラ」

それがなんだっていうんだ？　だろ？　彼はこれ以上腹が出ないように気をつけていて、これを持ち帰って夕食にしようと思っている。アンジーが今夜は友人と出かけると電話で言ってきたのだ。

ルーはホットドッグを受け取ると、販売車の端の調味料が置いてあるところに移動し、タマネギをたっぷりのせる。だから、それがなんだっていうんだ？　彼がそうした幸せな考えにふけっていると、電話が鳴る。マグワイアからだ。

「ビールでもどうだ？」とマグワイアは言う。

「今日はやめておく」

「ルー？」

「なんだ？」

「やめるんだ」とマグワイアは言う。

「何を？」とルーは訊き返す。

「わかってるだろ？」

そう、ルーはわかっている。

やめないことがわかっているのと同じくらいに。

やめるんだ。ルーは自分にそう言い聞かせながら車を走らせデル・マーにはいる。

今回ばかりはマグワイアが正しい。やめるべきだ。

それでも彼はやめない。一〇一号線から十丁目通りにはいり、少し走ってから車を停める。玄関を見張れる場所に。デル・マーに家を買えるのははくそったれ弁護士連中だ。勤続二十年以上の刑事たちはみなミッション・ヒルズに住んでいる。

デル・マー。本来は質素な町なのに、格上げを狙って、片持ち梁《はり》屋根（偽物の屋根葺《ぶ》き材を使うこともある）やハーフティンバーや交差切り妻屋根の技法を多用したチューダー様式の建物が建てまくられたカリフォルニア州の海岸沿いの町。デル・マーはそういう町のひとつだ。

だから、そのうちこんな銘板にお目にかかれるのではないかと彼は半ば期待している。かのシェイクスピアがかつてこの場所に暮らしていた、などと書かれた銘板だ。それはともかく、この町はいつも彼を愉しませてくれる。もっとも、いつだったか、レストランでわざとスポティッド・ディック（牛の脂身とドライフルーツでつくるイギリスの伝統的な蒸し菓子）を注文したことがあるのだが、アンジーもウェイターも少しも面白がってはくれなかった。

「バンガーズ・アンド・マッシュ（ソーセージとマッシュポテトを一緒に食べるイギリスの伝統的な料理）はどう？」とルーはそのあとさらに言った。

「年相応に振る舞ったらどう？」それがアンジーの答だった。

なんたる矛盾。いつもは彼の振る舞いが年寄りくさい——まさしく年相応——と文句を言っているのに。

ルーは快適な家に住み、近隣住人との関係も良好だ。が、アンジーにとっては充分いい夫ではないのだろう。彼女の車——どうしても欲しがった、あのくそプリウス——が今、弁護士の家のまえに停まっているところを見ると。彼女は今ではもう隠そうとさえしていない。

ルーはこんな想像をしてみる。その家に行ってドアをノックし、弁護士の眼のまえに警察バッジを突きつけて言うのだ。「おれの女房といったいナニしてるんだ《ホワット・ザ・ファック》？」——駄洒落だ——ただ、今この世界で彼になによりも必要ないのは停職処分と寝取られ亭主の烙印だ。

だから彼は坐っている。

張り込みはこれまで何度もしてきた。が、こんな張り込みをすることになるとはこれまで夢にも思っていなかった。

二十二時十分、アンジーが弁護士の家を出る。

ルーは頭の中でその時刻をメモする。まるでそれが重要な情報でもあるかのように。法廷でいかにも警察官らしい言いまわしで証言しなければならないかのように。被告人はその現場を二十二時十分に離れました。

少し距離を置いて彼女のあとを尾《つ》ける。五十六丁目通りを東に進み、百六十三丁目通りからフライアーズ通りを経て家に着くまでずっと。そして、自宅の数ブロック先の道路脇に寄せて停車し、妻が家の中にはいるのを数分待つ。

それから自宅のまえに駐車して家にはいる。ドアを開けると、アンジーは居間に坐って赤ワインを飲みながら雑誌を読んでいる。彼女とヤりたいと思う男がいてもそいつを責める気はしない。四十を過ぎた今でも彼女は美人だ。ほっそりした脚、そそる胸、赤褐色の髪。エクササイズも欠かさない。

「どうだった？」とルーは彼女の向かい側に坐って訊く。

「愉しかったわ」と彼女は答える。

「今夜は誰と一緒だったんだ？」

「言ったでしょ、クレアよ」

「ああ」と彼は言う。坐ったままでいろと自分に言い聞かせながら。「クレアはいつデル・マーの十丁目通り八〇五番地に引っ越したんだ？」

彼女は首を振って言う。「これだから警察は――」

そのひとことに彼は椅子から立ち上がる。押し寄せる波みたいに彼女に近づいていくのが自分でもわかる。彼女の眼のまえまで迫って怒鳴る。「いったいどういうことだ、アンジー⁉」

彼女は折れない。

彼女のそんなところも、はるか昔サンディエゴ州立大学で彼を惹きつけた彼女の魅力のひとつだった。

彼女はただ坐ったまままっすぐ彼を見つめ返し、何も言わない。アンジーは殺し屋になるべきだったとルーは思う。取調室でも氷のように冷静でいられるだろう。自分が人を殺す現場映像を見せられても机越しにこう言うだろう。「で？」

「おまえが彼の家から出てくるのを見た」とルーは言う。

「もちろん見たでしょうね」

まるで悪いのはルーのほうだとでも言わんばかりの台詞だ。妻が不貞を働いているあいだ車の中で待っている夫。そんな夫こそ悪いのだと。ヌケ作なのだと。実際、ルーはまさにそんな気がしている。

「あいつを愛してるのか？」

ルーには相手の男の名前を口に出せない。口に出すと、現実があまりに生々しくなりそうで。

「あなたのことは愛してない」と彼女は答える。

「おれは離婚したい」

「いいえ、ルー」と彼女は言う。「離婚したいのはわたしよ」

どうしても勝ちたいのだ、この女は、とルーは思う。だから離婚を切りだす機会さえおれに与えたくないのだ。


トレイシーは朝早く起きて出かける。

パーソナルトレーナーをしている彼女には出勤まえにやってくる顧客が何人もいる。だから彼女の一日は朝の五時に始まる。デーヴィスはいってらっしゃいのキスをして、彼女を送り出し、そのあとまた眠る。

八時頃に起きると、ジーンズを穿き、サーフショップ〈キラーデイナ〉のスウェットシャツを着る。豆を挽いてフレンチプレスでコーヒーをいれ、小さなバルコニーに出て海を眺める。

iPadを起動し、ハダードを監視するために集めた写真をすべて消去する。サム・カッセムとジョン・ホートンのメールのやりとりも同じように消去する。

デーヴィスは数ヵ月まえにサムのメールアカウントをハッキングして、ずっと監視していた。たえず市場の動きを注視する株式ブローカーさながら。サムの店を買収するためにサムの店を調べる投資家さながら。サムが義理の弟のベン・ハダードを運搬人にして、定期的にひとつの店から別の店に商品を移動させていることがわかったのは、そうしたリサーチのおかげだ。

運ばれる商品の価格はたいてい合計で数千ドルで――どんなに高くても三万ドルか四万ドル――デーヴィスのリスク対見返りの方程式に照らすと割に合わない。だからこれまで何度も襲撃のチャンスを見送ってきた。交通量の多い道路に面している、警察署から近すぎる、仕事に使った車を乗り捨てられる地下駐車場が近くにないといった理由から。運搬人が武器を携帯していた、後続車がいた、ということもあった。どれも手にはいるものに対してリスクが大きすぎた。

デーヴィスには基準がある。

物差しがある。

ルールがある。

妥協は一切しない。

犯罪心得一の一。法は破られるためにある。が、ルールは守るためにある。

犯罪心得一の一。相手よりさきに現場に行け。

デーヴィスは北へ向かって車を走らせる。エル・モロ・キャニオン、リーフポイント、コロナ・デル・マー、ニューポート・ビーチを通過して、ハンティントン・ビーチまで行く。

桟橋の近くに駐車スペースを見つけ、坐ったまま待つ。

デーヴィスはいつも約束の時間より早く着く。取り決めた場所ではなく、その近くで待つ。会う人物や集団を観察できるくらい近くで。そして、必ず出口がふたつ以上ある場所に駐車する。

きれいな景色だ。海岸が細長く伸び、桟橋が海にせり出している。今日はおだやかな日だ。波には打ち寄せる気も引く気もなく、桟橋には漁師と観光客が数人いるだけだ。

マネーが桟橋を歩いていくのが見える。桟橋の中ほどまで行くと、マネーは北側の手すりに寄りかかる。デーヴィスはマネーの前後にさっと眼を走らせる。あとを尾けてきた者もいなければ、顔を起こす者もいない。観光客や散歩中の老人と見せかけて、実はそうではない、といった人物はひとりもいない。手のひらや襟元や本や雑誌に向かってしゃべっている者も。

それがわかると、デーヴィスは車を降りて桟橋を歩き、マネーのすぐ横で手すりにもたれる。

マネーは背が高く、薄茶色の髪をしている。山羊ひげは似合っていないが、きれいに手入れしている。グレーのスポーツジャケットにジーンズというでたち。青いシャツ、ノーネクタイ。この男は〝マネー〟と呼ばれている。現物を金《マネー》に換える——それが彼の仕事だから。

「今日も天国みたいな日和《ひより》だな」とマネーが言う。

「だからおれたちはここに住んでる」デーヴィスはそう言って、宝石のはいった紙の包みをマネーのジャケットのポケットにそっと入れる。「百五十万」

デーヴィスはもう何年もマネーと仕事をしているが、これは信用で成り立つ取引きではない。これはあくまでビジネスだ。マネーはこれまで一度もデーヴィスを騙したことはない。それはデーヴィスが彼にもたらすもの——金——があるからだ。

マネーには顧客がわずかしかいないが、その全員が世界でも超がつく一流の強盗ばかりだ。マネーの仕事ぶりは申し分がない。盗品の売りさばき方も清算のしかたも。

マネーの取り分を引くと、デーヴィスにはきっかり百万ドルがはいる算段だ。

マネーのサーヴィスにはすべての手配が含まれている。宝石を売り、売り上げを資金洗浄し、いくつかの偽名で海外に口座をつくる。彼はデーヴィスのほんとうの名前も、住んでいる場所も、乗っている車も知らない。

「何週間かしたらまた会おう」

「次はどれくらいになる？」

「今回より多い」

「ということはあと少しだな」とマネーは笑って言う。

引退まであと少し。

そう取り決めてある。

デーヴィスには心に決めた数字がある。贅沢ではなくともいい暮らしをするのに必要な額だ。

それで終わりにする。

若くして引退する。

犯罪心得一の一。仕事から手を引くのが早すぎると海岸に放り出される。遅すぎると刑務所に放り込まれる。

マネーが言う。「次の仕事、南のほうじゃないよな？」

「どうしてそんなことを訊く？」

「いや、ちょっと噂で聞いただけなんだが」

デーヴィスは話の続きを待つ。

「サンディエゴのある刑事が」とマネーは言う。「どうやらあんたにずいぶんとご執心らしい。〝ハイウェー一〇一号線強盗〟説を唱えてるそうだ」

デーヴィスは体に電気ショックが走るのを感じる。「おれの身元をつかんでるのか？」

「いや、そういうことじゃない」とマネーは言う。「ただの仮説だ」

ああ。しかし、その仮説はあたっている。デーヴィスはそう思う。

「その刑事の名前は？」

「ルーベスニック」とマネーは答える。「ロナルド・ルーベスニック警部補。わりと切れ者だ」

「どこからそんな情報を仕入れた？」

「情報を仕入れるのもおれの仕事だ」とマネーは言う。「いずれにしろ、しばらくサンディエゴでは仕事をしないほうがいいかもしれない」

マネーはあと数秒景色を味わってから歩き去る。いつも彼のほうがさきに帰る。デーヴィスのほうはいつもそれを待ち、まわりを少し歩いてから車に戻る。

犯罪心得一の一。〝信じる〟ということばはたいてい有罪判決を受けた者が使う。それもたいていは過去形で。すなわち「彼を信じていたのに」と。

マネーは愛車のジャガーに乗って〈ハイアット・リージェンシー〉まで行く。そして、そこの駐車場に入れたジャガーの運転席に坐っている。

十五分後、オーモンが助手席のドアを開けて車に乗り込んでくる。

オーモンの髪は黄色い。

ブロンドではなく黄色だ。

背は低く――五フィート六インチか七インチ――痩せている。

三十代前半。

黒いライダースジャケットに黒いジーンズ。〈ドクターマーチン〉の黒い靴。

「さっきのがやつか？」とオーモンは尋ねる。「桟橋であんたの横にいたのが」

「そうだ」

「次の仕事のことを何か言ってたか？」

「数週間のうちにやると言っていた」

「どこを狙うか言ってたか？」

マネーはただオーモンを見つめる。

「それでもあんたはそのことをおれに知らせる」とオーモンは念を押すように言う。

マネーは黙ってうなずく。

オーモンはデーヴィスではない。とうていデーヴィスには及ばない。しかし、オーモンはあと一点決めたら引退するわけではない。

マネーはアメリカンフットボールの試合をよく見る。試合のしかたというものを知っていれば、ヴェテランのスター選手はかかわりが手にはいるうちにトレードしなければならないということも知っている。

サム・カッセムの宝石店の本店はエル・カホンにある。イラクから移民がやってきて以来、地元の人間はサンディエゴの東にあるこの近郊の市《まち》を〝アル・カホン〟と呼ぶようになったが。

ルーはエル・カホン通りのコンビニエンス・ストアでコーラを買ったときのことを一生忘れないだろう。保冷庫の中に山羊が逆さに吊るされていたのだ。

「保冷庫に山羊がいる」支払いをしながら、ルーはカルデア人の店主にそう言った。サンディエゴ近郊の市《まち》ではカルデア人――イラク戦争のときに移民してきたイラクのキリスト教徒――が経営するコンビニエンス・ストアや酒屋などの小さな商店がどんどん増えている。

「娘が結婚するんで」と店主はルーに釣り銭を渡しながら答えた。「いい一日を」

ルーはサム・カッセムの店の駐車場に車を乗り入れる。

サムは郵便番号を見れば、トレンディな一帯であることがすぐにわかるあらゆる地区――ラ・ホーヤ、ファッションヴァレー・モール、ニューポート・ビーチ、ベヴァリーヒルズ――にも高級店を持っているのに、今尚このさびれた界隈にある店を本店にしている。イラクからやってきたときに最初に彼を受け入れてくれたこの地域を。

ルーはそのことを尊敬している。

「あんたたちがいながら、どうして盗ませた？」ルーが店にはいるなりサムが訊いてくる。ルーは店の奥の事務室で机をはさんでサムの正面に坐る。サムは時折振り向き、マジックミラー越しに店内を見て、商品に眼を光らせる。

「あんたのほうこそなぜ盗ませた？」とルーはアンジーの得意技を真似て切り返す。「どうして専門の運搬業者を使わない？」

「ベンは私の義理の弟だ」

ルーはことばには出さずにボディランゲージで質問する。

サムは答える。「保険会社の連中にはもう訊かれたよ」

「だろうね」

サムに好意を抱いていないと言えば嘘になる。ハンサムで、いつも完璧な服装をしていて、頭はよくめだつ銀髪に覆われている。サムはバグダッドから来て、宝石店を開業した。それから二十余年、今ではカリフォルニア州南部に七店舗を持つまでになった。

ルーは今でもこの手の移民のサクセスストーリーが好きだ。彼自身の曾祖父母はポーランドの掃き溜めのような場所からサンディエゴに移住してきて、マグロ漁船で働いた。祖父はサンドウィッチ店を開業し、父はカリフォルニア大学サンディエゴ校の文学の教授になった。

「信じてくれ」とサムは言う。「ベンは怯えていた。ゆうべはダイアナが、なんて名前だったか、そう、睡眠薬《アンビエン》を飲ませなきゃならないほどだった」

「そいつを服用するとひどく混乱する」とルーは言う。

今度はサムが肩をすくめる番だった。

「ベンは実際どんな様子だったんだ？」とルーはさらに尋ねる。

「強盗犯はベンが何を運んでいるか知っていたのか？」サムはルーの質問を無視して逆に訊き返す。「あんたは刑事だ。あんたが話してくれ」

「商品が運ばれることを知っていたのは？」

「私とベンとホートンだ」

「ホートンのことは信用してるのか？」

「彼とは二十年一緒にやってきた」とサムは答える。

おれも結婚してそのくらいになる、とルーは内心思う。

「もう一度最初から話してもらえないかな？」

サムは溜息をつきつつも、言われたとおり最初から話す。「ホートンが連絡してきて――」

「どうやって？」

「電話で」とサムは答える。「得意客の要望で宝石を探してるということだった。エメラルドカットで六カラット以上の宝石だ。うちにそういう宝石はないかと訊いてきた」

「で、あんたの店にはあった」

「そう」とサムは言う。「条件に合うものが五つあった」

「で……？」

「で、彼にそう言った。写真を送ってくれと言うんでまず送った」

「どうやって？」

「メールで」とサムは言う。「そしたら、ベンに運ばせてくれって言われた」

「それで応じた？　信用だけで？」

「二十年だ」

確かに、とルーは思う。「で……？」

「で、ベンが外まわりの途中、取りにきた。宝石はもう紙に包んで用意してあった。ベンがそれを持っていって、わたしはホートンにベンが今向かったと連絡した」

「電話で、それともメールで？」

「メールで」とサムは言う。「そのあとベンから電話がきた。声が震えていた。心臓発作で倒れるんじゃないかと心配になったほどだ」

強盗犯はサムのメールをハッキングしていたということか。ルーはそう思い、立ち上がって言う。「運搬は専門業者に頼んだほうがいい。ちゃんと武装されてる車で運んでくれるところに」

「どれだけ費用がかかるか知ってるか？」

「これはあてずっぽうだが、百五十万ドルよりは安いんじゃないかな」とルーは言う。

保険会社の人間がルーと話したいと言ってくる。

それはそうだろう、百万ドルを超える被害だ。

ルーは保険会社のマーサーと昔ながらのダウンタウン、エル・カホンのタコス店で会う。勘定は保険会社持ちであることを確かめてから。ふたりで屋外のピクニックテーブルにつくと、マーサーが言う。「内部犯行に決まってる」

大昔からある詐欺の手口。店主が窃盗犯と共謀して盗難事件を起こし、保険会社から補償金を受け取り、窃盗犯からは商品を安値で買い戻す。そして闇市で売りさばく。

みんなが得をする取引き。保険会社を除いて。しかし、この世で誰からも嫌われているのが保険会社だ。

「最初からそんなふうに決めつけないで考えよう」とルーは言う。「内部犯行ではない可能性から考えてみよう。今回の件はすべきことを知り尽くした本物のプロの仕事で、そいつが宿題をこなしたという可能性から」

マーサーはふたつ目のタコスの包み紙を剝がしながらルーを見て言う。「またお得意のスーパーマン説を持ち出すつもりかい？」

「手口が同じだ」

「仮にあんたの説が正しいとしても」とマーサーは言う。「それでもその一匹狼が内部の人間と通じていた可能性は否定できない。サムと彼の親戚にもうちょっと圧力をかけてみるべきだよ」

「おれがどう思ってるか知りたいか?」とルーは言う。「あんたは今回の請求を退けたいと思ってる。それで自分のかわりにおれを矢面に立たせようとしてる。一方、おれはこう思ってる。あんたがそういうつもりならとっとと失せろってな。おれの捜査班をあんたとあんたの被保険者のあいだに立たせるつもりはおれにはないよ」

「私はただ提案しただけだ」

「そんなことはしなくていい」とルーは言う。「あんたはおれの役に立つ情報を持ってる。おれはその情報を得て、捜査に利用する。さらに、あんたはおれの役に立ちたいと心底思ってる。犯人を追いつめるのに保険協会が懸賞金を出してくれることも望んでる。それはあんたの勝手だ。だけど、おれに仕事の指図をするような真似はしないでくれ、ビル」

マーサーはタコスの包み紙をくしゃくしゃに丸めてゴミ箱に放る。

「返事がないのは懸賞金は出ないということか?」とルーは尋ねる。

「サムとハダードを嘘発見器《ポリグラフ》にかける」とマーサーは言う。

ルーは驚かない。保険会社には宣誓尋問だかなんだかを要求する権利があり、被保険者は嘘を答えると偽証罪に問われる。

保険会社としては当然の対処だ。

もしサムとハダードがポリグラフ検査に引っかかった場合、それが保険会社には損害請求を退ける根拠になる。ただ、保険会社としてもホートンをポリグラフにかけることはできない。彼はそもそもいかなる被害も被《こうむ》っておらず、損害請求もしていないのだから。

それはともかく、サムもハダードも検査をパスするだろう。ルーはそう思う。サムは抜け目のない事業家だが、正直で勤勉な男だ。ルーはまたこうも思っている。保険会社はどこも中東の人間に偏見を持っていると。九〇年代にイラン人の絨毯《じゅうたん》商による大規模な保険金詐欺があったせいだ。だから保険会社はポリグラフの針がふたりのカルデア人は嘘をついていないことを示したら、その針はほんとうはホートンを示していると考えるだろう。

この事件が内部犯によるものだとすれば。

そう、犯人が彼らのメールを読んでいたとしたら、そいつも内部犯ということだ。

デーヴィスはデイナポイント・ハーバーの魚市場に立ち寄り、どれが新鮮か訊いてから三枚におろしたヒラマサを二切れ買う。それから〈トレーダー・ジョーズ〉に行って、レモン風味の輸入もののオリーヴオイルを調達する。〈ヴォンズ〉で買ったアスパラガス、同じく〈ヴォンズ〉で買ったダークチョコレート（カカオ八十五パーセント）、それとムースに使うクリームを少しと新鮮なラズベリー。

彼は今夜やってくるトレイシーのために料理をする。

ルーは班員全員を会議室に集め、ホワイトボードのまえに立っている。ホワイトボードにはこの十年にカリフォルニア州で発生した、配送中の商品を狙った強盗事件がすべて書き出されていて、最後の一件を書きおえたルーがみんなに宣言する。

「おれは〝こいつ〟を捕まえたい」

それを聞き、刑事たちはそろって——押し殺しながらも——うめき声をあげる。ルーの言う〝こいつ〟がいるとは誰ひとり思っていない。刑事たちはルーの話がどこに向かっていくのかも知っている。それが厄介な話であることも。なぜなら、ホワイトボードに書かれた十一件の強盗事件のうち、ルーの班の管轄内で起きたのは三件だけだからだ。

ルーは指先でホワイトボードを叩いて言う。「こいつを捕まえるには今回の事件だけを見ていては駄目だ。一連の強盗事件を全部調べてパターンを見つけなければ」

さらにうめき声。

ルーと彼のいつものパターンに対するうめき声。

犯罪心得一の一。連続する行動には必ずパターンができる。

事件を解決する方法はふたつある。ルーはそれを知っている。

一．密告。

誰かがしゃべる。

仰々しい科学捜査をしたいなら好きなだけすればいい。その手のまやかしも陪審には有効かもしれない。しかし、たいていの場合、誰かが何かをしゃべることで事件は解決する。

二．パターン。

連続犯で密告者がいない場合、これで決まる。頭の切れる犯人はほんのわずかな手がかりしか残さない。しかし、砂浜に足跡が残るのと同様、犯行手口のパターンというものはどうしても残る。

そして、そのパターンには常に何か意味がある。

これはいいニュースだ。

悪いニュースは捜査員のほうにもパターンができてしまうことだ。捜査の取り組み方、考え方、行動のしかた——捜査員自身のそうしたパターンのせいで、犯行のパターンが見えにくくなることがある。事実を見るのに新しい視点に立てなかったり、新たなパターンと想定内のパターンとの区別がつかなかったりすることがある。

それは自宅の居間に二十年ずっと飾ってある絵を見るのに似ている。そこに描かれていつも見ているものはよく見ていても、見ていないものは見ておらず、それには長年気づきもしない。そういうことはあるものだ。

結婚もそうだ。

そんなことも思いながら、ルーは今、チームの面々に事実をもう一度きちんと見させようとしている。

「今日は誰も何もしなくていい。ひたすら考えるんだ。サンチェス、この十年、カリフォルニア州で起きた未解決の商品配送中の強盗事件を全部調べて、一匹狼の犯行説にあてはまらないものを全部除外しろ。ローズ、その顔からにやけた笑いを引っ込めたら、被害者の共通点を探せ。ヌグ、おまえは手口だ。動詞を見ろ。犯人は何をするか、何をしないか。ギアリー、事件が起きた場所を調べろ。その地図が欲しい。マグワイア、おまえは日時を確認してくれ。事件が起きる間隔にもパターンがあるものだ」

「あんたは何を調べるんだ、ボス？」とマグワイアが尋ねる。

「おれは今言ったことを全部調べる」とルーは言う。

おれは離れたところから絵を見る。

ルーは本の虫だ。

アンジーに言わせるとそうなる。もしかしたら、それもふたりのあいだの問題点だったのかもしれない。彼はめったにない自由な時間には本を手に椅子に坐っていたいクチだが、アンジーは外出したがる。それでたいていは彼のほうが折れて外出するのだが、彼女は彼が腹を立てているのを察し、そのお返しに自分も腹を立てる。

「あなたはお父さんそっくりになってきてる」ある夜、彼が不機嫌になり、そのせいで早めにパーティから引き上げたとき、彼女は彼にそう言った。

みんなそうじゃないのか？　ルーはそのときそう思った。

デル・マーに住む弁護士はちがうのかもしれないが。

いずれにしろ、ルーは引退したらまさしくそういう生活――椅子にゆったり坐って本を読む生活――を送るつもりだ。

読むのは主に歴史の本。

歴史が好きなのだ。歴史というものを信じてさえいる。現在の問題に対する答の大半は過去を見れば見つかる。そう信じている。だから今もそうしている。古いファイルを山ほど集めて端《はし》から読んでいる。

二〇〇八年四月二十二日。

ニューポート・ビーチにある宝石店の店主が特別注文の腕時計――四十三万五千ドル相当――を顧客にフェデックスで送ろうと思い、フェデックスの営業所まで持っていこうと自分の店の駐車場で車に乗り込んだところ、そこで強盗にあった。

二〇〇八年九月十五日。

ニューヨークのセールスマンがベイエリアのなじみの顧客を訪問するためにスーツケースにさまざまな商品――色石やダイヤモンド――を詰め込んで飛行機でサンフランシスコにやってきた。すると、すぐさまホテルの駐車場で銃を突きつけられた。被害総額は七十六万二千ドル。

二〇〇九年一月十一日。

カリフォルニア州マリブの店に九十六万ドル相当の品物を売り、現金で代金を受け取ったベルギーのダイヤモンド商がロスアンジェルス国際空港へ向かう帰途、P・C・H《パシフィック・コースト・ハイウェー》沿いのホテルに寄ってコールガールを呼んだ。そこまではよかったのだが、ホテルを出たところで強盗にあった。

（少なくとも犯人はダイヤモンド商がことを終えるまでは待ってやったのだろう）。

　二〇〇九年三月二十日。

　メンドシーノの宝石商がアリゾナ州トゥーソンから届いた色石一箱を受け取りに車でフェデックスの営業所へ行ったあと、自分の店に戻ったところを襲われた――五十二万五千ドル。

　二〇一〇年十月十七日。

　ルーの一番のお気に入り。地元の宝石商が機内に持ち込めるショルダーバッグに特別注文の時計や指輪や色石やダイヤモンドを詰めて、サンディエゴ国際空港に向かった。空港ではX線検査のため、そのバッグをやむなくベルトコンベアにのせ、列に並んでボディチェックを受けた。チェックを終えてベルトコンベアのところへ行ったときにはもうバッグは行方不明になっていた――八十二万八千ドル。

　ただし、この一件はパターンからはずれている。だからリストに加えるべきかどうか、ルーにもまだ判断はついていない。

　二〇一五年一月十四日。

　サン・ルイス・オビスポ。南アフリカの宝石商がある店を訪れ、支払いはクルーガーランド金貨――南アフリカ共和国が発行する純金の金貨――でしか払えないと言った。金貨を受け取った宝石商は、早朝の乗り継ぎ便に乗るために朝四時にホテルを出た。そして、そこの駐車場で強盗にあった――九十四万三千ドル。

二〇一六年五月。

女性の宝石店主がダイヤモンドの見本を一式携えて高級住宅街〝サンタフェ農場《ランチョ・サンタフエ》〟の常連客の自宅を訪問した。農場《ランチ》に向かう途中、タイヤがパンクし、交換しようと車の外に出たところを襲われた――六十四万五千ドル。

こういうのもあった。

二〇一六年九月二十七日。

ブラジルからロスアンジェルスにやってきたダイヤモンドのセールスマンは、入国時、持ち込む物品は三十七万五千ドル相当とアメリカの税関に申告し、テキサス州アラモでレンタカーを借り、パシフィック・コースト・ハイウェーを北上して、そのときの営業ルートの最初の立ち寄り先であるマリーナ・デル・レイに向かった。そして、港に浮かぶ宝石商の五十フィートの釣り船の上で宝石店主と会った。そのどこがまずかったのか。そう、強盗犯が歩いてきてボートに乗り込み、スーツケースを持って歩き去ってしまったのだ。ブラジル人のセールスマンは税関に申告しなかった品物――噂では二百万ドルをくだらない――については保険を請求できなかった。

二〇一七年二月三日。

ニューポート・ビーチの宝石商がペリカン・ベイに住む得意客から、結婚二十五周年の記念になるようなダイヤモンドのネックレスをいくつか持って自宅まできてほしいと電話で依頼を受けた。宝石商が顧客の家の車寄せに駐車し、呼び鈴を鳴らしたちょうどそのとき、強盗に襲われた。顧客は妻と一緒にパリで結婚記念日を祝っており、電話は偽物だったことがのちに判明した。被害額は約五十万ドル。

二〇一七年五月十八日。

サン・ラファエル。サンフランシスコの宝石店の店主が売れ残りの商品をマリン郡の店に移送したのだが、運搬人が店に着いたところで強盗に襲われた——三十四万七千ドル。

そして今回の一件。二〇一八年十月十七日。

デル・マー。サム・カッセムの百五十万ドルのダイヤモンド。

もしこれがひとりの仕業なら、犯人はこの十年でおよそ九百五十万ドルを得たことになる。経費と故買屋の手数料を引いても……

ルーは思う。一連の事件には関連はないかもしれない。

通念に従えばそう考えるべきだろう。

が、ルーは通念を信じない。偶然にしてはパターンが似かよいすぎている。

犯人はまちがいなく予習をしている。どこからか内部情報を仕入れている。そう言えるのは、これまで一度も失敗しないからだけではない。どの事件でも少なくとも数十万ドル台半ばからそれ以上の品物を狙っており、今回の獲物は百万ドルを超えている。犯人は誰が何をどこへ運ぶか、さらにその値段まで知っているのだ。

犯行を実行するのに最も適した隙間。どの事件でも犯人は必ずそれを見つけている。窃盗のエコシステムにおける最適の場所を。犯人は宝石商たちの最も脆《もろ》い部分——商品を移動させる隙――を選んでことに及んでいる。

犯人は仕事を選んでいる。実行するのは一年に一、二回。いつも高額な品物を狙い、それで終わりにする。

犯人は仕事をする地域のことをよく知っている。警察の手元にあるのは、黒いフードをかぶった男のうしろ姿が映った防犯カメラの映像がせいぜいだ。なんの役にも立たない。犯行に及んだあと、犯人は文字どおり消えてしまう。

また、犯人はターゲットを分散させている。同じ宝石店はおろか、同じ保険会社に加入している宝石商を二回襲うことは決してない。それに犯行場所も異なる。同じ警察管区にならないよう、カリフォルニア州沿岸を南北に移動している。

そして、いつもハイウェーの近くだ。内陸部の都市では一度もやっていない。

ルーは思う――おれたちが追うべきはハイウェー強盗だ。

それも特定のハイウェー。

ハイウェー一〇一号線だ。

ルーは普通のアイスティとアーノルド・パーマー（アイスティとレモネードを混ぜた飲みもの）のあいだで揺れている。

味はアーノルド・パーマーのほうがいい。が、レモネードには砂糖がはいっていて、その砂糖は脂肪に変わる。おまけに、デル・マーのクソ弁護士は七千ドルもするイタリア製のロードバイクを漕いで一〇一号線を行ったり来たりしているので、体脂肪率がマイナスなのではないかというような体つきをしている。

ルーはストレートのアイスティにする。

それとターキーのハンバーガー。

「フレンチフライにしますか、それともサラダにしますか？」とウェイトレスが訊いてくる。

「おれがターキーのハンバーガーを注文してるのはなぜだと思う？」とルーは訊き返す。

「本物のハンバーガーじゃなくて」

「サラダですね」とウェイトレスは言う。「ドレッシングは――」

ルーは黙ってウェイトレスをじっと見る。

「なし、ですね？」

ルーはうなずく。ウェイトレスはテーブルを離れ、注文を厨房に伝えにいく。

バーカウンターの上のテレビ画面はアイスホッケーの試合中継を映し出している。ルーは思う。十月にアイスホッケーを見るやつなんているのだろうか？

次は北だ。ルーはそう目星をつける。

やつの次の仕事。

それがやつのパターンだ。

そのときアンジーがやってきて、彼と向かい合って坐る。「あなたはもう注文したのね？」

ルーは肩をすくめて言う。「遅れたのはそっちだ」

「少なくともわたしの分は注文してない」彼女はそう言って、ざっとメニューを見る。

確かに注文していない。が、しようと思えばできた。彼女が食べるものはわかっているのだから――海老入りのシーザーサラダ、ドレッシングはなし。ルーはそのことを伝えたい衝動に駆られ、それを抑える。よけいなことを言って、彼女を怒らせようとは思わない。

それでも、彼女が海老入りのシーザーサラダ、ドレッシングなしと注文したときの彼の表情から彼女は彼の心のうちを読み取る。「わたしたちの結婚生活は長すぎた」

「それはきみの意見にしろ」

「で、どっちが家を出る？」とアンジーは訊いてくる。「あなた？　それともわたし？」

「おれだ」

「でも、わたしが出ていくべきよね」とアンジーは言う。「不貞を働いたのはわたしなんだから」

「ヘスター・プリン（ナサニエル・ホーソーン『緋文字』の主人公。不貞を働いたため衣服に姦婦を示す赤い〝A〟の文字をつけられる）」

「え？」

「なんでもない」とルーは言う。「いいよ。おれが出ていく。おれにとっちゃ、環境を変えるのにちょうどいい頃合いだ。なんだかマンネリに陥ってるような気がしてたところでね」

「わかった。今から思えば」と彼女は言う。「わたしが浮気したのもそのせいだと思う、ルー？　もっと早くわかっていればよかったわね」

「浮気はこれが初めてか？」とルーは尋ねる。

「そうだと言ったら信じる？」

「もちろん」とルーは答える。「だっておまえには失うものがないんだから」

「やっぱり警官ね」

ルーはまた肩をすくめる。今度は彼女を苛立《いらだ》たせようとして。最近になって彼女はよくこう言うようになっていたのだ。あなたの肩のすくめ方っていかにも〝警官〟って感じで、いかにも〝ユダヤ人〟って感じね、と。ルーはあの弁護士も肩をすくめるのだろうかと思う。

「ねえ、わたしは今はもう部屋に入れられちゃったのかしら？　取り調べをする部屋に？」とアンジーは訊く。「あなたの仕事仲間はみんな言ってる、そういう部屋にいるとき、あなたはすごく優秀なんだって。彼らが言うそういう部屋が寝室でないことだけはまちがいないけど」

「おれが出ていくよ」とルーは言う。

「どこへ行くつもり？」

「気になるみたいなことを言うんだな？」

「それは気になるからよ、ルー」

「ビーチの近くに住もうと思ってる」

彼女は声に出して笑うと、彼の視線をかわして言う。「あなたがビーチにいる姿なんて想像できない、ルー。わたしが知ってる中であなたほどビーチと縁遠い人もいないんだから」

だからこそおれはビーチに行くべきなんだろう。ルーは内心そう思う。

デーヴィスは挽《ひ》きたての黒胡椒《こしょう》を魚の身にすり込み、バルコニーに出てグリルの火加減を確認する。温度が完璧なことがわかると、魚の切り身をグリルにのせて室内に戻る。レモン風味のオリーヴオイルを薄くフライパンに引き、アスパラガスの茎を半分に折って上半分を洗い、熱したオイルの上に並べる。

トレイシーはその様子をずっと見ている。

「あなたを見てたらみんな素敵な奥さんになるんじゃない？」と彼女は言う。

デーヴィスはアスパラガスの茎を炒め、火からおろすと、水切りボウルに移してその上に氷をいくつかのせる。余熱で火が通りすぎないように。それからまたバルコニーに出て、魚を裏返す。

一〇一号線の向こう、マリン・ビーチのバスケットボール・コートのそばの公園に男が立っているのが見える。

背の低い、奇妙な黄色い髪をした男だ。

デーヴィスはなんだか気に入らない。今日の午後早い時間にもハンティントン・ビーチで同じ男を見たのだ。見ず知らずの人間に同じ日に二度会ったりすると——しかもそれぞれ異なる場所で——そのわけを知りたくなる。

犯罪心得一の一。偶然を信じる者を人はこう呼ぶ。被告人。

ふとその男が彼の部屋のバルコニーを見上げる。

マネーか？　やつが寝返ったのか？

それともおれがどこかでへまをしたのか？

あれは警官だろうか？　デーヴィスは自問する。デル・マーでの仕事のあとのことを心の中で振り返って確認する。尾けられていたのだろうか。

それはない。だとしたらあいつは誰だ？

万が一の可能性でも見過ごすわけにはいかない。

ここを離れなければ。

デーヴィスは室内に戻って言う。「もうじきディナーの用意ができる」

「おなかぺこぺこ」

デーヴィスはアイスペールからドルーアン・ヴォードン・シャブリのボトルを取り出し、栓を抜いて、それぞれのグラスに注ぐ。

最後に冷蔵庫からチョコレートムースを取り出し、それぞれの皿に小さなスプーンでひとすくいホイップクリームを添え、クリームの上にはラズベリーをのせる。

「あなたがつくったの？」テーブルにムースの皿を運ぶと、トレイシーが言う。「最初から？」

「そんなにむずかしくはないよ」とデーヴィスは言う。

彼女のスプーンは皿の上に置かれたままになる。「これは食べちゃ駄目ね」

「ダークチョコレートだ」とデーヴィスは言う。「体にとてもいい。抗酸化物質がいっぱい含まれてる」

「まあ、そういうことなら」と彼女は一口食べる。「ううん、マイケル。スプーンの上でイっちゃいそう」

そのあとベッドの上で彼が言う。「またすぐに行かなきゃならない」

腕の中で彼女の体が強《こわ》ばるのがわかる。「すぐっていつ？」

「明日」

「まだ来たばかりじゃない」とトレイシーは言う。「もっと長くいると思ってた」

「おれもそう思ってた」とデーヴィスは言う。

見張られていると知るまでは。

トレイシーが尋ねる。「わたしたち、どこへ向かってるの？」

「どの旅にも目的地があるわけじゃない」とデーヴィスは答える。

ドライヴするためにするドライヴもある。

「でも、行き先がわかっているのはいいことよ」とトレイシーは言ってみる。彼女としても指輪やデートの約束をせがんでいるわけではない。ただ、この関係がどこに向かっているか知りたいだけだ。こうして時々会うようになって二年になる。彼女はこれからも会えるのか、会えないのか知りたいのだ。

デーヴィスは役者だ。ただし真正直な役者だ。彼のルールのひとつは女性に嘘をつかないこと。だから彼は言う。「トレイシー、きみはビーチで金《きん》を探してる」

「わたしって金《きん》の採掘者なの？」と彼女は尋ねる。その眼は怒りに燃えている。

「喩《たと》えが悪かった」とデーヴィスは認めて言う。彼女の気分を損ねてしまったことを悔やみながら。「そこに存在しないものを探してるって言いたかったんだ」

「それってつまりどういう意味？」

「つまりおれの心の中には〝好き《ライク》〟はたくさんあるけど」とデーヴィスは言う。「〝愛し《ラ》てる《ヴ》〟はあんまりない」

「わかった」と彼女は言う。「それって〝きみのせいじゃない、おれのせいだ〟をうまくひねった言い方ね」

「きみのことはとても好き《ライク》だ」とデーヴィスは言う。

「ギャンブルは勝ってるあいだにやめるものよ」と彼女は言う。「だから、次に帰ってきたときにはわたしはもう見つからないかもしれない。それでいい？」

それでいい。

残念だが、それでかまわない。

それが犯罪心得一の一だ。

第二条ではなく。


そのコンドミニアムは〈シーサイド・シャトー〉という名前だが、地下駐車場の金属製のゲートが横にスライドして開くのを見て、ルーはどちらかと言えばソラーナ・ビーチの連邦矯正施設みたいだと思う。

実際異様な雰囲気のところだ。

壁は灰色で、内部は暗い。

中にはいってルーは思い直す。ここは地下駐車場ではないか。どんなところを想像していた？　地上の楽園か？

自分の駐車場所を見つける。十八番。賃貸契約には二台分のスペースが含まれているのだが、彼には一台分しか使うあてがない。アンジーが来て泊まっていくなどありえないことだ。

刑務所ではそういうのをなんと呼ぶのだったか。

婚姻関係に基づく訪問？

ルーは新車同然に見える二〇一一年式の黒いダッジ・チャレンジャーSRT8の隣りに

駐車する。ドアを大きく開けすぎて隣りの車に疵《きず》をつけないよう気をつけて車から降りる。スーツケースとショルダーバッグをおろし、コンドミニアムの入口のほうに歩いていく。そこにまた金網のドアがある。

気が滅入る。なんというところに来てしまったのかと彼は自ら訝《いぶか》しむ。内見もせず、管理会社のウェブサイトに掲載されている写真を何枚か見ただけで決めるとは。写真で見るかぎり、借りる部屋そのものはとてもよさそうに見えた。しかし、そういう写真とはたいていそういうものではないか。

ルーがビーチに近い部屋を借りるつもりだと言うと、マグワイアは腹を抱えて大笑いした。「中年のバツイチおやじはみんなビーチのそばに引っ越すんだよな。若いサーフガールをモノにできるんじゃないかと期待して」

「おれはまだ離婚してないし、そんなことは思ってもいないよ」

「おまえは思ってなくても、おまえの一部がそう思ってるんだよ」

「おれには脳味噌ってものがある」

そういう中年男のことはルーも知っている。ジムにかよいだし、歯をホワイトニングし、服を新調し、スポーツカーまで買ってしまう連中だ。が、若い女たちはありのままの彼らを見ている。

残念ながら。

ルーはそんな幻想は抱いていない。ただ、海岸沿いに住むのはいい気分転換――ある種の治療。そう呼びたければ——になると思っただけだ。このさきどうなるかわかるまでの。あるいはどうにもならないことがわかるまでの。

ルーは生まれてからずっとサンディエゴに住んでいる。が、海岸沿いに暮らしたことは一度もない。だから、これが彼にとっての中年の危機の為せる業《わざ》ということなら、それはそれでかまわない。

そう、それにもし女性と出会ったら——二十歳《はたち》そこそこのセクシーな女の子ではなく、四十前後の素敵な女性がたまたま好きになってくれたりしないともかぎらないではないか。それならそれでもちろんかまわない。

「それでも、ソラーナ・ビーチにはどこに行ってもヨガスタジオがある」とルーは言う。

「だから確率はそんなに低くないかもしれないな」

「いや、低いね」とマグワイアは言う。「四十か五十かそこらのセクシーな女が拷問みたいなトレーニングに励むのはそもそもなんでだと思う？　彼女たちのヨガパンツが引きしまったケツからすべり落ちるのは、腹筋がシックスパックに割れた二十三歳の男のまえでだけだ」

「少しは夢を見させてくれ」とルーは言う。

みんながみんな、若いプレーボーイと通じていて、不貞を働いているトロフィーワイフとはかぎらない。中には離婚して孤独な女がひとりかふたり、いい男を探してるかもしれない。お洒落《しゃれ》なディナーに出かけることができて、寝ることもできる相手を。

「寝るだって?」頭の中で考えていたことが尻でドアを押し開けていたルーの口から思わずこぼれる。まったく。セクシーな八十の婆さんとの出会いがおれを待っている?

階段を何段かあがると共用エリアで、もうひとつドアがあり、その向こうにこの手の高級住宅につきもののプールと浴槽がくっついた設備がある。供用のバーベキューグリルもあり、めったにない雨の日のための屋根の下にテーブルがいくつか置かれている。

ルーはプールのまえを通り過ぎ、階段をあがって二階にある十八号室《ユニット18》——正確にはシャトー18——と書かれた部屋を見つける。ルーのような読書が好きな者にしてみれば、〈シーサイド・シャトー〉というのは言語学的にありえない組み合わせだ。とくにカリフォルニア州南部では。見た目がフランスらしくない場所としては、ここは彼がこれまで見てきたものの中で一、二を争うだろう。

ルーは手探りで鍵を探してドアを開ける。

そしてすぐに中にはいる。

人はなぜこんなことをするのか。なぜ財産を注ぎ込んでまで——実際、ルーはここを借りるのにだいぶ散財している——〝白い波が泡立つ絶景〟を手に入れようとするのか。それはコンドミニアムの部屋の床から天井までの窓という窓が海と海岸のほうに向いて開かれているからだ。そこから見える景色はまさに青い壁だ。青い空、青い海、それにさっきも言った砂浜に打ち寄せて砕ける波の白い泡。

この景色のためだけでも高い金を払う価値はある。

キッチンは小さくとも最近機材を取り替えたばかりのようだ。小さな居間には薄型テレビとソファ。ルーは寝室に行く。やはり小さいが、期待を抱かせるようなキングサイズのベッドが置かれ、寝室と隔たりのないトイレとシャワールームと……ジャクージ風呂？ほんとうに？

ルーはバッグを床にどすんとおろす……

気が滅入る。

鞄ふたつと車の後部座席に置いてある一箱の本。

これが今のおれの人生だ、とルーは思う。

海辺のコンドミニアムを借りて引っ越してきた、離婚まぎわの哀れな中年男。それが今のおれだ。

オーモンはニューポート・ビーチの桟橋でマネーに会う。

「あんたがどうやってやつを見失ったのかはわかる」とマネーが青い海を見つめて言う。「わからないのはどうしてあんたがそれをおれの問題だと思ってるかだ」

オーモンはその答を用意している。「あんたは金を稼ぎたい。だけど、あいつはもうあんたに金をもたらさない。長い目で見れば。だからあんたにはおれが要る。で、おれにはあいつが要る」

「おれはやつの居場所を知らない」とマネーは正直に言う。

「あんたたちは十年も一緒に仕事をしてきたんだろ?」とオーモンは言う。「何か知ってるんじゃないのか」

マネーは記憶の奥底を探る。

オーモンのことは好きではない。凶暴で、かっとなりやすく、業突《ごうつ》く張《ば》りのいけすかない野郎だ。もっと落ち着きがあって、もっと大人で、人に怪我をさせて喜ぶような人間ではないほうがよほどいい。が、そんな人間にはそうそうお目にかかれない。それにこの凶暴で、かっとなりやすく、業突く張りのいけすかない野郎の言うことは正しい——デーヴィスはまもなく賞味期限切れになる。

マネーはある名前をオーモンに伝える。


シャロン・クームズは正真正銘のカリフォルニア州南部の人間だ。

ブロンドの髪をショートカットにし、ハイライトを入れている。

三十代後半のほっそりした体はヨガとバレエとペロトン（エクササイズバイクをインターネットにつないで、自宅でインストラクターの指導を受けられるトレーニング）で磨き上げられている。手術で大きく豊かになった胸、引きしまった尻、文字どおり彫刻された鼻。今度お金が貯まったら、ふっくらさせようと思っている薄い唇。

ヨガのレッスンを終えた彼女は首にタオルを巻いて階段を降り、〈ソラーナ・ビーチ・コーヒー・カンパニー〉でソイラテを注文し、店の外のテーブルにつく。

ひとりでテーブルにいるルーを見て、瞬時に品定めし——顧客候補にも恋人候補にもなりそうにない——足を止めずに進む。シャロンは効率を大事にする。仕事でも、エクササイズでも、セックスライフでも。見込みのないものや相手のために一秒たりと時間を無駄にしたりはしない。

それに彼女にはここですべき仕事がある。

だから別の男が坐っているテーブルに近づいて尋ねる。「ここ空いてます？ いいかしら？」

「どうぞ」とデーヴィスは言う。

断わる男がいるとでも？ そんなふうをわざと装って。

彼女は坐り、パ《P》シフィック・コ《C》ースト・ハ《H》イウェーのほうを見ながら言う。「ちょうど新しい保険証書を書き終えたところなの。五百五十万ドルの」

シャロンは保険ブローカーとして補償限度額の高い〝賠償責任上乗せ〟契約が可能な保険会社と取引きしている。

ラ・ホーヤ岬の断崖の上に寝室が五つある家を所有していて、ガレージにはランボルギーニとマセラティが所せましと並んでいて、郊外の袋小路に建つ家より高価なダイヤモンドを持っているような連中は、幸運のヤモリにもフロー（アメリカの保険会社のCMから生まれた架空の人気キャラクター）にも電話はしない。あらゆる保険契約をこなしてきた経験豊富な保険屋にも。そういう保険屋はリスクの高い保険契約は結ばない。

そういうとき金持ちはシャロン・クームズに電話する。彼女ならすぐに高いリスクを高い保険料で引き受ける保険会社に電話一本で話を通してくれる。エリート顧客を相手に莫大な損失をカヴァーしてくれる保険会社に。当然、保険料も莫大なものになるが、金持ちには海辺の豪邸やランボルギーニや宝石を買う余裕があれば、莫大な保険料を払う余裕もある。そういうことだ。

その手の保険会社は、胴元の集団と一緒で、掛け金がさらに高額なほかの保険会社にリスクを分散させることがあり、シャロンの仕事はまさにその手続きを請け負うことだ。リスクをカヴァーするために彼女は三、四社の保険を組み合わせたりもする。

そのためには保険の対象となる資産の価値を過《あやま》たず査定しなければならない。実際の価値も保管場所も入手経緯もわかっていなければいけない。二百万ドルの宝石に三百万ドルの補償があるような契約はまちがっても結ばせてはならない。そんなことを許したら、自分で宝石を盗んで海に捨て、百万ドル余分に手に入れようとする不届き者が出てくることなど眼に見えている。

彼女は顧客が資産を守る措置をきちんと講じているかも確認しなければいけない。豪邸にセキュリティシステムを導入していなかったり（あるいは居間でハンバーガーを焼く習慣があるとか）、マセラティを路上に駐車していたり（あるいはデモリション・ダービー（意図的に競争相手の車に衝突して破壊し、最後まで走りつづけた車が優勝するモータースポーツ）に出場するのが愉しみだとか）、ダイヤモンドをキッチンのキャンディディッシュに入れて保管していたり（あるいはダイヤモンドを身につけたまま時間外営業しているスラムの酒場でぐでんぐでんに酔っぱらうとか）していたら、シャロンといえども保険契約を成立させるのに苦労することになる。

だからシャロンはそういうことをすべて確認する。彼女の仕事はその一点にかかっていると言ってもいい。顧客が何を持っており、その価値はいかばかりで、それはどこに保管されているか。

さらにそれを守るためにどんな対策を取っているか。

シャロンはそういったことを査定する手数料で相当稼いでいる。

しかし、一〇一号線沿いでは相当な稼ぎでも充分とは言えない。

この地域で暮らすには、それもいい暮らしをするには、もっと金がかかる。シャロンはいい暮らしがしたいと思っている。あまつさえ、カリフォルニア州南部での自分の賞味期限が迫りつつあることも知っている。

彼女は三十八歳としては十点満点の女だ。それでも、十点満点の二十八歳とはちがう。九点の二十八歳とさえ。さらに、この界隈には、四十歳から五十五歳までの保護区だろうとおかまいなしに狩りをする二十四歳という強者がいる。

その保護区の男たちのほうは？　金がたんまりあって、見てくれもまだそこそこ維持できていれば、男たちはどこでも狩りができる。ここでは男たちもジムにかよい、ヨガのレッスンを受け、栄養バランスに気をつけている。ボトックス療法で皺を取っている者もいる。五十七歳の株式ブローカーが今ではどのスクラブ入りの洗顔料がいいか、品比べしている。

いずれにしろ、シャロンは大金を必要としている。

ふたりは五年まえ、あるアートギャラリーで出会った。プラスティックのカップに入れられた二流のワインとオードブルでギャラリーのオープンを祝っているときのことだ。デーヴィスは魅力的な男性だ。だから彼女は彼のディナーの誘いを受け入れ、彼は彼女のためにマスタング・シェルビーの助手席のドアを開けて、高級レストラン〈トップ・オヴ・ザ・コーヴ〉へ連れていった。デザートを食べおえると、彼女のほうから彼を自宅に招いた。寝るつもりだった。彼がノーと言わなければ。

「きみとしたくないわけじゃない」とデーヴィスは言った。「だけど、ビジネスと私的な愉しみは混同しないのがおれのルールでね」

犯罪心得一の一。ふさわしくない場所に一物を突っ込んではならない。

「どういう意味？」とシャロンは尋ねた。

「きみは賠償責任上乗せ保険のブローカーだろ？」とデーヴィスは言った。「一緒に仕事をできないかと思ってね。セックスはほかの男とでもできるけど、おれはきみに金を稼がせてやれる」

彼はそのからくりを説明した。

その後、彼女はこの五年で三回、彼に情報を売った。が、これ以上続けたら誰かが強盗事件にパターンがあることに気づいて、その中心的役割を担っている彼女に眼をつけかねない。

最初の一件で彼女は新しい胸を手に入れた。二件目はもっと儲かって、コンドミニアムの頭金を払った。三件目はレクサスになった。

そして今、彼女はあと一回を望んでいる。

これまでで最高の実入りとなる一回を。

最後の一回を。

彼女はその意志をデーヴィスにはっきり告げる。「これが終わったらわたしは手を引く」

デーヴィスは自分も同じことを考えている。が、彼女には黙っている。

犯罪心得一の一。相手が知る必要のないことは何も言うな。

「今度のターゲットは？」と彼は訊く。

「アルマン・シャーバージ。イラン人の億万長者がテヘランからやってくる」と彼女は説明する。「姪《めい》の結婚式に出席するために。で、花嫁にも花婿にも一族全員にもプレゼントを買うつもりでいる。腕時計やらダイヤのネックレスやら。花嫁にはダイヤの指輪ね」

「保険の補償額は？」

「五百五十万ドル」

それで終わりにできる。デーヴィスはそう思う。彼女の取り分とマネーの手数料、買い手に値引きしても……二百万はくだらない。

退職金だ。

「宝飾品の運搬人はニューヨークから飛行機でやってくる」とシャロンは続ける。「で、結婚式の会場の〈ローベルジュ〉で取引きする」

デル・マーの高級ホテルだ。

そいつはまずい。

サンディエゴで立て続けに仕事をすることになる。同じ警察署の管轄内で。それは彼の基本ルールに違反する。

犯罪心得一の一。ビュッフェの列に二度目に並ぶと、その列が刑務所の食堂の列になる。それにサンディエゴ市警の刑事――なんという名前だったか？　そう、ルーベスニック――に眼をつけられていることを考えるとなおさら。

とはいえ五百五十万ドルだ……

「配送業者は譲渡手続きの現場まで運搬人に武装したボディガードをつけることを主張した」とシャロンは言う。「地元の人間を雇って、運搬人を空港で出迎えて〈ローベルジュ〉まで送らせる。さらにシャーバージへの譲渡手続きが終わるまでその場に同席させる」

「そのあとは？」

「シャーバージが泊まるスイートの金庫に保管する」とシャロンは言う。「結婚式の会場と受付には武装したボディガードがいる。イスラエル人の」

ということは、狙えるチャンスは二回だ。運搬人が空港からホテルに移動するあいだか、または〈ローベルジュ〉の部屋で譲渡手続きがおこなわれる現場か。

が、その場には武装したボディガードがいる。手荒な真似はしたくない。デーヴィスはこれまでのキャリアで負傷したこともなければ誰かに怪我をさせたこともない。ただの一度も。それがプロとしての彼の使命であり、誇りでもある。

犯罪心得一の一。引き金を引かなければならない仕事には手を出すな。

だからデーヴィスはこの仕事を断わろうと思う。

が、そのときシャロンが言う。「それからもうひとつ。シャーバージは現金で支払う」

彼女は口角を上げてかすかに笑う。デーヴィスが知っていることを彼女も知っている

——売り主はこの取引きを税務署に知られまいとしている。

「それでターゲットは自分でボディガードを手配するわけだ」とデーヴィスは言う。

シャロンは肩をすくめて言う。「わたしたちは現金には保険をかけない」

つまり五百五十万ドルがたちまち一千百万ドルになったということか。デーヴィスはそう思う。

それも半分は現金で手にはいる。故買屋への手数料も要らなくなる。マネーに三、四パーセントの手数料を払って資金洗浄するだけでいい。

海辺に立派な家が買える。

一〇一号線沿いに。

結局のところ、海辺の生活はいたって快適なものとなる。

ルーは今そう思っている。朝食用《ブレックファスト》ブリトーを堪能しながら。そして驚いてもいる。なにより〃ベーグルとクリームチーズ〃の熱烈な信者として（「変わらない固定観念なんてあるの？」アンジーに一度そう言われた朝があったが）ルーはこれまで〃ブレックファスト〃と〃ブリトー〃の組み合わせなど考えたこともなかった。その組み合わせを好きになるなど言うに及ばず。

しかし、これからおれの新たな人生が始まるのだ、ちがうか？　そう思い、何週間かまえに〈ソラーナ《S》・ビーチ《B》・コーヒー《C》・カンパニー《C》〉に何気なく立ち寄ってみたのだ。店は彼のコンドミニアムより一ブロック海から離れたところ――一〇一号線を両脇からはさむ小さなショッピングモールの中――にある。その店のメニューを見て思ったのだ。どうとでもなれ。これからおれの新しい人生が始まるのだ、ちがうか？　と。そう思って、危険を顧みずに突き進み、ブレックファスト・ブリトーを注文したのだ。

今ではそれにすっかりはまってしまっている。かりかりに焼いたベーコン、スクランブルエッグ、レタス、トマト、それにサルサソース。そんなものがこれほど美味《うま》いとは。

誰が知ってた？

環境も負けず劣らずすばらしい。

コーヒーと食べものを持って屋外の小さな中庭の席に出るのにも今ではすっかり慣れた。中庭は三方が二階建ての建物で区切られていて、それぞれの建物にはボルダリングジムやバレエスタジオやヨガ教室がある。それと、どこからどう見てもどんな治療も必要なさそうな見た目（そのとおりの意味だ）の女性専用の皮膚科医院。

ルーはアイアンフレームのテーブルについて坐り、陽光に顔をさらして三百六十度広がる景色を眺めている。この店の席にははずれがない。女たちがレッスンや予約のために階段をのぼり降りし、その多くがSBCCにいっとき立ち寄ってコーヒーやスムージーを飲んでいく。美しい女ではない客のほとんどは美しい男だ。サーファーかクライマーか筋トレマニア。ただ、自転車を携えた中高年の男たちのグループが一組だけいる。この店が朝の待ち合わせ場所になっているらしい。定年すぎのその男たちはコーヒーと心臓にいいオートミールで朝食をすませると、自転車を漕いで出ていく。

いやはや、なんとも。海辺での生活がますます快適になりつつある。

最初はひっきりなしに聞こえる波の音にうんざりしたものの、今ではその音が彼を心地よい眠りに誘う子守唄になっている。朝起きて、その日最初のコーヒーをいれ、小さなバルコニーに出て海を眺める生活が今ではすっかり気に入っている。

着替えると、SBCCに寄って、そのあと仕事に向かう。ショッピングモールには新聞の売店があり、彼は二十五セント硬貨をいくつか料金箱に入れて、実態のある本物の新聞――大好きな〈ユニオン・トリビューン〉――を買う。朝食を食べながら新聞を読み、地元のニュースをチェックする。

仕事を終えて帰宅すると、時々バルコニーで夕陽が見られる時間に間に合うこともある。

その光景はまさに——子供みたいな表現だが——〝すごい〟のひとことに尽きる。父なる神の存在を信じない人でも——敬虔《けいけん》なユダヤ教徒とは言えないルーには自分が何を信じているかわからない——海の向こうに沈んでいく太陽を見たら、〝芸術家としての神〟の存在だけは信じずにはいられなくなるだろう。

　離婚をしてひとりぼっちになると、不安に苛《さいな》まれ、延々と孤独な時間が続くのではないかと恐れていた週末もそれほど悪くはない。朝、いつもより遅い時間に店に行っていつもより長めにコーヒータイムを過ごしてから、パシフィック・コースト・ハイウェー《P・C・H》を散歩する。面白い店やいくつものコーヒーショップやそこそこまともな書店などがある〈セドローズ・アヴェニュー・デザイン・ディストリクト〉まで歩くこともある。

　海岸を歩くことも。

　これまた彼にとってはブレックファスト・ブリトーと同じくらい衝撃的な展開だ。ルーは海辺を愉しむ人間ではなかった。実際、泳がないし、サーフィンもしない。自らを〝安置〟して日に焼けるなど脳死に等しいとさえ思っていた。

「ユダヤ人っていうのはどっちかって言うと、砂漠に向いてる人間なんだ」ルーはマグワイアにずっとそう説明していた。そのマグワイアもまた海辺は大嫌いな男だ。というのもアイルランド系の彼の肌は日に焼けると……なんというか、ブレックファスト・ブリトーのベーコンみたいにかりかりになってしまうのだ。

「でも、どっちにも砂がある」とマグワイアは言った。「海辺にも砂漠にも」

ルーはそれでも納得しなかった。

それが今ではコンドミニアムの階段を降りると、そこはもう砂だらけだ。なのに、ある日歩いていていきなり気づいたのだ。砂の上を歩き、潮のにおいを嗅ぎ、顔に潮風を感じるのを愉しんでいる自分に。それにコーヒー店にいる客を美しいと思うなら、その同じ客の大半が海辺にいるのだ。それもはるかに小さい衣裳をつけて。

そういう衣裳をつけているのはひたすら鍛えられた肉体の持ち主だけではない。ルーはここの景色全体を好きになりはじめている。青い海、広い空、純粋に愉しそうにしている家族、サーファーたち、飛び交うフリスビー――この海岸の景色すべてが好きになりつつある。

「次はサーフボードを買うんじゃないか?」とマグワイアは言った。

それはない、とルーは思う。今のところは。それでもボディボードは買うかもしれない。面白そうだから。

そういうわけで週末は悪くない。実のところ、愉しくなってきている。一〇一号線に沿って南はビア・デ・ラ・バジェ通りからカーディフ・ビーチまで延びる一帯が彼の庭になりつつある。夜はこの道を通って帰宅するのが愉しみだし、週末になると〈ピッツァ・ポート〉に行ったり、駅の近くにあるスポーツバー〈シェフズ〉まで行ってテレビでスポーツ観戦をしたりもしている。それにいつもホットドッグの販売車がいる。

アンジーがいないのは淋《さび》しい。が、本音を言えば、予想していたほどには淋しくない。

そう、大丈夫。孤独ではあっても、〈シーサイド・シャトー〉はそもそも孤独な場所だ。引っ越してきてからずっと、地下駐車場には車がたくさんあるのに、建物内にはほとんど人気《ひとけ》がない。しかし、それこそすばらしいことだと今は思っている。

もちろん誰かいるはずだ。車がある以上。車が出たりはいったりしている以上。ただ、車にともなう人を見かけないのだ。それでもルーが見るかぎり、住人にはいくつかのタイプがある。定年して以降ずっとここで暮らしている人。明らかに夏のあいだだけやってくる人たち。それから一時滞在者――旅行客もいれば、結婚や何かで定住する家に移るまでの仮住まいにしている人、それから彼と同じ状況の人――が管理会社から借りている。いずれにしろ、少なくともこのオフシーズンに彼が会った数少ない人たちは誰であれ、進んで会話をしようとはしない。プールのそばや駐車場ですれちがいざまに軽くうなずいて「こんにちは」くらいは言う。が、それだけだ。

なんともおかしなものだ。そうは思うが、気にはならない。むしろ彼は自分が誰だか知られていない中で新しい生活を探求するのを愉しんでいる。誰にも見つからないことが望みだったとしたら、〈シーサイド・シャトー〉に来たのは正しい選択だったと言える。

そんなルーの今の生活でたったひとつの大きな不幸は、ベン・ハダードが強盗にあった一件だ。

まだなんの進展もない。

別れた妻の心並みに手がかりが冷えきった事件だ。

ベン・ハダードもサム・カッセムもポリグラフ検査をパスした。これで内部犯の線は消えた。それがわかって、ルーはとても嬉しかった。彼らが事件に関わっていないことを念じていたほどだったのだ。デル・マーの店の店主、ジョン・ホートンも自主的にポリグラフ検査を受け——保険会社のたわごとにうんざりしたのだろう——やはり潔白だとわかった。

その結果、保険会社には保険金を支払う義務が生じたわけだが、だからといってそれで捜査が進展するものでもなかった。

ただ、この結果、単独犯にちがいないというルーの疑念はますます強くなった。この〝一〇一号線強盗〟はきわめて有能で用心深い。たった一分たらずでハダードの一件をやってのけ、そのあとこいつは忽然《こつぜん》と姿を消した。まるで地球がこいつを呑み込んだみたいに。どこかに地下室でもあるみたいに……

駐車場？

ソラーナ・ビーチの連邦矯正施設がふと頭に浮かぶ。

もし誰にも見つかりたくなかったら……

それがやつの手口か？　宝石を奪い、地下駐車場にもぐって車を乗り換えるのが？

ルーはホートンの宝石店の近くにある地下駐車場を調べることと頭の中のメモに書く。

誰かが何かを目撃しているかもしれない。

まだ何か残っているかもしれない。

女が席を立つのを眺めながら、ルーはそんなことを考えている。その女は彼と同じ世界には住んでいない。それぐらいルーにもわかっている。彼のほうをちらりとも見ない。彼女はそうやってはっきり態度で示している。が、どこかで見たことのある女だ。ルーにはそういうこともわかっている。

ルーは古い人間で、頭の中にローロデックス（回転式のカードホルダー）が収められている。今、彼のそのローロデックスのカードが順にめくられていく。アンジーの友達ではない（友達だとしたら、好奇心からか、他人の不幸を嘲笑《あざわら》うためにわざわざ来たのか）。以前に逮捕した相手でもない……

それでも……聴取した。

そうとも。

二年まえのダイヤモンド強盗の件で事情聴取したのだ。店主がランチョ・サンタフェの顧客の家にダイヤモンドを持っていったところ、乗っていた車のタイヤがパンクして六十四万五千ドル相当の品が盗まれた事件だ。確かこの女は宝石店の店主でも、被害者でもなく……

保険会社の人間だ。盗まれた品物の金額と、盗難に関してどんな予防措置を講じていたか知りたくて話を聞いたのだが……確か実際には保険会社の社員ではなく……

ブローカーだ。

シャロン……

カーター。

いや、ちがう。コール。

ちがう。クームズ。

そう、シャロン・クームズ。

じゃあ、あの男は？　ルーは不思議に思う。

ふたりは出会ったばかりのように見える。五分だけ会話し、彼女はヘルシーでいかにも高級そうなラテを持って今、立ち去ろうとしている。見るかぎり電話番号を交換した様子もない。P・C・Hではよくあるナンパの失敗か。互いに値踏みするものの、満足できなければ次にいく。

が、ルーの心には何かが引っかかっている――ブレックファスト・ブリトーが咽喉につまっているわけではない――何かがあるように見える。

ルーは偶然を信じない。

犯罪心得一の一。偶然を信じる者を人はこう呼ぶ。被告人。

クームズが歩き去ってレクサスに乗り込むのをオーモンは車内から見ている。

デーヴィスはドライヴをする。

いつもすることをする。

考えごとをしなければならないときにすることをする。

犯罪心得一の一。悪い予感がする仕事はよくない仕事だ。

それは彼にもわかっている。知ってはいる。しかし――

〝しかし〟はなしだ。デーヴィスはそう自分に言い聞かせる。あるのは基本ルールだけだ。

犯罪心得一の一だけだ。しかし……

この仕事はするべきではない。ただ、ルールに例外を設けるとするなら、この仕事が
……そう、例外にあたるだろう。リスクが大きすぎる。デーヴィスはそう思う。一方、この仕事を蹴ったら、同じだけの金額を稼ぐためにあと三回か四回は仕事をしなければならない。そのほうがリスクはもっと大きいのではないか？

彼にはわかっている。自分がこの仕事をすることが。

カールスバッドの大きな煙突のそばを通り過ぎるときにはもうわかっている。自分がルールを破ろうとしていることが。最後の仕事をやろうとしていることが。

あとはどうやるかだ。

狙えるチャンスは二回。デーヴィスは考える。ひとつはホテルのスイートで運搬人が品物を引き渡すときだ。部屋にいるのは三人――シャーバージと運搬人とボディガード。

この場合、スイートに侵入し（これは大した問題ではない）三人を相手にしなければならない。さらに宝石と現金を持って逃げなければならない。宝石と現金を持って、さらに

拳銃を持つには文字どおり手が足りない。

最初から考えよう。

運搬人が部屋にはいり、取引きを終え、現金を持って部屋を出る。廊下でそいつを捕まえて動きを封じ、そのあと部屋にはいって宝石を奪う。ボディガードが現金か宝石のどちらのそばにとどまるかによって、廊下か室内のどちらかは一対二で戦うことになる。一対三よりはましだが、最善とは言えない。

もっと考えるんだ。

どこかに大きな穴はないか？　何か見落としてはいないか？　オーシャンサイドまで行くまえに穴が見つかる。

ボディガードを倒すのではなく、ボディガードになればいい。

一〇一号線はいつも答を教えてくれる。

その夜、シャロンがバスタオルを体に巻いてシャワールームを出ると、男がベッドに坐っている。男はナイトスタンドに隠してあった彼女の小型のシグ・ザウエルP380を左手に持って膝の上に置いている。

「声は出さないほうがいい」と男は言う。

シャロンは胸がつまる。まったく息ができないような感覚に襲われる。指を咽喉元にやってどうにか声を出す。「あたし、ヘルペスがあるの」

「うぬぼれるんじゃないよ」と男は言う。「おまえの股のあいだになんか用はない。おれが欲しいのはおまえの耳と耳のあいだにあるものだ」

彼女は恐怖で震える。それを見て、男は喜んでいる。それは男の眼を見ればわかる。

男は銃身で自分のこめかみを叩き、さらに銃身で風変わりな黄色い髪をこすりながら言う。「おまえはその中に何か持ってる。価値のあるものをな。デーヴィスと共有してるものを」

「なんの話かわからない」

「おまえのことを警察に洗いざらい話したら」と男は言う。「十年じゃすまないだろうな。それに刑務所《ムショ》にいるレズビアン連中はほとんどがメキシコ人で、おまえみたいな白人の女《グエラ》を食べるのが好きときてる。嘘じゃない」

それは絶対にできない、とシャロンは思う。

刑務所にはいるなどありえない。

絶対にはいらない。

笑みを浮かべて、オーモンが言う。「おまえが何を考えてるのかなんてことはとっくにわかってる。シャロン、おまえは裁判官に色目を使う。そうすれば裁判官はおまえみたいなオレンジ郡の白人女は保護観察処分にするかもしれない」

実際、彼女はほぼそういったことを考えている。

「もしそうなったら、シャロン?」とオーモンは言う。「もしそうなったら、おれはまたおまえのまえに現われる。で、今度はほんとうにおまえを痛めつける。そのあとは誰もおまえをじっと見られないくらいこっぴどくな。みんな顔をそむけるほどな」

「お願い……」

「お願いすることはない」とオーモンは言う。「もっと賢い選択をすればいいだけだ。おれもデーヴィスと同じ額を払うよ。だからおまえは一セントたりと損しない。顔もきれいなままでいられる。さあ、どうする？」

ルーはヨガに挑戦することにする。

それを聞いてマグワイアはとことん面白がった。「ヨガだって？ マジかよ？ おまえの体の硬さはコンクリートブロック並みなのに」

「だからヨガをやるんだよ」

「それとベルトの上に腹がはみ出してるしな」

「だからヨガをやるんだよ」

「どういうヨガだ？」

「種類があるのか？」

「もちろん。たとえばホットヨガはサーモスタットの温度を目一杯あげた中でやるから、教会に連れてこられた娼婦みたいに汗だくになる。あとは超高速でポーズを取るヨガとか――」

「ポーズがあるのか？」

「――逆にゆっくりポーズを取るヨガもある。それから瞑想ヨガにストリートヨガ、山羊《ゴート》ヨガ（牧場などで山羊と触れ合いながらおこなうヨガ）なんてのもある」

「なんだ、それは？」

「知らないよ、そんなの。知りたくもない。それにおまえはヨガをしたいんじゃない。ただセックスがしたいだけだ」

「セックスもするのか？」

「異性愛者《ストレート》の男がヨガに行くのは女を見つけてセックスするためで、ゲイの男がヨガに行くのは男を見つけてセックスするためだ。実際、〝ヨガ〟ってことばはヒンドゥ語で〝セックスする〟って意味だ」

「嘘だろ？」

「まあ、そういう意味であってもおかしくない」

「女はどうなんだ？　女もセックスが目的でヨガをするのか？」

「そう祈るんだな」

実のところ、ルーの望みはそこまで大それたものではない。レッスンを続けて体重が数ポンド落ちればそれでいい。シャロン・クームズに会えればなおさらいい。

彼が今、宙に尻を突き上げて、インストラクターが〝下向きの犬《ダウンドッグ》〟と呼ぶポーズを取っているのはそういうわけだ。ヨガはセックスと関わりがないとしても、〝ダウンドッグ〟にしろ〝上向きの犬《アップドッグ》〟にしろ、どこ向きの犬にしろ、そういうものでセックスと無関係であることを証明しようとしてもそれは無理な相談だ。

彼のすぐ眼のまえで上がったり下がったりしているのがシャロンの尻であることを考えるとなおさら。

アップドッグ、ダウンドッグ、戦士のポーズⅠ、戦士のポーズⅡ、太陽礼拝のポーズ――ルーはシャロンの尻を見ないですむように目玉をはずしてしまおうかと思う。

で、結論を得る。ルルレモン（ヨガウェアの有名ブランド）の着用については免許制度を導入すべきだと。

レッスンが終わる頃には、ルーは汗だくで疲れきってムラムラしている。シャロンは一度たりとも彼のほうを見なかった。が、ルーがロッカールームを出て、ベルトに警察バッジをつけていると、彼女はそこで初めて彼を見る。

一度見たあとさらにもう一度。

そしてなんとなんと、彼に話しかけてくる。「初めて？」

「見ればわかるでしょ？」

「いえ、お上手でしたよ」

「これまたおやさしい嘘を」とルーは言う。

するとこれまたなんとなんと、彼女はルーの眼をまっすぐに見て言う。「スムージーでもご一緒にいかが？」

「ライ麦パンのパストラミサンドが食べたいんだけど」とルーは言う。「でも、あなたがスムージーを飲んでるあいだにコーヒーでも飲むことにします」

「スムージーは嫌い？」とシャロンは尋ねる。

「〝スムージー〟なんてことばを口にするのもね」

シャロンは声に出して笑う。

ふたりで一緒に階段を降りる。ルーはもう気づいている。彼女が見ているのはルー本人ではない。

彼女が見ているのは警察バッジだ。

数分後、ふたりは〈ソラーナ《S》・ビーチ《B》・コーヒー《C》・カンパニー《C》〉の外の席に坐っている。彼女はなにやら緑色の混ぜ合わせを飲んでいる。ルーにはそれが芝刈り機の集草袋から出てきた吐物《とぶつ》にしか見えない。彼女のほうから彼に訊いてくる。「それで、ルー、仕事はなんなの？」

「警察官」とルーは答える。「きみはおれを覚えてないみたいだね」

彼女はぽかんとした顔で彼を見る。

「何年かまえのことだけど」とルーは言う。「ダイヤモンド強盗の件できみを聴取したことがある」

「あら」と彼女は言う。「そんなことあったかしら？」

「でもって」とルーは言う。「ダイヤを奪った犯人をおれは見つけられなかった」

「そうだったの?」と彼女は言う。「それはむしろ驚きね」

「どうして?」

「あなたはとても仕事のできる人っていう印象だもの」

マグワイアは正しかった。

ヨガというのはセックスのためにこそある。

「すごく上手なのね」終わってから彼女は言う。彼のベッドに横になったまま。窓の外の海を見ながら。

「ヨガについてもきみはそう言った」

「あのときは嘘をついたけど」とシャロンは言う。「今はほんとうのことを言ってる。奥さんはどうしてあなたを追い出したりしたの?」

「妻は弁護士のほうが好きなんだよ」

「げっ」

「まったく同感だ」ふたりは黙ったまましばらく絶景を眺める。ややあってルーが言う。

「なあ、シャロン? 今度ディナーでも一緒にどう?」

「それはどうかしら、ルー」と彼女は答える。「なんていうか、セックスするのはいいけど、ディナーは……関係が深くなりすぎる」

彼女が冗談を言っているのかどうか、ルーにはわからない。セックスは性器のデートで、ディナーは心のデートで、一〇一号線では前者のほうがよくあることだ。そういうことか。

彼女は下に移動して口でルーを生き返らせようとする。

「それはちょっと楽観的すぎるよ」とルーは言う。

「わたしは楽観主義者なの」

「なあ、シャロン？」とルーは言う。「ほんとうの望みはなんなのか話したらどうだ？」

彼女はルーを見上げる。

「そんな話をどうしておれにした？」とルーは尋ねる。

シャロンはたった今、重罪をひとつとそれとは別の共謀罪を告白した。捕まったら刑期は十二年から二十年にもなる。

「怖くてしかたがないからよ」実際、今も怖がっているように見える。もしかしたら、裸だからよけいに無防備に見えるせいかもしれないが。「わたしを守ってくれる？」

「ああ、もちろん」そう答えてルーは思う、そんなことのためにおれと寝る必要はなかったのに。

それでも彼女は絶対にそうしなければいけないと思った。あるいは、そうすることで取引きできたと思ったのだろう。だからシャロンは言う。「わたしはあなたに情報を提供した。それで刑務所行きは免れられる?」

「何か解決策はあるだろう」とルーは言う。「その男には何を話した? きみを脅してきたそいつには」

「あなたに話したこと全部」

〝デーヴィス〟——とシャロンが呼ぶ男——がホテルの部屋でシャーバージを騙して金品を奪い、部屋から出てきたところで、黄色い髪の男がデーヴィスから奪い取る。どうやらそういうことらしい。

ただ、とルーは思う。

デーヴィスがホテルの部屋から出ることはない。


ボディガードの名前はネルソン。

ロバート・デイヴィッド・ネルソン。

愛称はボブ。

デーヴィスはシャロンから名前を聞いてボブを見つけ、今ではボブのすべてを知っている——ミルウォーキー警察の元警察官で、太陽とすばらしい生活を求めてサンディエゴに引っ越してきた既婚者。成人している子供がふたりいる。

犯罪歴なし。

真面目ひとすじの男だ。

デーヴィスはボブ・ネルソンを三日間観察し、ベン・ハダードと一緒に商品を運ぶ仕事に出かけるところや（つまりサムは賢くなった）妻のリンダと〈アルバートソンズ〉で食品の買いものをしているところ、ジムに行ってエクササイズバイクで汗を流す姿を眺めた。そのあと酒場に寄って、ビールを一杯飲むところも。

家に帰るところも。

酒癖は問題ない。

そばに女の影もない。

九時半にはベッドにはいる。

目的のためなら手段を選ばないとか、軽率で馬鹿げた行動に走るとかといった男ではない。

デーヴィスはそれがいいことであることを知っている。

犯罪心得一の一。どんなときでも立ち向かう相手は馬鹿より賢いほうがいい。

デーヴィスが姿を消す。

オーモンはそれでかまわない。

やつがどこにいるかわからなくても、どこに現われるかはもうわかっているのだから。

いつ現われるのかも。

なんとも都合のいいことに。

マグワイアが電話に出る。「ルー――」

「なんだ？」

「サム・カッセムからだ」とマグワイアは言う。「店の外に不審な男が張りついてるって言ってる」

彼らは一分で急行する。

ルーの班だけで、覆面パトカーで。

もし例の単独犯なら、無線付きのパトカーだと相手に悟られ、逃げられる恐れがある。が、そいつのはずがない。ルーはそう思う。胃がきりきりと痛み、エル・カホンに着くまでの時間が永遠に感じられる。やつが同じ店を二度襲うことはない。それにやつはもっと大きな仕事をひかえている――ショーウィンドウを破壊して強奪するような低レヴェルの行為でその大仕事を台無しにするはずがない。

一度強盗にあったせいでサムが疑り深くなっているだけだ。

ルーは班員に携帯電話で指示する。「店に近づかず、ブロックのまわりを固めろ。マグワイアとおれが中にはいる」

マグワイアはブロックの端に車を停める。サムの店の外に年式の落ちたカマロが停まっている。

「もう店にはいったみたいだな」とマグワイアが言う。「何か起きるなら今だ」

くそったれ。ルーは思う。この野郎、正気を失ったのか？

ルーは車から降りる。引き抜いて握った九ミリ口径のグロックを体のうしろにやる。ルーはこれまで必要に迫られて銃を抜いたことはない……ただの一度も。

そのとき男が店から飛び出てくる。

片手にサムの腕時計をいくつも抱え、もう一方の手には拳銃を持っている。

ルーは模範演技のような射撃姿勢を取り、標的の重心に狙いを定めて怒鳴る。「警察だ！　動くな！　銃を捨てろ！」

マグワイアが怒鳴る声が聞こえる。「地面に伏せろ！　伏せろ！」

男はその場で凍りつく。

ためらっている。

が、決断する。

「やめろ！」とルーは叫ぶ。「やめるんだ！」

頼む、やめてくれ。

が、男は心を決める。

彼らに銃を向ける。

ルーは引き金を引く。何度も、何度も。

マグワイアも撃つ。

男は溶けるように歩道にくずおれる。

「こいつがあんたの追ってたやつか？」とマグワイアが死体のそばに立って尋ねる。

「こいつじゃない」とルーは言う。急に疲労感を覚える。高まっていたアドレナリンの波が音をたてて引いていく。

「どうしてわかる」

「わかるからわかるんだ」

千百万ドルを捨てて腕時計を数個？

それは犯罪心得一の一ではない。

算数第一条だ。


大きな窓の外で太平洋の波が岩に打ち寄せている。ルーはその景色を見ながら吐き気を覚えている。胸がむかむかする。

これまで人を殺したことはなかった。

最悪の気分だ。

発砲の可否を審議する委員会があるからだけではない――お咎《とが》めなしですむのはわかっている――結論が出るまで任務を解かれるからでもない。人の命を奪ったからにほかならない。彼は人を殺すために警察官になったのではない。人を助けるために警察官になったのだ。それなのに今、数個の豪華な腕時計のためにひとりの命が失われた。

そのせいでルーは今、仕事を辞めたいと思っている。

さらに、何をすべきかもわかっている。

そう、自分は何をすべきか。

彼はこれまでずっと規則に従って生きてきた。

今はそのことについて考えている。

今までとは逆の道に進むことを考えている。

彼が追っている強盗犯の計画にはほころびがあり、彼にはそのことがわかっている。

現金と品物を合わせると千百万ドル？

ものすごい数字だ。

人生を変えられるほどの。

〝引退して残りの人生を海辺でのんびり暮らせる〟額だ。

今ならルーにもわかる。人はどうして好んでここに住むのか。美しい景色、美しい人々。

美しい夕陽。

海が狂おしいほどの赤とオレンジと紫の光を飛び散らせながら青から灰色に、そして黒に変わっていく。つまりこういうことだ、とルーは思う。車に乗って去りゆくための夕陽があるとするなら、まさにこの夕陽こそそういう夕陽だ。

そんなことを考えていると、呼び鈴が鳴る。

アンジーだ。

「ハイ」と彼女は言う。

とてもきれいに見える。

ヘアスタイルが変わっている。少し短くして、ハイライトを入れている。少し痩せたようにも見える。

「いかにも警官らしい眼で問いかけている質問に答えるなら」とアンジーは言う。「ちょうどゲートを通る人がいたから、その人のあとについてはいったの」

「そんなことを訊くつもりはなかったが」

「はいっていい？」

ルーは脇にどいて彼女を通す。

彼女は大きな窓の外を見て言う。「すごいわね……自分を見たら、ルー？　すっかり海辺の住人じゃないの。これが〝白い波が泡立つ絶景〟ってやつ？」

「ああ、そうだと思う」

「そんな余裕があるの？　ここの家賃はきっと……」

まるで自分にも関係があるみたいな言い方だとルーは思う。「しばらくのあいだは」

「それからどうするの？」

ルーは肩をすくめる。「そのときが来ればわかる」

「ほんとに海好きになってるじゃないの」とアンジーは言う。「サーフィンを始めたとか言わないでよ」

「まだ始めてない」とルーは言う。「でも、やってみようとは思ってる。スムージーでも飲む？」

「いいえ、要らないわ」

「だったら何が要るんだ、アンジー？」とルーは尋ねる。「何しにきたんだ？」

彼女はしばらく彼をじっと見つめる。眼が潤んでいる。彼女は言う。「やり直せないかって言いにきたの」

なんとなんと。

今のことばは予想外だ。ルーはそう思う。望んではいたが、まったく予期していなかったことばだ。もちろんやり直したいとは思う。なのに、彼は自分のこんなことばを耳にする。「いいか、アンジー。おれはもうあと戻りはしたくない」

そう、逆の道へ行くから。

犯罪心得一の一。予想どおりの行動をしてはならない。

デーヴィスは決行の日に緊張したりはしない。ただ仕事に欠かせないアドレナリンが湧くだけだ。なのに今朝は緊張している。苛立っている。最後の仕事だからだろうか。デーヴィスは訝しむ。それとも、ほんとうは手を出すべきではないとわかっているからか？

まだ間に合う。嵌《は》め殺しの窓から海を見ながら彼は自分にそう言い聞かせる。

今ならこのままドライヴして逃げられる。一〇一号線を北上して姿をくらませられる。

この仕事から手を引くんだ。

ルーはバルコニーに立って、その朝一杯目のコーヒーを飲んでいる。今も同じことを考えている。

やめろ。

スーツを着て、拳銃――九ミリ口径のグロック――を収めたホルスターをつけながらも、まだそんなことを自分に言い聞かせている。

階下《した》の駐車場まで降りて、車に乗る。

隣りに真新しい車が停まっている。

深緑色のマスタング。ヴィンテージ物のようだ。

あの映画みたいだ。ルーはそう思う。なんていったか？

そう、『ブリット』。

スティーヴ・マックイーン。

デーヴィスはマスタングで空港に向かう。

その名もマスタング・ブリット二〇一九年モデルで。

深緑色の車体（言うまでもない）。

五リッターの吸排気独立可変バルブタイミング機構《TiVCT》V8エンジン。

三・七三トルセン、限定スリップ後部車軸。

レブマッチシステム（ギアをシフトしたときに自動でエンジン回転数を制御し、スムーズな変速によって車両の挙動を安定させる仕組み）搭載の六速手動変速機《マニュアルトランスミッション》。

クワッドチップ装着のデュアルエキゾースト・マフラー。


運搬人がエスカレーターで降りてくる。

ルーはその運搬人に歩み寄って言う。「ミスター・ペレス？」

ペレスはうなずく。

右手に〈ハリバートン〉のブリーフケースをしっかり握っている。

「車は出たところにある」ルーはそう言い、ペレスを連れて歩道に出る。

年季の入ったシビックを見て、運搬人はためらう。おかしい、こんな車のはずがない。

運搬人はうしろを振り向く。ルーは警察バッジを見せて言う。

「心配は要らない。この車に乗るのが最善策だ」

ペレスが助手席に乗り、ルーが運転席に乗る。「選択肢はふたつだ、ミスター・ペレス。未申告の貴重品を州間移送した罪で今ここであんたを逮捕するか――」

「おれはただの運搬人だ」とペレスは言う。「この中身が何かなんて――」

「若くて野心家の検察官ならまちがいなくそのことばを信じるだろうよ」とルーは言う。

「あるいはおれのやり方でやるか」

ペレスは第二のドアを選ぶ。

ここでひとつ、計画がほころぶ。

デーヴィスは空港の一時駐車場《セルフォン・ロット》で待っている。

ネルソンの車が停まる。

たいていそうだが、ボディガードは早めに来る。運搬人の飛行機が着陸する時刻よりだいぶまえに。五百万ドルの商品を詰め込んだブリーフケースをふたつ携えた人間にターミナルの外の歩道で待ちぼうけを食わせるわけにはいかない。

飛行機の情報はデーヴィスも得ている。

シャロンから。

搭乗する便名も運搬人の名前（ペレス）も。

デーヴィスはいかにもボディガードらしい服装をしている。黒いスーツに白いシャツに赤いネクタイに黒い革靴。ボディガードはいつもちゃんとした身なりをしているものだ。顧客にプロらしさを印象づけるために。

自分の命と財産の安全を委ねるのだ。ボーボー（気ままな服装で知られるアメリカの振興富裕層）やピエロのような見てくれでは困る。さらに言えば、ボディガードはごく普通の運転手のように見えるのが望ましい。

デーヴィスはその点も心得ている。だらしない服装はだらしない仕事につながる。

マックイーンはいつもきちんとしていた。きりっとしていた。

デーヴィスが知っていることを彼も知っていた。

犯罪心得一の一。仕事に見合った服を身につけろ。

運搬人は機内で荷物を預けていないはずだ。だから飛行機を降りたらまっすぐやってくるだろう。

普通のペースで歩けば約六分。

デーヴィスはスマートフォンの飛行機追跡アプリを確認する。運搬人を乗せた便はすでに着陸している。車を降りて、ネルソンのリンカーン・タウンカーに近寄り、笑顔で運転席の窓をノックする。

ネルソンは窓を開ける。

デーヴィスは体の向きを変え、ほかの人からは見えないよう彼の顔にシグ・ザウエルを突きつけて言う。「ハンドルに両手をのせるんだ、ボブ」

ネルソンは言われたとおりにする。

デーヴィスは左手でスマートフォンを掲げて、ネルソンに自宅のライヴ映像を見せる。リンダが車寄せの生垣の刈り込みをしている。

「言うとおりにするんだ」とデーヴィスは言う。「電話をそっとおれに渡したら、じっとここで二時間待機する。そのあとリンダの待つ家に帰る。ここで大人しく二時間待っていれば、リンダは無事に家にいて、あんたはそこに帰ることができる。仕事は失うことになるだろうが、妻とミルウォーキー警察の年金は残る。それでいいかな？」

「わかった」

デーヴィスもそれが正解だと思う。自分の命は危険にさらしても、妻の命を危険にさらす男はいない。「いいだろう、じゃあ、電話を」

ネルソンはコンソールにゆっくり手を伸ばし、携帯電話をデーヴィスに渡す。「家内に怪我をさせるような真似だけはやめてくれ」

「それはあんた次第だ」

デーヴィスが自分の車に戻って乗り込んだところで、ネルソンの電話にメッセージが届く。

「飛行機を降りて出口に向かっている」

デーヴィスは返信する。「了解。すぐに行きます」

オーモンは空港にはいない。

予選試合には出ない。

すでに〈ローベルジュ〉の外でメインイベントの幕が開くのを待っている。人工皮革の赤いジャケットの下にＭＡＣ‐10を忍ばせ、そいつの出番を今か今かと待っている。

オーモンは何人始末することになってもかまわないと思っている。

千百万ドルなんだぞ。からかってるのか、何人なんて誰が気にする？

オーモンは携帯電話の画面を見る。

飛行機はもう到着している。

デーヴィスはそろそろ舞台にあがっている頃だ。

自分の……なんというのだったか？　そう、フィナーレの舞台に。


運搬人がターミナルから出てくるのをデーヴィスは待っている。

姿が見えると、車を降りて、合図を送り、助手席のドアを開けたまま待つ。運搬人はマスタングを見て、いささか怪訝な顔をする。

「スピードを出さなければならなくなったときのために」とデーヴィスは言う。「スピードが出る車のほうがいいと思って」

運搬人は車に乗る。

デーヴィスはドアを閉めて反対側にまわり、運転席に乗り込むとバックミラーを調節して車を発進させる。

「五号線は渋滞してるんで」とデーヴィスは言う。「一〇一号線を使うほうがいいんじゃないかな。それでよければ」

「おれはニューヨークの人間だ」と運搬人は言う。「五号線と一〇一号線と地面の穴の区別もつかないよ。こっちの人間はみんな数字で話すけど、とにかく一番早いルートで行ってくれ」

「この道が一番早いはずだよ」

このクソ野郎。ルーは助手席でそう思う。こいつは頭がいかれてる。おれがこれまで出会った犯罪者の中で一番腕のいい、頭の切れる男でありながら、パシフィック《P》・コースト《C》・ハイウェー《H》をひたすら愛してる。それともこれは別れを惜しむドライヴなのか。一〇一号線を最後に走るセンティメンタル・ドライヴなのか。

もしかしたら、とルーはさらに思う。おれにとっても同じかもしれない。計画どおりにことが進まなければ、これが最後のドライヴになる。

「この車、ブリットだろ？」とルーは尋ねる。

おれはこの男を知っている。デーヴィスは内心そう思う。

まえに見たことがある。

見ず知らずの人間に二度会ったら——それもちがう場所で——誰でもその理由が知りたくなる。

犯罪心得一の一。偶然を信じる者を人はこう呼ぶ。被告人。

が、どこで会ったのか思い出せない。

今はどうでもいいことだ。犯罪心得一の一がおれに今求めているのは、車を路肩に寄せて停め、車から降りてそのまま立ち去ることだ。

しかし彼は一〇一に従わない。

ルーは言う。「『ブリット』？　それとも『ゲッタウェイ』？」

「はい？」

「あんたがマックイーンのファンなのはばればれだよ」とルーは言う。「最高傑作はどれだと思う？　『ブリット』、『大脱走』、それとも『ゲッタウェイ』？」

こいつにしゃべらせるんだ、とルーは思う。こいつは疑っている。もう二回もバックミラーでおれを盗み見している。ルーは少し不安になる。コーヒー店で顔を見られていたのではないか。こいつがおれもシャロン・クームズも同じ店にいたことを思い出したら、こいつはこの仕事を中止するだろう。

こいつが一〇一に従うなら。

「強《し》いて選ぶなら『ブリット』だね」とデーヴィスは言う。「どの作品もすばらしいけど」

そう言い、このチャンスを利用して、バックミラーに映る男の顔をよく見てから、どこでこの男を見たのか思い出そうとする。

「あのカーチェイスか」と運搬人は言う。

「どうかな？」とデーヴィスは尋ねる。

「おれは『ゲッタウェイ』だね。マックイーンの役がよかった」

「ドク・マッコイ」

「ドク・マッコイ」

デーヴィスはグランド通りにはいり、パシフィック・ビーチを西に向かう。それから北に折れてミッション通りにはいる。このあたりではP・C・Hはそう呼ばれている。蛇行するミッション通りの左車線を進み、ラ・ホーヤ通りにはいり、バードロックを通り過ぎて、なんとも豪華なヴィレッジ・オヴ・ラ・ホーヤの町にはいる。

そこで思い出す。

あのコーヒー店だ。

シャロンとおれの向かいの席に坐っていた男だ。

どうやらおれが誰だか気づいたようだ。ルーはそう思う。バックミラーに映る眼を見ればわかる。ハンドルを握る手に少し力がはいったことからも。

ルーはもう一押ししてみることにする。どうせばれるなら、あとからより今のほうがいい。「おれが一番好きなマックイーンの映画はなんだと思う？」

「なんだね？」

「『華麗なる賭け』」とルーは言う。

彼に笑顔を向けて。

「マックイーンは見事な泥棒の役だった」とデーヴィスは言う。

「そのとおり。フェイ・ダナウェイが保険ブローカーの役だった」

逃げろ。デーヴィスは自分にそう言い聞かせる。

車を停めて今すぐ逃げるんだ。

でなければ、横を向いてこの男の頭を撃つんだ。


デーヴィスの手がさりげなくセンターコンソールのほうに動く。

つまり銃はそこにある、とルーは思う。

ルーは自分もジャケットの下のグロックに手を伸ばす。

この一件は今すぐにも片がつくかもしれない。


千百万ドルのためか、引退資金のためか。それともただ出し抜かれるのが気に食わないからか。いずれにしろ、デーヴィスは運転を続けながら言う。「フェイ・ダナウェイはブローカーじゃなくて、保険調査員だったと思うけど」

「そのとおり」と運搬人は言う。

車はラ・ホーヤ通りを北上し、ラ・ホーヤ通りを過ぎてプロスペクト通りにはいり、それからトーリー・パインズ通りを通って、カリフォルニア大学サンディエゴ校を抜け、トーリー・パインズ・ゴルフ・コースの脇を通り過ぎ、丘をくだる長い坂道を進む。すると急に眼のまえにトーリー・パインズ・ステート・ビーチが広がる。それからまた丘の急勾配をのぼって、デル・マー市街にはいる。

今やふたりともこの小芝居が最後まで続くのがわかっている。

一〇一号線での我慢比べ。

「もうすぐ着くよ」とデーヴィスが言う。

そう、もうすぐだ、とルーも思う。

おれたちはまもなく行き着くところに行き着く。

ルーはスイート二四三号室の呼び鈴を鳴らす。

デーヴィスは彼のうしろに立って、背後を振り返り、廊下を見ている。

シャーバージがドアのところまで出てくる。グレーの麻のスーツに襟が大きく開いた白いシャツというでたち。「ミスター・ペレス？」

「そうです」

「はいりたまえ」

デーヴィスがさきにはいって室内を確認し、ルーを手招きする。

ルーはドアを閉める。

デーヴィスはもうシグ・ザウエルを取り出している。「誰も怪我をさせたくない。ジャケットの下の銃を出してベッドの上に置け」

シャーバージはルーを見て言う。「なんとかしろ」

ルーはデーヴィスに言われたとおりにする。グロックを出してそっとベッドの上に置く。

「ブリーフケースを開けて中を見せろ」とデーヴィスは言う。

ルーはブリーフケースをベッドに置き、ダイヤル錠をまわして蓋を開ける。そして、銃を取り出し、デーヴィスに狙いをつける。

犯罪心得一の一。常に予備を用意しておけ。

「銃を捨てろ」とルーは言う。「おれは刑事だ。ずっとおまえを追っていた」

「おれは刑務所に行く気はない」とデーヴィスは言う。「こっちがさきに撃つ」

「おまえは人を殺したことがない」とルーは言う。

「何事にも初めはあるものだ」デーヴィスはそう言って、ルーを長いあいだ見つめる。

「あんたにはもうあるだろうが」

「ああ、嫌な思い出だ」

しくじったことはデーヴィスにももちろんわかっている。犯罪心得一の一に一度は背いたが、今はまたそこに立ち返るしかない。

犯罪心得一の一。どんな人間にも値段がある。

「こういうのはどうだ？」とデーヴィスは持ちかける。「おれは宝石だけいただいて現金は置いていく。あんたはその金を好きにしたらいい」

ルーは顎でシャーバージを指して言う。「彼は？」

どんな人間にも値段がある、とデーヴィスはまた思う。「そいつに何ができる？　不法取引きをしようと思った宝石を盗まれたって訴えるのか？　五百万ドルだぜ。どこでも好きなところへ姿をくらませられる」

銃がルーの手の中で重くなる。手が震えているのがわかる。「『ゲッタウェイ』の結末を覚えてるか？」

デーヴィスは戸惑いながらも答える。「ああ。ドクが逃げおおせる」

「それは映画の話だ」とルーは言う。「本のほうにはエピローグがある。ドクは姿を消してもそのあとはそううまくいかない」

「それはノーという意味か？」とデーヴィスは尋ねる。

引き金にかけた彼の指に力がこもる。

そのとき急にドアが音をたてて開く。

MAC‐10を構えたオーモンが最初にルーを見て、銃口を向ける。

もはやこれまでだ、とルーは思う。

ただ、吹っ飛んだのはオーモンの頭だ。

ルーは振り向く。デーヴィスが撃ったのだ。

デーヴィスはまた銃口をルーのほうに向ける。

が、引き金は引かない。

「で」とルーは言う。「どうするつもりだ？」

「そいつを逮捕しろ！」とシャーバージが叫ぶ。

「黙れ」とルーは言う。「もう充分稼いだんだろ？　どこかで一生暮らすくらいには」

「贅沢はできなくてもな」

「それでも暮らしていくには充分な額なんだろ？」とルーは言う。「だったら車に乗ってとっとと失せろ。二度とサンディエゴに帰ってくるな」

「なんだと？」とシャーバージが言う。

「黙ってろと言わなかったか？」とルーは言う。それからデーヴィスに向かって言う。「つまりこういうことだ。スティーヴ・マックイーンならどうすると思う？」

デーヴィスは笑って言う。「彼ならドライヴする」

「だったらドライヴしろ」とルーは言う。「ここは一〇一号線だ」

犯罪心得一の一《クライム101》。

常にスティーヴ・マックイーンのように行動しろ。

デーヴィスが部屋を出ていくまでルーは銃を向けたままでいる。

「あの泥棒を逃がすつもりか?」とシャーバージが怒鳴る。

「泥棒ならここでくたばってる」とルーは言う。「悪名高き一〇一号線強盗が」

ルーは明るい黄色の髪をした、若い小男を見下ろす。この若い男はこれ以上歳を取ることはない。

「警察バッジを取り上げてやる」とシャーバージは言う。

「意味のない脅しはよそでしてくれ」とルーは言う。もうサイレンの音が聞こえはじめている。さっさとすませなければ。「警察が来たらあんたはこうするんだ。おれが来た連中に話すのを聞いてうなずき、〝彼の言ったとおりだ〟って言えばいい。そうすれば姪御さんの結婚式に出席できて、気前のいいプレゼントもできて、人気者になれる。わかったかな?」

ふたりはわかり合う。

デーヴィスはドライヴする。

一〇一号線を北に向かって。

デル・マーの町を通って競馬場の脇を通り過ぎる。

フレッチャー・コーヴ・ビーチ・パーク沿いでソラーナ・ビーチと高らかに宣言しているピンク色のネオンのまえを通過する。〈タイドウォーター・バー〉のまえを過ぎ、〈ピッツァ・ポート〉を過ぎ、〈ミッチズ・サーフショップ〉を過ぎ、バイク修理店の〈モールランド・チョッパーズ〉を過ぎる。丘をくだってカーディフの細長い海岸沿いを走り、またのぼってスワミ・ビーチとエンシニータス、ムーンライト・ビーチ、歴史あるラ・パロマ・シアターを過ぎて、一〇一号線の頭上にアーチ状に架けられた〈エンシニータス〉という町名の下を通る。

さらに線路に沿って進み、いかした町ルーケイディアのユーカリ並木のあいだを抜けて、昔ながらの街並みのカールスバッドまで来ると、古い火力発電所がある。その煙突を見ているとブルース・スプリングスティーンとトミー・ブレイクを思い出す。

もう二度と見ることのない景色だ。彼はそのことを知っている。

ガソリンを入れるとき以外は昼も夜もひたすら走りつづける。サンクレメンテを通過し、ラグナ・ビーチ、ニューポート・ビーチ、ハンティントン・ビーチ、シール・ビーチ、ロング・ビーチ、レドンド・ビーチ、マンハッタン・ビーチを通る。マリーナ・デル・レイを迂回し、サンタモニカ、マリブ、オキシナード、ベンチュラを通り過ぎる。

それから西に鋭角に曲がり、サンタバーバラを過ぎ、北に進んでピズモとモロ・ベイを通る。朝日が昇る頃にはビッグ・サーまで来ている。さらにモントレー、サンタクルーズと進む。

サンフランシスコを通り、橋を越える。

スティンソン・ビーチ、ニックス・コーヴ、ボーデーガ・ベイ。

ジェナー、スチュワーツ・ポイント、グアララ。

ポイント・アリーナ、エルク、アルビオン。

リトル・リヴァー、メンドシーノ。

フォート・ブラッグで車を停める。

ハイウェーのすぐ東側、町の北部にある小さなクラフツマンスタイルの家。何年かまえに買って、そのあと用心して一度も来ていない家だ。

これまでは一度も。

これからはここがわが家だ。

犯罪心得一の一。逃げられるときにはとっと逃げろ。

ルーはホットドッグの最後の一口を食べおえると、手の甲で唇についたマスタードを拭き取る。

彼の背後ではソラーナ・ビーチと書かれたネオンがピンク色に光っている。まるで夕陽のように。

地元警察は彼の話を信用した。信じない理由がどこにある？「伝説の刑事が宝石強盗を撃退。〝一〇一号線強盗〟を射殺」。強盗課のお偉方は彼の〝ローン・カウボーイ・スタイル〟のスタンドプレーがまるで気に入らなかったようだが、だからと言って何が言えた？　彼は十件以上にわたる大きな宝石強盗事件を解決し、危険な犯罪者を消し去ったのだ。

ボブ・ネルソンは犯行の日、あえて強盗犯と入れ替わるという、ルーベスニック刑事主演の囮《おとり》捜査のシナリオにむしろこれ以上ないほど喜んで協力した。警備会社のお偉方もルーの作戦には渋い顔をしたが、数百万ドルもの強盗を未然に防ぐことに協力した従業員を解雇するわけにはいかなかった。

ルーが最後に聞いた話では、シャロン・クームズはピッツバーグの保険会社で自動車事故の保険金の支払額を算定する仕事に就いたという。

アンジーは?

ふたりの離婚は成立し、彼女は今どこかの金融アドヴァイザーとつきあっているとルーは風の便りに聞いた。

ルーは今でもソラーナ・ビーチで暮らしている。〝白い波が泡立つ絶景〟が見える部屋ではなく――あの部屋に長く住めるほどの金銭的余裕はない――絶景は見えなくても、海辺に近い〈シースケープ・シャトー〉に部屋を借りており、今の生活が気に入っている。〈ソラーナ・ビーチ・コーヒー・カンパニー〉でブレックファスト・ブリトーを食べる生活だ。週に一度のヨガ・レッスンも続けている。

今、彼はホンダのシビックでパシフィック《P》・コースト《C》・ハイウェー《H》を北に向かって走っている。〈タイドウォーター・バー〉と〈ピッツァ・ポート〉と〈ミッチズ・サーフショップ〉と〈モールランド・チョッパーズ〉のまえを通り過ぎる。

ルーもこの道をこよなく愛するようになっている。男が女を愛するように。

この道なら明けても暮れてもずっと走っていられる。

彼の車には新しいナンバープレートがつけられている。格安で買ったカリフォルニア州のヴィンテージものの黒いナンバープレートだ。

そのナンバーは以下のとおり。

犯罪心得一の一《CRIME 101》。

サンディエゴ動物園

ミスター・エルモア・レナードに

誰も知らない。そのチンパンジーがどうやってリヴォルヴァーを手に入れたのか。

ともかく厄介なことになった。わかっているのはそれだけだ。

もっとも、それが自分の問題になろうとは、クリス・シェイは予想だにしていなかったが――世界に名だたるサンディエゴ動物園からチンパンジーが逃げ出したと無線連絡を受けた時点では。

「動物管理局に連絡してくれ」と彼は応答して言った。サルの脱走なんぞ警察の知ったことではないと思いながら。

すると通信係はつけ加えた。「それがそのチンパンジー《チンプ》は武装しているようで」

「武装？」とクリスは訊《き》き返した。「武装って棒切れとかでってことか？」

そういえば以前、〈アニマルプラネット〉で棒切れを道具や武器として使うチンパンジーを見たことがあった。あれはきっとすごいことなのだろう。何がどうすごいのかは、途中でサンドウィッチをつくりに立ってしまったのでわからずじまいになったが。

チンパンジーではなく、ヒヒだったかもしれない。

あるいは〈アニマルプラネット〉ではなく、〈ナショナルジオグラフィック〉チャンネルだったかもしれない。

「目撃者によると、そのチンプは拳銃を携行しているそうです」と通信係は言った。

なんと——クリスは思った——それはさすがに〈アニマルプラネット〉でも見たことがない。「拳銃の種類は？」

「リヴォルヴァーです」

それならまだいい。グロックやシグ・ザウエルのような自動拳銃よりは。「で、そのチンプは今どこにいる？」

通信係はどうしてもマニュアルどおりの言い方しかできないようだった。「最後に目撃されたときには、被疑者はプラド通りを東に向かっていたとのことです」

それはよくない。バルボア・パークの中心部から西に延びるプラド通りは、まぎれもなくクリスが所属するセントラル署の管轄だ。対応しないわけにはいかない。おまけに暑い七月の夜ともなれば、大勢の観光客を含む大勢の人々が公園内をそぞろ歩きしている。警察本部長もサンディエゴ市長もたまったものではないだろう。〝アメリカ最高の都市〟を訪れた旅行者がチンパンジーに射殺され、CNNのトップニュースを飾るなどということになっては。

「対応中」そう言うと、クリスは公園内へパトカーを乗り入れた。

今、彼はほかの五人の警官のそばに立って眺めている。当のチンパンジーが人類博物館の外壁をよじ登るところを。やってくれるじゃないか——クリスは苦笑する——銃器と皮肉を持ち合わせたチンパンジーが今夜のお相手とは。

さらに悪いことにグロスコフが拡声器で叫んでいる。「武器を捨てて降りてきなさい！」グロスコフはクリスの愛すべき同僚だ。生真面目すぎるほど職務熱心な警官だ。が、決して頭が切れるほうではない。「フレッド？」

「なんだ？」グロスコフが拡声器をおろし、苛立《いらだ》った顔で振り返る。

クリスは言う。「あいつに英語は通じないと思う」

「じゃあ……何語ならいいんだ？」とグロスコフは訊き返す。「アフリカ語か？　確か犯罪対策課にソマリア人のやつがいたよな？」

「いや、何語でも無理だと思う。チンプ語とかじゃないと」とクリスは言う。サンディエゴ市警にチンパンジーはひとりもいないだろうと思いながら。ゴリラなら何人かいるかもしれないが、チンパンジーがいるとは思えない。

続いて短い議論が交わされ、魚類・狩猟動物局に連絡したらどうかという話になる。が、チンパンジーは魚類でも狩猟動物でもない。

ハリソンが消防署ならどうかと提案する。「木から降りられなくなった猫を助けたりするだろ？」

彼は消防署に電話する。状況を説明し、しばし耳を傾け、すぐに電話を切る。

「なんだって？」とクリスは尋ねる。

「とっとと失せやがれってさ」

「そんなこと言われたのか？」

「要約するとな」とハリソンは言う。「詳しくはこうだ。確かに木や建物から動物を救出するのは消防の仕事だが、それは通常の場合であって、当該の動物が銃器を所持している以上、警察の仕事になるんだと。そんなようなことを言ってた。あっちの笑い声がうるさくてよく聞き取れなかったが」

周囲には人だかりができている。

クリスはハリソンを見て言う。「野次馬をさがらせるべきだ。バリケードを張ったほうがいい」

「なんで？」とハリソン。

「あのチンプが引き金を引いたらどうする？」とクリスは逆に訊き返す。

「なんであいつがそんなことしなきゃならない？」

「チンプだから？」とクリスは言う。「とにかく野次馬を抑えろ。今すぐ」

群衆はすでにシュプレヒコールを始めている。「チンプを撃つな！　チンプを撃つな！」

「われわれはチンプを撃ったりはしない！」とクリスは声を張りあげる。が、自分でもあてにならないと思う。もしあいつが引き金を引こうとしたら……警察としては撃つしかないだろう。

サファリジャケット姿の女性がひとり、人混みを掻き分けてクリスのところへやってくる。

「キャロリン・ヴォイトです」と彼女は言う。「この動物園の霊長類部門の者です」

「あのチンプはどうやって銃を手に入れたんです？」とクリスは尋ねる。

「悪いのは全米ライフル協会《NRA》よ」とキャロリンは言う。きれいな女性だ。長身にブルーの眼。ブロンドの髪をポニーテールにまとめて、動物園の職員用の野球帽をかぶっている。

クリスは言う。「いや、真面目な話……」

「わたしにはわかりません」とキャロリンは答える。「チャンピオンがどうやって脱走したのかもわからないし」

「〝チャンプ・ザ・チンプ〟？」

キャロリンは肩をすくめる。名づけたのは自分ではないと言わんばかりに。

グロスコフがふたりの会話を聞きつけ、さっそく良好な関係を築こうとする。問題のチンパンジーと。「チャンピオン、武器を捨てて降りてきなさい！　お互い無駄な血を流すのはやめようじゃないか！」

これまたあてにならないとクリスは思う。チャンピオンは一台の防犯カメラに片手（前肢？）でぶら下がり、もう片方の手で拳銃を振りまわしている。いつ弾丸《たま》が飛び出すともかぎらない。

「麻酔銃は持ってきました？」とクリスはキャロリンに尋ねる。

「いいえ」

「そうやって捕獲するものじゃないんですか？　麻酔銃で撃って気絶させるんじゃないんですか？」

「たとえそれができたとしても」とキャロリンは言う。「落ちたら怪我をしますから」

「人質解放担当の連中を呼んだほうがいいかな？」とグロスコフがクリスに尋ねる。

「交渉させるのか？」

「ああ」

「チンプと？」とはいえ――クリスは思う――警察はこれまでさんざん交渉してきた。あそこにいるチャンピオンよりＩＱの低い連中と。それにひきかえ、チャンピオンは少なくとも檻から脱出するだけの知能を備えている。「何をエサに交渉するんだ？」

「バナナとか？」とグロスコフが言う。

「それは誤った決めつけです」とキャロリンが言う。「バナナ好きのチンパンジーというのは一種のステレオタイプです」

クリスの眼にはもうニュース記事の文句が浮かんでいる。「〝サンディエゴ市警《SDPD》、霊長類《プライメイツ》をプロファイリング。本部長は徹底調査を約束《プロミス》〟」

グロスコフが真剣な面持ちでキャロリンに尋ねる。「チャンピオンが脱走するに至った動機はなんだと思われますか？」

「性的な動機かもしれません」とキャロリンは言う。

「性的な動機」とグロスコフは繰り返す。

「つい最近、アリシアが彼の求愛行動を拒否したんです。彼はショックで荒れてしまって。それでふたりを隔離することになったんです」

ますますもっていいぞ――クリスは皮肉に思う――恋に破れ、欲求不満と憤懣《ふんまん》という問題を抱えたチンパンジーが銃を振りまわしているというわけだ。彼はキャロリンに尋ねる。「アリシアは接近禁止命令を申し立てたんですか？」

「なんですって？」と彼女は訊き返し、すぐに冗談だと気づいて続ける。「DVは笑いごとじゃないと思うけど」

「おれもそう思います」とクリスは言う。ヴィラ巡査部長が警察署からやってきて、この件をなんとかしてくれることを切実に願いながら。

「仮にですが」とグロスコフが提案する。「アリシアをここに連れてきたら、彼は降りてくる気になるかもしれない」

「つまりこういうことか？」とクリスは言う。「現場にチンプ二号を連れてくることによって、武装したチンプ一号があの外壁から降りてきて、嫌がる雌のチンプを大勢の市民や観光客の眼のまえでファックすることを期待したいと」

「そんなことを許すわけにはいかないわ」とキャロリンが言う。「とにかくアリシアは今、発情期《エストラス》ではないんです」

「それはどういう意味です？」とグロスコフが尋ねる。

「そういう気分じゃないってことだよ」とクリスは言う。どういう気分かは知らないが。

ディナーと映画ぐらいならいいのかもしれないが。あるいは〝チンパンジー向けポルノ〟とか。そんなものがあるのかどうか、訊いてみる勇気はないが。もしほんとうにそんなものがあったとして、知りたくもない知識で頭の中をいっぱいにしようとは思わない。

グロスコフが別の角度からの質問を試みる。「チャンピオンがテレビを見ることはありますか？」

「ないと思うけど」とキャロリンは答える。「どうして？」

「何かの番組を見て、銃の扱い方を覚えたんじゃないかと思って」とグロスコフは言う。

クリスが皮肉っぽいことを言いかけたとき、キャロリンが言う。「テレビなら夜間用施設《ナイトハウス》の守衛室に一台あります。チャンプはそれを見たのかも」

「それはプレミアムチャンネルが見られるやつですか？」とグロスコフが尋ねる。「〈HBO〉や〈シネマックス〉は暴力描写が過激な場合がありますからね。たとえばそう、チャンピオンが『ゲーム・オブ・スローンズ』を見ていたのだとしたら――」

「彼が持ってるのはリヴォルヴァーだ。ヴァリリア鋼の剣じゃない」とクリスは言う。「おれが言いたいのは、無用の流血が――」

そこへヴィラ巡査部長が到着する。車から降りた彼はしばらく現場を眺め、状況を把握してからクリスに命じる。「サルを撃て」

ハリソンが言う。「巡査部長、あれはですね、厳密にはサルではなく、チンパンジーでして――」

ヴィラは彼を睨んで黙らせる。

「ヴィラ巡査部長」クリスが紹介する。「こちらはサンディエゴ動物園のミス・キャロリン・ヴォイトです」

「どうか彼を撃たないでください」とキャロリンは言う。

「お嬢さん、やつは凶器を手にしてるんです」とヴィラは言う。「市民を危険にさらすわけにはいかない」

「あなたが麻酔銃を取りにいって、そのあいだにこっちで安全ネットを張るのはどうです？」とクリスは提案する。「チャンピオンが気を失ってネットに落ちれば、無事に一件落着だ」

「麻酔銃をここから撃っても届かないでしょう」とキャロリンは言う。

クリスは建物を見上げる。「おれが途中まで登りますよ」

ヴィラが彼の腕をつかみ、脇へ引っぱって言う。「頭がいかれたのか、シェイ？　たかがエテ公ごときのためにそこまでしようってのか？」

「ええ、まあ」

ヴィラはキャロリンのほうをちらりと見やってクリスに言う。「おまえの狙いがあのエテ公以外にあると思うのはなぜだろうな？」

「それは邪推《じゃすい》というものです、巡査部長」

ヴィラはキャロリンのところへ戻って言う。「十分以内に麻酔銃を取ってきてください。

そのあいだに安全ネットを設置させましょう。だが、もしあそこにいるチータが引き金に触ることがあれば――」

「チータ？」と彼女は訊き返す。

「ターザンの相棒ですよ。チンパンジーの」

キャロリンはやれやれとばかりに首を振る。

「とにかく十分以内に」とヴィラは言う。

キャロリンは麻酔銃を取りに離れる。

テレビ局のトラックが一台、現場に横づけされる。

「人生ってやつはどこまでおれをいたぶれば気がすむんだ？」ヴィラはそう嘆くと、うんざりした口調でクリスに命じる。「おまえが相手してこい」

「なんでおれなんです？」

「それはおれがあいつらを毛嫌いしてるからだよ」

レポーターがひとりトラックから降りて歩いてくる。うしろにいるカメラマンはロケットランチャーか何かのようにカメラを肩に担いでいる。クリスはレポーターに眼をとめる――深夜の報道番組で見た顔だ。

「ボブ・チェンバースです」とレポーターは言う。「なにやらチンパンジーが問題になっているようですね？」

クリスは人類博物館の建物を指し示す。片方の手でぶら下がったチャンプがもう一方の手を振りまわし、耳ざわりな金切り声をあげている。サル語で〝ファック・ユー！〟とでも叫んでいるのだろう。クリスはそう解釈する。「あれは銃ですか？」

「なんてこった」とチェンバースは言う。

「残念ながらそのようです」

「あなたのお名前は？」とチェンバースは尋ねる。

「シェイ。クリストファー・シェイ巡査です」

カメラマンが言う。「カメラまわってます」

「私は今、クリストファー・シェイ巡査とともにバルボア・パークの人類博物館の外に立っています。拳銃で武装したチンパンジーが建物の外壁をよじ登ったもようです。シェイ巡査、これはいったいどういう状況なんでしょうか？」

「あなたが今言ったとおりの状況です」とクリスは言う。

カメラが群衆に向かってパンし、チェンバースが言う。「こちらでは抗議の人々が集まり、繰り返し声をあげています。〝チンプを撃つな――〟」

「この人たちは抗議の人々とかじゃありませんよ」とクリスは言う。

「抗議の人々じゃない？　どういうことです？」

こいつらは夜にバルボア・パークをほっつき歩く以外になんの愉しみもない連中ですよ。クリスは内心そう思いながら言う。「この人たちはただ見物してるだけで、何かに抗議してるわけでもなんでもないってことです」

「チンパンジーを撃つなと言っていますよ」

「われわれも撃つつもりはありません。ただし――」

「ただし、なんですか？」

「相手が撃ってきた場合は別です」

「それはサンディエゴ市警の公式見解ですか？」

「武装した霊長類に関する公式見解なんてないでしょう」とクリスは言う。「そもそもこういう事態が起こりうるなんて――」

「それはつまり、なんの見解もないということですか？」

クリスは気づく。完全にしくじったことに。

そこへ声が聞こえてくる。「つまりこういうことです。航空支援が義務づけられるキングコング規制法の対象となるのは巨大サイズの類人猿のみですが、今回の対象はご覧のとおり、比較的標準サイズの類人猿であるため……」

カメラマンがくるりと話し手にカメラを向け、クリスはそこで気づく。〝ルー〟・ルーベスニックだ。ルーベスニック警部補――強盗課の伝説的刑事であり、クリスが密かに憧れてやまない英雄――はどうやら、夜にバルボア・パークをほっつき歩く以外に愉しみのない連中のひとりのようだ。おまけに派手なアロハシャツとだぶついたカーキパンツを身につけている。しかもあの足元は……やっぱりそうだ。

ルーベスニック警部補はクロックスを履いている。

オレンジ色のクロックスを。

白い靴下の上に。

そんなルーベスニックが言う。「もういいだろう、ボブ。こいつのことは勘弁してやれ」

「ルー、あなたの見解を聞かせてもらえますか?」

「いいとも」ルーベスニックはカメラに向かって言う。「ボブ、われわれ警察の方針は常にサンディエゴ市民およびアメリカ最高の都市を訪れる旅行者の安全を旨とし、いかなる状況にも必要最小限の武力でもって対処することだ」

「あのチンパンジーはどうやって銃を手に入れたんでしょう?」

「その件については目下捜査中であり、今はまだ私の口から具体的に話すことはできない。現時点ではこう述べるにとどめておこう——われわれは現在、可能なかぎりの手を尽くしており、しかるべき時間を経て、必ずや当該の質問にお答えできるであろうと」

「ご協力に感謝します、警部補」

「お安いご用だ」

チェンバースとカメラマンはよりよい角度からチャンピオンを撮ろうと移動する。チャンピオンは相変わらず建物の外壁にぶら下がり、呪詛《じゅそ》のことばを吐き散らしている。

ルーベスニックがクリスのまえにやってきて言う。「マスコミを相手にするときのコツを教えてやろう。たわごとにたわごとを塗り重ね、最後にちょっとばかりたわごとをトッピングして締めくくる。そういうことだ。名前は?」

「シェイ、今後のマスコミ対応は上司の巡査部長に一任するように。いいな？」

「シェイです」

群衆の歓声の中、チャンピオンが身を躍らせ、建物の外壁からヤシの木に飛び移る。

銃を取り落とすことなく。

クリスは舌を巻く。

「ちょっと失礼……」そう断わりを入れると、木の根元に歩み寄り、上を見上げて〝登攀《とうはん》ルート〟を吟味する。毎週土曜日の午前中はボルダリングジムで模造岩のついた人工壁を登っているので自信はある。

少なくとも、建物の外壁を登るよりはましだ。きっとなんとかなるだろう。

いや、ならないかもしれない。

特殊部隊《SWAT》が到着する。

装甲車から隊員が続々と出てくる。黒ずくめの装備に防弾ヴェストと戦闘ヘルメットで身を固めた指揮官が、近隣の建物にスナイパーを送り込みはじめる。

滑稽《こっけい》な笑劇が一転して悲喜劇の様相を呈しはじめる。

SWAT指揮官はいたって真剣な面持ちでヴィラ巡査部長とことばを交わしている。が、当のヴィラは真剣そうには見えない。

ただただうんざりして見える。

そうこうするうちにさらなる人数の制服警官が投入され、群衆をバリケードのうしろへさがらせはじめる。すばらしい――とクリスは思う――これでショックと恐怖におののく一般市民を少しばかり遠ざけられるわけだ。チャンピオンが自動小銃と高性能スナイパーライフルによる一斉射撃を浴びて粉々に吹き飛ばされる瞬間から。

　夜十一時の番組。

「これから流れる映像には刺激の強い内容が含まれますのでご注意ください。もし画面をご覧のあなたがこの時間になっても子供を寝かしつけていないクソ親である場合、お子さんをテレビのまえから移動させたほうがいいかもしれません。ＳＷＡＴチームがおさるのジョージを粉々に吹っ飛ばすあいだだけでも」

　クリスはヴィラに歩み寄る。「あの木に登らせてください」

「残念ながらそのタイミングは逸した」とＳＷＡＴ指揮官が言う。

　クリスはヴィラに尋ねる。「巡査部長、ほんとうにこの連中にあの生きものを撃たせたいんですか？　これだけ大勢の人々とマスコミのまえで？」

「絶対に落ちるなよ」とヴィラは言う。

　キャロリンが完璧なタイミングで麻酔銃を手に戻ってくる――正確には〝遠隔接種用注射筒〟と呼ばれるものだが、見た目は短機関銃ＭＡＣ－10に近い。片手で撃てることがわかって、クリスは内心ほっとする。

動物園のスタッフが数人がかりで木の下に安全ネットを設置しはじめる。

「あの木に登ったらカメラに映り込むんじゃないか？」とSWAT指揮官が言う。

それこそが狙いなんだよ、とクリスは思う。が、そんなことはむろん、おくびにも出さない。本気で制服警官からのキャリアアップをめざしているからだ。憧れの強盗課に採用され、そこで刑事になるのがクリスの夢だ。

今はまだ警邏《けいら》巡査にすぎなくても、クリスは警察官の仕事そのものが気に入っている。誰かの役に立てるのは実に気持ちがいい。体を張って動きまわり、毎晩のように変わった経験ができるのもいい。

今回ほど変わった経験はそうそうないが。

「万一彼がカメラに映り込んで、あの獣に殺されたとしても」とSWAT指揮官が言う。「私の責任ではない」

「やっぱりわたしが行きます」とキャロリンが言う。「わたしの責任ですから」

「おれに任せてください」クリスは遠隔接種用注射筒を背中にぶら下げると、歩いて木の根元に戻り、幹をよじ登りはじめる。

群衆から拍手が湧き起こる。

クリスは両脚を幹に巻きつけ、両手で体を引っぱり上げる。幹はほとんど垂直と言ってよく、いつ手がすべってもおかしくない。それでも今さらあとには引けない。テレビカメラがまわる中、群衆からは〝がんばれ、お巡り！〟コールがあがっている。もはやクリスの運命はふたつにひとつだ。栄光か、転落か。

ふと顔を上げると、チャンピオンがじっと彼を見下ろしている。いかにも心配そうな表情で――クリスはあえてそう解釈する。

もしかしたら侮蔑の表情かもしれないが、どうせ想像するなら心配されていると思いたい。

遠隔接種用注射筒の射程内と見当をつけたあたりまで登ると、クリスは注射筒を肩からおろし、深呼吸してから、チャンピオンの左肩に狙いを定める。次の瞬間、チンパンジーがテレビを見ていたことが明らかになる。数多《あまた》の刑事ドラマの犯人が演じてきた、お約束のシーンが再現される。

チャンピオンが銃を落とす。

十フィート下に。

クリスの顔面に。

顔を直撃されたクリスは手をすべらせ、真っ逆さまに落ちる。

安全ネットの上に。

一斉にブーイングが起こる。

そしてまた喝采。クリスの落下に続いて、チャンピオンが安全ネットに飛び降りたのだ――目撃者の話によると、もろ手を上げて。

朦朧《もうろう》としたクリスの眼にヴィラの顔が映る。

しかめ面で見下ろしている顔が。

「どっちのことばが理解できなかったんだ？」とヴィラは尋ねる。「〝絶対に〟か〝落ちるなよ〟か？」

救急救命室《ER》の看護師は、疑いながらも面白がっている顔で言う。「チンパンジーが拳銃をあなたの顔に落とした？」

「そうです」

「あなたが木に登ってるときに？」

「そのとおり」

「それ、ユーチューブですごいことになりそう」

ならないといいけど。クリスはそう願う。

願い虚《むな》しく――その時点ですでに二十を超えるヴァージョンがバズっている。『ウェルカム・トゥ・ザ・ジャングル』などのBGM付きのものを含めて。

「鼻、折れてます？」とクリスは尋ねる。

「あいにくね」

「脳震盪《のうしんとう》は？」

「それはわからないけど」

「鼻、折れてます？」

「鼻が折れてて、脳震盪も起こしてる」と看護師は言う。「誰か家に送ってくれる人はいる？」

「ここにはどうやって？」

「救急車で運ばれてきたのよ」

「帰りも運んではくれないんですか？」

「お望みなら、救急車がわりの〈ウーバー〉を呼んであげてもいいけど」と彼女は言う。

「あっちで心配そうな顔をして立ってるサファリスーツの可愛い子ちゃんは誰なの？」

「名前が思い出せなくて」

「自分の名前すら忘れてるものね」看護師はそう言うと、キャロリンに眼をやって尋ねる。

「この人を家まで送ってあげられる？」

「それくらいのことでよければ」

「それくらいのことでいいのよ。まちがっても、ありったけのことをしてあげようなんて思っちゃ駄目。この人は安静にしてなきゃいけないんだから」

「検査はしなくていいんですか？」とキャロリンは尋ねる。「その、脳に損傷がないかとか」

「この人は警察官よ」と看護師は言う。「その時点でもう脳が損傷しちゃってるの。もし途中で気を失ったり、噴出性嘔吐《おうと》が始まったり、自分をジェイ・Zだと思い込んだりするようなことがあったら、すぐ911に電話して。特に何も問題がなければ、解熱鎮痛剤《タイレノール》と氷嚢《ひょうのう》で様子を見て、しばらく休ませてあげて。もしあなたが見かけより賢いなら、そのあとまんまと逃げ出せばいいわ」

「その言い方、ちょっと失礼すぎませんか?」とキャロリンは言う。

「あらそう?」と看護師は言う。「あなたは動物園の飼育員か何かでしょ?」

「霊長類の面倒をみています」

「だったらお巡りさんとつきあうにはいいかもね。この人たちのほとんどが進化のレヴェルが普通の人間より半歩遅れてるから。わたしも元旦那を含めて何人かとつきあったけど、今思えばどうかしてたとしか思えない」

「鼻、折れてます?」とクリスが横から尋ねる。

クリスが住む寝室がひとつのアパートメントはノースパーク地区の大学通りの北側、カンザス通りのはずれの住宅街にある。昨今のサンディエゴの家賃がバイアグラ効果よろしく跳ね上がっていることを思えば、ここに住めるのは僥倖《ぎょうこう》以外の何物でもない。ひと昔まえは貧民街のようだったこの界隈が再開発され、すっかり瀟洒《しょうしゃ》な街並みに変貌していることを思えばなおさら。

サンディエゴ市警の職員の多くは市内に住むことなどとうてい叶わず、片道一時間半かけて北の市《まち》から通勤している。エスコンディードやテメキュラ、ひどい場合にはリヴァーサイドから。

警察官というのは概して自分のパトロール区域のそばには住みたがらないものだが、クリスはノースパークでの暮らしが気に入っている。ここには気軽にコーヒーを飲める店や気の合う仲間とブランチを愉しめるレストラン、ビールを一杯ひっかけられる洒落たバーが何軒もある。それでいて観光地ずれしておらず、近所としての親しみやすさがある。民泊サイト〈エアビーアンドビー〉で部屋を貸し出す人々が年々増えているにもかかわらず。隣近所の住人のほとんどは──同じ建物の住人はもちろん──クリスが警官であることを知っている。そして、彼らの大半がその事実を気に入っている。自分では認めなくても。すぐ近くに警官がいれば何かあったときに安心だからだろう。実際、クリスは始終近所の家に呼ばれている。家庭内の揉めごとや不法侵入が起きたときに。

クリスはいいやつだというのが彼らの共通認識だ。

その認識は正しい。

キャロリンもまた同じ認識を抱きはじめる。クリスに付き添って玄関から中にはいり、こぢんまりとした居間のソファまで歩きながら。

クリスにはすでに好感を抱いている──当然だ──彼はチャンプを処刑から救ったのだ。一旦彼をソファに坐らせ、氷嚢をつくりに狭い調理室《ギャレー》のようなキッチンに足を踏み入れると、好感度はさらにアップする。

まず壁に額入り写真が掛かっている。

クリスと両親の写真。

クリスの姉と思われる女性と、その娘たちと思われる幼い女の子ふたりと一緒に写った写真。姪《めい》っ子たちはあどけない表情で彼を見上げている。

満面の笑みを浮かべたクリスが、車椅子に坐った年配の女性の上にかがみ込んでいる写真。彼の祖母だろうとキャロリンは見当をつける。

つまり、クリスは家族思いだということだ。

それだけではない。クリスが知的障害者のスポーツ大会《スペシャルオリンピックス》で審判員を務めたときの感謝状。サンディエゴ名物のビーチソフトボール大会で車椅子に乗ったクリス自身の写真。どこかの戸外のテーブルで、クリスが大勢の仲間（全員が見るからに健全で幸せそうで、たった今クロスフィットジムから出てきたばかりのように、むかつくほど元気溌剌《はつらつ》としている）と腕を組んでいる写真。クリスの隣りに写っている女性は眼を瞠《みは》るような美人だ。キャロリンはかすかな胸のうずきを覚える。認めたくはないが、これは嫉妬だ。

先走りすぎよ。彼女は自分にそう言い聞かせる。

クリス・シェイはありえないほどの超優良物件だ。

これで独身ということはよほど重大な欠陥があるにちがいない。

実は相当な遊び人であるとか（この見た目ならその可能性は充分だ）、実は離婚していて子供が二、三人いるとか、実は隠れゲイであるとか、実はコカイン常用者のストリッパーに、叶わぬ恋をしているとか。

キッチンはきれいに片づいている。シンクにも水切りかごにも汚れた皿は見あたらず、使いっぱなしの鍋やフライパンがコンロの上に放置されていることもない。

氷を取るだけならその必要はないが、キャロリンは冷蔵庫も開けてみる。が、そこにも手がかりになりそうなものはない。牛乳のカートン、モデロビールの六缶パック、残りものらしき料理を詰めたタッパー（これも開けてみる）――ほら、やっぱり。スパゲッティ・ボロネーゼだ。

つまり、この人は料理もするってこと？

冷凍庫を開けてみても、クリス・シェイの隠された闇の部分、不気味な暗い魂の証拠となるような発見は何もなかった(何が見つかると思ったの？　人体の一部とか？)。〈スタウファー〉の冷凍食品、〈ベン&ジェリーズ〉のチェリーガルシア・アイスクリーム、さらなるタッパーの数々――信じられない、中身がわかるようにマスキングテープでラベルが貼られている――〝ツナ・キャセロール〟、〝マリナラソース〟、〝チリ〟。

ということは、ふたつにひとつだ。クリスの母親が息子のために食事をつくって持ってきているか――もしそうなら危険信号だ――あるいは彼が自分で夕食をつくって冷凍しているか。ラベルまで貼って――それを言うなら、マスキングテープに書かれた字はいかにも男が手書きしたように見える。

キャロリンは自分の家の冷凍庫を思い出して少し恥ずかしくなる。あの中にはいっているものと言えば……

氷のみ。

そう、氷を用意しなければ。キャロリンは布巾を見つけて製氷機の下にあてがい、彼の鼻を冷やすのに適度な量の氷を包んで氷嚢をつくる。それを持って居間に戻ると、クリスの隣りに坐り、氷嚢をそっと顔にのせて尋ねる。

「痛い？」

「痛い」

「タイレノールはある？」

「なかったと思う」とクリスは言う。「頭痛になることはめったにないから」

そりゃそうでしょうね、とキャロリンは心の中でつぶやく。この完全無欠男が段々嫌味に思えてくる。「ちょっとバスルームを見せてもらってもいい？」

「どうぞ見ちゃってください」

彼女は見にいく。

バスルームにも有罪を示す証拠はない。

それどころか、一見して清潔で（キャロリンが過去につきあった男たちのバスルームは、ま、清潔ではなかった）、一点だけ掲げられたアートは〈ヴィクトリアズ・シークレット〉の下着モデルなどではなく、クラシックなマスタングのポスターで、便座の脇にはトイレブラシの容器が置かれている。

キャロリンはもうほとんど確信している――この男はゲイだ。

洗面台の鏡の裏にある薬棚の中身も無害そのものだ。バイコディンやオキシコドンといったオピオイド系鎮痛剤もなければ、性感染症《S T D》に最近かかったことを示唆する抗生物質の内服薬もない（ＳＴＤじゃなくて鼻炎かもしれないでしょうが。落ち着きなさいってば！）。堆《うずたか》く積まれたコンドームの山もない。

それを言うなら、おめあてのタイレノールもない。

アスピリンすらない。

あるのは歯磨き粉のチューブ（オプティック・ホワイト）、デオドラント、ビタミン剤のボトルがいくつか――キャロリンはそれも開けてみる。ほんとうに中身がビタミン剤かどうか確めるために。

ビタミン剤だ。

キャロリンは居間に引き返す。

「やっぱりタイレノールはないみたい」と彼女は言う。「待って、わたしのバッグにはいってるかも」

バッグの中を手で探り、底の皺のあいだに埋もれた一粒を見つける。くしゃくしゃのティッシュと、もはや原形をとどめていないクラッカーか何かの下に。それを袖で拭き、クリスに手渡して言う。「これを飲んで。依存性はないはずよ」

「きみはお医者《ドクター》さん？」

「一応、ドクターではあるわ」とキャロリンは言う。

「医学博士じゃないけど、動物学の博士号を持ってるから」

クリスは錠剤を飲み、眼を閉じる。

「テレビでも見る？」とキャロリンは尋ねる。

「テレビはあんまり見ないんだ」とクリスは言う。

でしょうね——彼女は心の中でつぶやき、リモコンに手を伸ばす。

キャロリンはテレビをよく見る。

低俗な恋愛婚活リアリティ番組を。

中でも『ザ・バチェラー』、『ザ・バチェロレッテ』、『バチェラー・イン・パラダイス』(とにかくバチェラーものならなんでも)、『マリード・アット・ファースト・サイト』、『90デイ・フィアンセ』、そしてフィーチャーされる地域によっては『リアル・ハウスワイヴズ』シリーズも。そういう番組ばかり見る理由は自分でもわかっている。仕事以外の人生がからっぽだからだ。なおかつ他人の恋愛事情をのぞき見するほうが、自分の恋愛について思い悩むよりはるかに楽だからだ。

自分の恋愛の欠如について、と言うべきか。

このところずっとひとりだ。ジョンと別れて以来。

ジョンに浮気されて以来。

いわゆる〝縁がなかった〟というやつだ。

あの思い上がった男。やたらと自転車で移動し、豆乳ラテを飲み、小皿料理を食べ、Johnという自分の名前をh抜きで綴《つづ》る、陰険なクソ馬鹿男。カリフォルニア大学サンディエゴ校《UCSD》で終身在職権のある、比較文学の教授。彼こそはお似合いの相手だったはずなのに。教養あるインテリで、ワインにも精通していて、きみとの将来を真剣に考えていると言いながら、その裏で女性の院生を相手に、文学を比較する以上のことをしていた。しかもそれを横柄な口調で正当化してのけたのだ。少なくとも彼女は学部生じゃないんだから、と。

相手が学部生なら、それはさすがに倫理にもとる行為だけど、と。

とにかく、キャロリンの心は打ち砕かれた。いまだにその事実を情けなく思う——傷つく価値もない（なかった）男なのに。

結局、わたしにお似合いの相手は、自分がヒップでクールだと勘ちがいしている思い上がったアカデミック野郎じゃないのかもしれない。彼女はリモコンで〈ディレクTV〉の番組表をスクロールしながら思う。ひょっとしたら——あの救急救命室の看護師はあんなことを言ってたけど——ほんとうにお似合いなのは、全乳を愛飲する、ボルダリングが大好きな、潔癖症でお祖母ちゃんっ子の警官なのかもしれない。

そんなふうに思うと、なんてキュートな馴《な》れ初《そ》めエピソードなんだろう。孫たちに語って聞かせるにはもってこいだ。

ちょっとちょっと——彼女は自分に言い聞かせる——落ち着きなさいってば。

この人とは会ったばかりだっていうのに。

番組表に意識を戻す。ちょうど『全米警察24時 コップス』をやっている。

クリスはベッドで眼を覚ます。

起き上がると顔がずきずきする。足を引きずりながらバスルームに行って、鏡を見る。両眼が腫れて、眼のまわりに痣《あざ》ができ、鼻の骨が少々平たくなったように見える。シャワーの下に立って、ほとばしる熱い湯に打たれる。タオルで体を拭き、スウェットシャツとジーンズを身につけてからキッチンにはいる。手書きのメモが一枚、フレンチプレスのコーヒーポットに立て掛けてある――

ベッドで寝てもらいました。具合がよくなっていますように。チャンピオンを救ってくれてありがとう。

感謝をこめて
キャロリン・ヴォイト

PS――お礼にランチをご馳走させてくれる? 619-555-1212

ふむ。

クリスはコーヒーをいれ、ノートパソコンを立ち上げる。

立ち上げたことを後悔するが、もう遅い。

見事に〈サンディエゴ・ユニオン・トリビューン〉のトップニュースを飾ってしまっている——〝拳銃使いのチンプ捕獲試み、警官負傷〟。

木から落ちる彼の写真も載っている。

すばらしい。クリスは心の中で自嘲する。

続いてツイッターを開き、すぐに悟る。ツイッターとはもはやおれのことだと。チャンピオンと彼がインターネットを席捲《せっけん》している。

コーヒーを持って居間に行き、テレビのチャンネルをローカルニュースに合わせる。人類博物館のまえに立った美人レポーターが昨夜の出来事を説明している。続いて映像が切り替わる。チャンピオンが群衆に向かって拳銃を振りまわしている。やがてＳＷＡＴが到着し、クリスが木によじ登り……

……落下する。

クリスはテレビを消す。「ユーチューブは大盛り上がりです」というレポーターの声を聞きながら。

署に電話を入れると、今回の件で七十二時間の傷病休暇が義務づけられていると教えられる。ということは——クリスは思う——これでキャロリン・ヴォイトの申し出に応じるための時間は充分できる。

彼女はほんとうにおれに感謝を伝えたいだけなのか（そもそも感謝されるようなことは何もしていないわけだが。おれはただ木から落ちただけで、チャンプは自分から投降したようなものなんだから）、それともこれはデートの誘いというやつなのか？

どっちにしても、おれは乗り気なのか？

彼女はものすごく親切で、ものすごくきれいだ。そして明らかに、ものすごく頭がいい（博士号を持ってるって言ってた、だろ？）。でも、たぶん頭がよすぎて、刑事司法の学士号を持っているだけの警官には惹《ひ》かれないだろう。

考えてみろ——動物園職員と警察官のどこに共通点がある？

山ほどある。実際、考えてみれば。

クリスは彼女に電話しようと決める。鼻を整形したばかりのアライグマみたいな顔がもう少しましになったら。

一方、あの件についてどうしても頭から離れないことがある。最大の疑問は——

あのチンパンジーはどこからリヴォルヴァーを手に入れたのか？

可能性はいくらでもある。そのすべてがネット上で徹底的に取り上げられ、議論されている。

陰謀論を支持する識者もいる。動物愛護運動家が類人猿ゾーンに拳銃を投げ込んだという説だ。霊長類解放戦線の結成ってか？　そんなわけはないとクリスは思う。

単なるいかれ頭の仕業だと主張する者もいる。ただの悪ふざけだと言い張る者も――チンパンジーに拳銃を与えたらどうなるか見てみたかっただけだろうと。当然、話は政治的になってくる。近頃はなんでもそうだ。右翼のいかれた連中は、この事件をヒラリー・クリントンと結びつけて主張する。これは銃規制についての彼女なりの意思表示であると同時に、三万三千通のメールが紛失した問題から国民の眼を逸らすために仕組まれたのだと。片や左翼のいかれた連中は、この事件を全米ライフル協会《NRA》の仕業だと主張する。これは銃規制についての彼らの意思表示であると同時に、国民の眼をドナルド・トランプから逸らすために仕組まれたのだと。

トランプの、まあ、いわばあらゆる問題から。

クリスはそのどれひとつとして信じていない。

ほんとうはもっとありふれた事情があるはずだ。それを突き止められるかどうかの問題だ。

それにしても、とクリスは首を傾げる。動物園にリヴォルヴァーを捨てる？　そいつはいったいどんな救いがたい馬鹿なのか？

ホリス・バンバーガーは興奮している。

携帯電話でツイッターを見て、ついにバズったことを確信する。ツイッター、ユーチューブ、フェイスブック、どこを見ても――リヴォルヴァーを持ったチンパンジーがいる。

これはただのリヴォルヴァーじゃない、とホリスは思う。

おれのリヴォルヴァーだ。

生まれてこの方二十三年間、ホリス・バンバーガーは特別な存在になりたいと願ってきた。家での彼は特別でもなんでもなかった。メタンフェタミン《メス》依存症の母親と、ほとんど家に寄りつかない三人の異なる父親とのあいだに生まれた、六人の子供のうちのひとりにすぎなかった。小学校でも中学校でも高校でも特別な存在ではなかった。高校には三度目の留年が決まってから行かなくなった。不登校の末、不法侵入のかどで送り込まれたイースト・メサ少年拘置所、またの名を〝バードランド〟——居住者ではなく、地名に因《ちな》んでそう呼ばれている——でも特別な存在ではなかった。十八のとき、酒屋に強盗にはいって送り込まれたチノの刑務所でも、やはり特別な存在ではなかった。

仮にそれらの施設でホリス・バンバーガーのことを尋ねたなら、おそらくぽかんとした表情を返されるだけだろう。それから保管されている記録を調べれば、彼が小柄で痩せっぽちの白人少年だったことがわかるだろう。唯一彼に成長らしきものが見られるとすれば、当初は腕にだけはいっていた粗悪なタトゥーが次第に範囲を広げ、今では首まで到達していることくらいだろう。

ぶっちゃけ、ホリスの家族に彼のことを尋ねたところで、同じようなぽかんとした表情が返ってくるだけだろう。

これについては以前、彼の妹のラヴォンが声に出して言ったことがある。保護観察官に向かって。

「ホリーにはこれと言った特徴も取り柄も何もないの」彼女はそう言うと、少し考えてからこうつけ加えた。「ものすごく頭が悪いってこと以外は」

悲しいことではあるが、事実だ。

ホリスに人よりめだつ瞬間があったとすれば、普通に考えてありえないようなへまをやらかしたときだけだ。あまりにひどかったので、クラーク中学校では以後、とんでもない愚行のことを〝バンバーガー〟と呼ぶようになった。

トイレットペーパーを流しすぎてトイレが逆流した？

バンバーガーだ。

インターネットから拝借したレポートをうっかりウィキペディアの見出しがついたまま提出した？

バンバーガーだ。

教師の車に忍び込んで、そのまま車内で寝てしまった？

バンバーガーだ。

しかし、その不名誉な名声すらも高校にはいる頃には消え失せ、ホリスに残ったものといえば……

何もなかった。

それが今……

今ようやく、ホリスは特別な存在になった。〝拳銃使いのチャンプ・ザ・チンプ〟の生みの親として。

動画は今この瞬間にも世界じゅうで再生されている。

なんと──ホリスは思う──アフリカや中国やヨーロッパやフランスの人たちがおれの作品を見ているのだ。あのチンパンジーを見て笑い、お巡りが安全ネットに落ちるさまを見て大喜びしているのだ。まったく、あれは最高だった。あのサルがお巡りをコケにしたのは。

ホリスはお巡りが大嫌いだ。

お巡り以上に嫌いなものは矯正官だけだ。矯正官なんてのはみんなクソみたいにアホなやつばっかりだ。野蛮で馬鹿だから警察官にすらなれないやつらだ。ただ、今のホリスは喜びに舞い上がっていて憎んでいる暇はない。インターネットで名声を得たという輝かしい思いが白熱するあまり、あらゆる闇が押し流されてしまっている。

ホリスは携帯電話を掲げてリーに見せる。「おい、見てみろよ、これ！」

リー・キャズウェル──ホリスを上まわること二十歳と六インチ、三十ポンドと前科二犯──は動画をざっと見ると、無言で携帯電話を突き返す。

「おれは有名人だ」とホリスは言う。

「有名人はおまえじゃない」とリーは言う。「あのサルだ」

「そりゃそうだけど、あのサルを仕立てたのはこのおれだ」

「だとしても、そんなことを他人にばらすわけにはいかないだろうが」

急所に蹴りを食らったかのような衝撃。

そんなことは考えてもみなかった。

ホリスは絶望のどん底に突き落とされる。二十三年間生きてきて、やっと特別な何かを成し遂げたのに、それを誰にも言えないなんて。全世界がおれの功績に注目しているのに、それがホリス・バンバーガーのおかげだと認められることは永久にないなんて。

彼は打ちのめされる。有頂天になっていた自分が馬鹿みたいだ。

「しかもおまえはあの銃をなくした」とリーが言う。

「あんたが始末するように言ったんじゃないか」とホリスは言い返す。すでにいかにも情けない口調になっている。

「あんな始末のしかたがあるか！」とリーは怒鳴る。彼はホリスに怒鳴ってばかりいる。それこそチノの刑務所でホリスと同房になった瞬間からずっと。今また彼は怒鳴りはじめる。「この状況が笑えるとでも思ってるのか⁉　第一に、おれたちは銃をなくした！　第二に、おまえはお巡りに恥をかかせた！　お巡りどもがこの手のことを忘れると思うのか⁉」

リーは経験から知っている。お巡りに嘘をついても、それは相手も承知の上だ。お巡り相手に喧嘩をしても、それを根に持たれることはない。が、お巡りに恥をかかせたら？　死ぬまで憎まれることになる。

「銃は押収された」とリーは言う。「出どころを追跡される」

「追跡したっておれたちが持ってたことはわからないよ」

「持ってたのはおまえだろうが」

それはそのとおりだ、とホリスは思う。あの銃を買ったのはおれなんだから。今おれたちが泊まっているクソみたいなモーテルからさほど離れていない三十二丁目通り沿いの空き地で、メキシコ人から銃を買ったのはおれなんだから。

あのときモンタルボは言っていた。犯罪に使われたことのない、クリーンな銃だから問題ないと。

「もし警察が銃を追跡して、そのメキシコ人にたどり着いたら?」とリーは尋ねる。「でもって、そのメキシコ人がおまえを売ったら?」

「ちゃんとバレない名前を使ったから」とホリスは言う。

「ほう? ちゃんとバレない恰好もしたのか?」

ホリスはそこまで考えていなかった。

「首のタトゥーは隠したのか?」とリーが追い討ちをかける。

HOLLISと名前を縦に入れたタトゥーのことだ。ほんとうはBAMBURGERと苗字のほうを入れたかったのだが、ホリスの首はそこまで長くなかった。

「やつらのデータベースに何人のホリスが登録されてると思う?」とリーは尋ねる。

「そんなに多くはないと思う」とホリスは言う。

残念ながら。

「今度新しい銃を調達するときは」とリーが言う。「そのクソいまいましい首を隠して行くんだな」

「なんでおれが行かなきゃならないんだよ?」とホリスは抗議する――やはりいかにも情けない口調で――が、すぐにカメのように首をすくめる。リーがみるみる顔を真っ赤にして怒りだしたのだ。

「なんでもクソもあるか、おまえが捨てたんだろうが。おれたちの銃を!」とリーはわめく。「銃も持たずにチンポコだけ引っ下げて店を襲えるか、ええ? 言っとくが、おまえの粗チンじゃ無理だ」

そこまで言わなくたっていいのに、とホリスは思う。

もうすっかりみじめな気分だ。

栄光の瞬間になるはずだったのに。この上なく特別な瞬間に。それが一転してこのざまだ。まさに……

……バンバーガーだ。

職場復帰したクリスに対する周囲の反応はおおむね予想どおりだ。

容赦がない。

誰も彼もが「おかえり、モンキーマン!」「よう、ドンキーコング!」といった挨拶で彼を迎え、男連中はウホウホと鳴き真似をしながら脇の下を掻いてみせる。その日だけでいったい何人に同じことを言われただろう――シフト中に〝時間を無駄に《モンキー・アラウンド》〟するなよ、と。エレーラが携帯電話の画面を掲げて見せてくる。クリスが木から落ちる動画にこんなテロップが付いている――〝この動画の撮影中に怪我をしたチンパンジーはいません〟。

クリスのロッカーはバナナの房で飾り付けされている。

ロッカーを開けると、大量の品々が出てくる。ジェーン・グドールの『わが友、野生チンパンジー』のペーパーバック本、『猿の惑星』のDVD、『キングコング』のポスター、マイケル・ジャクソンとバブルスくんの写真、何種類ものサルのマスク、ハンガーにかかったゴリラの着ぐるみ、そして〝グレープソーダ〟の頭のGとRが消されて〝類人猿《エイプ》ソーダ〟になった缶。

ロッカーに貼りつけられたテープに彼の名前が書いてある――〈クリス・〝ココナッツ〟・シェイ〉。

「なんでココナッツ?」とクリスは尋ねる。

「なんでって」とハリソンが言う。「ココナッツはヤシの木から落ちるだろ?」

クリスはブラウン警部補に呼び出される。「きみはもう有名人だ。セレブ警官だ」

「おれは自分の仕事をしたいだけです」とクリスは言う。

「〈ザ・トゥナイト・ショー〉から出演のオファーがあった。チャンピオンと一緒に出てくれとのことだ。広報課はぜひきみに出てもらいたがっている」

「私が却下した」とブラウンは言う。「きみはすでに世間の笑いものだ。サルを捕まえようとして木から落っこちたお巡り。ソーシャルメディアの一大トレンドだ」

クリスは胸がむかむかしてくる。

「その上、きみは警察内部に敵をつくった」

「敵？」とクリスは訊き返す。ますます胸がむかついてくる。「誰のことです？　どういうことですか？」

「ＳＷＡＴの連中だ。彼らはきみに面目をつぶされたと思っている」

それはお門ちがいもいいところだとクリスは思うが、さすがに口に出したりはしない。とにかく一刻も早く警部補のオフィスから出たい。キャリアが絶たれたことをこれ以上のことばで思い知らされるまえに。

「体調はどうだ？　もう仕事に戻れるのか？」とブラウンが尋ねる。

「もちろんです」

「おれは嫌です」

「よし、もう行け」とブラウンは言う。「最後にひとつ言っておく。〈シーワールド〉からシャチが逃げ出しても、絶対水に近づくんじゃないぞ。いいな？」

いいです、とクリスは胸につぶやく。

オフィスをあとにしながら、いまだかつてないほど落ち込む。これでもう強盗課に昇進できる見込みはなくなった。

ルー・ルーベスニックが世間の笑いものを部下にしようと思うわけがない。

クリスは装備を身につける。

大量の装備を。

まずはソフトボディアーマー。防弾ヴェストとも呼ばれ（防弾などというものは存在しない——抗弾と呼ぶほうが正確だとクリスは思う）、前面と側面にパネルがついている。軽さと動きやすさを優先し、背面パネルはつけていない。次に懐中電灯、唐辛子スプレー（催涙ガスのようなものだ）、ＰＲ-24取っ手付き警棒、手錠、そして無線機。

九ミリ口径のグロックを差したヒップホルスターと予備の弾薬。

それから胸の左ポケットにつける警察官のバッジと、右ポケットにつけるゴールドに黒字の識別章。

セントラル署のパトロール管轄地区は以下のとおり——バルボア・パーク、バリオローガン、コア＝コロンビア、コルテス、イーストヴィレッジ、ガスランプ、ゴールデンヒル、グラントヒル、ハーバーヴュー、ホートンプラザ、リトルイタリー、ローガンハイツ、マリーナ、パークウエスト、ペトコ・パーク、シャーマンハイツ、サウスパーク、ストックトン。

これはつまり、サンディエゴで何か事件が起きる場合——それが暴力沙汰であれ、痴情のもつれであれ、ギャングがらみであれ、突発的な事件であれ、ただの変わった出来事であれ――十中八九それはセントラル署の管轄内で起きることを意味する。

だからクリスはこの仕事が好きなのだ。

その夜、公園の西側を南北に通る五番街を巡回中、妙なものを眼にする。

身長五フィート三インチもなさそうに思われる白人の小男が、金ラメの局部用サポーターと犬の首輪だけを身につけ、泣きながら、首輪をひもにつながれた状態で歩道を歩かされている。ひもを握っているのは身の丈六フィート五インチもあるだろうか、NFLのラインバッカーのようにマッチョな黒人の男で、スーパーマンのコスチュームを着てマントまでつけている。

それだけならなんの問題もなく見逃していただろう。スーパーマンが白人男を猫鞭で打っていなければ。クリスは車を停めて外に出ると、ふたりに向かって立ち止まるよう手で合図する。

「なんだこれは、ゲイのコミコンか？」とクリスは鞭打たれているほうに尋ねる。

「こいつが……おれのアパートに来て」と男は泣きながら言う。「おれに……このサポーターと……首輪だけつけさせて……通りを散歩させるんだ。おれを鞭で叩きながら」

「なんで助けを呼ばなかった？」

「だって……」男はそこで何度かしゃくりあげ、大きく鼻をすすってから言う。「おれも……愉しんでる……から」

黒人男が言う。「こいつはおれの奴隷だ」

「で、あんたはスーパーマンなのか？」とクリスは尋ねる。

「なんだ、黒人はスーパーマンになれないってのか？」と黒人男は訊き返す。「スーパーマンは白人にかぎるなんて誰が決めた？」

「でも、事実だろ？」クリスはうっかり口をすべらせる。「原作のコミックじゃ、スーパーマンは白人だ」言うべきじゃなかったと思うが、もう遅い。

「映画でもな」黒人男はそう言うなり、指を折って数えはじめる。「クリストファー・リーヴ、ディーン・ケイン、ヘンリー・カヴィル、『セヴンス・ヘヴン』で有名になったタイラー・〝クソむかつく〟・ホークリン。歴代スーパーマン十一人、全員が白人だ。これは陰謀だ」

「なるほど」

「なんでジム・ブラウンじゃいけない？」と黒人男は言う。「イドリス・エルバのどこに問題がある？　デンゼル・ワシントンじゃ駄目なのか？」

クリスは言う。「その気持ちはわかるよ」

「バットマンもだ」と黒人男は言う。「同じこった――アダム・ウェスト、ジョージ・クルーニー、ベン・アフレック、マイケル・キートンときたもんだ。なんでジム・ブラウンじゃいけない？　それかイドリス・エルバ――」

「もしくはデンゼル」とクリスは言う。

「そのとおり」スーパーマンはうなずくと、奴隷のほうを向いて言う。「次はおれがバットマンをやるから、おまえはロビンをやれ」

「なんでおれがバットマンで、おまえがロビンじゃ駄目なんだ？」

「それじゃハマらなすぎておかしいだろうが」

こいつらふたりとも相当ハイになってる、とクリスは思う。何をキメているのかは知らないが、かなりの上物にちがいない。

「とにかく」とクリスは言う。「あんたたち、外でこんなことをしてちゃいけない」

「なんでだ？」とスーパーマンが尋ねる。

「わかるだろ？」

「おれたちには性的自己表現の自由がある」と奴隷が言う。

「公共の歩道上となると話は別だ」とクリスは言う。「いいか、スパルタカス。今だけあんたを見逃してやろうとしてるんだ。とっとと家に帰って服を着ろ。もし今夜またあんたがこんな恰好で外にいるのを見たら、そのときはふたりともしょっぴくからな」

「なんの罪で？」とスーパーマンが尋ねる。

「治安妨害」とクリスは答える。「公然猥褻《わいせつ》……」

「おれたちを猥褻呼ばわりするのか？」と奴隷が言う。

「おれが黒人でゲイだからこんな嫌がらせをするんだな」とスーパーマンが言う。「とんだヘイト野郎だ」

クリスは思う――このままではまずい。通りの向こうの人々が何事かと足を止めて見ている。もう一台パトカーがやってきて停まるのも時間の問題だ。ハリソンかもしれないし、悪くすればグロスコフかもしれない。最悪の場合、ヴィラ巡査部長かもしれない——彼は本物のゲイ嫌いで黒人嫌いで、それ以上にゲイの黒人を嫌悪している。おそらくはスーパーヒーローも。なぜなら……ヴィラはありとあらゆる存在を嫌っているから——となると、スーパーマンとスパルタカスはふたりともブタ箱にぶち込まれ、おれは書類を山ほど書かされることになる。

と言って、もしおれがこの男に手錠をかけるとなると、応援を呼ぶ必要がある。なぜならここにいるスーパーマンが——見てのとおり、こいつはでかい——もしその気になれば、おれをぶちのめすくらいわけはないからだ。

クリスは捨て身の作戦に打って出る。「なあ、頼むからおれにクリプトナイトを使わせるなよ」

スーパーマンの顔に不安がよぎる。「クリプトナイトを持ってるのか?」

クリスはうなずいて言う。「車の中にな」

スーパーマンは疑わしそうに尋ねる。「レッドとグリーン、どっちだ?」

「両方だ」とクリスは答える。「当然だろ」

「レッドにやられたら頭がいかれちまう」とスーパーマンは言う。

ああ、もとからいかれてるけどな。クリスはそう思いながら尋ねる。「でも、グリーンにやられたら、最悪死ぬかもしれない。だろ?」

「試しに見せてみろ」とスーパーマンは言う。その手に乗るかと言わんばかりに。

クリスは首を振る。「見せるってことは、そいつをあんたに浴びせなきゃならないってことだ。市警の決まりでね」

「あんたらお巡りはみんなクリプトナイトを持ってるのか？」

「善玉のお巡りだけだ」とクリスは言う。まんざら嘘でもない。「で、どうするんだ？おとなしく家に帰るか、それともおれがブレイニアック（スーパーマンの宿敵）になってもいいのか？」

スパルタカス――ジム・クロウチの歌を知らないと見え（ジムに手を出すな』の歌詞〝スーパーマンのマントを引っぱるな〟のこと）――がスーパーマンのマントを引っぱって言う。「帰ろう」

クリスは彼がスーパーマンのさきに立って通りを引き返すのを見守る。

なんともせつない光景だ。


運が悪いとしか言いようのない夜もある。今夜のシフトがまさにそうだ。

夏場は特にそうした事件が多くなる。エアコンが不調だったり、そもそもエアコンがなかったりして、家で寝られない人々が路上や公園に出てくる夜は特に。

誰もが短気になり、キレやすくなる。

口論がたちまち拳での喧嘩になる。さらに拳がナイフになり、ナイフが銃になり、気づいたら取り返しのつかないことになっている。とっさの軽はずみな行為で人生が永久に変わってしまう。人々は生涯消えない傷を負い、あるいは重度の障害を負い、あるいは命を落とし、あるいは人生で最も充実するはずの年月を刑務所制度という名の煉獄で送ることになる。

夏場の暑さにアルコールとドラッグが加われば、見事な可燃性の混合物ができあがる。何かあれば瞬時に発火し、いとも簡単に燃え上がる。

そんなわけで、きわめて無害なスーパーマン／スパルタカス事件のあと、クリスは慌ただしく無線連絡を受け、ゴールデンヒルで起きたＤＶの現場へ向かう。酔っぱらった中年の夫が酔っぱらった中年の妻をボコボコにし、妻がそのお返しにキッチンカウンターの上にあったビール瓶（ハイネケン）を叩き割り、その割れた先端を亭主の顔に突き刺したのだ。クリスが応援に駆けつけると、すでにグロスコフとハリソンが双方に手錠をかけている。夫は（無理もないが）苦悶《くもん》にうめき、妻は妻で眼が開かないほど顔が腫れ上がっているにもかかわらず、グロスコフに向かって叫んでいる。「その人を放っておいて！　何も悪いことはしてないんだから！」

「二度とそんなことは言っちゃいけない」とクリスは彼女に言う。「せっかく正当防衛で訴えるチャンスなのに」

彼女のほうはそれどころではない。「その人を傷つけないで！　愛してるのよ！」

その愛は報いられない。「あのクソボケ女、おれの眼ん玉をくり抜きやがった！」

「眼ん玉ならまだついてるみたいだけど」とクリスは言う。

いつまでかはともかく。

「ふたりとも連行します」とハリソンが言う。

「どうして⁉」と女が叫ぶ。

「それ、本気で訊いてる？」とハリソンが尋ねる。

救急班が到着する。グロスコフが夫を引っ立ててストレッチャーに手錠をつなぎ、救急車に運び込ませる。グロスコフはこれから救急救命室に行くのが嫌でうんざりしている。

ハリソンとクリスが妻に付き添ってハリソンのパトカーまで歩かせ、後部座席に彼女を押し込む。

「この手のことでお宅に伺うのはもう三度目だ」とクリスは彼女に言う。

「結局、何も変わらないじゃないの！」と彼女は言う。

「まさにそこが問題だと思うんだけど」とクリスは言う。「刑事さんたちと話すときにちゃんと言ってください。怖くてどうしようもなかったんだと」

「あの人を愛してるの」

「ふうん、そうですか」クリスはドアを閉める。

「なんで彼女を助けようとする？」とハリソンが彼に尋ねる。

「あの顔を見ただろ？」

「彼女は拘置所にいたほうが安全だ」とハリソンは言う。

クリスは思う――確かにそうかもしれない。

その夜の次なるイベントは、ゴールデンヒルの二十八丁目通りとB通りの角の酒屋で発生した強盗事件だ。

クリスは無線に応答し、グロスコフに続いて現場に乗りつける。

店員ももう慣れっこになっている。この店と強盗事件は切っても切れない縁がある。

「身長は五フィート十インチ前後、服装はデニムシャツとカーゴパンツとワークブーツ。声の感じでは白人っぽかったけど」

「〝声の感じでは〟というのは？」とグロスコフが尋ねる。

「顔は見てないんで」と店員は言う。「やつはマスクをかぶってたんで。目出し帽を」

強盗は店員の顔に拳銃を突きつけ、レジを開けるように命じた。店員は正しい判断でもってレジを明け渡した。強盗は現金およそ百二十ドルに加え、ウォッカのミニチュアボトル数本とエナジードリンク一本を奪って逃げた。

店員は男が左に——北の方向に——向かうのを見た。男が〝敷地を出た時点で〟。

クリスは店員の聴取が終わるのを待つことなく、自分のパトカーに戻って二十八丁目通りを北へ向かう。賭けてもいい、強盗は公園に向かっている。そう確信しながら無線で連絡を入れる。ほかの班からも応援が来ることはわかっているが、そのまえに犯人を見つけたい。

武装強盗逮捕の手柄を立てれば、チャンプの一件の汚名返上になる。

　案の定、すぐにそれらしい人物が見つかる。身長五フィート十インチ前後の白人男性。店員が言ったとおりの恰好で、公園の東の端の舗道を足早に歩いている。クリスは速度を落とし、距離を置いたままあとを尾《つ》ける。すると男が急に〝ガチョウ足〟になる――お巡りがうしろにいると気づいた瞬間に犯罪者が陥る、ぎくしゃくした不自然な歩き方に。

　クリスは拡声器で呼びかける。「そこの歩行者、止まりなさい」

　男はダッシュで逃げ出す。

　クリスは車を停め、走って男を追う。

　車の中に残って応援を要請するべきなのはわかっている。が、仮にそうしたところで、男が公園に逃げ込んで姿を消してしまえば、全員で勤務時間の残りをすべて費やして男を捜しまわることになる。それも結局は徒労に終わるだろう。

　それに――認めよう――犯人を捕まえるのは愉しい。

　男がポケットに手を突っ込み、何かを茂みに投げ込むのが見える。犯行に使った銃と目出し帽であろうことは見当がつくが、クリスは足を止めずに走りつづける。ワークブーツでもたもた走っている男に難なく追いつくと、手を伸ばして相手を突き飛ばす。

　男が地面に顔から倒れたところをすかさず取り押さえる。

「両手を出せ！」とクリスは怒鳴る。

　これが初めてではないと見え、男はおとなしく両手を差し出す。クリスは手錠をかけると、相手を引っぱって立たせる。「止まれと言ったときになぜ止まらなかった？　なぜ走って逃げた？」

「怖かったんだよ」

「強盗容疑で逮捕されるのが？」とクリスは尋ねる。車を停めてきたあたりで、パトカーのランプが点灯している。グロスコフにちがいない。「おまえはたった今、酒屋を襲っただろ？」

「おれはやってない！」

「ああ、だろうな」とクリスは言う。「さっきあそこで何を捨てた？」

「知らねえよ！」

「おまえはポケットから何かを取り出して、あの茂みに投げ込んだ。本気でおれに捜させたいのか？」クリスは相手を木に押しつけて言う。「ポケットに鋭利なものは？　危ないものははいってないか？」

「ない」

グロスコフが歩いてくる。「その男にまちがいなさそうだな」

クリスが男のカーゴパンツのポケットを探ると、大量の紙幣が出てくる。「店を襲ってはいないと言ったな？　どこでこの金を手に入れた？」

「それはおれのだ」

クリスはミニチュアボトル数本を見つける。「これもおまえのか？　身分証は持ってるか？」

「財布は家に置いてきた」

クリスは懐中電灯で男の顔を照らす。四十前後か、いかにも苦労してきたような顔だ。前科のひとつやふたつはあるだろう。腕を調べれば、きっと刑務所で入れたタトゥーが見つかるにちがいない。

「名前を教えてくれるか？」とクリスは尋ねる。

「リチャード」

「リチャード、苗字は？」

「ホルダー」

「ちんぽこ《ディック》・ホルダーだと？（ディックはリチャードの愛称）ふざけてるのか？」

「ほんとだって」

「おまえの両親は、その、よっぽどおまえのことが憎かったのか？」クリスはホルダーの犯罪記録に眼を通す。予想どおりすぎてなんの驚きもない。リチャード・ジェームズ・ホルダーの犯罪歴はクイーンの歌より長い。住居侵入、窃盗、強盗、薬物がらみのあれやこれや。ヴィクターヴィル刑務所とドノヴァン刑務所で服役歴あり。

クリスは警官になってまだ三年だが、それでも経験から知っている。リチャードが心の奥に――自分でも気づかないほど奥深くに――秘密を抱えていることを。

リチャードがこの世でなにより望んでいるのは、刑務所に戻ることだ。

そこが彼の世界であり、自分の居場所だと感じられる唯一の場所だから。

戻る理由を与えてやりさえすれば、彼はそれに飛びつくだろう。

グロスコフがそばにやってきて尋ねる。「どうするんだ？　おまえが連れていかないならおれがやるけど」

「もっといい考えがある」とクリスは言う。

仮にこの男をこのまま署へ連行して調書を取ったとしても、証拠がそろわないことは眼に見えている。店から盗まれた品を所持していたことは証明できても、武装強盗と拳銃の所持については証拠不十分で釈放になるかもしれない。

「よし、リチャード。例の酒屋に戻るぞ」とクリスは言う。

「おれはそんな店には行ってない」とリチャードは言い返す。

クリスはパトカーを運転して酒屋に戻り、リチャードを連れて店にはいる。店員に彼を見せて尋ねる。「きみを襲って金を奪ったのはこの男か？」

「そうです」

リチャードは憤然と抗議する。「こいつにおれの顔がわかるわけがないだろ！　おれは目出し帽をかぶってたんだから！」

これだから犯罪者は憎めない、とクリスは思う。実に愛すべき連中ではないか。どうりで刑務所でおこなわれる高IQ団体《メンサ》の集いは常に淋《さび》しくなるわけだ。そう思いながら、わざと相手を否定してみせる。「でたらめ言うなよ、目出し帽をかぶってたなんて」

「ほんとだって！」とリチャードはむきになって言う。

クリスは店員を見て尋ねる。「この男は目出し帽をかぶってたか?」

「いいえ、お巡りさん」

リチャードは義憤にかられて叫ぶ。「こいつは嘘つきだ！　おれは絶対、目出し帽をかぶってた！」

「証拠を見せてくれ」とクリスは言う。

「ああ、見せてやる」

彼らはパトカーに戻って公園へ引き返し、リチャードがポケットの中身を投げ捨てた場所で車を降りる。リチャードは灌木《かんぼく》の茂みに歩み寄り、落ちているものを顎で示して言う。

「ほらよ」

クリスは屈んで目出し帽を拾い上げる。「これはあんたのじゃない」

「おれのだよ！」

「どう見てもサイズが合わないだろ」

「かぶせてみろよ。ぴったりだから」

クリスは目出し帽をリチャードの頭にかぶせる。ふたりはパトカーに乗り込み、例の酒屋に戻る。クリスはリチャードを歩かせて店にはいり、店員に尋ねる。「きみを襲って金を奪ったのはこの男か?」

「そうです」と店員は答える。

リチャードはがっくりとうなだれて毒づく。「くそ」

クリスはまたパトカーで公園に引き返して車を降り、リチャードを追って走ったルートを歩いてたどる。目出し帽が見つかった茂みのあたりを懐中電灯で照らすと、何かがきらりと光る。手袋をはめて屈み込み、落ちていた二二口径のAMTバックアップ――半自動小銃――を拾って証拠品の袋に入れる。

パトカーに戻ったクリスはリチャードに銃を見せて尋ねる。「おまえが店を襲うときに使ったのはこれか?」

リチャードはしばらく考えてから言う。「そのウォッカを一瓶もらってもいいか?」

「ああ、いいよ」クリスはミニチュアボトルのうちのひとつを開ける。リチャードが口を開けたところへ、鳥の雛《ひな》に餌をやるようにボトルの中身を注いでやる。

それからリチャードが言う。「ああ、その銃だ」

クリスは彼を署へ連れていき、調書を取る。ひととおり終える頃にブラウン警部補から呼び出しがかかる。クリスは彼のオフィスに足を踏み入れる。今回の件で〝よくやった〟と背中を叩いてもらえることを期待して。よくぞ強盗の常習犯を捕まえた、よくぞ銃の悪用を食い止めた……

そうはならない。

ねぎらいのことばはなく――

ブラウンが尋ねる。「きみは全員を敵にまわしたいのか?」

「おれが何をしたっていうんです?」

「きみが何をしたかより、問題は何をしなかったかだ。きみは容疑者を逮捕した時点で、直ちに連行して強盗課に引き渡すことをしなかった。捜査するのは強盗課の仕事だろうが」

「ですが、ちゃんと自供を得たし、銃も――」

「強盗課から電話があった。おまえの部下の制服警官がわれわれに恥をかかせているのはどういうわけかと」とブラウンは言う。「ここからは強盗課が担当する」

「わかりました、じゃあ――」

「ほう、ずいぶん聞き分けがいいんだな？」とブラウンは言う。「そいつはなによりだ。自分の仕事をしろ、他人の仕事じゃなく。それから、シェイ、今夜もう一度きみの名前を聞くようなことがあれば、今度こそただじゃすまないぞ。わかったらとっとと出ていけ」

とっとと出ていってから三十分もしないうちに、クリスは新たな通報を受ける。今度はガスランプ地区だ。一軒のバーで発生した乱闘騒ぎが外の歩道にまで広がっているという。

ガスランプ地区――単に〝ザ・ランプ〟とも呼ばれる――はダウンタウンの港に隣接する、サンディエゴで最も古い歓楽街だ。市《まち》ができた当時からそのあたりにはバーやストリップクラブ、売春宿が立ち並んでいた。市の創始者たちは一九一五年に赤線地区を一掃しようと試み、娼婦たちを一旦は締め出したものの、その後また呼び戻すことになった。そのままでは海軍の水兵が寄りつかなくなり、市の経済が立ちゆかなくなるとわかったからだ。

今ではそんな面影もなく、すっかりお洒落な観光地と化しているが、それでも人々が酔っぱらいにくる場所であることに変わりはない。

クリスが乗りつける頃には、通りはすでに人工の光で祭のように賑わっている。非常灯をともしたパトカー、歓楽街でのぶっ飛んだ一夜の記念に携帯電話をかざして動画を撮ろうとする通りすがりの人々。

ディナー、ドリンク、派手なフロアショー……

そのショーは——厳密に言えば——歩道で繰り広げられている。

サンディエゴ市警はすでに騒動の大部分を鎮圧している。乱闘に加担していた連中は壁に押しつけられ、手錠をかけられている。ヴィラ巡査部長が別の警官隊に命じて野次馬の群れを徐々にさがらせているが、メインイベントは今も続いている。ふたりの男が取っ組み合ってコンクリートの上を転げまわっている。

洗練のかけらもない柔術といったところか。クリスは人混みを掻き分けながらそう思う。取っ組み合っているうちの片方はバーの用心棒と見え、はちきれそうな胸筋と上腕筋の上に警備員お定まりの黒いTシャツを着ている。もう片方はただの馬鹿だ。坊主頭に、格闘技ブランド〈タップアウト〉のTシャツ。見るからにイタい総合格闘技《MMA》ファンだ。総合格闘技を見るのが趣味で週に何度か格闘技ジムにかよっているから、自分も総合格闘技ができると勘ちがいしている。見よう見真似の技を繰り出し、無残な返り討ちにあっている。

用心棒にねじ伏せられ、顔に肘打ちを浴びせられている。

「群衆を整理しろ」とヴィラがクリスに言う。クリスは取っ組み合いに背を向け、路上に向き直る。

そこへタイミングよく、巨漢の酔っぱらいが歩道をやってくる。乱闘に飛び入りする気満々で、エアパンチを繰り出している。

クリスは手のひらを突き出して言う。「はい、もう近づかないで」

「うるせえ！」と男はわめく。「そいつはおれのダチなんだよ！」

酔っぱらいは見たところ身長六フィート四インチ、体重二百五十ポンド、そのほとんどが筋肉だ。実際に総合格闘家だとしてもおかしくない見た目だが、クリスとしてもそれを確かめるつもりはさらさらない。

「手を出さないように」とクリスは言う。

「マブダチだって言ってんだろ！」と酔っぱらいはわめく。「おれがかわりに撃たれてやる！」

「ほんとうにそうなりかねませんよ」とクリスは言う。「さがってください」

「このクソが！」

酔っぱらいは突進し、クリスの左肩を突き飛ばす。

クリスはそのまま体を回転させると、全体重をのせたまわし蹴りを相手の背中に浴びせる。

ふたりはそのまま歩道に倒れ込む。上になったクリスは酔っぱらいの右手をつかんでねじり上げようとする。

駄目だ。相手が強すぎる。

もはやロデオ状態だ——助けが来るまでなんとか上に乗ったまま持ちこたえるしかない。気づくとペレスが横にいて、ローイングマシンを漕ぐみたいに酔っぱらいの左腕を引っぱっている。が、屈強な上に痛みも感じないほど酔っぱらった男はクリスをしがみつかせたまま、膝をついて立ち上がる。

クリスは格闘技でいうところの〝背後を取った〟状態だ。酔っぱらいの腰に脚を巻きつけ、相手の首に腕をまわして裸絞めをかけようとする。たちまち群衆から怒号があがるが、酔っぱらいにはなんの影響もない。その場でぐるぐるとまわりはじめた彼にペレスがテーザー銃（電極針を発射して相手に突き刺すスタンガンの一種）で狙いをつけ、クリスを撃たないよう酔っぱらいだけを撃てる瞬間を待つ。

「おい、あれはモンキー野郎じゃないか！」誰かが叫ぶのが聞こえる。「話題のモンキー野郎だ！」

ペレスがテーザー銃を発射する。

電極針を食らった酔っぱらいが全身を震わせる。

痙攣《けいれん》の発作のように。

それでも倒れない。

ヴィラがテーザー銃を発射する。

エレーラも。

酔っぱらいは次々と電極針を撃ち込まれ――出来の悪いアマチュア無線セットのようにワイヤーが体から突き出た状態で――眼を見開き、叫ぶ。

そして倒れる。

前方に。

伐採される大木のように。

クリスに組みつかれたまま。

コンクリートに激突する。

クリスの全身に衝撃が走る。胸に。背骨に。頭に――折れた鼻と脳震盪から来る痛みが炸裂する。

束の間、何も見えなくなる。が、意識ははっきりしている。

まだ痙攣を続けている酔っぱらいから離れると、すでにメインイベントは終わっている。用心棒は立ち上がっており、相手の男は手錠をかけられている。エレーラとペレスがクリスのうしろに駆け寄り、酔っぱらいに手錠をかけて立たせる。

誰も酔っぱらいの体から急いでテーザー銃の電極針を抜いてやろうとはしない。

「大丈夫か？」とペレスが尋ねる。

「ええ、なんとか」とクリスは答える。

エレーラが酔っぱらいのまえで権利を読み上げている。まわりに群衆がいなければ、エレーラもペレスもそんな無意味なことはせず、警棒を抜いて酔っぱらいをぶちのめしていただろう。そしてヴィラはその間、見て見ぬふりをしただろう。しかし今、ヴィラはクリスを睨みつけて言う。「おまえは木登りと同じくらい喧嘩が下手だな」

クリスはなんと言えばいいのかわからない。だから黙っている。

酔っぱらいの顔は擦り剝けて血だらけになっている。

「書類はペレスに書かせる」とヴィラは言う。「おまえはそいつを救急救命室に連れていけ。途中で何があろうと、おれの知ったことじゃないからな」

クリスとエレーラとペレスは男を引っ立ててクリスのパトカーまで歩かせ、後部座席に押し込む。エレーラはクリスが酔っぱらいのシートベルトを締めるのを見て驚く。締めずにおいてアクセルを踏み込み、急ブレーキを踏んで酔っぱらいの顔をパーティションに叩きつけることもできるからだ。

なんともそそられる選択肢だとクリスは思う。

それはもうなんとも。

運転席に乗り込んだ彼は病院まで車を走らせ、酔っぱらいを連れて救急救命室にはいる。

受入担当の看護師は四日まえの夜にクリスを担当したのと同じ女性だ。「これって、もう一度わたしに会うための口実じゃないでしょうね？　お巡りとつきあう気はないから」

「おれもありません」とクリスは言う。

彼女は酔っぱらいの顔に眼をやり、大した怪我ではないとわかると、クリスに尋ねる。

「あなたはどうなの？　調子は？」

「おれは平気です」

「あの飼育員さんはどう？　お近づきになれそう？」

「それはないと思いますけど」

「あなたって見た目以上に鈍いのね」と看護師は言う。

どうかな――クリスは思う――見るからに鈍そうなのはまちがいないが。まずは類人猿にコケにされ、次は強盗事件で勝手な真似をしてしくじり、さらには酔っぱらいとぶざまな喧嘩にもつれ込んだ。上司の巡査部長はおれがへまばかりしていると思っている。そしてそれはあながちまちがってはいない。

「まあ、でも」と看護師は言う。「そのほうがきっと彼女のためね」

きっとそうだとクリスは思う。

そこで署に戻るよう連絡がはいる。

ブラウン警部補は携帯電話を掲げてクリスに動画を見せる。クリスが酔っぱらいの背中にしがみついたままぐるぐるまわっているところを。

「今夜もう一度きみの名前を聞かされることについて、私はなんて言った？」

「これがきみの狙いなのか？　フォロワーを増やしたいのか？」

「いえ、ちがいます」

「私は自分の部下がメディアに出ているところは見たくない。ソーシャルだろうが、なんだろうが」

「わかります」

「ほんとうにわかってるのか？」とブラウンは言う。「あやしいものだ。明日はまともに仕事ができるんだろうな？　世間の見世物になったり、他人の仕事を横取りしたりせずに？」

「もちろんです」

「だったらお手並み拝見だ」

クリスは帰宅の途につく。家に帰ったらひと眠りして、しばらく意識をなくしたほうがよさそうだ。意識がはっきりした今の状態はあまりに苦痛だ。

上司の警部補を怒らせた。強盗課を怒らせた――あの人たちだけは何があっても怒らせてはならないのに。おまけにおれのまぬけな動画はバズりまくってる。おれはこのさきずっと無線搭載のパトカーに乗ったままキャリアを終えることになるだろう。そのまえに辞めさせられないかぎり。

救急救命室の看護師の言ったとおりだ。

おれは馬鹿だ。

クリスは電話をかける。

「ランチってことだったけど」とクリスは言う。「朝食でもいいかな?」

オーケーが出る。

ふたりは大学通りにある朝食レストラン、その名も〈ブレックファスト・リパブリック〉で落ち合う。

大きな窓が通りに面した明るく賑やかな店で、木製の黄色い椅子と割れた卵を模したファンキーなテーブルセットが置かれている。

キャロリンが到着すると、クリスはすでに正面ドアのまえで礼儀正しく待っている。もちろん待ってるに決まってる、と彼女は心の中でつぶやく。

「嬉しいサプライズだったわ」とキャロリンは言う。

そう、あまりに急な嬉しいサプライズで、何を着ていこうかと悩む暇もなかった。サファリスーツを着て〝飼育員の女性〟として現われるというのは考えものだが、かと言って気合のはいりすぎた恰好をするわけにもいかない。この機会を単なる感謝のしるし以上のデートのようなものとして考えていることを気取《けど》られるわけにはいかない。

自分からさきに手の内を見せるわけには。

だからこぎれいな黒のシルクブラウスに、必要以上にタイトなジーンズとサンダルを合わせることにした。さらに仕事のときにはいつもポニーテールにまとめている髪を長いままふわりと肩におろすことにした。

動物園の規則では、すべての女性従業員は〝健全な〟見た目を保つこととされている。今朝のキャロリンはそこまで健全には見られたくない。と言って、あばずれにも見られたくない。セックスフレンドと一夜を過ごしたあとの朝食ではないのだから。そういうわけで、マスカラは手心を加えてごく薄づきに仕上げた。

「急だったけど、来てもらえてよかった」とクリスはドアを開けて押さえながら言う。

あの男とは大ちがいだ。キャロリンはそう思う。クソ馬鹿教授はドアを開けて押さえることなど絶対にしなかった。それが男性優位の権力構造を固定化する、女性を見くだした家父長的で受動攻撃的な行為だと考えていたからだ。彼はドアを押さえないことで彼女が喜ぶと思っていたのだ。

クリスは接客係の女性に人数を伝えにいき、窓ぎわの二人掛けの席に案内される。

彼はキャロリンの椅子を引いてエスコートする。

クソ馬鹿教授は椅子を引いてエスコートなど絶対にしなかった。それが男性優位の権力構造を固定化する、女性を見くだした家父長的で受動攻撃的な行為だと……

「あなたってすごく礼儀正しいのね」とキャロリンは言う。

クリスは不思議そうに彼女を見る。

彼女は思う――この人はほんとうにわかっていないのだ。なぜわたしがこんなに感動しているのか。
クリスは彼女の向かいに坐る。一瞬ぎこちない沈黙が流れたあと、彼が言う。「素敵な恰好をしてるね。すごくきれいだ」
これはデートなのかもしれない。キャロリンはそう思う。
あるいは……今のはただのお世辞かもしれない。
「あなたも、アライグマっぽいのがましになった」と彼女は言う。すぐに馬鹿なことを言
ったと後悔する。〝アライグマっぽいのがましになった〟？
「そう言ってもらえるとありがたいな」とクリスは言う。
「それで、その後の調子はどうなの？」とキャロリンは尋ねる。
「うん、まあ」
この時点でキャロリンは彼がどういう人間かを把握している。今の返事の意味はこうだ
――〝その話はしたくない〟。彼女はこれまた新鮮に感じ、そのことに自分で驚く。クソ
馬鹿教授はあらゆる話をしたがった――自分のキャリアについて、自分の考えについて、
自分の好みの服装について、自分の怖れについて、自分の不安について、自分の鼻炎につ
いて、自分の感情について。
信じられない――キャロリンは思う――わたしは女とつきあってたの？
それにひきかえ、この人は木から落ちて、たった今夜勤を終えたばかりだというのに

――それもこの表情からすると、さんざんな夜勤だったにちがいないのに――言うべきことはたったひとこと、〝うん、まあ〟。感情を表に出さないタイプ。よくも悪くも。これでは彼が家に帰ってきても、本音で会話をするのはむずかしいかもしれない――

彼が家に帰ってきても？

早まりすぎだってば。

そこへ接客係がメニューを持ってやってくる。幸いなことに。

クリスはチキンマンゴーソーセージ・スクランブルのチェダーチーズとオニオン添えを、キャロリンはパイナップル・アップサイドダウン・パンケーキのパイナップルバターのせを注文する。

「それで、仕事はどう？」と彼女は尋ねる。そして自問する――なぜいちいち〝それで〟から話しはじめるの？　でも、お願いだから、〝うん、まあ〟とは言わないで。

彼女の願いは通じる。クリスの答はこうだ。「実はゆうべ、笑えることがあったんだ」

そのことばどおり、彼は笑える話をする。スーパーマンとスパルタカスについて。

「ほんとにその人に言ったの？　クリプトナイトを持ってるって？」とキャロリンは尋ねる。

クリスは肩をすくめる。「ほかにどうしようもなかったから」

料理が運ばれてくる。

クリスはフォークを持ったまま、キャロリンが一口食べるのを待ち、それから自分も食べはじめる。

彼女は思う――この人のお母さんに会ってみたい。

焦らないで……早まらないで……落ち着いて。

「きみのパンケーキはどう？」とクリスが尋ねる。

「美味《おい》しい」と彼女は言う。「でも、血糖値スパイクがすごいことになりそう」

「確かに」クリスは自分のソーセージを一口食べ、コーヒーを一口飲んでから言う。「きみの話が聞きたいな」

キャロリンはお約束のように訊き返す。「わたしの話？」

「どこで生まれ育って、どこの学校に行って、どんな経緯で今の仕事に就いたのか、仕事が休みのときは何をして過ごすのが好きかとか……」

気づくと彼女はひとり語りを始めている。ウィスコンシン州の州都マディソンで生まれ育ったこと、地元の大学に進学したこと、そのあと雪と寒さはもう一生分味わい尽くしたという思いから、スタンフォード大学で修士号を、カリフォルニア大学サンディエゴ校《UCSD》で博士号を取得し、サンディエゴ動物園の霊長類部門で働くという理想の仕事を手に入れたこと。両親はふたりともウィスコンシン大学の教授――父は化学、母はフランス文学――で、二歳上の既婚で子持ちの姉がひとりと弟がひとりいること、仕事が休みの日は走ったり映画を見たりビーチに行ったり、まあ、そんなようなことが好きで……そこまで話してからキャロリンは気づく。少なくとも十分間はしゃべりどおしで、そのあいだクリスはただじっと耳を傾けていて、おそらく彼女についてクソ馬鹿教授が三年間で知りえた以上のことをこの十分間で学んだにちがいないと。

不意に顔が熱くなるのを感じ、キャロリンは言う。「ごめんなさい。さっきからずっと自分の話ばっかりで」

「頼んだのはおれだよ」とクリスは言う。

そうよ、と彼女は思う。あなたに頼まれたから。「それで……今度はあなたの番」

「大した話じゃないけど」彼はまた肩をすくめる。「生まれも育ちもここで――市内のティエラサンタで、父さんはソフトウェア・エンジニアで、母さんは小学校で三年生を教えてる。いい人たちだよ。姉さんがふたりいて、おれは家族の末っ子。サンディエゴ州立大学を出て、警察官になった。小さい頃から警察官になるのが夢だった。そんなところかな」

「警察官のどういうところが好きなの？」とキャロリンは尋ねる。

「全部」とクリスは言う。「外に出てあちこち行けるし、毎回ちがう経験ができるし、人の役に立てるのも好きなんだと思う」

そうね、わたしもそう思う、と彼女は心の中で同意する。

「きみは自分の仕事のどういうところが好き？」と今度はクリスが尋ねる。

「動物たちのことが大好きなの」とキャロリンは言う。「ことばが話せない分、わたしのことを必要としてくれるし、あの子たちには嘘がない。いつもありのままなの。だから正直、人間より類人猿のほうが好きだって思うこともある」

　どうしてそんなふうに思うのだろう。類人猿はわたしを振ったり浮気したりしないから？　〝無条件の愛〟を与えてくれるから？　わたしは誰かに必要とされることを必要としている？　このままでは動物としか心をかよわせられない孤独な中年女になってしまう？　そんな自問を繰り広げてから、彼女はこうつけ加える。「たまにうんちを投げつけられることもあるけど」

「それはおれもやられたことある。人間に」とクリスは言う。

「嘘でしょ？」

　ふたりは一緒になって笑う。

　料理はもう食べおえた。彼がこれを感謝のしるしとして丁重に受け取っただけなら、ふたりとも立ち上がってそれぞれの道を行くだけだ。

　彼女は勘定書きを持ってくるよう合図する。が、いざ店員がやってくると、クリスが手を伸ばしてそれを受け取る。

「あなたへのお礼のつもりだったんだけど」とキャロリンは言う。

「ほんとはランチのはずだった」とクリスは言う。「朝食に誘ったのはおれだから」

　またしても男性優位の権力構造を固定化する受動攻撃的な主張。でも、とキャロリンは思う。ここにいないクソ馬鹿教授がなんと言おうが関係ないではないか。それにクリスが勘定を持ったからといって、何か不都合があるわけでもない。

「せめてチップを置かせてくれる？」と彼女は尋ねる。

「そういうことなら」

「五？」

「十とかのほうがいいんじゃ？」と彼は言う。

キャロリンは十ドル札を置いて立ち上がる。「ほんとにありがとう——」

「こちらこそ。話ができてよかった」

話ができてよかった、と彼女は心の中で繰り返す。絶望的だ。話ができてよかったなんて言うのは、お祖母ちゃんを〈オリーブ・ガーデン〉に連れていったときとか、あるいは——

「ビーチに行かない？」と彼が尋ねる。

「え？」

「ビーチに行くのが好きだって言ってたから」とクリスは言う。「だから、ビーチに行くのはどうかなと思って」

「今から？」

「いい天気だし」と彼は言う。

確かに、とキャロリンは思う。

確かに今日はいい天気だ。

ホリス・バンバーガーは掛け値なしのまぬけだ。あまりにまぬけなので、まえと同じ公園へ行き、まえと同じメキシコ人に会って、新しい銃を調達する。

新しいと言っても、中古だが。

それが犯罪に使われた銃でないことを祈るばかりだ。自分が犯した罪について考えるだけでも恐ろしいのに、他人が犯した罪のことなど知りたくもない。だからモンタルボがクリーンな銃を売ってくれることをあてにしている。

ふたりはまえと同じ空き地で落ち合う。

「一挺《ちょう》売ってくれ」とホリスは言う。

「なんだってタートルネックなんか着てる?」とモンタルボは尋ねる。「四十度近い暑さだってのに」

「洗濯する暇がなかったんだよ」とホリスはとっさに精一杯考えて言う。

「その下にマイクを仕込んでるのか?」

「馬鹿な」とホリスはまたしてもとっさに精一杯考えて答える。「一挺売ってくれ」

「このまえ売ってやっただろ」

「別のが要るんだよ」

「なんでだ?」

われながらいい質問だ——モンタルボは思う——なぜならもしこの白人野郎《グエロ》が前回の銃を犯罪に使ったとして、その銃の入手経路が追跡されれば、こいつがやらかしたことのためにおれ自身が窮地に陥る可能性があるからだ。どんなへまをやらかしたか知らないが。まあ、よほどありえないようなへまにまちがいないが。

「あれは処分したから」とホリスは言う。

「なんでだ？」

「なんでだと思う？」とホリスは訊き返す。

モンタルボはさっきより神経質になっている。なぜならこの白人野郎《グエロ》がすでになんらかの罪で捕まって、メキシコ人の銃ディーラーを餌にお巡りと取引きをしている可能性もあるからだ。モンタルボの経験上、サンディエゴ市警のお巡りはメキシコ人銃ディーラーが大好きだ。三本の指にはいるほど。やつらの大好物ランキングはこうだ——

1　クリスピー・クリーム・ドーナツ
2　メキシコ人麻薬ディーラー
3　メキシコ人銃ディーラー

「あんたの役には立てないな」とモンタルボは言う。「お巡りにもそう伝えといてくれ」

「おいおい、頼むよ」

「とっとと出ていけ。早くしないとぶちのめすぞ」

ホリスはちらりとまわりに眼をやる。メキシコ人の仲間たちがオオカミのように円になって近づいてくる。チノの刑務所の運動場でもこういうことはよくあった。ホリスは恐ろしくなるが、このまま手ぶらでリーのところに戻るほうがもっと恐ろしい。

リーの不満が爆発することは眼に見えている。

ホリスは精一杯すばやく頭を回転させ、天才的なアイディアを思いつく。「あんたに分けまえをやってもいい」

モンタルボは尋ねる。「どれだけの分けまえだ？」

モンタルボには相反する欲求――捕まりたくはないが、現金は欲しい――があり、そのふたつが今まさに互いにぶつかり合う。彼はギャンブルの問題を抱えている。もっと正確に言うと、ギャンブルでしくじって、高利貸しのヴィクター・ロペスから金を借りており、ロペスはそろそろ待てなくなってきている。モンタルボの借りは数千ドルだが、ひとまず数百ドルだけでも返せば、もうしばらく時間が稼げる。

「十パーだ」とホリスは答える。

「スミス&ウェッソンのM39なら調達できるが」とモンタルボは言う。

「それじゃ古すぎる」

「要るのか要らないのか？」

「いくらだ？」とホリスは尋ねる。

「五百」とモンタルボは答える。

せいぜい二百五十ドルの代物だ。

「三百なら払ってもいい」とホリスは言う。前回の仕事で損をしているのに、五百ドルも払ったらリーが不機嫌になるに決まっている。モンタルボに分けまえをやろうという時点で、リーが不機嫌になるのは眼に見えているのに。

リーは不機嫌のハードルがきわめて低い。

とはいえ、ホリスにはこの問題に対する解決策がある――自分の取り分からモンタルボに分けまえを払えばいい。

「四百」とモンタルボは言う。「プラス、十パーの分けまえ。これが最後のオファーだ」

「クリーンな銃か？」とホリスは尋ねる。

「尼さんのあそこ並《チョチャ》みにな」とモンタルボは言う。それはもちろん嘘で、ほんとうはクリーンかどうかなどわからない。ひょっとしたらリンカーンの暗殺に使われた可能性もないとは言えない。

「携帯の番号を教えてくれ」とモンタルボは言う。「用意ができたらメールで知らせる」

「弾丸《たま》は？」

「あんたは銃を買ったんだろ？　弾薬が必要だなんて話は聞いてない」

「弾丸《たま》がはいってない銃がなんの役に立つ？」

「大して役には立たんだろうな」

ホリスはため息をつく。「いくらだ？」

「一発につき十ドル」

「むちゃくちゃだ」

「弾丸《たま》なしの強盗だってむちゃくちゃだろうが」とモンタルボは言う。「ちょっとは頭を使えよ」

ホリスはちょっとばかり頭を使う。実のところ、弾丸《たま》なしで強盗をやってのけたこともないではない。店員を脅してレジを開けさせるのに、普通は銃だけあれば充分だ。

それはリーの考えとは相容れないが。

リーの考えはこうだ。「空《から》の銃が通用するのは、『ダーティハリー』の中だけだ」

ホリスはモンタルボに携帯の番号を教える。


クリスは大きく息を吸って吐いてから、ブロードウェイ沿いの警察署本部に足を踏み入れる。

こんなことをしていいのかどうか、いまだに確信が持てない。

キャロリンは絶対そうするべきだと言っていたが。

実際、考えついたのはキャロリンだ。

驚いたことに、ふたりは午後じゅうずっとパシフィックビーチを散歩して過ごした。さらに驚いたことに、クリスは気づいたら彼女に仕事上の悩みをすべて打ち明けていた。

「どうして強盗課の人たちはあなたが強盗事件を解決することが不満なの？」と彼女は尋ねた。

「自分たちの仕事を横取りされることになるから」と彼は言った。「それとたぶん、おれが彼らに恥をかかせた恰好になったから。きみの職場で言うなら、たとえばきみが……そうだな、爬虫類《はちゆうるい》部門かどこかに乗り込んでいって、ニシキヘビに関わる問題を解決したみたいな感じかもしれない」

「そうね、それは嫌がられるわね」

「そういうこと」とクリスは言った。「何が最悪かって、おれはなんとかしてその強盗課に採用されたいと思ってるのに、今や彼らに嫌われてしまったことだ」

「直接話をしにいくべきよ」

「そういうわけにはいかない。向こうからそういう話がないかぎり」

「待っててどうにかなるの？」

確かにどうにもならない。クリスもそれは認めざるをえなかった。もうひとつ認めざるをえなかったのは、キャロリン・ヴォイトを本気で好きになりかけているということだ。頭がよくて、きれいで、おまけに……親切だ。でも、それはおれが彼女のチンパンジーを救おうとしたから親切にしてくれているだけかもしれない。なにしろ博士号を持っているほど知的な女性だ。お巡りなんかとつきあいたいとは思わないだろう。一緒にビーチに来てくれたのも、おれの鼻が折れたことに責任を感じているからだろう。きっと。

その日の夕方には、もう一度キャロリンをデートに誘いたい気持ちでいっぱいだった。が、いわゆる同情デートほどみじめなものもない。

だから誘わなかった。

それでも、ルーベスニック警部補に直接話をしにいくという彼女のアドヴァイスには従うことにした。彼女の言うとおりだったからだ――これ以上失うものがどこにある？

今、クリスはバッジを見せ、強盗課に足を踏み入れ、受付係に尋ねる。「ルーベスニック警部補はいますか？」

受付係はにっこりと彼に笑いかけて言う。「どなたがお見えだと言えばいい？」

「シェイ巡査です」とクリスは言う。「クリストファー・シェイ」

「クリストファー・シェイ巡査ね」と彼女は言う。「今様子を見てくるから待ってて」

ところがちょうどそのとき、ドアが開いてルーベスニックが出てくる。彼はクリスを見て言う。「どこかで見た顔だ」

「どこで会った？」

「はい、先日お会いしました」

「ええと、バルボア・パークでお会いしました」

ルーベスニックはいっときクリスを見つめ、それから片頰を歪めた大きな笑みを浮かべて言う――大声で。「モンキーマンじゃないか！　おい、みんな、有名人がここにいるぞ！」

仕事をしていた刑事たちが顔を起こしてクリスを見る。冷笑的に、あるいは苦々しげに。

クリスは自分が赤面するのを感じる――いつかこの人たちに交じって仕事をしたいと思っ

ているのに。

気づくとクリスはこう言っている。「実は、お話ししたいのはそのことについてではないんです」

「わかった、中で話そう」そう言うと、ルーベスニックは受付係を見て小声で言う。「二分経ったらブザーを鳴らして、電話がはいったふりをしてくれ」

「了解です、ルー」

ルーベスニックはクリスを自分のオフィスに案内し、坐るよう促してから尋ねる。

「で？」

「おれが先日、強盗を逮捕した件についてですが」とクリスは言う。「謝罪させてください。出すぎた真似をしました」

「おまえはフットボールをよく見るか、シェイ巡査？」

「チャージャーズが出ていくまでは見てました」（ロサンゼルス・チャージャーズは二〇一六年までサンディエゴを本拠地としていた）

「それならわかるよな？　ひとりのディフェンシヴバック《DB》が自分の持ち場を離れて、もうひとりのDBの持ち場にはいったらどうなる？」とルーベスニックは尋ねる。「相手チームにタッチダウンを決められてしまう。そういうことだ。おまえがおれたちの仕事をしたら、われわれはどうなる？　仕事にあぶれてしまう」

「よくわかります」

ルーベスニックはしばらくクリスをじっと見つめる。「こう言ってはなんだが、おまえはあの強盗の一件ではうまく犯人逮捕に漕ぎつけた。なかなかの腕だ。ブラウンが言うには、おまえは次の昇進で強盗課に来たがっているそうだな」

「そうなったらいいと願っています」

「そのためにおれたちに恥をかかせるのがおまえのやり方か？」

「誰にも恥をかかせるつもりはありませんでした」

「木から落ちるつもりはなかったように？」とルーベスニックは言う。「ガスランプ地区でプロレスをするつもりはなかったように？　ああ、知ってるとも、シェイ。おまえにはずっと眼をつけてたからな」

それはどっちの意味だろうとクリスは思う。おれを強盗課に引き抜くつもりで眼をつけていたのか、絶対に自分の課には来させまいとして眼をつけていたのか。

ブザーが鳴る。

「ルー、お電話が――」

ルーベスニックはクリスにウィンクしてから、内線越しに言う。「エレン、架空の電話相手に伝えてくれ。すぐに折り返すふりをするからと」

「了解です、ボス」とエレンの声が言う。「お相手の架空の電話番号を聞いておきます」

ルーベスニックは内線を切ってクリスに言う。「とにかく、おまえの心からの謝罪は課の全員に伝えて、悪気がなかったことをよく言い含めておこう。おまえが直接乗り込んできたことには敬意を表する――こういうことはなかなかできることじゃない。さあ、もう行ってくれ」

クリスは立ち上がる。「感謝します」

「まだ答の出ていない問題があるのを知ってるか?」とルーベスニックが尋ねる。「あの銃はどこから出てきたのかということだ」

クリスは強盗課から出ていく。背中に注がれる好奇の視線を感じながら。

しかし、ほんとうに考えているのはルーベスニックのことだ。警部補は何を言いたかったのだろう? 銃を追跡しろと? それとも銃を追跡するなと? なんとも曖昧だ。なにしろあんなにはっきり言われたのだから――自分の車線からはみ出るなと。

それはもっともだとクリスは思う。ただ、今いる車線を走っていても、おれが望む場所には行けない。ルー・ルーベスニックはそう言おうとしているのかもしれない――おまえが望む場所へ導いてくれる車線に移れと。

キャロリンは憤慨している。

自分が憤慨していることに憤慨している。

クリストファー・シェイに車で家まで送ってもらい、素敵な午後をありがとうと言われたきり、次のデートに誘われなかったことに憤慨している。

その夜のあいだずっと――因《ちな》みに土曜の夜だ。またしてもひとりで〈ネットフリックス〉、ひとりでごろごろの土曜の夜だ――憤慨しながら過ごし、憤慨しながらシャワーを浴びてベッドにはいり（十一時には寝ていた、ありえない）、憤慨しながら翌朝眼を覚ました。

日曜日の長いランニングのあいだもずっと憤慨していた。『90デイ・フィアンセ』を見ながら（こうなったらもうナイジェリアの王子さまでも見つけてデートするべきかも）憤慨していた。

そうして月曜の朝に起きて仕事へ向かう頃には、ささやかながら重要な矛先変更をおこない、クリストファー・シェイに憤慨するのをやめて自分自身に憤慨することにしたのだった。

彼女は自問する――どうして気にするの？

向こうがわたしに興味がないなら、こっちだって願い下げよ。

あの人は自分を何さまだと思ってるの？

木登りが下手なのはまちがいない。きっとキスも下手くそだろう。いつのまにかまたシェイに対して腹を立てていることに気づき、強いてネガティヴな感情の矛先を自分に向ける。

何がいけなかったの？　何が足りなかったの？

ちゃんと自分の話をしたし、彼の話にも耳を傾けたし（彼はわたしのまえで仕事上の悩みをすべてさらけ出した）、ビーチを歩くわたしはたまらなくキュートだったはずだし、わたしは正当な理由があって来ていることを明確にしたはずなのに。

彼が求めるものをわたしは持っていないということ？

「わたしのどこがいけないの？」とキャロリンはチャンプに尋ねる。

その答はチャンプにもわからない。

それでも、黙って彼女に手を差し伸べる。

例の銃は――クリスが調べたところ――品行方正な一市民の名義で登録されており、その品行方正な一市民が空き巣被害にあった際に盗難届けを出していることがわかった。

そこで行きづまる。

クリスは鑑識課を訪ね、軽い抵抗にあう――一介の巡査がそんなことを訊いてくるとは、いったい何に首を突っ込んでいるのか。幸い、その女性職員はクリスが話題のモンキーマンであることに気がつくと、さすがに哀れに思ったのだろう、検査結果を見せてくれた。

「実を言うと」と彼女は言った。「結果を見せろと言ってきたのはあなたが初めてよ」

問題の銃は三八口径のコルト・コブラだ。〈ホーグ〉のラバーグリップがついたダブルアクション式の拳銃。

グリップのいたるところにチャンプの指紋が付着しているが、それ以外の手がかりはない。

となると、別の角度から考える必要がある――あの夜、動物園の近辺で何があったのか？

クリスはデータシステム課へ行き、チャンプの一件よりまえにセントラル署にはいってきた通報の履歴をプリントアウトしてほしいと頼む。

「刑事の誰かに頼まれたのか？」とデータシステム課の巡査、シュナイダーが尋ねる。

「いや」

「じゃあ、駄目だ」とシュナイダーは言う。「あんたが進行中の捜査に携わってる捜査官であれば話は別だが、あんたは巡査だろ？」

「おれがルーベスニックに頼まれたんだとしたら？」とクリスは尋ねる。

「そうなのか？」

「本人に電話して訊いてみるか？」これはかなり危険な賭け《ストレッチング・ヒズ・ネック》だ。クリスは今、感謝祭の七面鳥並みに首を伸ばしている。早く切ってくれと言わんばかりに。シュナイダーが強盗課に電話し、ルーベスニックがいったいなんの話だと応じれば、クリスのキャリアはそこで終わる。

しかし、クリスには自信がある——シュナイダーが電話することはないだろう。もしクリスの言うことがほんとうだった場合、シュナイダー自身が大目玉を食らうことになるからだ。

「セントラル署？」とシュナイダーは尋ねる。

「そう」

数分後、クリスはあの夜チャンプが『スカーフェイス』の名場面を演じるまえにセントラル署にはいってきたすべての通報に眼を通している。家庭内の揉めごとが二件、バルボア・パークでの露出事件が一件、ガスランプ地区定番の殴り合いの喧嘩が一件。しかし、武装強盗や銃がらみの事件があった様子はない。

クリスは思う——ほんとうに動物愛護運動家の仕業だったのかもしれない。

それからじっくり考えてみる。バルボア・パークはセントラル署の管区の東端にある。ミッドシティ署の管区と隣り合っている。

ということは、仮に何か事件が——たとえば、そう、ノースパークで発生したとすれば、その容疑者がバルボア・パークに逃げ込んだ可能性は充分あるわけだ。

「ミッドシティ署はどうだ？」とクリスはシュナイダーに尋ねる。

シュナイダーはこき使われてたまらないと言わんばかりのため息をつくものの、それでもミッドシティ署のデータをプリントアウトして持ってくる。

あった。

いや——クリスは心の中で訂正する——あくまで可能性として。おれがチャンプの件で無線連絡を受ける一時間半まえに、三十丁目通りとユーパス通りの角にある酒屋が銃で脅されて強盗被害にあっている。公園の東端からほんの八ブロック先で。

記録では巡査二名——エレーラとフォーサイス——が応答したとなっているが、ふたりがパトカーで駆けつけたときには、容疑者はとっくに逃げたあとだった。

つまり、この事件は未解決ということだ。

強盗課が捜査を引き継いだのだろうが、いまだ犯人は捕まっていない。無線連絡の記録を見ても、その後の捜査状況についてはわからない——その情報は強盗課でしか見られないが、もう一度あの場に乗り込んでいって訊く勇気はさすがにない。しかし、誰も例の銃を追っている様子がないというのはどう考えても妙だ。

誰も指紋を調べにきていないというのは。

わかった、とクリスは思う——チャンプの一件でサンディエゴ市警の面目は丸つぶれになった。だからこのまま事件そのものをうやむやにしてしまおうというのだろう。

だけど、ルーベスニックはおれに真相を探らせようとしている。

なぜ自分の部下を使わない？

幸い明日は非番だ。クリスは夜勤が来るのを待って、ミッドシティ署に向かう。

フォーサイスはロッカーのまえで出勤まえの身支度をしている。

「フォーサイス巡査、クリス・シェイだ。セントラル署の」

「あんたが誰なのかは知ってるよ」とフォーサイスは言う。「噂のモンキーガイがおれになんの用だ？」

「あんたは先日、三十丁目通りで発生した強盗事件の通報を受けた」

「それで？」

「何があったか教えてほしい」

「大したことはなかった」とフォーサイスは言う。「おれが応答して、エレーラもすぐに駆けつけた。加害者の男は店員をナイフで脅してレジの金を奪った。おれたちは周辺を捜索したけど、犯人は見つからなかった。で、そのまま強盗課に引き継いだ」

「ナイフだったのか？」とクリスは尋ねる。「無線の履歴では銃になってたけど」

「ああ、ナイフが正解だ」とフォーサイスは言う。「店員は銃だと言えばおれたちが急いでやってくると思ったのさ。あんたにも経験あるだろ？」

クリスにもそういう経験はある。警察を早く来させようとして、通報者が状況を〝盛る〟というのはよくあることだ。

「なんでそんなことを訊くんだ？」とフォーサイスは尋ねる。「犯人の手がかりでもあるのか？　関連する事件とか？」

「いや」

「そもそもあんたの仕事はパトロールだろ？　個人的な興味でもあるのか？」

フォーサイスは開きかけた扉を懸命に押し戻そうとしている。クリスはそう思いながら答える。「いや、近くに住んでるんだよ。だからどういう事件だったのか知っておきたくて」

口から出まかせもいいところだ。フォーサイスにもそれくらいはわかる。「いいか、これはみんなのためであり、あんた自身のためでもある。何も知ろうとするな」

「何も？」

「何もだ」とフォーサイスは言う。「おとなしくセントラルに戻って、エテ公でも追いかけてろ。あんたらがそっちで何をしようが関係ないが、これ以上ミッドシティをうろちょろして余計なことを嗅ぎまわるのだけはやめてくれ。いいな、シェイ？　悪く思うなよ」

「思ってないよ」

悪くは思わない。が、署を出たクリスはそのまま車を運転し、問題の酒屋へ行く。店員と話をするために。

「だから言ってるだろ、銃だったって」と店員は言う。薄茶色の髪をした五十代の男だ。

「おれがナイフと銃の区別もつかないと思うのか？」

「いや、そういうことじゃ――」

「ほかにも教えてやろうか」と店員は言う。「あれは三八口径のコルト・コブラだった」

チャンプが振りまわしていたのとまったく同じ銃だ。

「オートマティックですよね？」とクリスは尋ねる。

店員は馬鹿にしきった顔でクリスを見る。「あんた、よくそれでお巡りが務まるな？　三八口径のコルト・コブラはリヴォルヴァーだ。ダブルアクションの。銃身は二インチ。〈ホーグ〉のラバーグリップ。おれはそれくらいは知ってて当然なんだよ。銃を集めてるんだから」

「だと思いました」

「この棚の下にも一挺隠してある」と店員は言う。「グロックの九ミリだ。そこまでするおれがナイフごときで強盗の言いなりになると思うのか？　相手がさきに銃を向けてきたんでなきゃ、おれだって自分の銃に手を出してただろうよ」

「容疑者の特徴を教えてもらえますか？」

「容疑者？」と店員は訊き返す。「容疑者なんかじゃない。あいつは犯人だ」

「その男の特徴を教えてもらえますか？」

「それはもう刑事さんたちに教えた。あんたらは話し合ったりしないのか？」

しないみたいです、とクリスは心の中でつぶやく。

「白人の男だ」と店員は言う。「五フィート六インチ前後。茶色い短髪。よくある派手なアロハシャツにジーンズと〈ケッズ〉のスニーカー。一目でわかる特徴を教えてやろうか？」

「ぜひ」

「首にタトゥーがはいってた。H、O、L」

「〝ホル〟？」

「残りは襟に隠れて見えなかった」

「で、あなたはそのことを刑事たちに伝えた」とクリスは言う。

「もちろん伝えたとも」

「銃のことも？」

答は聞くまでもないが。この男は銃の知識を披露したくてしかたなかったことだろう。

「当然だ」

「最初に通報を受けて駆けつけた巡査二名についてですが」とクリスは言う。「ふたりはあなたから事情を聴き取って——」

「それは戻ってきてからだ」

「戻ってきた？」

「やつを追いかけたあとでってことだ」と店員は言う。「ふたりが到着したとき、やつはちょうど店の入口から出たところだった。そのまま走って逃げたんで、ふたりともあとから走って追いかけたってわけだ。正直な話、あれなら捕まると思ったんだけどな」

ああ、ふたりもそのつもりだったはずだ。クリスは内心そう思う。

いずれにしろ、これでチャンプの手（前肢？）に渡った銃がこの酒屋の強盗事件に使われたものであることは明白になった。

わからないのはそれがどういう経緯でチャンプの手に渡ったかということだ。

問題はもうひとつある。なぜフォーサイスはそれが銃ではなくナイフだなどと嘘をついているのか。

次の当番の日、クリスが署を出て自分のパトカーに向かおうとすると、ヴィラ巡査部長が歩み寄ってくる。

そして尋ねる。「ミッドシティ署でいったい何をやってた？」

「フォーサイスがわざわざ言ってきたんですか？」

「エレーラだ」とヴィラは言う。「ふたりともイースタン署時代の仲間だ。エレーラはいいやつだ。フォーサイスも」

「巡査部長――」

「おまえが何を言おうとしてるのかは知らんが」とヴィラは言う。「やめておけ。今言おうとしたことは誰にも言うな」

上司の命令ならしかたがない。クリスは口を閉じる。

「おまえは分別のある男だ」とヴィラは言う。「善良なお巡りだ。馬鹿な真似はするな」

すばらしい。クリスはパトカーに乗り込みながら思う。強盗課の警部補があしろと言えば、おれの直属の上司の巡査部長はこうしろと言う。ヴィラの命令に背けば、おれのキャリアは今すぐみじめなものになるだろう。一方、ルーベスニックの期待に背けば、強盗課への昇進の望みは永遠に絶たれるだろう。

しかし、実際のところ、あの銃についての全容は明らかになっていない。これから明らかにできそうにもない。強盗課の刑事たちから情報をもらうわけにはいかない。そもそも彼らは事件を追ってすらいない。エレーラとフォーサイスはだんまりを決め込んでいる。容疑者は行方をくらましている。チャンプが何か言ってくれるわけでもない。

なにより市警そのものが事件を放置したがっている。

だったら放っておけ。クリスは自分にそう言い聞かせる。

ただ、残念ながら、そんなことはできそうにない。

ルーベスニックは八件目の伝言を受け、電話に出て言う。「そんなにおれの邪魔をするのが愉しいか、モンキーマン？」

「強盗課のファイルを見せてもらいたいんです。酒屋で起きた強盗事件の」

「なぜ？」

「銃の一件について知りたいとおっしゃってましたよね？」クリスはルーベスニックに酒屋の住所を教える。

一瞬の沈黙ののち、ルーベスニックが言う。「あとでかけ直す」

意外にも彼は約五分後にかけてくる。「その事件はギアリー刑事が担当している。彼は優秀な捜査官だ」

「それはもちろん疑ってはいませんが、しかし……」

「〝しかし〟を使うということは、そのまえのおまえの発言がすべてたわごとだと言っているのと同じことだ」とルーベスニックは言う。「しかし……もしおまえが直接ここへ来て見たいと言うなら――」

「ギアリー刑事やほかのみなさんの与《あずか》り知らないところでファイルを見せてもらえればありがたいんですが」とクリスは言う。

「おれの可愛い部下たちを裏切れと言うんだな」

「あの銃についての質問に答えたいんです」

また沈黙ができる。それからルーベスニックが言う。「おれの受付係のエレンを覚えてるか？　ブロードウェイとケトナーの角のスターバックスで一時間後に落ち合え。彼女を待たせるなよ」

「感謝します」

「感謝はするな」とルーベスニックは言う。「これでおれの顔に泥を塗ったら、おまえのキャリアを深海のどん底に沈めてやるからな。ジェームズ・キャメロンでも探索できないくらい」

クリスはいそいそとスターバックスへ向かう。到着して待っていると、エレンがはいってきて彼を見つけ、マニラ封筒に入れたファイルを手渡す。

「そこに坐って読んで」と彼女は言う。

「そのあとは？」

「読んだら返して。今から十分あげる」

そう言うと、エレンはカウンターに行ってひとり分のラテを注文する。クリスに何か飲むかとは訊かない。

クリスは十分もかからず読みおえる。ファイルは薄く、中身はほぼ予想どおりだ。フォーサイスの報告が引用され、店員はナイフで脅されたことになっている。フォーサイスとエレーラが現場に到着すると容疑者はすでに逃げたあとで、ふたりは周辺を捜索したが、見つからなかった。そう書かれている。

ギアリー刑事はそれ以上の手がかりを何も得ていない。

つまり――クリスはファイルをエレンに返しながら思う――ギアリーはミッドシティ署の巡査ふたりと共謀して、実際の出来事を隠蔽《いんぺい》した。そして、ルーベスニックは自分の部下に訊けないことをおれに答えさせようとしている。そういうことだ。

「わたしたちは今日ここで会わなかった。それはもちろんわかるわよね？」

「わかります」とクリスは言う。それから尋ねる。「ひとつ訊いてもいいですか？」

「訊くのは自由よ」

「ギアリー刑事は強盗課に来るまえはどこにいたんですか？」

「イースタン署だったと思うけど」とエレンは言う。

つまり、イースタン署のＯＢたちが結託して、あの晩エレーラがしたこと、もしくはしなかったことを隠蔽したというわけだ。それがなんだったか知るには、〝ＨＯＬ〟のタトゥーを首に入れた男を捜すしかない。

だけど――クリスは思う――いったいどうやってそいつを見つければいい？

リチャード・ホルダーは檻の中に戻れたことを素直に喜んではいないが、誰かが面会に来てくれたことを素直に嬉しく思う。

その誰かが警官だとわかるまでは。

「なんの用だ?」と彼はクリスに尋ねる。

「あんたを助けたい」

「お巡りはいつもそう言うけどな」とリチャードは言う。「どうやって?」

「誰から銃を買った?」とクリスは尋ねる。「あんたが持ってたあの二二口径のAMTのことだ」

「あれはいい銃だ」

「ハトを脅すにはいいだろう」とクリスは言う。「どこで手に入れた?」

リチャードは首を振る。「チクリ屋は嫌われるだけじゃすまない」

クリスは今までそのフレーズを百回は聞いてきた。だから答は常に用意してある。普通なら〝チクリ屋は刑期が短くなる〟と返すところだが、リチャードのような常習犯にはこうだ。「チクリ屋はお務め先を自分で選べるかもしれない」

リチャードはさっそく食いついてくる。

「そんなことができるのか?」と彼は尋ねる。「ドノヴァンでもいいのか?」

つまり、リチャードはドノヴァンに仲間が大勢いるということだ。おそらくは彼氏のひとりも。そこに戻るということは、故郷に帰るようなものにちがいない。

「おれにできることはこうだ」とクリスは言う。「量刑裁判官に協力依頼の手紙を書いて、あんたがドノヴァンで服役することを推薦するか、あるいは……別の手紙を書いて、あんたのような再犯者はQに入れるべきだと要請するか」

　Q——すなわち最重警備のサン・クエンティン刑務所だ。

　リチャードの顔にさっと不安がよぎる。

「ドノヴァンに行かせてくれたら」と彼は言う。「銃ディーラーの情報をやってもいい」

「いや、今ここで教えてもらう」

「あんたを信じていいとどうしてわかる？」

「あのウォッカを飲ませてやっただろ？」とクリスは尋ねる。取り引きはもうすんでいる。あとひと押しするだけでいい。「いいか、あんたが有罪判決を受けるのはお互いにわかってることだ。あんたは自分から罪を認めて、銃にはあんたの指紋もついてる。行くことはもう決まってるんだから、どうせなら自分の行きたいところを選んだほうがいい」

「そいつの名前は知らないんだ」

「場所と特徴を教えてくれ」とクリスは言う。

　三十二丁目通りのはずれの空き地だとリチャードは説明する。長身でガタイのいい三十代のメキシコ人の男。顎ひげを生やし、腕にギャングのタトゥーがあり、レイダースのNFLキャップをかぶっている。

「今度ネヴァダに移転するレイダースだぜ」リチャードはふんと鼻を鳴らして言う。

「おれはチャージャーズを応援してた」

「移転したときはショックだったな」

「ああ、そのとおりだ」とクリスは言う。「もうひとつ教えてくれ。あんたがこれまで渡り歩いてきた中で、こんなやつに会ったことはないか？ 五フィート六インチ前後の白人の男で、首に〝HOL〟とタトゥーがはいってる」

「ホリスだろ」

クリスは肩をすくめる。「かもしれない」

「いや、絶対あいつだ」とリチャードは言う。「ホリス・バンバーガー。忘れもしない、チノで一緒だったからな」

「バーガーの綴りはBergerか、それともBurger？」

「Uのほうだったと思う」

「そのバンバーガーはあんたに銃を売った三十二丁目通りの男を知ってるかな？」

「三十二丁目通りの男を知らないやつなんていないよ」とリチャードは言う。

よし、いいぞ。クリスは内心ほくそ笑み、それから尋ねる。「ホリス・バンバーガーについてほかに知ってることは？」

リチャードは声をあげて笑う。「やつはアホだ」

それならよほどのアホにちがいないとクリスは思う。リチャード・〝おれは目出し帽をかぶってた〟・ホルダーをしてそう言わしめるほどの。

まったくもって愛すべきやつらだ。

クリスは自分の車で三十二丁目通りのはずれの空き地へ行き、ラテン系のギャング風の連中が屯《たむろ》しているのを眼にする。

連中もクリスを眼にする。

私服で自分の車に乗っていようが関係ない。お巡りが来たことは彼らには一目瞭然だ。経験にまさるものなし。

全員が睨《ね》めつけるように見てくる。中でもレイダースのキャップをかぶり、腕にタトゥーを入れた長身でガタイのいい山羊ひげの男からひときわ強い視線を感じる。

クリスは車を降りると、〝何もしないから大丈夫〟と言わんばかりに両手を肩の横で挙げてみせ、山羊ひげの男に歩み寄る。「話がしたいだけだ」

「何について？」と男は尋ねる。「天気か？　天気は最悪《サックス》だ。パドレスか？　あいつらも最悪《サックス》だ。あんたの姉ちゃんのことか？　あんたの姉ちゃんならおれのちんぽをしゃぶってくれてる」

「首に〝HOL〟のタトゥーを入れた男はどうだ？」

会心の一撃。

男は口は達者だが、眼はそうでもない。明らかにうろたえている。

男はわかっていながら尋ねる。「そいつがどうした？」

「その男に銃を売ったか？」とクリスは尋ねる。「コルト・コブラを？」

「おれが馬鹿正直に答えるとでも思うのか？」

「いいか、やつの名前はもう割れてる」とクリスは言う。「もしおれがあんたの協力なしでやつを見つけたら、やつにあんたのことを吐かせて、あんたのケツに野球バットを根元までぶち込んでやる。だけど、もしおれがあんたの協力を得てやつを捕まえたら、あんたのことを忘れてやってもいい」

「おれは〝指《デド》〟じゃない」と男は言う。

デド——すなわち密告者。

男は本気だとクリスは悟る。脅しても無駄だということだ。

「あんたの名前は?」とクリスは尋ねる。男がためらうと、クリスは言う。「なあ、お互い楽なやり方でできないのか? それとも何かケチな理由であんたを逮捕してからにするか? どっちみち同じことだ」

「クソお巡りども」

「そのとおり。で?」

「モンタルボ。リック」

「クリス・シェイ。クリストファー・シェイ巡査だ」

「刑事じゃないのか?」とモンタルボは尋ねる。

「今はまだな」とクリスは言う。「で、リック。商談をする気はあるか?」

モンタルボはとくとクリスを眺めてから言う。「おれは毎朝起きたら必ず同じことを自分に問いかける。それが何かわかるか?」

「知りたくてたまらないな」

「〝ほかのやつらはおれに何をしてくれるか？〟ってな。クリストファー、あんたはおれに何をしてくれる？」

「アイディアは広く募るよ」

モンタルボにあるアイディアが浮かぶ。

ひとすじの光明が差し込むように。

これで一気にあらゆる問題が解決する。

「ロペスって男がいるんだが」と彼は言う。「やつを車ごと押さえてみろ。トランクにとんでもない量の大麻《イエルバ》があるはずだ」

「そいつに金でも借りてるのか？　それとも女を寝取られたのか？」

「金だ。この国におれの女より満たされてる女はいない」

「ホリス・バンバーガーの居所はわかるか？」

「それよりもっといいことを教えてやる」

クリスはロペスについての情報をメモする。

顔を上げると、モンタルボが妙な表情でクリスを見つめている。「あんた、見たことあるぞ」

「気のせいだよ」

モンタルボはにやりと笑って言う。「あのチンパンジー事件のお巡りじゃないか」

「ちがうって」

「ちがわないだろ。あんた、お騒がせのモンキー野郎じゃないか」

クリスは確かにお騒がせモンキー野郎かもしれないが、馬鹿ではない。勝手な逮捕劇を繰り広げて同じ過ちを繰り返そうとは思わない。

まず高校時代の友人に電話をかける。クリスが一年生のときに四年生だった男で、よく一緒にバスケットボールをした。今は市警の麻薬課にいる。「逮捕を頼めるか？」

「そりゃもう大歓迎だ」と友人は言う。「上司にケツを蹴られどおしでね」

クリスは彼にヴィクター・ロペスの情報を伝える。車種、ナンバープレート、居所――何もかも。ロペスはこれが五度目の逮捕となるため、相当な金を積まないかぎり保釈は無理だろう。モンタルボがそれをあて込んでいることはまちがいない。

「助かるよ、クリス」と友人は言う。「ほかにおれにできることはあるか？」

「そいつを捕まえたら教えてくれ」

「了解。ご苦労さん」

まだ終わりじゃない、とクリスは自分に言い聞かせる。

ただし、ゴールは見えはじめている。

ホリスは携帯メールを受信する。

〝注文の品を確保した。今夜十時に渡す〟

ホリスは返信する。〝そいつはなにより。いつもの場所か？〟

すぐに返事がくる。〝ちがう。動物園の駐車場に来い〟

〝ＯＫ〟

モンタルボはクリスに向きなおる。「これで満足か？」

「まだだ」とクリスは言う。

クリスは揺れている。

自分が本来すべきことはわかっている。今すぐ強盗課へ行って、この潜在的な逮捕案件を引き渡すことだ。

通常、武装した犯罪常習者による銃の密売がからんだこの手の囮《おとり》捜査では、相応の規模のマンパワーが必要になる――覆面捜査官、応援要員、場合によってはＳＷＡＴも。指揮官の許可も戦術計画もなしにひとりで決行するというのは、あらゆる正規の手続きに反することになる。

しかしながら、強盗課に持っていくのには問題がある。

ひとつには、してはならないと言われたことを思いきりしてしまっているからだ。巡査の分際で強盗事件を捜査するということを。見てはならないファイルに眼を通し、話してはならない目撃者から勝手に話を聞き、司法取引きの権限もないのに囚人に交換条件を持ちかけ（それを言うなら話をするだけでも駄目だ）、さらに犯罪者と取引きを交わして、別の犯罪者の逮捕と引き換えに本命の犯罪者を罠にはめることに合意させ、してはならない囮捜査を進めてしまっている。

それがひとつ。

問題はもうひとつある。強盗課に引き渡すとなるとギアリー刑事にすべてを説明しなければならないが、彼こそはクリスが暴こうとしている事件の隠蔽に加担している張本人だ。当然うまくいくはずがない。

別の選択肢として、この件をルーベスニック警部補に直接持っていくという手もある。彼ならギアリーを抑え、ホリスを捕まえるための囮捜査に必要な人員を投入することもできるだろう。とはいえ、クリスには自信がない。ルーベスニックはこの件に自ら関わるつもりはないかもしれない。おれがすべてをきちんと縛ってリボンをかけた状態で持っていくまで。あるいは持っていかないかぎり。

また別の選択肢はこの件をセントラル署の内部だけにとどめておくことだ。

しかし、そうなるとヴィラ巡査部長に話さなければならない。

ヴィラは喜ばないだろう。

あるいはヴィラを介さず、その上のブラウン警部補に直接話すという手もある。が、ブラウンにはすでに再三言われている。おとなしく引っ込んでいろと。何より〝チャンプ・ザ・チンプ〟事件の失態がまたしても公衆の眼にさらされることを彼が喜ぶはずがない。最後の選択肢は――クリスは思う――すべてをここでやめにして、なかったことにすることだ。

けれど、ルーベスニックはおれがそうすることを望んではいない。おれも自分がそうすることを望んではいない。

自分で始めたことだ――最後までやり通せ。

武装強盗を市《まち》からひとり駆逐することだけじゃない。こういうことをするためにこそおれは給料をもらってるんだろうが。

その夜九時四十五分、クリスは動物園の駐車場の一角に車を乗り入れる。

リーは動物園に向かって車を走らせる。

「どうやるのか言ってみろ」と彼は言う。

「さっき言ったじゃないか」とホリスは言い返す。

「もう一回言ってみろ」

ホリスはため息をつく。「おれがメキシコ人に金を渡す。やつはおれに銃を渡す。おれはその銃をやつに突きつけて、金を返せと脅す」

なんとも見事な手口だ——リーは自画自賛する——銃ディーラーから買った銃でその相手を脅し、支払ったばかりの銃の代金を巻き上げるとは。リーは〝対称《シンメトリー》〟ということばの意味を知らないまま（それを言うなら〝皮肉《アイロニー》〟もだが）、無意識にその概念を嚙みしめている。

ホリスはそこまで熱狂していない。「これでもう二度とやつからは銃を調達できなくなる」

「そもそも二度もやつのところで銃を調達しようとしたのがまちがいだったんだよ」とリーは言う。

どのみちやつは痛い目を見るべきだ。リーはそう思う。スミス＆ウェッソンのM39ごときに四百ドルと分けまえまで要求するとは。そうやって不当に金を奪うなら、奪い返されても文句は言えまい。それが当然の報いだ。正義とはそういうものだ。

リーは正義を信じている。

聖書の黄金律も。

おれたちは単純にメキシコ人がおれたちにしたことのお返しをしようとしてるだけだ。

それでも、ホリスがビビっているのは傍《はた》から見ていてもよくわかる。まず、こいつは覚醒剤でもやっているウサギよろしく足をぱたぱたさせている。もうひとつ、ホリスというのはいつでもビビるやつなのだ。

「心配するな」とリーは言う。「おれが守ってやるからよ」

「わかってる」

そう言いながらも、ホリスの声には不安が表われている。

「おれが今までおまえを守ってやらなかったことがあるか？」とリーは尋ねる。そこに込められた皮肉に自分で気づくことなく。

確かにそうだけど、とホリスは思う。

刑務所でリー以外の誰かがおれをぶちのめそうとしたら、リーはそいつをボコボコにした。

リー以外の誰かがおれを可愛がろうとしたら、リーはそいつもボコボコにした。

リーはいつでもおれを守ってくれた。

ただ、今リーはそのことで完全にひとりよがりになっている。眼を涙で潤ませそうなくらい感情的になっている。「おまえはおれのブラザーだ。愛する兄弟だ。何があろうと、おれは絶対におまえを見捨てたりしない。もしそのクソ野郎がおまえに何かしようとしたら、おれが始末をつけてやるよ」

どうやって？　ホリスは自問する。リーは銃を持っていないのに。

ホリスはそのことをリーに指摘する。

リーは一瞬それについて考え、顔をしかめてから、ぱっと明るい顔になって言う。「おれにはほら、車があるだろ？　やつに何かされそうになったら、おまえは脇によけるだけでいい。そしたらおれがやつを轢《ひ》いてやるからよ。もう心配するのはやめろ。大丈夫だから」

ホリスは心配するのをやめない。

なぜなら——彼は思う——相手も馬鹿ではないからだ。

クリスは運転席に身を沈め、モンタルボが白いトヨタのピックアップトラックを駐車場に停めるのを見守る。

モンタルボが車を降りて、運転席のドアにもたれかかる。

一分後、左のフロントフェンダーがたついた緑のニッサン・セントラがやってきて、モンタルボから五ヤードほど離れたスペースに駐車する。

ホリス・バンバーガーが助手席から出てきて車をまわり込む。そこでクリスは誤算に気づく。別の男が運転してくることを計算に入れていなかった。おれはとんだまぬけだ。逮捕しなければならない人間がひとりからふたりに増えてしまったのだから——応援もない状況で。

これではホリスとおれのどっちが馬鹿かわからない。

今ならまだ間に合う。このまま何もしないという手もある。

何もせずに車で走り去り、この一件を強盗課に引き渡せばいい。あるいはなかったことにすればいい。

とはいえ、ホリスともうひとりの仲間が銃を買うのには理由がある。その理由とはまずまちがいなく新たに武装強盗を働くためだ。そうなったら今度こそ怪我人が出るかもしれない。

それがわかっていてこの場から逃げ去るわけにはいかない。クリスは自分にそう言い聞かせる。

自分で始めたことだ。最後までやり通せ。

父の唯一の教え——自分で始めたことは自分で始末をつけなさい。

クリスは拳銃をそっと右手で持ち、左手をドアの把手《とって》にかけ、出ていくタイミングをうかがう。ホリスがモンタルボに歩み寄るのが見える。

ホリスがモンタルボに金を渡す。

モンタルボが自分のトラックに戻り、拳銃を持って出てくると、それをホリスに渡す。

ホリスが拳銃をモンタルボの顔に突きつけ、何か言う。

モンタルボが彼の顎に左フックを叩き込む。

ホリスが斧で倒されたかのようにその場でくずおれる。

クリスは車から飛び出し、銃を体の横で持ったまま、警察バッジを掲げて叫ぶ。「警察だ！　動くな！」

モンタルボはホリスの裏切り未遂に逆上するあまり、クリスの声も聞こえていないようだ。ホリスの胸倉をつかんで、往復ビンタを食らわせている。

ホリスが悲鳴をあげる。「リー！　リー！　助けて！」

リーがアクセルを踏む。

そのまま猛スピードで駐車場を出ていく。

クリスはまえに進みながら叫ぶ。「警察だ！　動くな！」

モンタルボはホリスから手を放すと、自分のトラックに乗り込んで走り去る。

ホリスは四つん這いになっている。

顔を起こし、クリスが近づいてくるのを見て、よろけながら立ち上がり……

バンバーガーをやらかす。

拳銃を構える。

クリスは立ち止まり、自分の銃をホリスに向けて叫ぶ。「そいつは空砲だ、ホリス！」

ホリスは明らかに困惑している。なぜこのお巡りはおれの名前を知っているのかと。だけど、おれの名前を知ってるなら、こいつはほかにも内部情報を得ているにちがいない。

あのメキシコ人のクソ野郎が売った銃に弾丸《たま》がはいってないこととか。

ホリスは銃を捨てる。

そして、アドレナリンというのはすばらしいもので……

走りだす。

言ってみれば。

内股でよろよろとまわりだすと言ったほうが近い。モンタルボにこてんぱんにやられたおかげで。いくらも行かないうちに、クリスは飛びかかって彼をアスファルトに引きずり倒す。

「両手を出せ」とクリスは言う。

ホリスは両手を差し出しながら、万年負け犬のお約束の台詞《せりふ》を叫ぶ。「おれは何もやってない！」

「おまえはたった今、違法な銃器を購入するという重罪を犯した」とクリスは言う。「おまえを逮捕する。おまえには黙秘する権利がある。おまえには──」

「自分の権利くらい知ってる」ホリスはクリスに手錠をかけられ、立たされながら言う。

「おれははめられたんだ」

「おまえには武装強盗の容疑もかかっている」とクリスは言う。

「おれはやってない」

クリスは彼を車まで歩かせる。「それと刑法第一八七六条違反もだ」

「それはなんの罪だ？」

「チンパンジーの手の届くところに銃を置いた罪だ」

ホリスは眼を見開く。「あんた、あのお巡りか！　モンキー野郎か！」

「ご名答」クリスはそう言うと、ホリスを車の後部座席に押し込んでから尋ねる。「ホリス、どうしてあんなことをした？」

ホリスは何も言わない。

「なあ、いいか」とクリスは言う。「おまえはもう逃げられない。あの酒屋の店員に顔と銃を覚えられてるんだから。その上、こんなクソはじきを買ってる現場まで押さえられたんだから。どっちにしても刑期が長くなることは免れない。だったら、今ここで潔く話したらどうだ？　あの夜何があったんだ？」

「なんで話さなきゃならない？」とホリスは訊き返す。

クリスはこれについて考えてみる。実のところ、ホリスが彼に話さなければならない理由は何もない。一瞬、間を置いてからクリスは言う。「ホリス、おまえには前科がある。こうなったときの一連の流れはわかってるはずだ。そこでおまえに訊こう。これは警察の車か？　おれは無線で報告を入れたか？　そういうことだ。おれはこのままおまえを乗せて渓谷をドライヴすることもできる。運転しながらおまえの悩みをじっくり聞いてやることもできる……」

それから賭けに出る。「なんならミッドシティ署までおまえを乗せていくことだってできる。フォーサイスとエレーラの巡査ふたりを車まで連れてきて、おまえと話がしたいか訊いてみてもいい。今ならまだおまえが捕まったことは誰も知らないんだから」

ホリスは怖気《おじけ》づいた顔で尋ねる。「そんなことをする気なのか？」

いや──クリスは思う──そんなことはしない。

今言ったようなことをするつもりはまったくない。ホリスがそれを知らずにいてくれればいいのだが。クリスはそう思いながら言う。「あるいは、あの夜何があったかをおれに話してくれれば、おれの所属するセントラル署に連れていってやる。そこならおまえに腹を立てるやつはいない」

ホリスはあの夜の出来事を話しはじめる。

「まずあの店の金を奪った」と彼は言う。「お巡りがあんまり早く来たもんで、車まで戻る時間がなくて、そのまま走って逃げた。お巡りのうち、スペイン系のほうがパトカーから飛び出して追いかけてきた。おれはフェンスを跳び越えて動物園に逃げ込んだ。さすがにもうついてこないだろうと思ったら、やつは中まで追ってきた。おれは息切れしてたから、銃をやつに突きつけた」

「それで？」

「やつは立ち止まって」ホリスはにやりと笑って続ける。「そのままうしろにさがった。だからおれは何秒か待ったあと、またしばらく走った。銃を持ってるのはまずいと思ったから、あそこに投げ込んだ。あのなんだっけ、囲いの中に」

なるほど、そういうことか。クリスは納得する。

怖気づいたエレーラをイースタン署時代の仲間たちがかばったわけだ。

「今の話はほんとうか、ホリス？」とクリスは尋ねる。ホリスが嘘をついていないことはわかっていたが。

「誓ってほんとうだ」

「もうひとつ知りたいことがある」とクリスは言う。「運転席にいたおまえの仲間だ。やつの名前は？　どこに行けば捕まえられる？」

「それは教えられない」

「それは忠誠心からか？　たった今あんな仕打ちを受けたのに？　窮地に置かれたおまえを見捨てて逃げたやつをかばうのか？」

「リー」とホリスは言う。「リー・キャズウェル」

彼はクリスにモーテルの名前も教える。

そこに戻るほどリーも馬鹿ではないはずだが、クリスはナンバープレートを押さえている。これで晴れてルーベスニックに事件の真相を報告することができる。実際に人事課が動くまでには時間を要するかもしれないが、とにかくおれは強盗課への切符を手に入れたのだ。

クリスは言う。「おまえが今おれに話したことは絶対に誰にも言うな。二度とだ。おまえはあの店の金をナイフで脅し取った。わかったな？」

「わかった」ホリスは好都合な展開に喜んでそう答える。ナイフなら銃の場合よりだいぶ刑期が短くなる。

クリスはセントラル署まで車を運転し、ホリスを署内へ連行する。

「どうした、シェイ？」と内勤の巡査部長が尋ねる。「今夜は非番だと思っていたが」

「そのとおりです」とクリスは答える。「ちょっとこいつを見ててもらえますか？　ヴィラに話があるんで」

そう言って、上司の巡査部長を探しにいく。

発信者の名前を見た瞬間、キャロリンはこのまま無視して留守番電話に応答させようかと思う。

クリス・シェイに放置されて三日以上が経っている。その気があれば男のほうから三日以内に電話を寄こすものなのに。だからこの間《かん》、彼女は無理に自分を納得させていた——向こうにその気がないなら、こっちだって願い下げだと。

でも、と彼女は思う。その気がないなら、なぜ電話してきたのだろう？

キャロリンは仕事中のような口調で電話に出る。「ドクター・ヴォイトですが」

「シェイ巡査です」

「あら、こんにちは、クリス」まるでこう言わんばかりに——〝電話なんかかけてきてどうしたの？　まあ、別にどうだっていいんだけど、五日も経ってるからちょっとびっくりしちゃって〟。たった三語で表現するのは至難の業《わざ》だが、彼女はなんとかやってのける。

善良なお巡りというのは、ことばの微妙なニュアンスというものにおそろしく敏感な輩《やから》なので、クリスは彼女の声が聞けたことに感動している。それが電話越しの声に表われている。「いきなりだけど、野球観戦は好き？」

「ええ、嫌いじゃないけど」完璧だ。あたりさわりのない、いかにも無頓着でありながら、ドアは開いていると思わせる返答。

「実は、うちの警部補がめちゃくちゃいい席のチケットを二枚持ってて。明日の午後のパドレスの試合なんだけど」とクリスは言う。「ダイヤモンドバックス戦。もしよかったら、一緒にどうかなと思って」

キャロリンは思わず食いつきそうになるのを我慢して尋ねる。「その警部補さんと？」

「いや、そうじゃなくて、おれと」と彼は慌てて言う。「チケットを二枚もらったんだ」

「つまり、デートみたいにってこと？」

そう訊き返しながら、彼女は思う――今度こそはっきりしてもらわないと。たとえドアに鍵はかかっていなくても、彼には自分でベルを鳴らす必要がある。

「つまり、そういうこと」とクリスは言う。「これはデートの誘いだと思ってほしい。おれと一緒に野球の試合を見に行きませんか？」

「明日の午後ならあいてるわ」

「よかった」とクリスは言う。「じゃあ、来てくれる？」

行きたい、とキャロリンは思う。実のところ、行きたい気持ちが強すぎて自分でも少し驚くほどだ。「現地で会えばいい？」

「いや」とクリスは言う。「デートだから。家まで迎えにいくよ。それで問題なければ」

それで問題ない。

翌日の午後、クリスが家に迎えにくる。いかにも好青年らしい、野球を見るにはややフォーマルな恰好――カーキパンツに品のいいシャツの裾をパンツの中に入れ、パドレスの野球帽をかぶっている。彼女のほうもきれいめな恰好をしている――オフショルダーのぺザントブラウスに、ヒップラインをタイトに見せてくれる〈トゥルーレリジョン〉のジーンズ。

クリスは〈オムニ・ホテル〉の駐車場に前払いで車を停める。球場のペトコ・パークまでは歩いてすぐだが、そのまえにドラッグストアに寄る。

「きみの肩に日焼け止めが必要になるから」と彼は言う。

「わたし、まちがった恰好して来ちゃった？」と彼女は尋ねる。

「いや、すごく素敵だよ。ただ、日焼けはしないほうがいいと思って」

クリスがチューブ入りのSPF50の日焼け止めを買い、ふたりは球場まで歩く。

「ここには来たことある？」とクリスが尋ねる。

「いいえ」と彼女は答える。クソ馬鹿教授はいつも野球の喩《たと》え話ばかりしていて、ブルックリン・ドジャースのヴィンテージもどきのユニフォームを持っていて、国内のありとあらゆる球場に行ったことがあると自慢していたが、ふたりで生の試合を見にいったことは一度もなかった。

球場は実に美しい。

手入れの行き届いた芝生の緑がエメラルドのようだ。かつて〈ウェスタン・メタル・サプライ〉の社屋だった古い赤煉瓦《れんが》の建物が、キャロリンでも知っている〝左翼の壁〟の一部を形成している。球場の裏には高層ビルやマンションが建ち並び、その向こうにサンディエゴ湾が広がっている。

「すごい」と彼女は言う。

クリスは彼女が眼を輝かせている様子に見惚れながら言う。「きみに野球帽を買うべきだな」

「そう思う?」

「ああ、そうしよう」

クリスは彼女を売店に連れていき、〝SD〟のロゴがはいったブルーの野球帽を選ぶ。キャロリンは髪をポニーテールにまとめ、野球帽をかぶってみせる。鏡がないので映して見ることはできないが、自分がたまらなくキュートに見えていることはわかる。

クリスの眼がそう言っている。

この上なく満足した幸せな顔をしている。

「おれたちの席は一塁側だ」と彼は興奮した少年のような口調で言う。「それもかなりまえのほう」

「愉しみね」

ふたりは自分たちの席にたどり着く——セクション一〇九の十二列目。

「すごい」とキャロリンは言う。「ほんとにめちゃくちゃいい席ね」

「おれはだいたいいつも外野席なんだけど」

「よく来るの?」

「夜勤があるから、なかなかそうもいかない」と彼は言う。「試合は夜が多いから。でも、来られるときは来る」

そう言うと、一瞬、間を置いてから続ける。「ここがこの世で一番くらい好きな場所かもしれない」

この人はわたしに大切なことを打ち明けてくれている。キャロリンはそんな気持ちになる。

「ホットドッグとビールはどう？」とクリスが尋ねる。

「ホットドッグとビール、いいわね」と彼女は答える。それからそんな自分を笑って言う。「あんまり淑女らしくないけど」

「いや、最高だよ」と彼は言う。「じゃあ、買ってくる。マスタード？　ケチャップ？　レリッシュ？　オニオン？」

「ケチャップは抜きで」

キャロリンは席に坐ってフィールドを眺め、人でいっぱいの球場を見渡す。まわりの空気を肌で感じる。この場に満ちている……なんだろう？……なんとも喜ばしい雰囲気を。

やがてクリスが戻ってくる。プラスティックのカップにはいった泡の立ったビールふたつとホットドッグふたつを手に。

「ありがとう」

「どういたしまして」

キャロリンは昨夜みっちり調べて学んでいる。パドレスは今シーズン負けつづきで、最下位を脱する見込みがほとんどないらしいことを。しかし、クリスはそんなことはまったく気にしていない。ただこうしてこの場にいられることに大いに喜びを感じている。

「そろそろきみにあの日焼け止めを塗らないと」ふたりとも食べおわった頃にクリスが言う。それから急にもじもじして口ごもる。「いや、つまりその、きみが……」

「いいえ」そう言うなり、キャロリンは彼に背中を向けて尋ねる。「お願いしてもいい？」

なんてやさしい手つき……恭《うやうや》しいまでに丁重で……それでいて……徹底している。彼女はうっとりと肌で味わう。日焼け止めのローションのじんわりとした広がりと彼の手の感触を……

「こっちを向いて」と彼が言う。「鼻にも塗ってあげよう」

キャロリンは彼のほうに向き直って顎を上げる。クリスは人差し指に一滴分のローションを出すと、彼女の鼻梁に注意深く指を走らせる。

それからそっと塗り込める。「完璧だ」

ほんとに完璧。キャロリンは心の中でうなずく。

こんなにセクシーな気分を味わったのは初めてかもしれない。

そう思った次の瞬間、クリスが言う。「まずいな」

「え？」

彼は二列下の席に向かって歩いてくる、ビールを手にした三人組の男をさりげなく指し示す。

「誰？」とキャロリンは尋ねる。

「先頭にいるのがルーベスニック警部補」とクリスは言う。「おれに気づかないでくれるといいな」

「どうして？」

「つい最近、あの人の期待を裏切ってしまったんだ」

「あら」

「その横の人はきみも知ってるはずだ」

「ほんと？」キャロリンは茶色いカーリーヘアのその男に眼をやる。恰幅のいい赤ら顔の中年男だ。

「テレビでよく見る顔だろ？」とクリスは言う。「たぶん今日もどこかのタイミングで大画面に映るだろうな。デューク・カスマジアン。保釈保証業者で富豪の。〝デュークにお電話を〟。聞いたことない？」

「ああ、あの人ね」

「もうひとりは知らない顔だな」

三人目の男が振り向くと、キャロリンは気づいて言う。「知ってる。ケアリー教授よ。わたし、あの人の授業を取ってたから。十八世紀英文学の」

「成績はどうだった？」

「もちろんAよ」

ケアリーがキャロリンに気づいて手を振る。

彼が手を振っている相手を見ようと、カスマジアンとルーベスニックが顔を上げる。

ルーベスニック警部補はクリスに気づいて顔をしかめ、すぐに背を向ける。

キャロリンはクリスの表情をうかがう。

可哀そうなほど打ちのめされている。


そのあとさらに気まずいことになる。クリスがトイレに行って小用を足そうとすると、ルーベスニック警部補がそこにいて、同じことをしている。

クリスはどうしていいかわからない。

何か言う？

何も言わない？

うなずく？

うなずくのは駄目だ。

どうにかして挨拶はするべきだ。

いや、しないほうがいいのか？

ルーベスニックが冷えきった雰囲気を破って口火を切る。「モンキーマン、きみの上司の警部補ときみのことを話し合った」

くそ。クリスは心の中で頭を抱える。一刻も早くこの場から逃げ出したい。が、なりゆきからも生理現象からもそれはできない。だから、ひとまず相槌《あいづち》を打つ。「はい」

「来月から六十日間、きみをうちの課に貸してもらうことになった」ルーベスニックは尿を切り、ジッパーを上げ、洗面台へ行って手を洗う。「まあいわば試用期間だ。きみが問題なくやれれば――きみなら問題なくやれると思うが――正式に転属してもらう。きみのほうはそれでいいか？」

クリスは衝撃を受ける。「はい。いえ、よろしくお願いします」

「しっかり気を引き締めてこい」ルーベスニックはペーパータオルを引き出し、手を拭きながら言う。「きみは正しいことをした。同輩の巡査を踏み台にして手柄を立てることもできたのに、そうはしなかった。なかなか見どころがある。来週から始めるからな。ブレザーとネクタイを買っておけ」

そう言って、ペーパータオルをゴミ箱に投げ入れ、トイレから出ていく。

あれはテストだったのだ。クリスはようやくそのことに気づく。

ルーベスニックはおれを試していたのだ。おれがどう動くか見ようとしていたのだ。

そのテストにおれは合格した。

七回表、四対二でパドレスがリードしている。マウンドに立っているのはクレイグ・スタメンだ。

クリスは言う。「今からすばらしいことが起きるかもしれない」

「どんなこと?」とキャロリンは尋ねる。

「スタメンはバッターにシンカーを投げて、ゴロを打たせるつもりだ。そうなったら、華麗なファインプレーが見られるぞ」

そのことばどおりの展開になる。第二球、スタメンがシンカーを投げ、打者のデスカルソが鋭いショートゴロを放つと、すかさず遊撃手のフェルナンド・タティス・ジュニアがダッシュして捕球し、一塁に送球してアウトを取る。

「あんなに華《はな》のある野球選手は見たことがない」とクリスは言う。

彼女は思う――クリスの言ったとおりだと。

流れるようになめらかな動き。優雅と言ってもいい。

まちがいなくすばらしかった。

気づくとキャロリンはこう言っている。「ほかにもすばらしいことが起きるかも」

そう言うなり、身を寄せて彼にキスする。


そんなこんなでクリス・シェイの人生は上々だ。

セントラル署での最後の週は高揚のうちに過ぎる。もはやブラウン警部補にとやかく言われることはない。サル騒ぎは下火になりつつある。勤務が終わればきれいなガールフレンドが待っている。

パドレスすらちょっとした連勝の波に乗っている。

あと三十分で最後の勤務が終わるというとき——ほんとうにあと少しというところで——新たな無線連絡がはいる。

コードは10－35。

武装した危険人物。

ナイフを持った男。現場はバルボア・パーク内にあるカブリロ橋。公園を南北に貫く国道一六三号線に架かる橋の上だ。

クリスが一番乗りで駆けつけると、ひとりの男が刃物で宙を切り裂いている。ナイフではなく、マチェーテで。クリスは無線で10－97——現場到着——を告げ、車を降りる。夜のこの時間、橋の上にはほかに誰もいない。いたとしても、マチェーテ男が追い払ったにちがいない。

歳は四十代か——髪はぼさぼさに乱れ、シャツは皺だらけ。ぶかぶかのカーキパンツがずり落ちないように、ベルトのかわりにロープを腰に結んでいる。マチェーテを振りまわして大きな8の字を描きながら、（少なくともクリスの眼には）見えない敵に向かって叫んでいる。

男の眼にははっきりと相手が見えているのだろう。それは明らかだ。

クリスは無線で11－99——応援求む——を告げると、銃を抜いて腰の位置で構える。右手で銃を握り、左の手のひらをまえに突き出し、じりじりとマチェーテ男に近づきながら警告する。「刃物を捨てろ！」

男は振り向き、眼を見開く。クリスはこれと同じ眼を百回は見てきた。

そして今――クリスは思う――やつの敵はおれになった。

マチェーテ男が少しずつ近づいてくる。刃物を振りまわし、叫びながら。「来たな、悪魔め！」

クリスは銃を上げて構え、的の中心に狙いをつける。

警官になって三年、誰かに銃を向けたのはこれが初めてだ。下手をすれば、自己防衛のために引き金を引かなければならなくなる。考えたくもないが、その最悪の可能性は充分にある。

一般市民はこういう状況について、いつも同じ疑問を口にする――なぜ警官は相手の手や脚を撃たないのかと。しかし、大衆はこういう状況について何もわかっていない。吐き気をもよおすほどのアドレナリンがほとばしることも、心臓が激しく胸を打ちつけることもわかっていない。高度な訓練を受けた警察官にとってさえ、戦闘状態で相手の脚を――手など言うに及ばず――撃つというのは至難の業であることがわかっていない。的の中心を――胸を――狙って撃つのは的をはずしたら死ぬかもしれないからだ。

クリスは足を止める。が、マチェーテ男は近づいてくる。

「来るな！」とクリスは怒鳴る。「止まれ！　そこを動くな！」

引き金にぐっと指をかける。

マチェーテ男が立ち止まる。

助かった——クリスは内心そう思いながらも、グロックで男の胸に狙いをつけたまま怒鳴る。「マチェーテを捨てろ！」

しかし、マチェーテ男は武器を捨てない。「ほっといてくれ！」そう叫ぶなり、クリスに背を向けて走りだす。橋の北側の欄干へ。またもや刃物を振りまわし、悪魔に向かって叫びながら。

おれもできることなら放っておきたいが、あいにくこれが仕事なんだよ。そう胸につぶやきながら、クリスはゆっくりと確かな足取りで男のほうへ歩いていく。男は振り返ってクリスを見ると、橋の欄干までさがり、片方の脚を上げて手すりをまたぐ。「ほっといてくれって言っただろ！」

「言われたことはわかってるけど、放っておくことはできない」とクリスは言う。「あんたのために助けを呼ぼう」

男は悲しげな顔でクリスを見て言う。「もう手遅れだ」

「大丈夫、手遅れなことなんかない」とクリスは言う。「なあ、おれに力にならせてくれ」

マチェーテ男はもう一方の脚も上げて手すりをまたぎ越す。文字どおり足元が危ない状態で、あとは飛び降りるだけだ。

あるいは——クリスは思う——落ちるだけだ。

いずれにしろ、車が両方向に走っている百フィート下の高速道路に突っ込むことになる。

もうあと十フィートほどで男に手が届く。いざとなれば突進できる距離だが、両手が使えなければどうにもならない。クリスは銃をホルスターに収める。どのみち男があの体勢でマチェーテを振りまわすのは無理だ。

男はまたクリスを見て手を突き出す。それ以上近づくなというしるしに。それからこう言う。「悪魔はおれの中にいる。やつを殺すにはこうするしかないんだ」

「駄目だ」クリスは少しずつまえに出ながら言う。「おれの知り合いに神父……いや……悪魔祓い師《エクソシスト》がいる。一緒に会いにいこう。きっとなんとかしてくれる」

マチェーテ男はその申し出について考える。自分の真下にある高速道路を見下ろし、またクリスに眼を向けて尋ねる。「嘘じゃないだろうな?」

「嘘じゃない」とクリスは言う。

マチェーテ男はうなずく。

次の瞬間、さっと光が射す。クリスの無線連絡を受けたグロスコフの班の車が向こうから走ってくる。パトカーのランプがマチェーテ男をまがまがしい赤に染める。

男はクリスに向き直る。裏切られたと言わんばかりの顔で。

そして欄干からふらりと離れる。

クリスは突進する。

間一髪、右手で男のベルトがわりのロープをつかむことに成功する。が、マチェーテ男はすでに宙に浮いている。その体重と落下の勢いを止められず、クリスはあっというまに手すりの向こうに引きずり込まれる。

とっさに左手を後方に伸ばし、手すりをつかむ。

渾身の力で——それこそ必死で——しがみつく。

なぜなら今度は十五フィート下の安全ネットの上に落ちるわけではないからだ。車が高速で行き交う百フィート下のコンクリートの道路に激突するからだ。

マチェーテ男を放すべきだということはわかっている。が、クリスは放さない。手すりをつかんでいる手が徐々に下にずれてくる。腕が燃えるように痺れ、指の感覚がなくなってくる。もう駄目だ、落ちる、マチェーテ男もろとも——

そう思った次の瞬間、左手首をつかまれる。

クリスははっと顔を起こす。眼のまえに——

バットマンがいる。

背は五フィート三インチ、貧相な体格だが、まちがいなくバットマンだ。続いてロビンが——六フィート五インチで筋肉隆々のロビンが——クリスの前腕をがっちりとつかむ。かくしてダイナミック・デュオは力を合わせ、クリスとマチェーテ男を手すり越しに橋の上へ引っぱり上げる。

「やるじゃねえか、バットマン！」とロビンが言う。

「そのふたりを夕食に招待するべきよ」とキャロリンが提案する。

「せめてそれくらいはしよう」とクリスはうなずいて言う。

強盗課での最初の週を終えた土曜日の午後、彼はとびきりきれいで頭が切れて、一緒にいるだけで心が温かくなるチャーミングな恋人と連れ添って、動物園を散歩している。国道一六三号線の道路の染みになることなく。だから、そう――クリスは思う――おれの命を救ってくれたあの二人組を家に呼ぶくらいのことはしなければ。盛大なタコスパーティでもひらいて。

「ビーフストロガノフをつくるわ」とキャロリンは言う。

「おれが考えてたのよりそっちのほうがいいな」

ふたりは霊長類ゾーンに立ち寄る。

チャンプがふたりに眼をとめ、キャロリンに気づいて挨拶がわりの鳴き声をあげる。クリスのことはまったく覚えていないらしい。

まあ、いいさ。クリスは胸につぶやく。そもそもが報われない仕事なのだ。

このチンパンジーがどうやってリヴォルヴァーを手に入れたのか、それは依然として謎のままだ。

サンセット

ミスター・レイモンド・チャンドラーに

火のついていない葉巻をくわえ、デューク・カスマジアンは自宅のテラスの椅子に坐って、自分では決して行かないビーチを眺めている。

「砂が多すぎる」行かない理由を問われると、彼はそう答える。

砂の上は歩きづらい。五フィート十インチの骨組みで二百八十七ポンドの体重を運ばねばならず、膝は痛み、心臓に埋め込んだばかりの人工弁にはなんの保証もなく、六十五歳という歳もどんどんうしろに遠ざかっていることを思うとなおさら。おまけに、デュークは高級な靴を好む。靴を砂まみれにするなどまっぴらだ。となると、海を眺める場所はバードロック（カリフォルニア州サンディエゴにある海岸地区）にある自宅のテラスがもっぱらというのもうなずける。

かかりつけの心臓専門医からは歩くよう指示されていても。

ランニングマシンや踏み台昇降マシンも持ってはいるが、使ったためしがない。どちらも世界一高価な洋服掛けと化している。

喫煙はすでにやめている。

これまた医者の指示で。

ゆえに、火のついていない葉巻というわけ。

左脇のストゥールにはスコッチのはいったローグラスが置かれている。こればかりはやめるつもりはない。主治医に言われても、自分の子供たち――すでに成人している――のためであっても、さらには自らが経営するサンディエゴ最大――カリフォルニア州最大ではないとしても――の保釈保証事務所の十数人の従業員のためであっても。

デュークはサンディエゴの伝説だ。

その顔はハイウェー沿いの広告掲示板や、地元のテレビやラジオの広告で拝める。

「出る必要がある？　デュークにお電話を」

彼はリトルリーグや（「窃盗《スチール》でさされた？　デュークにお電話を」）車椅子の人たちのためのオ《O》ーヴァー・ザ《T》・ラ《L》イン（バットとボールを用いる野球のようなスポーツ）のトーナメント（「一線を越えた？　デュークにお電話を」）のスポンサーにもなっている。虐待を受けた女性のための保護施設にも寄付をして、ひときわ屈強な賞金稼ぎ《バウンティハンター》に自腹でそこの警備をさせてもいる（これについての広告はない。その存在も場所も、知る必要のある人にしか知らせないという原則に基づいている）。

公表していないと言えば、大学の奨学金を設立していることや、資金集めの子供が開くレモネード・スタンドで二十ドルも払うことや、殉職した警察官や消防士の遺族に毎年クリスマスプレゼントをしていることや、病院の会計デスクから請求書を奪い取り、彼の事務所の従業員の医療費を肩がわりしていることについてもそうだ。

これらのことは誰も知らない。

知る必要があるのは、保釈金が入り用になれば、デューク・カスマジアンの事務所に電話をしろということだけだ。そうすれば、彼が留置場から出してくれる。デュークは機会均等を旨とする保釈保証業者だ。人種や性別、性的指向、有罪と無罪の相対次数、犯罪歴で人を差別しない。むしろ犯罪常習者を好む。いわば彼らは上得意だから。〝とんずら常習犯〟には割引きさえする。

「だけど、このデュークからは逃げるな」と彼は釘を刺す。

そう、この人好きのする丸顔、ふわふわ巻き毛の茶色がかったごま塩頭、葉巻をくわえた気むずかし屋の笑みに騙されてはいけない。デューク・カスマジアンをこけにしたら、どこまでも追いかけられる。デュークの金をポケットに入れて逃亡しているのだから。デュークが出した保釈金で高飛びしても、追いかけられて必ず見つかる。あるいは、見つかるまえに死ぬ。

彼は決してあきらめない。

愛するスコッチを決して手放さないように。

それにレコードを。

いずれまたレコードは流行《はや》る、などと若い者たちが彼に言う。

ふざけたことを。デュークはジャック・モントローズ・セクステットが奏でる『ザット・オールド・フィーリング』（パシフィック・ジャズ・レコード、一九五五年）を聞きながら胸につぶやく――レコードがいつ廃《すた》れた？　一般に〝ウェスト・コースト・ジャズ〟として知られるジャンルのレコードが彼の自宅の二階の大部分を占めている。義理の甥《おい》――彼の妹の娘の善人ではあってもまぬけな夫――はレコードの重みで床が抜けるのではないかと心配している。

これまたふざけたことを、とデュークは思う。

彼の家は一九二六年、なんでも長持ちするようにつくられていた時代に建てられている。彼と同年代の者が海を眺めるとき、頭の中で流れるサウンドトラックはたいていビーチ・ボーイズやジャン＆ディーン、それにおそらくイーグルスだ。

デュークはちがう。

彼の耳には『クール・スクール』が聞こえる。

パシフィック・ジャズ・レコード。

アート・ペッパー、スタン・ゲッツ、ジェリー・マリガン、ハンプトン・ホーズ、シェリー・マン、チェット・ベイカー、ショーティー・ロジャース、ハワード・ラムゼイ・ライトハウス・オールスターズ、レニー・ニーハウス、リー・コニッツ、バド・シャンク、クリフォード・ブラウン、カル・ジェイダー、デクスター・ゴードン、ワーデル・グレイ、ハロルド・ランド、デイブ・ブルーベック、ポール・デスモンド、ジミー・ジュフリー、レッド・ミッチェル、スタン・ケントン、ベニー・カーター……

チャーリー・パーカーはここサンディエゴでも演奏した。

誰もがここで演奏した。

バード（チャーリー・パーカーの愛称）は一九五三年、かつてあったサンディエゴ・ボクシング・アリーナで演奏した。あまりにも昔のことでデュークでさえその場に居合わせてはいなかったが。それでも彼にとっては特別な意味がある。ハロルド・ランドがサンディエゴ育ちだというのと同様。

　このアルバム？

テナーサックスはジャック・モントローズ、トランペットはコンテ・カンドリ、バリトンサックスはボブ・ゴードン、ピアノはポール・モア、ベースはラルフ・ペーニャ、ドラムはもちろんシェリー・マン。アルバムのジャケットを見なくてもわかる。詳細はほとんど覚えている。レコーディング・メンバーを知ることほど大切なこともない。仕事でも詳細が大切だ。詳細がすべてだ。小事を把握していなければ、大事でしくじる。だから、デュークはほぼすべてのアルバムの演奏者を覚えている。覚えていなければ、ライナーノートを見ればいい。そういうことはｉＰａｄではできない。ミーポッドでもくそ壺《シットポット》でも。名前はなんでもいいが、義理の甥がいつもその価値を説こうとしている代物でもできない。

「だけどさ、デューク」と義理の甥は言う。「お気に入りの曲をすべてどこにでも持っていけるんだよ」

デュークにはお気に入りの曲をどこにでも持っていく気などない。お気に入りの曲は自分の家で、スコッチを飲みながら、レコードで聞くのにかぎる。お気に入りの曲はそうやって聞くべきだ。

その点、おれは古くさい。

そう、恐竜だ。

それ以外の点でも、と彼は葉巻をくわえて太平洋を眺めながら思う。つい先日、カリフォルニア州は保釈金制度を撤廃する法案を可決した。だから、このあとデュークは廃業、従業員は全員失業に追い込まれようとしている。

もっとも、自分の心配はしていないが――心臓の人工弁がいかれるよりさきに金が尽きることはない。

それでも築いた事業、築いた人生が消滅しようとしている。

消滅は消滅だ。逃亡した保釈犯みたいに追いかけて捕まえることはできない。

人生はレコードにあらず。

くるくるまわって、最後まで行ったらまた最初に戻るということはない。

そんなことはわかりすぎるほどわかっている。

マリーとふたりで何度このテラスに坐って夕陽を眺めたことか。毎夜の儀式と言ってもいいほどだ。マリーがデュークのスコッチと自分用には赤ワインのグラスを持ってテラスに出てくると、デュークはジャズをかけ、ふたりで佇《たたず》んで赤やオレンジ色の輝きを眺め、平和そのものの海の黄昏《たそがれ》を愉しんだものだ。

その畏敬に満ちた十分か十五分はまるで世界が静止しているかのようだった。ほかの夫婦も外に出て静かに佇み、夕陽を眺めていた。サーファーでさえ波を捕まえようとするのをやめ、ボードを沈みゆく太陽のほうに向けて、その場でじっと夕陽に見入っていたものだ。おそらくは崇拝の念さえ抱いて。

その後、マリーが重い病にかかり、ふたりで夕陽を見られる日がかぎられていることがわかってからは、デュークは彼女をコートと毛布でくるみ、髪の抜けた頭に毛糸の帽子をかぶせて、いつも寒がる彼女のために熱い紅茶を一杯いれ、そろってテラスの椅子に坐って夕陽を眺めた。夕陽も自分たちのものだと思いながら。

今、彼はひとりで坐り、夕陽を眺めている。今でも彼女のためにグラスに赤ワインを注いではいるが。そのワインは家の中に戻るときにテラス越しに茂みに撒く。

沈みゆく太陽はいつも美しく、悲しい。

デュークは室内に戻ると、気乗りがしないまま、マダックスのファイルを手に取る。

テリー・マダックスはろくでなしだ。

背は低く、童顔で、すこぶるハンサムで、ぼさぼさのブロンドに驚くほど青い眼に岩をも魅了しそうな笑顔をしている。加えてジャンキーで宿無しだ、とファイルを見ながらデュークは思う。こそ泥で、麻薬常用者で、それゆえ嘘つきだが、それでもデュークは彼を愛している。

みんなが彼を愛している。

デュークのもとにいるバウンティハンターのひとり、ブーン・ダニエルズはテリーを心底愛し、彼に〝みんながテリーを愛している《エヴリワン・ラヴズ・テリー》〟を略してELTという渾名《あだな》をつけた。テリーはカリスマ性があり、愉快で、麻薬でラリっていないときには信じられないほど親切で、以前は誰も見たことがないような最高のサーファーだった。

これまた伝説だ。

デュークは生まれてこの方一度もサーフボードに乗ったことがないが、美しいものを見れば（あるいは聞けば）その美しさがわかる。波に乗るテリーの姿は美そのものだった。優雅さが、風格があった。偉大なトランペット奏者がいつもより長く独奏し、リフし、古い曲を新たな曲につくり変えて自分の曲にして芸術に仕立てるように、テリーは波に乗っていた。

壁を打ち破っていた。

ブーン――彼もまたサーファーで、熱心なサーフィンの歴史家だ――に言わせれば、ウエストコーストの大きな波にはすべてテリーのいわば足跡がついていることになる。テリーがトレスルズ・ビーチで沖まで漕ぎ出たのは、ほんの子供、文字どおりほんの子供の頃のことだった。それから何年と経たないうちに、彼は誰も乗りこなせたことのないトドス・サントス（メキシコのバハ・カリフォルニア・スル州の町）の大波に乗った。マーヴェリクス（北カリフォルニアのビッグウェイヴの名所）の波を乗りこなした最初の何人かのひとりでもある。

もう少し大きくなり、仲間とともにコルテス・バンクで、六十マイル沖のこの世のものとも思えないブレイクポイントまで船で繰り出したときには、冷たくうねる海の六十フィートの波に真っ先に飛びこみ、その波に乗ったのもテリー・マダックスだった。

あの満面の笑みを浮かべて。

「愉しそうに」ブーンはそう形容した。

「波に乗っている彼は見るからに愉しそうだった」

波に乗っていないときも。

そんなテリーがなにより好きなのがパーティだった。

ビーチでのビール・パーティであれ、バーでの酒盛りであれ、そこには必ずテリーがいた。笑い、ジョークを飛ばし、酒を何杯も呷《あお》り、女を口説き、その中の多くを家――ねぐらになっているヴァン――にお持ち帰りしたテリーがいた。ハイウェー一〇一号線をヴァンで走り、波に乗り、パーティを始め、決してパーティを終わらせることのないテリーがいた。

頂点にいたのもテリーだった――世界じゅうが彼を愛していた。サーフマガジン、カメラマン、アパレル会社、誰もがテリーを愛していた。雑誌の表紙を飾り、サーフィンのビデオに登場し、スポンサーと支援者を大勢味方につけていた。サーフィン熱に注ぎ込む金が必要になれば、ロゴのはいったウェットスーツや帽子や靴を身につけるだけで、必要な金が集まった。

波に乗るための金が。

どんちゃん騒ぎをするための金が。

それが問題だった。

テリーがなにより愛したのがどんちゃん騒ぎだったのだ。しかし、酒は充分ハイになれるほどビッグではなかった。マリファナもそうだった。コカインも以前ほど彼に恍惚《こうこつ》感を与えてくれなくなった。スピードでもハイになれなくなった。

そのうち彼はヘロインでしかハイになれなくなった。

彼にとってヘロインがドラッグ界のビッグウェイヴになった。

誰にも屈しない波濤《はとう》に。

しかし、そんな波濤には誰も乗れない。逆に波濤が人に乗るのだ。

結局、その波濤はテリー・マダックスを降下させ、ボードから吹き飛ばし、呑み込み、撹拌《かくはん》し、ビーチに吐き出した。

よれよれにして。

テリーはヘロインでラリって、トーナメントや公式の場への出席や、写真撮影をすっぽかすようになった。最初はサーフィン界も彼を庇《かば》って釈明した――「それこそテリーがテリーたる所以《ゆえん》だ」――彼が波に乗って、いかした姿を披露できているあいだは、まだそれでもよかった。

が、やがてそれもできなくなった。

サーフィンをするには――これをデュークに説明したのはブーンだ――波を乗りこなすには、体を鍛えておかなければならない。ビッグウェイヴに乗るには、体を嫌というほど鍛えておかなければならない。パドリングをする、泳ぐ、巨大な波に呑み込まれれば三分間息を止める。そういったことができなければならない。

強靭な体であることが大切だ。が、ヘロインは体をもろくする。

骨と皮ばかりにする。

大きな波に乗るには完璧で狂気めくほどの集中力が必要だが、ヘロインは集中力を失わせ、人を狂気そのものに向かわせる。

あまつさえ見た目もみすぼらしくする。

カヴァーボーイのようには見えなくする。

ビデオクリップのヒーローのようにも。

颯爽《さっそう》と波に乗っていたときには、テリーは何をしてもクールに見えたものだが、波を乗りこなせなくなると、すべてがみっともなくなった。魅力だったものが薄っぺらなものになり、彼が語る話はたわごとに、ジョークは追従《ついしょう》に、女への口説き文句は嫌悪を催すものに、釈明はただの言いわけになった。

歳を取るというのはそういうことだ。今、デュークはファイルをもう一度見ながら思う。二十代の頃には魅力的だった振る舞いも三十代になれば鼻につき、四十代では哀れを誘い、五十代では悲劇そのものになる。

五十四歳の子供など誰も愛せやしない。

それが最低のクソ野郎となればなおさら。

前科三犯の負け犬となれば。

麻薬所持で一度目の有罪。

住居侵入罪で二度目の有罪。

販売目的での麻薬所持という重罪で三度目の有罪。

そして今、テリーは姿をくらましている。

法廷に現われなかったのだ。

デュークは警察より早くテリーを見つけなければならない。でなければ、三十万ドルもの損害をこうむる。そんな金を払う責任は負えない。デュークにはこれっぽっちも。とりわけ事業の末路がはっきり見えている今は、新たな法律が施行されるまえに目のまえにある事件を片づけなければならない。

デュークはブーンに電話する。

ブーン・ダニエルズがおよそしたくないのは、テリーを一生、刑務所に閉じ込めておくことだ。

テリーはブーンのヒーローのひとりだった。

それはブーンもまたテリー・マダックスの逸話を聞いて育ったひとりだったということだ。新米サーファーだった頃には、テリー・マダックスが海に出ていると聞けば、一日散にバードロックへ自転車を走らせ、その伝説のサーファーを一目でも見ようと、何時間も崖の上に立って待ったものだ。そうして待っていると、テリーがボードを小脇に抱えて現われ、通りすがりにうなずいてくれたのを今でも覚えている。

その翌日、ブーンは海に出て、自分が目にしたテリーの技を真似ようとした。当然のことながら、できなかった。が、それは問題ではなかった。

次にテリー・マダックスと会ったのはブーンがまだ新米警官だったときだ。そのときテリーは「自分のヒーローには絶対に会うな」と言う。おそらくそれは正しい。そのときテリーはへべれけに酔っぱらい、立ち上がるのもやっとというありさまで、波に乗るなど論外だった。バーのオーナーは彼を店から追い出したがり、ブーンともうひとりの警察官がテリーを車まで連れていくと、テリーはブーンの靴に反吐《へど》をぶちまけた。そしてそのあと身を縮こまらせて謝った。その姿があまりに哀れだったので、ブーンとしてもいつまでも怒る気にはなれず、警察署にも連れていかず——なんといっても、あのテリー・マダックスなのだ——テリーのガールフレンドの家に送り届けたのだった。テリーが自分の車を停めた場所を思い出せなかったので。

その三年後だったか、曇り空の冬の朝、ブーンがクリスタル埠頭《ピア》の北のいつもの場所にサーフィンに行くと、テリーが紙コップでコーヒーを飲みながら、具合の悪そうな顔つきで立っていた。

「海に出るのか？」とそのときテリーは尋ねた。

「ああ」とブーンはほんの少し驚きながら言った。「あんたは？」

するとテリーはあの有名な笑みを浮かべてこう言った。「ボードをどこかに置き忘れてきちまったみたいでね」

「おれのを貸そうか？」とブーンは言った。

「いいのか？」とテリーは言った。「やさしいことを言ってくれるじゃないか」

ブーンはテリーを自分のヴァンのところに連れていくと、後部ドアを開けて、テリーにボードのラインナップを見せた。テリーは六フィートのトライフィンのボードを選んだ。

「ほんとにいいのか？」

「あんたに貸せるなんてむしろ光栄だよ」

テリーは手を差し出して言った。「テリー・マダックスだ」

明らかに、ブーンのことを覚えていなかった。彼の靴をゲロまみれにしたことなど言うに及ばず。

「うん、知ってるよ」とブーンは頭の弱い幼いファンにでもなったような気分で言った。

「おれはブーン・ダニエルズ」

「よろしく、ブーン」

そろって沖に出ると、ブーンはテリーに、ほぼ毎朝、出勤まえにこのポイントでサーフインをしている〝朝焼けサーフィン《ドーン・パトロール》〟のほかのメンバー――ジョニー・バンザイ、ハイ・タイド、デイブ・ザ・ラブゴッド、ハング・トゥエルブ、サニー・デイ――を紹介した。テリーが波を捕まえると、デイブがブーンのそばにやってきて言った。「テリー・マダックスを知ってるのか⁉」

ブーンはテリーを以前バーから引きずり出したことは言わなかった。「会ったばかりだ。ついさっき」

「あれはおまえのボードじゃないのか？」

「自分のボードをどこかに置き忘れてきたらしい」

これがテリーのためにする初めての言いわけになった。このさきブーンはテリーのために幾度となく言いわけをすることになるのだが、このときはただヒーローと一緒にサーフインができることが嬉しかった。

それこそ天にも昇る思いだった。

技術は衰えていても、テリーが波に乗る姿はこの世のものとは思えないほど優雅だった。最高難度の技をいかにも簡単そうにやってのけ、どこまでも平凡な技を芸術のように見せた。

「どう表現していいかわからない」のちにブーンはデュークにそう言い、この年長の男にもその真価がわかることばで説明しようとした。「まあ、そうだな、若いサックス奏者がマイルス・デイヴィスとセッションをしているようなものだ」

「きみが言いたいのはチャーリー・パーカーだろ？　マイルスはトランペットだ」とデュークは言った。「だけど、言いたいことはわかるよ」

自分のヒーローには絶対に会うな、と人は言う。このことばにはこうつけ加えるべきだ――何があっても自分のヒーローと友達になってはいけない。

少なくとも、テリーのようなヒーローとは。

テリーのようなヒーローは、最初はどこまでも魅力的でも、やがて人のガールフレンドを横取りしようとし（その少年のような魅力のせいで、最後には赦《ゆる》したくなるにしろ）、次いで自分が飲み食いした勘定書を押しつけてくるようになる。

さらに人の家のカウチで寝起きし、人の食べものを食べるようになる。

ブーンの場合、それがどんどんうっとうしくなってもそれでも我慢できた。

が、それだけではやがてすまなくなった。

ドレッサーの上に置いておいたしわくちゃのドル紙幣がテリーのポケットに収まるようになった。カウチではなく、玄関先で自分の吐物《とぶつ》の上で丸まって寝ているテリーを眼にするようになった。バーでの喧嘩ではなく、窃盗容疑で留置場に入れられ、保釈金を出してくれと電話をかけてくる始末になった。

そのときにはデュークが保証人になった。

金はブーンが用立てた。

結局、そのときの起訴は取り下げられた。

次の起訴はそうはいかず、テリーは一年半服役した。ブーンとしては、おかげで自分のヒーローに勝手気ままにやってこられ、迷惑千万な真似をされることがしばらくなくなったわけで、不本意ながらほっとしたのを覚えている。

が、出所する日、迎えにきてくれとテリーが電話をかけた相手はブーンだった。〝再起〟するまで、テリーがベッドがわりにしていたのもブーンの家のカウチだった。今度こそ永久に麻薬を断つとテリーが誓った相手もブーンだった。

テリーが麻薬の過剰摂取で床に倒れているのを見つけたのもブーンだった。彼を大急ぎで救急治療室へ運んだのも。

テリーが次に保釈金を出してくれと電話をかけてきたとき、必死に涙をこらえて、〝ノー〟と答えたのもブーンだった。

愛のムチとあらゆるいんちき。

そして今、テリーを見つけるのにデュークが電話をするのもブーンというわけだ。

「あんたが保釈金を払ったのか？」とブーンは尋ねる。

「サマンサ・ハリスという女が十万ドル出した」とデュークは言う。「それでも、そうだ、残りは私が出した。その金を失う余裕は私にもない。特に今は」

「ああ、わかってる」とブーンは言う。デュークは事務所を失いかけている。従業員は生活の糧を失いそうになっている。ブーンも自身の収入の多くを失うことになる。同時に、ブーンはデュークという男を知っている。デュークは、当座をしのぐだけの金のはいった分厚い封筒を持たせることなく従業員を事務所から出ていかせる男ではない。

彼らの食卓から食べものを取り上げる権利はテリーにもない。

「あの男にはあらゆるチャンスをやった」とデュークは言う。

「確かに」

「彼がきみの友人だってことは知っている」とデュークは言う。「それでもだ。あいつを見つけるにはきみに頼むのが一番だ」

そのとおりだ、とブーンも思う。おれはサーフコミュニティを知っている。テリーが知っている人たち――テリーを崇拝している人たち、テリーがひどい扱いをした人たち、だいたいが同じ人たちだが――の大半を知っている。テリーの考え方や、テリーが行く場所、テリーがもはや歓迎されない場所――これまた同一の場所だが――も知っている。

デュークのほうは、ブーンのまわりにはいつもサーファーがいることを知っている。サーファーたちは、そこらのバウンティハンターにはしゃべらないことでもブーンには話すだろう。ブーンは、サーフィンもするバウンティハンターではなく、保釈中に逃亡した者を追いかけることもあるサーファーであり、デューク（サンディエゴのサーフコミュニティではよく知られた人物だ）のために仕事をする私立探偵であり、地元のビーチで尊敬を集める〝保安官〟であり、気さくに、しかし厳正にまわりを取り締まり、秩序を保たせる男たちのひとりなのだから。

ブーン・ダニエルズ自身レジェンドなのだ。

それはドーン・パトロールの仲間も同じで、その中にはブーン同様、デュークのために逃亡者を捕まえる手助けをしている者もいる。彼らは見るからに屈強で、どんな状況でも冷静でいられ、熱くなることもない。無用な暴力も振るわない。それでいて逆上する逃亡者と対峙《たいじ》しても一歩もひかない。

デイブ・ザ・ラブゴッド（〝ライフガード〟にかけた駄洒落だ）も副業でデュークからの仕事をたいていはブーンと組んでこなしている。ハイ・タイドも同様。公務員であるこの体重三百ポンドのサモア人が姿を現わすだけで、とことん反抗的な逃亡者もすごすごと車の後部座席に乗り込むことがよくある。体脂肪率の恐ろしく低いサニー・デイも女の逃亡者を捕まえるのに一役買うことがある。

日系アメリカ人の巡査部長ジョニー・バンザイは服務規程上、副業で保釈保証業者からの仕事を請け負うことはできないが、時折内部情報を流している。これは公然の秘密だ。というわけで、ブーンを雇えば、ボーナスとしてドーン・パトロールのメンバー全員がついてくる。

彼らは互いに親密で結束が固い。深い海で、相手に命を預けられるほど厚く互いを信頼している者たちはみなそうであるように。

「ひょっとしたら、彼はメキシコにいるんじゃないか？」とブーンが言う。

サンディエゴで保釈保証業を営む上でひとつ厄介な問題。それはメキシコとの国境がほんの数マイル先にあり、その国境がいとも簡単に越えられるということだ。しかし、メキシコに逃げ込もうとするなら、できるだけ奥まで逃げたほうがいい。なぜなら、デュークはティファナの警察ともバハ・カリフォルニア州警察ともこの上なく良好な関係にあるからだ。どちらの警察官も逃亡者を捕まえれば、まずまちがいなく車のトランクに押し込み、国境を逆戻りさせてデュークのバウンティハンターの腕の中に放り込む。

逃亡者を放り込んだら、彼らは現金をつかみ、夕食の待つわが家へ帰る。

テリー・マダックスはそのことを知っている。

だから、よく知っている市《まち》ではあっても、ティファナやエンセナダやトドス・サントスにのこのこと姿を見せるとは思えない。彼が市《まち》をよく知っていれば、市《まち》の住民も彼をよく知っているからだ。彼が馴染みの溜まり場のどこにいようと、デュークがその太くて短い指を伸ばして捕まえるだろう。そう、国境の南へ逃げたとすれば、グアナファトか、もしかしたらコスタリカまで必死で逃げていくはずだ。

しかし、それには金が要る。テリーが金を持っているとは思えない。そんなことをブーンが考えていると、デュークが言う。

「ミズ・ハリスの家に行ってみてくれないか?」

普段なら、デュークは自分と同じように保釈金を提供した人物に電話で連絡を取る。が、今回はブーンをその相手の家に行かせ、テリーがそこにいないかどうか確かめるほうが得策だと判断する。

なぜなら、口車に乗せられて保釈金を出した人間がこれまた巧みに言いくるめられて逃亡者を匿《かくま》うことがよくあるからだ。

ことば巧みなペテン師は何度も同じ手を使う。

これはどう考えても有罪だ。

「おれを愛してるなら、おれのために頼む」

デュークの経験から言えば、そういう相手の中では母親が最悪だ。母親は十中八九、言いなりになる。最初は突っぱねても、結局、同じ議論になる。「おれを愛してるなら、そんなつれないことはしないでくれ」

つまり、息子を放り出すか、自首させるか。

次がガールフレンドだ。

ガールフレンドは概して二種類に分かれる。犯罪者に心を奪われなければまっとうな女でも、恋に落ちると、自分はこの人を救ってあげられると思い込む。もう一方は女自身が犯罪者か――たいていボーイフレンドと同じく麻薬常用者だ――それゆえ惰性で男を匿ってしまう。

しかし、後者のガールフレンドで保釈金に十万ドルも出せる者はまずいない。

次に妻だ。妻は前述のような共犯者でないかぎり、かなりの確率で夫を捨てる。彼女たちには負うべき責任――子供、家賃、住宅ローン――があって、保釈金を払う余裕などないからだ。多くの妻は夫が逮捕されればむしろほっとする――それで当分のあいだ身辺が静かになるから。

デュークはミズ・ハリスの住所を確認する。

手紙や電話番号をちょっと調べれば、住所があれこれ語ってくれる。この住所――ラ・ホーヤ、コースト通り一三五番地――も興味深いことを教えてくれている。

第一にラ・ホーヤは、国内屈指の高級住宅地の郵便番号のひとつがついた海辺の町だ。第二に、コースト通りは、その名前が示すように海に臨む地区《オーシャンフロント》だ――しかし、〝オーシャンフロント〟と〝オーシャン・ヴュー〟では、その不動産価値が六桁と七桁のちがいになる。

ブーンはミズ・ハリスの家がどこに位置するか正確にわかる。ニコルソン・ポイントのすぐそば、タイド・プールズの南、ラ・ホーヤ・メディカル・クリニックの北だ。

まちがえようのない一等地。

サマンサ・ハリスは金を持っている。

それはいいニュースでもあり、悪いニュースでもある。まるでジョークだ。いいニュースは、サマンサ・ハリスが保釈金を払えるだけの金を持っていること。悪いニュースは、彼女にすれば、その金を失ったところで痛くも痒くもないことだ。テリーを警察に突き出しても――そうやってほとんどの逃亡者は捕まる――彼女が金に困ることはない。彼女がコースト通り一三五番地に不動産を持っているなら、テリーに今後も金を与えつづけることさえ可能だ。

レーダーに引っかからないようにするには金が要る。

ブーンはヴァンで、サマンサ・ハリスの家に乗りつける。

そのヴァンは、偉大なるサンディエゴのサーフコミュニティでは〝ブーン・モービルII〟として知られている。が、なんと呼ばれようと、なんともみすぼらしい代物だ。

車齢二十年、へりは錆《さ》びつき、車内にはボードやウェットスーツ、フィン、マスク、タオル、サンダル、おまけにタコスの屋台や〈イン・アンド・アウト・バーガー〉や〈ルビオ〉で買った食べものの食べ残しが目一杯詰め込まれている。ブーン・モービルはひかえめに言ってもラ・ホーヤには似合わない。ブーン・モービルがコースト通り一三五番地のまえの路上に停まっているのを眼にしたら、誰でも下働きの者が芝刈りか水洩れ修理に来たか、どこかの馬鹿がメタンフェタミンでハイになって強盗にでもはいりにやってきたと思うことだろう。

一三五番地には、ピンクのスタッコ仕上げの壁にブルーのタイルを葺《ふ》いた屋根のスペインのネオコロニアル様式の家が建っている。馬鹿でかい玄関のドアは彫刻が施された木製のスペイン風アンティーク。

ブーンは車から降りると、玄関まで歩き、自分を映している防犯カメラを一瞥《いちべつ》して呼び鈴を鳴らす。

これぞ正真正銘のメイド服といったお仕着せを着たメイドがドアを開ける。「はい？」

「ミズ・ハリスはいるかな？」

「お約束はおありですか？」訛《なま》りから察するにラテン系、おそらくメキシコ人、あるいはグアテマラ人かホンジュラス人。歳は見たところ、三十代前半。

「いや」とブーンは答える。こういう反応は織り込みずみだ。

「ミズ・ハリスはセールスマンにはお会いになりません」

「テリー・マダックスのことで来たと伝えてくれ」とブーンは言う。

メイドはドアを閉め、ドアの向こうに消える。一分ほどしてドアがまた開き、ブーンは自身のコテージ全体の五倍ぐらいの広さの居間に通される。メイドが白いソファを指差して言う。「そちらでお待ちください」

巨大な窓から庭とプール、そしてその先にビーチが見える。海から数歩のところに住んでいながらプールまで持って、いったい何がしたいのか。ブーンにはついぞ理解できたためしがない。それでもテリーがプールサイドでサングラスをかけて寝椅子に寝そべり、酒をちびちび飲んでいる姿は想像できる。

数分後、サマンサ・ハリスが現われる。

サンディエゴの裕福な女性というのはこういうものだ、と全身で示しているかのように美しい。うしろにひっつめた、金色のヘルメットさながらのブロンドの髪、黒のセーター――カリフォルニアの冬だから――に黒のスラックス。何重もの金のブレスレットが両の手首に巻きつき、大きなサングラスが眼を隠している。

私立探偵であり、元警察官でもあるブーンはそれがたいてい何を意味するか知っている。

サマンサは単刀直入に切り出す。「テリーがどうしたんです？」

「行方不明になりました」

「それっていつものことじゃない？」彼女はブーンに坐るよう身振りで示すと、重厚なウイングチェアに腰をおろす。

「ただ、今回は保釈中に行方をくらましてるんです」とブーンは言う。

「それで、あなたは？」と彼女は訊く。「バウンティハンターか何か？」

「そんなところです」とブーンは言う。

「だったら、彼はここにはいないわ」

「どこにいるかご存知ですか？」

彼女は微笑《ほほえ》み、首を振る。

「彼と最後に会ったのは？」

「あなたは警察官なの、ミスター……」

「ダニエルズ」

「ミスター・ダニエルズ？」

「いいえ」とブーンは言う。

「それなら、あなたの質問に答える義務はわたしにはないわけね」

「ええ、ありません」とブーンは応じてから言う。「しかし、われわれが彼を見つける手助けをすれば、それはあなた自身のためにもなる。見つからなければ、あなたは十万ドルを失うことになるんだから」

彼女は肩をすくめる。

彼女の両手首には十万ドル以上の値打ちのあるブレスレットが巻きついている。テリーがブーンの思うとおりの人物なら、テリーのための十万ドルとは彼女にとって英語教育基《ELT》金への寄付金の最低額ぐらいのものなのだろう。

「テリーのためにもなります」とブーンは言う。

「どうして？」

「警察が見つけるまえに、われわれが見つけたほうが彼のためになるんです」

「そんなこと、わたしには信じられない」と彼女は言う。

ラ・ホーヤのとりすました女ならではの彼女の紋切り口調に、ブーンはうんざりする。典型的なサンディエゴ人のイメージ――お気楽なサーファーガール、サッカー・ママ、ラ・ホーヤの氷の女――のひとつ。彼女たちは舞台装置だ。彼女はそれをとびきりうまく演じている。それでも昔ながらのステレオタイプだ。

ブーンは腰を上げ、彼女の椅子の脇にあるサイドテーブルにカスマジアンの名刺を一枚置く。「あなたの望みはなんなのか、おれには見当もつかないけれど、われわれに提供できる情報があれば、この番号に電話してください。お時間をどうも」

ブーンは部屋を出ていこうとする。

「待って」と彼女は言う。そして言い添える。「お願い」

ブーンは振り返り、彼女を見やって肩をすくめる。

「警察はほんとうに彼に危害を加えると思う？」と彼女は尋ねる。

「警察としてもそんなことは望んでいません」とブーンは答える。「だけど、どういう場合も逮捕には危険がつきものです。時々テリーがなるような常軌を逸した者が相手となることとさら」

「わたしはそんなテリーは知らないわ」

「それはテリーに殴られたんですか？」とブーンはだしぬけに訊く。

彼女がサングラスをはずすと、左眼の下の腫れ上がった濃い紫色の痣《あざ》があらわになる。

「わたしがいけないのよ」

「男が怒りに任せて女に手を上げていい理由などひとつもありません」とブーンは言う。

女に暴力を振るう、そういう男は自分から男の沽券《こけん》を破り捨てたのと変わらない。

サマンサは言う。「たぶん彼は自分で自分に腹を立てて、わたしにこんなことをするのよ」

「彼が腹を立てるものはいくらでもあります」とブーンは言う。「彼がほかの人を傷つけるまえにわれわれが彼を見つけるのを手伝ってください」

「ほかの女性を、ということね？」

またブーンは肩をすくめる。

「ほかに何人も女がいるのは知ってるわ」とサマンサは言う。「でも、彼がどこにいるかはほんとうに知らないのよ。最後に会ったのは二日まえ。ひと晩ここにいたわ。正しくはほとんどひと晩――眼が覚めたときにはもういなかった」

「何か盗んでいきました？」

彼女はブーンを見直したかのように彼を見つめる。「どうしてわかるの？」

「テリーを知ってるから」

「小銭をいくらかと」と彼女は言う。「ダイヤモンドのネックレス。それに腕時計」

「価値は……」

「四万ドルくらい？」

「現金はいくら？」

「二百ドル程度」と彼女は言う。

「警察に届けたほうがいい」とブーンは言う。

「盗んだのが彼だと証明できない」

「彼がそれらを換金しようとすれば、証明できる」

「彼を困らせたくないわ」と彼女は言う。「彼を愛してるの、ミスター・ダニエルズ。もし彼が戻ってきたら、きっと受け入れてしまうわ。悲しいことに。でしょ？」

ああ、そのとおりだ、とブーンは内心思う。

彼にはブーンもまったく同じ思いをすることがある。

「どんなネックレスと腕時計なのか教えてもらえますか？」と彼は言う。

「写真があるわ」と彼女は言う。「保険の契約のために撮ったの」

「盗難にあったことを報告すれば」とブーンは言う。「保険会社はあなたに訴えを起こさせるでしょう」

「保険会社に報告するなんて誰が言った？」彼女は部屋を離れ、数分後、写真を持って戻ると、それをブーンに渡す。

「あとでお返しします」とブーンは言う。「コピーを取ってもいいですか？」

「それ、コピーよ」

「ありがとう」ブーンは改めて部屋を出ていこうとする。

「ミスター・ダニエルズ……」

「はい？」

「もし彼を見つけたら」とサマンサは言う。「彼に……わたしは少しも怒っていないって伝えてくれる？」

奇妙なものだ。メイドに案内されながら、ブーンは思う。テリー・マダックスというのは最低最悪なことを平気でする最低最悪野郎だ。なのに、最低最悪なことをされた相手は困ったことに自分は少しも怒っていないとテリーに思わせたがる。

まるで逆に彼の赦しを求めるかのように。

ドアのところで、ブーンはメイドに尋ねる。「おれはブーンというんだが、きみの名前は？」

「フロール」

「テリーを知っている？」

彼女はうなずく。

「どう思う？」

「あの人はろくでなしです」と彼女は言う。

ただ、今の彼は金を持っているろくでなしだ。デュークはそんなことを思いながらブーンからの電話を切る。携帯電話の画面に盗まれた宝石の画像が現われる。

テリー・マダックスはわずかな現金（サマンサのような女にとって〝わずかな現金〟とはどの程度の額なのか、そんなこと誰にわかる？）とどこかで売りさばくつもりの高価な盗品を持っている。それでここから遠く――おそらく外国――へ逃亡するためのチケットが買えるだけの金が手にはいる。

用心のためにデュークはすでにバス・ターミナルや列車の駅、サンディエゴ空港の両方のターミナルに人を遣《や》った。忠実な者たちを。そのどこかにテリーが姿を現わせば、必ず取り押さえられる。

デュークはオフィスを出ると、印刷した宝石の写真をエイドリアーナに渡す。

五十代のエイドリアーナはこの二十年、彼の右腕になってきた。彼女がいなければ彼もここまで事務所を続けてはこられなかっただろう。黒髪で痩身、実際より高給取りに見える服に身を包み、品格とユーモアと良識で事務所を切り盛りしている。

「この写真はいつもの連中にまわしてくれ」とデュークは言う。

それ以上、具体的な指示をする必要はない。彼女は写真を大都市サンディエゴのすべての宝石店と宝石業者、すべての質屋に送る。そうやって、誰かが何かを売ろうと現われた場合、写真にあるものは盗品だと業者に警告しておく。彼女は写真に〝赤旗〟をつけ、売り手が現われたらすぐさまカスマジアンのオフィスに知らせてほしいという依頼文を添えて送る。デュークにはそれがわかっている。

で、ほとんどの業者がその依頼に応じる。それがまっとうなビジネスというものだ。デュークにたっぷり借りのある者は大勢いる。

その日の午後、エイドリアーナの眼はわずかに潤んでいるように見える。デュークはそのわけを知っている。

彼女にとってこのオフィスは生計の場というだけでなく人生でもあった。涙がこぼれれば、彼女はトイレにはいって泣き、気を落ち着けてから出てくることもデュークは知っている。

「心配するな、エイド」と彼は言う。「なんとかなる」

「ええ、もちろん」

「今夜の責任者は誰だ？」とデュークは尋ねる。

「ヴァレリア」

「この件で何か連絡がはいったら、私に電話するよう言っておいてくれ」とデュークは言う。「ケアリーのところにいるよ」

「今日は木曜日。あなたがほかにどこにいるというんです?」とエイドリアーナは言う。

もう何年ものあいだ、毎週木曜日の夜にはケアリー教授の家でポーカーがおこなわれている。逃亡者は逃げては見つかり、夫婦は結ばれては離れ、かくして木曜日のポーカーは延々と続く。

エイドリアーナはこのポーカーのメンバーを〝変てこトリオ〟と呼んでいる――デューク、ニール・ケアリー、ルー・ルーベスニック。保釈保証業者、英文学教授、警察官がポーカーをし、野球の試合を観戦し、無意味なテーマで延々と哲学的な議論を交わす。たとえば、ファストフード・レストランにおけるコーヒーのおかわりに関する倫理性について。

「おかわり自由と書いてある」ある夜のいつ果てるとも知れない議論でルーが言った。

「でも、それは永遠にという意味じゃない」と応じたのはニールだ。

「おかわりに時間制限はない」

「確かに法律的にはないだろう」とニールは言った。「しかし、倫理的にはある」

ニール・ケアリーには高い倫理性をすぐに持ち出すという面倒くさい癖がある。デュークが横から彼に議論を吹っかけたのはそのためだった。「じゃあ、倫理的におかわりが認められている時間はどれくらいだ？」

ニールはしばらく考えてから、結論をくだした。「一度店を出たら、最初の来店でのおかわりの権利を失う」

「じゃあ、もしおれが車に忘れものをしたとする」とルーが言った。「で、車に忘れものを取りにいく。そのあと店に戻ってもおかわりはできないのか？」

「それは話がちがう」とニールは言った。「そうやって戻った場合には、それはその回の来店に含まれる」

「だけど、おれは店を離れた」

「一時的に」

「だけど、いつもそういうことになる」とルーは言った。「また戻れば」

「ああ。でも、一週間後じゃない」とニールは言った。「一週間後なら、次の回の来店になる」

「つまり、時間的な問題というわけだ」とデュークが議論に最初に戻して言った。

「そのとおり」とニールは同意して言った。

それでもルーは引きさがらなかった。といって、実際に一週間後に店に戻って飲みものをおかわりするつもりが彼にあるわけではなかったが。それでもおかわりの原則にこだわった。「時間制限についてはカップのどこにも書かれていない」

「だからおかわりは永久にできる？」と横からデュークが問い質《ただ》した。

「カップが使えるかぎり」とルーは言った。「おれはそういうカップを買ったんだから」

「それでそのカップには永久に飲みものが注がれる権利が得られた？」とニールは訊き返した。「ぼくはそうは思わないな」

「でも、店は中身の量で勘定するんじゃない」とデュークが言った。「勘定のもとになるのはあくまでカップの数だ」

「それだとコーヒーがなくなるばかりで、店は大損だ」とニールは言った。

「おれが一日じゅう店の椅子に坐っておかわりを飲んでたらね」とルーは言った。「一日じゅう店の椅子に坐っておかわりをして、おまけに座席を占めてるのが倫理的と言えるか？　そう考えれば、ずっと坐ってないぶん、おれは店のためになることをしてるんだよ」

以来、この議論は何ヵ月も続いている。カウンターで子供がトレイに取るケチャップやマスタード、ナプキンをめぐる議論同様。こっちの議論はこんな具合だった――使わなかったケチャップやマスタードやナプキンがあれば、それらを家に持ち帰ってもいいのか？

「おれはそれらに対しても金を払ってる」というのがルーの弁。

ニールは倫理にこだわる。「きみはハンバーガーに味を足すのに必要な量のケチャップとマスタード、口を拭くのに必要なナプキンの代金を払っただけだよ」

「でも、それはつまりもし余るようなら、どうぞお持ち帰りくださいってことだろ？」とルーは言った。「一度客に渡したケチャップやマスタードを使いまわすなんて衛生局が認めるわけがない」

「それできみは公職に就いてるわけだ」とデュークが横から言った。

「誰かがしなきゃならない仕事だからな」とルーは言った。

今、デュークはケアリー家の私道に車を乗り入れる。ケアリーの家は不動産価格が異常なほど高騰するより二十年もまえに購入した、エル・パセオ・グランデ通りに建つ小さな家だ。ルーベスニックの年季の入ったホンダ・シビックがすでに停まっている。

ルーに新しい――つまり見苦しくない――車を買わせようというデュークの試みはこれまで無残なまでに失敗してきた。

「きみはサンディエゴ市警の警部補だ」とデュークは何度もルーに言っている。「新車を買うくらいの余裕はあるだろ?」

「余裕の有無は関係ない」とルーは言った。「宝石のついたティアラだって買う余裕はあるよ。となると、果たしておれはティアラを買うべきなんだろうか?」

「デュークは余裕の有無のことを言ってるんじゃない」とニールが横から口をはさんだ。「デュークが言わんとしているのは、あんたには買える範囲での必需品があるということだ」

「だったら〝必需品〟の定義を言ってくれ」とルーは言った。「おれの車はおれをA地点から B 地点へ運ぶ。車に乗って必要なのはそれだよ」

「だけど、見るからにポンコツだ」とデュークが言った。

「それは、余裕の有無に勝るとも劣らず関係ないことだよ」とルーは言った。

「そうとは言いきれない」とニール。「もし警部補という立場にいるあんたが車の見た目が原因で威信を失ったら、金ではもう買い戻せない負債を負うことになる」

「あるいは」とルーは言う。「ちょっとしたトレードマークになる。高級品――デュークのキャデラックみたいな――への社会的要求に迎合するのを拒んだという輝かしいシンボルにね」

「私がキャデラックに乗っているのは体が大きいからだ」

「あんたがキャデラックに乗っているのは」とニールが言った。「それはあんたが懐古趣味だからだよ。キャデラックに乗れば、今の時代より望ましいとあんたが思う時代に戻れるからだ」

「確かに今の時代より昔のほうがいいとは思ってる」とデュークは言った。

ハンク・モブレーが奏でる『ノー・ルーム・フォー・スクウェアズ』を聞いたことがあり、感性もすぐれていたなら誰でもそう思っているように。

「思うに、そういうことよりイメージの問題だな、これは」とルーは言った。「デュークが大型で旧式のキャデラックを自由に転がしてるのを犯罪常習者が見れば、デュークなら自分たちを自由にできると思い込む」

「実際、私にはできる」とデュークは言った。

「おれが言いたいのはそれだよ」

ルーはそう言って、何がなんでも彼に新車を買わせようというデュークのさらなる試みをそのときもうまくかわしたのだった。

カレンが玄関のドアを開ける。

六十八歳にしてすこぶる魅力的——長身、すらりと伸びた脚——長い白髪がサングラスの片方のレンズの下にはいり込んでいる。「こんばんは、カモネギさん、さあ、はいって」

ニール・ケアリーもルー・ルーベスニックもポーカープレイヤーとしてはヘボもいいところだ。もっとも、それは彼らが自分の手札よりタルムード的な議論に心を向けてしまいがちなせいでもあるが。

カレンはそうではない。

彼女は非情で、冷ややかな眼をした残酷なまでの凄腕プレイヤーだ。倫理などいっさいおかまいなし、望むは勝利のみ。だから、夜の終わりにはたいてい彼女の眼のまえにチップの山ができている。そういうときデュークはよく思い出す。ニールの妻がネヴァダ州の出身であることを。ラスヴェガスではないにしろ、北部の酪農郡のどこか小さな町であることを。

「もうひとりの負け組はもういるわ」とカレンは言う。

「ルー？　それともきみの旦那？」とデュークは尋ねる。

「そのどちらか」と彼女は言って彼を中に通す。「あ、両方ね」

キッチンにはいい香りが漂っている。カレンの有名な〝恐怖のビーン・ディップ〟が電気鍋の中でふつふつと泡を立て、ケサディーヤが大皿に盛られ、彼女のさらに有名な〝さらなる恐怖のチリ〟が鍋の中でぐつぐつと煮立っている。

初めてカレンの〝さらなる恐怖のチリ〟──ひょっとすると、ネヴァダ州オースティンの中華料理店で教わったレシピかもしれない──を振る舞われたとき、デュークは彼女からその辛さをまえもって警告されてはいた。それでもデュークは鼻であしらい、スプーンで山盛りすくって口に入れた……そのとたん、眼が潤み、頬は紅潮し、毛髪から火が噴いた。いや、ほんとうに。

何かがちがう。

デュークは蓋を開け、立ち昇る香りを嗅ぐ。

「七面鳥でつくったの」とカレンは言う。

「どうして？」とデュークは驚いて尋ねる。

「あなたがうちのダイニング・テーブルに突っ伏すなんてことになったら困るから」と彼女は言う。

「私の心臓は健康だよ」

「だったらそのまま健康でいてちょうだい」

カレン・ケアリーはデュークが知る最高にいい人のひとりだ。そして、最高に親切な人のひとり。マリーが初めて診断をくだされたとき、彼の家にキャセロールを届けてくれたのはカレンだった。デュークがマリーの化学療法につき添えなかったとき、車で彼女を病院に送ってくれたのもカレンだった。マリーが嘔吐《おうと》しているあいだ、彼女の頭を支えてくれたのも。

マリーが亡くなったとき、デュークを哀しみから救ったのはカレンとニール、ルーとアンジーだった。彼を自分の家に呼んだり、デュークの家を訪ねてはテラスで一緒にワインを飲んだりして、長すぎる夜を何度も短くしてくれた。木曜日の夜にポーカーに興ずるようになったのもマリーが亡くなってからのことだ。長年熱烈なヤンキース・ファンのニールがいるにもかかわらず、サンディエゴ・パドレスの試合のシーズン・チケットが買われるようになったのも。

あれからもう……信じられるか？――五年になる。

この仲間がいなければ、一年も――特にあの慟哭《どうこく》に満ちた最初の一年はとても――乗り切れなかっただろう。

デュークにとって彼らは宝そのものだ。

この家も。彼はここで多くの時を過ごした。最初の頃――マリーがまだ生きていて、ルーとアンジーが離婚するまえ――は夫婦で集まってここでよくディナーをともにしたものだ。それがのちに木曜日のポーカーになった。ただやってきて腰をおろしてテレビを見ることもある。ニールがウェスト・コースト・ジャズに興味のあるふりをしてくれ、一緒に音楽を聞くことも。

ここは学問の家でもある。壁はどこも床から天井まである本棚に占められ、そのほとんどにニールの英文学――彼いわく〝ブリット・リット〟――の本、いくつかの棚にはカレンのコレクションである子供の本――彼女は小学校の教諭だった――そしてひとつの小さな本棚にはニールの著書が並んでいる。

『トバイアス・スモレットと現代文学のヒーローの起源』や『サミュエル・ジョンソンと「文学」の始まり』、『アメイジング・グレイス――奴隷の詩』といったタイトルの高尚な文学の専門書だ。それらのニールの著書については、デュークは頑なに読んだことがあるふりをし、ルーは同じくらい頑なに読んだことがないふりをする。

ただ、ニールがかかる分野の大家であるらしいことはふたりともわかっている。

デュークがダイニングルームにはいると、ニールとルーが緑のフェルトを掛けたテーブルのそばに立っている。カードとチップはすでにテーブルの上に出されている。

「何を飲む？」とニールが訊く。

「ケールの葉のはいったグレープフルーツジュース」とデュークは言う。

ニールはグラスにスコッチを注いでデュークに渡し、そのグラスに自分のビールのボトルを軽く合わせる。

六十五歳のニール・ケアリーのぼさぼさの髪にはグレーと茶色が等分に入り交じってい

る。長さはシャツの襟までであり、彼が型にはまったインテリのイメージを払拭（ふっしょく）しようと、つくりあげた奔放な〝街場の男〟のイメージを充分に醸してはいる。しかし、実のところ、〝街場の男〟の見せかけはただの見せかけではない――ニールは若い頃のことをあまり話さないが、この何年かのあいだにデュークはニールのことを調べ、ニールがニューヨークのアッパー・ウェスト・サイドで――しかもそこが荒れていた時期に――苦労して育ったことも、彼が父親をまったく知らず、母親はヘロイン欲しさに体を売っていたヘロイン常習者だったことも知っている。

　ニールの授業を初めて受講した学生が仰天するのは、彼のニューヨーク訛りと黒の革ジャケット、それに彼が記述子《ディスクリプター》よろしく、〝超《フリーキン》〟ということばをキーワードみたいに使うことだ（「スモレットのことは聞いたことがないだろうが、彼は〝超《フリーキン》〟重要だ。その理由を今から説明しよう」）。もっとも、このことばは大教室以外でニールの口から聞かれることはないのだが。ニューヨーク訛りも同じように消えるか、少なくとも薄れる。「弟子は師匠の真似ができるようにならないとね」一度ニールはそのわけをデュークにそんなふうに説明したことがある。

　ルー・ルーベスニックの哲学もそれに似ている――おんぼろの車に加え、丹念にオールバックにした黒髪と対《つい》になっているような黒い山羊ひげ。周知のとおり保守的で堅苦しい中流白人の多いサンディエゴ市警――メキシコ系や黒人の警察官でさえカントリーミュージックを聞いている――に籍を置いて、そういうなりをしているのだ。民主党員は基本的に共産主義者と考えているような共和党員だらけの部署で、ルーベスニックはアメリカ《AC》自由人権《LU》協会の有料会員でもある。

ニールもルーもそれぞれ自分の仕事できわめて有能でなければ、彼らの偶像破壊主義的な振る舞いが大目に見られるわけがない。デュークはそう思っている。ルーの所属する強盗課は国内屈指の検挙率を誇り、カリフォルニア大学サンディエゴ校は、ニールがヤンキー・スタジアムから地下鉄ですぐのところにあるコロンビア大学に引き抜かれるのを恐れている。

ふたりはキッチンにはいり、料理を皿に――カレンの質朴《しつぼく》な表現を使うと――〝こんもり盛って〟ダイニングルームに戻り、食事をしながらカードゲームに興じる。

驚いたことに七面鳥のチリは恐れていたほどまずくはない。

ミズ・ケアリーはファイヴカード・ドローかセヴンカード・スタッドには参加するが、ワイルドカードやキッカーやその手のくだらないカードの交じるふざけたゲームには加わらない。だからルーの番が来て、彼が「ナイン・カード・ドロー、ベスト・ファイヴ・カード、デューシズ・ワイルド、赤のクイーンは最後の切り札《アン・エース・ラスト・イン・ザ・ホール》になりうる」と宣言すると、彼女は侮蔑の念をあらわにする。

「それはどの穴《ホール》のこと、ルー?」とカレンは訊く。「あなたのヴァギナ?」

カレンはそう言って彼らをやり込める。

常にも増して。十ゲームほどプレーしたところで、そんな彼女が言う。「いつもより調子が悪いみたいね、デューク。こっちのふたりならわかるけど、あなたはいつも勝負を挑んでくるのに」

「どうもほかのことに頭がいってってね」

ニールが尋ねる。「何に……？」

「大枚をはたいたのに逃げられた」とデュークは言う。

「そいつの名前は？」とルーが尋ねる。

「テリー・マダックス」

ルーがカードをテーブルに置いて言う。「あんたも馬鹿なことをしたもんだ」

デュークはうなずく。「ああ、やめたほうがいいとは思ったんだが」

カレンがルーに尋ねる。「その人を知ってるの？」

「署の全員が知ってるよ」とルーは答える。「テリーを逮捕するのは署の半ば原則みたいなものだ。ここにいるお人好しが何を思って彼に小切手を切ったのか、おれにはまるでわからない」

「そのとおりだ」とデュークは言う。「私はどんどんヤワになってる」

「いくら出したんだ？」とニールが訊く。

「三百……にゼロ三つ」

「なんとなんと」

「ダニエルズに頼んだ」とデュークは言う。「いずれ見つけてくれるだろう」

彼はシャツのポケットをまさぐってから、葉巻を口に突っ込む。

ブーン・ダニエルズは夜どおし車を走らせる。パシフィック《P》・コースト《C》・ハイウェー《H》を走る。

なぜなら逃亡者は笑えるやつらでもあるからだ。高飛びするか、どこかに隠れるか。身をひそめる場合、それはたいてい自宅の近くか、自分がよく知っている場所になる。

テリーはサーファーだ。

そして、ＰＣＨを知っている。

それに手元にいくらか金があるとなれば、サンディエゴのような観光の町に点在する何百ものモーテルのひとつにいる可能性もある。ダウンタウン――ガスランプ・クウォーター――にいる可能性も北の郊外にいる可能性も。ただ、そのいずれでもないとブーンは見ている。

テリーはまずまちがいなく海の近くにとどまっている。

サーファーは海のにおいがしないと落ち着かない。

ブーンがヴァンでＰＣＨを走っているのはそのためだ。陽が沈むのを待ち、陽が沈んでから食べものを求めてテリーがひょっこり姿を現わさないともかぎらない。何十とあるタコスの屋台かファストフード店のどこかに。

いずれにしろ、逃亡者のテリー・マダックスには相反するふたつのものが要る。

逃亡者としてはまず身を隠す場所が要る。

麻薬依存者としては麻薬が要る。

麻薬使用者が売人と接触する方法も昔とは変わった。かつては、特定のブロックや公園の決まった区画、さらにはビーチだった。そこで売人はうろついて買い手を待っていた。だからその頃はブーンもそういった場所をまわって標的を見つければよかった。が、そういった麻薬売り場は今ではもう存在しない。携帯電話やソーシャルメディアが出現して以来、麻薬常用者は売人に電話をかけるかメールを打つかして、人目につかない屋内で会う手筈を整える。

だから、ブーンとしても以前と異なる手段を取らなければならない。

で、彼はまずハイ・タイドを訪ねた。このパシフィック・ビーチ・ドーン・パトロールの創設メンバーは、オーシャンサイドのサモア系ギャングの一員として育った。今は文字どおりの聖人――末日聖徒の変種ではあるが――になっている。それでもギャングとのコネは今もある。ブーンは彼にギャングと連絡を取って、テリーが麻薬を入手しようと現われたら、タレ込んだほうが賢明だという話を売人に流すよう頼んだ。逮捕されたときに今後もデュークを頼りたいなら。留置場から出るのにこれまでどおりデュークに保釈金を払ってほしいのなら。

そうした情報がはいるか、テリーが宝石店か質屋に現われるかするのを待ちながら、ブーンはPCHを走る。テリーがどこからともなくひょっこり姿を見せないともかぎらない。

車にはデイブ・ザ・ラブゴッドも乗っている。

実際にテリーを見つけたら、彼を車に押し込むのはふたりがかりの仕事になる。加えて話を聞くべき相手が山ほどいて、少なくともその半数は女だ。デイブは女に好かれやすい。この人ならきっと自分の気持ちに応えてくれる。多くの女がデイブを見てたぶんそう思うのだろう。

「今回の件はどうにも気が乗らない」とデイブが言う。

「それはおれもだよ」とブーンも言う。「だけど、テリーは一線を越えてしまった。おれたちがこれまで食ってこられたのはデュークのおかげだ」

ふたりはオーシャン・ビーチ——地元民には単に〝ＯＢ〟——から出発して北へ進み、モーテルやファストフード店をしらみつぶしにあたる。交替で、ひとりは車に残り、もうひとりがモーテルや店にはいってテリーの写真を見せ、フロント係や接客係に彼を見かけたかどうか尋ねる。

ＯＢにテリーを見かけた者はいなかった。あるいは、見かけていても、言う気がなかったのか。

ミッション・ビーチも同様。

彼らのホームグラウンドであるパシフィック《P》・ビーチ《B》まで車を走らせ、ようやくミッション通りから一本道をはいったところに建つ小さなモーテルで幸運にめぐり合う。

ブーンが中にはいり、フロント係——そのモーテルのオーナーでもあるインド系の中年女性――に声をかける。彼女に写真を見せて尋ねる。「この男を見かけなかったかな?」

「あんた、警察?」

「いや。その代理みたいなもんだ」

「うちはお客のプライヴァシーを尊重してるから」と彼女は言う。

「ということは、この男はここに泊まったんだね?」

「彼は何をしたの?」と彼女は訊く。

「ひとつ挙げるとすれば」とブーンは言う。「女を殴った」

彼女はいっとき考えてから言う。「ゆうべチェックインした」

「どの部屋だ?」とブーンは尋ねる。アドレナリンが一気に噴き出す。デイブは駐車場に停めた車の中から眼を光らせている。テリーがモーテルにいて、ブーンの姿に気づいて慌てて逃げだした場合に備えて。

「二〇八号室」と彼女は言う。

「今、部屋にいるかどうかわかるかな?」とブーンは尋ねる。

「今朝、チェックアウトした」と彼女は言う。「あ、今日の午後ね。チェックアウトは正午なんだけど、十二時半に電話をかけて追い出さなくちゃならなかったのよ」

テリーはサマンサの家で盗みを働いたあと、ここに隠れた。ここには一晩しかいられないと判断するくらいの知恵はあったのだろう。逃亡のしかたはよくわかっているのだろう。今は、盗んだ腕時計とネックレスを売りさばいて高飛びできるだけの金が得られるまで身を隠せる場所を探しているはずだ。

おれたちは競争をしている。

「ひとりだったかどうかわかるかな?」とブーンは訊く。

彼女にはわかっている。それがブーンにはわかる。このモーテルのオフィスは整理整頓が行き届いていて清潔だ。このようなモーテルのオーナーは自分のモーテルに出入りする人間をちゃんと把握している。

「若い女性がいたわね」と彼女は言う。「ここにやってきて、彼の部屋にはいった」

「その女性は彼がチェックアウトしたときにもまだいた?」

彼女はためらいがちに言う。「ええ」

テリーはまた別の女とくっついた。さらに移動手段を得た。それにおそらく別の寝床も。

「その女がどんな車に乗っていたか教えてくれないかな?」

「車のことはよくわからない」と彼女は言う。

ブーンは女に礼を述べ、ヴァンに戻る。

「今日の午《ひる》までここにいた」とブーンは言う。「移動中だ」

「これからどうする?」とデイブは尋ねる。

「プレッシャーをかけつづける」とブーンは言う。「おれたちが話をした者がテリーのところに駆けつけて、おれたちが迫っていることを伝えて、それで彼を動かしつづけることができれば、こっちにチャンスがめぐってくる」

ソラーナ・ビーチに着いたところで電話が鳴る。

タイドだ。

テリーが麻薬を買おうとしている。

タイドはタマラック・ビーチからちょうど三ブロックはいったところ、ノース郡のワシントン通りとチェストナット通りの角の近くにあるカールスバッド・ショア・アパートメントの駐車場でブーンたちを待っている。彼のトラックは二階建ての建物の東側、鉄道線路沿いの未舗装路が這う茂みの脇に停まっている。

ブーンはその隣りに車をつける。

タイドは窓を開ける。「トミー・ラフォを知ってるか？」

ブーンは知らない。

「そのほうが身のためだ」とタイドは言う。「あいつは人間のくずだ、ヘロインの売人だよ」

「ここはそいつの家なのか？」

「そいつの祖父《じい》さん祖母《ばあ》さんの」

「で、その祖父さん祖母さんは今ここにいるのか？」とブーンは尋ねる。ふたりがいると厄介なことになりかねない。年配者をこの一件に巻きこみたくはない。怪我などさせたくない。

タイドが首を振って言う。「家族に会いにサモアのパラウリに帰ってる。孫のやったことを知ったら、恥ずかしさのあまり死んじまうんじゃないかな」

「どうしてそいつはテリーを売った?」

「トミーは今、統一サモアン連合《USO》とトラブってるんだよ」とタイドは言う。「ボスの姪《めい》っ子を孕《はら》ませちまったんだ。このままだとどう考えても焼きを入れられる。で、助けが欲しいというわけだ」

うってつけの場所に来た、とブーンは思う。ハイ・タイドは何年もまえに統一サモアン連合を抜けたが、今でも組織から偉大なる〝おじさん〟と見なされ、サンズ・オヴ・サモアやトンガ・クリプスをはじめ、諸島系ギャングとの仲介役を担っている。タイドならトミーにひと息つかせてやれる。空き地への片道ドライヴではなく、進んだ道をまた戻ってこられるようにしてやれる。

「中にはいったほうがいい」とタイドが言う。「テリー・マダックスは今こっちに向かってる」

「ここまでどうやって来るんだ?」とデイブが訊く。

「トミーは言わなかった」とタイドは答える。「たぶん知らないんだろう」

「たぶんゆうべのガールフレンドだろう」とブーンは言う。

ブーンとタイドは建物にはいる。デイブは外でテリーが現われるのを待ち、彼が逃げた場合に備える。そのアパートメント・ビルは、これといって特徴のない、最低レヴェルの軽量コンクリート造りの建物だ。ブーンたちはエレヴェーターで二階にあがる。

タイドがトミーの部屋のドアをノックする。

トミー・ラフォは二十代前半、背が低く痩せこけ、長い黒髪を頭のてっぺんで結わえている。タトゥーが首から黒いシャツの下に延び、腕もタトゥーに覆《おお》われている。そして、見るからにびくついている。

そりゃそうだろう、とブーンは思う。

ハイ・タイドは楯突いていい相手ではない。

トミーはタイドを見上げて、言う。「元気かい、兄弟《ウス》?」

「おれはおまえの〝兄弟〟じゃない、ケツ野郎《プキオ》」とタイドは言う。「紹介はしてやるが、おまえにはおれの友人を知る価値もない。マダックスは来るのか?」

「五分ほどで」とトミーは言う。「さっき携帯にメッセージが来た」

タイドは狭いアパートメント――居間と、彼らが立っているキッチン、ドアの開いている寝室、バスルームのドア――を見まわす。「おれたちは寝室で待つ。マダックスを中へ入れたら、ドアを閉めろ。ヘロインはどこにある?」

トミーは椅子の上のバックパックを指差す。「あの中だ」

「マダックスから金を受け取ったら、ヤクを渡せ」とタイドは言う。「あいつはそっちにしか眼がいかない。そこでおれたちが出てきて、やつを捕まえる。おまえは黙って見ていろ、わかったな?」

「わかった」

「もしおれを騙したら」とタイドは言い、若造を睨めつけ、言い添える。「オウエ・ファシオティオエ」

トミーは青ざめる。

ブーンはサモア語を知らない。それでも、今、タイドがトミーに言ったことばはわかる——〝おまえを殺す〟にちがいない。

ブーンたちは寝室にはいり、ほんの少し隙間を残してドアを閉める。

ブーンの携帯電話が震える。通話ボタンをタップすると、デイブの声が聞こえる。「たった今、テリーが車から降りた。女が運転してる。女は降りなかった」

ブーンは電話を切り、タイドにうなずく。

タイドはシャツの下から手錠をそっと取り出す。

トミーの携帯電話がメールの着信音を発したのが聞こえる。おそらく階下《した》にいるテリーが、今からあがると知らせてきたのだろう。

一分が過ぎ……

九十秒が過ぎ……

ブーンは小声で言う。「あいつ、裏切りやがった」

ふたりが部屋から出たところで、デイブから電話がある。「やつは駐車場だ。車へ向かって走ってる。車に着くまえに捕まえる」

ブーンはアパートメントから走り出ると、エレヴェーターを待たずに、階段を駆けおりる。電話越しにデイブが言う。「女は車で逃げた。おれはテリーを追いかけて南に走ってる」ブーンが駐車場に出て右に曲がると、デイブが空き地を突っ切り、古い倉庫と別のアパートメント・ビルにはさまれた細い路地にはいったのが見える。ブーンはそのあとを追う。路地はさらに狭くなり、また別の建物のあいだに分け入るように延びている。そのとき、デイブが叫ぶのが聞こえる。「あそこだ！」テリーが路地から飛び出し、よその家の裏庭に駆け込んだのが見える。

が、次の瞬間、見えなくなる。

デイブが叫ぶ。「右だ！　右だ！」

ブーンはテリーを追って庭を抜け、袋小路になっている私道に出る。テリーがその私道から脇にそれ、低い藪《やぶ》を突っ切り、線路沿いの未舗装路を南に向かうのが見える。

そのおよそ二十ヤード後方にデイブがいる。

勝負は見えている。さきにスタートを切ったとはいえ、体を鍛え上げた伝説的な三十代の水難救助員が相手なのだ。中年のヘロイン常習者に勝ち目はない。打ち寄せる大波や急流、荒れ狂う海で人を救助するために、デイブが日々おこなっているトレーニングの有酸素運動量は世界レヴェルのアスリートのそれと変わらない。

ブーンの有酸素運動量はそこまでではないが、それでも一日に少なくとも一度はサーフィンのセッションに出ているので、かなりの運動量にはなる。パドリングは簡単そうに

——サーファーが水面をすいすいとすべっているように——見えるが、あれがどれほど体力を消耗する運動なのか、パドリングを一度もしたことがない者には想像もつかないだろう。

体重三百五十ポンドのタイドも、ボードに乗っていないときは運動とは無縁だが、今は何千マイルもの大海をお粗末なカヌーで渡る人種のDNAをたぎらせ、どすどすと足音を響かせて後方を駆けている。

テリーにはこの三人は振り切れない。やがて茂みは薄くなり、小径は徐々に広くなってまわりに何もなくなってくる。そうなると、身を隠す場所がなくなる。

あとは時間の問題だ、大した問題ではないことがブーンにはわかっている。

そこで突然、警笛が聞こえる。

その方向を見やると、南から近づいてくる列車のライトが眼にはいる。

テリーもそれに気づいたのがブーンにはわかる。足を止め、追っ手を振り返ったことから。どう見ても無分別なことをしようと考えている。

ひかえめに言っても。

ブーンは叫ぶ。「テリー、やめろ！」

そう、「テリー、やめろ！」だ。そんなことばでこれまで何度彼を制止してきたことか。「テリー、あの波までパドルアウトなんかするな」「テリー、もうそれ以上飲むな」「テリー、ヘロインはやめろ」テリー・マダックスはこれまでの人生、〝テリーはしない〟に逆らいつづけ、それを〝テリーはした〟に変えてきた。そして今、彼は疾走する列車のまえを突っ切り、列車で追っ手をさえぎることができるかどうか、その可能性を測っている。

テリーはジェットスキーでも同じような真似をしたことがある。砕けつつある巨波の下をジェットスキーでくぐり抜け、インパクトゾーン（波の最もパワーのある場所）から仲間を助け出したのだ。ボードでも同じことをしている。殺人的な波の斜面《フェイス》を一気にくだり、波が崩れて彼を押しつぶすまえにチューブを抜けるという荒業《あらわざ》だ。

彼はいつだってチューブの反対側から出てきた。

それでもブーンとしては叫ぶしかない。「テリー、やめろ！　そんなことをする価値はない！」

テリーにはどうやら価値があるようだ。

テリーが勇気を奮い立たせ、疾走する列車の前方の線路へと駆けだすのを見て、ブーンはぞっとする。

デイブがそんなテリーを追おうとしたのを見て、さらにぞっとする。

ブーンは猛然とダッシュして、デイブをつかんで止める。

ふたりはその場に突っ立って、列車の機関士が警笛を鳴らし、ブレーキがテリーを轢《ひ》くまいと無駄とも思える努力をして悲鳴をあげる中、テリーが線路を突っ切るのを見つめる。

テリーは列車の前方五フィートのところを駆け抜ける。

「くそ」とブーンが言う。

次いで、ガタゴトと音をたてる列車の向こうから、狂人じみた笑い声と罵声が聞こえてくる。「くたばれ、ブーン！」

デイブはぶつくさ言っている。「おれなら捕まえられた」

だろうな、とブーンは思う。自分は不可能なことでもできるという、デイブの揺るぎない信念がサンディエゴの海から多くの命を救ってきた。が、ブーンは言う。「そこまでやる価値はない」

タイドは上体を屈め、膝に手をあてて喘いでいる。

ブーンは言う。「テリーは自棄《やけ》になってきてる。ドラッグは手にはいらない、盗品は売りさばけない、おれたちが迫ってることがわかっている。じきにへまをする。そこを捕まえればいい」

そうは言ったものの、ブーンとしても確信はない。

三人はアパートメント・ビルの駐車場に歩いて戻る。

タイドがアパートメントにはいり、トミー・ラフォを締め上げにいく。

「テリーはどこに向かったと思う？」とデイブがブーンに訊く。

「彼をここに送ってきた女のところか？」

「車のナンバーをひかえておいた」

「それはあてにしてた」

デューク電話をかける。デュークは警察内部の協力者（大勢いるうちのひとり）に連絡を取り、二十分後、ブーンたちに名前と住所を告げる。

サンドラ・サルティーニ。

パシフィック・ビーチ、ミズーリ通り一八六五番地。

デュークは玄関の呼び鈴に応じる。

ステイシーは二十代後半、赤毛、脚は長く、豊満な胸をしている。なりは少々時代遅れだが、デュークのような懐古趣味の男にはちょうどいい。実際、彼のうしろからはチェット・ベイカーが歌う『バット・ノット・フォー・ミー』が流れている。

デュークはステイシーを中へ通す。

彼女はまえにも来たことがある。バッグをソファに置くと、デュークににっこりと微笑んでみせる。ステイシーはデュークが気に入っている——彼は紳士だ。変態ではない。チップをたっぷりはずんでくれる。彼女は音楽に気づいて尋ねる。「あれってハリー・コニック・ジュニア？」

「チェット・ベイカーだ」

「あら」と彼女は言う。「まえに来たときは……ギル・エヴァンスだった？」

「よく覚えてるな」デュークはバーカウンターへ行き、ふたつのグラスにスコッチを注ぐと一方を彼女に渡し、腰かけるよう身振りで示す。急いでメインイベントに移ろうとはしない。彼女にとってありがたいことに彼は時間のぶんだけちゃんと払ってくれる。

ステイシーには、デュークが単におしゃべり好きのそこらの男とはちがうことがわかっている。セックスを求めてくるのは確かだが、彼はなにより優雅さを好む。ここに来るようになって、彼女は自分が丁重さというものを理解する人間であることに気づいた。また、音楽についても少し詳しくなった。

デュークは自分の快楽にはこだわりがある。急《せ》いて快楽を得ようとすれば、快楽を台無しにする。そのことにこだわっている。だからまずはウィスキーと音楽、彼女の香水の芳香、スカートに隠れた脚の曲線、緑の眼の輝きをとくと味わう。そのあとしばらくしてから、グラスを置き、手を差し出し、彼女を階上《うえ》の寝室へ誘《いざな》う。

デュークのような商売をしている男はコールガールを大勢知っている。最高のコールガールも知っている。ステイシーは彼のお気に入りのひとりだが、これが色恋であるなどとはもちろん思っていない。そんな愚かな老人の妄想は彼にはない。これはあくまでも商取引きだと心得ていて、それに満足もしている。だから罪悪感などない。相手がステイシーであってもほかのコールガールの誰であっても。

マリーを裏切って浮気をしたことも彼にはない。しようと思ったことも、したいと思ったこともない。実際のところ、文字どおり何百人もの女が保釈金と引き換えに体を差し出してきたが、その誘惑に駆られたことすらない。が、マリーはもういない。彼女が亡くなってからすでに久しい。デュークは現実主義者だ。

男には欲求がある。

これが欲求を満たす最も単純で最も簡単な方法だ。彼は〝恋愛関係〟など求めてもいなければ、自分はもう二度と恋をすることなどないこともわかっている。単なるセックス。セックスは愉しい。セックスはいいことだ。セックスは必要だ。が、それだけだ。ステイシーは床上手だ。自分の仕事を巧みに、しかもそれを魅力と温かみをもってこなす。ことが終わればシャワーを浴び、服を着て出ていく。

デュークはひとりで眼を覚ます。誰かと寝ることがマリーの思い出に対する裏切りだとは思わない。それでも誰かとともに朝を迎えるのはなぜか裏切りに思える。その理由をうまくことばにすることはできないが。その倫理性については相手がニールやルーであっても議論したいとは思わない。

『バット・ノット・フォー・ミー』が終わり、チェットは『ザット・オールド・フィーリング』を歌いはじめる。

デュークはサイドテーブルに置いてある酒に手を伸ばす。

「デュークが心配だわ」ベッドにもぐり込んで、カレンが言う。

「デュークは大丈夫だ」とニールは読んでいたヴァル・マクダーミドの小説から眼を上げて応じる。このピカレスク文学の専門家は犯罪小説にも夢中で、サイドテーブルにはペーパーバック——イアン・ランキン、リー・チャイルド、T・ジェファーソン・パーカー——が積まれている。

「そうかな」とカレンは言う。「心臓の具合はどうなの？」

ニールは肩をすくめる。

カレンはその対応に眉をひそめる。

「ぼくたちにはルールがある」とニールは言う。「健康問題については話し合わないというルールだ」

カレンは首を振る。この男たちは〝フライボール革命〟は野球を駄目にするかだとか、ポイントカード《ロイヤルティ・カード》の有用性と欠陥とか（「客が費やした額の十パーセントを還元するというのは、商売にどれほど忠実《ロイヤル》なことか？」ニールが発議したテーマだ）については延々と議論するのに、健康のようなそれこそ大切なことについては議論しない。カレンは言う。

「わたしの眼には疲れてるように見えた」

「彼は心を痛めてるんだよ」とニールは言う。「自分のビジネスのことや、それと今回の――なんて名前だっけ――テリー・マダックスの件で」

カレンはミシェル・オバマの本を八十五ページまで読んでいる。そのページを開いて読みはじめ、ややあって尋ねる。「その男を見つける手助けをしたら？」

「ぼくが人を追いかけていたのははるか昔のことだ」

ニールがその昔、学位を取得して学者になるまえにしていたのは、金持ちたちの問題解決を請け負う富裕層向けの探偵事務所で行方不明者を探すことだった。

「きっと自転車に乗るみたいなものよ」とカレンは言う。

「自転車には一度も乗ったことがない」とニールは言う。「このさきも乗るつもりはない。いずれにしろ、デュークはこの道のプロだ。彼のもとにはこの町の街場事情に通じている有能な人間が何人もいる。もしマダックスが行方不明になって、今は大学のラウンジにいるのなら、ぼくでも見つけられるだろうけど、そうじゃなければ……」

カレンはまた本を読むふりをする。「もしかしたらあなたのほうが友達の手助けをしたいと思ってるんじゃないかって、ちょっと思っただけ」

「きみはあの仕事を早く辞めさせたがってた。忘れてないよね？」とニールは尋ねる。

カレンはもちろん覚えている。ふたりはその仕事が原因で何年か離れていた。ニールがいつもどこかに出かけ、誰かを追いかけ、彼女には言えない秘密のことをしていたからだ。彼がその仕事を辞めると約束し、その約束を果たしてようやく、カレンは彼のもとに戻ることに同意したのだ。今の彼女は学者の妻として、昔とは比べものにならないくらい幸せだ。だから自分が口にしたのが偽善であることは彼女も重々自覚している。

「あれは若者向けの仕事だ」とニールは言う。「それに、こんなことはきみに言いたくないけど、ぼくはもう若者じゃない」

「あなたは充分若いわ」と彼女は言い、本を置いて彼のほうを向く。

カレンは凄腕のポーカープレイヤーだ。

いっときおいて彼は言う。「わかったよ。デュークに電話してみる」

ブーンは夜どおしそこに坐っている。

ミズーリ通り一八六五番地のまえの通り。ブーン・モービルの中にいる。

別のアパートメント・ビルと別の袋小路。

中庭とプールのある大きな二階建てのU字型複合建築。

サンドラは部屋にいる。少なくとも彼女の車は地下の駐車場にある。ブーン・モービルはその地下駐車場に続く私道の向かいの路上に停まっている。デイブはカルセドニー通りに、タイドはアカデミー通りに車を停め、テリーが裏の入口に向かった場合に備えている。

これが取るべき正しい手段だ、とはブーンも思う。同時に、おそらく無駄骨に終わるだろうとも思っている。テリーのような〝熟達した〟逃亡者なら、ブーンたちが車のナンバーをひかえたことくらい容易に想像するだろう。だから、この住所にはまず近づかないだろう。それでも、焼きがまわるということはテリーのような男にもあるだろう。今は身を隠す場所を探すことしか考えられなくなっているかもしれない。あるいは、麻薬のせいでちゃんとものが考えられなくなって、へまをするかもしれない。危険を冒してでもサンドラの家に戻ってくるかもしれない。

サンドラのことはデュークの仲間に頼んですでに調べてある。サンドラはシャープ・グロスモント病院の正看護師だ。それも救急救命室の。だから彼女は頭が切れる。金も稼ぐ。そう簡単にはパニックにはならない。

特に用があるわけでもなく、ただ退屈だったので、ブーンはデイブに電話する。「何かあったか？」

「どうだかな」とデイブは言う。「テリーには変身の才はあるか？」

「知るかぎり、ない」

「だったら、さっき目撃した猫は除外できる」とデイブは言う。

夜明けが迫っている。そろそろハング・トゥエルブとジョニー・バンザイがドーン・パトロールで海に出る頃だ。彼らはブーンたちはどこにいるのかと思うだろう。

電話が鳴る。

デイブが言う。「ひょっとしてマダックスが中にいると思うか？　おれたちを出し抜いて、じっと隠れているとか？」

「ありうるな」

「踏み込むか？」

早すぎる、とブーンは思う。夜明けまえから男がドアを叩いてサンドラを死ぬほど怖がらせ、隣人も警察官も起こしてしまいかねない騒ぎを惹き起こすような真似はしたくない。それよりあたりが明るくなって、テリーが――もし中にいるとすれば――眼を覚ます頃まで待つほうがいい。

どんなときでも標的の目覚めの悪夢になるのがベストだ。

そのときバックミラー越しに、一台の車が二十フィートほど後方で停まるのが見える。野球帽をかぶった男が車から降り、両手を黒の革のジャケットに突っ込んでヴァンのところまで来て、窓をノックする。

ブーンは窓を開ける。

「ブーン・ダニエルズ？」と男は訊く。

「そうだが？」

「ぼくはニール・ケアリー」と男は言う。「デューク・カスマジアンに言われてきたんだ。ぼくに手伝えることがあるかどうか訊いてみろって言われて」


午前七時、ブーンたちは建物にはいる。

テリーはそこにいるか、姿を現わさないかのどちらかだ。テリーが窓から逃げた場合に備えて、タイドとデイブに裏を見張らせ、ニールとブーンは中庭にはいり、プール沿いを歩いて一階のサンドラの部屋の呼び鈴を鳴らす。

二分経ってようやく彼女がドアを開ける。その二分のあいだにテリーを起こしていたのだろうか、とニールは思う。それならそれでいい。そうなら彼はバスルームの窓から抜け出して、外で待ち構えているブーンの仲間――どちらも逃亡者の扱いはお手のもののようだ――の腕の中に飛び込むことになる。

が、サンドラはスウェットシャツとジーンズに身を包んでいて、眠たそうには見えない。美人で、片方の頰から鷲鼻を越えて反対の頰までそばかすが散り、くっきりとした黒い眉をしている。左手にコーヒーのはいったカップを持ち、こんな時間に現われた訪問者に努めて驚いた顔をし、驚いた声で言う。「はい？」

「ミズ・サルティーニ」とニールが言う。「テリー・マダックスはいるかな？」

「誰？」

「おふざけはやめよう」とニールは言う。「ゆうべきみは車でテリー・マダックスをヘロインの売人のアパートメントまで送った。彼にヘロインを買わせるために」

「なんの話をしてるのかわからないわ」と彼女は言う。

「中にはいってもいいかな？」とニールは訊く。

「駄目よ」と彼女は言う。「さっさとここから出ていって。でないと警察を呼ぶわよ」

「ああ、そうしてくれ」とニールは言う。「そうすれば、きみも逃亡者を匿っていたことを洗いざらい話せるだろう。それにもしテリーが中にいて、麻薬を所持していたら、きみは看護師免許を失うことにもなる。さもなければ、素直にぼくたちを通すか。ぼくたちは中をざっと調べるだけだ。で、彼がいなければ、すぐ消える。テリー以外のものは何も見ない」

彼女は脇へどいてふたりを通す。

寝室がひとつあるだけの小さな部屋だ。バーカウンターが狭いキッチンと居間を隔てている。寝室のドアが開いている。

「はいってもいいかな？」とブーンが尋ねる。

サンドラは肩をすくめる。「もうはいってる」

ニールがドアの脇へゆっくりと近づく。ブーンはその数フィートうしろで待機する。テリーが中で待ち構えており、ニールがはいってきたら体あたりして倒し、ニールを踏みつけて玄関から逃げたりしないよう。

もっとも、ニールは自分が誰かに踏みつけられるのをブーンが許すはずがないと思っている。ふたりのあいだではすでに、話をするのはニール、肉体にものを言わせる役目を担うのはブーンということで話がついている。もしそういうことになった場合のことだが。

ニールはそうならないことを願っている、もちろん。

肉体にものを言わせることを好ましく思ったことは一度もない。

「テリー、そこにいるなら出てきてくれないか?」とニールは言う。「なあ、こんなことはやめよう。自分を超《フリーキン》貶めるだけだ」

応答なし。

ニールは寝室にはいる。

テリーはいない。

ベッドの中にも下にも、狭いクロゼットの中にも。

バスルームにも、シャワー室にもいない。

寝室に戻って窓を確かめると、窓は閉まって鍵もかかっている。もちろんテリーが抜け出たあとにサンドラが鍵をかけた可能性もあるが。しかし、もしそうならタイドが大声をあげているはずだ。

ニールは居間に戻る。

「ご満足？」とサンドラは尋ねる。見ると、彼女はカウチに坐っている。

「こんなことに満足なんてことは何ひとつない」とニールは言う。「最後に彼を見たのは？　怖くなって、カールスバッドの駐車場を出たとき？　それとも連絡があって、車で彼を拾ってどこかに送り届けたとき？」

「あなたの質問に答える義務はわたしにはないわ」と彼女は言う。

ニールは彼女の隣りに腰をおろして言う。「頼む。彼のために病院から薬を盗んだことなんて一度もないと言ってくれ」

「そんなことするわけないでしょうが」

「でも、頼まれたことはある」とニールは言う。

サンドラは肩をすくめる。もちろんある。彼はジャンキーだ。

「きみにそんなことをしたのはテリー？」とニールは尋ねる。

「そんなことって？」彼女は反射的に首に手をあてて訊き返す。

「髪の下のその痣」とニールは言う。「きみが嫌だと言ったら、彼はかっとなって、きみの首を絞めた。そのあと心底反省して赦しを請い、もしおれを愛してるなら、せめて売人のところまで乗せていってくれと言った。彼はこれが最後だと、これを最後に自首をして、麻薬はきっぱりやめると、約束した」

「どうしてわかったの？」と彼女は訊く。

「ぼくの母親がジャンキーだったんだ」とニールは言う。「だからぼくは生まれたときから、ジャンキーというものを知っている。それより興味深い問題は、サンドラ、きみがこれから何をするかだ」

「どういう意味？」

「いいかい、きみには選択肢がある」とニールは言う。「いっさい何も語らず、彼のことはこのまま放っておいて麻薬を過剰摂取させる。またはきみはどこで彼を車から降ろしたか、ぼくに話す。そうすればおそらくぼくたちは生きている彼を見つけることができる。腕に針を突き刺したまま死んで冷たくなっている彼ではなくて」

彼女が今の話をじっくり考えているあいだ、ニールは何も言わない。じっと彼女を見つめる。

一分経ち、ようやく彼女は言う。「〈ロングボード〉よ」

ニールがブーンを見やると、ブーンは言う。「パシフィック・ビーチにあるサーフ・バーだ」

「彼はどうしてそこに行きたがったんだ？」

「友達がやっている店だって言ってた」

「ブラッド・シェイファー」とブーンは言う。「〝シェイフ〟。彼とテリーは昔からの知り合いだ」

ニールはサンドラにデュークの名刺を渡す。「もしテリーから連絡があったら、この番号にかけてくれないか？」

彼女は言う。「彼を愛してるの」

「それは辛いだろうね」とニールは言い、腰をあげる。「もし困ったことがあれば、デューク・カスマジアンが力になってくれる」

次いで、もう一枚名刺を渡す。「ルーベスニックという名前の警部補だ。部署はちがうけれど、適切な人を紹介してくれるから、彼を暴行で訴えるといい」

「そんなことをするつもりはないわ」

「彼は別の女性も殴った」とニールは言う。「彼はきみの首を絞めた。きみたちのどちらかが正しいことをするのを待っていたら、誰かが死ななきゃならなくなるかもしれない。それを考えてほしい、いいかな？」

中庭でブーンは言う。「見事な手並みだ」

「本を山ほど読んでるからね」とニールは言う。

ふたりはビーチから一ブロック半内陸にはいったトマス通りの〈ロングボード〉まで車を飛ばす。

よくあるサーファーの溜まり場——ピッチャーで出されるビール、ウィスキー、ナチョス、タコス、手羽先、そこそこのバーガー。最近はシェイフも不本意ながら流行を認め、クラフトビールを提供するようになっている。ブーンも〈ロングボード〉にはおそらく千回は来たことがある。

午前七時半、店は閉まっていて、人の気配はまったくない。

「シェイフとテリーのことを教えてくれないか?」とニールは言う。

「若い頃、ふたりはあちこちの大波に一緒に乗ってた」とブーンは言う。「トドス・サントス、コルテス・バンク、マーヴェリクス。テリーはそれで名を揚げて、スポンサーつきで世界をめぐり、あらゆる雑誌の表紙を飾り、ビデオにも収まった。一方、シェイフはちがった」

「どうして?」

「以前のテリーほど才能にあふれた者もいなかった」とブーンは言う。「一方、シェイフはカリフォルニアの人間だ。自分のバーと地元の波の近くにいたがった。それに彼は愛情深い父親だ。四人の息子がいて、子供たちが出場するサーフィンのトーナメントやリトルリーグの試合を見逃したくなかった。結果、テリーはスターになり、シェイフは地元の伝説として地元にとどまった」

「で、苦い思いをしてる?」

「それについてはないな」

「何についてならある?」

「長男のトラヴィスが」とブーンは言う。「三年まえにヘロインの過剰摂取で死んだ。そのことからまだ立ち直れてない」

「それはむずかしいね」

ブーンは葬式に参列した。

「そんな過去があるのに」とニールは言う。「どうしてマダックスはシェイファーが匿ってくれると思ったんだろう?」

痛ましかった。

ブーンは経緯を語る——何年もまえ、マーヴェリクスでシェイフは三十フィートの波の斜面《フェイス》でワイプアウトした。ボードから投げ出され、意識が朦朧《もうろう》として方角がわからなくなり、冷たく黒い海中を転げまわった。どちらが上かもわからず、足とボードをつなぐリーシュコードにしがみついて海面に出ることもできなかった。さらに猛烈な勢いの波に暗礁のほうに流された。溺れ死ななくても暗礁にぶつかれば、その衝撃で死んでいただろう。

テリーはインパクトゾーンめがけてジェットスキーを走らせた。波が巨大な刃《やいば》さながらそそり立ち、彼を押しつぶそうとした。それでも彼はインパクトゾーンに突っ込み、まさに波が崩れると同時にシェイフをすくい上げた。そして、ジェットスキーの後部に取りつけた橇《エクステンション》にシェイフを乗せてチューブを抜けた。

これぞまさしくヒーロー、テリー・マダックスの逸話だ。

「それでシェイファーはマダックスのことを命の恩人だと思ってるわけか」とニールは言う。

「思ってるんじゃない」とブーンは言う。「シェイフには実際それだけの借りがテリーにあるのさ」

「シェイファーの住まいは？」とニールは訊く。

「キャス通り」とブーンは言う。「が、テリーがそこにいるとは思わない。エレン……シェイフの嫁さん……がテリーを出入り禁止にしたから。麻薬常用者には子供たちのそばをうろついてほしくない。そういうことだ」

「だろうね」

「ああ」

「となると、テリーはバーにいるか」とニールは言う。「あるいは……シェイファーがメキシコまで車で乗せていったか？」

「それも速攻で」

ニールはため息まじりに言う。「マダックスが盗んだ宝石をもう金に換えていたら、それもありうるね。それだともう見つからない」

それでも彼らはテリーがバーにいて、ひょっこり姿を現わすかもしれないと思い、バーのまえで待機する。

しかし、ブーンには眼に浮かぶ。今頃はメキシコのロサリートのビーチにいて、マルガリータをちびちびやりながら、ブーンたちのまぬけさを嘲笑《あざわら》っているテリーの顔が眼に浮かぶ。

テリーはいつだってチューブの反対側から現われる。

デュークは電話を受ける。

サム・カッセムはサンディエゴ最大の宝石店のひとつを所有している。その彼が言う。

「あんたが赤旗をつけていた品。今朝、男が店に来て、売ろうとした。うちの店員が男に待つように言って、奥の部屋から警察に通報した。でも、店員が戻ると、男はもういなくなっていた」

「警察はなんて？」

「できることは何もないそうだ。なにしろ盗難届けが出てないわけだからね」

「テリー・マダックスだったか？」とデュークは訊く。

「そいつが誰かはわからない」とカッセムは言う。「しかし、店の防犯カメラに映っている」

「ああ、サム、恩に着る」とデュークは言う。「借りができた」

「あんたは私になんの借りもないよ」

デュークはカッセムが送ってきたビデオを見る。そこには身長およそ六フィート一インチ、四十代後半か五十代前半、ほぼ丸刈りの黒髪、黒いデニムのシャツとジーンズを着た白人の男が映っている。

テリーではない。

しかし、それでもこれはいいニュースだ。テリーはまだ盗品をさばけていない。その可能性が高い。それはつまり高飛びをするのに必要な金はまだ手に入れていないということだ。

デュークはその映像をブーンの携帯電話に送る。

冬の朝なので、ブーンはウィンダンシー・ビーチにそびえる崖の上の狭い空き地に駐車スペースが確保できる。

そこは象徴的な場所、文学作品にもサーフィン界の言い伝えにも古くから登場する数少ない場所のひとつだ。トム・ウルフは著書『パンプ・ハウス・ギャング』でそこを有名にしたが、そうなるずっとまえからその場所はサンディエゴのサーフィンの中心地として名を馳せていた。

ポンプが設置された家《パンプハウス》はとうになくなり、当時の者の多くはこの世を去ったが、評判は今も残っている。

テリー・マダックスもここでサーフィンをした。

彼の昔の仲間にはまだここでサーフィンをしている者もいる。

筋金入りのサーファーだけが今日も海に出ている。

寒くて、北西から風が吹き、波が大きくうねっている。海は濃い青灰色で、雲に覆われた空より黒っぽい色をしている。海に出ているサーファーは分厚い冬用のウェットスーツとブーツを身につけ、中にはフードをかぶっている者もいる。

筋金入りのサーファーしかいない。古株の中には若者が海に出るのを眺め、ただそこに佇み、昔語りに満足している者もいる。歳を取るにつれ、水が冷たくなる。これぞ自然の摂理。それに古株の記憶にあるのは夏だ、冬ではない。

ブーンはヴァンからボードを出さない。

フードをすっぽりかぶって未舗装路をビーチに向かう。そこには彼が思っていたとおり、古株の賑やかな一団が屯《たむろ》している。中にはウェットスーツを着てボードを抱え、今にも海にはいっていきそうな恰好をしている者もいる。多くはそんな見てくれにはこだわっていないが。

ブーンはぶっきらぼうながら親しみのこもった挨拶を受ける。

世代としてはひとつ下ながら、彼の評判はみな知っているので、古株も彼には一目置いている。この海岸にいる者はみな、ブーン・ダニエルズが波を実に見事に乗りこなすことも、実力で名を成したことも知っている。だから、よそ者に対するような冷たい態度をブーンに対して取る者はひとりもいない。

新参者に冷たい態度を取ることでよく知られる古参のひとりがブラッド・シェイファーだ。

でもって、〝シェイフ〟は昔気質《かたぎ》の男だ。頭皮ぎりぎりまで刈り込んだ黒髪にはさすがに白いものがめだつようになったが、タトゥーの下の筋肉は今でもぴんと張ったロープのように引き締まっている。ウィンダンシーで保安官探しをすれば、誰もがシェイファーに白羽の矢を立てるだろう。彼はよそ者を追い払い、地元民を束ねる。

今日は海には出ていないが、明日はきっと出るにちがいない。ブーンはそう思う。

明日は波が高くなるからだ。

「おまえが今してるのはやっちゃいけないことだ」とシェイフはブーンに言う。「金のために兄弟を売るなんて」

「彼は三十万ドル踏み倒して、デュークを窮地に陥らせてる」とブーンは応じる。

シェイフ自身、一度ならずデュークの世話になり、留置場から出してもらっている。酒がはいると喧嘩っ早くなるのだ。自分のバーで殴り合いをしたことも、新参者が彼の縄張りを侵したと思い込んで、今彼らが立っているところからほんの数フィート離れたところで殴り合いをしたこともある。しかし、ブラッド・シェイファーとは喧嘩などしようと思わないほうがいい。ブーンはそのことを心得ている。彼と喧嘩をしたら、まずい結果にはならない。

シェイフは言う。「デュークなら損害をこうむることもあるだろうよ」

「テリーがどこにいるか知っているか？」とブーンは訊く。

「いや」とシェイフは言う。「もし知ってるとしても、おまえに言うつもりはさらさらないよ」

ふたりは数秒、押し黙る。ブーンはシェイフの怒りを皮膚感覚で感じたあと口を開く。

「シェイフ、テリーが盗んだものを売ろうとしてるあんたが映っているビデオがある」

「あいつは盗んでない。それは贈りものだ、たぶん」

「ほんとうにそう思うなら」とブーンは言う。「あんたとしても店からあんなに慌てて出ていかなくてもよかったはずだ。あんたのよき友、テリーはあんたを重罪に加担させてる。自分のケツを守るためなら、平気であんたを窮地に陥らせるだろう」

「おれを窮地から救ってくれたのがあいつだ」シェイフの眼つきが険しくなる。「とっととここから消えろ。自分が窮地に陥るまえにな」

ブーンは何も答えない。が、動きもしない。このまま引きさがれば、逆にシェイフを挑発することになる。一方、ふたりを取り囲み、ふたりのやりとりに耳を傾けているシェイフの仲間、彼に忠実な仲間は、シェイフが必要としさえすればすぐにもブーンに襲いかかるだろう。

全員に聞こえるよう、シェイフが声を張りあげて言う。「テリーはいいやつだ」

ブーンは尋ねる。「彼が女を殴るのは知ってるか?」

おそらく知っている、とブーンは思う。おそらく知っていて、見て見ぬふりをしている。おそらく彼ら全員が知っている。

ブーンはそのことに腹が立つ。

「あんたはバーに彼を匿ってる。麻薬も手に入れてやったのか?」

「言いすぎだ、ダニエルズ」

「ヘロインがどんなものか、それはあんたたちもよく知ってるだろ?」とブーンは言う。

「彼を渡してくれ。そうすれば彼自身ほんとうに必要としている援助が得られる」

「刑務所でか?」とシェイフは尋ねる。

「それでも生きてはいられる」

言った瞬間、ブーンは後悔する。そんなふうに言うつもりはなかったからだ。シェイフの息子のことをにおわせるつもりなど。

シェイフの右の拳がブーンの顎を狙って大きな弧を描く。ブーンは難なくその拳をブロックするが、強烈な左のボディブローを食らう。次の右が左肩をとらえ、ブーンの腕をしびれさせる。そのせいでブーンはブロックが間に合わず、横っつらをしたたかに殴られる。よろめいたブーンは体勢を保とうとするが、シェイフに右の足首を払われ、転倒する。

ほかの者たちも束になってブーンに襲いかかる。

蹴り、踏みつけ、罵声を吐く。

ブーンは前腕を上げて頭を守り、両脚でキックして相手を寄せつけまいとするが、三百六十度防御することはできず、ダメージを食らう。立ち上がろうとすると、また蹴りが飛んできて倒される。次いで、立ってブーンを見下ろしているシェイフがブーンの顔の骨を砕こうと、右の拳を振りおろす。ブーンが頭を振ってよけると、拳は彼の顔の脇の砂にめり込む。ブーンはその腕をつかみ、シェイフを引き寄せる。それでシェイフのさらなる重いパンチを阻止し、シェイフの体を盾がわりにする。それでもシェイフの体の下敷きになっているブーンの脇腹に蹴りが何発も入れられる。

その蹴りが突然止まる。のしかかっていた重さがなくなったのを感じて眼を上げると、タイドがクレーンよろしくシェイフを吊り上げ、デイブが両手を体のまえに出して立っている。かかってきたい者はいるかと言わんばかりに。

誰もいない。

シェイフたちはあとずさりする。

デイブはブーンに手を貸して立たせる。「大丈夫か？」

「ましになった」

シェイフは憎悪の念をたぎらせてブーンを見やる。「おれはあいつに麻薬を買ってやったりなんかしてない」

「自首するよう言ってくれ」

ブーンはそう言って、デイブに引きずられ、車を停めたところに戻る。

エイドリアーナは氷を包んだタオルをブーンの腫れ上がった頬に押しあてる。ブーンは……そう、袋叩きにあった気分だ。もしデイブとタイドが来なかったら、もっとひどいことと、はるかにひどいことになっていたかもしれない。デイブとタイドは見張りをニール・ケアリーと交替しようと〈ロングボード〉に行ったところ、ブーンがどこに向かったのかニールから聞かされた。で、ふたりはもしかしたらブーンが厄介なことになっているかもしれないと思い、すぐにそっちに向かったほうがいいと判断したのだった。

ニールは今もまだ〈ロングボード〉を見張っている。

「いいかな?」とデイブはそのとき訊いた。「まだ見張っててもらえるかな?」

「本を持ってきてる」とニールは言った。

そうしてデイブとタイドはバーの向かいに停めたデイブの車の中にニールを残してきたのだ。

ブーンの顔を見てデュークが言う。「相当やられたな」

「おれがけしかけたようなもんだ」とブーンは言う。「言っちゃいけないことを言っちまったんだ」

「警察に電話するわ」とエイドリアーナが言う。「告訴すべきよ」

ブーンは彼女に電話などしないようにと言う。

「シェイファーに圧力をかけられるかもしれないでしょ?」とエイドリアーナは言う。

「テリーを差し出せって」

「盗品を売ろうとしたことで脅しても差し出そうとはしなかったんだ。その程度の圧力じゃ無理だろうな」とデュークが言う。「それにそもそもそういうことはブーンも許さない。奇々怪々なサーファー同士の規範を守るだろうよ」

「ああ、ブーンは守る」とブーン本人が言う。

「で、これからどうする?」とデイブが尋ねる。

「警察に通報する」エイドリアーナもすぐには折れない。「令状を持った警察に〈ロングボード〉を家宅捜索してもらって、テリーを捕まえてもらえばいいじゃないの」

「こっちで捕まえたい」シャツのポケットから火のついていない葉巻を取り出し、それをくわえてデュークが言う。「だけど、身内が袋叩きになるようなことは二度と起きてほしくない」

「おれは大丈夫だよ」とブーンは言う。

「それはきみの意見だ」とデュークは言う。「病院に行って診てもらうんだ」

「いや、大丈夫だ」

「報酬をもらいたければ、行くことだ」とデュークは言うと、デイブを見やって頼む。「車で連れていってくれるか?」

「もちろん」

誰も動かない。

「今どこにいると思う?」とデュークは尋ねる。

サンディエゴ、と思いながらもそう尋ねる。

事実上誰もクラクションを鳴らさない市《まち》にいる。

部屋を出ていきかけ、改めてブーンが尋ねる。「で、どうする?」

「見つけてくれ」とデュークは答える。

テリー・マダックスはあのバーにいる。デュークはそう思う――この仕事を四十年もやってるんだ。おれには感覚でわかる。やつはあそこにいる。麻薬が切れてますます自暴自棄になってるはずだ。列車の駅、バスの発着所、空港には見張りを遣った。サンディエゴのサーフコミュニティは緊密に結ばれている。だからブーンが叩きのめされたことはじきに知れ渡るだろう。それを聞いて喜ぶ者も何人かはいるだろう。が、大半は喜ばない。ここではブーン・ダニエルズも大いに好かれているからだ。だから、これまではテリーに開かれていたかもしれない多くのドアも、今後は彼の鼻先で閉められるようになるはずだ。

テリーは八方ふさがりだ。それはやつにもわかっている。

こっちが彼の居場所をつかんでいることももうわかっているはずだ。今すべきはやつにプレッシャーをかけつづけることだ。そうすれば、やつはさらに逃げざるをえなくなる。

少なくとも本人はそう思うだろう。

そうしてやつが動いたら、おれが出ていってやつに手錠をかける。

万事めでたしめでたし。

なぜなら、今やこれは個人的なことだからだ。

デュークは火のついていない葉巻を嚙みしめる。

ニール・ケアリーは自らの幸福を実感している。

〈ロングボード〉のすべての出口が見える屋根の上に立ち、張り込みをすることに心底満足している。実際には何もしていないのに。それは張り込みにはつきもので、昔はその退屈さに気が変になりそうになったものなのに。

しかし、それもはるか昔のことだ。

今はもうこの類《たぐ》いの仕事はしていない。かれこれ三十年? またやりたいと思うような仕事でもない。教室が好きだし、教えることが好きだし、とりわけ誰も読まない学術書を研究するのが好きだ。そういう彼の研究書はカレンでさえ読んだふりをするだけだ。ただざっと眼を通して、二言三言誉めことばを見つけようとするだけだ。それでもだ。ニールは今の職業を選んだことにこの上なく満足している。

そんな彼にしても認めざるをえない。ただこうしているだけでなんと愉しいことか。この追跡(〝追跡〟? 屋根の上に突っ立っているだけなのに)の興奮、緊張感、違法行為を働いているわくわく感。そんなものを恋しく思っていたとは。

屋根の上は大学のラウンジより愉しい。

電話が鳴る。デュークだ。「大丈夫か?」

「最高だ」

「小便に行かなくていいのか?」とデュークは訊く。

「驚くことに、いいみたいだ」

「きみが話をしたあの女性」とデュークは言う。「サンドラ・サルティーニ。警察に出向いて、被害届けを出した。どうやらきみの腕もまだ鈍っちゃいなかったようだな。いずれにしろ、交代要員を送るよ」

「どうぞごゆっくり。こっちは問題ないから」

「愉しんでるんだろ、教授?」とデュークは尋ねる。

「いかにも」とニールは答える。

「昔のように」

「まあね」

「じゃあ、まあ、愉しんでくれ」デュークは言う。「愉しみは永遠には続かないだろうが」

ニールは電話を切る。

荷台にサーフボードを載せたピックアップトラックが、〈ロングボード〉の裏手の狭い駐車場にはいってくる。男——五十代、とニールは踏む——が運転席側から降りてきて周囲を確認し、両手をポケットに突っ込んでバーにはいる。

ニールはその昔、あのぴりぴりした表情や強ばった歩き方を千回は見ている。次作の印税前払い金二百ドルをすべて賭けてもいい、あの男は麻薬を持っている。

ついでにこれにも賭けてもいい。テリー・マダックスがもうすぐ元気を取り戻すほうに。

デュークは〈ロングボード〉に網を打つ。

偽装する気もない——むしろシェイフとテリーには自分たちが取り囲んでいることをはっきりとわからせたい。まさに往年の西部劇でインディアンが幌《ほろ》馬車隊を取り囲んだように。デュークはわざと眼につくように店の正面に停めたキャデラックの中にいる。デイブはトマス通りに停めたブーンのみすぼらしいヴァンの中、ハイ・タイドは裏の駐車場で自分のトラックの運転席にいる。

ニール・ケアリーは用を足してコーヒーを補給するときにほんのわずかな休憩を取った以外、頑として屋根から離れようとしない。

ブーンは自宅待機をデュークに命じられている。

ひびのはいった肋骨二本、重度の打撲症。医者は内出血をちょっと心配している。ブーンは解熱鎮痛剤《タイレノール》二錠と氷嚢《ひょうのう》があれば大丈夫だと訴えた。が、デュークからは前線から退くことを命じられた。

いまや持久戦だ。

彼らはすでに丸一日待機している。必要とあらば夜どおし待機する。どうやらそうなりそうだ——ニールの読みどおり、シェイフが見舞いと称してテリーに麻薬を買い与えたとすれば。愛と忠誠心に基づく人の行為にデュークはよく心を動かされる。と同時に悲しみも覚える。愛と忠誠心は法律や個人の倫理観、個人の信念、ときに個人の幸福をも凌《しの》ぐ。よくわからないが、それは悪いことではないのだろう。デュークはそう思う。

それは人間の最高にして最悪の特質なのだろう。彼は長年のあいだにその両面を数えきれないほど見てきた。

この仕事ができなくなると、このさきそういうことを恋しく思ったりもするのだろうか。

それでもだ。シェイフがテリーに麻薬を与えたのはまちがっている。避けられないことをただ先延ばしにしてもなんの意味もない。

デュークはブーンたちが持っている能力を知っている。常習犯を追いかける際に必要な忍耐心と自制心——常習犯には欠けている資質。そういう資質があれば常習犯もそもそも常習犯にはなっていないだろう。テリーのようなろくでなしは生来、尻が落ち着かない。事が収まるまでじっと待つ忍耐心も自制心もない。おまけにテリーはヘロイン依存症であると同時にアドレナリン依存症でもある。動かずにはいられない。だから彼のまわりにめぐらせた網を狭める必要はない。彼のほうから網に飛び込んでくるのを待てばいい。

デュークはカーラジオをつけ、周波数を八八・三FM——ジャズ専用の放送局——に合わせて思う。ただ、こっちにも手綱を引いておかなければならないアドレナリン依存症者がいる。ブーンのサーファー仲間——デイブとタイド——もやはり自分から動くのが好きだ。自分たちの仲間が殴る蹴るの暴行を受けたことに激怒し、今もまだ頭から湯気を立てている。

実際、ほぼ一時間ごとにデイブかタイドかのどちらかが電話をかけてきて、毎度同じようなことばを吐く。「いい加減踏み込んで捕まえよう」

これがシェイフや彼の仲間たち——朝から次々と集まっている——との戦いになることがわかりながらそんなことを言ってくる。デュークは、デイブとタイドが、それにもかかわらずではなく、むしろそれだからこそ、踏み込みたがっていることを案じている。ふたりは自分たちの仲間のために報復したいと思っている。デュークにもその気持ちはわかる。が、それを容認するつもりはない。

忍耐心と自制心。

ラジオにナット・キング・コールの『ジャンボ』――スタン・ケントン・オーケストラとともに録音した曲だ――がかかり、デュークは頬をゆるませる。トランペットはメイナード・ファーガソンとショーティー・ロジャーズ、アルトサックスはバド・シャンクとアート・ペッパー。キャピトル・レコード、一九五〇年。

太陽が沈みはじめている。

今、自宅のテラスにいられれば――デュークはつくづくそう思う。

ブーンはカウチに寝そべり、太陽が水平線の向こうに沈んでいくのを眺めている。一日のこの時間、いつもならヴェランダに出て、タコス用の魚を焼いているところだが、痛みがひどくてそれができない。

だからただ窓から外を眺めている。

音楽を聞きながら。

ディック・デイル＆ヒズ・デルトーンズ。

カウチに寝そべり、テレビを見ていてもいいところだ。が、彼の家にはテレビがない。あったほうがいいと思ったことは一度もない。

「天気は？」とハング・トゥエルブ――ネオ・ヒッピーでＬＳＤの犠牲者でドーン・パト

ロールのメンバー――に尋ねられたことがある。「天気がどうだか知りたくないんすか？」「天気がどうだか知りたかったら外に出るよ」とブーンは答えた。「天気がどうかというのはそういうことだ」

「でも、天気がどうなるか、それも知りたくないんすか？」ハングはすぐには引きさがらなかった。「つまり……そう、天気予報は知りたくないんすか？」

「ここはサンディエゴだ」とブーンは言った。

時期によって変わるだけで予報はいつも同じだ。冬は小雨、春は曇天――地元民が言う〝五月の灰色《メイ・グレー》〟、それに〝六月の憂鬱《ジューン・グルーム》〟――残りの期間は晴天で暖かい。時折午前十一時頃まで、マリン・レイヤー（冷たい海流の影響で上空より地表近くの温度が低くなることでできる空気層）がもたらす霧が垂れ込め、陽が燦々《さんさん》と射すことを見越してカリフォルニアで散財している観光客の不興を買うこともあるが、いったん霧が晴れれば、誰もが気を取り直して愉しい時間を過ごす。テレビの気象予報士も波の情報を伝えはするが、ブーンはそれより的確な情報をインターネットから得る。それになんといってもブーンはクリスタル埠頭の上に住んでいるのだ。波の状態が知りたければ、今していることをする。ただ窓から外を眺める。

それに彼は寄せ波を感じることができる。文字どおり自分の下に。

今は北からの冬の大波が押し寄せている。重々しく大きく膨らみ、力をみなぎらせて。明日の朝にはサーファーたちがこぞって繰り出していることだろう。貨物列車さながら騒々しく。ドーン・パトロールもそこにいる、もちろん。

しかし、おまえはいない、と彼は自分に言い聞かせる。

おまえはぼこぼこにやられた負け犬だ。ひびのはいったポンコツ肋《あばら》を抱えて、あの波に漕ぎ出せるわけがない。なんてざまだ、ボードを持ち上げようとするだけでうめき声が洩れるとは。

一方、ハングは海に出る。それにジョニーも。

デイブやタイドも。テリーの一件が今夜のうちに片づけば。

片づく、とブーンは見ている。

テリーは陽が落ちるのを待っている。暗闇を待っている。おそらく視界をさえぎる幾許《いくばく》かの雨を。さらに運がよければ霧も。

夜になったら、彼は逃亡を図る。

しかし、どこへ逃げる？　デュークの張った網をかいくぐれたとしても――かいくぐれるとは思えないが――どこに向かうつもりだ？

それがどこであれ、逃げきれるわけがない。

ブーンは生を受けてから――いや、生まれるまえ、母親の腹の中にいるときから――ずっと波に乗ってきた。そのことから学んだのは、波はどこへも連れていってはくれず、必ずほんとうの自分のところに戻ってくるということだ。

テリー・マダックスは〈ロングボード〉の貯蔵室で、ジャック・ダニエルのケースに背をあずけ、脚をまっすぐ伸ばして坐っている。

さっき打った麻薬がもたらしてくれた恍惚感が薄れだしている。外が夜なのか昼なのかもわからない――貯蔵室に窓はなく、天井の蛍光灯が放つ光しかない――自分がそこにどれだけの時間いるのかもわからない。

ただ、これ以上長くはいられないことだけはわかっている。

まずひとつ、彼ら――デューク・カスマジアンの特攻隊か警察――は彼を引きずり出しに必ずやってくる。次に今や人の厚意――それがシェイフのものであっても――も尽きつつある。人に愛想を尽かされるというのはテリーの一番の得意科目だ。

最後はこれだ。テリーは今にも気が触れそうになっている。

高揚感が薄れつつある今はなおさら。

動かなければならない。

海のにおいを嗅がなければならない。

もう一度ハイにならなければならない。

ドアが開く。

シェイフだ。

「具合はどうだ?」とシェイフは尋ねる。

テリーは肩をすくめる。「もう一発キメられないかな」

「これ以上はやれない」とシェイフは言う。「デュークのところの連中の矛先が今はおれに向けられてる」

テリーは最後通牒《つうちょう》を突きつけられるのを――シェイフが出ていってくれと言うのを――待つ。が、シェイフはそれを口にしない。かわりにこう言う。「連中はこのブロックを取り囲んでる。朝からずっと」

テリーは笑みを浮かべる。「デュークとしても自分の金は回収したいわけだ」

「あんたは友達が多い」とシェイフは言う。「だから連中もここまではいってこられない」

いや、はいってくる、とテリーは思う。警察が介入してきても、それとはおかまいなしに連中は中年のサーファー軍団を打ち砕いてやってくるだろう。ブーン・ダニエルズがデュークのために動いているとすれば、それはつまり彼の仲間――あのデイブやあの巨漢のサモア人――も動いているということだ。

彼らは簡単には食い止められない。

シェイフと彼の仲間がブーンを袋叩きになどしていなければよかったのに、とテリーは心の中でつぶやく。

ブーンはいいやつだ。おれに多くのことをしてくれた。だけど、そもそもブーンはこの件に首を突っ込むべきじゃなかったんだ。ブーンのようなヴェテランなら、ほかの者の波に近づいてはいけないことくらいわかりそうなものなのに。

「ここから出ていかなきゃな」とテリーは言う。

「いたいだけいてくれてかまわない」とシェイフは言う。

それでもシェイフの声には安堵《あんど》の響きがある。それはテリーにもわかる。今ではシェイフもテリーに出ていってもらいたがっている。それでも最善を尽くそうとしてくれている。同時に〝逃亡者を匿った〟罪で投獄されたくないとも思っている。だからといって、誰がシェイフを責められる？　まったく。この貯蔵室で警察がヘロインの注射キットを持った者を見つけたら、シェイフは酒類販売許可証も取り上げられかねないのに。

そう、議論の余地はない。もうここを出ていかなければ。

問題は——どうやって？

崖っぷちとはこのことだ。

それはまちがいない。が、こういうことはこれまでにもあった。

つい昨日も線路のところが崖っぷちだった。それがちょうどそのとき列車が来て、崖っぷちではなくなった。

マーヴェリクスでシェイフを救おうと海にはいったときも崖っぷちだった。が、波の切れ目が見つかり、猛スピードでそこを抜けたら崖っぷちではなくなった。

今、おれは敵に囲まれたこの建物の中で崖っぷちに立たされている。

チャンスを見つけ、そのチャンスに賭けなければならない。

チャンスが見つからなければ、自分でつくらなければならない。

チャンスが見つかるまで充分長く息を止めていられれば、波から抜け出す道はたいていある。

　もしなければ……

　……そのときは死ぬまでだ。

　ニールは革のジャケットの襟を立てて首を覆い、ヤンキースの野球帽を深くかぶる。サンディエゴの冬の夜は気温が下がり、湿度が上がり、雨が降りやすくなる。海から冷たい風が吹いている。

　ニールは腕時計を見る。

　九時十七分。

　もう十二時間以上、ここにいる。

　もう愉しくもなんともない。どうして自分はこうした類いの仕事をしなくなったのか、はっきりと思い出す。が、今さらデュークを裏切ろうとは思わない。加えてこのテリー・マダックスという男に腹を立てており、頑固にもなっている。かくなる上は最後まで見届けようと思っている。

　ただこれだけは認めたくないと思っている。こういったことをするには歳を取りすぎているとは。

　デュークにはそんな意地はない。だから、ニールに電話をかけてくると真っ先に言う。

「こんなろくでもないことをするにはお互い歳を取りすぎてるんだよ」

「それはきみの問題だ」とニールは応じる。

「そろそろ若者組と年寄り組に分かれる時間だ」とデュークは言う。「若い連中には残ってもらって、年寄りは家に帰ろう」

「きみは今夜はこれで切り上げるのか？」とニールは訊き返す。そうであってほしいと半ば期待しつつ。

「まさか」とデュークは言う。次いで「きみは？」

「まさか」

ふたりはそろって笑う。

「われわれがここにいるのを見たら、ルーはなんて言うかな？」とデュークが言う。

「まあ、まぬけ、だな。でもって、彼は正しい」

「マダックスはもうすぐ出てくる」とデュークは言う。「感じるんだよ」

彼は正しい、とニールは思う。

なぜなら彼もまた感じているからだ。

〝リーシュコードを登る〟という言いまわしがある。

たまに波に呑まれて、文字どおりどっちが上かわからなくなると、ボードと足をつなぐリーシュコードをつかみ、海面に浮いて跳ねているボードのところまで自分を引き上げる。だいたいはそれでうまくいく。ただしリーシュコードがちぎれていなければ。ちぎれていれば、為す術《すべ》はない。

今、テリーは登ろうとしている。

ただ、リーシュコードはどこにもない。あいにく彼がいるのは海中ではなく、通風孔だからだ。彼は手のひらと足の指の腹を両側の金属に押しつけ、上へ上へと登っている。へとへとに疲れる。今より若くて、麻薬でラリっていなければ楽勝だっただろうが。それでも屋根の上まで通風孔を登りきる自信はある。

いずれにしろ、これが唯一の選択肢だ。

あのまぬけどもはおれが表のドアか裏のドアから出てくると思い込み、待ち構えている。上からではなくドアから現われるものと決めつけて。〈ロングボード〉の屋根の上に出られたら、隣りの建物へ、さらにその隣りへと飛び移り、デュークのクソ包囲網の外まで逃げてから下に降りる。

チューブの中に消えて反対側から現われる。

それでも息が切れてくる。

腕と脚の筋肉が燃えている。

歳を取っていいことなど何もない。

それでも死ぬよりましだ。

彼は動きを止めると、二度深呼吸をしてからまた登りだす。

ニールは彼が通風孔から出てくるのを目撃する。

すぐさまデュークに電話をする。「彼は屋根の上にいる」

「なんだって？　テリーにまちがいないか？」

「彼でなければ、とんでもない偶然だ」とニールは言って、テリー・マダックスが上体を屈めて息を整えているのを見つめる。

「となると、やつはこのあと地上に降りる必要がある」とデュークは言う。

確かに、とニールは思う。しかし、いったいテリーは何を考えているのだろう？　建物のまわりを固められているのは彼にもわかっているはずだ。非常階段を降りてそこから逃げられるとでも？

ははあ、そうではなさそうだ。

テリーは体を起こして背を伸ばすと、〈ロングボード〉の屋根からまっすぐニールのほうに駆けてくる。

以前、テリーはロングボードに乗っていて顔面から落下したことがある。それも二階よりはるかに高いところから。が、少なくとも今は頭上から襲いかかってくる水の壁はない。数フィート宙を飛んで、隣りの家の屋根に着地すればいいだけだ。

息を整え、もう一度背を伸ばし、さらにもう一度同じことをする。

宙に飛び立ち、彼は自由を覚える。

生と死、このふたつがなんであれ。

なんと爽快なことか。昔のようだ。

ペアヒ、チョープー、トゥームストーンズ――これらの地のすべての波に乗った。

彼は着地して転がる。

立ち上がると、十フィートほど先で黒革のジャケットにヤンキースの野球帽をかぶった男が自分を見つめている。


ニールが勇猛果敢な戦士だったためしはこれまで一度もない。

かつて生活のためにこういったことをしていた頃でさえ、ニール・ケアリーは格闘センスに欠けることで知られていた。物欲のあからさまなまでの欠如と同じくらい。で、当時の彼は、問題が起きてうまく言い逃れできなければ、それはすでにへまをやらかしているというセオリーを信奉していた。それともうひとつ、そのセオリーの交代要員として、師であり片腕の小柄な老人《レプラコーン》ジョー・グレアムから教わった戦いにおける哲学――「いち早く固くて重たいものをつかんで、相手をぶん殴れ」――というのもあった。

が、残念ながら、身近に固くて重たいものはない。あるのは猥褻《わいせつ》なジョークを言う潜在能力くらいのものだ。

彼は電話に向かって言う。「彼はぼくと一緒に屋根の上にいる」

「なんだって?」

「どうしてほしい？　もっと嚙んで含んで吐き出して、字幕もつけて説明してほしいのかい？」

「やつから離れろ、ニール」とデュークは言う。「やつのしたいようにさせろ」

「彼は逃げる気だ、デューク」とニールは言う。

「だったら、逃がせ」とデュークは言う。

そう言ったあと、デュークは胸が苦しくなる。

歯が葉巻を嚙み切り、ちぎれた葉巻が車の床に落ちる。

友達がふたりも怪我をするなどたまらない。今、彼の友達は屋根の上で、あのジャンキーのろくでなしと一緒にいる。何が起こるか誰にわかる？　デュークは車から降りながら、短縮ダイヤルでデイブに電話をかける。「隣りの建物の屋根の上だ。非常階段をあがれ」

「了解」

デュークは巨体を車から降ろす。

自分で非常階段をのぼりたいところだ。ただ、膝が言うことを聞いてくれないことが彼にはわかってしまっている。

だから今の彼にできるのはただ待つことだけだ。ニールが馬鹿な行動に走らないことを祈ることだけだ。

「こんなところで怪我をする必要はお互いないよ」とニールは両手をまえに出して言う。「おまえにはあるかもな」とテリーは言う。「さっさとそこをどかないと」

「ちょっといいかな。それはできない」

「どうして?」

いい質問だ、とニールは思う。その質問に対して合理的な答は何ひとつ持ち合わせていない。いや、実際のところ、合理的な答はさっさと道をあけることだ。チップで百ドルもらったばかりの給仕長さながら腕を振って、テリー・マダックスの望みを叶えさせてやることだ。それがなんであれ。

おまえは六十五歳だ、とニールは自分に言い聞かせる。

一方……

合理性には限界がある。そこのところは考えなければならない。伝記作家ジェイムズ・ボズウェルならこんなふうに言うかもしれ――

「ここでぐずぐずしている暇はない」テリーはそう言う。「そこをどくか、それともおれに叩きのめされたいか?」

「どうやら叩きのめされなきゃならないようだ」そう言うなり、彼は頭を下げ、突進する。そして、テリーの腹に体あたりする。テリーは不意を食らって仰向けに倒れる。

驚いたのはニールのほうだ。ニールは全体重――大してないが――をテリーの胸にかけ、彼を押さえつけておこうとする。この戦いに勝利しようとしているわけではない、ただ騎兵隊が到着するまで持久戦で勝負しようとしているだけだ。カレンと一緒に何度かロデオを見たことがある。ロデオでは、八秒雄牛に乗っていれば、ほかのカウボーイが馬で乗りつけ、雄牛の背から引っぱり上げてくれる。テリーはカウボーイと同じ考えを持っていない。

両腕を振りほどいてニールの後頭部を殴ると、片脚をニールの足首にからませて振り落とし、反対にニールを押さえ込む。左の前腕でニールの動きを制して顔面に右のパンチを二発浴びせると、まさにボードの上で立つようにすっくと立ち上がる。

ニールはテリーが屋根のへりに向かって駆けるのを眼で追う。そして、なぜとは説明できない理由から、起き上がり、テリーを追いかける。

デュークは眼を上げる。上空でテリー・マダックスが飛んでいるのが見える。

次いでニール・ケアリーが上空を飛ぶ姿。

彼は思う。カレンになんて言えばいい？

ニールはどすんと着地する。

見事に着地する。屋根の上に。二階下の路地にではなく。なぜなら——カレンになんて言う？

テリーはニールに覆いかぶさるように立っており、ニールを見て言う。「なんて野郎だ。

マジか?」

マジだ、とニールは思い、またぶちのめされるのを覚悟で突進する。が、今度は、テリーはくるりと体をひるがえし、非常階段めがけて走りだす。ニールは大股で二歩進むと、テリーに飛びつき、右手で彼のズボンをつかんで握りしめる。

テリーはニールを引きずり、振り払おうと、足をうしろに蹴りだす。ラバさながら。

ニールの電話が鳴る。

ヤバいことになってる、デューク。ヤバいことに。

テリーの次の蹴りがニールの手を振り払い、顔をまともにとらえる。ニールは左手を伸ばして、もう片方の脚をつかむ。それでもテリーは非常階段のてっぺんにたどり着き、体の向きを変えて降りようとする。

テリーの足首がねじれる。「くそったれ!」

彼は手すりをつかみ、ニールを蹴飛ばして手を振り払い、下に向かう。


デュークは居ても立ってもいられない。「やつはどこだ⁉」

屋根の上に立ったデイブがあたりを見まわして言う。「ふたりともここにはいない」

デュークはマリーが最初に診断をくだされたときと同じ思いになる。

心底怖くなる。

テリー・マダックスは足を引きずりながらリード通りをビーチに向かう。足首が猛烈に痛む。ひどい捻挫をしたようだ。そっちの足には体重をほとんどかけられない。

ミッション通りを渡りながらうしろを振り返ると、あの気の触れたクソ野郎が電話をしながら追いかけてくるのが眼にはいる。

ニールは手首で顔についた血を拭いながら、電話に向かって言う。「彼はリード通りを西へ向かってる。ミッション通りを渡って……ぼくはその二十フィートくらいうしろを……」

「そのまま行かせろ」とデュークは言う。

「馬鹿を言うな」とニールは言い、テリーを追ってミッション通りを渡る。雨が降りはじめているのにも気づいていない。

街灯の光に照らされて、歩道が銀色に輝いている。

ミッション通りを渡りきると、テリーは振り返って足を止める。

「おれだってこんなことはしたくないんだ」と彼はジャケットの内側に手を入れて言う。「こんなことは。おまえがさせるんだ！」

彼は銃をニールに向ける。

そして、引き金を引く。

ニールは銃口が獰猛《どうもう》な怒り狂った赤い光を放つのを見る。

と同時に、誰かに野球のバットで胸を殴打されたような感覚を覚える。

その次の瞬間には歩道に仰向けに倒れ、顔を雨に打たれながら街灯の明かりを見上げている。

寒い。

テリーは足を引きずって砂の上を進む。

ただビーチにいるだけで、海にいるだけで、気持ちがいい。

ここここそ自分がいるべき場所だ。

自分が今どこに向かっているのか、何をする必要があるのか、今の彼にははっきりとわかる。

玄関の呼び鈴が鳴る。

「待ってくれ！」とブーンはカウチから叫ぶ。ゆっくりと起き上がり――肋骨が猛烈に痛む――ドアに向かう。

デイブかタイドかデュークがテリーを捕まえたと伝えにきたのだろう。

ドアを開ける。

テリー・マダックスがそこに立っている。

デイブが最初に到着した。それはとにかくいいことだ。なぜなら、水難救助員である彼は資格を有する救急救命士でもあるからだ。

ケアリーの脇に膝をつき、ジャケットのまえみごろの射入口を確認すると、そっと彼の体の片側を持ち上げる。射出口は見あたらない。デイブはケアリーの頸動脈に指をあてて脈を確認する。脈は弱く、徐々にさらに弱くなっている。ケアリー自身は意識を失っている。

次いで駆けつけたタイドが彼のそばに立ち、九一一に電話する。

デイブは心肺蘇生を始める。

テリーは椅子に腰かけ、ブーンに銃口を向ける。「最後にひとつ頼みがある」

「メキシコに連れていく気はない」とブーンは言う。

「そんなことを頼む気はないよ」とテリーは言う。

「だったら、何が望みだ?」

テリーは見るも哀れな姿だ。全身ずぶ濡れで、足を引きずり、手は震えている。寒さのせいか麻薬の離脱症状のせいか、ブーンにはわからない。

「ついさっき人を殺した」とテリーは言う。

恐怖がブーンの体を貫く。デイブか？　タイドか？　デュークか？　「誰を？　誰を殺した？」

「知らないやつだ」とテリーは言う。「男だ。ごま塩頭。山羊ひげ。ヤンキース・ファン。それがどうした？」

どうやらケアリーのようだ、とブーンは思う。ほっとしている自分を恥じながらも。

「なあ、どうしてこんなことになった？」とテリーは言う。「おれが望んでいたのは世界最大の波に乗ること、それだった、だろ？　それがどうして人を殺すことになっちまったんだ？」

ミッション通りからサイレンの音が聞こえる。

「その昔おれはおまえのヒーローだった、ちがうか？」とテリーは尋ねる。

「ちがわない」

「だけど、今はもうそうじゃない」

「ああ」とブーンは言う。

「だろうな」とテリーは言う。「おれがおまえだったらいいのにな。なあ、おれを見てくれ。おれはジャンキーで、まともに歩くこともできない。金は五セントも持ってない。八方ふさがりだ。連中がすぐそこまで迫ってきてる。ブーン、おれはこの波から逃れられない。このさきおれは哀れな人生を刑務所で過ごすことになる」

「おれに同情してもらいたいのか、テリー？」とブーンは訊く。「おれにはそんなつもりはないからな。あんたのせいでいったい何人の人が傷つけられなきゃならないんだ？」

「これがおれの頼みだ」とテリーは言う。「最後に一度おまえのボードをひとつ貸してくれ」

「メキシコまでパドリングして行く気か、テリー？」

「いや」とテリーは言う。「沖に出るだけだ」

「おいおい、テリー」

「おまえに迷惑はかけない」とテリーは言う。「おれは銃を持ってる。だからおまえを脅してボードを奪うこともできた。頼むよ、ダニエルズ」

「あんたは人の命を奪った」とブーンは言う。「罪のない善人の。裁きを受けて、罰せられるべきだ」

「白馬に乗った気高きブーン・ダニエルズ」とテリーは言う。「おれはビーチで裁きを受けた。自分が有罪なのはわかってる。だから刑を執行したいんだ。ボードを渡せ。さもないとそのくそ忌々《いまいま》しい顔に弾丸《たま》をぶち込むぞ。おまえ、ロングボードを持ってるだろ？あの重たいやつだ」

「九フィート三インチのバルティエラか？」

「それでいい」

「おれのお気に入りのボードだ」

「ボードは波に乗って戻ってくるさ」

ブーンは足を引きずりながら反対側の壁のところまで行くと、カヴァーのファスナーを開け、苦労してボードを取り出す。「持っていけ」

テリーは立ち上がって言う。「ありがとう……」

「なあ、テリー？」とブーンは言う。「もしあんたに似たやつがトドス・サントスあたりで……どこであっても……うろついてるなんてことを耳にしたら……おれはそこまで行ってあんたを殺すからな」

「それでいい」とテリーは言う。「ここに酒はないよな？　スコッチかバーボンか何か、ちょっとでも体を温めてくれるものなんか……？」

「どうかな」とブーンは言う。「シンクの上の戸棚を見てみろ。何かあるかもしれない」

誰かがパーティのときに置いて帰ったのだろう、テリーはクラウンローヤルの小瓶を見つけると、グラスに指三本分注いで咽喉に流し込む。「美味《うま》い」

そう言って、グラスを置くと壁のところまで行き、ボードをつかんで脇に抱える。そして、ドアを開けるよう顎でブーンに示すと、ブーンの脇を抜けて埠頭に出る。そこでボードをてんびんのように手すりの上にのせ、海を見渡して言う。「だけど、おれはすごかった、だろ？　全盛期のおれは。おれは最高だった、だろ？」

ブーンは答えない。

「ああ、いいよ、それで」とテリーは言う。「それでいい。おまえはおれに怒りまくってる。それでいい」

テリーはボードを海のほうに傾ける。ブーンはボードがしぶきをあげて海に没したあとまた浮かんでくるのを見る。

美しいボードだ。ブーンはそのボードがとても気に入っている。

テリーは手すりにのぼると、ブーンに向き直って親指と小指を立てたシャカ・サインを送り、微笑んで言う。「おまえは波に乗りつづけろ」

そうして海に飛び込むと、ボードまで泳いでいき、その上に乗る。

ブーンは彼がうねる波をパドリングで越え、埠頭の明かりの届かない闇に消えるのを見つめる。

四日後、ウィンダンシー・ビーチで犬を連れて走っていたジョガーがテリー・マダックスの遺体を見つける。

結局、ブーンのボードは戻ってこない。

カレン・ケアリーは献身的な子守でも心やさしい子守でもない。寝室が二階にあることも彼女の機嫌を直す役には立たない。料理や飲みもの、本、新聞――なんであれ、ばかばかしくて子供っぽくて（〝いつまでも少年らしさを残す〟などという表現は彼女には通用しない）脳天気な夫が必要とするもの――を持っていちいち階段を昇り降りしなければならないのだから。当の夫は胸を撃たれて今も療養中だ。あるいは〝胸を撃ってもらって〟。カレンはこの言いまわしをわざと使う。

そういった妻の反応は〝完璧に正当〟とニールが認めたことが引き金となって、木曜日の夜のポーカーの席――場所はダイニングルームからカレン曰く夫の〝死の床〟へ移された――では延々と議論が交わされた。

「ちがうだろ」とルーが言った。「〝正当〟に修飾語は使えないよ。物事は正当か、正当でないか、そのどちらかなんだから」

「正当性に段階はないのか？」とデュークが尋ねた。

「絶対的なものだ」とルーは言った。「正当性についての賛否は諮《はか》れてもいったん決定がくだされれば、正当か正当でないかしかない」

「ぼくは〝完璧に〟を修飾語として使ったんじゃなくて」とニールは言った。「彼女の正当性の正しさを強調するために強調語として使ったんだ」

「強調語は修飾語だ」とルーは愉しみを持続させるために修辞学の〝鉄砲〟を手放すことなく言った。

「さっさとカードを配って」そのときカレンはそう言った。

今、カレンはベッドでニールの横に坐っている。もっとも、ニールの傷も癒えてきており、これまでほどやさしくはないが。この話はいずれ誰かが酒の席で笑い話として持ち出すかもしれない。しかし、カレンには今はまだとても笑い話とは思えない。英文学の教授である夫の命を救ったのがおそらく本――ジャケットのポケットに押し込まれていた、ページの隅が折れた『ロデリック・ランダムの冒険』のペーパーバック――だったなどと皮肉を言われても笑えない。が、実際のところ、その本が弾丸《たま》の威力を弱めてくれたのだ。そうでなければ夫は死んでいた。

「つまり」と彼女は言う。「中年の危機に関するかぎり、これでおしまいということね。それともハンググライディングとか総合格闘技とか、私道に出現するハーレーとかも覚悟しておかなくちゃいけないの？」

「その気になれば浮気もできた」と彼は笑って言う。

「ええ、そうね」と彼女も笑う。ニールの忠実度はゴールデン・レトリーヴァー並みだ。

彼はほんの少しうしろめたそうに言う。「なんだか愉しかった」

「またあんなことをしようだなんて思ってないでしょうね」

「まさか、ぼくはいい子だ」彼は本を置くと、寝返りを打って彼女に手を伸ばす。

「ほんと？」と彼女は尋ねる。

「ぼくがハーレーのカタログを取り寄せるのをきみが望まないかぎり」

外では太陽が傾いている。

が、まだ沈んではいない。ニールはそう胸につぶやく。

ブーンはグリルにのせた魚をひっくり返し、海の向こうで繰り広げられる光のショーに見入っている。

赤、黄、オレンジ、細長くなっていく空の青。何色と称せばいいのかわからない。ただ驚くしかない。

雨はあと一日か二日は降らないだろう。それでも波がうねり、今も埠頭の下に打ち寄せている。

明日の朝はドーン・パトロールの仲間と海に出るつもりだが、お気に入りのボードはもうない。テリー・マダックスに取り上げられた。英雄崇拝の最後のかけらとともに。魂のかけらとともに。これらはどれも戻ってこない。大波とともに戻ってくることもなければ、潮流とともに戻ってくることも、日の出とともに戻ってくることも。

ブーンはブリの切り身をトルティーヤで巻いて、デイブに渡す。

毎夜のようにおこなわれる儀式だ。ブーンはコテージの外のヴェランダで友人たちのために料理をし、みんなで太陽が沈むのを眺める。

デイブがいる。タイドもジョニー・バンザイもハング・トゥエルブもいる。

サニー・デイはいない。

サーフィンのプロツアーでどこかをめぐっている。

ブーンはサニーがいないのを淋しく思う。全員が同じ気持ちだ。

それでもいずれ彼女は帰ってくる。

ブーンは友人と自分のぶんをつくると、魚の最後の一切れをグリルから取ってトルティーヤでくるみ、手すり越しに海に放る。

「彼が腹をすかせてると思うのか？」とデイブが尋ねる。

「みんなすかせてるだろ？」とブーンは言う。

彼らは坐ってトルティーヤを頬ばり、夕陽を眺める。


火のついていない葉巻をくわえ、デューク・カスマジアンは自宅のテラスの椅子に坐って海を眺めている。

今はそうしているが、それも終わりだ。

そもそも望みの薄かった州議会からの救いの手はなかった。事業は破綻した。テリー・マダックスの保釈金にあてた金が戻ると、従業員たちに分け与えた。それに現金でのボーナスも支給した。それでこのさき永遠に生きていけるわけではないが、ほかの仕事が見つかるまでの当座しのぎにはなるだろう。

年金が出るエイドリアーナは引退すると言っている。

それでいつまでやっていけるか。

今日の夕陽は荘厳と言うほかない。今夜のスコッチは格別スモーキーで温かい。音楽も――カーティス・カウンス・グループとともに、ハロルド・ランドのテナーサックスが深みのある音で奏でる『タイム・アフター・タイム』――ひときわ美しい。

ここにマリーがいれば、と彼は思う。それがすべてだ。

愛する伴侶を恋しく思わない者には〝心の痛み〟ということばの真の意味など決してわからないだろう。

寒くなってきたので、立ち上がり――膝が抗議の声をあげる――マリーのための赤ワインのグラスを手に取る。そして、テラスの下の茂みにゆっくりワインを注ぐ。

これぞサンセット。

パラダイス

――ベンとチョンと〇の幕間的冒険

ハワイ、二〇〇八年

どいつもこいつもクソうんざり。

Oはハナレイ湾のビーチに寝そべってそんなことを思っている。

どいつもこいつもクソうんざり。あたしは休暇中なの。

何からの休暇かはまた別の話だ。なぜなら休暇ではないとき、Oは何をしているかというと、基本的に

何もしていない。

二十三歳、無職、学歴なしのOは、南オレンジ郡の（つまり裕福な）母親——すなわちパク（受動的攻撃性を持つ天空の女王《パッシヴ・アグレッシヴ・クイーン・オヴ・ザ・ユニヴァース》）——からもらう小づかいで暮らしている。

それと、幼なじみの友達にして恋人のふたり、ベンとチョンとともに興した最高級水耕《ハイ》

大麻《ドロ》ビジネスからあがる何百万ドルもの儲けの分けまえで。
（〝チョン〟というのは当時五歳のOが〝ジョン〟を〝チョン〟と発音して以来定着した渾名《あだな》だ）。

O（〝オフィーリア〟の略――そう、母親は入水自殺した娘の名前を自分の娘につけた）は小柄だ。

裸足で五フィート五インチ――裸足なのはもちろんビーチにいるから――ブロンドの髪はピーターパン風のショートカット（彼女はベンとチョンのふたりをロストボーイズ（ピーターパンと暮らす、親とはぐれた歳を取らない子供たち）のミニセットと見ているが、お母さんみたいで退屈なウェンディ役を演じるのは断固拒否している）、胸のふくらみはひかえめで（パクが豊胸手術という〝贈りもの〟をしたがっているが）、今はタトゥーを入れようかと考えている――大きなやつを肩に――たぶんイルカを。

気に入らない人もいるだろうけど。

でも、気に入ってくれなくてもかまわない。

あたしは気に入ってるんだから。

もうどいつもこいつもクソうんざり。

ベンが休暇を過ごすのにハナレイを選んだのはそこでビジネスをしようと思ったからだ。

そのアイディアはピーター・ポール＆マリーからもらった。

（ベンの両親はヒッピーだった）。ラグーナでベンはOに説明した。

「ピーター・ポール＆マリーだよ」わかっていない顔つきの彼女に繰り返した。

「イエス・キリストの親たちね」とOは言った。

「いや、ちょっとちがう」とベンは言った。キリストには父親がふたりいたとOが考えたとしても、それはことさら驚くべきことではない。「ピーター・ポール＆マリーは六〇年代のフォーク・グループだ」

チョンはうなった。フォークソングについて、彼はいつもジョン・ベルーシ演じるブルート的な態度を取る（『アニマル・ハウス』を見ていないなら……まあ、説明しようがないが）。

ベンはそこでパソコンからある歌を呼び出した。

「タリバンを尋問するのによくこの歌を使ったよ」とチョンが言って、『パフ・ザ・マジック・ドラゴン』を何小節か歌った。彼は何度もアフガニスタンとイラクに派兵されては、そのたびに負傷して戻ってきている。「やつら、最初の部分を聞いただけで全部吐いたよ」

「黙って」とOが言った。すっかり歌にのめり込んでいる。ドラゴンのパフが死ぬところでは泣きさえした。「パフはもう桜の小径を通って遊びにいかなかったの？」

「そのようだな」とベンは言った。

「ジャッキー（歌に出てくる少年の名）が行くのをやめたから？」

「だろうね」

「でも、幼いジャッキー・ペイパーはいたずらなパフを愛してた」とＯ。「ひもや封蝋やほかにもすてきなものを買ってあげたんだから」

「生者は死者を羨む」とチョン。「で、なんでおれたちはこんなクソ音楽を聞いてるんだ？」

「これは暗号なんだよ」とベンは言った。「実はマリファナのことを歌ってるんだ」

「どこが？」とチョンは尋ねた。

「『パフ・ザ・マジック・ドラゴン』だぞ？」とベンはまず答え、効果をねらって間をおいてから言った。「魔法のドラッグを一服《パフ・ザ・マジック・ドラッグ・イン》」

そう言って、ベンはもう一度歌を再生した。

「六〇年代の歌でドラッグがらみ」とチョンは言った。「そんなに珍しいことか？」

「ぼくは面白いと思うな」とベンは言った。「ぼくたちは今あらゆる大麻を栽培室で育ててる。金がかかるし、電気と水を食うから環境への影響も心配だ」

「つまり……」

「つまり〝ホナリーと呼ばれる場所（パフが住んでいる場所）〟だよ」とベンは言った。「調べてみたんだ。ハワイにあるハナレイの年間降水量は二千ミリ、平均気温は摂氏二十五度から二十八度。一日の日照時間は六時間から八時間、ＵＶ指数は七から十二。おまけに鉄分を含む豊かな土壌」

「大麻」とチョンは言った。

「ビンゴ」とベンは言った。「しかもハワイのブツは今それほど市場に出ていない。一石二鳥だ。販売のパートナーを見つけて、栽培用の土地を手に入れる。マリファナが合法化されれば――当然そうなるが――こっちのもんだ」

「一石三鳥ね」とOが言った。

「三羽目の鳥は？」とベンは訊《き》いた。

「休暇よ」とOは答えた。


サーフボードを抱えてハナレイ湾の北端の崖に立ち、チョンはこれまで見た中で最高のサーファーを眺めている。

自分はかなりうまいほうだといつもは思っているチョンだが、そうではないことに今気づく。

この小僧に比べたら。

ローン・パインとして知られるサーフポイントの波は巨大で、秋らしくうねっている。それをこの小僧はコカインをキメたミケランジェロみたいに刻んでいる。カットバックで進行方向を変え、波が崩れる直前のリップで勢いよくボードの角度を変えるオフザリップからテールスライドで戻り、足を離して両手でボードをつかむエアリアル、スーパーマンを決め、崩れてきた波のリップにあて込むローラーコースターで締める。

「すげえ《ジーザス・クライスト》」とチョンはつぶやく。

「確かに神に近いな」男が背後から近づいてきて言う。茶色い肌の大柄なハワイ人で、長い黒髪をうしろでひっつめて男版のまげに結っている。「あれはキットだ」

「誰だって?」

「キット・カーセン」当然のことのように男は言う。「KKだ」

K2か、山みたいだな、とチョンは思う。

しかし、ぴったりの名前だ。

遠くから判断するのはむずかしいが、カーセンは身長はほぼ六フィート四インチ、肩幅は広く、腰は細く、長時間海で過ごしているせいで引きしまった体には筋肉がつき、肩までの髪は日光のせいで色が抜けているように見える。ターザン、とチョンは思う。ターザンがもっと若くて、もっと見た目がよくて、もっと泳ぎがうまかったら。

しかもまだ十代のようだ。

つまり、とチョンは思う。これでまだ発展途上ということだ。

なんてこった《ジーザス・クライスト》。

「地元民か」とチョンは言う。

「ここにいるのはみんな地元民だよ、にいさん《ブラ》」と男が言う。「あんた以外はな。うせな」

「見てるだけだ」

見るかぎり、波待ちをしているサーファーのほとんどがハワイ人で、白人《ハオレ》はカーセンだけのようだ。チョンはカーセンが次の波に向かってパドリングしていき、波の斜面《フェイス》にラインを取って一番低い位置《ボトム》でターン《ターン》し、また戻ってくるのを眺める。

「いつまでも見てんじゃねえよ、ブラ」と男は言い、ボードを持ち上げて崖っぷちに立つ。

「ここはマリヒニ向きのところじゃねえ」

「〝マリヒニ〟って？」とチョンは訊き返す。

「よそ者」と男は言って、崖からボードを落とすと、あとからその上に飛び降りる。

チョンは一瞬、男が自殺したのかと思うが、やがて浮かび上がってボードをつかみ、沖に向かうのが見える。

チョンは出直すことにする。

チョンがチョンであるためにはなんとしてもあの崖から飛び降りなければならない。

カウアイは小さな島で、ハナレイはさらに小さな町だ。

崖であのハオレに会ってから二時間もしないうちに、ゲイブ・アクナは男がチョンという名前で、カリフォルニアの友人ふたり――ベンという名の男となんだか知らないが〝O〟という名の女――とハナレイに家を借りているのを知る。LAの知り合いに電話をすると、この三人が大物大麻ディーラーであることを知る。

さらにティム・カーセンに大麻を売っていることも。

ティムはカウアイで細々とした大麻取引きを長年やっている。それを〈ザ・カンパニー〉はこれまで大目に見てくれていた。ティムは地元の人間で、カウアイは田舎だし、小規模の取引きだし、ＫＫの父親だからだ。

それでも事情は徐々に変わってきている。

〈ザ・カンパニー〉はハワイでのすべての麻薬取引きの支配権を取り戻すために今は攻勢に出ている――ハワイ全土とすべての麻薬――大麻、メタンフェタミン《アイス》、コカイン、ヘロインの支配権だ。

目こぼしするには大金がからみすぎている。

ＫＫの父親だろうとなかろうと、ティムは組織にはいるか、取引きをやめるしかない。

そこへこの新たなハオレたち。

問題だ。

やつらはティムと手を組んで大麻ビジネスを拡大しようとしているのか？　もっと手広くもっと多くのブツを売ろうとしているのか？

それはまずい。

ここで独自に栽培を始めようと考えているならなおまずい。

そんなことはあってはならない。

〈ザ・カンパニー〉は不動産の買い占めを進めているが、カウアイが庭園の島と呼ばれているのは伊達《だて》ではない。これまではサトウキビ、パイナップル、米、タロイモが主な商品作物だったが、次に来るのは大麻だ。合法になろうとなるまいと。そして、その作物を収穫するのが〈ザ・カンパニー〉だ。

本土から来た得体の知れないマリヒニではなく。

これはカリフォルニアによる姦淫《カリフォーニケイション》なのか？　とゲイブは思う。

〈ザ・カンパニー〉はカリフォルニアにおめおめと姦淫されたりしない。

ハワイで組織犯罪と言えば、昔はアジア限定だった。

最初は中国の三合会、そのあとは日本のヤクザ。

が、六〇年代後半、ハワイ生まれのハワイ人ウィルフォード・プラワが参戦し、地元の少年たちを兵隊に集めた。

その結果、ギャンブル、売春、組合、通常のギャングの仕事は――〈ザ・カンパニー〉のものとなった。

が、プラワが一九七三年に刑務所行きとなると、後継者たちが内部抗争を始め、九〇年代初頭には〈ザ・カンパニー〉はすでにその力を失っており、それを見て、完全に消滅したと言う者もいれば、ハワイにおけるアイスの大流行で復活しつつあると言う者もいた。

こんな話がある。

数年まえ、本土のマフィアが〈ザ・カンパニー〉の縄張りにラスヴェガスからふたりばかりヒットマンを送り込んだ。その結果、こうなった。〈ザ・カンパニー〉は生意気なそのふたりの男を切り刻み、フェデックスでヴェガスに送り返した。〝美味《うま》かった。もっと送れ〟という添え状をつけて。

チョンはサーフィンの未来を見たとベンに話そうと思って貸家に帰る。が、ベンはベンでほかのことを考えている。

「商談がある」とベンが言う。

「ならあたしはビーチに行く」とすかさずOが言う。父親的保護主義であれ、性差別主義であれ、あるいはただ彼女の身を守るためであれ（そのうちのひとつ、あるいはそのすべての理由から）〝ボーイズ〟がビジネスの詳細をOに明かすことはめったにない。彼女は少量のポケ（ぶつ切りの生魚を醤油やゴマ油で漬け込んだハワイ料理）をスプーンですくって、スパムのスライスにのせて口に入れる。

けっこういける。

Oはそれを〝スパモケ〟と呼ぶことにする。

ボーイズはレンタカーのジープに乗り込んで、海岸線を這うアスファルトの二車線道路クヒオ・ハイウェーを北に向かい、ハナレイをあとにする。チョンの運転で、KKが魔法を使うのを見た場所を通り過ぎ、ルマハイ・ビーチからワイニハへ、そのあとは鬱蒼《うっそう》とした熱帯雨林を抜けて、未舗装路を二百ヤードほど内陸にはいる。

道路の行き止まりに空所がある。

左側に〝今にも倒れそうな〟という常套句《じょうとうく》がぴったりの平屋が建っている。森との境界に沿って連結した列車の車両のように見える。あとから思いついてはつけ足していったように。空所の右側には作業場のように見えるもうひとつの建物がある。前面にサーフボード用のラックがあり、扉の開いたままのガレージの奥にも複数のボードが見える。作業場の左側には小型ボートとジェットスキーが置かれ、そばにソーラーパネルの棚が並んでいる。

袋小路の奥には巨大なバニヤンツリーがあり、その木の中に……なんと……ツリーハウスがある。

目下建設中の。

子供が造るようなツリーハウスではなく、まさに木の住宅《ツリーホーム》で、複数の階があり、磨いて紙やすりをかけた厚板で、丁寧に美しく覆われている。

鶏たちが私道を走りまわっている。

孤立した場所で、見えるものと言えば、鬱蒼と茂る草木とよく手入れされたわずかな芝地に立つ一本のヤシ。

男がひとり家から出てくる。

見たところ五十代半ばで、銀色のすじがいくらか混じるたっぷりとした長い黒髪をうしろに流している。左眉の上にZの形の小さな傷。花柄のアロハシャツにだぶだぶのボードトランクス、サンダル履き。仕上げはラップアラウンドのサングラス。

にこやかに微笑《ほほえ》んでいる。サングラスを上げて男は言う。「アロハ！」

ふたりはジープから降りる。

男は手を差し出す。「ティムだ」

「ぼくはベン。こっちはチョン」

「ようやく会えたな」とティムは言う。

これまでは衛星電話で話すか、暗号化されたメールでやりとりするだけだった。ティム・カーセンはカウアイでのふたりの販売代理人だ。いつもの方法で知り合った――友達の友達の友達。しかし、顔を合わせるのはこれが初めてだ。

「ツリーハウスがあるね」とベンが言う。

ティムは微笑む。「息子のだ。自分の家を建ててる」

「すごくクールだ」とベンは言う。

「さあ、中へ」

ティムのあとについて母屋の玄関からはいると、そこはもうキッチンだ。外装は急ごしらえに見えるが、家の中は意外にも――広々として、よく整頓され、小ぎれいだ。床は磨かれた厚板で、壁はハワイアンアートのウッドパネル。

女性が俎板《まないた》のまえに立って、サラダを和えている。

「エリザベスだ」とティムはふたりに紹介する。

美しい女性だ。

て着ている。鳶《とび》色の長い髪、濃い茶色の眼、スリムな体軀《たいく》。ジーンズの上にデニムシャツの裾を出し

それにこの声、とチョンは思う。低く、やさしく、セックスそのもののような声。「ランチにサラダをつくったの。おいしいといいんだけど」などとありきたりなことを口にしても。

彼女が出せば、犬の糞をこけら板にのせて出されてもおいしそうに思うだろう、とチョンは思う。

彼らはダイニングルームの長テーブルにつく。アイスティとグアバジュースのピッチャーが置いてある。が、ティムはキッチンからよく冷えた瓶ビールを三本持ってきて言う。

「キャプテン・クックIPA。「地元《ローカル》のビールだ」

「ローカルにはいろんな意味がある。だろ?」とチョンが言う。

ティムはうなずく。「ここに来て十二年になるが、おれたちはまだよそ者《マリヒニ》だ」

「でも、ここの人たちはとても親切よ」とエリザベスが言う。「こっちが地元の文化に敬意を払っていれば」

「要するに馬鹿な真似はするなということだ」とティムが言う。

「座右の銘にするよ」とチョンは応じる。

彼らは瓶を合わせる。

が、妙なことに……

チョンはこの男を知っているような気がする。一度も会ったことはないはずなのに……なんとなく見覚えがあるのだ。ただ、名前はティムではなかった。

ティムはふたりを連れて、鬱蒼とした森の中の細い未舗装路、というより踏み分け道を歩く。

丘を登るうちに雨が静かに降りはじめ、靴についた赤い土が赤い泥に変わる。右側に小川が流れている。

十分ほど歩くと、生い繁る草木に囲まれ、一面に草が生えた二エーカーほどの空所に出る。

「ここが考えていた場所だ」とティムが言う。

「売りに出てるのか?」とベンが訊く。

「購入済みだ」とティムは答える。「まあ、ちょっと手間はかかったが」

「それでも記録には残った?」

「おれは見た目は馬鹿だが」とティムは答える。「実はそうでもない。五つのペーパーカンパニーを経由して買った。たどられる心配はない」

「完璧な場所だ」あたりを見まわしてベンは言う。「人目につかないし……土壌検査をする必要はあるけれど」

「ああ」とティムは言う。「いずれにしろ、ここならなんでも育つ。クライスラーをここの地面に突っ込めば、小さなクライスラーが何台もできるだろうよ。ただ、しょっちゅうジャングルを刈り込んでなきゃならないのはちょっと面倒だが」

「それはこの土地ならなんでもよく育つ証拠だよ」とベンは言う。「必要ならもっと土地を広げられるかな？」

「十五エーカー買ってある」とティムは言う。

「作業員は集められるか？」とベンは訊く。

ティムはうなずく。

「そいつらは信用できるのか？」とチョンが横から尋ねる。

「みんなオハナだ」とティムが言う。

チョンは訊き返す。「どういう意味だ？」

「家族だ」とティムは答える。

それですべての答になっているかのように。

三人は雨の中を歩いて家に戻る。

家に着くと、チョンはキット・カーセンが作業場のラックにサーフボードを置いているのを見る。

キットは振り返り、ティムを見てにっこりする。

「ただいま、父さん！」

チョンの父親のジョンは正真正銘のろくでなしだ。

カリフォルニア史上最大の麻薬組織〝連合〟の創設メンバーのひとりで、チョンの人生に登場することはあまりなく、あってもあまりいいことはなかった。

たとえば、父親が借金を返すまで、同業者が幼いチョンを人質に取るなどということもあった。

もっとも、それはチョンにとってはめったにない、自分にも価値があると感じられた出来事だったが。

チョンは父親が自分の同業者だということを初めから知っていたが、自分たちが麻薬密売人の第二世代で、思っていたような開拓者ではなかったと、ベンとOが知ったのはつい最近のことだ。

ああ、美しき若者の無知と傲慢さ（そして傲慢な無知）よ——自分たちが先駆けだと思っていたとは。

が、ともに精神分析医のベンの両親とパクは〝連合〟の主要投資者——いわば取締役——で、Oの生物学上の父親は彼女が思っていた男ではなく、実は（最近）鬼籍にはいったドク・ハリデーだ。その昔オレンジ郡をアメリカのマリファナ、ハシシ、コカインのビジネスの中心地にした人物。

つまりこういうことだ。

a. 自分のルーツを知ることはできない。

b. 太陽の下に新しきものなし。

c. 麻薬は永遠になくならない。

d. 以上すべて。

今、チョンと父親はお互いに会わなければ会わないほどお互いのためという合意に基づいた関係にある。

が、キットは明らかにティムを愛している。

それはティムがキットを愛しているのと同じくらい明らかだ。

何時間ではなく、何年も会っていなかったように親子が抱き合うのを見て、チョンにはそれがわかる。

で、少し悲しくなる。

「こちらはベンとチョン」とティムが言う。「息子のキットだ」

「アロハ」ふたりに会釈して、キットが言う。

「ベンとチョンはカリフォルニアから来たんだ」とティムは言う。「ラグーナ・ビーチから」

キットは言う。「いつか行ってみたいな」

「いつでもどうぞ」とベンが答える。「泊まるところならあるから」

「いいのかな、本気にするよ」とキットは言う。

エリザベスが出てきて息子に微笑みかける。「マリアが町から電話してきたけど。ウォーターポンプが入荷したって」

「やった」とキットは言う。

家族だな、とチョンは思う。

見たこともないほど完璧な。

でも、こいつらは何者なんだ？

いや、マジな話。


ハオレたちがティム・カーセンと同席し、ティムが買った土地を彼らに見せたことで、ゲイブは激昂する。

これはいい兆候とは言えない。彼は電話をかける。


レッド・エディーの髪は赤というよりオレンジ色で、本名はジュリアスでも〈ザ・カンパニー〉のボスをオレンジ・ジュリアス（アメリカのフルーツドリンクのチェーン店）などと呼ぶ者はいない。

ハーバード大学とペンシルヴァニア大学ビジネススクール・ウォートン校で学んだエデ

イーは、ハワイ人と日本人と中国人とポルトガル人と白人の血を引く起業家で、ホノルルとノースショアとサンディエゴにオフィスを構えている。今はホノルルにいて、電話で聞いた話をあまり面白く思っていない。

カリフォルニアのハオレ三人組がカウアイでプランテーションを始める？

ふざけるな。

「出ていくように言え」とエディーは言う。

「出ていきたがらなかったらどうします？」とゲイブは尋ねる。

「本気で訊いてるのか？」

電話を切って、エディーは解熱鎮痛剤《タイレノール》を一錠飲む。

〈ザ・カンパニー〉の運営は時々彼の頭痛の種となる。

ベンはツリーハウスにすっかり入れ込む。

いかにもベン好みで、彼の路線にぴたりとあてはまる。まさに——環境保護、電気と水の自給、自然食、ならなんであれ——ベン向きの物件だ。

（DNAには逆らえない）。

「キットとおれで造ってるんだ」とティムが言う。「この子の住まいにするために」

ベンは見てもいいかと訊く。

「設計図を見せるよ」とキットが喜んで答える。みんなで作業場にはいり、キットがテーブルに設計図を広げる。「できるかぎり自然の近くに住みたくてね」とベンは言う。

「木の中に住むなんて、これ以上自然に近いこともないよ」とチョンは内心思う。

おまえたち、ソウルメイトか、とチョンは内心思う。

設計図によると、ツリーハウスは三階建てで、梯子《はしご》とキャットウォークで行き来できるようになっている。下の階はキッチンになる予定で、壁は上げ下げできるカーテン式、オーヴンとコンロの燃料は薪《まき》で、アンティークのシンクには小川からポンプで水を引く。

ココナッツ材の手すり付きキャットウォークをスウィッチバックして次の階に行くと、そこは居間で、床は幅の広いコアの木の厚板張り、壁はモンキーウッド造り、大きな窓から森が見渡せる。さらにキャットウォークを進み、梯子をのぼると最上階。そこは寝室で、床はやはり厚板張り、マンゴーの木の壁に、天窓のある藁葺《わらぶ》き屋根。付属のバスルーム（キットが〝スイートルーム〟とふざけて言う）には重力式トイレとシャワーがある。水は高い枝にキャンヴァス地の大きなバッグを吊るし、そこに溜まった雨水を使う。

すべて地元の木材、自然に倒れたり、安全上の理由でやむをえず伐り倒された木々からつくった木材を使っているのがキットの自慢だ。それなりの量の木材を集めるには、文字どおり何年も待たなければならないわけだが、妥協は一切しない。生木を買って、愛を込めて木材にし、設計し、手ずからやすりをかける。カマニ材で家具もつくる。ちなみに棚とキッチンエリアの大きなテーブルはアイアンウッド製だ。

「電力はすべて太陽光発電でまかなう」とキットは言う。

「日照は充分なのかい？」とベンは尋ねる。

「蓄電池用には充分だね」とキットは答える。「電力が足りなければ、灯油ランプがある。それに、電力が要るものはそもそもあんまりないし」

たとえばテレビがない。

「本が好きなんだ」とキットは言う。

照明もそれほど必要ない。

「早く寝るし」と彼は言う。「日の出とともに起きるし」

キットは実際にベンをツリーハウスに案内する。

一階はほぼ完成している。床も張りおえ、コンロとオーヴンも運び込まれ、どっしりとしたナチュラルな竹のカーテンも設置されている。今はそのカーテンは巻き上げられている。

キャットウォークをのぼった次の階はぴかぴかの床と、きれいな赤い木の壁と、大きな窓のある幅十二フィート、奥行き十四フィートの部屋だ。壁二面はまだ骨組みだけだが、残り二面はもう完成している。そして、北側の壁の窓にはサーフボードを抱えて海に向かうハワイ娘の絵柄のステンドグラスが嵌《は》め込まれている。

「これもきみがつくったのか？」とベンは尋ねる。

「マリアだ」とキットは答える。「ガールフレンドの」

「すばらしいよ、キット、ほんとに」とベンは言う。ツリーハウスというよりアパートメントにいるようなのに、木の葉が窓を撫で、鳥の声が部屋を満たしている。

すべてがとてつもなく丁寧に、とてつもなく愛情を込めてつくられている。

寝室となる階にあがり、まだ床が張られていない骨組みの上に立つ。

「父さんがあなたたちとビジネスをしてるのは知ってる」とキットは言う。「ビジネスの内容も」

「気になるか？」とベンは尋ねる。

「両親はぼくが守る」

「そういうところも尊敬するよ」

「でも、ぼくにも道徳的基準はある」とキットは言う。

「そういうところも」

「マリファナだけならいい」とキットは言う。「でも、コカインやメタンフェタミン《アイス》やヘロインとなると……」

「それはない」とベンは答える。「それはぼくたちも同意見だ」

ふたりは握手をする。

キットは力を入れようともしていない。なのにベンは手を砕かれたように感じて思う。キットには楯突かないほうがいいだろう。

帰りの車中でチョンが言う。「やつを知ってる」

「ティムを?」とベンは訊き返す。「ありえない。彼はこの島から十二年出てないし、おまえは初めてここに来たんだから」

「そうだけど、知ってる」

「チョノノイア」

チョンとしても自分が偏執狂気味《パラノイア》なのを認めるのに吝《やぶさ》かではない――特別な作戦のために何度もアフガニスタンやイラクに行っていると、生き残るためにはむしろパラノイアにならなければならないが、これはそれではないとチョンは思う。

いいや、そうと断言できる。どこでティムを知ったのか、なぜこんなに見覚えがあるのか、今思い出したのだ。

Zの形の傷痕。

父親の昔の仕事仲間だ。ずいぶんまえの話……最後に見たのは少なくとも十二年は昔のことだろう――それでもだ。ティムはボビー・ザカリアスに生き写しだ。

伝説のボビーZに。

ボビーZは伝説のサーファーで、西海岸一の腕を持つひとりだった。だから子供の頃、チョンは彼を尊敬していたのを覚えている。ただ、Zはカリフォルニア一の大麻ディーラーのひとりでもあった。

そして、いつのまにか姿を消した。

十二年ほどまえに。

地上から消えた《フェル・オフ》。

そして着地したんだ、とチョンは思う。楽園《パラダイス》に。

同時に大麻ビジネスに復帰したのだ。

それで辻褄《つじつま》が合う。

チョンはボビーZのことをほかにも覚えている。

最低な野郎だった。

「人は変わる」チョンの話を聞いて、ベンはそう答える。


「いや、変わらない」とチョンは言う。

Oは自分が享楽主義者《ヒードニスト》だという考え（見解、非難、告発）を受け入れない。

「あたしはヒードニストじゃない」ある日Oはベンとチョンに言った。「シードニストよ」

一緒にしてもらっちゃ困る。


Oはここが気に入っている。

ハナレイ湾ほどきれいな場所を見たことがない。左側にはエメラルドグリーンの山々がそびえ、右側には金色のビーチが続き、山から海に流れ込む川に古い桟橋が突き出ている。

眼のまえの海（地理に弱い人のために言っておくと太平洋）はセルリアン（Oはこの〝セルーーリアン〟ということばが好きだ）ブルーで、景色全体がヤシの木に縁取られ、住んでいるのは美男美女。ハワイの男は嘘みたいにゴージャスだ。女も、と生まれつきバイセクシュアル《バイ・ネイチャー》で、男女とも愛せるOは思う。

美形が珍しいというわけではない。Oが育った（または育ちそこねた）ラグーナ・ビーチは、カリフォルニア一美しい町で（それについてはどんな些細な反論も受け付けない）美しい人たちだらけだが、ハナレイはそれとは事情がまったくちがう。

景色も人々も食べものも……

パクが何千マイルも大洋を隔てたラグーナにいるという幸せな事実も加えると、ここは楽園《パラダイス》と言っていい。

ここではほぼ毎日、どこかしらの時間帯に雨が降るが、Oは気にならない――それどころか、にわか雨の中を歩いたあとで日光の暖かさを愉しむのが気に入っている。

三人で借りている家も好きだ。小さな公園をはさんでビーチの向かいに建つ、寝室ふたつの美しい平屋の一戸建てで、天井扇付きの広い居間があり、家のまわりをポーチ――〝ラナイ〟というらしい――が取り囲んでいる。

Oは新鮮な果物――パパイヤ、グアバ、マンゴー――と濃いコナコーヒーの朝食も気に入っており、数ブロック歩いて町に行き、白米とマカロニサラダを添えたプルドチキンかスパム（後者のほうが多い）のプレートランチを食べるのも好きだ。

夕食はたいてい三人で地元のおいしいレストランに行って魚を食べる。この二晩はベンとチョンが家で料理をしているが。

ふたりとも料理がうまいのだ。

Oはちがう。

Oにつくれるものは――

ボウルに入れたチェリオス
ボウルに入れたフルーツループ
チーズサンドウィッチ
ラザニア（電子レンジでできる〈スタウファー〉の冷凍食品）
ハングリーマン・フライドチキン・ディナー（〈スワンソン〉の同じく冷凍食品）

それでも食べるのは好きだ。以前パクが「オフィーリアの食べ方は鳥みたい」と言ったら、チョンが反論したことがある、鳥は鳥でもヒメコンドルだと。実際、Oは妊娠した牝馬のように食べものを詰め込む。が、それがどこに行くのかは誰にもわからない。カロリーがまるでハリウッドの映画の製作予算のように消えてしまうのだ。それでもパクはよく文句を言う。Oはお尻と太腿に五ポンドから十ポンドほど余分な脂肪がつきすぎていると。

ただ、その脂肪とはパクが自身の体から〝凍結〟して取り除いたと思っている想像上の脂肪だ。

で、それについてはOはこう思っている。「それってシベリアで発見された氷漬けの女性のミイラのイメージに近くない？」

パクはOの食習慣に対して、何事にも適度をよしとするゴルディロックス的態度（童話『3びきのくま』に出てくる少女ゴルディロックスが常にちょうどいいものを選ぶことから）を取っている——娘は食べなさすぎでも食べすぎでもなく、ガリガリでもデブでもないが、決して〝ちょうどよく〟はない。そう思っている。Oが太平洋の半分の距離を隔てることができて幸せなのはそのせいもある。

いずれにしろ、プレートランチのおかげでスパムが気に入る。

「スパムって何？」ある日、ベンに訊いてみた。

「誰も知らないらしい」とベンは言った。

「つくった人たちも？」とOは訊き返した。

「つくった人たちは特に」

Oはスパムに何がはいっていようと気にしない。スパムが自分の中にはいればそれでいい。単純に好きなのだ。ポケも好きだ。

とにかくにもOはカウアイが気に入る。

ハワイ人と日本人と中国人とポルトガル人と白人の伝統がごたまぜになって生まれた文化が性に合う。

食べものも気候も人々も……

温かくてやさしい。

それは彼女がずっと求めてきたものだ。

かつて木造だった桟橋は今はコンクリート製で、張り出し屋根のついた突端までの全長が三百四十フィートある。

老人がひとりそこに立って釣りをしている。

ハンサムだ、とOは思う。白髪に顎ひげ、よく焼けた肌、深くかぶった古い野球帽の下の眼は見たこともないほどやさしくておだやかだ。気おくれして近づけない彼女に気づくと、老人は言う。「美しいところだろ?」

「そうね」

「おれはピートと呼ばれてる」と彼は手を差し出して言う。

「あたしはO」

「何かの略かな……?」

「オフィーリア」

ピートは微笑む。「Oのほうがいいな」

「そうなの」とOは言う。「昼間はいつもここで釣りをしてるの?」

「いいや」とピートは言う。「夜に釣ることもある。いつ魚がいるかによるな。やってみるか？」

「やり方を知らないわ」

「教えてやるよ」とピートは言う。

彼女は――継父たちのおかげで――何かを教えたがる年寄りたちには慣れている。彼らが教えたがるのは釣りではなかったが。

これはちがう気がする。彼女はうなずく。

ピートは釣竿とリールをOに渡し、うしろに立って投げ方を見せる。不快ではない、とOは思う。うわべだけの小汚いオヤジという感じは全然なくて、ほんとうに何かを教えようとしているいい人だ。

いいじゃん。


Oはピートに子供の頃のことを話す。

そばにいないか、でなければ息がつまるほど存在を主張する母親、何人もの継父たち、ほんとうの父親は眼のまえの人ではないとずっと思いながら成長したこと……

「そりゃ大変だったな」とピートは釣り針に餌をつけ直しながら言う。

「まあね」

「それでも」とピートは体を起こし、彼女を見て言う。「貧しくはなかったんだろ？　頭の上には屋根があり、テーブルの上には食べものがあったんだろ？　恵まれた点は多々あった。それはどうなんだ?」

いい質問だ、とOは思う。

超ウザいけど、いい質問だ。

何も。歩いて家に戻りながらOはそう思う。恵まれながら、あたしはまったく何もしてこなかった。

が、Oは虚無主義者《ナイアリスト》なので、その考えをすぐさま却下する。

「実は」この問題をチョンが最初に話題にしたとき、彼女は言ったものだ。「あたしはクレオパトラなの」

「話が見えなくなった」とチョンは言った。

「そんなことはないわ」とOは言った。「だって、あたしはナイアリストの女王《クイーン・オヴ・ザ・ナイル》なんだもの」

ベンとチョンが家に戻ると、ふたりを待っていたOは宣言する。「あたし、マザー・テレサの仲間になる」

「マザー・テレサはもう死んでる」とチョンが答える。

「嘘」彼女はいっとき考える。「じゃあ、死んでないのは誰?」

「今夜おれたちとディナーを食べる人たち」とベンが言う。「そこへきみも連れていきたい」

「あたしを連れていきたい？」とOは訊き返す。

「おまえには人を見る眼があるからな」とチョンが答える。

あたしがなんだか有能な人みたいな気分にさせてくれるじゃないの。Oはそう思う。

会食の場は〈ポストカーズ〉という名のレストラン。

ティム・カーセンまたはボビーZまたは謎の人物は、白のヘンリーネックのシャツを清潔なジーンズの中にたくし込まずに着て、清潔そのものといった恰好をしている。

エリザベスというのはとても魅力的な人だ、とOは思う。質素な黒のブラウスに（タイトな）ブラックジーンズ。

そしてマリア……

マリアこそハワイだ、とOは確信する。

長身のしなやかな体、星空のように輝く長い黒髪、キャラメル色の肌、アーモンド形の大きな茶色の眼、夕日のようにソフトな低い声。

そして、賢くてユーモアがある。

Oがこれまでに見た中で最も美しい男の見本であるキットの横で、そんなことなど微塵《みじん》も思っていないかのように平然としている。

ここを離れるまい。Oは強くそう思う。

決して離れまいと。

ハナレイに来たのは六歳ぐらいのときだった、と食事をしながらキットが話す。学校でただひとりの白人《ハオレ》であることは最初は辛かったし、嫌だった。ほとんど毎日地元の少年たちにぶちのめされ、仲間はずれにされ、からかわれた。

「変わったのはどうして?」とOがテーブルに身を乗り出してキットに見惚れながら尋ねる。

「サーフィンだよ」とキットは答える。

ある日、ビーチに行くと、学校の子供たちがサーフィンをしていた。自分のボードを持っている子もいたが、ほとんどは交代で使っていた。最初は無視され、そのあと失せろと言われたが、ビーチから動かずにいると、とうとう……

ゲイブという名の年上の子がボードを抱えて近づいてきて、キットにやってみないかと言った。そして、どうやってボードの上に寝そべり、水を掻き、立ち上がればいいか見せてくれた。そのあとキットを連れて海にはいり、打ち寄せる小さな波に乗る練習をさせてくれた。

三日目にキットはボードの上に立った。

夢中になった。

毎日ビーチに行った。

上達した。

ハワイ人の子供たちはそれを見て、キットを放っておくようになり、からかうのもやめた。彼が波に乗れるのを見たせいもあるが、ゲイブにぶちのめすぞと脅されたせいもあった。

ゲイブはキットの家に遊びにくるようになった。ほかの子供たちを連れてくることもあったが、たいていひとりで来た。

キットはボードがほしいと両親にねだった。

父親の手伝いをして――ティムは便利屋やちょっとした大工仕事をして、なんとか生計を立てていた――半端仕事でも掃除でも、ボードを買う金を稼ぐためならなんでもした。一年かかった。それでもあるクリスマスの朝起きると、中古だが、美しい七フィート六インチの〈ホビー〉のシングルフィンが部屋に置いてあった。

「まだ持ってる」ティムとエリザベスのほうに笑みを向けて、キットは言う。

いずれにしろ、彼は一大センセーションを巻き起こし、〈サーファー〉誌にも載る神童《キント》《ヴンダー》になり、〈ビラボン〉がスポンサーにつき、何本もの宣伝ビデオにも出演した。が、競技会やトーナメントにはいっさい出なかった。

「ぼくにとってサーフィンはそういうものじゃない」とキットは言う。「競技やビジネスとして見たことはない。ただサーフィンをするのが好きなんだ。そういう思いを自分から壊したくなかったんだ」

いずれにしろ、彼は評判になる。

雑誌編集者や写真家やただのサーフィン・ファンが、キットのサーフィンを見ようと世界じゅうからやってくるようになった。が、キットにはそんなことはどこ吹く風だった。サーフポイント〝ジョーズ〟の巨浪に乗りにマウイへ行き、タヒチにも大波を求めていった。が、いつもカウアイに戻ってきた。

「ホームだからね」とキットは言う。「ぼくが求めてるのはそれだけだ。ぼくはここで幸せなんだから」

彼はこの島を愛し、島も彼を愛した。

キットはもう本土の人間、ハオレではなく、地元の人間であり、家族《オハナ》の一員であり、兄弟だった。

で、今はハワイ人の女の子と交際中で、実のところ、マリアは彼がこれまでにつきあったただひとりの女の子だ。

だから、ハナレイにとどまり、大工仕事をするか、父親と一緒に働き、時々サーフィンの宣伝ビデオに出て、サーフィン用品メーカーの服を着たりボードに乗ったり、ウェットスーツやボードやサングラスの広告でポーズを取ることでこづかい稼ぎをしている。

因《ちな》みに〈サーファー〉の表紙を飾ったのは十五歳のときだ。

しかし、キットはサーファーというだけではない――正確には水棲《すいせい》人間だ――彼はスイマーであり、ダイヴァーであり、ライフガードであり、サーフボード同様、ジェットスキーとカヌーとボートを乗りこなす。

キット・カーセンはひとりの人間として可能なかぎり幸せだ。

「六歳でここに来たと言ったよね？」とチョンが尋ねる。「そのまえはどこに？」

カリフォルニアよ、とエリザベスが答える。

わたしたちはカリフォルニアからここに来たの。


ベンとティムはレストランを出るとしばらく歩く。

「で、一緒にやるか？」とティムが尋ねる。

「わからない」

「何が引っかかる？」

「嘘つきとはビジネスはできない」とベンは答える。

「おれがきみに嘘をついてる？」

「ああ」とベンは言う。「まずはあんたの正体からだ、ボビー」

「きみはおれがボビーZだと思うのか？」

「ちがうのか？」

「ちがうよ」とティムは言う。「少しのあいだそうだったことはあるが」

「いったいなんの話だ？」とベンは尋ねる。「ここまで来てゲームはやめてくれないか？」

「おれのほんとうの名はティム・カーニーだ」とティムは言う。

そのあとベンにいきさつを話す。

Oは「無知は喜び、賢いことは愚か」を信条にこれまで生きてきた。この星で一番自由で幸せな人間のひとりでいられるのはそのおかげだと思っている。もちろんこの言いまわしの出典は知らない。そんなことを知っていても意味はない。

（どうしても知りたいなら教えてあげよう、イギリスの詩人トマス・グレイの『イートン学寮遠望のうた』だ）。

「あたしの友達のピートを知ってる？」とOはテーブルでデザートのマンゴーシャーベットを食べながら尋ねる。

「餌屋のピートのこと？」とキットが訊き返す。「もちろん」

「誰でも知ってるわ」とマリアも言う。

「どんな人？」とOはさらに尋ねる。

エリザベスは肩をすくめる。「こっちにやってきて一年ほどになるわね。それからずっとここにいる。たいてい釣りをしてて、旅行者に釣りの餌を売ってる。よくいるのよ。ここにやってきて、ここに惚れ込んじゃって、腰を落ちつける人って」

なるほど、とOは思う。

ティム・カーニーは（ティムは別人のことを話しているように三人称を使う）三度目の

起訴で終身刑の瀬戸際に追い込まれた服役囚だった。家宅侵入窃盗の常習犯で、特技は捕まること。海兵隊に入隊しても行状は変わらず、クウェートから刑務所に行くことになった。

彼を救ったのは、ボビー・ザカリアスという名の大物大麻ディーラーに外見が似ていたことだ。

メキシコのある麻薬カルテルが麻薬取締局《DEA》の捜査官を人質に取って、身柄を保護されていたボビーＺと交換したがっていた。が、問題はボビーＺがシャワー中に心臓発作ですでに死んでいたことだ――ＤＥＡの捜査官からティムが聞いた話によれば。

ティムはボビーのトレードマークであるＺの形の傷をつけられ、人質交換のために国境まで連れていかれた。

そこから事態はおそろしくまずい方向に向かった。

カルテルはボビーＺを救出したがっていたのではなく、殺したがっていたのだ。つまり人質交換は実のところ、奇襲のためのものだった。ティムは逃げようとしたものの、結局砂漠の隠れ家に連れていかれ、そこでボビーの幼い息子の面倒を見ていたエリザベスと出会う。

「それがキットか」とベンは尋ねる。

ティムは微笑んでうなずく。「おれにもたらされた最高のものだ。メキシコ人たちはカルテルのボスの娘を孕《はら》ませたボビーを殺したがっていた。だからおれとしちゃ逃げつづけなければならず、結果、キットとエリザベスを連れてここに来ることになったんだ。それから十二年、幸せに暮らしてる」

「メキシコ人はボビー捜しをあきらめたのか?」

「関係者はみんなもう死んだよ」

「キットはあんたがほんとうの父親じゃないことを知ってるのか?」

「キットはおれがほんとうの父親だってことを知ってる」とティムは言う。「ボビーZはただの精子提供者にすぎないと理解してる」

「確かにあの子は心底あんたを愛してるみたいだな」とベンは言う。

「おれも心底あの子を愛してる」とティムも言う。「で、どうする?」

「チョンとOに相談する」


家に帰る途中、彼らは相談する。

「連中をどう思った?」とベンは尋ねる。

「決められないわね」とOが答える。「誰と一番寝たいかは。ティムはハンサムなテディベアみたいだし、エリザベスほどセクシーな女性は見たことないし、マリアは最高に優美だし、キットは……若きギリシャの神ね」

ベンはふたりにティムの話を伝える。

「彼を信じるのか?」とチョンは訊く。

「こんな話、誰がつくれる?」とベンは訊き返す。

「本物のボビーZは死んだってことか」とチョンは言う。

ベンは肩をすくめる。「伝説の人物だってそりゃ死ぬさ。で、どう思う?」

「彼らとビジネスをやるべきだと思う」とOが答える。「彼らとビジネスをやって、ずっとここに住むべきだと思う」

「彼らの誰ともファックはできないけど」とベンは言う。

「おまけにマザー・テレサはもう死んじゃってるし」そう言って、Oはため息をつく。

「だったらやるか?」とベンは念を押す。

「やろう」とチョンは応じる。

何も問題はない。


チョンは崖の縁に立っている――

(いや、象徴的な意味ではない。まさに崖のへりに立っているのだ。そういうこと。ほかにどうやって飛び込めばいい? まったく《ジーザス・クライスト》)

――ボードを投げ落とす。

そのあと飛び込む。

まあ、チョンは世界一のサーファー、キット・カーセン・ザカリアスではない。が、海軍特殊部隊《SEALS》(〝元ＳＥＡＬＳ隊員〟というのはもう陳腐な決まり文句みたいなもので、

"陳腐な決まり文句"というのが元SEALSの別称みたいになっているのもわかるが、いずれにしろ、それがチョンだ）にいたので、崖や海での留意点はよく心得ている。

地元の人間の邪魔にならないよう、朝早く、夜明けとともにやってきたので、海には彼ひとりしかいない。渦巻く潮流の中にいったん沈み、水面をめざして浮き上がり、ボードをつかんでリーシュコードを足首につなぐ。そして、ブレイクポイントに向かってパドリングする。波は昨日ほどではないが、まだ高く、ハワイらしい波で、乗るにはかなり苦労するはずだ。

が、一度乗ってしまうと

それは至上のものになる

意味がなくなるまで使い古されたことばであるのを承知で言えば、まったく混じり気のない畏怖を感じさせるものがこの世にひとつあるとすれば、それはカウアイのノースショアの大波だ。この大波に畏怖の念を覚えない者がいるとすれば、そいつはそもそも心も魂も持たない者ということになる。

チョンは、技は何も使わず――トップターンも、テールスライドも、スーパーマンもなしで、ひたすらボードの上に立ちつづけようとする。が、波が速くて揺れが激しく、岩に激突させられるまえにボードから離れる。

そして、まずまずの波に四本乗れたところで満足し、パドリングで岩だらけの岬の反対側のビーチに向かう。すると、そこでトラブルが勃発する。

正確にはトラブルが彼を待っている。

ピートは屈んでタックルボックスの中に手を入れ、アルミホイルに包まれた何かを取り出し、ホイルを開きながらOに尋ねる。

「こういうのを食べたことはない？」

「何それ？」とOは尋ねる。

「タマネギ入りベーグルの目玉焼きサンド」とピートは答える。「食べてごらん。まだ食べたことがないなら、これまで生きてきたことにはならない」

Oは食べてみる。

これまで生きてきてこなかったことがわかる。


連中は六人いて、チョンが波打ちぎわに向かうのを待っている。

カウアイのビーチにおける『プライベート・ライアン』。

リーダーが海から上がるチョンに近づいてくる。このまえ話しかけてきたハワイ人だ。

黒のボードトランクスを穿《は》き、黒字で〝ハワイを守れ〟とプリントされた白いシャツを着て、ハワイの市外局番である〝808〟の文字が白抜きされた黒い野球帽をかぶっている。

残りの五人も全員ハワイ人の大男たちで、リーダーのあとについている。

「やあ」とチョンは声をかける。

「あんた、ここの住民なのか?」とリーダーが訊いてくる。「そうじゃないなら、ここでサーフィンはするな。本土から来るあんたらハオレはなんでも自分のもんだと思ってる。これはおれたちの波だ」

「了解」とチョンは言う。「帰るよ」

チョンは相手をよけて行こうとする。リーダーがそのまえに立ちふさがる。「おれたちが誰だか知ってるのか?」

「いや」

「おれたちは〝パララ〟だ」とリーダーは言う。「意味がわかるか?」

「いや」

「仲間って意味だ」と彼は言う。「おれたちは兄弟なんだ。おれはゲイブ・アクナだ」

その名前には何か意味があるのだろうが、チョンはにやにや笑いを消すことができない。

「オーケー」

「何がおかしい?」とゲイブは尋ねる。「新米がへらへらしてんじゃないよ」

「トラブルは間に合ってる」そう言って、チョンはまた相手をよけて行こうとする。

「トラブルを探してるのはそっちだ」ゲイブはそう言ってまた立ちふさがる。

知らなければ傷つくことはないという。

(無知は喜び、賢いことは愚か)。

それはまちがっている。

（Oがなんと言おうと）。

たとえば、チョンの内なる暴力性をゲイブは知らない。

チョンが高度な訓練を受けた戦士だということを知らない。

数えきれないほどの人間を痛めつけ、殺すためにその訓練の成果を生かしてきたことを知らない。

実際、戦うのが好きなことを知らない。

小突きまわされるのに慣れていないことを知らない。

癇癪《かんしゃく》持ちだということを知らない。

今にもその癇癪が爆発しそうだということを知らない。

無知は人を傷つける。

ひどく。

「邪魔だ」とチョンは言う。

「だったらおれをどかしてみろ」とゲイブは応じる。

「あんただけか？」とチョンは訊き返す。「それともあんたら全員か？」

今度はゲイブがにやりとする。「狼を一匹呼べば、群れもやってくる」

チョンはうなずく。

ゲイブが動くより早く（まばたきもできないうちに）チョンは彼のシャツのまえみごろをつかんで持ち上げ、うしろにいるふたりの男に向かって投げ飛ばす。そして、くるりと向きを変えると、四人目の男の顔に右のオーヴァーハンドを三発打ち込む。

背後から五人目が現われ、チョンを羽交い締めにして持ち上げる。チョンは左脚を男の左脚に掛け、右足で睾丸を思い切り蹴り上げる。

それで男はうしろによろめく。

もうひとりの男がチョンを倒そうと脚を狙って突進してくる。チョンは砂の上で踏ん張り、男の両眼に親指を突っ込んでのけぞらせ、拳を顔に叩き込んで地面に沈める。

振り向くと、まだ無傷の男が向かってくるのが見える。チョンは脇に寄って、股間にまえ蹴りを見舞わせ、すばやく向きを変えて、まだ向かってくる男の鼻に前腕をぶち込む。

パララのふたりが股間をつかんで砂に膝をつく。別のふたりは意識を失って伸びている。

残りのひとりはつぶれた鼻を押さえて倒れている。

群れを呼べば（一匹）狼がやってくる。

ゲイブはトラックまで行くと、銃を持って戻ってくる。

Oにはちゃんとした父親がいたことがない。

もちろん、ひとりはいたわけだが——どれほど努力をしようと、さすがのパクでも聖母マリアの真似をすることはできなかった——Oはその父親を知らず、最近までどういう人なのかも知らなかった。

継父が七人いたのは覚えている。が、最初のひとりかふたりのあとは、名前を覚える気にもなれなかったので、番号で呼ぶようになった。

そんな継父第三号が去ったあとのことだ。彼女は母親に日本製のマッサージ器をプレゼントした。

「何これ？」とパクは尋ねた。「ヴァイブレーターの一種？」

そのとおり、とOは心の中で思った。フェラーリが車の一種であるように。

「第四号はこれにして」とOは言った。「お願い。これは機械だから、家の中にアホみたいな私物を山ほど持ち込んだりしない。山ほど新しいルールをつくったりもしない。父親になろうなんて馬鹿な真似もしない。でも、一番の利点はすんだら電源を切るだけでいいことね。弁護士も要らないし、裁判所に行く必要もないし、財産をめぐって争うこともないんだから」

パクは彼女のプレゼントもアドヴァイスも受け取らなかった。

第四号と結婚し、インディアナ州の生身の張型《ディルド》であり、信仰を得て生まれ変わった《ボーン・アゲイン》というそのまぬけ野郎と、クリスチャン・ジュエリーのビジネスを始めた。中古貴金属商なら〝再生《ボーン・アゲイン》ジュエリー〟とでもいった看板を掲げられたのに。Oはそんなことを思ったものだ。が、結局、ビジネスも第四号もうまくいかなかったらしく、パクはオレンジ郡に戻ってきた。かかりつけの美容外科医たちの近くに。

それはともかく、ピートに会うまで、Oには父親的な存在はひとりもいなかった。

ピートは釣りを教えてくれる。

ピートは話を聞いてくれる。

ピートはタマネギ入りベーグルの目玉焼きサンドをくれる。

Oは娘の気分でピートにどっぷり恋をする。


チョンは内なるチョンを自ら目覚めさせる。

だからゲイブが手にしている銃を見てもこう思うだけだ。来いよ、くそったれ。その銃を持って近づいてきたら、奪い取って咽喉に突っ込んで、なんであれ、そこから出てくるものを呑み込ませてやる。

が、賢いゲイブはそんなことはしない。

距離を保つ。

チョンの胸に銃を向けて。

チョンは頭の中で一連の作業をおこなう。

至近距離から人を撃つのは簡単だと思われている。が、それはまちがいだ——実はむずかしい。たとえ訓練を受けた警察官であっても、たいてい一発目ははずす。チョンは頭のどこかでそのことを計算しながら、じりじりとまえに進む。

方程式の次の部分は時間対距離だ——ゲイブが二発目を撃つまえに優位に立てるかどう

か、チョンは慎重に計算する。

なぜなら二発目はたいてい命中するからだ。

ただひとつ確かなのは――

ただ突っ立ったままゲイブが撃つのを待つなどという選択肢はないということだ。

チョンは飛びかかろうとする――

「パウ・アナ！」

キットがハワイ語で「やめろ！」と叫ぶ。

ゲイブは動きを止める。

銃をおろして、波打ちぎわに立っているキットを見る。

「ヘ・アハ・アナ・ラ？」とキットは尋ねる。

いったいどういうことだ？

「このハオレ、おれたちをこけにしやがった」とゲイブは言う。「おれたちの波に勝手に乗りやがった。だから思い知らせてやってるんだ」

キットはその場を見渡し、立ち上がろうとしている何人かのパララと、伸びている残りの者たちを見る。「思い知らされたのはどっちだ？　それも六人がかりで。なのにやられたのか？　それにその銃はなんだ、ゲイブ。いつからぼくたちはそんな輩《やから》になったんだ？　これが正《ポノ》しいことか？」

チョンは〝ぼくたち〟ということばに気づく。

「すぐに片づく」とゲイブは言う。

「いや、それはない」とキットは応じる。「ぼくが許さない」

「なんだと、兄弟《ブラダ》？」

チョンは変化に気づく——ゲイブはかなり腹を立てているものの、キットには逆らおうとしていない。

ここではキット・カーセンが群れを支配する雄《アルファ・メール》なのだろう。

「パウだ」とキットは言う。

おしまい。

チョンはボードを拾い上げてゲイブの横を通り過ぎる。

ふたりはキットのトラックに乗り込み、キットの運転でハナレイに戻りながら、しばらく無言で坐っている。やがてキットが言う。「でも、まあ、あそこではもうサーフィンはしないほうがいいよ」

「あいつらは何者なんだ？」とベンが尋ねる。

彼とティムはティムの家のまわりを取り囲むラナイに置かれた椅子に坐っている。チョンは手すりに寄りかかっている。

「仲間《バララ》だ」とティムが言う。「地元のギャングさ。最初は自分たちの波を守るサーファー集団だったのが、今は別なものにも関わってる」

「別なもの？」とベンは尋ねる。

「麻薬取引きをやってるという噂だ」とティムは答える。

ベンは肩をすくめる。自分たちもそうだとでもいったふうに。

「大麻だけじゃない」とティムは続ける。「メタンフェタミン《アイス》もコカインもヘロインもやってる」

「アイスはハワイを駄目にする」キットと一緒に家から出てきたマリアが言う。

「だけど、そいつらはきみの友達なんだろ？」とベンがキットに訊く。

「幼なじみだ」とキットは言う。「一緒に学校に行って、一緒にサーフィンをした。ビーチのパトロールも手伝った。ハオレになんでもかんでも捨てさせないように」

「きみはハオレじゃないのか？」とベンは尋ねる。

「生まれはそうだよ」とキットは言う。「でも、流れてるのはハワイ人の血だ。あいつらはぼくの兄弟、オハナだ。あいつらのことは命を預けられるほど信頼してる――」

そう言って、海を指差す。

「あそこでは。インパクトゾーンで波に呑まれたら、誰が助けにきてくれる？　あなたかな、ベン？　それとも観光客？　不動産開発業者？　そうじゃない。ゲイブだ。それがゲイブの仕事だから」

「だからといって若者たちにアイスを売っていいことになるの？」とマリアが口を出す。

「確かにやつらはまちがった方向に行ってしまってる」とキットは言う。「でも、ぼくがもとに連れ戻す」

ティムは心配する。

誰かをまともな道に戻そうと思ったら、まずは自分も相手のいる曲がった道までいかなければならない。そこでときに道に迷うこともないとは言えない。

それに、ゲイブは〈ザ・カンパニー〉と関わっている《フックト・アップ》。そんなふうに聞いている。

Oはタマネギ入りベーグル・目玉焼きサンドをおかわりする。

「言ったとおりだろ？」とピートは言う。

「ハマっちゃった《アイム・フックト》」とOは言う。「もう病みつきよ」

ピートは屈んでタックルボックスの中に手を入れると、新しいルアーを取り出す。Oが言う。「思うんだけど」

「なんだ？」

「あたしにはずっと大人になるチャンスがなかった」

「もしくは、チャンスはあったが」とピートはルアーを慎重に釣り糸に取り付けながら言う。「自分のものにしなかった」

うるさい、ピート、とOは思う。が、実際には、少し考え、唇からベーグルのかけらを拭うと言う。「そのとおりよ。大人になりたくなかったんだと思う」

「それはどうしてだと思う?」

「育ててくれる人がほしかったんだと思う。誰も育ててくれなかったから、頭にきて、大人になるのをやめたんだと思う」

ピートは言う。「あんたは賢い娘だ、O」

「これだけの知性がありながら、あたしが何をしてきたと思う?」とOは尋ねる。「人生の無駄づかいよ」

ピートは長いこと黙っている。ただ海を眺めている。やがて彼は言う。「おれもだ」

「信じられない」とOは言う。「あなたはこれまで会ったなかで一番いい人よ」

今は、とピートは思う。


島に来る人間のほとんどが逃げ場を求めている。ピートは桟橋を引き返していくOを見送りながらそう思う。

到着するというより流れ着く。

おれも同じだ。

もう生きられない人生から逃げてきた。もうともに生きられない人を残して。

自分自身を。

その名が示すとおり、どんな避難民にも避難所が必要だ。

幸運な者はそれを見つける。

おれはとても幸運だ。

あの娘さんも同じだといいのだが。


ゲイブは怒っている。

あのハオレにフリスビーのように投げられたせいで背中が痛い。それも頭にくる。その同じハオレに道化の集団みたいな目にあわされたのも頭にくる。さらに頭にくるのは兄弟《バララ》のKKがハオレの側についたことだ。

あれはいったいどういうことだ？


ベンはラナイに置かれた椅子に坐って、ボルヘスの小説を読んでいる。

チョンが冷やかす。「マジック・リアリズムか？」

「悪いか？」とベンは開いた本を膝に置いて訊き返す。

「どっちなんだ？」とチョンは訊く。「どっちもというわけにはいかないぜ。リアルか、マジックか、どっちかだ。マジック・リアリズムというのは矛盾してる」

ベンは言う。「パラドックスだな」

「マジック・リアリズムなんてものはないんだよ」とチョンは言う。「現実世界《リアル》に魔法《マジック》はない」

「でも、魔法の世界にはリアリズムがない」とO。

「ここは現実世界だ」とチョンは言う。

「どうしてわかるの？」とOは訊く。

Oには適《かな》わない。

キットがツリーハウスにあがって床板を嵌め込んでいると、車のエンジン音が聞こえる。下を向くと、ゲイブがトラックでやってくるのが見える。

「ここだ！」とキットは大声で言う。

一分後、ゲイブは梯子を登ってくる。「話がある」

キットは三本足の木のストゥールを二脚引いてきて、ゲイブに坐るよう身振りで伝える。

「昨日のあれはなんだ、兄弟《ブラ》？」とゲイブは尋ねる。「なんであのハオレの肩を持つ？」

「ひとりに六人がかり？」とキットは訊き返す。

「狼を一匹呼べば――」

「ああ、わかってる」とキットは言う。「でも、ぼくたちはそうじゃないだろ？　銃はぼくたち向きのものじゃない」

「ぼくたち？」とゲイブは訊き返す。「おまえが何者なのかわからなくなってきた」

「どういう意味だ？」

「おまえはハワイ人だと思ってた」とゲイブは言う。「ここの人間《カナカ》だと。仲間《パラ》だと」

「そうとも」

「それなら、どうしてあのハオレたちの移住に手を貸してる?」

「彼らと仕事をするのは父さんだ、ぼくじゃない」

「でも、おまえはあいつらの側に立った」とゲイブは言う。「それはやめたほうがいい」

「誰に言われた?」

「おい、ブラ。おれにそれを言わせたいのか?」

キットは首を振る。「もう聞いてるよ。でも、信じたくなかった」

「何を?」

「きみが〈ザ・カンパニー〉と手を組んでることだ」とキットは言う。

「〈ザ・カンパニー〉はハワイのための組織だ」

「それならなぜハワイ人に毒物を売ってる?」とキットは尋ねる。

「売らなきゃハオレが売る」とゲイブは言う。「金は地元から出ていかないほうがいい」

「いや」とキットは言う。「あんなクソみたいなものは売らないほうがいい。パララがアイスの密売人を縛り上げて島から追放したいと言うなら、ぼくも同意見だ。百パーセント支持する。でも、やつらと手を組む? ぼくは嫌だ。きみもやめるべきだ、ゲイブ」

「ハオレに全部持っていかせるのか?」とゲイブは言う。「やつらはすでにおれたちの島を盗んでる。今度はゴキブリどもにおれたちの土地を、ビーチを、波を、サーフポイントを、ビジネスをやつらのいいようにさせるのか? それがおまえの望みか?」

「父さんのことは放っておいてくれ」

「誰もおまえの親父さんを痛めつけようなんて思っちゃいないよ」とゲイブは言う。「一緒に仕事がしたいんだ。親父さんに島で大麻を売ってほしいんだ。親父さんの土地を買い上げてもいいし、資金を提供してもいいし、なんならブツを売らせてもらうだけでもいい。そうすりゃよそ者じゃなくて、兄弟と手を組むことができる」

「父さんはアイスの密売人とは手を組まない」

「親父さんに話してみてくれ」とゲイブは言う。

「ぼくは父さんに従う」

ゲイブは立ち上がると、ビールを飲み干し、瓶を置いて言う。「どっちにつくのか、いずれはっきりさせなきゃならなくなる。自分はハオレなのかハワイ人なのか。そうなったらどうするつもりだ、K？」

「ぼくは家を造り、サーフィンをする」とキットは答える。「きみこそどうするつもりだ、ゲイブ？」

ゲイブは答えない。

キットはゲイブが梯子を降りてトラックに乗り込むのを見送る。

自分が何者なのか、それはよくわかっている。

ぼくは父さんの息子だ、とキットは思う。

ぼくと母さんを捨てた〝ボビーZ〟ではなく、そのすべてからぼくを救い、命がけでぼくのそばにいてくれ、ここに連れてきてくれた男の息子だ。

愛するこの場所に連れてきてくれた男の。

ティムがぼくのほんとうの父親だ。

エリザベスがぼくの母親であるように。

生物学的な母親がメキシコの麻薬王の娘だったことは知っている。ボビーZに捨てられたあと、ヘロインの過剰摂取で死んだことも。キットをエリザベスに預けて、最後のドラッグのお愉しみに出かけたことも。

キットは母親をほとんど覚えていない。

生物学的父親には一度も会ったことがない。

ティムが彼のまえに現われたのは、彼が六歳のときだ。ティムは、何人もの麻薬ディーラーやエリザベスと一緒に砂漠の屋敷に住んでいた六歳の子供をそこから連れ出してくれた。ほかのみんなと同じように、ただ立ち去るほうがずっと簡単だったし、本人にとってもずっと安全だったのに。なのにティムはそうしなかった。

ぼくの面倒をみてくれた。

初めてサーフボードに乗せてくれたのもティムだ。

ぼくをここに連れてきて、ぼくのために人生を切り拓《ひら》いてくれたのも。

ティムは父親がやるべきすべてのことをしてくれた。

エリザベスが母親のやるべきすべてのことをしてくれたように。夜には寝かしつけ、朝には朝食をつくり、ハワイ人の子供たちにいじめられて学校から帰ってきたぼくを抱きしめ、その子たちと友達になりなさいと送り出してくれたのがエリザベスだ。

そして、〝父親〟と〝母親〟とは名詞であるまえに動詞だと教えてくれたのも。

自分は何者なのか、それはよくわかっている。キットは強くそう思う。


翌朝、ローン・パインで波を待つ。

迫り来る波に向かってキットはボードに立つ。すると、イズラエル・カラナがラインに割り込んできて邪魔をする。

キットはボードから降りなければならなくなる。

次の波でも同じことが起こる。

今度はイズラエルの双子の兄弟、パレスティン・カラナのほうだ。

お次はカイ・アレグザンダーがキットの眼のまえで波に飛び込み、彼を制止する。

寄ってたかって彼を締め出す。

四度目の妨害のあと、キットはパドリングしてゲイブに近づいて言う。「いったいどういうことだ？」

「おまえが選んだことだ」とゲイブは言う。「おまえはおれたちの敵になることを選んだ。つまりもう仲間じゃない。ここから出ていけ」

キットはあたりを見まわす。

波待ちをしているほかのやつら、イズラエル、パレスティン、カイ、ほかにもいる――彼の兄弟たち――はキットを見ることができずにいる。

「そういうことか」とキットは言う。

ゲイブは肩をすくめて、そういうことだと伝える。

キットは立ちはじめたうねりにパドリングで向かい、ターンして次のセットの二番目の波に乗る。ゲイブが右から妨害しにくる。

今回キットはボードから落とされない。

ボードに乗ったまままっすぐゲイブのほうにラインを切る。ボードの先をゲイブの頭に向け、十五フィートの大波上の度胸比べ《チキンレース》を仕掛ける。そして、どちらも怪我をしかねないスピードで衝突する。

結局、ゲイブがボードを降りる。

キットのボードが彼の上をかすめ、フィンで首を切りそうになる。

もし水の中で血が流れることになるとしても、とキットは考える。それはぼくの血だけではない。

目的を果たしたキットは、パドリングで浜辺に戻り、トラックにボードを積む。サーフポイントはノースショアにほかにいくらでもある――タネルズ、キングズ・アンド・クイーンズ、ダンプ・トラックス、キャノンズ。

自分が求められていない場所にはいたくない。

それでもキットは傷つく。

かなり。

　Oは桟橋を歩いている。ピートに会うために。すると、大柄なハワイ人の男が立ちはだかる。

「やあ《アロハ》、お嬢さん《ワヒネ》」と男は言う。「元気かい《ハウジット》？」

「元気よ」とOは答える。

「おう、そりゃよかった」

　Oは彼をよけようとする。「失礼」

「感じよくしてるつもりなんだがな」と男は彼女の行く手を阻んで言う。「なあ、おれが嫌いか？　おれが気に入らないなら、出ていったほうがいいな。あんたもあんたの友達も。島を出たほうがいい」

「あんた、誰？」とOは訊く。「何が望みなの？」

「ここは危険だ」と男は言う。「大波、大ザメ……きれいなお嬢さんには何が起こるかわからない」

「大丈夫か、O？」

　ピートだ。

「なんか用か？」と男はピートに向かって言う。

「娘さんから離れろ」

男は笑う。「どうするつもりだ、爺さん？　おれが離れなかったらどうするつもりだ？」

「彼女から離れろと言ったんだ」

ピートの眼の中にはそれまでOが見たことのないものがある。

それがOを怖がらせる。

ハワイ人の男が笑って言う。「わかったよ、爺さん、いいだろう、今日はこれくらいにしておいてやるよ。だけど、さっき言ったことを忘れるんじゃないぜ、娘さん《ワヒネ》。じゃあ《ア・フイ・》な《ホウ》」

また会う日まで。

約束と脅迫。

ベンは両手に買物袋を持ってスーパーマーケットの〈ビッグ・セーヴ〉から出てくる。

大柄なハワイ人の男がぶつかってくる。

「失礼」とベンは言う。

「まえを見て歩け」と男は言う。

「そのとおりだ」とベンは言う。「すまない」

「なんだって？」

「すまないと言ったんだ」

「おれがなんかしたか?」《アイ・ボッダ・ユー》と男はからんでくる。「やる気か、おまえ?」《ユー・ライク・ビーフ、ボーイ》

ベンはハワイのスラングをそれほど知らないが、男が食料品のことを尋ねているのではなく、喧嘩を吹っかけてきていることぐらいはわかる。

「トラブルは要らない」とベンは言う。

「おまえをずっと見てきたが」と男は言う。「わからないことがある」

「なんだ?」

「どっちとヤってるんだ」と男は言う。「ブロンドのイルカちゃんか、それともマフーのほうか?」

ホモ。

「話せてよかった」とベンは言う。

「おれの島から失せろ」と男は言う。「お友達と一緒に」

店主が店から出てきて言う。「どうした?」

「なんでもないよ、おっさん。こいつ《バガ》と話してただけだ」彼はベンのほうに向き直る。

「おれにはもう会いたくないだろ、ハオレ?」

そう言って背を向け、男は立ち去る。

「あいつを知ってるのか?」とベンは店主に尋ねる。

「仲間《パララ》だ」と店主は答える。

彼らはチョンにはもっと用心深く近づく。

彼の戦闘力はもうわかっているから。

チョンはクヒオ・ハイウェーでジョギングしている。クヒオ・ハイウェーはハイウェーとは名ばかりの海岸線沿いを這う細い二車線道路で、小川に架かる橋の上では一車線になるところもある。

天気は雨。

チョンは気にしない。

走ることと冷たい雨を愉しんでいる。このとびきり美しい場所を走れて幸運だと思っている。

車はみなチョンからできるかぎり距離を取ってゆっくりと追い越していく。やがて、一台の車のエンジン音が近づいてきて、スピードを落としたのが聞こえる。車はジープで、彼をよけて追い越すことなく、うしろについてどんどん近づいてくる。

チョンは走りつづける。

ジープはすぐうしろまで来たあと、さらにじりじりと追い上げる。

笑い声が聞こえる。

そして、「走れ、タフガイ！　走れ！」の合唱。

振り返ると、ジープには大柄なパララが四人乗っている。

チョンは走るスピードを上げる。

さらなる笑い声。「ジープに勝てるか?」

そこには道路から離れる場所がない。右側は海で、海面まで険しい崖になっている。道路を横断して山側に行こうとすれば、ジープに轢《ひ》かれるおそれがある。

それにチョンは頭にきている。

おまけにチョンは頑固だ。

だから走りつづける。

ジープはしつこくついてくる。

チョンを追い立て、遅れを取ったかと思うと、またすぐ迫ってくる。

橋が近づく。

一車線なので、対向車が来ていれば、ジープは停止しなければならない。チョンはそれを期待する。果たして反対側から白いピックアップ・トラックが橋を渡りはじめたのが見える。

全速力で橋を渡り切れば、やつらから逃げきれる。

ところが、ピックアップ・トラックは橋の上で横に向きを変える。そうして道路をふさぐ。

トラックからふたりのパララが降りてくる。

野球のバットを持って。

背後のジープも急いで追いつくと、横向きになって退路をふさぐ。パララがバットや棍棒やタイヤレヴァーを持って出てくる。「おい、タフガイ！　どれだけタフか見せてくれ！」

それほどタフとは言えない。まえとうしろから近づいてくるパララたちにはさまれ、チョンはそう思う。

最悪だ。

真下の川を見下ろす。浅すぎれば脚を折るだろう。悪くすれば首か背骨を折る。が、飛び降りなければ、どうせこいつらに折られる。

彼は橋の欄干によじのぼり、足から飛び降りる。

願うのは川が――

深

い

こ

と。

ありがたいことに、チョンは沈む。

ハワイ野郎たちが銃を持っているかもしれないので、体を伸ばしてダイヴィングの姿勢をとり、できるだけ水の中にとどまる。

川の流れがチョンを海へと押しやる。

一分後、息をしようと水面に浮き上がり、橋の欄干を見上げると、ハワイ野郎たちが彼を指差して笑っている。

川は砕ける波の中に彼を押しやる。

どうせ溺れる。やつらはそう思っているのだろう。

くそ、ほんとうにそうなるかもしれない。

彼は流れに身を任せ、砕ける波をやり過ごす。


ベンは心配している。

「チョンを見たか?」とベンはOに訊く。やつらに出会ったら、チョンはおだやかな対応を取ることもなければ、うまく場を収めようともしないだろう。やつらの望みが喧嘩《ビーフ》なら、チョンはプライムリブだ。「どこにもいないし、電話にも出ないんだ」

「大丈夫よ」とOは言う。「だって、チョンだもの」


ワイニハ湾を横断してコロコロポイントを迂回《うかい》すると、かなりの距離を泳ぐことになるが、チョンはそれを愉しむ。

まあ、タイヤレヴァーで脚を折られるよりはずっと愉しい。

大した距離ではない――SEALSの訓練でカリフォルニア州シルヴァー・ストランドの冷たい海でもっと泳いだこともある――心配なのはサメだ。

（もっとも、その必要はあまりなさそうだが――むしろサメのほうがチョンを用心する必要があるだろう)。

チョンはルマハイ・ビーチ沖で波を捕まえ、ボディサーフィンで岸にたどり着く。

ティムとエリザベスがラナイに置いた椅子に坐って、夕暮れどきの一杯を飲んでいると、トラックがやってくる。

ゲイブがトラックから降りて呼びかける。「ティムおじさん。リズおばさん」

「ゲイブ」とティムも声をかける。「キットは留守だ。サーフィンに出てる」

それはゲイブも知っている。キットがここにいたら、彼はここに来ていない。

ティムもそれを知っている。

「あんたに話があってきた」とゲイブは言う。

「聞こう」

ゲイブはラナイまで歩いてきてもその上にはあがらない。手すりにもたれて言う。「ここに住んでどれくらいになる、おじさん?」

「ほぼ十二年だ」とティムは答える。

ゲイブは言う。「おれの一族はハオレたちがやってくるまえからここにいる」

「ハオレってわたしたちのこと?」とエリザベスが尋ねる。

「あんたたちをハオレとは思ってないよ」とゲイブは言う。「実は……」

そこで言いよどむ。

エリザベスが言う。「あなたはよく庭に坐って、うちの息子とピーナツバターとバナナのサンドウィッチを食べてた」

「ここはおれたちのホームだ」とティムが言う。

「だったらどうしてよそ者に売るんだ？」とゲイブは尋ねる。「地元の人間とビジネスができるのに」

「〈ザ・カンパニー〉のことか？」とティムは訊き返す。「それはごめんだ」

「これは頼んでるんじゃないんだよ、おじさん」そう言って、仲間たちが大勢乗った数台のトラックのほうを顎で示す。

「これがおまえたちのやり方なのか？」とティムは言う。

「回避することもできる」とゲイブは言う。

「もうそうはいかないだろうな」とティムは言う。

「手を引くべきだ。おれだってあんたたちが痛めつけられるのを見たくないんだ」

「誰がわたしたちを痛めつけるの、ゲイブリエル？」とエリザベスが尋ねる。「あなた？」

ゲイブは背を向けてトラックに乗り込む。

キットはハナレイのメインストリートを歩いている。

チョンは〈ブッバ・バーガーズ〉のラナイ席にいる。キットに気づくと、ラナイから飛び降りる。そして、並んで歩きはじめ、キットに尋ねる。

「手を貸そうか？」

「大丈夫」キットはチョンを見もしない。〈ザ・ドルフィン〉の正面入口から中にはいっていく。中ではゲイブがテーブル席でパララたちとビールを飲んでいる。キットは客たちを押しのけ、ゲイブをつかむと、ゲイブにはまるで体重などないかのように高々と持ち上げ、外に出てラナイから投げ落とす。続けて手すりを飛び越えると、ゲイブのシャツのまえみごろをつかんで、川まで引きずっていき、頭を押さえつけて水に沈める。

そして、しゃがみ込んでゲイブに言う。「ぼくの両親を脅したな、ゲイブ⁉　母さんと父さんを脅したな？」

ゲイブの頭を川から引き上げる。

ゲイブは空気を求めて喘ぐ。

キットはまた頭を押して水に沈める。

イズラエル・カラナがキットを引き離そうとする。キットは腕を伸ばして押しのける。

イズラエルはうしろによろめく。

「離れてろ！」とキットは怒鳴る。

イズラエルと残りのパララたちはあとずさる。

キットはゲイブの脚が痙攣《けいれん》しはじめるまで押さえつけ、そのあと引き上げて仰向《あおむ》けにし、胸倉をつかんで眼が合うまで持ち上げる。「今度ぼくの両親に近づいたら殺す。ぼくがこの手でばらばらにしてやる」

ゲイブから手を離すと、仲間たちを見て言う。

「おまえら全員を」

「この取引きからは手を引くべきだと思う」とベンは借りた家に戻って言う。「みんなが痛い目を見ることになる。この市場にそれだけの価値があるとは思えない」

「問題はそこじゃない」とチョンが言う。「ここからおめおめと追い出されれば、どこで商売をしても食いものにされる。それじゃビジネスができなくなる。戦うしかない」

「おまえの解決策はいつもそれだな」

「おまえはいつも逃げるよな」

ベンはOに尋ねる。「きみはどう思う？」

「あたしたちが決めることじゃないと思う」とOは答える。「決めるのはティムとキットとエリザベスよ。彼らのホームなんだから。あたしたちはただの旅行者なんだから」

「Oが正しい」とベンは言う。

「Oが正しい」とチョンも言う。

あたしが正しいの？　とOは思う。

ふうん。

一同は〈ザ・ドルフィン〉に集まる。

それ自体が意志表明になる。カーセン家には本土から来た友人と別れるつもりがないことだけでなく、そのことをゲイブにはっきりとわからせたことが、数分以内に町じゅうの人たちの知るところとなる――キットがパララのリーダーを水遊びの玩具にした場所でそろって食事をしているのだから。

「ゲイブが〈ザ・カンパニー〉と関わっている可能性については話しておくべきだった」とティムが口を開く。「おれのせいだ」

「それで、あんたはどうしたいんだ?」とベンが尋ねる。「取引きから抜けたいならそれでかまわない。こっちは別に気にしない。誰もあんたを悪く思ったりしない」

ティム・カーニーは長いこと負け犬だった。

それは彼自身よくわかっている。

家宅侵入窃盗三回、有罪判決三回、刑務所暮らし三回。最後のお務めでは〈アーリアン・ブラザーフッド〉(刑務所内の白人のギャング)にはいるぐらいならまだましと)囚人のバイカーを殺した。だから、たまたまボビーZに似ていなかったら、仮釈放なしの終身刑になるところだった。

そう、人生にキットとエリザベスがもたらされるまでティムはあらゆることで負けつづけていた。ふたりを引き受けることで、やっとひとかどの人間になれたのだ。ハナレイに流れ着き、作業員、料理人、大工として働き、ちょっとばかり大麻《パカロロ》取引きをして家を建てた。

　人生。

　家族。

　キット――息子――はなんと伝説になっている。

　マリア――いずれ義理の娘になる――はすばらしい娘だ。

　いい人生だ。

　なのにどうして〈ザ・カンパニー〉に関わるような危険を冒さなければならない？

　が、これはほかの誰でもないティムのことだ。

　脅しに賢く立ちまわれたためしのない男のことだ。

　そのあたりのことはアーリアン・ブラザーフッドにはいれ、さもないと、と刑務所で脅してきたバイカーに訊くといい。

　ティムは、さもないと、のほうを選んだ。

　それをバイカーに問い質《ただ》すことはもうできないが。もう死んでいるから。

　だから、ベンに取引きからの撤退を勧められると、ティムは言いたくなる……

　ノーと。

　ノーに決まっている。

　ゲイブのようなちんぴらに生き方を決められたくはない。〈ザ・カンパニー〉にも。言うまでもない。それでも彼は家族の顔を見る。「おまえたちはどう思う？」

キットはマリアにさきを譲る。

マリアはゲイブのいとこで、このテーブルで生まれながらのハワイ人は彼女だけだ。

「わたしは」と彼女は言う。「麻薬ビジネス自体、関わるべきじゃないと思う。〈ザ・カンパニー〉がらみならなおさら。それと――怒らないでね、ベン、チョン、O――あなたたちとも関わらないほうがいいと思う。わたしたちに必要なのはお金じゃなくて、家族でいることよ。それに……まだ話さないでおくつもりだったけど……わたしたち、赤ちゃんができたの」

なんと。

「まだ十七歳なのに」とエリザベスが言う。

赤ん坊が赤ん坊を産むなんて、と彼女は内心思う。

「確かに予定外だった」とキットは言う。「ぼくの不注意だ。でも、ぼくらならやっていけると思う。やっていく自信はある」

それはどうかしら、とエリザベスはまた内心思う。キットは肉体的には大人の男で、十七歳でも二十五歳で通るだろう。が、まだ子供だ、少年だ。ただ、島では若くして家庭を持つのはさほど珍しいことではない……これはもうしかたがない？

エリザベスはマリアに腕をまわして言う。「あなたはわたしにとっても大切な人よ」

ティムがベンに言う。「これが答だ」

「あなたたちの時間を無駄にして申しわけない」とキットが言う。

「いや、すばらしい休暇だったよ」とベンは応じる。

「想像できる？」借家に向かって歩きながらOが訊く。「どんな子供が生まれてくるか」

返事なし。

「きっとゴージャスよね」とOは言う。

「おまえはこれでいいのか？」とベンはチョンに訊く。

「ああ」

「評判を気にしてたんじゃないのか？」とベンはさらに尋ねる。

チョンは肩をすくめて言う。「打撃は打撃だ」

「仕返しはしなくていいのか？」とベンは尋ねる。

「なんでも仕返しすればいいってもんじゃない」

「運転免許証を見せてくれ」とベンは言う。「おまえ、誰だ？　いつものチョンはどうした？」

「進化したのかもな」

「スパムのおかげよ」とOが言う。

ゲイブはトラックの荷台からガソリンの缶を取り出す。

狼の群れもそれぞれ缶を手にする。そして、ツリーハウスに歩み寄る。ゲイブとしてもやりたくはない。が、キットが彼を嘲笑うかのようにハオレたちと〈ザ・ドルフィン〉で食事をしたことを耳にしたからには。おまえのせいだ、と梯子をのぼりながら彼は思う。おれに選択の余地を与えなかった。

ゲイブは缶の蓋をはずし、ツリーハウスのまわりにガソリンを撒く。

キットは炎を目にする。

空に向けて火が立ち昇っている。

最初は何を見ているのかわからない――まったく意味がわからない。誰かが見張り塔に巨大な松明《たいまつ》をともしたかのように見える。

やがて理解する。

「嘘だ！」

キットはアクセルをベタ踏みにして車を飛ばし、袋小路にはいるなり、まだ動いているトラックから飛び降り、作業場の壁からホースをつかんで蛇口をひねる。そして、燃え盛る木に向かって走りだす。

ツリーハウスの上の二階部分が炎に包まれている。

「キット、できることは何もない！」とティムが叫ぶ。

キットは耳を貸さない。木のほうにホースを引いていき、水を噴射する。

効果なし。

彼はホースをその場に落として、梯子を登りはじめる。

ティムが引き戻す。「やめろ！　手遅れだ！」

キットはティムを振り払い、燃える木を登っていく。一階部分まで。家具を投げ落とし、壁から付属品、床から厚板、炎の中で手が届くかぎりのもの、両手ではずせるかぎりのものを落とす。

ティムもあとから登る。

そして、シンクを取りはずして地面に投げ落とすのを手伝う。

壁の鏡も。

炎が激しくなってくる。それでもキットは次の階へと急ぐ。

「降りろ！」とティムが叫ぶ。

「嫌だ！」キットはマリアのステンドグラスの窓を壁からはずそうとする。

「降りろ！」とティムがまた叫ぶ。

「これは置いていけない！」

ティムは窓の反対側をつかむ。ふたりで力を合わせて壁から窓をはずす。

「これを下に運んで！」とキットが叫ぶ。「ぼくは階上《うえ》に行く！」

「わかった！」ティムは窓を脇にはさんで持つと、キットの尻を蹴る。

キットは足場台から落ちて、地面に両手をついて着地する。ティムが梯子を降りてくるのを見上げて、また登ろうとする。

ティムは彼をつかんで引き止める。「生まれてくる子供のことを考えろ。ツリーハウスはまた建てられる」

キットはもう一度ホースをつかみ、水をかけはじめる。

ガソリンで燃える火にはなんの役にも立たない。

ついにあきらめてホースを落とし、愛する家が燃え、崩れて地面に焼け落ちるのを呆然と見つめる。

マリアが彼を抱きしめる。「大丈夫、大丈夫よ」

彼女はキットが泣くのを初めて見る。

灰の上に雨が降る。

ここからは何も育たないだろう。

むかつくような嫌なにおいしかなく、ガソリン臭い煙が漂い、刺すような焦げ臭さが鼻を突く。

Oはベンとチョンとともに雨の中に立って惨状を眺めながら、自分たちがこの人たちをこんな目にあわせたのだと思わずにいられない。

楽園が破壊されている。

その朝遅く、保険会社の男がやってくる。男はジープを降りるとティムに歩み寄って言う。「ハワイ火災生命のジャック・ウェイドです」

ジープの屋根にはロングボードがくくりつけられている。

「このたびはお気の毒です」とウェイドは言い、現場に近づきながら尋ねる。「出火原因は？」

ティムはキットを見る。

キットは肩をすくめる。「わかりません」

ウェイドは焼け焦げた木の幹に歩み寄って言う。「一応調査をしますが、放火であることはまちがいないですね」

「わたしたちではありません」とティムが言う。

「ガソリンのにおいがします」とウェイドは言う。

「ぼくたちは放火してません」とキットが言う。

「やった人物に心あたりは？」とウェイドは尋ねる。

返事はない。

ウェイドは調査をおこない、木の異なる高さから灰のサンプルを採取する。

そして降りてくると、ティムのところに行って言う。「その……あなた方はいい人たちのようだし、あれこれ言いたくはないけど、これほどはっきりした放火は見たことがありません。あなた方がやったのかどうか確認するために、調査する必要があります。やったとわかれば、損失を補償することはできません」

「つまり、保険金は払わないということね」とエリザベスが言う。

「払うのを渋ってるんじゃありません」とウェイドは言う。「ほんとうに。でも、調査が終わって、あなた方が保険金目的で火をつけたのでないとはっきりするまでは無理です」

「無罪が証明されるまでは有罪か」とティムが言う。

「そういうわけではありません」とウェイドは言う。「あなた方に動機と手段と機会があったと示せないかぎり、保険金は支払います。その方向でまとまることを願っています。嘘じゃない。もし動機のある人物に心あたりがあるなら、教えていただければ……」

キットが即座に答える。「ありません」

EUO――宣誓尋問――の日程を決めるために連絡すると告げ、弁護士を雇ってはどうかと助言して、ウェイドは立ち去る。

ティムはキットを見る。

「ゲイブを密告するつもりはない」とキットは言う。「あいつはまだぼくの兄弟だ」

「その兄弟がおまえの家を焼いたんだぞ」とティムは言う。

ベンが横から言う。「再建費用はぼくたちが出すよ」

「再建は無理だ」とキットが言う。「木の損傷が大きすぎて、もう何も支えられない。枯れてしまうだろう」

「ほんとにごめんなさい」とOが言う。

「あなたたちのせいじゃない」とキットは言う。

それが本心とはOには思えない。

用事ができた、とティムが言う。


ティムはゲイブの咽喉《のど》に刃を押しつける。

ゲイブには彼が見えなかった。物音にも気づかなかった。サーフィンに行こうとトラックに乗り込んだら、咽喉笛にナイフを押しあてられたのだ。

ティム・カーセンの声がする。「こうすべきではない理由をひとつ言ってくれ、ゲイブ」

「あんたらしくないな、おじさん」

「おれが誰も殺したことがないと思うのか?」とティムは言う。「よく考えろ。おまえの腐れ咽喉をすぐさま切り裂かなかった唯一の理由は、家族の人生がかかっているからだ。キットとマリアには子供が生まれる。知ってたか?」

「いや」

「あそこはふたりの新居になるはずだった」とティムは言う。「おまえはそういう場所を燃やしたんだ。馬鹿なことをしたもんだ。そんな真似をする必要などなかったのに。おれたちはビジネスから抜けると伝えるつもりだった。おまえは無意味なことのために息子の心を傷つけたんだ」

ティムはナイフの力を抜く。

「〈ザ・カンパニー〉に伝えにいけ」とティムは言う。「もう終わりだと。パウだ。復讐は望んでいない。静かな暮らしがしたいだけだ」

そう言って、彼はゲイブの喉からナイフを離す。

「もう遅いよ」とゲイブは言う。


「今や〈ザ・カンパニー〉はすべてを望んでる」帰宅したティムがみんなに伝える。「自分たちの栽培計画のために土地を売れと要求してる」

「おれはずっとこう思ってきた」とチョンが言う。「誰かに一歩後退させられたら、さらに二歩後退させられる。それが簡単なことだと相手に思わせてしまうからだ」

そういう思いは変えさせないと。チョンはそう思う。


キットは一緒に行きたがる。

チョンは拒否する。

「どうして?」とキットは尋ねる。「ぼくのほうがあなたより体が大きいし、強いし、速く動ける。それに、このあたりのことなら、ぼくのほうがずっとよく知ってる」

「すべてそのとおりだ」とチョンは言う。「きみはサーフィンと水泳で鍛えてる。でも、おれはこれで食ってるんだ。毎日まさにこのための訓練をしてる」

「あるいは、人に怪我をさせたり、人を捕まえる訓練だ」

「人殺しの訓練を？」

「今回は？」

キットは言う。「ぼくも連れていって。でなければひとりで行く」

チョンは肩をすくめる。「場合によりけりだな」

チョンはキットを連れていかざるをえなくなる。


小便をしたくならなければ、イズラエル・カラナも無事だっただろう。

が、したくなって外に出た。パレスティンが便秘を解消しようとトイレを独占していたので。

それはともかく、外でモクマオウの生垣に向かって放尿していると、彼は後頭部を殴打される。そのあとキットのピックアップ・トラックの荷台で目覚めると、うしろにまわした両手をプラスティック製の結束バンドで拘束され、両足はロープで縛られ、口にはぼろ切れが詰められている。

パレスティンの過ちは、イズラエルがどうしたのか見にいったことだ。芝生を歩いて舗道のへりまで行くと、通りの左手に煙草の火が見える。それを見たのを最後に、気づいたときにはキットのトラックの荷台にいて、イズラエルの隣りで同じように縛られ、口をふさがれている。

みんなどこに行ったのか。カイは怪訝《けげん》に思う。

そして、グロックの九ミリを手に外に出る。

出るなり首にチョンの銃が押しつけられる。

「文字どおり頭が吹っ飛ぶぞ」とチョンは言う。

カイは銃を捨てる。

チョンは言う。「リーダーのところに連れていけ」

ずっとこれを言いたいと思ってきた。

いや、イラクでは何度か言ったことがあるが……当然のことながら、誰も言うことを聞かなかった。

ゲイブはウェク通り沿いの湾の南端にある自宅にいる。

極上のマリファナ煙草と六十四インチのフラットスクリーンで見る『マイアミ・バイス』を愉しんでいると、イズラエルから電話がかかってくる。「話がある」

「あのチョンとかいう男を見つけたのか？」

「ああ」とイズラエルは言う。

それはほんとうだ。

「今どこだ？」とゲイブは尋ねる。

「おまえの家の外だ」

「そうか、わかった」

ゲイブは電話を切る。

怪しい。

イズラエルの物言いは不自然だった。緊張していた。ゲイブは通りに面した窓に近づくと、脇に立って外をのぞける程度にそっとカーテンを開ける。

正面にジープが停まっていて、カイが運転席でハンドルを握っている。やけにハンドルにへばりついている。やはり怪しい――疑惑と用心。そのあいだは一ミリもない――サイドテーブルのグロックを取り上げ、裏口から出る。壁にぴったり張りつきながらじりじりと家の横をまわってラナイの端まで来ると、チョンが背中に銃を隠して玄関の脇に立っているのが見える。

ゲイブは大柄な男だが、動きは敏捷《びんしょう》だ。

背後からチョンに近づき、背中に銃を突きつける。「驚いたか、このクソ野郎。そこまでだ」

そこにキットが現われ、肩口から内角に曲がるカーヴを投げるようにして斧の柄《え》を振る。

ゲイブは倒れる……まさに、そう、斧で倒されたように。

「子供の遊びとでも思ったか？」とチョンが尋ねる。

ゲイブは粘着テープで椅子に縛りつけられている。

まだ『マイアミ・バイス』が流れている。

「おれの手下たちが黙っちゃいないぞ」とゲイブが言う。

「それはない」とチョンは言う。「ひとりは粘着テープを巻かれて車のハンドルから手を離せなくなっていて、残りのふたりはトラックの荷台に横たわってる」

「話はなんなんだ？」とゲイブは訊く。

チョンは感心する。

この状態に置かれると、精神が崩壊して泣くタリバンやアルカイダもいた。

(たいていはピーター・ポール&マリーで、でなければケニー・Gで)。

「あのな」とチョンは言う。「これがどんなに簡単だったかわかるか？　やろうと思えばこんなことはいつだってできるんだよ。それがおれの仕事なんでね。だけど、もう一度やるとなったら次は殺すことになる」

「何が……？」

「おまえは最初の和平交渉を受け入れなかった」とチョンは続ける。「わかるよ――おまえはおれたちを見くびったんだ。だけど、これでわかっただろ？　次に決断するときの勉強になっただろ？　おれたちの申し出を受けろ。二度とこんな真似をおれにさせるな」

「なあ、兄弟《ブラダ》」とゲイブが言う。「〈ザ・カンパニー〉に戻って、やられたなんて言えると思うか？」

チョンは理解する。

「ということは、おれたちが知らせなきゃならないということか？」と彼は言う。「とんだ貧乏くじだが、まあ、なんとかしよう」

ゲイブと仲間三人は手足を縛られ、さるぐつわを嚙まされて、ともにキットのトラックの荷台に寝かされる。

チョンはガソリンの缶を掲げる。「おまえら、マッチで遊ぶのは好きだよな？」

そう言って、彼らにガソリンをまんべんなくかける。

パレスティンはたまらずクソを洩らす。

レッド・エディーは写真を見て首を振る。

四人のパララが粘着テープで口をふさがれて、トラックの荷台に横たわっている。ゲイブの首には大きな札が掛けられている。

美味かった。が、もう送ってくるな。

追伸――次はポケにして送り返してやる。

エディーはとくと考える。元特殊部隊野郎はおれの手下四人を捕まえ、ガソリンを浴びせてはいるが、マッチで火をつけてはいない。やつらを意のままにして、意のままにできることを見せつけているだけだ。

四体の黒焦げ死体の写真ではなく、ジョークを送りつけてきたところを見ると。

〝もう送ってくるな〟という警告を添えて。

それに和平の申し入れ――カーセン家に手を出さなければ、こちらも手を出さない。ハワイを離れる。

できることなら受け入れたい、とエディーは思う。

それが賢いやり方だ。

実際、そうなっていただろうよ、ミスター・チョン（まったく、なんて名だ？）、おれに恥をかかせなければ。アリイ――頭《かしら》――は手下を失うこともあれば、金を失うこともある。が、面子《フェイス》を失うことはあってはならない。

なぜなら、それはおれの面《フェイス》だからだ。おれの首だからだ。

明らかにふざけたおまえらのこの行為はおれの顔をつぶした。

このまま黙って見過ごすわけにはいかない。

エディーは写真に添付されている番号に電話する。

「洒落たことをやってくれたもんだ」

「それで、返事は？」

「おまえらはマッチを投げるべきだった」

「〈ザ・カンパニー〉全体を相手に戦うことはできない」とティムは言う。

チョンは言う。「おれならできる」

チョンは車で島の反対側――山側《ドライサイド》――にある小さな町、ワイメアに向かう。そこに昔の戦友が住んでいる。

元衛生兵、ダニー・〝ドク〟・マクドナルドがその地を選んだのは、どこでもない場所の真ん中だからで、そこだと海岸からそう遠くない場所に一戸建てが買え、気候はいいし、誰も出血多量で死んだりしない。

彼はチョンを見て喜ぶ。会うのはアフガニスタンのヘルマンド以来で、ふたりは兄弟同然だった。

「あんたの助けが要る」とチョンは言う。

「なんでも言ってくれ」

チョンは一緒に戦うというドクの申し出（ありがたいことだが、丁重に断わった）と、H&K23ソーコムピストル二挺《ちょう》、十二番径のレミントン・ショットガン一挺、M14EB

Rアサルトライフル一挺、手榴弾二個、照明弾を数個、仕掛け線、M18対人地雷、あらゆるものを備えた救急キット（それは丁重にありがたく受け取った）を携えて辞去する。

そのどれもが必要になるだろう。

エディーは軍隊を送り込んでくるだろうから。

ゲイブはリフエ空港で飛行機を迎える。

助っ人としてエディーが送り込んできたのは、ホノルルのプロの殺し屋十四人——銃とナイフの扱いと柔術に長《た》けている——ハオレのチョンひとりを始末するにはありあまる人員。

ゲイブはホノルルからやってきた客たちを愛想よく迎えるが、返ってきたのは相手を見下すようなうなり声だけだ。オアフ島西部の柄の悪い地区ワイアナエのその男たちはゲイブを自分の仕事すらろくにできない田舎者だと思っている。

まちがいは正さないといけない。そう思ってゲイブは言う。「忘れるなよ、ここでのボスはこのおれだ」

ああ、わかった。

「キットには怪我をさせるんじゃないぞ」

ああ、わかった。

チョンはみんなにカリフォルニア行きの飛行機に乗れと命じる。

自分以外のみんなに。

自分は残って戦うつもりだ。

おれも残るとティムが言う。

「邪魔だ」とチョンは言う。

「おれは海兵隊にいた」

「そりゃよかったな」

「ここはおれのホームだ。おれの土地だ」とティムは言う。「ここで人生を築いた。逃げてかわりに誰かに守ってもらうつもりはない」

キットも言う。「ぼくもだ」

「駄目だ」キットのそのことばにはティムが応じる。「赤ん坊を父無し子にするな」

「逃げる《ランニング・アウェイ》のは嫌だ」とキットは言う。

「それなら歩いて」とエリザベスが言う。

キットは彼女を見やる。

「まじめな話、いったいこれはなんなの？」とエリザベスはみんなに尋ねる。「男らしさの意味に関する哲学じみたろくでもない考察がやたらと挿入される、できそこないの西部劇か何かなの？　男らしさとはなんなのか、坊や、わたしが教えてあげる。家族の面倒をみることよ。それがときに、歩いて逃げるか、走って逃げるか、這って逃げることを意味したとしても。わたしはあなたを男に育てた。だからわたしはあなたにそうしてほしい」

「妥協案を出させてくれ」とベンが言う。

そういうところがベンのベンたる所以《ゆえん》だ。

「〈ザ・カンパニー〉もさすがに街中で撃ち合うような危険は冒さないだろう」と彼は言う。「きみはマリアとお母さんとOを連れてぼくたちが借りてる家に行ってくれ。明日飛行機に乗ることになったとしても、あそこならずっと空港に近い」

「あなたは？」とキットは尋ねる。

「銃の使い方を覚える」

「おまえもみんなと一緒に行け」とチョンが言う。「辛い判断になるのはわかるが、そうするのがいちばんいい。ベン、わかるだろ？　おまえはおまえの最善を尽くせ。でもって、おれにはおれの仕事をさせてくれ」

「栄光の最後の戦い《ラスト・スタンド》にでもしたいのか？」

「おれは立って《スタンド》はいないだろうし、これは最後《ラスト》でもない」チョンはそう言って、ベンに一挺銃を渡す。「パソコンのマウスとおんなじだ――向けて撃つ《ポイント・アンド・クリック》。それだけだ」

ほかの者たちがいなくなると、ティムがチョンに尋ねる。「どうやってここを守るつもりだ？」

チョンはまるで気の触れた者でも見るみたいな眼でティムを見て言う。

「そんなこと初めから思ってないよ」

ワイアナエの殺し屋七人も真正直に突入して、家から飛んでくる弾丸《たま》を浴びるほど愚かではない。だからカーセン家の袋小路の百ヤード手前でレンタカーのフォード・エクスプローラーから降りると、そこからは歩く。セミオートライフルＡＲ－15を肩の近くで構えて散開し、ゆっくりと近づく。

母屋の二十ヤードほど手前まで来ると止まり、リーダーがしゃがむよう一同に合図する。イラクに二度行っているリーダーは用心深い。

作業場のほうをうかがって耳をすます。

何も聞こえない。

複数個所から銃撃を受ける危険を避けるため、リーダーは仲間ふたりに作業場の裏にまわって調べるよう身振りで示す。

一分後、作業場から異常なしの合図がある。

リーダーは仲間たちをさらに十ヤード母屋に近づける。カーセン家の者たちが撃つつもりなら、もうとっくに撃っているだろう。残した仲間たちに援護を頼み、リーダーは玄関ドアの横まで走ると、間をおいてからドアを蹴って開ける。

反応なし。

家の中を調べる。

誰もいない。

リーダーは外に出る。レッド・エディーは喜ばないだろう。リーダーはそう思う。電話して、ターゲットは逃げたあとだったなどという報告をしたら。

そのとき、作業場に送ったひとりが出てきて何かを示す。懐中電灯で照らしているのは、ぬかるんだ地面にできたタイヤ痕だ。丘の上に向かって続いている。

殺し屋たちは車に戻り、タイヤ痕をたどる。


車でウェク通りの貸家に向かう途中、キットは知らないハワイ人を何人も乗せた車に気づく。

ハナレイのハワイ人なら彼は全員知っている。そこが問題だ。

ハナレイの人間でなければすぐにわかる。

つまりあの男たちはハナレイの人間ではない。

全員がハワイ人で、一様にワイアナエ地区の人間らしい険しい顔つきをして、レンタカーのトヨタ・ハイランダーをゆっくりと、流すように走らせている。車を走らせながら、何かを探しているように見える。

ぼくたちを探しているのだ。キットはそう思う。

しかし、ハイランダーはスピードを落とすこともなく貸家のまえを素通りする。

キットも素通りする。

エリザベスが言う。「キット――」

「わかってる」

彼は距離を置いてハイランダーを尾行し、やがて停車すると、ワイアナエのハワイ人の車が道なりにブラックポット・ビーチの駐車場に向かわず、鋭角に右折し、ウエク通りをさらに進んでから左折して、短い未舗装路を進み、川沿いの船の修理所に向かうのを眺める。

「ここにいて」と彼はエリザベスたちに言う。

そして車から降りると、ハイランダーが船の修理所のまえで停まるのを確認する。四人の男たちが降りてきて、小さな浜のはずれの浅瀬に引き上げられている二十フィートの複合型ゴムボート――観光客をシュノーケリング・ツアーに連れていくようなタイプのもの――に近づく。

あれで何をするつもりだ？　キットは自問してからベンに言う。

「女性たちを家に連れていって待っててくれ」

「何をするつもりだ？」とベンは尋ねる。

家族の面倒をみるんだ、とキットは思う。「いいから頼む」

マリアが言う。「キット、何を――」

「馬鹿なことも早まったこともしない」キットは言う。「海に出る。世界じゅうの誰もぼくに触れられないところに」

彼は男たちを海に引き連れていこうと思っている。が、殺すつもりはない。それは海がかわりにやってくれる。

キットは船の修理所から小さな入り江まで歩いていく。そこにはタイ・メネへのジェットスキーが浮かんでいる。タイのジェットスキーを拝借するのは少々気が引けるが、タイは〝いつでも使ってくれ〟と言っていた。今がそのときだ。

ジェットスキー、シードゥーRXP－Xにまたがると、エンジンをかけて川をくだり、修理所のほうに向かう。めだたないようにすることもなく、月光をまともに浴びながら。

眼をやると、岸にいるゲイブが彼に気づいたのがわかる。

キットは驚き慌てたふりをしてエンジンをふかし、河口へ疾走する。ついてきてくれと祈りながら。

チョンは腹這いになって、空所のへりに生えている木々のあいだに隠れ、複数の車のヘッドライトがゆっくりと近づき、泥ですべる細く曲がりくねったでこぼこ道を近づいてくるのを見つめる。

そして、これが敵のいくつもの失敗のうちの最初のひとつになることを願う。やつらは苦労しても泥道を歩いてくるべきだった。

怠惰は常に報いを受ける。

チョンは空所の反対側にいるティムにもヘッドライトが見えていることを祈る。これから始まることにティムのほうも準備ができていることを。ティムは元海兵隊だが——冗談抜きにこれは重要なことだ——それでもそのスキルはふたつまえの戦争で身につけたもので、これも冗談にはならない。今はティムが辛抱強く待ってくれることを——ターゲットが袋のネズミになるまで発砲しないでいてくれることを——信じるしかない。

キットは振り返ると、彼を追いかけて疾走してくる複合型ゴムボートを見る。

四人の男とゲイブが乗っている。

よし、と思い、キットは湾に流れ込む波に抗い、陸側から波濤を突破する。方向転換して湾を横断し、陸に向かうのではなく、そのまままっすぐ湾の外をめざす。

キングズ・アンド・クイーンズとして知られるサーフポイントに向かう。

ティムはヘッドライトをじっと見る。

夜間の待ち伏せをするのはかなり久しぶりだ。

とはいえそれは自転車に乗るのと同じこと。

キットは自動小銃の銃声よりさきに顔の横を銃弾が飛んでいく音を聞く。

さすがにビビる。が、それほどでもない。

銃には詳しくないが、高まる波のうねりに翻弄されるボートから人を撃つのはかなりむずかしいはずだ。

キットはジェットスキーを加速させる。

やつらに捕まるまえにキングズ・アンド・クイーンズにたどり着かなければならない。

やつらもスピードを上げる。


空所の十フィート手前で、先頭の車のバンパーが仕掛け線に触れる。

地雷が爆発する。

閃光のあと、鋭い爆発音と悲鳴が聞こえる。

エクスプローラーが横ざまに吹っ飛ぶ。

運転手がドアを開けて車から飛び出してくる。

助手席に乗っている者は出てこようとしない。左手で右腕をつかみ、はずれた肩をもとに戻そうとしている。後部座席のふたりはどちらも爆弾の破片にやられ、文字どおり車から這い出てくる。閃光に眼もやられているようだ。

チョンはそのうちのひとりを確認する。

暗視スコープでは緑色に見える。

昔の言いまわしに〝撃つときは殺せ〟というのがあるが、チョンは怪我をさせるために撃つ。人道的配慮からではない――そんなものはクソ食らえだ――敵に数で劣るときには殺すより負傷させるほうが効果的だからだ。仲間のひとりはそいつの手当てをしなければならない。だからひとりではなくふたりの動きを抑止することができる。

チョンは敵の腰を撃つ。男は被弾の衝撃に半回転して倒れる。案の定、仲間が屈み込み、男をつかんで空所から引きずり出す。

少なくともそうしようとする。

チョンの次の一発がその仲間の脚のうしろに命中する。

これで負傷者は三人。

チョンは撃つのをやめる。

そして、ティムがまだ撃たないことを願う。


ゲイブにはキットが何をするつもりかわかっている。

キングズ・アンド・クイーンズで巨浪に直面させようとしているのだ。真の海の男でなければ生き残れない死のゾーンに誘い込もうと。

真の海の男はおまえだけじゃない、とゲイブは思う。

ここにいるワイアナエのやつらはちがっても。

とはいえ、彼《ブラダ》にしてもボードもなく、ライフジャケットもなく、ジェットスキーで救出にきてくれる兄弟もいない以上、生き残るには相当苦労しなければならない。それは眼に見えている。

ゲイブは叫ぶ。「戻るべきだ！」

ワイアナエのボスが向きを変えて彼に銃を向ける。「このまま行け！」

「死ぬことになるぞ！」とゲイブはまた叫ぶ。

こっちでも冷血で冷静なリーダーが決断する。

冷血にも負傷者に負傷者の手当てをさせることに。それで戦闘可能な仲間がまだ四人残る。

リーダーは思う、チョンとかいうあの野郎《バガ》はもうおしまいだ。

冷静なのは、この手のことは経験ずみだからだ――パレスチナのラマッラーで。同じように即席爆弾《IED》を仕込んだ夜間の待ち伏せに遭遇したときに。リーダーは腹這いになってどこから弾丸《たま》が飛んでくるか正確に見きわめる。

チョンとかいうあの野郎はおしまいだ。

仲間たちを十ヤード間隔に散開させ、匍匐《ほふく》前進で空所にはいる。そして、慎重に狙いを定め、射撃体勢を取り、引き金を引く。

チョンの野郎の苦痛の叫びが聞こえる。

明るい月の光の中でさえ、キットはキングズ・アンド・クイーンズを眼にするまえに音を聞く。

巨大な波──雷《いかづち》破壊神──が砲撃のように岩礁にぶつかる。

ザッバーン。

チョンは最後の一発を撃つと、すぐに転がり、撃った場所から五フィート離れる。自分がいるところではなく、いたところを狙わせるほうがはるかにいい。経験から学んだ自明の理だ。

弾丸《たま》はぎりぎりのところをかすめる。それでも撃たれたような声をあげる。そして、空所のへりに沿って這いながらその場を離れ、ワイアナエの殺し屋たちから距離を置く。

あとはティム次第だ。


キットが気になるのはゲイブがボートを操縦していることだ。

ゲイブも真の海の男だ。だからそのぶんやつらにも分がある。

前方を見ると、月明かりに最初の波──巨大だが、あとに続くものに比べたら弟にすぎない──がまっすぐこっちに向かってくるのが眼にはいる。

キットはジェットスキーをその波に向ける。

三十フィートの壁を乗り越えるために。

もし失敗して、波が砕けるまえにバイクがてっぺんを越えられなければ、波の中に頭から突っ込んでずたずたに破壊されることになる。

リーダーは待つ。

敵は撃ち返してこない。

ゆっくりと立ち上がり、仲間にも立てと合図して、敵の死体を回収するため、または息の根を止めるために空所を横切りはじめる。

リーダーはまったく危険を感じていない。

あたりは暗い。

そのとき世界が急に明るくなる。

キットは波の向こうにすべり降りてすばやく振り返る。ふらつきながらも波の頂点に向かうボートが眼にはいる。

やがてそのボートも波を乗り越える。

ゲイブは腕がいい。

キットはもう振り返れない。

ふたつ目の波がすでに眼のまえで盛り上がりはじめている。

それがさっきよりはるかに大きな山となる。

チョンは照明弾に火をつける。

それで空所がさながらナイトゲーム中の野球場のようになる。

これならティムもしくじるはずがない。

自転車と同じだ。

一番手前の男が倒れ、二番目の男に弾丸《たま》があたる。アヒルの行列を狙うのと変わらない。

ただ、三番目の男はティムが撃つまえに地面に伏せる。

暗い夜にまた戻る。


キットはひたすら波をのぼる。

そのまま永遠とも思える時間が過ぎる。

見上げると波のリップが見える。トップで波しぶきを上げて、爆弾につなげられ、火をつけられた導火線のような音をたてている。

爆発してくれとキットは思う。

この波のトップを越えられれば、ボートは波に激突して沈む。

そこでキットは宙に飛び出る。波の上に。

狙撃者は少なくともふたり。リーダーはそう思う。

とはいえ、そんなこと、どうすれば断定できる？

(〝知らないことが人に危害を及ぼすことがある〟)。

レッド・エディーのクソ野郎。そんなにこいつを仕留めたいなら、自分で来てやればいいんだ。

退却する潮時だ。

声をひそめて言う。「おまえたち、動けるか?」

肯定の返事を聞くと、身を低くしたまま負傷者を集めて、狙撃者たちのいないほうへ戻る。

チョンの射撃線上に。

チョンはまた移動している。敵が退却するのにたどるにちがいないところに。

この作戦行動には名前がある――〝スウィングドア式待ち伏せ〟。

チョンは撃つ。

そうしてドアを閉める。

波を乗り越えながら、キットはまえにつんのめる。

頭から落ちそうになる。

それでも体勢を立て直し、ジェットスキーにしっかりつかまり、振り返る――

ゲイブもやり遂げている。

彼のボートもすごい勢いで波を乗り越え、一度は転覆しそうになるものの、どうにか持ちこたえている。

このセットの波はあとひとつ。

もしそれに乗れなかったらそこで終わる。

ブレイクのはずれの静水域で、やつらに捕まってしまう。

キットは次の波に向かう。

長兄のような波に。


リーダーはしくじったことを知る。

まえにも進めず、横にも行けず、戻ることもできない……しくじったのだ。

こうなったら頼れるものはひとつしかない。

銃しかない。

「伏せろ！」と彼は叫ぶ。

負傷しようと、ビビろうと、しくじろうと、関係ない——銃撃で裏を突破するしかない。

闇に銃火が閃《ひらめ》く。

チョンは泥の上に伏せる。

頭のすぐ上を弾丸《たま》が飛んできて、あたりの土を蹴り立てる。

釘づけにされて動けない。

まずい、とチョンは思う。裏口を閉めれば、やつらは袋のネズミになって動けなくなるか、横か前方のドアから外に出ようとするはずだった。が、高性能の火器を盾にして反撃に出てきた。

しくじった。

こうなると、こっちも逃げることもとどまることもできない。

やつらは逃げずに向かってきた。おれを殺すつもりだ。

残された問題はただひとつ。こっちがさきに何人殺せるかだ。

波のてっぺんから湾全域の明かりが見える。

ずっと下にあるボートも。

ゲイブはなおも追ってくる。

こうなったらしかたがない。キットは波のインパクトゾーンにいる。波が上から落ちてきたらそこで終わる。

いや、波が落ちてこなくても。キットは波の裏側を一気にすべり落ちながら思う。

そこで終わる。

子供なら誰でも知っているように、闇の中では何もかもが悪化する。音は大きくなり、空間は歪み、見えないせいで想像力が怪物を生む。

夜間の待ち伏せが最悪なのはそのせいだ。

怒りの叫び、負傷者の悲鳴、うなる銃弾、爆弾の金属音と爆発音。敵は近づいたかと思うと遠ざかり、そのあとそれまで以上に近づいてくる。

この怪物は本物だ。

本物の敵、本物の榴散弾、本物の血、本物の痛み、本物の死。

どちらの側にいるにしろ、夜間の待ち伏せを経験した者はカオスのなんたるかを知っている。

カオスの中では概念が常に関連づけられる。

ギリシャ悲劇では最初に闇と地獄というカオスが存在した。

それはつまり、ギリシャ人は夜間の待ち伏せを正しく理解していたということだ。

それでも――

経験があれば――

スキルを持ち、さらに運にも恵まれ、生き延びられた経験があるなら――

きっと何かを学んでいる。

少なくとも、カオスの中で冷静に事態を把握することぐらいは。

銃火――暗闇の中の光のすじ――を見て、行動パターンを見定めるぐらいのことも。

音――見えないときの救い――を聞いて、周囲で何が起こっているのか知るぐらいのことも。

ティム・カーセン（旧姓カーニー）は、そういう生き残りのひとりだ。

左側で銃撃戦の音が聞こえる。〈ザ・カンパニー〉のガンマンたちが発する複数の火花がひとつの方向に向かうのが見える。散発的に撃ち返すチョンのライフルの銃火も。

起こっていることは容易にわかる。

これから何が起こるのかもわかる。

そうさせるわけにはいかない。

なんとかしなければならない。

誤ってチョンにあたるかもしれないからここから撃つわけにはいかない。

だから、ティムは立ち上がると、木立の外に出て、走る。

泣き妖精《バンシー》のように叫びながら。

攻撃の的になるために。

チョンを逃がすために。

キットは背後を見る。

ゲイブとボートはすでに波を乗り越えている。

やつらも成功している。波を乗り越えた以上――キットは思う――やつらにしてみれば、あとはぼくを殺すだけだろう。そのあと陸に戻って、ほかのみんなも殺すかもしれない。

キットはジェットスキーの向きを変える。

最後の捨て身の試みに移る――

フルスピードでボートに激突して転覆させようとする。

自分も含め、全員を溺れさせようとする。

今度はいったいなんだ？　叫び声を聞いて、リーダーは思う。

振り向くが、暗くて何も見えず、夜の悪魔のように叫びながら向かってくる声が聞こえるだけだ。

彼は音に向かって撃つ。

ティムはひたすら前進を続ける。

頭にあるのはひとつのことだけだ。

距離を詰める。

手榴弾が届くところまで。

やがて見える。

四つ目の波だ。

ありえない。が、それは確かにそこにある。

はぐれ者の波。

それがなんと巨人の中の巨人のような波だ。

さっきの波が長兄なら、これは父親か祖父か先祖か、はたまた神か。

高さ四十フィートはある。

天罰のように彼らに襲いかかってくる。

明確な悪意をもって向かってくる。

呑まれたらひとたまりもない。

アドレナリンのほとばしりのような雄叫《おたけ》びをあげ、ティムは手榴弾を投げる。

その爆発が夜を打ち砕く。

すぐさま彼は地面に伏せる。緊張と興奮のせいで、撃たれて血を流していることに気づいていない。

こんな悪夢がある
サーファーたちも見れば
子供たちも見て
どういうわけか海に出たことのない大人たちも見ることのある悪夢

波の下の深い谷にいて、とてつもない力を持つ巨大な水の壁がとどめようも容赦も慈悲もなく襲いかかってくる悪夢――空が消え、水と目前に迫った運命しかなくなる悪夢だ。運がいい者はそこではっと目覚め、がたがた震える。それでも生きている。運が悪い者はほんとうに水の中にいて、為す術《すべ》もなく波に襲われる。彼らが目覚めることはない。

リーダーには何も聞こえない。眼もほとんど見えない。手榴弾の閃光に眼がくらみ、耳鳴りがして、脳震盪《のうしんとう》のせいで眼がまわり、破片が刺さった傷からは血が流れている。

が、リーダーはタフな男だ。同じように負傷した仲間を集め、半ば引きずり、半ば抱え、半ば叩きながらいまだ無疵《むきず》の車に戻る。そして、仲間を車に乗せ、あるいは荷台に積むと、運転席に乗り込み、来た道を引き返しはじめる。

手榴弾の爆発音。

チョンはティムしかいないはずだと思い、音がしたほうに向かって道の脇を進む。

それは敵に見つかりやすくなることを意味する。が、仲間を置いていくつもりはない。

それが死体でも。
ティムのもとに向かう。
途中、ちょっとした仕事のために足を止める。

ゲイブは上を見る。
NBWを見る。

ただ波だけ《ナッシング・バット・ウエイヴ》を。
ただ水だけ《ナッシング・バット・ウォーター》を。

神に事情を話し、赦しを乞う。
ほかの男たちの悲鳴が聞こえる。
叫びではない——悲鳴だ。
上から波が落ちてきて、
NBN
ただの無《ナッシング・バット・ナッシング》となる。

闇の中に突っ込んでいく。

冷たい闇の中に落ちていく。
回転しながら落ち
頭が下になり、また上になる。
波で肩の骨がはずれないよう、キットは懸命に両腕に力を込める。
懸命に息を止める。
その訓練は積んでいる。
子供の頃から。
それでも、何をしてもこんな事態に備えるのは無理だ。
波が彼の体を押し下げ、押さえ込む。

車が二本目の仕掛け線に引っかかる。
(シンクロニシティの美しさ)。
一瞬の間のあとリーダーはカチリという音を聞く。
そして――
無となる。
チョンはティムを見つける。
伸びている

草の上で。

両脚から血を流している。

チョンはベルトに付けた止血ガーゼをつかむ。

それを傷に押しあて圧をかけながら言う。

「おれのせいなんかでくたばらないでくれ」


知らないことが人に危害を及ぼすことはない。

ベンは博識自慢だが、それでも知らなかった——


暗殺チームはひとつではなく——

ふたつでもなく——

三つあったことを。


(エディーは馬鹿ではない)。

知らないことが人を……

これはもう話した。


第三隊は三人で、すでに苛立《いらだ》っている。

ほかの二チームと連絡は取っていない。エディーから「携帯は切っておけ」ときつく言われたのだ。

「携帯の履歴が何になるか知ってるか?」とエディーは彼らに言った。「証拠だ」

連絡は短く一度あればいい。「終了」と。

だから殺し屋のハニは今苛立っている。ハニという名前はハワイ語で〝ハッピー〟を意味するが、今はとてもハッピーとは言えない。ストレスを感じている。ほかの二チームが自分たちの仕事を成し遂げたと信じるしかないからだ。

計画どおりにやれ。それがエディーの命令だ。

とにかく計画どおりにやることが。

何が計画だ、とハニは貸家に向かって歩きながら思う。あそこに誰がいるのかもわからないのだ。誰もいないかもしれないし、いるのはひとりかもしれないし、七人かもしれないし、いた場合、そのひとりが例の厄介な〝チョン〟とかいうやつかもしれないのだ。KKもいるかもしれない。それはそれでまた面倒だ。

エディーはそのことについても指示していた。

(エディーはほとんどあらゆることに指示を出した)。

できればKKは傷つけるな。ハワイ人は誰も傷つけるな――特にゲイブのいとこは――できるかぎり。

本土のハオレどもは? 海に連れ出して死体をサメに食わせろ。

貸家まで一ブロックというところで、ハニとふたりの仲間はフードをかぶって顔を隠す。

Oはキッチンにいる。そのとき裏のドアのガラスが割れる。手袋をした手がはいってきてドアが開けられる。

次の瞬間、彼女に銃を向けているフードの男と（まさに）お見合い状態になる。

さらに男がふたりはいってくる。

Oの背後にベンが近づく。

銃を構えて。

「三対一だぜ、あんた《バガ》」とハニが言う。「どうするつもりだ？」

ベンにはわからない。

ハニにはわかる。こいつはチョンとかいう野郎ではない。だから難なく近づき、男の手から銃を叩き落とす。「どうするつもりか、これでもう考えなくてもよくなったな」

そう言って、男の側頭部を殴る。

ベンはこんなふうに殴られたことがない。

実のところ、こんなふうにもどんなふうにもそもそも殴られたことがない。

眩暈《めまい》がする。

よろめきながらあとずさり、カウンターにもたれる。

赤子の手をひねるとはこのことだ。ハニはそう思う。

「ハオレだけだぞ」と男は言う。

エリザベスがその男を睨んで言う。「わたしはハオレよ」

「あんたはＫＫのおふくろだ」と男は言う。

「その人たちを連れていくなら」とマリアが言う。「わたしたちも連れていきなさい」

「ここを仕切るのはおまえじゃない」と男は言って仲間を見やる。「女《ワヒニ》ふたりを縛れ」

Ｏが見ているまえで、男たちはエリザベスとマリアを縛り、粘着テープで口をふさいでソファに坐らせる。

「ごめんな、おばさん」とひとりが言い、そのあとベンのほうを向いて言う。「おい、行くぞ」

「どこに行くんだ？」とベンは尋ねる。

「ボートで愉しいお出かけだ」と男は答える。

ベンとＯはそうして外に出される。

ひとりの男が先を行き、あとのふたりはベンとＯのすぐそばを歩く。Ｏは背中に銃身が押しあてられているのを感じる。

走って逃げようかと思うものの、怖くてできない。

男たちはかぶっていたフードを頭からはずす。

それはよくない兆候だ。それぐらいOにもわかる。


チョンはティムを肩に担ぎ、地面を踏みしめるようにして道を戻る。そして、空いているほうの手でポケットから携帯電話を取り出し、ベンに電話する。

応答なし。

Oにもかけてみる。

同じく。

まずい、とチョンは思う。

「どうした？」とティムが尋ねる。

「なんでもない」とチョンは言う。

そう言って、歩くスピードを上げる。


ハニは桟橋を歩いていく。

ボートは見えない。

あいつらはどこだ？

桟橋の突端で釣りをしている男がいる。

老人だ。

ハニは老人に近づく。「よお、爺さん。どこかよそに行ったらどうだ？」

老人は彼を無視してその背後を見る。

ハオレの娘を。

無礼なやつだ。


「大丈夫か？」とピートはOに尋ねる。

Oは怖くて答えられない。

月明かりの中でも彼女が眼に涙を溜めているのがわかる。その背後に男がひとり立っているが、ふたりのあいだが近すぎる。彼女の友達——確かベンといったか——その友達のうしろにもうひとり男がぴったりくっついて立っている。

「なあ、爺さん」と男のひとりが言う。「耳がよく聞こえないようだな。消えろと言ったんだ」

「聞こえてるよ」とピートは言う。

空気。

キットはそれを吸い込む。

肺をそれで満たす。

なんてすばらしいことか。

波は彼を押さえ込んだあと押し出したのだった。叩きつけ、転がし、岩礁に跳ね返らせ、こすりつけ、彼の傲慢《ごうまん》さを罰したあと、解放したのだった。

そのあとキットは水面に向かったのだった。

血を流し、傷だらけになり、疲れ果て、左肩がはずれた状態ながら、何度か深く息を吸い込むと、彼は片腕で岸に向かって泳ぎはじめる。

Oはピートがまたあの眼つきになったのを見て言う。

「行ったほうがいいよ、ピート」

ピートはうなずくと、釣竿を置いてタックルボックスの中に手を入れる。出てきた手には銃が握られている。三人の男には反応すらできない。ピートはあっというまに三人の眉間を撃ち抜く。

知らないものがときに助けてくれることもある。

彼のほんとうの名はピートではない。フランクだ。

フランク・マシアーノ。

〝フランキー・マシーン〟。

かつて西海岸で最も恐れられたマフィアの殺し屋だ。

この楽園のために彼はそれまでの人生を捨ててきた。

そんなフランキーが○を見て言う。「行ったほうがいい。心配するな。ここはおれがなんとかする」

「ピート――」

「大丈夫だ」と彼は言う。「行け」

フランキーは死体をボートに積んで沖に出ると、海に捨てる。

あとはサメが始末してくれるだろう。

こんなやつらでも……餌にはなる。


エディーは電話を受ける。が、それは期待していた電話ではない。

彼はハオレのことばを聞く。「不運が重なったようだね。おたくの手下たちが戻ることはもうないよ」

ベンには技術がある。

射撃の技術でも、喧嘩の技術でもない。チョンが持つ技術ではない。

ベンには交渉の技術がある。

次に彼は言う。「あんただってこれから死ぬまで背後を気にしながら生きていきたくはないはずだ。それはぼくもだ。だから、ぼくたちはこの島から手を引く。おたくらもそうしてくれ」

「おれは顔をつぶされた」とエディーは言う。

「どうして？」とベンは尋ねる。「何も起こらなかったのに？」

長い沈黙のあと、ようやくエディーは言う。「アロハ」


Oはピートにさよならを言いにいく。

「淋しくなるな」とピートは言う。そして、タックルボックスに手を入れて、タマネギ入りベーグルの目玉焼きサンドを取り出して彼女に渡す。「道中、食べるといい」

「あたしも淋しくなるわ」

「またいつでもおいで」

「いいえ、それは無理」とOは言う。

青い海と緑の山々を見渡すと、遠くの滝に日光が反射してきらめいている。もう来られないのが悲しい。

まさに楽園からの追放だ。

あたしとアダム、と彼女は思う。そしてもうひとりのアダム。

Oは両腕を広げてピートを抱きしめる。「さよなら、ピート」

彼は彼女の髪にキスして言う。「さよなら、娘さん」

これぞ楽園《パラダイス》。

ラスト・ライド

初めて見たとき、その子は檻の中にいた。

　檻としかほかに言いようがない。キャルはそのときそう思った。なんとでも――〝収容センター〟とでも、〝拘留施設〟とでも、〝一時保護シェルター〟とでも――呼べなくもないが、人を何人か集めて金網フェンスの中に入れれば、それは檻だ。

キャルは父親の癌を〝健康問題〟と呼んだときに父親に言われたことを思い出した。

「そのとおりのものはそのとおり言うべきだ」とデール・ストリックランドは息子に言った。「ごまかしちゃ駄目だ」

父の場合、それは骨肉腫であり、この場合は檻だ。

その女の子がことさら気になった理由は今もわからない。どうしてその子なんだ？　あれだけ大勢いたのに、どうしてその子だったんだ？　まったく。フェンスの中には何百人もの子供がいた。なのにどうしてその子がそんなに特別に思えたのか？

その子の眼のせいだったかもしれない。とはいえフェンスの向こうから見つめ返してくる子供たちの大きな眼はみな同じだった――ハイウェー沿いのガソリンスタンドで売ってている絵に描かれている子供たちと同じ大きな眼をしていた。もしかしたら指のせいだったかもしれない。何かに必死にしがみつくように金網をつかんでいた指。鼻水の垂れた鼻のせいだったかもしれない。乾いた鼻水が唇の上にこびりついていた。

六歳より上ということはなさそうだ。キャルはそう思った。

そのときはほんの一瞬、眼が合っただけで檻のまえを通り過ぎた。

檻は飼育場のように混み合っていた。が、檻にはいっているのは家畜ではなく人間で、〝モウ〟とは鳴かず、ことばを発したり、叫んだり、助けを求めたりしていた。あの小さな女の子のように泣いている者もいた。

そんな子供を眼にしながら、キャル・ストリックランドはそのまえをただ通り過ぎた。子供が泣いているのに、どうしてそんなことができた？　クソいい質問だ。が、答はこれしかない――ひとりの人間には何もできない。そういうことがこのクソ世にはクソ多すぎる。

いや、そのとおりのものはそのとおり言うべきだ。ごまかしちゃ駄目だ。

女の子を見たのはそれが最初だった。場所はマッカレンにある〝アーシュラ〟と呼ばれている大きな収容センターで、そこはキャルの受け持ち場所ではなかった。あらゆる物資が不足しているクリントの収容者たちへの支給品――毛布、石鹸、歯磨き粉――をもらいにいっただけだった。

だからその子にまた会うとは思いもしなかった。

なのにまた会った。

つい昨日。

クリントで。

キャルは今、有刺鉄線のフェンス沿いに四輪バギーを走らせ、予想どおりのものを眼にする。

切られた有刺鉄線、踏みしだかれた草むら、不法入国者たちがまえの晩に野宿した跡。小さな焚火をおこした地面が黒くなっていて、ゴミも残っている――古い空き缶、水がはいっていたペットボトルがふたつ、汚れたおむつ。

「くそメキシコ人」そうつぶやき、キャルは四輪バギーを降り、修理キットをつかむ。もっとも、メキシコ人ではなく、エルサルバドル人かホンジュラス人かグアテマラ人だろうということはわかっている。メキシコ人もまだ来るが、以前ほどではない。父親とフェンスを見にくると、ほぼ毎日切られていた九〇年代ほどではない。当時乗っていたのは四輪バギーではなく、馬だった。彼の父親は〝川を渡ってくるメキシコ人《ウエットバックス》〟を呪い、そいつらをここへ連れてきた渡し屋《コヨーテ》どもを撃ってやると脅しのことばを吐いていたが、キャルは自警団の人間が訪ねてきて、仲間にならないかと誘われたときの父親の反応を今でも覚えている。

「おれの牧場から出ていけ」デール・ストリックランドはそう言った。「そんな迷彩服にアサルトライフルなんてまぬけな恰好をしてまたここに現われたら、おれがおまえらを撃ってやる。レミントンの三〇口径の弾丸《たま》しかないが、それで充分事足りるだろうよ」

数日後、一緒にまたフェンスを見にいくと、デール・ストリックランドは息子にこう言った。「やつらが自分の土地を守ろうとするのはむしろ当然だ。そうじゃない。タマが小さいせいでビビってやがるのが気に入らないんだ。おまえがあのアホどもの仲間になるなんて話を聞いたら、おれはこう思うからな。おまえはおれの血をちゃんと引き継いでないって」

キャルが〝やつら〟の仲間になることはなかった。

国境警備隊に志願したのだ。

その主な理由はそれがまともな仕事だったからだ。当時、軍隊を除隊した人間がテキサスのフォート・ハンコックでまともな仕事を見つけるというのは、かなりの難題だった。

と言って、牧場にとどまるわけにもいかなかった。父親が死んだあとはなおさら。姉のボビーがひとりの食い扶持《ぶち》を確保するのがやっとという状態で、それも彼女がどうにか持ちこたえられればの話だった。

毎年乾いていくだけの土と枯草に覆われた土地がたった六百エーカーという牧場で、牧畜で金を生み出すのはどだい無理な話なのだ。で、ふたりはありとあらゆることを少しずつ試してはみたのだが――綿や果樹を育てもした――果物が育つには水が足りなかった。綿のほうは……そう、綿花は国境の向こうでも栽培されており、メキシコの安い労働力には太刀《たち》打ちできなかった。土地を守るには土地を少しずつ売るしかなかった。キャルもしばらくのあいだは地元のあちこちの牧場――ウッドリーの牧場、スティーンの農園、カーライルの大牧場――でカウボーイとして働いてみたのだが、カウボーイの仕事も減る一方だった。牛をロープで捕まえるのも馬に乗るのも上手いほうだったので、ロデオを試してみようかと思ったこともあった。が、それで金儲けができるほどの腕はなかった。

金儲けするにはとびきり上手くなければならない。キャルはそれほどではなかった。で、国境警備隊に志願したのだ。

給料は悪くなく、手当もある安定した仕事だった。国境警備隊はすんなりと雇ってくれた。軍務経験があり、ヒエラルキーに慣れていたキャルは命令に対する服従のしかたというものを心得ていた。国境付近で使われる混成語《スパングリッシュ》を操ることもでき、このあたりで生まれ育ったため、自分の手のひら以上にこの地域に通じていた。ストリックランド家はここが国境になるまえからここで暮らしてきたのだ。

「生まれてからずっと国境をパトロールしてきたようなもんだ」仕事に就くと、彼はそう言った。

だから今はもう牧場には住んでいない。エルパソにある小さなアパートメントが今の住まいで、牧場には週に何度かフェンスを調べにきている。ここ数年、不法移民は減少傾向にあったが、今また増えはじめており、フェンスを切られるのが悩みの種だ。数少ない家畜に逃げられては困る。それもメキシコ側に。彼が覚えているかぎり、昔はよくこんなふうに言われていたものだが。アメリカとメキシコの牧場主は始終国境を馬で行き来して、互いの家畜を盗み合っていると。今そんなことを言ったら、誰もが怪訝《けげん》な顔をするだろう。昨今、国境を越えてくるのは人間と麻薬だ。

切られたフェンスに新しい有刺鉄線を巻きつけ、ペンチでねじる。今週中にまた来てワイヤー・ストレッチャーできつく締めなくては。くそメキシコ人。

四輪バギーを古い柵囲いまで走らせて降りると、彼はパイプを渡した柵に寄りかかる。ライリーが寄ってきて、自分の仕事を機械に取られてしまったことを抗議するかのように鼻を鳴らす。

「悪いな、相棒」キャルは馬の栗色の鼻づらを掻いてやる。「おまえに運んでもらうにはおれは何ポンドか重くなりすぎちまってね」

実際は馬のほうが老いぼれすぎたのだ。かつては牛を群れから引き離すの《カッティング》が抜群に上手いカッティング・ホースだった。引き離す牛がもっといた時代にはいい働き手だった。

彼は桶から穀粒をすくい上げる。老いた馬は彼の手から食べる。

「二、三日したらまた来るよ」

キャルはそう言って、四輪バギーを納屋に戻す。

納屋には父親のピックアップ・トラック、二〇〇一年式の赤いトヨタ・タコマが置かれたままになっている。キャルもボビーもどうしてもそれを処分する気になれないのだ。まったく。まえの座席にはキーが置かれたまま、窓のラックには古い三〇口径のライフルが掛けられたままになっている。

デール・ストリックランドはそのトラックが好きだった。キャルのほうは昔から外国製の車は買うまいとかなり真面目に抗っている。

「日本製のトラックはオイルを差しとけばいつまでも走る」とデールは言った。

キャルの車は白いフォードＦ１５０だ。

車はアメリカ製にかぎる。


家に戻ると、ボビーが朝食を用意してくれている。固ゆで卵が四つ、鎖状のソーセージとベーコン、ブラックビーンズ、熱々のトルティーヤ、コーヒーといったお決まりのメニュー。

「つけ合わせは血管形成術よ」ボビーはそう言ってテーブルに皿を置く。皿には自分の分のヨーグルトと果物がのっていて、ラジオからは〈ナ《N》ショナル・パ《P》ブリック・ラ《R》ジオ〉の番組が流れている。

「そんなくだらない局の番組をどうして聞いていられるんだ？」とキャルは言う。

「あなたがＦＯＸニュースを見ていられるのと一緒よ」とボビーは答える。

ボビーは西テキサスには珍しいリベラル派だ。といって、一角獣ほど珍しいとも言えない。そう、一角獣よりもっとずっと珍しい。西テキサスのリベラル派に比べれば、一角獣も大したことはない。

キャルは実際にはFOXニュースを見ることはあまりない。が、それをわざわざボビーに言おうとは思わない。ニュース自体あまり見ないのだ――〝共産主義者《C》のニュース《N》ネット《N》ワーク〟を見ないのはもちろん。あのチャンネルは憂鬱なニュースが多すぎ、国境警備隊の登場しない日がないのが昨今だ。ジャーナリストはほやほやの糞に群がるハエのように収容センターのまわりに集まってくる。でもって、それが仕事だからと言う。キャルはこっちも仕事だからと言いたくなる。

実際、話をすることが禁止されていなければ言っているだろう。

「やつらは友達みたいなふりをして近づいてくるが、おまえさんをダシにしようとしているだけだからな」上司にはそう言われている。

ついこのあいだも〈ニューヨーク・タイムズ〉（同僚のピータースンなら「ユダヤ《ジュー》ヨークタイムズ」と言うところだが、実のところ、それはピータースンがクソ野郎だからだ）の記者が駐車場で寄ってきて、質問に答えてくれないかと訊《き》いてきた。

「ここで働くのはどういう感じなのか興味があるんですよ」と記者は言った。

キャルは足を止めなかった。

「答えてももらえないんですか？」

見ればわかるはずだ。キャルは足を止めなかったのだから。

「答えるなと命令されてるんですか?」記者はキャルの手に名刺を押しつけてきた。「ニューヨーク・タイムズのダニエル・シャーマンです。話したくなったらよろしく」

キャルは名刺をシャツのポケットに入れた。〈ニューヨーク・タイムズ〉の記者に話をするのはこの世で最悪のことというわけでもない。それでもワイヤーブラシで尻を拭くことの次ぐらいには来る。

ボビーは疲れた顔をしている。

赤く長い髪は薄くなっていて汚れており、三日まえと同じよれよれのTシャツを着ている。

疲れていないわけがない。キャルはそう胸につぶやく。町の〈ソフィーズ〉でウェイトレスをやりながらの牧場の維持。それがストレスにならないわけがない。しかも十八歳の息子は〝合成麻薬《オピオイド》問題〟を抱えている。

その息子ジャレッドはエルパソにいて、役立たずの父親と暮らしており、自動車修理工場に勤めているはずだが、ほんとうに父親と暮らし、工場で働いているのか、キャルは疑っている。ボビーも同じように思っているのではないか。息子はヘロイン漬けの路上生活者なのではないか。だとしたら、疲れた顔をしていて何が悪い?

実際、疲れている。

そんな姉が今、彼に訊いている。「仕事はどうなの?」

「仕事は仕事さ」キャルは肩をすくめる。

「ニュースを見たわ」

「ラジオしか聞かないのかと思ってたよ」とキャルは応じる。

「子供たちを親から引き離して檻に入れてるって？」とボビーはたたみかける。「この国はそういうことをするようになったの？」

「おれは自分の務めを果たそうとしてるだけだ」とキャルは答える。「その中には好きでやってるわけじゃないこともある」

「でも、あなたはあいつに投票したじゃない」

「おれは姉さんの姿を投票所で見なかったけど」とキャルは言う。

「きっとそうだと思って」

その推測はあたっている。ボビーはいつも正しい。キャルは確かにあの男に投票した。しかし、それは夫が誰かに口で奉仕されたからといって、ホワイトハウスを手に入れられるなどと考えているような女に投票するわけにはいかなかったからだ。

おまけにその女は民主党の候補だ。

「ライリーのことをどうにかしなきゃならない」とボビーは言う。

「わかってる。でも……」

「でも、何？」

「でも、まだ早い」とキャルは言う。

「遅かれ早かれしなきゃならないことよ」とボビーは言う。「獣医にかかるお金だけでも

「……」

「獣医の払いはおれがしてる」

「それはわかってるけど」キャルは立ち上がる。「ガキどもを檻に入れにいかなきゃ」

「ねえ、そういう言い方はやめて」

キャルは立ち上がって姉の額にキスをする。「朝めしをご馳走さま。今週中にまた寄るよ。フェンスを調べに」

キャルはピックアップ・トラックに向かう。朝の七時だというのにすでに汗ばむ陽気だ。こういう陽気を〝乾いた熱〟などと言ったりもするが、そういうことを言えば、それはオーヴンの熱も同じこと。

昨日、またあの幼い女の子を見かけた。

クリントに移送されていたのだ。

つまり、親が見つかっていないということか。

まあ、親から引き離したのはこっちだが。

クリントの施設は町の南のアラメダ通り沿いに整備された、いくつかの長方形の敷地内にある。国境まで四マイルほどのところに。

エルパソへは二〇号線に乗って西へほんの六マイル。

施設は、大きなソーラーパネルで電力をまかなっている以外、これといった特徴のない建物群だが、キャルが思うに、ソーラーパネルを使うのは理に適っている。ここで唯一大量に得られるのが太陽光なのだから。

ただ、クリントの施設はもともと人を収容するためのものではなかった。

パトロールに繰り出すための一種の前線補給基地としてそもそも建てられたのだ。実際、パトロールがキャルの仕事の大半を占めている。ほかのふたりの隊員と一緒にクリントから馬匹《ばひつ》運搬車を牽引して国境へ行き、そのあと馬に乗ってドラッグの密輸ルートや不法移民の入国ルートを捜索する。

彼の父親がテレビでよく見ていたジョン・ウェインの古いモノクロ映画さながら。「現代の騎兵隊ね」と一度ボビーに言われたことがある。

キャル自身はそういうふうには見ていないが、姉の言いたいことは理解でき、母国を守るというまっとうな職務のために鞍の上で長い一日を過ごすこの仕事が気に入っている。文字どおり人を救うこともある。〝メディア〟がそれを報じてくれることはめったにないが。時折、足跡からして道に迷ったのが明らかな不法入国者の集団を見つけることがあるのだ。そうして見つけてやらなければ、気温摂氏三十八度の猛暑の中、脱水症と日射病で命を落としたにちがいない人々だ。そんなふうに人の命が救えると、その瞬間、キャルは仕事のやりがいを心底覚える。

しかし、間に合わないこともある。死体が見つかるだけの日もある。それはあまりいい瞬間ではない。見つかるのが女子供の死体の場合は特に。そんなときには、キャルは北をめざすだけで行き方も教えず、食べものも水も与えず、彼らをそこに置き去りにした渡し屋《コヨーテ》を呪わずにいられない。

できることなら、コヨーテどもを撃ち殺し、死体をフェンスか鉄条網の上にさらしてやりたくなる。そいつらが何者なのか知らないわけでもないのだ。そう、そのうちのひとり、ハイメ・リベラとは高校で一緒だった。

その昔、ハイメは国境など存在していないかのようにふたつの国を行き来していた。フォート・ハンコックの学校にかよっていたと思ったら、ふっと姿を消し、やがてまた戻ってくるといった按配《あんばい》だった。

アメリカンフットボールのチームでも一緒だった。キャルはハイメがタイトエンドのときにはすぐ横のレフトタックルの位置によくついた。連れ立って国境を越え、辺鄙《へんぴ》な砂漠《たく》の真ん中でピックアップ・トラックを停めて、ビールを一緒に飲んだりもした。そんな類いの友達だった。

で、結局、ハイメは国境の向こう側に落ち着いた。メキシコで大麻を少しばかり密輸して暮らすほうがいいと判断したのだ。そのことについてキャルはことさらどうとも思わなかった。が、やがてハイメは不法入国に関わりはじめた。それもそれだけなら気に障ることもなかっただろう。おなじみの牧羊犬ＶＳコヨーテの国境をめぐるバトルとしか思わなかっただろう。ただ、移民たちから金を巻き上げると、あとは彼らがどうなろうと知ったことではないというのがハイメのやり方だった。

つまり、こういうことだ——かつてはチームメイトだったという事実をきれいさっぱり振り払えたら、キャルは自ら進んでハイメの頭に銃弾をお見舞いし、その死体をハゲタカと本物のコヨーテの餌食にするだろう。

本人に向かってそのとおり言ったこともある。

砂漠で母子の死体を見つけた日のことだ。その夜、酒を飲みすぎたせいもあり、キャルはエル・ポルベニールのハイメの電話番号を調べ——そう、出かけていってじかにどやしつけてやってもいいぐらいだったが——本人に電話で言ってやったのだ、おまえの死体を日にさらして干からびさせてやりたいと。

「だったら、こっちに来てそうしたらどうだ、兄弟?」とハイメは言った。「どっちが死肉になるか試してみようぜ」

「ああ、おまえのオフェンスがすごかったのは認めるよ」とキャルは言った。「でも、ブロックはまるでなってなかった」

「ブロックなんてしたくなかったからな」とハイメは言った。「でも、キャル、悪気はないんで悪く取るなよ。おれの番号はわかってるようだからいつでも言ってこい。本気で金儲けしたくなったら。あの犬の糞みたいな牧場も手放さずにすむかもしれないぜ」

キャルがハイメを憎むのと同じだけハイメもキャルを憎んでいる。キャル・ストリックランドには邪魔ばかりされてきたからだ。キャルは国境警備隊がこれまでに雇った中でも図抜けて優秀な隊員で、近隣の小径も茂みもすべてを知り尽くしており、待ち伏せを仕掛けるのがとんでもなくうまく、これまでハイメの手下を何人も刑務所送りにしている。

旧友の首に報奨金を懸けられるなら、ハイメは迷わず懸けるだろう。

その報奨金は高額になるだろうが。

キャルは今、クリントに着き、駐車スペースを探している。簡単なことではない。駐車場の半分はあふれた収容者のための巨大なテントに占拠されているからだ。物置も倉庫も仮設の監房になっている。

キャルはピックアップ・トラックから降りる。

抗議の連中は早くから来ていて、英語とスペイン語で〝子供たちを解放せよ〟と書かれたプラカードを掲げている。記者はふたりほどだ。ほとんどの記者はもう飽きてしまって、次のネタを追うことにしたのだろう。

キャルとしてはそれで一向にかまわない。

抗議の連中のまえを通って、オフィスにはいる。

机の向こうにトワイラがいる。

祖母ならトワイラのことを〝骨太〟と呼んだにちがいない。長身で腰幅と肩幅が広く、黒いショートヘアでブルーの眼をしている。動きは生まれたての仔馬のようにぎごちない――トワイラが歩くのを見ていると、何かが起こるのを待っている気分になる。祖母なら〝動きに引っかかりがある〟とでも言いそうな歩き方だ。クリントで囁かれる噂によれば、イラクで即席爆弾《IED》に吹き飛ばされ、手術で入れた金属片がまだ尻に埋まっているのだそうだ。

ほんとうかどうかはわからないが。

ただ、キャルには自分がトワイラを好きなことだけはわかっている。すごく。おそらくは好きすぎるほど。

仲間だから。

それともピータースンがまえに言ったことがあたっているのかもしれない。「友達の範疇《ゾーン》にいるからさ、兄弟。一度そこにはいってしまうと、エンドゾーンにははいれない」何を言おうと、ピータースンがクソ野郎であることに変わりはないが。

キャルがはいってくるのを見て、トワイラは笑みを浮かべる。「今日も楽園《パラダイス》日和じゃない？」

「えらく暑い楽園になりそうだ」

「もうなってる」

〝キャル〟と呼んでくれと彼女に自己紹介したときには、「それってカリフォルニアの略？それともキャルヴィン？」と訊かれたのだった。

「キャルヴィン」

「『キャルヴィンとホッブス』のキャルヴィンね」とトワイラは言った。

「ええ？」

「新聞の漫画よ」とトワイラは言った。「男の子とトラの」

「どっちがキャルヴィンなんだ？」

トワイラは少し考えてから答えた。「覚えてない。たぶん男の子のほうかな」

「ならいい」とキャルは言った。「猫は好きじゃないんだ」

「犬派？」

「馬派」

「馬には乗ったことがないわ」

「どこの出身だい？」とキャルは訊いた。ありえないことに思えたからだ。

「エルパソよ」と彼女は答えた。

「都会っ子ってわけだ」

「たぶん」

今、キャルは尋ねる。「何か目新しいことは？」

「いつもとおんなじよ。日が変わっても」

「じゃあ、パトロールに行ってくる」とキャルは言う。ここを出たくてたまらない。

「それが残念ながら、そうはいかないのよ、お兄さん」とトワイラはクリップボードを掲げて言う。「次の命令が来るまであなたは収容者の監視よ」

「おいおい――」

「危機が去るまでは総力を挙げて対処したいんでしょうよ」とトワイラは言う。「わたしの世界へようこそ。そろそろ数を数える時間ね」

「数？」

「これからあなたは看守になるんだから、カウボーイ」とトワイラは言う。「囚人の数を数えるのよ。全員そろっているかどうか確かめるの」

それであの女の子をもう一度見かけることになったのだった。

クリントの〝収容者〟は施設内のいくつかの建物――かテント――に収容されている。キャルとトワイラが監視を任されたのは一番大きな建物だ。

女の子が今いるのは今度は檻の中ではない。大きな監房として使われているシンダーブロックの部屋の片隅だ。そこにたったひとり。ひとりでいるのは、残っている子供のほとんどが男の子であるために、分けておかなければならないからだ。大人からも離さなければならない。大人たちは部屋の反対側に入れられていて、そのあいだには金網フェンスが張られている。

女の子は床に坐ってキャルを見上げる。

忌々《いまいま》しいあの眼で。

「この子はどうしてここに？」とキャルは尋ねる。

「ルースのこと？」とトワイラは訊き返す。「みんなと同じよ。エルサルバドル人の移民。親と一緒にマッカレンで審査を受けて、親から引き離されたのよ。四十一、四十二、四十三……」

子供の数はほぼ毎日変わる。解放されてアメリカ在住の身内に引き渡される者もいれば、グループホームに送られる者もいる。親と再会して強制送還させられる者も数人いるが、ほとんどは全国各地の施設へ移送される。

「この子はどのぐらいここに？」とキャルは尋ねる。

「三週間？　四十四、四十五……」

「それは通常の七十二時間よりちょっと長いけど」とキャルは言う。

法律では、子供については三日以内に手続きを終えて、親に引き渡すか、認可された身内や友人のもとへ送られることになっている。

「親が見つからないのよ」とトワイラは言う。「わかっているのは強制送還されたということだけで。メキシコにいるかもしれないし、エルサルバドルかもしれないし、どこにいてもおかしくない」

「娘を捜してるはずだ」

「でしょうね」とトワイラは言う。「でも、どこを探せばいいか母親にわかるかしら？　四十六、四十七……」

そうだな、とキャルも思う。現状のシステムは滅茶苦茶だ。だいたいのところ子供たちは全国各地に多数ある収容センターに連れていかれる。テキサスだけでもカーサ・パードレや、カーサ・グアダルーペや、トルニーロのテント村などがある。まったくもって、シカゴの施設に送られた子供たちさえいる。

「それでこれからどうするんだ？」とキャルは尋ねる。「どういう計画になってる？」

「計画なんて立てられたことがあった？」とトワイラは訊き返す。「四十八、四十九……」

キャルはルースに眼を向けてスペイン語で話しかける。「大丈夫だ。きっと大丈夫」

女の子は答えない。

「声を出さなくなったの」とトワイラは言う。「四日ぐらいまえから。それまでは泣いてたのに。今は泣きもしない」

「誰かに診《み》させた？」

「週に二度、難民再定住室《ORR》のカウンセラーが来てる」とトワイラは答える。「でも、ここには二百八十一人の子供がいるのよ。今朝数えたところでは。数えるのを手伝ってくれる気があるなら、この建物には六十五人いるはずよ」

「数えることだけはちゃんとやれてるわけだ」キャルはどうにか女の子から眼を離し、トワイラのあとについて部屋を横切る。

「キャル、保護犬症候群にはやられないでね」

「なんだい、それは？」

「意味はわかるはずよ」とトワイラは言う。「動物保護センターに行って、そこで保護されてる子犬が全部気に入ったのに、家に連れて帰れるのは一匹だけだとしたら？　言っとくけど、ここの子は誰ひとり連れて帰れないのよ」

「あの子には家族が必要だ」

「それには異論はないけど」とトワイラは言う。「だったら、どうすればいいの?」

できるかぎりのことをすればいい、とキャルは心の中でつぶやく。抗議の連中やメディアには理解できないだろうが、おれたちも怪物ではない。現状でできるかぎりのことをしている人間だ。それが充分ではないというだけで。石鹸も、歯磨き粉も、生理用品も、タオルも、清潔な衣服も、薬品も、医者も、職員も、昼夜の時間も足りないというだけで。おれが投票した男はなんの準備も戦略もなく戦争をおっぱじめた。その結果がこれだ。子供たちは、髪にはシラミが湧き、水疱瘡《みずぼうそう》や疥癬《かいせん》にもかかり、泣きっぱなしだ。ボビーの家でNPRのラジオ番組が始終流れているように、泣き声はとだえることがない。ただ、ラジオとちがうのは、聞くと胸が痛み、それを心から締め出せないことだ。

ロジャー・ピータースンは別だが。

「おれにはもう聞こえなくなったがな」と彼は言う。「精神修養の賜物《たまもの》だ」

確かに精神的なものだろうが、〝修養の賜物〟というのはどんなものか。

「そもそも親が子供を連れてきたのがまちがってるんだ」とピータースンは言う。「悪いのはおれたちじゃない」

「子供たちが悪いんでもないわ」とトワイラは言い返す。

「だったらおれたちはどうすりゃいいんだ?」とピータースンは尋ねる。「門戸を開け放して世界じゅうの不幸な子供をすべて受け入れるのか?」

「たぶん」とトワイラ。

ピータースンは言う。「あんたはイラクのせいで頭がごちゃごちゃになってるんだ」

「もうやめろ」キャルがあいだにはいる。

ピータースンはにやけた笑みを浮かべて立ち去る。

「言い返すぐらい自分でもできるから」とトワイラは言う。

「わかってる。おれはただ――」

「あなたが何をしようとしてくれたのかはわかってる」とトワイラは言う。「でも、やめて。正義の味方が必要になったら、おとぎ話を読むから」

「わかった」キャルは降参する。「いるはずの子供は全員いたかい？」

「いたわ。数は合ってる」とトワイラは言う。


どうしてわたしはあの人にあんな意地の悪い態度を取ったの？　その夜、トワイラは自宅のアパートメントに戻る途中、自問せずにいられない。

服を脱ぎ、そのまま洗濯機に放り込む。クリントで働くことの問題のひとつだ。あれだけの汚い収容者とその汚い衣服のそばにいるせいで自分の服も臭くなる。においがしみつくのだ。国境警備隊の隊員が部屋にはいっていくと、町の人が鼻をつまむことすらある。

トワイラはシャワーを浴び、しばらく湯に打たれたままにおいが肌から削ぎ落とされるのを待つ。

自分が汚い気がするのはにおいのせいだけではない。

トラウマを負って緊張病に陥りかけているあの小さな女の子のせいでもある。たぶん、だからこそ、キャルにあんなふうにあたってしまったのだ。それともピータースンに痛いところを突かれたからかもしれない。ピータースンにとってはまぐれあたりだったかもしれないが。あるいはキャルに対して抱いてはいけない感情を抱いているからか？

キャルが向けてくる眼にはたまに気づいていても、彼女は男にそんなふうに見られることに慣れていない。部隊の誰もが女に飢えていたイラクでも、彼らはわたしを同性愛者と見なして誰ひとり誘いをかけてこようとはしなかった。

自分が不恰好なのはわかっている。芸術好きでボヘミアンに憧れながら、まちがってエルパソに生まれた母が、有名なダンサーのトワイラ・サープに因《ちな》んだ名前を娘につけたのがどれほど皮肉なことかもよくわかっている。

それに、まったく。姓も恰好悪い。

カンピッチュ。

高校では意地悪な女の子たちに〝ぶきっちょ《ランピッチュ》〟と呼ばれていた。

トワイラ・ランピッチュ。

あの恐ろしい四年間とコミュニティ・カレッジでの無意味な一学期を経て、自分に最も適した居場所は軍隊だと判断し、志願したのだった。爆弾に吹き飛ばされたのは、駐留期間をまもなく終えようとしているときのことだった。名誉除隊となって病院を退院すると、すぐに国境警備隊に志願した。人工股関節のせいでいくらか足を引きずりながら。警備隊は常に女性の隊員を求めていた。多少の欠陥品でもかまわないほど。

左の尻の大きな傷痕に眼をやる。これもまたわたしを醜く見せているものだ。もっとも、それは男と裸の尻を見せるまでの関係になったらの話だが。イラクへ行くまえには軽くつきあった相手がふたりほどいたが、その後はいない。傷痕を見せたくないだけでなく、寝ることでほかのことも知られてしまうのが怖いのだ。

シャワーを終えると、体を拭き、ローブを羽織って夕食らしきものをつくりに小さなキッチンに行く。毎週土曜日には、スーパーマーケットに行って電子レンジで温めるだけの冷凍食品を七つ買ってくることにしている。家には皿が一枚、フォークとスプーンとナイフが一本ずつ、飲みもの用のグラスとコーヒーカップがひとつずつしかない。

もっとも、本人はそんなふうにすっきりと質素で単純な暮らしが気に入っている。つくるのも簡単なら、片づけも簡単。狭いアパートメントは常にきちんと整理整頓されている――軍隊式のベッドメイキング、きちんとたたまれてラックに置かれたタオル。

整えられるものはすべて整えておく。

ハンバーグによく似たソールズベリー・ステーキとマッシュポテトとコーンの冷凍食品を温め、テレビのまえに坐って食べる。テレビではテキサス・レンジャーズの試合が中継されている。きちんと線が引かれていて数もすっきりしているので、野球は好きだ。三振は必ずアウトで、スリーアウトで必ず一イニングが終わるところがいい。

キャルは厳密にはハンサムとは言えない、と胸につぶやく。髪も薄くなりかけているし、ベルトの穴も右より左のほうが多い。でも、眼は悪くない。それに面白いし、口調もやさしい。なにより親切で、あんな眼でわたしを見てくれる。まるでわたしがきれいだとでもいうかのように。

なのに、何？　あんたは意地悪だった。

野球の試合が七回にはいって盛り上がりを見せているときにそれが始まる。毎晩というわけではないが、何度も経験しているのでその兆候はわかる。具合が悪くなることから始まり、頭痛がして、やがてまばたきが止められなくなる。

立ち上がって、シンクの上の棚に置いてあるジムビームの瓶を取りにいく。必ずグラスに注ぐようにしているのは、瓶からじかに飲むようになると、それはもうその時点で飲酒に問題を抱えていることになるからだ。わたしは飲酒に問題など抱えていない。彼女はそう思っている。

薬のようにグラスの中身を飲み干す。ある意味、薬であるのは確かだ。味はあまり好きではないが。好きなのは心を落ち着けてくれる作用のほうだ。これからやってくるものを少しのあいだでも防いでくれるかもしれないことが期待できる。

瓶をしまう手が震えている。

バスルームに行ってドアを閉め、音を消すためにドアにタオルを押しつける。それから、ひんやりとしたタイルの床に横たわる。知らぬうちに胎児のように身を丸めている。装甲車の中に戻っている。脳震盪《のうしんとう》を起こした頭がずきずきと痛み、体の側面は肉が切り刻まれて骨が砕けている。燃える車の中に閉じ込められたまま、血が流れ、叫び声が響き、傷ついた仲間たちが死んでいく中、自分の悲鳴が聞こえる。トワイラは両手で耳をふさぎ、それが終わるのを待つ。必ず終わる。必ずやってくるのと同じように。

キャルは彼女を頭から追い払えずにいる。

あの小さな女の子、ルースのことが頭から離れない。

あの眼。

おれを見上げて……責めている?

あるいは訊いている。

何を?

助けてくれる? ママとパパを見つけてくれる? もしかしたら、あなたはどんな人なのかと訊いているのか?

クソいい質問だ。そう思いながら、キャルはファストフードのブリトーの銀紙を開く。それには多少技術が要る――片手でハンドルを握り、もう一方でブリトーを半分引き出して口へ持っていくには。それでも、ドライヴスルーのスタッフに名前を覚えられるほどには練習を積んでいる。

キャルは三十七歳で妻子もなく、エルパソの東部にあるありふれたワンベッドルームのアパートメントに、借りた家具を入れて暮らしている。二年まえにはかなり真剣につきあった恋人がいた。幼稚園の先生で、グロリアという名の悪くない女だったが、「あなたの心に触れられない」ということで振られた。

「あなたは内向的すぎる。だからわたしはあなたの心に触れられない」そう彼女は言った。「触れようとすることに疲れてしまった。もうこれ以上は無理よ」

キャルは彼女の言う意味がわからないふりをしたが、ほんとうはわかっていた。おふくろが親父についてよく同じようなことを言っていたのだ。おふくろが出ていったのはそのせいだったのだろう。自分も親父と同じであることはわかっている。でも、たいていの人にあてはまることではないだろうか、その人の最善の部分が最悪の部分に囚《とら》われているというのは。そのため外に出てくることがないというのは。

ホットソースの小袋を歯で開け、中身をブリトーにしぼり出しながら、キャルは考える。もしかしたら、それは国にしても同じなのかもしれない。最善の部分はしまい込まれていて、誰にも気づかれないだけなのかもしれない。それがたとえ子供たちを檻に入れている国だとしても。

それで、結局、おまえはどういう人間なんだ？

クソいい質問だ。

翌朝、キャルはオフィスにはいってトワイラに尋ねる。「あのルースって子のファイルはあるのかな?」

トワイラは青ざめていて、具合が悪そうに見える。眠れなかったのか、疲れた様子だ。

「ファイルは全部難民再定住課《ORR》が持ってるわ」と彼女は答える。

「ルースのファイルを取り寄せてくれないかな?」

トワイラは厳しい眼を向けて尋ねる。「どうして?」

キャルは肩をすくめる。

「ねえ、駄目よ」とトワイラは言う。

「身内を見つけてやれるんじゃないかと思って」とキャルは言う。

「つまり、ORRも、保健福祉省《HHS》も、国土安全保障省《DHS》も、アメリカ自由人権協会《ACLU》も見つけられないでいるのに——」とトワイラは言う。「キャル・ストリックランドなら見つけられるというわけ?」

「おれはただ連中がどれぐらい頑張って捜してるのかって思っただけだ」とキャルは言う。

「だって連中には何千人という子供たちがいるんだからね。一方、おれにはこの子だけだ」

「あなたにはこの子だけ?」とトワイラは訊く。「そのことについては警告したはずよ、キャル」

「自分の面倒は自分でみられるよ、トワイラ」

「まあ、こうなるんじゃないかとは思ったけど」と彼女は言う。「いいわ、ORRの女性と今夜一緒にビールを飲むことになってる。でもって、その人は悪い人じゃない。でも、約束はできないわよ」

「助かる」

ふたりにはこういう瞬間がある。

ただ、それをつかもうと手を伸ばすことができない。ふたりのどちらとも。

翌朝、トワイラは薄いファイル・フォルダーをキャルに渡す。

「ビールを三杯奢《おご》らなきゃならなかった」とトワイラは言う。「よく飲む人なのよ。でも、こういうのはしちゃいけないことよ。だから見たらすぐに捨てて」

「恩に着る」

夕食に誘う絶好のチャンスだ。お礼としてビールを一杯だけでもとかなんとか。なのにキャルには口からことばを押し出すことができない。何も言わず、ファイルを持ってピックアップ・トラックを停めたところに向かう。

女の子の姓はゴンサレスで、エルサルバドル人だ。

母親はガブリエラ、二十三歳。五月二十五日にルースとともに国境のこちら側をうろついているところを捕まった。マッカレンにある大きな施設で手続きがおこなわれ、そこに二日間拘置されたのち、ルースは母親から引き離され、クリントへ移された。

収容移民たちには全員外国人番号《Aナンバー》が割り当てられる。

ルースの番号は０２７８９８９５７１。

ガブリエラは六月一日にマッカレンから強制送還された。エルサルバドルに戻る飛行機に乗せられた。

娘を残して。

きっと心配のあまり気も触れんばかりになっていることだろう。キャルはそう思うが、ファイルには母親が連絡してきたことを示す記述はない。ORRのホットラインに電話してきたという記録もない。ただ、ホットラインは設置されたばかりなので、母親がその存在を知らない可能性もある。手続きをおこなったセンターにも、ORRにも、DHSにも、移民・関税執行局《I C E》にも連絡の記録はない。が、そもそも誰に電話すればいいのかすらわからないのかもしれない。

まったく。法律扶助の弁護士でさえ、この略称《アルファベット・スープ》だらけの機関を扱うのには苦労している。英語を話さない教育のない若い女がビビるのは当然だろう。

まだ生きているとして。

エルサルバドルから逃げ出したのには理由があったはずで、戻ったときにもまだ問題は解決していなかったのかもしれない。

それに父親はどこにいる？

ファイルにはアメリカに身内がいるという情報はない。ルースを引き取ってくれる人間はいない。

となると、あの子はどうなるのだろう？　キャルは考えをめぐらす。グループホームに入れられるか、里子に出されるか？　あるいは十八歳になるまで保護観察下に置かれるのか？　それでどうなる？　あの子が非合法的な存在であることは今となんら変わらない。

彼女を待っているのは希望のかけらもない人生だ。

もちろん、運に恵まれ、愛情あふれる温かな家族に引き取られ、手厚い世話をしてもらえる可能性もないではない。それでも、自分はどうして実の母に捨てられたのかという問いは常につきまとうだろう。あるいは、運に恵まれず、ぞっとするようなグループホームに入れられることになるのか、里親とうまくいかず精神的・肉体的・性的虐待のいずれか、もしくは三つすべてを受けることになるのか。そうした可能性は低くない。

だからこそ母親を見つけなければならない。

キャルは監房から始めることにする。

クリントに収容されている七百人のうち、三分の一はエルサルバドル人なので、そのうちひとりかふたり、ガブリエラ・ゴンサレスを知っている人間がいてもおかしくはない。ただ、ＯＲＲは彼らの記録を見せてくれない。

「すでに規則を破ってファイルをひとつあげたのよ」とＯＲＲの女性は言う。「全員のファイルをこっそり漁らせるなんて、そんなのは無理よ」

「つまり、こう言いたいわけだ」とキャルは言う。「おれたちはここにいる人たちの身の安全には責任がある。なのに、ここにいる人たちの記録を見ることは許されない。どうしてだね？」

「このところの大騒ぎで保健福祉省《HHS》は面目丸つぶれだからよ」と彼女は言う。「メディアは悲しい話ばかり報道したがる。HHSがそういう話をもっと広めてほしがってるなんて、あなた、思う？」

「メディアなんかに渡すつもりはないよ」とキャルは言う。「幼い女の子の母親を見つけたいだけだ」

「それはあなたの仕事じゃなく、わたしの仕事よ」

「だったら、あんたが捜すべきだ」

「できるかぎりのことはしてるわ」と彼女は言う。「でも、ひとつ訊かせて、ストリックランド隊員。その母親は娘を見つけようとしてるの？　ファイルは見たはずよ。連絡を取ろうとした形跡はいっさいないのよ。電話一本すら。母親が見つかりたくないと思ってる可能性については考えてみた？　単純に娘を捨てたということは？　わたしは福祉関係に長くいるの。ゴミ箱に捨てられた赤ん坊も見てきたの」

キャルには自分の顔が赤くなったのがわかる。「いや、そういうことは考えなかった」

彼女はしばらくキャルを見つめてから口を開く。「今夜ここへ来たら、もしかしたらオフィスのドアの鍵が開いてるかもしれない。でも、妙なことを考えたら、ストリックランド、カナダ方面の国境警備にあなたを転勤させるから。あなたのナニが凍って、縮こまって、ちっちゃな水晶玉みたいになって、もげちゃうようなところに」

「恩に着る」

「いいえ」と彼女は言う。「恩になんか着ないで。後生だから恩になんか着ないで」


その夜、警備隊のオフィスに戻ると、トワイラがいる。

「ここで何をしてるんだ？」とキャルは尋ねる。

「ダブルシフトよ」と彼女は答える。「超過勤務手当がつくから。それよりあなたのほうこそ何をしてるの？」

キャルは答えない。

「単純な質問なんだけど、キャル」

「きみを巻き込みたくない」

「具体的にわたしは何に巻き込まれるの？」

「きみは知らないほうが――」

「偉そうに」そう言って、トワイラは背を向けると立ち去る。

キャルがORRのオフィスに行くと、ドアに鍵はかかっていない。

ファイルはあまり整理されておらず、眼を通すだけで何時間もかかる。決まった書式も様式もない。出身国が書かれたものもあれば、書かれていないものさえある。逮捕の日付があるものもあれば、施設に収容された日付しかないものもある。

キャルはできるかぎりのことをする。

まず、エルサルバドル人のものであるファイルをすべて選び出す。

二百八十人分。

ここへ来る途中に〈セブン－イレブン〉で買ったメモ帳に名前を写し、マッカレン近郊で五月二十五日前後に逮捕された人間を探す。川を渡ってくる不法入国者は集団で来ることが多い。

運に恵まれる。

七人見つかる。

キャルは収容される際に撮られた写真のコピーを取り、メモ帳に書いた名前のうち七つに下線を引く。そのあとすべてのファイルをもとあった場所に戻す。

廊下に戻ると、ピーターースンが立っている。

「夜中になんでこんなところにいる？」とピーターースンは訊いてくる。

「ロッカーに財布を忘れたんだ」

ピーターースンはにやにやする。「今夜はトワイラが勤務中だったよな」

「へえ、そうかい？」

「知らなかったってか？」と彼は訊く。「ふうん、ちょいとお愉しみに戻ってきたわけじゃないんだ」

「あんたはほんと、クソだな。自分でわかってるのか？」

「むきになるなよ。ただの冗談だ」とピータースンは言う。「あんただってちょっとは陽気にならなきゃ、キャル。ただでさえここは陰気な場所なんだから。ここじゃガキどもが年じゅう泣きわめいてるんだから」

「あんたにはその声はもう聞こえないんだと思ってたが」

「ここのクソガキどもがおれにとってどういう存在かわかるか？」とピータースンは訊いてくる。「たんまりと超過勤務手当をもたらしてくれるお宝だ。おかげで新しいピックアップ・トラックが買える」

「それはよかったな」

「おれもそう思う。でも、なあ、いいか――あんたとあのトワイラにちょっとばかりふたりきりの時間が必要だったら、おれが勤務を代わってやるからさ。どのぐらいかかる？二分でいいか？　おいおい、笑えよ、冗談なんだから」

「もう行くよ」

「トワイラによろしくな」とピータースンは言う。「あんた自身がよろしくやってもいいけど」

ドアから出ようとすると、ドアを開けたところでトワイラに訊かれる。「めあてのものは手にはいったの？」

「だいたいね」

「キャル――」

「ええ？」

「あなたのことが心配」と彼女は言う。

「ああ、おれもおれのことがちょっと心配だ」

キャルはそう言って、ドアの外へ出る。


キャルは翌朝一番で金網フェンスで区切られた大人の収容エリアへ行くと、七人のエルサルバドル人の名前を呼ぶ。

名前と外国人番号を。

誰も答えない。

みな眼を合わせようとせず、不安と疑いのまなざしを返してくる。当然だとキャルは思う。そもそも彼らをここへ入れたのはおれと同じ制服を着た人間なのだから。

「ソロ・エストイ・トラタンド・デ・アユダール」と彼は言う。「力になりたいだけだ」

そんなことは誰も信じない。

キャルは部屋の反対側にいるルースを指差す。「エサ・ニニータ・ポル・アリー」あそこにいる幼い女の子。

女の子を助けようとしているということも誰も信じない。

疲弊し、汚れ、腹をすかせ、怯え、怒りに駆られ――もはや何も信じられなくなっている。

アメリカという国を信じていない。

「わかった。だったら地道に調べるだけだ」とキャルは言う。写真を持って収容エリアをまわり、ひとりひとり見比べて写真の人間を見つける。が、役立つような情報は誰ひとりもたらしてくれない。

ガブリエラ・ゴンサレスを知っている人間はひとりもいない。

彼女の娘を知っている人間も。そこにいる姿は見えても。

一緒にメキシコ経由でアメリカに来た人間もいない。

一緒に川を渡った人間も。

わからない《ノー・セ》、わからない《ノー・セ》、わからない《ノー・セ》、わからない《ノー・セ》。

「何をしてるの？」とトワイラに訊かれる。

「あの子のママを見つけようとしてるのさ」

「どうやって？　収容されてる人たちをいたぶって？」とトワイラは訊く。

「きみにはいい考えがあるのか？」

トワイラは言う。「いいえ、でも、あなたにはないX染色体がある」

「どういう意味だ？」

「女だってことよ」とトワイラは答える。「ねえ、ここにいる男たちは絶対口を割ろうとしない。でも、女性は割るかもしれない。それでも男には割らない。ここへ来る途中におそらく半分はレイプされるか、少なくとも襲われかけたはずなんだから。残りの半分も男が惹き起こした争いから逃げてる人たちよ。それなのに、あそこへずかずかはいっていって脅したりしたって――」

「脅してなんかいないよ――」

「知ってた？　あなたは大男だって、キャル」とトワイラは言う。「制服姿だし。そういうのを暗黙の脅迫というのよ」

「ええ？」

「わたし、コミュニティ・カレッジで一学期過ごしたの」と彼女は言う。「ねえ、わたしにやらせてみて」

「言ったはずだ――」

「言われたことはわかってる」とトワイラは言う。「でも、もうたわごとは言わないで、キャル。わたしは自分のやりたいことをする」

「わかった」

「わかった？」

わかった。

ここ三日ほど最悪の夜が続いている。

普通、発作に襲われるのは週に一度ほどなのに今日まで三日続けて襲われた。理由はわからない。おそらく超過勤務のせいだろう。あるいはストレスのせいかもしれない。

トワイラはドロレスというエルサルバドル人を見つけに大人の収容エリアにはいる。相手は十四歳の息子がトルニーロの仮設テントにいることがわかった女性で、ORRは母子を再会させようとしているが、書類仕事に永遠とも思われる時間がかかっている。

混み合った監房でスペースを見つけるのはむずかしい。それでもふたりは隅へ行く。ドロレスはほかの女たちに険しい眼を向け、しばらくこっちに来ないようにという意を伝える。

「困ったことになる？」とトワイラは訊く。「こうしてわたしと話してるのを見られたら」

「困ったことになるとしたら、それは彼女たちであたしじゃない」

確かにとトワイラは思う。ここでドロレスと悶着を起こそうとする者はいないのだろう。女たちのリーダー。おそらくは男たちのあいだでも。

「何を知りたいのさ、ミ・イハ？」とドロレスはトワイラに尋ねる。

トワイラはドロレスに〝娘《イハ》〟と呼ばれ、妙な気分になる。「わたしの友達のキャルが――」

「大男の」

「大男の」

「そいつは何を考えてるの？」

「男のことならわかるでしょ？」

「ああ、わかる」とドロレスは言う。「それで、あんたの男は――」

「わたしの男じゃないわ」

「あんたは自分に嘘をついてる、ミ・イハ」とドロレスは言う。「あたしにじゃなくて。あんたの男はルースの母親を見つけようとしてる」

「力になってくれる?」

沈黙。

「女同士として」とトワイラは言う。

さらなる沈黙。

「あなたも母親でしょ、ドロレス?」

トワイラは答を待つ。

「ここに何か知ってる人間がいるかもしれない」とドロレスは答える。

「助かるわ」

「息子に電話させてくれる?」

「それはなんとかできると思う」

女同士として。

ドロレスは息子に電話する。

キャルはめあての男を見つける。

男の名前はラファエル・フロレス。ガブリエラと一緒にエルサルバドルからやってきた。

彼女より一日早く川を渡って同じ日に捕まり、マッカレンが満員だったのでクリントに移送されてきたのだ。

「まえに訊いたときにはあんたは何も知らないと言った」とキャルは言う。

「それはまえだったからだ」

「それはつまりドロレスに説得されるまえということか？」

ラファエルはうなずく。三十四歳で、妻とふたりの子供はすでにニューヨークにいるのだが、彼のほうは祖父の葬儀のためにエルサルバドルに一旦戻り、再入国しようとして捕まったのだった。

「ドロレスは何を約束した？」とキャルは訊く。

「グラノラバー」

「グラノラバー？」

「グラノラバーをもっとくれるはずと言ってた」とラファエルは言う。「持ってきたか？」

「話がさきだ」とキャルは言う。「話してくれたら、グラノラバーを用意する」

檻の中では誰も博愛主義者にはなれない。キャルはそう思う。

ラファエルはエルサルバドルの首都サンサルバドルのガブリエラ・ゴンサレスと同じ地区《バリオ》の出身であることがわかる。

「彼女を知ってるんだな」とキャルは言う。

「多少は」

「国を出た理由は？」

細かいところはちがっても大すじはみな変わらない。

ガブリエラの夫エステバン――ルースの父親――はギャング団のマラ・サルバトルチャの人間だった。ギャングの一員になりたかったわけではないが、その地域のその界隈ではギャングに加わるか、レンタ――見かじめ料――を払うかしか商売をして生き残る道はない。で、小さなタコスの屋台を持っていたエステバンはタトゥーを入れ、ギャング《マレロ》の一員になったのだった。

その結果、鉄拳《マノ・ドゥラ》政策でギャングを締めつけていた政府の暗殺部隊が、エステバンを通りの真ん中にひざまずかせ、妻子の眼のまえで頭を撃った。暗殺部隊の隊長はその場でガブリエラにその夜もう一度来ると告げた。

それはつまり、口に拳銃を突っ込まれるか、ナニを突っ込まれるか、どちらか選べということだ。

ガブリエラは娘を連れて約束の地《エル・ノルテ》へ向かう移民の集団に加わった。移民申請をするつもりで。

「ガブリエラにはこっちに身内がいるのか？」とキャルは訊く。

ラファエルが知るかぎりいない。「でも、ゴンサルベス一家についちゃおれはあんまり知らないんだよ」

「今なんて言った？」

「ゴンサルベス一家についちゃおれはあんまり知らないんだ」

五分後、キャルはORRのオフィスにいる。

「ありうるわね」とORRの女性は言う。「そう、ルース・ゴンサルベスについての問い合わせが来てたとしても、コンピューターで調べてもルース・ゴンサレスのことは何も出てこないはずよ」

「二文字ちがってた」

「わかってる。女の子の外国人番号で問い合わせてくれていれば――」

「母親には娘の番号がわかってた？」

「とはかぎらないわね」と言ってORRの女性はため息をつく。

「つまり、職員が名前をまちがって登録したせいで、母親が子供を見つけられずにいるわけだ」

「ストリックランド隊員、あなたにだってわかるでしょ、わたしたちはいったいどれだけ大勢の――」

キャルはオフィスを出る。

ラファエルのいとこの友人の妹がガブリエラ・ゴンサルベスの叔母と同じ職場で働いていることがわかる。

その叔母は携帯電話を持っている。

「その番号をORRに渡して、そこからさきはORRに任せるのよ」とトワイラはキャルに言う。

「これまでよくやってくれてるから？」

「あなたが深みにはまりつつあるから」とトワイラは言う。

「親父がよく言ってたよ。〝川を半分渡ってしまったら、水の深さについて心配しはじめてももう遅い〟って」

「すごい名言ね。お父さんの名言はほかにもあるの？」

「山ほどある」とキャルは答える。「たとえば、〝ちゃんと仕事を終えたかったら、自分でやることだ〟とかね。この電話をかけたら、わかったことはすべてORRに伝えるよ」

キャルはその叔母に電話をかける。

こんな返事が返ってくる。「いいえ、ガブリエラはここにはいないわ」

「国に帰ったんですね？」とキャルは訊く。

「ええ、でも、また国を離れたわ」

少なくとも生きてはいるわけだとキャルは思う。「どこへ行ったかわかりますか？」

「メキシコよ」と叔母は言う。「娘を見つけようとしてるの」

「娘さんはここにいます。ペンか鉛筆か何か書くものを持ってます？」キャルは叔母にルースの外国人番号とスペルをまちがって登録された名前を伝えてから訊く。「ガブリエラは電話を持ってますか?」

「いいえ、電話は持ってないけど、わたしに電話するとは言ってた」

「電話してきたら、ここの番号を知らせてあげてください」

「そうします」と叔母は言う。「ルースは元気ですか? 大丈夫なの?」

「ママを恋しがってます」とキャルは答える。

それぐらいのことしか彼には言えない。


ハイメが電話をかけている。「やあ、どうだ? どうなってる? 何かおれが知っておかなきゃならないことはないか?」

「あんたの古い仲間《クアテ》のストリックランドだが」とピータースンは答える。

「やつがどうした?」

「ガブリエラ・ゴンサルベスという名前のクソ女《セローテ》についてあれこれ訊きまわってる。ここにその女のガキがいるんだよ」

「やつの目的は?」

「知るかよ」とピータースンは言う。「でも、檻を揺らしてまわってるのは確かだ」

「わかった。引きつづき眼を配っててくれ」

「引きつづきおれ宛ての封筒も遅れないようにな」

「おれは麻薬《ピル》をやってるからな、白人の兄弟」とハイメは言う。「だから月のものが遅れることは絶対ないよ」

ハイメはそう言って電話を切る。

あのくそカウボーイのキャルはいったい何を企んでやがるんだ？　ハイメは考えをめぐらす。エルサルバドル人のその子供の何がそんなに気になるんだ？

しかし、ここで大切なのはこれがおれにどんな利益をもたらすかだ。


キャルはライリーの面繋《おもがい》に曳《ひ》き綱をつけ、柵囲いから曳き出す。馬は鞍をつけられるものと期待するが、がっかりすることになる。キャルは自分の目方を馬に預けようとは思わない。

並んで歩き、未舗装の古い道を歩き、綿畑だったところへ向かう。今は市場を広げつつあるハラペーニョを植える人が多いが、それには灌漑が必要で、キャルはボビーにはそのための新しい設備を整える資金がないことを知っている。

しかし、親父だったら、大喜びで飛びついただろう。キャルはそう思う。親父は薄く切ったハラペーニョを何にでものせ、どんなものにもタバスコを振りかけていた。まるで食べものにナイフを何度も突き立てるみたいに瓶を振っていたものだ。

「ほんとうにメキシコ人の血は引いてないの？」父親が卵にハラペーニョを混ぜるのを見て、キャルは一度訊いてみたことがある。

「おれが引いていたら、おまえも引いてることになる」とデールは答えた。

「もっと最悪のこともあるから」とキャルは言った。

「確かに。銀行家の血を引いてるとかな」

それはない。

テキサスのこのあたりにはストリックランドという姓を持つ人間が大勢いるのだが、だいたいふたつに分類できる。〝金持ちのストリックランド〟と〝金のないストリックランド〟だ。キャルがどちらの血を引いているか。言うまでもない。

ライリーがうしろから鼻づらを押しつけてくる。もう少し速く歩けないかね？

「何か用事でもあるのか？」とキャルは訊く。それでも足は速めてやる。暑くなってきたので、ライリーはキャルが建てた東屋《あずまや》の日陰に早く戻りたいのだろう。

歩きながら考えをめぐらす。ルースの母親は――ルースを〝捨て〟て、電話のひとつも寄こさないと思われていた女は――エルサルバドルに戻されると、子供を見つけるためにエルサルバドルを出て、アメリカの国境に続く長く危険な旅路にまた就いていたのだ。

母親としてできるだけのことをしようとしているのだ。

キャルはしばらく綿畑のなれの果てを眺めてから、踵《きびす》を返し、ライリーを連れて柵囲いに戻る。

クリントに行くと、ＯＲＲの女性が会いたいと言ってくる。

なんともやさしいことに。

「ルース・ゴンサルベスの家族を見つけたって聞いたんだけど」と彼女は言う。「わたしにも教えてくれる？」

キャルは知っていることをすべて話し、ガブリエラの叔母の電話番号を伝える。

「その叔母さんに連絡して、ガブリエラが電話してきたら、直接わたしに電話するよう伝えてもらうことにするわね」と女性は言う。「ここからあとはこっちで対応するから。それで問題ないわね？」

上司の支局長からも同じことを言われる。廊下でばったり出会うなりこう言われたのだ、おれはチームの人間に〝勝手な真似《カウボーイ・シット》〟をされるなんてことだけは我慢ならないと。だったら、最初からカウボーイなんか雇わなきゃよかったんだ。キャルは胸にそうつぶやく。

ルースが眼を向けてくる。

あの眼は何を見てきたのだろうとキャルは思う。

「ちょっとだけ食べさせることができたわ」とルースのケースワーカーが言う。

「もっと食べさせないと」とトワイラ。

「まもなくこの子を母親に返す可能性があるって聞いてるけど？」とケースワーカーは尋ねる。

「ああ」とキャルは答える。

「よかった」と彼女は言う。「だって、そうじゃないと……」

よかったはずなのに、そうじゃなくなる。

二日が過ぎ、三日が過ぎる。

ガブリエラから連絡はない。

彼女からも彼女の叔母からも。

やがてそれももうどうでもよくなる。キャルはそう聞かされる。


「いったい、どういうことだ？」キャルとしてもつい声が大きくなる。

ＯＲＲの女性は応じて言う。「こうして説明するのは特別よ。あなたには関係のないことなんだから。でも、あなたとしても知りたいだろうと思うから言うのよ」

暗殺部隊に殺されたルースの父親、エステバン・ゴンサルベスは二〇一五年に数ヵ月アメリカに不法滞在していて、飲酒運転で起訴され、強制送還されていた。ＯＲＲは犯罪歴のある保護者に非同伴小児を引き渡すことはない。

「それだけじゃなくて、この父親はギャングとも関わりがあるのよ」と女性は言う。

「そいつはもう死んでるんじゃないのか！」

「さらに言えば、母親もギャングと関わってる」と彼女は言う。「おまけに連絡もしてこない――」

「こっちが名前をまちがって登録していたせいだろうが！」

「――だからこの件は養育放棄の案件と見なされる」

「母親の居場所がわかってもルースは引き渡さない。そういうことか？」とキャルは言う。

「そういうことになるわね」

「その場合、どうなるの？」とトワイラが横から尋ねる。

「保護してくれる身内がアメリカにいないと見なされ、女の子には養子縁組の手続きが取られることになると思う」と女性は言う。

キャルは机に身を乗り出して言う。「その、女の子には、母親が、いるんだ。なのにか？」

「どこに？」と女性は訊く。「どこにいるの、ストリックランド隊員？　どこにいるの？」

キャルは酒飲みではない。

が、今夜は別だ。

トワイラとともに一〇号線沿いの〈ママシータ〉へ行くと、ピッチャーを注文し、お代わりも頼む。

「馬鹿らしく聞こえるでしょうけど、わたしがイラクに行ったのは、アメリカを愛してたからよ」とトワイラが言う。「今はもうこの国のことがわからない。わたしが思ってたのとはちがう国になってる。内側の何かが壊れてしまった」

「このままにしておくわけにはいかない」

「どうするつもり、キャル？」

「わからない」

人は愉しく飲むこともあれば、怒りに任せて飲むことも、むっつり飲むこともある。今、ふたりはむっつり飲んで黙り込む。やがてキャルが口を開く。「失うことにうんざりしたりはしないかい？」

「どういう意味？」

「おれたちはここ数年ずっと失いつづけているような気がする。ちがうか？」とキャルは言う。「職を失い……土地を失い……昔の自分を失う。おれはもう失うのにはうんざりだ。きみは？」

トワイラは首を振る。「もともと持ってないものを失うことはできない」

「きみは何をもともと持ってなかったんだ？」

トワイラはピッチャー越しにキャルをしばらく見つめてから言う。「気にしないで」

「気になるよ」

「そう？」

「ああ」

ややあってトワイラは言う。「キャル、わたし……そう、どうしても意識しちゃうのよ……腰のこととか……足を引きずることとか」

「おれは気にならないけど」

「わたしは気になるのよ」と彼女は言う。「だって、その、わたしは、そう、きれいじゃないし」

「おれのほうはブラッド・ピットにまちがわれてばかりでね」とキャルは言う。

彼女は改めて感心したような眼を彼に向けて言う。「今の、悪くないわ」

ふたりの距離が一気に縮まる。もう少しで、ふたりは立ち上がってどちらかの家へ行き、ともにベッドに倒れ込み、おそらくは恋に落ちることになる。

が、そこでキャルの電話が鳴る。

番号を見ると、メキシコからだ。

「おまえか、キャル？」ハイメの声。「なあ、女を探してるって聞いたんだ。名前は……ちょっとメモを確認させてくれ……ガブリエラ・ゴンサルベス？」

「その女がどうした？」

「それが今ここにいるのさ」とハイメは言う。「なあ、そんなに会いたいなら、こっちに来て会ったらどうだ？」

ふたりはキャルのピックアップ・トラックに乗っている。

「上司《うえ》に任せましょう」とトワイラは言う。

「任せたらどうなるか、もう思い知ったよ」とキャルは言う。

「ねえねえ、どうするつもり?」

「女の子を母親のもとに連れていく」

「そう言うと思ったけど」とトワイラは言う。「でも、女の子を連れ出したら、誘拐になる。連邦犯罪よ。終身刑を食らうことになる」

「たぶん」

「もしくはハイメ・リベラに殺される」

「たぶん」

「わかった」と彼女は言う。「クールなカウボーイを気取りたければそうしてればいいけど、こんなの狂ってる。キャル、あなたは正気じゃないことをしようとしてる」

「だったら、今おれたちのしてることは正気の沙汰なのか?」とキャルは訊き返す。「子供を母親から引き離すのは正気の沙汰なのか? 子供を檻に入れるのも正気の沙汰なのか?」

「確かにおかしいわよ」とトワイラは言う。「でも、それを正すのに人生を捨てるのはちがうと思う」

「あの女の子の人生を捨ててもそれは正せない」

「あの子は何千人といる子供のひとりよ」とトワイラは言う。「すべての子供を救うことはできない」

「でも、ひとりは救える」

「たぶん」

「たぶんで充分だ」とキャルは言う。「でも、きみを巻き込みたくはない。知らなければ、罪に問われることもない」

「あなたに罪を犯させるつもりはないわ」

「おれを密告するか？」

トワイラは彼から眼をそらし、窓の外を見やる。「いいえ」

「本気で思ったわけじゃない」とキャルは言う。「きみはそんなことはしない人だ」

「お願い、やめて」とトワイラは懇願する。「このままだともう二度とあなたに会えなくなる。そんなのは嫌よ」

「きみもおれも自分たちの望むものが手にはいる人間じゃない」とキャルは言う。

「……そうね」

そう言って、トワイラはドアを開けて車から降りると、乱暴にドアを閉める。

キャルはそのあと彼女が自分の車に乗って走り去るのを見送る。

トワイラはアパートメントに戻って思う。今日はシンクの上に置かれたボトルの世話にならずにすむと。すでに飲みすぎるほど飲んだ。

少しも酔ってはいないにしろ。

キャルは停めた車の運転席にしばらく坐ったままでいる。そのあとルース・ゴンサルベスとガブリエラ・ゴンサルベスとトワイラのことを考えながら自宅に向かう。が、途中でピックアップ・トラックをUターンさせ、トワイラのアパートメントに向かう。

そして駐車場に車を停めると、やはりやめるべきかと考える。人にはときに自分の車のドアを開けることが何にもましてむずかしくなることがある。が、キャルはどうにかそのドアを開ける。

外階段を二階へのぼり、ドアのまえに立ってベルを鳴らそうとする。おそらく五分はそうしている。その間、五度帰りかける。

彼女は来てほしいと思っていたのかどうか。そのことを何度も考える。

最後にどうにかベルを鳴らす。

「帰って！」という声が聞こえてくる。

「トワイラ、キャルだ！」

永遠とも思える三十秒が過ぎ、ドアがほんの少し開き、顔が見える。対向車のヘッドライトのように真っ白だ。頬には涙の跡。トワイラは眼を見開き、体を震わせている。眼には不安のようなものが浮かんでいる。

いや、不安ではない。

恐怖だ。

「帰って、キャル」と彼女は言う。「お願い」

「大丈夫？」

「お願い」

「はいってもいいかな？」

トワイラの顔が歪み、キャルがそれまで見たこともないような表情になる。トワイラは叫ぶ。「帰って、キャル！　お願い！　帰ってって言ったの！　わたしのことは放っておいて！」

無理にでも中にはいるべきだ。

中にはいって彼女を腕に抱き、何にこれほどひどく痛めつけられているにしろ、それから守ってやるべきだ。彼女と恐怖とのあいだに立ちふさがるべきだ。

それがおれのやるべきことだ。

そう思うのに、キャルはそうしない。

帰って、と言われたそのことばに従う。こんなふうに眼のまえでドアを閉められたのは、彼が八歳のとき以来のことだ。母親が家を出ていったあとドアはもう二度と開くことがなかった。開いても母親がそのドアから中にはいってくることはなかった。

今はキャルがその場を立ち去る。

トワイラはよろよろとバスルームに戻ると、床にくずおれる。

彼に抱いてほしいとしか思わなかった。彼の肌を自分の肌に感じることで、今この瞬間にとどまっていられるかもしれないと思った。葬られ、燃え盛る棺から引っぱり出してもらえるかもしれないと思った。彼は長い夜のあいだずっとそばにいてくれただろう。日がまた昇り、また壊れた一日が始まるのだとしても。彼と一緒なら足を引きずりながらでも、この慣れない奇妙な国を歩んでいけるかもしれない。そう思ったのに。

でも、わたしは彼を追い返した。

無理やり。

追い払った。

なぜなら、わたしたちはそれぞれが別々の檻にはいっているからだ。

押し入るなど誰にもできない檻に。

できるのは破って外へ出ることだけだ。

それさえわたしたちはまずしない。

キャルはフェンスに沿って歩く。

どこも切られていない。

彼の父親はよく言っていた――たいていの人間は大きな犠牲を払わずにすむなら、正しいことをするものだ。だけど、大きな犠牲が必要なときに正しいことができる者はきわめて少ない。

「だから――」とデールは続けた。「すべてを犠牲にするとなったら、正しいことをする人間などひとりもいないだろうよ」

「父さんはするよ」とキャルは言った。

「そんなに信用しないほうがいい」

しかし、キャルは信用していた。あの頃はまだ若かったから。もう若くはないが、実は今でも信じている。

ライリーのところへ行き、餌をやってから鼻づらを撫でて話しかける。「おまえは昔からとてもいい馬だった。知ってたかい、そのこと？」

ライリーは、ああ、言われなくてもわかってる、とでもいうように頭を上下に動かす。

キャルは背後に拳銃を隠し持っており、一歩さがると、拳銃を持ち上げる。

ライリーはじっと見つめてくる――何をしてるんだね？

キャルは拳銃をホルスターに戻す。

家に戻ると、テーブルに夕食が用意されている。キャルは坐って食べる。牛肉のステーキ、ローストポテト、グリーンビーンズ。

「できなかったのね？」とボビーが訊く。

「ああ」

「獣医に連絡するわ」

「一日か二日待ってくれ、いいだろ?」

「どうして?」

「どうしても」とキャルは言う。「最近ジャレッドから連絡は?」

「またリハビリ施設にはいってる」

「その費用は?」とキャルは訊く。

「今あるお金じゃ払えないわね」

「あと何エーカーか売るんだな」

「そうしなきゃならない」とボビーは言う。「そう言えば、このまえ売った土地には安っぽいタウンハウスが建つらしい。でもって、〝なんとかなんとかメドウズ〟って名前をつけて売り出すらしい」

「タウンハウスを買った連中はそれでカウボーイごっこができるわけだ」とキャルは言い、ポテトにフォークを突き刺して口へ運ぶ。そのあと尋ねる。「親父が始終かけてたレコードを覚えてる?」

「『ブラッド・オン・ザ・サドル』」とボビーは答える。「あの歌、大嫌いだった。まったく、どうして思い出したの?」

「どうしてかな」キャルは立ち上がる。「行かなくちゃ。夕食をご馳走さま」

「急ぎの用事?」

「夜のシフトだ」キャルは姉の頭にキスをする。「愛してる」

「わたしも」

キャルは外に出てピックアップ・トラックを納屋まで走らせる。納屋にはいって、父親の古いトヨタのエンジンをかけてみる。が、バッテリーがあがっている。自分のトラックに戻ってジャンピングスタート用のケーブルを持ってくると、トヨタのエンジンがかかる。

「日本車ってのは」とキャルは心の中でつぶやく。

トヨタを納屋から出し、フォードF150を納屋に収める。

そしてトヨタに乗って外の道に出る。胸につぶやきつづける。正しいことは正しいことは正しいことだ。

そのとおりのことはそのとおり言うべきだ。

ごまかしちゃ駄目だ。

トラックを走らせていると、トワイラから電話がかかってくる。

「ゆうべはごめんなさい」と彼女は言う。

「謝る必要はないさ」とキャルは言う。「おれのことや何やかやでひどく怒っていたのはわかるから」

「そういうことじゃないの」と彼女は言う。「ただ……ねえ、キャル、ゆうべの話、あれってただの酔っぱらいのたわごとよね？」

「ああ」とキャルは答える。「ビールが言わせたことだ。自分を大物に見せようとぺらぺらしゃべりすぎた。朝、素面《しらふ》になって……そう……改めて考えたら……そんな馬鹿なことはしないよ」

「よかった」とトワイラは言う。「あとで会えるわね？　夜のシフト？」

「ああ」

「だったらそのときに」と彼女は言う。

「トワイラ、きみほうは大丈夫？」

「ええ、キャル。大丈夫よ」と彼女は言う。「というか、だいぶましになった」

どうしてキャルは夜のシフトに現われないのか、トワイラは訝《いぶか》る。

電話してみる。

すぐに留守番電話につながる。

メッセージは残さない。

ルースはコンクリートの床の上で眠っている。すくい上げて腕に抱くと、ようやく眼を覚ます。

「エスタ・ビエン、ノー・ボイ・ア・ラスティマルテ」とキャルは言う。

大丈夫、きみを傷つけたりしないから。

部屋に張られた金網フェンスの向こうでは、ほとんどの人が眠っている。ただ、ドロレスがひとりのぞき込むようにしてじっと見ている。

キャルはその眼を見返す。

ドロレスはうなずく。

キャルはルースを抱いて廊下を進み、横のドアから外に出る。彼女をトヨタのピックアップ・トラックの助手席に乗せると、シートベルトを締め、運転席に乗り込んで車を出す。

トワイラは人数を数えはじめる。

一、二、三……

キャルからはまだ連絡がない。

いったいどこにいるの？　何があったの？

二十二、二十三……

辞めてしまったの？　こんな仕事はクソ食らえって。ほんとうに辞めちゃったの？

四十四、四十五……

六十六、六十七……

六十七。

六十八……六十八人目はいない。

ああ、嘘、キャル。嘘でしょ？

トワイラは部屋を駆けて戻る。

ルースがいない。

ああ、まさか。嘘でしょ？

ドロレスがじっと見つめてくるのがわかる。「あの子はどこ？」

ドロレスは肩をすくめて言う。「イーダ」

行ってしまった。

トワイラはめまいを覚え、壁に背をあずける。

そのままずるずると床にくずおれる。

数秒後、立ち上がって警報を鳴らす。


キャルは一〇号線沿いのトラック・ステーションに車を停める。

そしてハイメ・リベラに電話する。「いつどこで？」

「今決めなきゃ駄目か？」

「今決めるんじゃなきゃ、二度と連絡しない」

「わかった」ハイメはしばらく考えてから言う。「昔一緒に町の外に出てビールを飲んだ場所を覚えてるか？」

覚えている——エル・ポルベニールの南東にある深い涸《か》れ谷——伸び放題の雑草と低木の茂みが砂地になだれ込んでいる辺鄙な場所だ。「いつ？」

「明日朝一番で」

「わかった」

「愉しみにしてるよ、兄弟《ホス》」

キャルは電話を切り、ルースに言う。「ヤ・ブエルボ」

すぐに戻る。

西行きの十八輪トラックが停まっているところに近づき、カリフォルニアのナンバープレートがついているトラックを見つけると、あたりを見まわして誰も見ていないのを確かめ、携帯電話をうしろのバンパーの内側にはさみ込む。

それから自分のピックアップ・トラックに戻ると、ハイウェーを東に向かう。

今日一日ひそんでいられる場所を見つけなければならない。

トワイラは厳しい尋問を受けている。

支局長のオフィスに呼ばれ、支局長とORRの女性と移民・関税執行局《ICE》の捜査官に責め立てられている。

「彼はどこにいる?」とICEの捜査官が訊く。

「わかりません」

支局長が言う。「きみとストリックランドは親しいんだろ?」

「それほどには」

「ピータースン隊員からはそう聞いているが」

「その……キャルとは同僚です」とトワイラは言う。「うまくやってはいましたが……」

「この女の子を連れ出すことについては何も言ってなかったのか？」とICEの捜査官が訊いてくる。

トワイラはわざと眼を合わせる。イラクでわたしが経験した以上の何があなたにできるっていうの？「いいえ」

「ほんとうに？」

「そんなことを言われていたら、覚えているはずです」

支局長が言う。「きみのシフトのときに起こったことだ」

「わかっています」

「責任はきみにある」

「ええ」

「さらなる懲戒処分がくだされることになるかもしれないが――」と支局長は言う。「とりあえずきみを停職処分にする。私から連絡があるまで自宅待機だ。言うまでもないが、本件については他言無用だからな」

「わかりました」

ICEの捜査官が念を押す。「頼むからメディアにだけは何も言わないでもらいたい」

トワイラはオフィスを出て、ロッカールームに向かう。ロッカーから何かを取り出しているピータースンを見つけて、シャツをつかみ、壁に背中を叩きつけてやる。「ロジャー、今度わたしの名前を口に出したら、ただじゃ……すまない……からね」

「わかった」

トワイラはピータースンを放し、歩み去る。

まったく、キャル、なんていうことをしてくれたの？

「とんでもないことになる」とＩＣＥの捜査官が言う。「こんなことが表沙汰になったら……」

親子分離政策についてはメディアにしつこく追及されている。子供を収容している施設が収容基準を満たしていないことについても。そもそも親を見つけられずにいるさなか、子供がいなくなった？　おまけに連れ去ったのは不法侵入を監視していた警備隊員？　勘弁してくれ。

「どうすれば表沙汰にしないでいられる？」と支局長が訊く。「ストリックランドを見つけるにはＩＣＥ、国境警備隊《ＢＰ》、地元警察、州警察、ＤＨＳが総力を挙げる必要がある。今頃はもうニューメキシコにいるかもしれない。州境を越えているとしたら、ＦＢＩの扱いになる……」

「誘拐なんだから、すでにＦＢＩの扱いです」とＩＣＥの捜査官は言う。

「だったら、誰が捜査の指揮を執ることになる？」と支局長は訊き返す。

「こっちでやります」とICEの捜査官は答える。

「だったらFBIにそう言ってやるんだな」と支局長は言う。「いずれにしても、ワシントンには知らせなきゃならないだろう」

「怒りまくるでしょうね」とICEの捜査官は言う。

「だったらメディアから知らされたほうがいいのか？」と支局長は言う。「どっちにしろ表沙汰になるのは防げない」

「誰が連絡するか、じゃんけんで決めますか？」とICEの捜査官は言う。

「口をはさんで悪いけど――」とORRの女性が言う。「いなくなった子供については何も思わないんですか？」


キャルはテキサス州ファベンズでハイウェーを降り、マクドナルドのドライヴスルーに車を乗り入れる。

ソーセージと卵のマフィンとコーヒー、ハッピーセットとミルクを注文する。そして、ノース・ファベンズのモーテルへ行く。

「ここで待ってて《エスペラ・アキ》くれ」

ルースはいつものように何も言わずに眼を向けてくる。彼女がピックアップ・トラックから降りずにいることはわかる――言いつけは必ず守るようだ。

「キャルはモーテルにはいり、フロントデスクに歩み寄る。「一晩部屋はあるかな？」

「何名さま？」とフロントの中年女性は訊いてくる。

「おれだけだ」

「ツインの部屋なら用意できるけど」と女性は言う。

「それでいい」

「八十九ドル」と女性は言う。

キャルは現金で支払う。

女性は紙を差し出す。「ここに名前を記入して、ここに宿泊料金と喫煙不可について了承のイニシャルをお願いします。あとは車のナンバー、車種を記入して、ここにサインしてください」

キャルは偽のナンバーを記入してサインする。嘘をつくのには慣れていないが、もうすでに不正行為に手を染めている。

「ありがとうございます、ミスター・ウッドリー」

フロントのうしろには〝アメリカを《メイク・アメリカ》ふたたび偉大な国に《グレート・アゲイン》〟のステッカーが貼ってある。

だからそうしようとしてるんだ、とキャルは胸につぶやく。

キャルはルースを部屋に連れてはいり、ベッドの一方に坐らせる。

それからハッピーセットとミルクを渡して言う。「ティエネス・ケ・コメール」

食べなきゃ駄目だ。

部屋はありふれたモーテルの一室だ。緑色の壁、プリント柄のベッドカヴァー、ストライプのカーテン。窓のそばでうるさい音をたてているエアコンは暑さに刃向かおうとはしているものの、すでに勝負はついている。

キャルはテレビをつける。

アニメのチャンネルを見つける。

「テ・グスタン……」アニメをスペイン語でなんというか思い出せない。「アニメは好き《テ・グスタン・アニメ》、だろう？《ベルダード》」

「スポンジ・ボブ」

キャルはルースがことばを発するのを初めて聞く。

「ああ、そうか、スポンジ・ボブか」とキャルは言う。それがなんであれ。「アオラ・コメス、ビエン」

さあ、食べるんだ、いいね。

ルースはテレビに眼を釘づけにしたまま、小さなハンバーガーを手に取ってかぶりつく。

キャルはミルクのパックを開けてやる。自分も大昔には子供だったという以外に子供のことは何も知らないが、子供の頃ミルクを飲んだことは覚えている。「エスタ・タンビエン、シー？」

これもだ、いいね？

ルースは一口飲む。

「ブエナ・ニーニャ」とキャルは笑みを浮かべて言う。

いい子だ。

ルースは笑みを返してはこない。それでも、テレビに眼を据えたままミルクとハンバーガーを交互に口に運ぶ。

キャルはバスルームに行き、バスタブに湯を張る。部屋に戻ると、ハンバーガーは消えている。

「バニェラ」と彼は言う。

風呂だ。

「ベン・アオラ。ロス・カルトゥーンズ・セギラン・アキ」

さあ、来るんだ。アニメはなくならないから。

ルースは立ち上がってあとをついてくる。キャルは石鹸を渡して言う。「サベス・ケ・アセール、ベルダード？」

どうすればいいかはわかるね？

ルースはもじもじする。

「ノー・テ・プレオクペス」とキャルは言う。「ノー・テ・ボイ・ア・ミラール」

心配は要らない。見ないから。

キャルは背を向ける。「ベス？」

ほらね？

少しすると、床に服が落ちる音がし、やがて水の音が聞こえてくる。キャルは「アセ・スフィシエンテ・カロール？」と訊く。

ぬるくないか？

「うん《シー》」

「デマシアード・カリエンテ？」

熱すぎる？

「ううん《ノー》」

「その小さな瓶にはいってるのが《アイ・ウナ・デ・エサス・ペケニャス・ボテリャス・デ》……えっと……シャンプーだ」とキャルは言う。

「チャンプー」

「シー、チャンプー」

ルースは髪を洗う。

キャルはうしろに手を伸ばし、泡を流せるように蛇口をひねる。ルースはその下に頭を突き出す。

少ししてから、キャルはまたうしろに手を伸ばしてタオルを渡す。ルースはバスタブから出て体を拭くと、タオルを体に巻きつける。ルースが部屋に戻ってきたのを見て、キャルはテレビを指差して言う。「すぐに戻るから」

ルースは彼のことばを気にもとめていないように見える。

テレビがあればいいのだろう。

キャルは彼女の服を持って階下《した》のフロントへ行き、コインランドリーはあるかと尋ねる。ある。彼は洗剤を買って洗濯機をまわすために二十五セント玉を手に入れる。ルースの服――古びた赤いスウェットシャツと黄色いTシャツとジーンズと白い靴下――は汚れていて悪臭を放っている。それを洗濯機に入れ、洗剤の粉を振り撒き、スロットに二十五セント玉を突っ込んでボタンを押す。洗濯機は大きな音をたてて動きはじめる。キャルは二十分はかかると踏んで部屋に戻る。ルースは眠っている。

キャルは自分のベッドからカヴァーを剝がして掛けてやる。

それから、リモコンを手に取ってチャンネルをFOXニュースに替える。

画面から写真の自分が見返してくる。

移民・関税執行局《ICE》のお偉方の女性がマッカレン収容センターの担当者からこの件を引き継ぐ。


そして、指名手配通知《BOLO》をすべての機関――国境警備隊《BP》、ICE、地元警察と州警察、麻薬取締局《DEA》――に流し、エルパソのFBI支局にも通知する。次いでありとあらゆるメディアに連絡し、協力を要請する――ニュースと公共広告《PSA》を流してください。疑わしい精神状態の国境警備隊員が職務を逸脱し、ルース・ゴンサレスという六歳の女の子を誘拐しました。

民間に協力が要請される。

この男と女の子を見かけたら、ただちにこの番号に連絡してください。

八〇〇から始まるホットラインに。

国境警備隊《ＢＰ》の支局長、ピータースン、ＩＣＥの捜査官がフォート・ハンコックに車で向かい、ストリックランド家の牧場を見つける。

牧場と呼べるほどのものはもうあまり残っていないが。

車が来るのに気づいて、ボビーがキッチンから出てくる。

キャルの身に何かあったのではないかと恐怖に駆られながら。撃たれたか何かしたのではないかと。〈ＮＰＲ〉しか聞いておらず、ラジオではまだキャルのニュースを流していない。

ＩＣＥの捜査官がその場を仕切る。

「ロバータ・ストリックランドさんですか？」と彼は尋ねる。

「キャルの身に何か？」

「会ってないんですか？」

「キャルは無事だと言って」

「われわれの知るかぎりではね」とＩＣＥの捜査官は言う。「お宅を見てまわってもかまいませんか？」

「どうして?」

彼はキャルのしたことを説明する。

「弟にはいつ会った、ボビー?」とピーターースンが訊く。

「きみたちは知り合いなのか?」とICEの捜査官は尋ねる。

「高校が一緒だった」とボビーが答える。「百年もまえのことよ。キャルには今日の夜、会った」

「何時頃?」

「さあ」とボビーは答える。「夕食どきよ」

「それ以降は会ってない……?」とICEの捜査官は尋ねる。

「ええ」

「見てまわっても?」

「ご自由に」とボビーは言う。

一行は家の中から始める。

キャルはいない。その痕跡もない。

「あんたの弟も困ったことになったもんだ」とピーターースンがボビーに言う。

「あんたは今も手でやってくれるところへ行ってるわけ、ロジャー?」とボビーは言い返す。「それとも、まだ家で自分でやってるの?」

一行は納屋にはいる。

ボビーもそのあとに続く。納屋にはキャルのピックアップ・トラックが停められている。

「キャルの車だ」とピータースンが言う。

「くそっ」ICEの捜査官がナンバープレートを見て言う。「ほかに車は？」

「わたしのだけよ」ボビーが古びたシボレーを指差して答える。

ICEの捜査官は納屋の外に出て地面を見下ろす。「車庫から出ていく別のタイヤの跡がある。これはあの150のタイヤじゃない」

ボビーは肩をすくめる。

「ミズ・ストリックランド――」

「ミセス・ベンソンよ」とボビーは言う。「十五分ばかり結婚していたことがあるの。うまくいかなかったけど」

「ミセス・ベンソン」とICEの捜査官は言い直す。「弟さんは子供を誘拐したんです。それに関する情報を明かしてもらえないと、連邦犯罪者幇助と捜査妨害で――二十年食らうことにもなりかねない。もう一度だけ訊きます。ここから弟さんはどんな車に乗っていったんです？」

「なんて言えばいいのかしら」とボビーは言う。「ああ、そうそう――〝そんなこと、知ったことか〟ね」

捜査官は彼女に手錠をかけるべきかどうか考える。すると、そこで電話が鳴る――キャル・ストリックランドの携帯電話の電波をとらえたという知らせだ。ストリックランドはニューメキシコ州ラスクルーセスとローズバーグのあいだにいて、時速八十マイルで一〇号線を西に進んでいる。

「また来ます」とICEの捜査官は言う。

「次はコーヒーをいれておくわね」とボビーは応じる。

ICEの捜査官と支局長は帰っていき、ピータースンは見張りのために道のつきあたりに残される。


モーテルを経営しているアイラ・ベネットはFOXニュースを見ている。

ほぼ一日二十四時間週七日間見ている。

だから、女の子を連れ去ったとされている男がゆうべチェックインしたことはもう知っている。

小さな女の子の服を洗っていたことも。

報道されている番号に通報すべきことも。が、同時に関わり合いになりたくないとも思う。

アイラは番号を書きとめ、しばらく考える。

一〇号線のローズバーグの西に検問所が設けられ、すべての車が検問を受けている。

エルパソ郡の車両登録を調べた結果、デール・ストリックランドが二〇〇一年式のトヨタの赤いピックアップ・トラックを登録していたのがわかる。ナンバーは032KLL。ただ、一〇号線にそんなナンバーの赤いトヨタは現われない。携帯電話の電波は引きつづきそちら方面でとらえられているのに。

ヘリコプターが高速道路とそのほかの道を隈なく探す。

それでも何も見つからない。

「このクソ野郎、別の車に携帯電話をのせたのね」ICEの女性のお偉方はそう結論づける。

西行きの車に携帯電話をのせたとすれば、本人は東に向かったにちがいない。

ICEの女性のお偉方は捜索のヘリコプターをクリントの東に向かわせる。

トワイラは自宅のアパートメントでずっとCNNを見ている。

十五分ごとにキャルについての〝ニュース速報〟が流れるが、目新《ニュース》しいことはほとんど何もない。

むしろ古い情報ばかりだ。

高校の卒業アルバムの写真。

アメフトのユニフォーム姿の写真。

軍歴も掘り返され、アフガニスタンに従軍し、名誉除隊となった事実が告げられる。分割された画面では〝専門家〟のコメンテーターたちが親子分離政策や、国境における危機や、収容センターの現状について説明している。専門家のひとりは、キャルヴィン・ストリックランドが心的外傷後ストレス障害《ＰＴＳＤ》を負っているかどうかについて推測している。が、トラウマがアフガニスタン従軍によるものなのか、クリントでの勤務によるものなのかは明言しない。

ルース・ゴンサルベスについては誰も言及しない。

名前が挙げられることもない。

彼女はただ〝連れ去られた少女〟としか明かされない。

ストリックランドの目撃情報はなかなか届いてこない。

「もっと騒ぎを大きくしなきゃ」

ＩＣＥのお偉方はそう言って、短縮ダイヤルに登録してあるＦＯＸニュースに電話する。

アナウンサーがカメラに向かって語りかける。「クリントで起こった誘拐事件は憂慮すべき状況になっています。当局筋がＦＯＸニュースに語ったところによると、職務を逸脱し、六歳の少女を誘拐した国境警備隊員のキャルヴィン・ストリックランドは、小児性愛者であり、少女はきわめて危険な状態にいる可能性があるということです。当局が視聴者のみなさんに情報提供をことさらお願いしているのは……」

トワイラはニュースのチャンネルをザッピングし、ノートパソコンを開く。

キャルヴィン・ジョン・ストリックランドは児童に性的虐待を加える可能性があり、おそらくはアフガニスタン従軍によって精神のバランスを崩しているという話が主要なメディアからもソーシャル・ネットワークからも出はじめている。

ツイッターや、フェイスブックや、スナップチャットでは、この地域をしらみつぶしにする自警団員を求める声があがっている。ストリックランドはその場で射殺されるべきだという者もいれば、射殺するだけでは物足りないという者もいる。


キャルもニュースを見ている。

テレビの画面に彼の顔が大映しにされ、〝小児性愛者〟ということばが聞こえてくる。

ルースはまだベッドですやすやと眠っている。

キャルはポケットを探って名刺を見つける。

そして、モーテルの公衆電話で名刺の番号にかける。


ダニエル・シャーマンが応じる。「もしもし？」

「ミスター・シャーマン、キャル・ストリックランドです。時間がない」

キャルは〈ニューヨーク・タイムズ〉のシャーマンに一から事情を説明する。

ORRが少女の母親と連絡を取れなくなったこと（「ついでに言えば、名前はゴンサレスではなく、ゴンサルベスだ」)。その母親が見つかったこと。それでもORRが少女の養子縁組を考えていること。そのため母親に返すつもりで少女を連れ出したこと。

「どこで?」とシャーマンは訊く。「いつ?」

「すでに話しすぎてしまったようだ」とキャルは言う。

「私のことは信頼してくれていい」

「誰のことも信頼できない」キャルはそう言って、電話を切る。


シャーマンは聞いた話を記事にし、編集長に連絡する。

問題はそれをすぐに流すか、翌朝の新聞まで待つかということだ。

「すぐに流すべきだと思う」とシャーマンは主張する。「ストリックランドのために。こっちの連中はあの男を殺したがっている」

記事はすぐにインターネットで流される。


児童誘拐・行方不明事件の発生を告げる地域住民への緊急警報《アンバーアラート》がエルパソ郡全域のすべてのスマートフォンに流され、トヨタ車の車種と色とナンバーが知らされる。

モーテルの経営者アイラ・ベネットは今もニュースを見ている。

状況が変わってきている。

胸くそ悪いあの男は今この瞬間、小さな女の子とわたしのモーテルの一室にいるのだ。可哀そうな幼い女の子に何をしているかわかったものではない。

アイラは八〇〇で始まる番号に電話する。

騒ぎは勢いを増す。

エルパソからソコーロ、クリント、ファベンズ、フォート・ハンコック、さらにはラレドやマッカレンまで、何台ものピックアップ・トラックが走りまわっている。荷台から星条旗をはためかせ、若い男たちが誘拐犯で小児性愛者で児童虐待者のキャルヴィン・ジョン・ストリックランドを捜している。

リオ・グランデ川沿いの国境付近では、無線や暗視装置を携え、アサルトライフルといったおもちゃを装備した自警団が、四輪駆動車やジープや全地形対応車《ATV》を駆って警備にあたっている。これまで大勢が試みてきたように、逃亡者が川を渡って対岸へ渡ろうとするのを阻止するために。

汚らわしいやつが運転する日本製のピックアップ・トラックを大勢が追っている。

キャルはカーテンの陰から外をのぞき見る。

彼のピックアップ・トラックについてはもう知られてしまっている。ここは国境を越える場所から二十マイル以上離れていて、ありとあらゆる方向へ行く道に監視の眼があるはずだ。

そのときへリコプターのローター音が聞こえてくる。上空からサーチライトでトラックを捜しているのだ。身動きが取れない。

モーテルの経営者がオフィスのドアから出てきて、彼の部屋のほうに眼を向ける。彼がカーテンの陰からのぞいているのに気づくと、すばやく背を向けてオフィスに戻っていく。おれだと知っているのだ。

ルースが身を起こし、じっと見つめてくる。

「ここを出なきゃならない」とキャルは言う。

ここを出てどこへ行くか。それはこれから考えなければならない。

ルースをトラックに乗せ、シートベルトを締めてやる。

「アドンデ・バモス?」と彼女が訊いてくる。

どこへ行くの?

「パラ・ベール・ア・トゥ・マミ」とキャルは答える。

きみのママに会いにいく。

キャルはファベンズ・ロードが一〇号線にぶつかるまえに脇に分かれる、未舗装の古い農道を知っている。

追っ手がファベンズ・ロードにはいってくるまえにその脇道にたどり着ければ、チャンスはある。キャルは対向車線に回転灯が現われるのではないかと警戒しながらファベンズ・ロードをトラックで疾走する。ヘリコプターは移動しており、南のほうを捜している。彼は北に向かい、古い脇道を見つけて車を乗り入れる。

警察車両が一〇号線を近づいてくるのが見え、キャルはヘッドライトを消して高架下に車を停める。それから、満月の明かりを頼りに高速道路の下を横切り、背の高い茂みが点在する田舎道へ車を進める。行くべき方向とは逆だが、このあたりの牧場で働いていた頃の記憶から、この道が東南のフォート・ハンコックへ向かう家畜道につながっているのを知っている。

警察車両の一団――保安官、国境警備隊、ＩＣＥ――がけたたましいサイレンとともにモーテルの駐車場に何台も押し寄せる。

アイラがオフィスのまえで待っている。

「逃げたわ！」と彼女は叫ぶ。「来るのが遅すぎるよ！」

〈ニューヨーク・タイムズ〉の記事が手榴弾のように状況を一変させる。

有能な記者ならみなそうするように、シャーマンも通話を録音していたので、キャルの話は記事にされただけでなく、鼻にかかったテキサス訛《なま》りの音声を編集したものも公開される。

「おれは小児性愛者じゃない」

「この子はクリントにいるよりおれといるほうがずっと安全だ」

「いいか、連中は手袋をなくしたからウォルマートで新しいのを見つけるみたいに、この子を養子に出そうとしてるんだ」

「心的外傷後ストレス障害？　おれはバグラム空軍基地で補給庫の警備担当だった。心的外傷後ストレス障害も、心的外傷前ストレス障害も、心的外傷中ストレス障害も負ってない」

「ストレス障害を起こしてるのは誰だと思う？　身内から引き離されて檻に閉じ込められてる子供たちじゃないのか」

「ああ、そうだ。檻だ。そのとおりのものはそのとおり言うべきだ。ごまかしちゃ駄目だ」

「おれは弱者に心を痛めるリベラルな左派じゃない。ああ、選挙じゃ今の大統領に投票したよ。それでも、国が今やってるようなことに投票したわけじゃない。それだけは言っておく」

　そしてきわめつけは――

「星条旗の色はにじまない（愛国心を示すのによく使われるスローガン）」とキャルは言う。「でも……たぶん星条旗は泣いている」

エステバンとガブリエラとルースのゴンサルベス一家のこれまでの経緯、さらに未亡人である母親がメキシコで子供を待っているという事実がキャルの口から明らかにされる。「すでに話しすぎてしまったようだ」そう言って、キャルが電話を終えたときには、多くの人がキャルのことばをもっと聞きたいと思い、キャルがこれから何をしようとしているのか理解する。

この報道で世間の多くが彼の味方につく。

それでもキャルが取った行動については、メディアが報じているとおり〝意見が分かれる〟。

何を重要とするかによってはっきりと分かれる。

家畜道を十マイルほど行ったところでキャルは車を停める。

それまで月明かりだけを頼りにでこぼこ道をゆっくり進んだ。溝にはまってタイヤやサスペンションがやられることだけは避けたかった。

棘《とげ》のあるメスキートやセージの茂みに囲まれ、一度本物のコヨーテが彼の眼のまえを横切った。コヨーテはそこで足を止めると、驚いたような顔をしてみせた――いったいこんなところで何をしてる？　とでも言いたげに。

あたりは静まり返っている。

ルースがしゃべっている以外は。

「ママはどこ？」《ドンデ・エスタ・ミ・ママ》

キャルは前方を指差す。「この道をずっと行ったところだ」

そのあと沈黙ができる。ルースがだしぬけに言う。「パパは死んだの」《ミ・パピ・エスタ・ムエルト》

「知ってる。可哀そうにな」

「ロス・オンブレス・マロス・ロ・マタロン」とルースは言う。

　悪いやつらに殺されたの。

「ここにも悪いやつらはいる？」《アイ・オンブレス・マロス・アキ》と彼女は訊く。

キャルは考えをめぐらせてから口を開く。「ああ《シー》。ここにも悪いやつら《オンブレス・マロス》はいる。でも《ペロ》
……ノー・デハレ・ケ・テ……ラスティメン」

やつらにきみを傷つけさせたりしない。

「わかった」《シー》

数分後、サーチライトをあてられ、眼がくらみそうになりながらも、道に斜めに停めたピックアップ・トラックが前方をふさいでいるのがわかる。開いたトラックのドアの陰に男が立って、ライフルの銃口を向けている。

「キャル・ストリックランド！」とその男が叫ぶ。「ライフルに手を伸ばそうなんて考えるな！ 車から降りてこい。見えるところに両手を出しておけ！」

キャルは、ライフルにも腰のホルスターに入れた官給の自動拳銃《H&K P2000》にも手を伸ばさない。

誰も殺したくはない。

「狙う場所に気をつけてくれ！」とキャルは叫び返す。「中に子供がいる！」

「わかってる！　トラックから降りろ！　大丈夫だから」

キャルはルースに眼を向ける。大丈夫なのか、それはキャルにもわからない。

どう大丈夫なのか、それはキャルにもわからない。

両手を体のまえで高く上げて車から降りる。男はライフルをおろそうとせず、狙いをつけたまま車のドアの陰から出てくる。〈レジストール〉の灰色のカウボーイハットをかぶった年輩のずんぐりとした男だ。「おれの土地への不法侵入だ」

「あまり選択肢がなくてね、ミスター・カーライル」

「おまえはキャル・ストリックランドだろ？」

「そうです」

「うちで働いたことがなかったか？」

「少しのあいだ」とキャルは答える。「もうずいぶんまえのことだけど」

「覚えてるよ。働き者だったな」とカーライルは言う。「ただしカウボーイにはあまり向いていなかったが」

「だからやめたんです」

「今やおまえは有名人だ、若いの」と男は言う。「国を挙げておまえを捜してる。その首に二万ドルの報奨金まで懸かってる」

「おれの人生で一番の高値です」とキャルは言う。

「最初はおまえがその小さな女の子にいやらしいことをしてるんだと聞いた」とカーライルは言う。「そのあとその子を母親のところに戻そうとしてるんだという話になった。どっちが正しいんだ？」

「戻そうとしてます」

「メキシコへか？」

「そこまで連れていければ」

カーライルはいっとき考えをめぐらせてから口を開く。「そういうことなら、そのトラックじゃ無理だな。レッド川のこっち側の連中はみなそのトラックを捜してる。おれの車に乗せてやる」

「えっ？」

「おれは報奨金なんか要らない」とカーライルは言う。「この道の端まで連れていってやる。それでどうだ？」

キャルはルースを連れにトラックに戻る。それとライフルを取りに。

ルースは怖がって座席に背中を押しつける。「あの人、悪い人《エス・ウン・マル・オンブレ》？」

「いや、とてもいい人だ。おいで」

キャルはそう言って、ルースをカーライルのトラックまで連れていく。

「やあ、お嬢さん」とカーライルが声をかける。

「こんにちは」とルースは応じる。

カーライルはふたりを乗せると、テキサスの丘陵《きゅうりょう》地帯をくだりはじめる。

銃弾が金属にあたる。

炎がぱちぱちと音をたて、やがて轟音とともに燃え上がる。

トワイラはバスルームのタイルの上で身を丸くし、両手で耳をふさぐ。が、音は頭の中から聞こえている。だから小さくなることはない。

逆にどんどん大きくなる一方だ。

自分の泣き声も聞こえないほど大きくなる。


「その子は腹がへってるんじゃないか？」とカーライルが訊く。「座席のうしろにサンドウィッチがある。確かビーフの」

「お腹すいたか？」とキャルは尋ねる。

ルースはうなずく。

キャルはうしろに手を伸ばして茶色の紙袋を見つけると、蠟紙に包まれたサンドウィッチを取り出し、ルースに手渡す。

「おれもちょっと腹がへってるんですけど」とキャルは言う。

「食えばいい」

「いいんですか?」

「二度は訊くな」

マスタードとハラペーニョのついたビーフのサンドウィッチは死ぬほどうまい。ややあってキャルは尋ねる。「ミスター・カーライル、訊いても気を悪くしないでほしいんですけど、どうしてこんなことをしてくれるんです?」

カーライルがおそらく〝民主党員〟とは〝ボリシェヴィキ〟の暗号にすぎないと思っているような筋金入りの共和党員であることは、キャルも知っている。

いっときの沈黙のあと、カーライルは答える。「そうさな、これまで過ごしてきた日数より残された日数のほうがずっと少なくなっちまったからな。そのときが来たら、救世主になんて言う? 聖書は読むか、若いの?」

「あんまり」

「そこで、王は答える。『はっきり言っておく。わたしの兄弟であるこれらの最も小さな者の一人にしたのは、すなわちわたしにしたのである』」カーライルは引用する。「マタイによる福音書二五章四〇節だ」

そのとき道の半マイルほど先の谷間にヘッドライトが見える。

「くそっ」とカーライルが毒づく。

「あれは?」とキャルは尋ねる。

「わからん」とカーライルは言う。「おそらく自警団の誰かだろう。おまえとその子は荷台にいたほうがよさそうだ」

ふたりは座席から降りると、トラックの荷台に横たわる。

カーライルがその上に覆いを掛ける。

そこは狭い。

閉ざされている。

息ができない気がする。

ルースが人差し指をキャルの唇にあてて「カジャーテ」と囁く。

静かに。

まえにも同じ経験をしたことがあるのだろう。キャルはライフルをきつく胸に引き寄せ、引き金を探る。それを使わなければならない状況になるのかどうか、そうなったら自分に銃が使えるのかどうか、何もわからない。それでも少なくとも準備だけはする。

十分後、トラックが停まり、カーライルが訊くのが聞こえる。「おまえら、こんな夜中にここで何をしてる？」

「ストリックランドの野郎を捜してるんだよ」

「へえ、おれはこっちから来たが、誰も見かけなかったな」

「悪いけど、ミスター・カーライル、トラックの中をあらためさせてもらわなきゃならない」

「悪いなんて思うことはないよ、若いの」とカーライルは言う。「ただ、トラックの中をあらためるのはなしだ。まえに確かめたときにはここはまだアメリカ合衆国だった。ここがまだテキサスであるのもまちがいない。だから、おれの牧場でおれの車を停めて中をあらためるなんてことはするな。それにな、おまえたちは不法侵入してるんだぞ」

「だったら、どうしてもってことになるね、ミスター・カーライル」

「若いの」とカーライルは言う。「おれが命令を受けるのはただひとりだ。おまえは〝その人〟じゃない。さあ、おれには用事があるんだ。そのちっちゃなジープをどかしてくれ。おれが神の手で生まれ変わったことを忘れて、旧約聖書よろしくおまえに天罰を加えてやりたくなるまえに」

長い五秒が流れる。

やがて答える声がする。「そうだな、ミスター・カーライル、あんただけは小児性愛者を匿《かくま》ったりはしないだろうからな。邪魔して悪かった」

エンジンがかかり、やがてトラックが動きだしたのがわかる。

数分後、トラックが停まる。

覆いが剝がされ、カーライルが言う。「もう安全だろう」

「危なかった」とキャルは言う。

「そうでもないさ」とカーライルは言う。「ああいう自警団のやつらはたいていが牛よりまぬけだ」

道を数マイル走ったところでカーライルが言う。「おまえの家には見張りがついてるだろう」

「わかってます」

「これからどうするか決めてるのか？」

「ミスター・カーライル、これでもおれなりに考えてやってます」とキャルは言う。

「ああ、そうだろうとも」カーライルはトラックを停める。

二百ヤードほど先に一〇号線が見える。

「おれはここから先へは行けない」と彼は言う。「この先はどんな車も警察に眼をつけられる」

キャルとルースはトラックを降りる。

「なんて礼を言っていいか」キャルは手を差し出して言う。

カーライルはその手を取る。「その子をママのところへ返してやれ」

キャルはカーライルが車をUターンさせ、道を戻っていくのを見送る。それからルースを見下ろして言う。「スペイン語で〝おんぶ〟をなんていうか知らないんだけど、乗っかってくれ」

ルースは彼の背中に飛び乗る。キャルはルースをおぶって歩きだす。

低い丘のてっぺんで身を伏せ、キャルは牧場の母屋を見下ろす。

明かりがついている。ボビーはまだ起きている。具合が悪くなるほど心配していることだろう。

国境警備隊の車が母屋の外に停まっていて、車内灯がついている。車内にいるのはピータースンのように見えるが、はっきりとはわからない。

フォードのピックアップ・トラックはまだ納屋にあるが、それに乗ってメキシコに行くわけにはいかない。いたるところに検問所が設置されており、交差点も監視されていることだろう。とはいえ、ハイメとの待ち合わせ場所までルースと一緒に歩いていくわけにもいかない。そんな時間はない。そもそもルースに荒れた田舎道を目的地まで歩かせるのは無理だ。

キャルはルースを待たせている場所まで斜面を這ってくだる。

そして、ルースの手を取り、丘の麓《ふもと》に沿って家が見えなくなるところまで数百フィート歩くと、丘の切り通しを歩き、古い柵囲いに続く道をくだる。

ライリーが寄ってくる。

「やあ、ライリー」とキャルは言う。「仕事だ」

馬に鞍をつけてルースを乗せると、そのうしろにまたがって手綱を取る。「ええっと……ウン・カバージョ・アンテス？」

馬に乗ったことはあるか。キャルのスペイン語ではそれが精一杯だ。

ルースはないというように首を振るが、振り向いてにっこりする。キャルは彼女の子供らしい嬉しそうな顔を初めて見る。

「なんて名前?」《クアル・エス・ス・ノンブレ》と彼女は訊いてくる。

「ライリーだ」

「あたしは〝ロホ(赤)〟って呼ぶ」《ボイ・ア・ジャマルロ〝ロホ〟》

「そう呼ばれてもこの馬は気にしないだろう」とキャルは答える。「ああ、ライリー・ロホ。これからはその名でいこう」

キャルは馬を常歩《なみあし》で柵囲いから外に出す。

数分後、有刺鉄線のフェンスのところまで来ると、数日まえに修理した部分をほどき、その穴をくぐり抜ける。


トワイラは床から立ち上がる。

時計を見る。

午前三時十五分。

居間に戻り、キャルについての新たな情報を求めてパソコンをチェックする。そして、まだ捕まっていないと知ってほっとする。

まだ。

ファベンズで捕まりそうになったが、〝逃げられた〟。

今はどこでどうしているのだろう? ルースは無事なのだろうか?

トワイラはキッチンに行って棚からボトルを手に取る。そして、ボトルからじかに中身を呷《あお》る。なぜなら、もうどうでもいいからだ。これからしなければならないことをするのには強い酒が要る。ボトルを持ったままソファに腰をおろす。コーヒーテーブルの上には官給品の銃が置かれている。

その銃をホルスターから出して膝に置く。

あと三時間、日は昇らない。

長すぎる。

キャルはこのあたりには詳しい。

ライリー・ロホもそうだ。

耕された畑に沿って川の近くまで続く畔道《あぜみち》を行くのは容易だ。そこまで行くと、国境のフェンスが途切れるところがあり、そのあたりには茂みがある。

その先は川だ。

川のさらに先はメキシコ。

川は遠くない。ほんの一マイルかそこらだ。

ただ、川まで行けるかどうか。

案の定、月明かりに照らされ、ＢＰの三台のＳＵＶがはっきりと見える。右にほんの四分の一マイルほどのところを行ったり来たりしている。

サーチライトが畑を照らしている。

その明かりがキャルをとらえる。

車が停まり、男たちの声がして、車がキャルたちのほうに向かってくる。

猛スピードで。

キャルはライリーの首のうしろに身を屈める。「なあ、もうひと踏ん張りしてくれるか？」

馬は首をもたげる。何を馬鹿なことを言ってる、とでも言いたげに。そっちこそもうひと踏ん張りできるのかとでも言わんばかりに。

キャルはルースに向かって言う。「エスペレ！」

つかまれ！

ルースはライリーのたてがみにしがみつく。

キャルは手綱を横に引っぱる。馬は全速力《ギャロップ》で走りだす。

彼らは川へ続くことがわかっている涸れ谷をめざす。

車のほうが馬より速い。差を詰めてすぐうしろに迫ってくる。少女がいることがわかっているのに発砲してくる者がいるとも思えないが、キャルは頭を低くする。片手でルースを抱え、もう一方の手で手綱を握り、ブーツを横腹に軽く押しつけ、もっと速度を上げろとライリー・ロホに指示する。

馬はそれに応えてスピードを上げる。

それでも足りない。

ＢＰのジープが横に並び、馬を追い越して進路をふさぐようにしてまわり込む。ライリーに方向転換《カット》を手綱で知らせる必要はない。馬は足を止め、右に方向を変える。優秀なカッティング・ホースはかつて覚えたとおりに動く。ジープをまわり込むと、これが最後のギャロップと――田舎道を自由に走るのもこれが最後と――わかっているかのように走りつづけ、涸れ谷に突っ込んでいく。

ジープはあとを追ってくる。キャルがうしろに眼をやると、ＳＵＶも涸れ谷にはいってきているのがわかる。砂地のせいで多少車の速度は鈍っても停まりはしない。逃げきれる唯一のチャンスは充分な距離を取って、先にある茂みに突っ込み、川に達するずっと手前で追っ手を撒くことだ。茂みの中には密輸に使われる細い小径があり、それが川まで通じているはずだ。

そのとき上空から光が射し、頭上を低空飛行するヘリコプターのローター音が聞こえてくる。

「頼む、ライリー！　もっと速く！」

キャルは叫ぶ、馬を殺そうとしていることがわかりながらも。

たいてい馬のほうが人間より根性がある。ライリー・ロホはまちがいなくそうだ。これまで出したこともないスピードで走り、差を広げる。ほんの百ヤードほど先に鬱蒼《うっそう》とした茂みが見えてくる。ヘリコプターから逃れるにはなんとしてもあそこまでたどり着かなければならない。

茂みまであともう少しというところで、左側の土手から突然ATVが降りてきて行く手をふさぐ。

男がライフルを持ち上げ、キャルの頭に狙いをつける。

キャルはルースをしっかりとつかむ。

そのときライリー・ロホが跳ぶ。

ATVと乗り手のほんの一インチ上を跳び越える。かろうじてぶつかることなく。

そのあと茂みへ突っ込んでいく。

茂みのあいだをくねくねと蛇行する小径を進みながらも、ライリー・ロホはほとんど速度を落とさず、川に向かう。

前方が開け、数フィートほど木の生えていない平らな地面があり、そこにフェンスが立っている。

土台がコンクリートでできた高さ十五フィートの金属のフェンスだ。

キャルはフェンス沿いにライリー・ロホを進ませる。

振り返ると、背後から車が近づいてくる。

「さあ、行くんだ、ライリー！」馬の鼓動が聞こえる気がする。口から吹きこぼれる泡が見える。「さあ！」

フェンスが途切れる。

キャルは手綱をぐいと引き、ライリー・ロホを右に曲がらせ、フェンスの向こう側に出る。

小さな涸れ谷を通って川まで行く。

月明かりを受け、川は銀色に光っている。

ライリーは土手をくだり、川に浸かる。

夏のあいだ川はさほど深くなく、流れも強くない。乗っているキャルのくるぶしほどしか水が来ない川を馬は泳いで渡る。

そうして国境を越える。

半分酔っぱらいながら、トワイラは銃口を口に突っ込むか、顎の下にあてるか考える。

それともこめかみ？

失敗したくはない。針やらチューブやらにつながれるのはごめんだ。痛いのも嫌だ。

ただ終わりにしたいだけだ。

ＩＣＥのお偉方は激怒し、唾を飛ばして言う。

「メキシコに逃げた？　嘘でしょ⁉」

「うちの連中が川を渡るのを見たそうだ」とＢＰの支局長が言う。

「馬で？」

「ええ」

「女の子も連れて？　メディアがこれをどう扱うかあなたにわかる？『馬に乗ったカウボーイの英雄がたったひとりで連邦政府機関に抵抗して、子供を母親に返した』？　そんなことになったら、わたしたちの面目はどうなると思うの？」

「クソみたいになるだろうな」

「クソなんかよりずっとましなものにしないと！」

そう言って、彼女はワシントンに電話をかける。

決断がくだされる。

話をすり替えることが決められる。

メキシコ当局に連絡してどうにかしてその母親を見つけ出させ、ストリックランドを逮捕して、母子を再会させる――こちらは最初からそのつもりだったのに、手続きを進めている最中にストリックランドが早まり、子供を危険にさらしたことにする。

その三十分後、ＩＣＥのお偉方はカメラのまえにいる。

「われわれは家族を再会させるためにありとあらゆる手を尽くしてきました」と彼女はのたまう。「きっとご理解いただけると思いますが、手続きは複雑です。それでも、子供をその親に返すのがわれわれのポリシーであることに変わりはありません。ゴンサルベス親子についても手続きを進めているところだったのです」

「メキシコ当局は、ルースにしろガブリエラ・ゴンサルベスにしろ、ふたりの身柄を保護してるんですか?」とシャーマンが訊く。

「現時点ではお答えできません」

「キャル・ストリックランドもメキシコで身柄を保護されてるんですか?」と彼はたたみかける。

「現時点ではお答えできません」

「逮捕されたら、彼はアメリカに送還されるんですか?」とシャーマンは訊く。「その場合、どんな罪に問われるんです?」

「現時点ではお答えできません」

「さっき言われたポリシーがずっと実行されているということなら、キャル・ストリックランドは訴追されるんですか?」

「現時点ではお答えできません」

現時点では答えられなくても、彼女には答はわかっている。ストリックランドには可能なかぎりの罪状をかぶせるつもりでいる。まだ思いついていない罪状まで。メディアが別のネタに関心を移したら即、あんなクソ野郎、終身刑にしてやる。

可能ならもっと長い刑期にさえ。

キャルはメキシコ側の国境沿いの細長い農地に馬を進める。すでに朝になっており、淡く黄色い朝日が昇りはじめている。

自分のまえに幼い女の子を乗せたカウボーイをじろじろ見る農夫《カンペシノ》もいるが、彼を呼び止め、問い質《ただ》してくる者はひとりもいない。

この国ではよけいな質問はしないほうがいい。そんなことは誰でも知っている。

ライリー・ロホの足が弱っているのがわかる。降りて歩かせるほうがいい――ライリー・ロホは全力を尽くし、疲れ果てている――が、メキシコ警察に見つかるまえに、この隠れるところのない場所を脱し、斜面をくだり、涸れ谷に降りなければならない。

「大丈夫かい？《エスタス・ビエン》」とキャルはルースに訊く。

「うん《シー》」

「ベレモス・ア・トゥ・マードレ・プロント」

すぐにお母さんに会えるよ。

ルースはただ黙ってうなずく。

ああ、おれもだよ。今言ったことに自信があるわけじゃない。キャルは胸にそうつぶやく。

農地を抜け、斜面のへりまでやってくる。眼下には見渡すかぎり砂地が広がっている。岩と砂の。

涸れ谷へくだる坂道を見つけると、ライリーは足をくじきそうな岩だらけの斜面を慎重に降りはじめる。

待ち合わせ場所まであと二マイル。

残り一マイルほどのところでライリーが体を震わせはじめる。

キャルはルースを抱えて馬から降りる。

ライリー・ロホの前肢から力が抜ける。

そのあと膝をついたかと思うと、ライリー・ロホは横ざまに倒れる。眼をみはり、激しい息づかいで腹を上下させている。

「ロホ！」とルースが悲鳴をあげる。

キャルはルースを数フィート離れたところまで連れていき、馬に背を向けさせて言う。

「ノー・ミレス」

見るな。

そのあとライリーのそばにまた戻ると、首の脇にしゃがんで首と鼻づらを撫でてやる。

「おまえは昔からクソすばらしい馬だった。おまえにがっかりさせられたことなど一度もなかった」

そう言って立ち上がると、ホルスターから拳銃を抜いて二発撃つ。

ライリー・ロホの肢が宙を蹴る。

そのあと動かなくなる。

キャルはホルスター・ベルトを地面に落とし、銃をシャツの下のズボンのベルトに差す。

それから振り返り、泣いている子供の手を取る。

　ふたりは涸れ谷を歩いてくだる。

　フォード・エクスプローラーが涸れ谷の底にある浅い窪地に四台停まっている。ハイメとその手下が七人、車のまわりで煙草を吸い、ペットボトルの水を飲んでいる。全員カラシニコフ《AK》自動小銃か短機関銃で武装している。

すでに気温は高い。太陽がすっかり眼を覚まし、実力をいかんなく発揮している。キャルは父親のライフルを肩からはずすと、胸に抱えてハイメのほうへ歩み寄る。すべての銃口がキャルに向けられる。が、ハイメが撃つなと身振りで示す。

「やったな、おい！」とハイメが声をかけてくる。「そろそろ見かぎろうかと思ってたところだ」

「女はどこだ？」キャルはライフルの銃口をハイメの胸に向けて尋ねる。

　ハイメは親指でSUVの一台を示す。「来てる。問題はなんでおれは女をおまえに渡さなきゃならないかだ。だってそうだろうが、キャル、おれは女を渡すかわりに向こうでおまえにおれの役に立ってもらおうと思って、取引きを持ちかけたんだ。なのに、おまえは娘《ニーニャ》をここへ連れてきて何もかも滅茶苦茶にしちまった。おまえはもう向こうへは戻れない。戻れたとしても、おれの役には立たない。まあ、母親と娘にはファレスでいい値がつくだろうが」

「やめろ」

「どうしていけない?」

「おれに殺されるからだ」

「その引き金を引いたら――」とハイメは言う。「うちの連中がおまえを真っ赤なスープ《ポソレ》にするぜ」

「だけど、おまえがそれを眼にすることはない」

「それから女と娘も殺すだろうな」とハイメは言う。「多少愉しんでから」

キャルはライフルをおろす。

ハイメの言うとおりだ。こいつを殺してもいいことは何もない。

「人生で一度だけ正しいことをしてくれ」とキャルは言う。「死ぬまでにあとどれぐらい金をつかえる? あとどれぐらいブリトーを食える? あとどれぐらいの数の車を運転できる? それに、ニュースになることを考えてみてくれ、ハイメ――『アメリカ政府がしようとしないことをメキシコのコヨーテがする』。それはすぐに知れ渡る。みんながおまえを褒め讃えて、おまえの歌さえできるかもしれない」

「そういうことには多少惹かれないでもないがな」とハイメは言う。「それを言えば、おまえを殺すこともそうだ」

「だったら、両方すればいい」とキャルは言う。

人は自分にできることで取引きをする。キャルはそう思う。必ずしも望みどおりにはいかなくとも——いや、たいていはいかないが——親父がよく言っていた。「充分いいことが充分よくなかったら、それは充分よくないということだ」

これは充分いいことだ。

ハイメは車の一台を顎で示す。手下のひとりが後部のドアを開け、ガブリエラを外に引っぱり出す。

ガブリエラはルースのところへ駆け寄ると、腕に子供を抱き上げる。

「感動的だな」とハイメが言う。「心が震えるぜ。いいだろう。おまえの言うとおりにしてやろう。ふたりを保護施設まで連れていって、修道女の祝福を受けるとしよう。ただし、もうひとつの条件も満たしたら、だ。わかったか《コンプレンデ》？」

「わかった《コンプレンド》」

ハイメはいくつか命令を出す。手下のひとりがキャルからライフルを取り上げる。が、拳銃を探そうとはしない。

ガブリエラ・ゴンサルベスがキャルのそばにやってくる。娘は母親そっくりだ。「ありがとう」

「そもそも親子を引き離すべきじゃなかったんだ」とキャルは言う。「こっちこそ悪かった」

ルースがキャルの腰に腕をまわし、腹に顔を埋めてきつく抱きしめる。

「エスタ・ビエン」とキャルは言い、手を伸ばしてルースを抱く。「大丈夫だ」

三人はいっときそうして立っている。やがてハイメの手下のひとりが母子を車に連れ戻す。

「さきに連れていけ」とハイメは命じる。「子供に見せる必要はない」

キャルは車が走り去るのを見守る。

目的は果たした。

ハイメがエクスプローラーのうしろに行き、クーラーボックスからモデロビールの瓶を二本取り出す。「なあ、一本どうだ？　昔を懐かしんで」

「もらおう」

キャルは冷えたビールを受け取り、すばらしい咽喉《のど》越しを味わう。

「高校の頃なんて大昔に思えるな」とハイメが言う。

「実際、大昔だ」

「あの頃はどこへ行っちまったんだろうな？」とハイメは言う。

「さあ」キャルはもう一度大きく呷り、瓶の中身をほぼ飲み干す。

「おれたちはどうしちまったんだろうな？」とハイメは同じようなことばを繰り返す。

「それもわからない」とキャルは答える。

「おまえ、怖いか？」

「ああ」怖い。パンツを濡らしそうなほど怖い。

「よし」とハイメは言い、ベルトから銃を引き抜く。「そのほうがいい。ビールを飲みおえたら歩け」

キャルは瓶を空《から》にして地面に放る。

それから歩きだす。

脚の震えが止まらない。

北風になぶられるフェンスの古い木の支柱みたいだ。風にはまず支柱が倒される。そのあと有刺鉄線が倒れる。

おい、ハイメ、どうして撃たない？

やがて声が聞こえる。「おれには無理だ！　撃てない！　歩きつづけろ！　刑務所《ムショ》暮らしを愉しめ、いいな⁉」

車のドアが開いて閉まる音が聞こえる。

次にエンジンがかかる音も。

キャルは歩きつづける。

顎の下に拳銃を押しつけたまま、トワイラはパソコンの画面に流れるニュースを見る。キャルが女の子とともに国境を越えた、とお偉方が言っている。

やったわね、キャル、と彼女は胸につぶやく。

よくやったわ、キャル、キャルの馬鹿野郎。

よく成し遂げた。

トワイラは銃をおろす。

そして、なんらかの助けを得る手始めに電話をつかむ。

心がこんなままではこれ以上生きていけない。

キャルは涸れ谷の斜面を歩いてのぼる。

よろめいてのぼる。そのほうが表現は適切だ。陽射しがハンマーのように彼の頭を打ち、斜面を一歩踏み出すたびに足が痛む。咽喉も渇いている。ビールは美味《うま》かったが、今は水が要る。そんなものはないが。

ライリーが倒れている場所に行き着くと、そのそばに腰をおろす。そして、馬の眼にたかるクロバエを追い払ってやる。

疲れ果て、キャルは何もない土地を見渡す。眼下にルースと彼女の母親を連れていく車列が見える。背後の斜面の上には灌漑による豊かな緑の農地が広がっている。その先に川があり、フェンスがあり、祖国がある。ただ、とキャルは思う。国境の向こうでおれを待っているのはさらなるフェンスだ。

戻っても檻に入れられるだけだ。だから、もうこのあたりで馬に乗ることはないだろう。

親父はよく言っていた――たいていの人間は大きな犠牲を払わずにすむなら、正しいことをするものだ。だけど、大きな犠牲が必要なときに正しいことができる者はきわめて少ない。すべてを犠牲にするとなったら、正しいことをする人間などひとりもいないだろう。

しかし、時にすべてを犠牲にしなければならないこともある。
キャルは拳銃を手に取ると、顎の下にあてて引き金を引く。
彼の頭が馬の首の上に倒れ込む。
初めて見たとき、その子は檻の中にいた。
最後に見たとき、その子は自由になっていた。

謝辞

私は自分ひとりの力で成功したなどという幻想は抱いていない。あるいは、本書がひとりの人間の努力からだけで生まれたという幻想も。それはほかの拙著も変わらない。私が昔から本の虫だったことは私の両親が誰より知っていることであり、本の読み方は学校の先生たちに教わった。友人や家族は私を励ましてくれ、応援してくれる。作家仲間は今も昔も私に刺激を与えてくれる。私の本が世に出て、図書館や書店や読者のもとに届けられるのは出版社のおかげであり、執筆に専念できる経済状態が確保できているのはエージェントのおかげだ。連れ合いは作家生活につきものの苦楽を喜んでともにしてくれている。

われわれ作家というのは大いなる孤独の中で仕事をしているものと思いたがる人種だ。しかし、毎朝仕事に行けば、誰かのおかげでちゃんと明かりがつく。車で調査に出かければ、納税者と肉体労働者がつくった道路を走ることになる。自宅で仕事をしていてなんの危険も感じないでいられるのは、軍と警察が安全を提供してくれるおかげだ。彼ら全員とそのほか多くの人々に感謝している。

とりわけ謝意を表したい人たちを左に記す。

友人であり、作家仲間であり、エージェントであり、この短篇集を出すアイディアをそもそも思いついてくれた犯罪小説のパートナーであるシェーン・サレルノ。彼の発案に感謝する。いつものことながら、彼には今回も報いることなどとてもできないほど世話になった。

本書の出版に同意してくれ、私を信頼してくれ、上梓の決断をしてくれた〈ウィリアム・モロー・アンド・カンパニー〉のリアト・ステリックに謹んでお礼申し上げる。

ジェニファー・ブレールはすばらしい目利きの編集者で、モーリーン・サグデンは多くの恥ずかしいまちがいから私を救ってくれた。ふたりの勤勉で独創的な仕事ぶりと心づかいに感謝する。

ブライアン・マリー、アンディ・ルカウント、シャリン・ローゼンブルーム、ケイトリン・ハリ、ジェニファー・ハート、ジュリアナ・ウォジック、ブライアン・グローガン、シャンタル・レスティヴォ＝アレッシ、ベン・スタインバーグ、フランク・アルバネーゼ、ジュリエット・シャプランド、ネイト・ランメンにも心から謝意を述べたい。

〈ハーパーコリンズ〉及び〈ウィリアム・モロー・アンド・カンパニー〉の広報担当、営業担当、マーケティング担当のみなさんには是非伝えたい――あなた方がいなければ、私は失業していただろう。

デボラ・ランドール並びに〈ストーリー・ファクトリー〉のスタッフ全員に心から感謝する。

顧問弁護士のリチャード・ヘラーにも大変世話になった。彼の勤勉な仕事ぶりに謝意を。

〈ＣＡＡ〉のマット・スナイダーとジョー・コーエンにも――いつもながら、ありがとう。

〈キッズ・イン・ニード・オブ・ディフェンス〉のスタッフのみなさんにも。協力とあなた方の活動に感謝する。

以下の人々にも、彼らならわかる理由で感謝する。テレサ・パロッツイ、ドルー・グッドウィン、デイヴィッド・ネドワイデックとケイティ・アレン、ミス・ジョセフィン・ガーンシャイマー、キャメロン・ピアス・ヒューズ、トム・ラッセル、〈ザ・ライト・クリック〉、〈コルトンズ・バーガーズ〉、〈ドリフト・サーフ〉、〈ジムズ・ドック〉、〈ジャワ・マッドネス〉、〈TLC・コーヒー・ロースターズ〉、〈ケチョ〉、〈エル・フエゴ〉各店のスタッフ。アンドルー・ウォルシュ。

玄関ポーチを貸してくれた私の母、オーティス・ウィンズロウにも。

最後に、妻のジーンに感謝する。彼女の寛大な心、熱意、冒険心、愛情に。

私のほうがもっと愛してる《IKYM》よ。

解説

穂井田直美

『犬の力』『ザ・カルテル』（KADOKAWA）と書き継がれ、昨年、『ザ・ボーダー』によって、メキシコ麻薬戦争三部作が完結をみてから一年あまり。近年は暴力と血にまみれた骨太な長篇を上梓してきたドン・ウィンズロウは、今度はどんな作品で読者を圧倒してくれるのだろうと、私はわくわくしながら待ち続けていた。

が、まさか中篇小説集だったとは――。意外だった。

本書『壊れた世界の者たちよ』は、今日、犯罪小説の第一人者として高く評価されているウィンズロウが、その地位に甘んじることなく様々な挑戦を見せてくれる、中篇六作からなる作品集である。

表題作の「壊れた世界の者たちよ」は、二〇一八年に翻訳出版されるやいなや、ウィンズロウの新境地として読者に衝撃を与えた『ダ・フォース』の系列に連なる作品である。舞台はニューオーリンズ。犯罪組織に最愛の弟をなぶり殺しにされた市警麻薬取締班の班長ジミー・マクナブは、そのショックで警察官としての心が壊れ、復讐のために執拗に犯人たちを追いつめていく、緊迫感あふれる作品だ。そして作品の中に凝縮された彼の悲嘆と怒りは、読者をも容赦なく打ちのめすはずである。

スティーヴ・マックイーンに献辞されている「犯罪心得一の一《クライム１０１》」は、カリフォルニアの海岸線に沿って走るハイウェー一〇一号線を舞台に、宝石泥棒のデーヴィスを、サンディエゴ市警強盗課の主任刑事ルー・ルーベスニックが追いかける、疾走感あふれた作品である。随所にマックイーンへの敬愛に満ちた小道具がちりばめられ、それらに目を留めながら読み進むうちに、軽妙なテンポで進む逃走と追跡の結末は意外な展開に。

「サンディエゴ動物園」は、リヴォルバーを握ったチンパンジーが動物園から逃げ出したというとんでもない事件から始まる。なんの因果か捕獲を担当することになった制服警官のクリス・シェイは、ものの見事に失敗し、その様子はユーチューブで世間に広く知られ、大恥をかくことに。彼はこの不名誉を挽回すべく、銃の出所を調べ始めるが……。エルモア・レナードへの献辞もうなずける楽しい仕上がりの作品だ。

「サンセット」は、レイモンド・チャンドラーに献げられた中篇だが、日暮どきを意味するタイトルには、人生にからめて、もっと深い意味が込められているように思える。バウンティハンターで私立探偵のブーン・ダニエルズは、保釈保証業を営むデューク・カスマジアンから頼まれ、法廷に現れず逃走してしまった伝説のサーファーで、いまはすっかり身を持ち崩してしまったテリー・マダックスの行方を追うことになる。この作品には、『夜明けのパトロール』『紳士の黙約』（ＫＡＤＯＫＡＷＡ）で活躍していたブーンだけでなく、『ストリート・キッズ』（東京創元社）から五作品を重ねたシリーズの主人公ニール・ケアリーなど、ウィンズロウが創造してきた主人公たちの現在が描かれ、歳を重ねてしぶみを増した彼らのハードボイルド精神は、長年つきあってきた読者にとって、このうえないご褒美になるにちがいない。

『パラダイス』は、副題が「ベンとチョンとOの幕間的冒険」とあるように、『野蛮なやつら』『キング・オブ・クール』（KADOKAWA）で活躍した友好的三角関係の主人公たちが、カウアイ島で地元の麻薬組織との戦いに巻き込まれるという、ファンにはたまらないエピソードである。しかもこの地上の楽園にはワケありな人々が流れついているようで、なんと『ボビーZの気怠く優雅な人生』（KADOKAWA）のティム・カーニーが登場するなど、にんまり出来る仕掛けが色々とほどこされ、長年の読者には楽しみになるはずである。

それは理屈ではなかった。国境警備局の隊員キャル・ストリックランドは、不法入国者を収容している施設にいた少女のすがるような目つきが忘れられなくなり、やむにやまれぬ衝動に突き動かされ、違法は承知で、メキシコにいる母のもとに届けるべく、少女とともに老いた愛馬に乗って国境を越えようとする。「ラスト・ライド」は、ウェスタン小説というかたちの中に現代アメリカが抱える根深い問題を描いた作品だが、そのテーマは、ウィンズロウのこれからの方向性を示しているように思えてならない。

ドン・ウィンズロウは、一九九一年に『ストリート・キッズ』でミステリ作家としてスタートして以降、現時点までに二十作もの長篇を書き続けてきた作家だが、本書によって、中篇作家としても、その才能を見事に開花させた。しかし、何故、いま、中篇小説なのだろう。

彼は、いくつかのインタビューの中で、その疑問に答えている。

特にこの二十年間は、彼は、メキシコ麻薬戦争三部作を軸に、長大で叙事詩的な犯罪小説を書いてきた。その間に様々なアイディアが浮かび、作品に取り込んできたが、そぐわないものも少なくなかったのだそうだ。だからといって捨てるには忍びがたいものも数々あり、それらをより短い作品に結実させたのだと、彼は語っている。また、彼が敬服しているスティーヴン・キングが、長篇小説だけでなく優れた中篇小説を数多く出していることも、影響を与えたのではないだろうか。本書において、長篇作家ウィンズロウとは一味違う、中篇ならではの凝縮した魅力も味わっていただきたい。

そして、ウィンズロウの作品に初めて出会った方には、本書が、彼の作品群への入り口になることを、強く願っている。

今日ほど、アメリカ社会に深く根ざしてきた様々な問題が、露呈してきている時代はないのではないだろうか。ウィンズロウは、それらをしっかり直視し、決して逃げることなく、ある時は激しくある時は静かに怒りをぶつけ、向き合ってきた作家である。中篇集

『壊れた世界の者たちよ』に収録された、最初と最後の作品は、この壊れた社会での人としての生きざまを、彼なりのかたちで見せてくれているように思える。

そして、きっと近いうちに、今度は重量級の長篇というかたちで、ずしんと響く作品を読ませてくれるにちがいない。いま、私は、その日が少しでも早く来ることを、一刻千秋の思いで待っている。

編集協力（五十音順）
大谷瑠璃子
上條ひろみ
北 綾子
小林さゆり
高橋佳奈子
高橋知子

訳者紹介　田口俊樹

英米文学翻訳家。早稲田大学文学部卒業。おもな訳書にウィンズロウ『ダ・フォース』『ザ・ボーダー』(以上ハーパーBOOKS)、ブロック『八百万の死にざま』、ベニオフ『卵をめぐる祖父の戦争』、オズボーン『ただの眠りを』(以上早川書房)、ハメット『血の収穫』(東京創元社)、ダール『時計仕掛けの歪んだ罠』(小学館)、テラン『ひとり旅立つ少年よ』(文藝春秋)など多数。

ハーパーBOOKS

壊《こわ》れた世界《せかい》の者《もの》たちよ

2020年7月20日発行　第1刷

著　者　ドン・ウィンズロウ

訳　者　田口俊樹《たぐちとしき》

発行人　鈴木幸辰

発行所　株式会社ハーパーコリンズ・ジャパン
東京都千代田区大手町1-5-1
03-6269-2883(営業)
0570-008091(読者サービス係)

印刷・製本　中央精版印刷株式会社

ISBN978-4-596-54139-0